CLAUDIA PUHLFÜRST

Sündenkreis

Buch

In einem stillgelegten Fabrikgebäude in der Nähe von Leipzig geht eine extravagante Modenschau über die Bühne. Ihr großes Finale wird jäh unterbrochen, als an einem Seilzug eine Bahre heruntergelassen wird. Blutstropfen fallen herab und bilden ein bizarres Muster auf dem Laufsteg. Die Zuschauer sind entsetzt, als sie auf der Trage die Leiche einer schönen jungen Frau erkennen. Auf ihrer Stirn sind zwei Worte eintätowiert, ihr Rücken offenbart einen lateinischen Text.

Weitere Menschen folgen dem Model in den Tod, bei allen finden sich Tätowierungen auf der Haut. Die junge Journalistin Lara Birkenfeld, die im Auftrag der *Tagespresse* über die Modenschau berichtet hat, beginnt zu recherchieren. Überraschend erhält sie die Einladung, die Glaubensgemeinde *Kinder des Himmels* zu besuchen und Interviews mit ihren Mitgliedern zu führen. Sie nimmt das Angebot an und lernt Romain Holländer kennen, den charismatischen Führer der Sekte. Die Frauen in seiner Gemeinde beten ihn förmlich an, die Männer sind ihm treu ergeben. Lara spürt die gefährlichen Tendenzen hinter der charmanten Fassade Holländers. Gehen die *Kinder des Himmels* über Leichen, um das Paradies auf Erden zu erreichen?

Autorin

Claudia Puhlfürst, Jahrgang 1963, stammt aus Zwickau, wo sie nach wie vor lebt. Ihr Spezialgebiet ist die Humanethologie (menschliches Verhalten), insbesondere die nonverbale Kommunikation. Wenn sie nicht gerade schreibt, arbeitet sie als Schulberaterin für den Duden Schulbuchverlag. Zudem ist sie Organisatorin der Ostdeutschen Krimitage, Mitglied im *Syndikat* und bei den *Mörderischen Schwestern*, dem deutschen Ableger der amerikanischen *Sisters in Crime*.

Sündenkreis ist Claudia Puhlfürsts dritter Thriller bei Blanvalet, ihr vierter Roman ist bereits in Vorbereitung.
Weitere Informationen finden Sie unter: www.puhlfuerst.com und www.blanvalet.de.

Von Claudia Puhlfürst sind außerdem lieferbar:
Ungeheuer (37354) · Sensenmann (37355)

Claudia Puhlfürst

SÜNDENKREIS

Thriller

blanvalet

Die Handlung und alle handelnden Personen sind frei erfunden. Jegliche Ähnlichkeit mit lebenden oder realen Personen wäre rein zufällig.

MIX
Papier aus verantwortungsvollen Quellen
FSC® C014496
FSC
www.fsc.org

Verlagsgruppe Random House FSC-DEU-0100
Das FSC®-zertifizierte Papier *Holmen Book Cream*
für dieses Buch liefert Holmen Paper, Hallstavik, Schweden.

1. Auflage
Originalausgabe Juli 2012 bei Blanvalet Verlag,
einem Unternehmen der Verlagsgruppe Random House GmbH, München

Dieses Werk wurde vermittelt
durch die Literarische Agentur
Thomas Schlück GmbH, 30827 Garbsen
Umschlaggestaltung: © Johannes Wiebel | punchdesign, München,
unter Verwendung von Motiven von Tropper2000/Shutterstock,
und Fedorov Oleksiy/Shutterstock
Redaktion: Eva C. Seifert
DF · Herstellung: sam
Satz: Uhl + Massopust, Aalen
Druck und Einband: GGP Media GmbH, Pößneck
Printed in Germany
ISBN: 978-3-442-37697-1

www.blanvalet.de

Prolog

Mit einem zufriedenen Lächeln betrachtete der Mann die großformatige Reproduktion von Hieronymus Bosch, deren Original sich im *Prado* in Madrid befand. Nach all diesen Jahren war er noch immer hingerissen von der Botschaft, die der Künstler des ausgehenden Mittelalters so dramatisch dargestellt hatte.

Sein Blick irrte zur Seite und fiel auf die weiß gekleidete Frau am Boden. Sie lag auf dem Rücken, die Beine noch immer angewinkelt. Auf der Abdeckfolie unter ihr hatten sich kleine Wasserpfützen gebildet, die er nachher würde aufwischen müssen. Wie ferngesteuert versetzte sein linker Fuß dem Körper einen Stoß, aber die Frau rührte sich nicht. Ihre weit aufgerissenen Augen starrten an die Decke, als befände sich dort etwas außerordentlich Faszinierendes.

Der Mann wandte sich wieder seinem Bild zu. In der Mitte der kreisförmigen Darstellung prangte umgeben von einem breiten Strahlenkranz das »Auge Gottes«. In dessen Pupille sah man den auferstandenen Jesus Christus mit Wundmalen in einem Sarkophag stehen. Leise murmelte der Mann die vier lateinischen Wörter, die darunter standen, vor sich hin: »*Cave cave Deus videt*«. Der Maler mahnte die Menschen, sich vorzusehen. *Deus videt* – Gott sieht. Der Mann seufzte. Im Bildausschnitt rechts unten hatte Bosch eine Frau gemalt, die dem Betrachter den Rücken zuwandte. Sie schien sich nicht für ihre Umgebung zu interessieren, sondern richtete den Blick auf einen zweiflügeligen Schrank. Davor hielt ein fuchsköpfiger Teufel mit einer Haube, die ihre nachäffte, einen Spiegel. Die halb offene Schmucktruhe links von ihr, die prunkvollen Gefäße auf dem Schrank, der Apfel auf dem Fensterbrett, gaben dem Betrachter weitere Hinweise auf ihren Lebenswandel.

Mit einem Nicken rollte der Mann das Bild wieder zusammen und schob es in die Hülse. Es war Zeit, sich um die Frau zu kümmern.

Die Wasserpfützen unter dem Körper hatten sich ausgebreitet. Er berührte ihre Schulter und strich dann mit der Handfläche über den Arm. Auch ihr Kleid war durchfeuchtet. Die bleiche Schönheit war eine ganze Woche bei ihm gewesen und hatte dann noch eine weitere Woche im »Dornröschenschlaf« verbracht. Jetzt würde sie ihn verlassen und ihre letzte Aufgabe erfüllen.

Sein Blick wanderte über den Halsausschnitt zu ihrem Gesicht. Rund um die Augen befanden sich kleine blaurote Punkte. Von Weitem sah es aus, als trüge sie eine dunkle Halbmaske. Letzte Woche hatte er sie in einem unbedachten Moment sinnlosen Zorns kräftig gewürgt. Dabei mussten diese Petechien entstanden sein. Auch die Zunge sah nicht mehr schön aus, aber sie ließ sich einfach nicht wieder in die Mundhöhle hineindrücken. Im Nachhinein hatte ihn seine Unbeherrschtheit heftig geärgert, aber die Male hatten sich nicht mehr beseitigen lassen.

Er berührte ihren kalten Fuß und drückte das Bein gerade. Die Starre hatte sich fast gelöst. Um sie zwischenlagern zu können, hatte er ihre Beine anwinkeln müssen. Wenn die Frau der Öffentlichkeit präsentiert wurde, musste sie ausgestreckt liegen. Sie sperrte sich noch ein wenig, aber dann hatte er es geschafft. Gemächlich saugte er die Wasserlachen mithilfe von Frotteetüchern, die er anschließend in einen blauen Plastikmüllsack warf, auf und begann dann, sie in die feste Folie einzuwickeln.

Aufschneiden würde er sie erst an Ort und Stelle. Er stellte es sich faszinierend vor, wie ihr Blut – das hoffentlich noch flüssig war – in Zeitlupe herabtropfte, während sie sich den Leuten präsentierte. Der Cutter schnitt durch das Packband. Jetzt kam der schwierige Teil. Er musste sie an Ort und Stelle bringen, ohne dass es jemandem auffiel. Im Keller wartete schon die nächste.

1

»Tu Buße!«

Die Stimme klang barsch und mitleidslos. Nina Bernstein fror. Ihre Augen schmerzten hinter dem kratzigen Stoff, der fest um ihr Gesicht gewickelt war und nur Mund und Nase freiließ. Sie schniefte leise. Die eingeatmete Luft roch modrig. War der Stoff verschimmelt? Oder kam der Geruch aus dem Raum, in dem sie sich befand?

»Du hörst mir gar nicht zu?« Ein Stoß traf Ninas Schläfe, und sie spürte, wie ihr Hinterkopf an etwas Hartes prallte. »Du sollst *büßen*!« Der Ton hatte sich verschärft, Worte hallten wider, die Gedanken sprangen wie Flipperkugeln durch Ninas Kopf. Was erwartete die Stimme von ihr, welche Antworten wären die richtigen? Und wofür sollte sie büßen?

»Denk nach!« Noch ein Stoß, fester jetzt. »Ich gebe dir ein bisschen Zeit dazu.« Der Mann mit der barschen Stimme räusperte sich und fuhr fort. »Du hast gesündigt. Und dafür wirst du bestraft werden. Wenn du einsichtig bist, kannst du dir viel Leid ersparen.«

Etwas quietschte, und Nina dachte, dass es sich wie ein rostiges Scharnier anhörte. Gleich darauf hörte sie etwas klicken – ein Schloss? – und danach Schritte, die sich entfernten. Dann war alles still. Zu still.

Nina Bernstein zwang sich, noch ein paar Augenblicke zu warten. Womöglich war der Typ noch im Raum und machte sich einen Spaß daraus, sie zu beobachten. Ihre übrigen Sinne schienen durch die Augenbinde, die das Sehen verhinderte, sensibler geworden zu sein. Schnüffelnd sog sie die Luft ein und versuchte, den Geruch zu analysieren. Kälte, Feuchtigkeit, ein Hauch von Schimmel mit einer Beimengung von Salpeter. Erst jetzt fiel ihr auf, dass sie sich in einer sitzenden Position befand, die Beine gerade ausgestreckt, den Rücken an eine Wand gelehnt. Ihre Hände waren hinter dem Rücken fixiert. Dünne, harte Streifen schnürten die Gelenke ab.

Handschellen waren das nicht. Nina wusste, wie sich Handschellen anfühlten. Schließlich war sie nicht zum ersten Mal in ihrem Leben gefesselt.

Vorsichtig bewegte sie die Hände. Sie konnte mit den Fingerspitzen kalten Stein ertasten. Oder zumindest glaubte sie, dass es Stein war. Auch die Füße waren verschnürt.

Nina fühlte, wie sie wütend wurde. Was hatte dieser Typ eigentlich mit ihr vor? Ob es Sinn hatte, um Hilfe zu rufen? Aber hätte er ihr dann nicht zusätzlich einen Knebel verpasst? Wahrscheinlicher war, dass niemand sie würde hören können. Stattdessen sollte sie lieber darüber nachdenken, was sie tun konnte, um sich zu befreien, oder was der Mann von ihr als »Buße« erwartete. Sie kramte in ihrem Gedächtnis nach längst vergessenen Liturgien, suchte nach Floskeln, die reumütige Kinder vor einem gestrengen Pfarrer verwenden würden, aber ihr Kopf gab nichts frei.

Wie war sie eigentlich hierhergekommen? Nina kniff die Lider hinter dem derben Stoff fest zusammen, so als sei es nicht sowieso schon stockfinster, und versuchte, Erinnerungen heraufzubeschwören.

Das letzte Ereignis, welches ihr einfiel, war der Besuch im *Nachtwerk*. Samstagabend. Nina ging *jeden* Samstag ins *Nachtwerk*. Die riesige Diskothek im Süden Leipzigs war ein beliebter Treffpunkt für Leute, die sich amüsieren wollten. Sie war also im *Nachtwerk* gewesen, so viel war sicher.

Wie lange mochte das her sein? Wenn sie ihren Körper prüfte, ihr Durstgefühl, den Drang, pinkeln zu müssen, konnte es nicht länger als einen halben Tag zurückliegen. Es sei denn, zwischen dem Besuch in der Disco und *Dem Hier* lag eine Zeit, die ihr Gedächtnis nicht gespeichert hatte. Nina sah im Moment keine Möglichkeit, das herauszufinden. Also weiter: War der Abend in der Disco wie immer verlaufen?

In ihrem Kopf tauchte ein unscharfes Bild auf. Dieser gutaussehende Bursche mit den blauen Augen, die im Dunkeln geleuchtet hatten wie die Xenonscheinwerfer einer Nobelkarosse. Er war ihr sofort aufgefallen, und Nina hatte sich behutsam an ihn herangepirscht. Bloß nicht zu aufdringlich wirken! Das mochten die begehrten Typen nämlich gar nicht. Man musste es so aussehen lassen, als seien sie von selbst auf einen aufmerksam geworden. Und Nina Bernstein beherrschte das Spiel perfekt. Wenn man die Kerle einmal an der Angel hatte, konnte man mit ihnen machen, was man wollte.

Und Nina wollte nur eins: richtig guten Sex. Danach konnte der Typ sich schleichen. Manche checkten das nicht und wollten hinterher ihre Telefonnummer oder am nächsten Tag mit ihr essen gehen. Nina fand das spaßig. Was bildeten sich diese Typen eigentlich ein? Sie wollte keine Beziehung, sie wollte *Sex*. Harten Sex. Manche von den One-Night-Stands sah sie später im *Nachtwerk* oder in irgendeiner anderen Disco wieder. Wenn sie richtig gut gewesen waren – aber nur dann –, gab Nina ihnen eine zweite Chance. Oft war das jedoch noch nicht geschehen. Die, die am attraktivsten aussahen, brachten es oft nicht. Es war wie mit holländischem Obst: sah super aus, schmeckte nach nichts. Die besten waren die Unscheinbaren, die kleinen dürren oder auch die untersetzten. Und doch fiel sie immer wieder auf diese Strahlemänner herein, die mit den gutgebauten Körpern und den blauen Augen. Nina lächelte kurz, bis ihr einfiel, in welcher Lage sie sich befand. Schnell zwang sie ihre Gedanken wieder zurück zu dem Typen mit den Xenonaugen. Sie hatte ihn gesehen und sich angeschlichen.

Nicht lange, nachdem sie ihn wie zufällig angerempelt und sich dafür entschuldigt hatte, hatte er schon mit ihr getanzt und ihr einen Drink spendiert. Einen Gimlet. Und eine halbe Stunde später einen zweiten. Gimlets trank Nina am liebsten. Schön trocken, mit reichlich Gin. Beim vierten oder fünften Tanz hatte er ihre Hand ergriffen und sie auf seine Hüfte gelegt. Nina hatte nichts dagegen gehabt. So lief es immer. Die Typen taten irgendwas, aber sie steuerte das Ganze unbemerkt.

Ninas Unterleib erinnerte sich noch daran, wie scharf sie geworden war, als sich Körper an Körper schmiegte. Geil auf diesen blauäugigen Casanova und seinen festen kleinen Hintern unter ihren Händen. »Ich heiße Timo«, hatte der Typ zu ihr gesagt.

Sie wollte ihre Namen gar nicht wissen, aber meist ließ es sich nicht vermeiden. »Timo« hatte gut gerochen. Dann hatte er ihr ins Ohr geflüstert, ob sie Lust hätte, etwas zu rauchen, und sie waren auf den Parkplatz gegangen, auf dem sich schon viele junge Leute herumdrückten. Seit man in den Discos keine Zigaretten mehr rauchen durfte, hielt sich die Hälfte der Besucher draußen auf.

Nina hatte ihn in eine unbeleuchtete Ecke gelotst und dabei gehofft, er würde es ihr gleich hier besorgen, auf diesem riesigen asphaltierten Platz – sie an die Rückwand des Gebäudes gepresst, die Beine um ihn geklammert, er vor ihr, der feste kleine Hintern heftig stoßend –, aber er machte keine Anstalten dazu. Sie musste wohl noch weiter an ihm graben. Manche von den Typen waren aber auch zu tugendhaft. Vielleicht würde es ihm die Sache erleichtern, wenn sie zuerst ein bisschen Gras mit ihm rauchte. Timo hatte ewig gebraucht, um zwei Joints zu drehen. Oft hatte er das anscheinend noch nicht gemacht.

Als Nina spürte, wie ihre Gedanken begannen, Karussell zu fahren, hatte sie ihn ein bisschen angeheizt. Daran erinnerte sie sich noch zu gut. Er war allmählich munter geworden und hatte mitgemacht, sodass ihre Hoffnung, den Richtigen für diese

Nacht ausgewählt zu haben, wuchs. Schließlich wollte sie nicht das ganze Wochenende hier zubringen.

Nina rutschte ein bisschen an der Wand nach unten und zog die Beine an. Ihr Rücken schmerzte. Und es war bitterkalt. Fast genauso kalt, wie auf diesem dämlichen Parkplatz vor dem *Nachtwerk* am Sonnabend. Nachdem sie eine ewige Viertelstunde an dem Typen herumgemacht hatte, gab Nina ihre Hoffnung, er würde gleich hier über sie herfallen, auf. Der Kerl war anscheinend zu feige dazu. Allmählich kroch ihr die Kälte auch unter die Klamotten. Aber einen Versuch hatte er noch. Sie würde ihm das Auto anbieten. Wie immer hatte Nina in einer abgelegenen Ecke geparkt, wo es schön dunkel war. Und wenn jemand ihr beim Ficken zusehen wollte – auch gut. Das törnte sie an. Sie nahm die Typen nie mit zu sich nach Hause, nie seit mindestens zwei Jahren. Schlechte Erfahrungen. Wenn sie erst wussten, wo sie wohnte, klebten manche von ihnen an ihr wie Kletten. Der Parkplatz, eine von den Toiletten im *Nachtwerk* oder das Auto taten es genauso gut.

Aber zuerst hatte sie dringend pinkeln gemusst, und weil sie trotz der Kälte zu faul gewesen war zurückzugehen, hatte sie beschlossen, sich gleich in das dunkle Gestrüpp des Wäldchens am Rande des Parkplatzes zu begeben. In der Finsternis konnte sie eh keiner sehen. Und den Rest Schamgefühl erledigte der Joint, den sie vor ein paar Minuten geraucht hatte. »Ich komme gleich wieder, lauf nicht weg«, hatte sie mit ihrer heiseren Stimme zu dem Typen gesagt und war über den glatten Asphalt in Richtung der Sträucher getaumelt. Sie war nicht weit in das Wäldchen hineingelaufen, nur ein paar Meter, und hatte sich dann umgedreht, sodass sie den Parkplatz und die dunkelgelben Lichtkreise der Bogenlampen sehen konnte. Nachdem sie vor dem Herunterlassen der Hose die Hosenbeine bis zu den Waden hochgewurstelt hatte, damit sie nicht aus Versehen nass wurden, hatte Nina sich hingehockt. Ihr »Date« stand brav an der seitlichen Ecke und wartete. Ab und zu hob er eine Zigarette – oder war es ein neuer Joint? – und sog daran.

Nina erinnerte sich an das Geräusch ihres Urinstrahls auf den vertrockneten Blättern. Gleichzeitig hatte sie gesehen, wie der Typ einer Dampflok gleich weiße Wölkchen in die Nacht blies. Sie erinnerte sich auch noch daran, wie sie sich mit zwei Tempotaschentüchern abgewischt hatte und dass sie zwei Schritte nach vorn gegangen war, ehe sie die Hose hochgezogen hatte. Das war alles.

Danach war nichts als Schwärze. Weder fiel ihr ein, wie sie auf den Parkplatz zurückgelangt war; noch, ob sie ihr Vorhaben wahr gemacht und sich im Auto von diesem Timo hatte ficken lassen. Leer, leer, leer war ihr Kopf, nichts als eine hohle Nussschale voller Luft.

Nina dachte noch ein paar Sekunden lang über den Abend nach, aber sosehr sie sich auch bemühte, mehr wollte ihr nicht einfallen. Sie schob sich wieder ein bisschen nach oben. Inzwischen brannte nicht nur ihr Rücken, sondern auch ihr Hintern vom Sitzen auf dem harten Boden.

Sie war im *Nachtwerk* gewesen und hatte einen Typen kennengelernt. Und dann hatte irgendjemand sie gefesselt und eingesperrt. Und nun sollte sie Buße tun, wofür auch immer.

Ob irgendein verschmähter Liebhaber sie hier gefangen hielt? Zur Strafe, weil sie nach einem Fick nichts mehr von ihm hatte wissen wollen? Sollte sie etwa *das* bereuen? Dieser Timo war jedenfalls nicht ihr Entführer, da war sie sich ziemlich sicher.

Die Stimme hatte gesagt, sie habe gesündigt und wenn sie einsichtig sei, könne sie sich viel Leid ersparen. Nina beschloss, sich darauf einzurichten. Wenn der Typ mit der barschen Stimme wiederkam, würde sie ihn als Erstes um Entschuldigung bitten. Mal sehen, wie er reagierte. Nina Bernstein hatte nicht wirklich

Angst vor dem, was kommen würde. Bis jetzt war sie noch jeder Situation gewachsen gewesen. Sie atmete die modrige Luft tief ein und stieß sie mit einem Pfeifen wieder aus. Die Stimme hatte nicht verkündet, wann ihr Besitzer wieder auftauchen würde. Es konnte Minuten oder Stunden dauern, wer wusste das schon. Aber sie musste ja nicht regungslos hier sitzen bleiben und darauf warten, dass ihre Muskeln komplett einrosteten. Nina beschloss, ihre Umgebung zu erkunden. Auch mit den Fesseln war sie nicht völlig bewegungslos. Sie konnte umherkriechen und alles abtasten.

Langsam zog sie die Beine an und wartete kurz, bis der Schmerz sich etwas verflüchtigt hatte. Dann rollte sie sich zur Seite, verlagerte das Gewicht auf die Knie und ließ den Körper sich stabilisieren. Es war gar nicht so einfach aufzustehen, wenn einem die Hände auf dem Rücken festgebunden waren, aber sie schaffte es. Auch das Vorwärtskommen gestaltete sich schwieriger als Nina gedacht hatte. Mit winzigen Schritten schob sie sich in den Raum hinein. Eigentlich glich es mehr einem wackligen Hüpfen denn einem Laufen. Normalerweise hätte sie die Arme nach vorn ausgestreckt, um Hindernisse rechtzeitig zu ertasten. Die Gefahr, dass sie sich den Kopf anstoßen würde, war groß, und Nina beschloss rückwärtszutrippeln, die gefesselten Arme ein paar Zentimeter vom Rücken weggestreckt.

Die Kälte kniff in Gesicht und Hals. Wenn sie richtig fühlte, trug sie lediglich ihre Jeans und das Top, darunter war nur nackte Haut. Wie immer samstags. Auf Unterwäsche verzichtete Nina beim Ausgehen konsequent – sie störte nur. Ihre wattierte Jacke, der Schal und die Handschuhe fehlten. Vielleicht hingen sie noch immer an der Garderobe im *Nachtwerk*. Was dafür sprach, dass sie direkt vom Parkplatz der Disco aus hierhergekommen war. Jetzt berührte ihre rechte Handfläche etwas Festes und sie rückte noch ein wenig dichter an die Wand heran. Vorsichtig rutschten die Finger über feuchtkalte Steine, ertasteten eine schmale Fuge, fuhren die unregelmäßige Einkerbung nach. Eine Natursteinmauer. Nina lehnte sich an und öffnete den Mund. Ihr »Ist da jemand?« hallte wider. Was war das hier, eine Gruft? Sie beschloss, sich seitwärts an der Wand entlang zu bewegen. Es musste einen Ausgang geben, irgendwo befand sich eine Tür. Die Stimme mitsamt dem dazugehörigen Körper musste ja schließlich an irgendeiner Stelle hereingekommen sein. Behutsam schob sie sich weiter nach rechts. Nach vierzehn Schrittchen war Schluss. Ninas Schulter stieß an eine weitere Wand. Eine Ecke des Raumes? Sie wollte sich gerade in Position bringen, um den Winkel zu überwinden, als ein leises Geräusch über ihre Haut fuhr wie eine Klinge. Das feine Klicken ließ Nina die Luft anhalten, und als das gleiche Quietschen wie vorhin ertönte, wusste sie, dass die Stimme zurückgekommen war.

»Hoppla! Was haben wir denn da?«

Nina vermeinte, einen ironischen Unterton herauszuhören, aber es konnte genauso gut sein, dass sie sich das nur einbildete. Wenigstens hatte er nicht zornig geklungen. War das ein gutes Zeichen?

»Du brauchtest wohl Bewegung?« Die Stimme kam näher, säuselte. Nina konnte Pfefferminz riechen.

»Ich … ich … ich möchte mich entschuldigen.« Sie versuchte ein verlegenes Lächeln, hoffte, dass es echt aussah, und bedauerte gleichzeitig, nichts sehen zu können.

»Du willst dich *entschuldigen*?« Jetzt klang er überrascht. »Wofür?« Die Stimme war jetzt ganz dicht vor ihr, und Nina fühlte, wie sich die kleinen Härchen an ihren Armen aufrichteten.

»Falls ich Sie gekränkt habe.« Reichte das?

»Mich *gekränkt*?« Ein feines Prusten. Nina spürte, wie sich ein leichter Nebel auf ihre nackten Unterarme senkte. »Wie kommst du denn *darauf*?«

»Ich … äh … na ja. Kennen wir uns eigentlich?« Die ganze Zeit hatte Nina versucht herauszufinden, ob sie dem Mann, dem die

Stimme gehörte, schon einmal begegnet war, aber ihr Gehirn hatte nichts zutage gefördert. Wenn er aber *nicht* zu den Verflossenen gehörte, die sich mehr von ihr erhofft hatten, woher kannte er sie dann? Oder schlimmer – kannte er Nina Bernstein womöglich gar nicht? War sie ein Zufallsopfer? Was sollte aber dann der Scheiß mit der »Buße«? Das setzte doch voraus, dass sie etwas getan hatte, das er der Sühne würdig fand. Und wie konnte er so etwas wissen, wenn er sie vorher noch nie getroffen hatte? Nina schüttelte ihren Kopf, um die Gedanken zu sortieren.

»Ich weiß nicht, was diese Fragen sollen. Hast du über deine Sünden nachgedacht?« Nina spürte seinen Pfefferminzatem über ihre Haut streichen und fror.

»Ich weiß wirklich nicht, was Sie meinen.« Sie musste ihrem Satz keinen kläglichen Unterton geben. Den hatte er von ganz allein.

»Jetzt ist es aber genug!« Mit einem Mal hatte sich die Stimme von einem sanften Wispern zu einem Grollen erhoben. »Treib keine Spielchen!«

Nina schwieg, während sie fieberhaft nachdachte. Der Inhaber der Stimme schien sie zu beobachten, schien auf etwas zu warten. Sie spürte alles gleichzeitig: die Steine in ihrem Rücken, den unebenen Boden unter ihren Schuhsohlen, das kratzige Gewebe der Augenbinde, die unnachgiebigen Fesseln an den Handgelenken.

Bis jetzt hatte ihr Kerkermeister nur Forderungen gestellt, ihr jedoch außer dem Stoß vorhin und den Fesseln keine Gewalt angetan. Vielleicht würde er sie wieder freilassen, wenn er mit ihr fertig war. Wenn sie das getan hatte, was er von ihr verlangte. Allerdings wusste Nina noch immer nicht, was das eigentlich sein sollte. Buße wofür? Noch immer schwieg die Stimme, und die Kälte kroch ihr allmählich in die Knochen. »Ich weiß wirklich nicht, was Sie erwarten. Bitte helfen Sie mir doch auf die Sprünge, dann mache ich, was Sie wollen.« Nina hasste sich für das Flehen in ihrer Stimme.

Sollte sie ihm Sex anbieten? War es das, auf das er scharf war? Er war ein Mann. Männer mochten Sex. Fesselspielchen, Sadomaso. Nichts einfacher als das. Darin war sie Spitze. Der Pfefferminzgeruch wurde wieder stärker, während Nina noch überlegte, ob es klug war, ihm ihren Körper anzubieten.

»Du stellst dich dumm an. Dümmer, als ich dachte.« Jetzt stand er direkt vor ihr. Sie konnte sein stoßweises Atmen im Gesicht spüren, wenn er redete.

»Wollen Sie mit mir schlafen?« Nina überlegte noch, warum sie das Wort »ficken« nicht herausbrachte, wo es doch sonst zu ihrem alltäglichen Sprachgebrauch gehörte; und warum sie den Typen mit »Sie« ansprach, als ein gackerndes Geräusch sie zurückzucken ließ. Es dauerte einige Sekunden, bis sie es einordnen konnte. Der Typ lachte.

»Nina, Nina…« Er schien den Kopf zu schütteln. »Das ist ja gerade das Problem.« Sein meckerndes Lachen verebbte. Die Stimme entfernte sich jetzt wieder, wobei er vor sich hin murmelte. »Du begreifst es nicht. Wenn du ein bisschen nachgedacht hättest, wüsstest du vielleicht, was du falsch gemacht hast, aber anscheinend denkst du zu wenig.« Jetzt näherte er sich wieder. »Aber wir haben genug Zeit. Vielleicht fällt es dir noch ein.« Nun stand er wieder direkt vor ihr. »Ich öffne jetzt die Fesseln an deinen Handgelenken. Komm aber nicht auf dumme Gedanken. Dreh dich bitte um.« Nina gehorchte. Womöglich war das ihre Chance. Und er hatte »bitte« gesagt. Die Wand vor ihrem Gesicht dünstete klamme Steinluft aus. Der Typ fummelte hinter ihrem Rücken an den Fesseln herum. Seine Finger waren warm und weich. Nina konnte fühlen, wie die enge Schnürung an den Gelenken sich löste. Die Haut brannte ein bisschen, aber das würde vergehen. Hoffentlich ließ er ihr die Augenbinde. Solange sie ihn nicht sah, konnte sie sich an die Hoffnung klammern, dass er vorhatte, sie freizulassen. Nachdem er hatte, was er wollte. Was auch immer das sein mochte.

»Jetzt ziehst du das Oberteil aus.«

»Ausziehen?«

»Was ist daran nicht verständlich? Zieh das Shirt aus. Jetzt!« Er hob die Stimme ein wenig, und Nina beeilte sich zu tun, was er verlangte. Wenn er ihre Brüste sehen wollte – gut. Sie waren einen Blick wert. Nina streifte das Top über den Kopf, ließ es an der Augenbinde vorbeirutschen, doch die verschob sich um keinen Millimeter. Das Oberteil in der Rechten blieb sie mit dem Gesicht zur Wand stehen und atmete den Modergeruch ein, während sie auf weitere Anweisungen wartete. Ihr ganzer Körper erschauerte, als seine Fingerspitzen sich auf ihren nackten Rücken legten und dann sanft von oben nach unten glitten. »Sehr schön.«

Die Hände lösten sich. Nina zitterte ein bisschen. Jetzt spürte sie wieder, wie kalt es in diesem Raum wirklich war. Pfefferminzduft wogte heran.

»Hör mir zu. Links neben dir ist eine Matratze. Du legst dich jetzt bitte darauf. Mit dem Gesicht nach unten.«

Aha, jetzt kam es. Er wollte sie doch ficken. Nur dass er dauernd »bitte« sagte, machte Nina ein bisschen Angst. Sie trippelte ein wenig nach links, bis die Fußspitzen an ein Hindernis stießen, und kniete dann nieder. »Soll ich meine Hose auch ausziehen?« In der sie umgebenden Dunkelheit fand Nina, dass sie sich wie eine Dreijährige anhörte.

»Nein. Mach den Reißverschluss auf, das sollte reichen.«

Nina fragte sich, wie er es anstellen wollte, sie zu vögeln, wenn sie die Jeans noch anhatte, während sie an dem Metallknopf nestelte. Ihre Finger flatterten, es schien Stunden zu dauern, und doch wartete der Typ geduldig, bis sie endlich so weit war.

»Und nun leg dich auf den Bauch.« Sie bekam einen leichten Stüber und kippte nach vorn.

»Beine gerade, Arme an die Seiten.« Nina tat, wie ihr geheißen. Die Matratze roch auch muffig. Sie drehte den Kopf zur

Seite, um besser atmen zu können. Als seine Hände ihren Hosenbund berührten, sog sie scharf die Luft ein.

»Halt schön still. Es wird nicht wehtun.« Er streichelte über ihren Rücken, und Nina unterdrückte ein Zähneklappern.

Neben ihr klimperte es, dann begann ein feines Surren. Das Geräusch war ihr völlig unbekannt. Was machte der Typ da? Als er sich mit einem Ächzen über sie schwang, hielt Nina für ein paar Sekunden die Luft an und wappnete sich gegen das, was jetzt gleich kommen würde. Aber er blieb einfach auf ihrem Hinterteil sitzen und machte keinerlei Anstalten, ihr die Hose abzustreifen. Lediglich den Bund schob er etwas nach unten. Das schwirrende Geräusch wurde lauter. Der Typ rutschte ein wenig nach oben und legte ihr eine warme Handfläche auf das linke Schulterblatt. »Es geht jetzt los. Nicht zappeln, Nina.«

»Ich verstehe nicht …«

»Das musst du auch nicht. Halt einfach still, umso schneller ist es vorbei.«

Das Surren war jetzt ganz dicht über ihr, dann begann es unter ihrem linken Schulterblatt zu kribbeln, als liefen hunderte von Ameisen winzige Kreise. Nach einigen Minuten verstummte das Brummen für einen Moment und etwas wischte mit reibenden Bewegungen über die Haut. Dann begann es von neuem. Die Ameisenarmee arbeitete sich allmählich nach rechts vor. Nina war sich nicht ganz sicher, aber es hörte sich an, als würde das Surren von einem steten Raunen untermalt, als begleite ein gemurmelter Singsang das mechanische Geräusch wie eine Liturgie.

Die Prozedur schien sich über Stunden hinzuziehen. Aber vielleicht waren es auch nur Minuten, Nina verlor irgendwann jegliches Zeitgefühl. Als das Surren plötzlich verstummte, schien die Stille zu rauschen. Noch einmal wischte weicher Stoff in kreisenden Bewegungen über Ninas Rücken. Die Muskeln an ihrem Hintern, die Nina die ganze Zeit angespannt hatte, waren taub. Das Gewicht des Typen fühlte sie wie einen dumpfen Schmerz.

»Bleib liegen!« Er löste sich von ihr und erhob sich. Nina bewegte behutsam ihre Finger. Doch noch ehe sie dazu gekommen war, einen Plan zu schmieden, war er schon wieder über ihr.

Erst jetzt wurde es Nina bewusst, dass die Haut des Rückens heiß war, sie glühte wie bei einem leichten Sonnenbrand. Es knisterte, dann legte sich etwas Kaltes, Glattes auf ihren Rücken, wurde an den Seiten fest angedrückt. »So. Teil eins.«Die Stimme klang irgendwie erleichtert. »Setz dich und zieh dein Shirt wieder an.«

»Ich kann nicht.« Nina war paralysiert. Ihre Muskeln waren vom langen Liegen in der gleichen Position wie gelähmt.

»Stell dich nicht so an!« Dass der Typ nicht einmal die Stimme hob, jagte Nina ein bisschen Angst ein. Während sie auf das feine Kribbeln wartete, das anzeigte, dass das Leben in ihre Arme und Beine zurückkehrte, versuchte sie die Geräusche im Hintergrund zu analysieren. Er packte etwas ein, summte dabei eine Melodie. Als sie gerade dachte, dass es ihm egal zu sein schien, wie lange sie brauchte, kam er zurück, ließ sich direkt neben ihr niederplumpsen, griff nach ihren Schultern, drehte sie mit einem Ruck um und zerrte sie dann. »Hoch mit dir, Schlampe!«

Als sie saß, ließ er los und warf ihr das Top in den Schoß. »Anziehen!«

Nina gehorchte wortlos. Der Stoff rutschte über ihren Kopf nach unten und glitt über den Rücken, an dem eine Art Folie zu kleben schien.

»Hände auf den Rücken!«

»Aber ...«

»Diskutier nicht!«

Während er ihre Arme wie vorher auf dem Rücken fesselte, dachte Nina darüber nach, was er wohl als Nächstes mit ihr vorhatte, aber ihr Kopf gab nichts her.

»Du kannst hier sitzenbleiben oder dich hinlegen, wie du magst. Wenn ich wiederkomme, machen wir weiter.« Er drückte ihr mit dem Daumen gegen die Stirn und entfernte sich dann.

»Lassen Sie mich doch hier nicht allein!«

»Du hast eine Aufgabe. Ich habe es dir beim letzten Mal schon gesagt. Du sollst büßen. Und du musst aufrichtig sein, und nicht nur so tun. Ich erkenne den Unterschied.«

»Ich habe Durst! Und ich muss zur Toilette!«

»Daran kann ich momentan nichts ändern.« Das Scharnier quietschte. »Ich empfehle dir nachdrücklich, über meine Worte nachzudenken.« Es klickte, dann war es still.

Nina lauschte in die Finsternis. Sie hatte es eben nicht nur so dahingesagt. Sie *war* durstig und ihre Blase drückte. Und sie fror. Was hatte er mit ihrem Rücken angestellt? Wie lange würde der Typ wegbleiben? Und was würde er mit ihr machen, wenn er zurückkam?

2

»Lasst uns nun singen.« Der Mann mit dem weißen Umhang breitete die Arme aus und ließ seinen Blick über die Gemeinde gleiten. Er bemühte sich dabei, jeden Einzelnen anzusehen. Ehrfürchtig saßen seine Schäflein in ihren Stuhlreihen und blickten nach vorn. Aus ihrer Perspektive wirkte Romain Holländer wie die Christusstatue auf dem Corcovado in Rio de Janeiro, nur dass seine Haare nicht so lang waren. Konrad, der neue Altardiener, sang einen einzelnen klaren Ton in die Stille und stimmte so an.

Romain Holländer schloss die Augen. Sein sonorer Bass übertönte den Chorus, genau so, wie es sein sollte. Er wusste um seine Wirkung. Besonders eindrucksvoll war die Szenerie an einem Tag wie heute, wenn die Sonne hereinschien. Das Licht fiel durch das Ornamentfenster hinter ihm und zeichnete saphirblaue, flaschengrüne und granatrote Muster auf das weiße Gewand. Gleichzeitig fluteten die farbigen Strahlen um seinen Hinterkopf und verliehen ihm eine Art Heiligenschein. Die Markierung am Boden, auf die er sich stellen musste, um diesen Effekt zu erzielen, war fast unsichtbar, und Romain Holländer glaubte nicht, dass sie überhaupt schon einmal jemandem aufgefallen war. Eigentlich brauchte er das Kreuzchen auch gar nicht. Die Riten verliefen seit Jahren immer gleich, ob es nun Sonntags- oder Wochentreffen waren.

Er sang etwas lauter und schielte dabei durch die halbgeschlossenen Lider auf die Gemeinde; prüfte die Gesichter, forschte, ob alle dem Auf und Ab der Töne folgten. Ablenkung war Sünde. Meist beichteten die Betreffenden ihre Verfehlungen von selbst und suchten sich auch selbst eine Bestrafung aus, aber es konnte nichts schaden, sie trotzdem zu kontrollieren. Dieses Mal schien niemand unaufmerksam zu sein. Viele hatten wie ihr Führer die Augen geschlossen, manche wiegten sich im Takt hin und her.

Auch die Kinder bemühten sich. Die ganz kleinen, die Texte und Melodien noch nicht beherrschten, saßen andächtig auf dem Schoß von Mutter oder Vater, die größeren versuchten mitzusingen. Keines von ihnen zappelte, weinte oder plapperte dazwischen, obwohl die Sonntagsandacht manchmal von sechs Uhr früh bis zur Mittagsspeisung dauerte. Es schien Romain, als begriffen sie instinktiv die Bedeutung der Treffen und wollten ihren Eltern keine Schande machen.

Romain Holländer war zufrieden. Heute hatte keiner von ihnen Tadel verdient. Er ließ die letzten Töne verhallen und öffnete die Augen ganz langsam, als erwache er gerade aus einer tiefen Trance. Dann schenkte er der Gemeinde ein inniges Lächeln und senkte bedächtig die segnenden Arme. Den Blick auf die vertäfelte Wand hinter den Stuhlreihen gerichtet, zählte er bis zehn, ehe er sprach.

»Ich danke euch. Es ist ein wunderbares Gefühl, wenn sich alle im Gesang vereinen. Der heutige Sonntag ist ein gesegneter Tag für uns alle. Wir wollen nun voller Freude die Botschaft der Woche hören.« Die Menschen vor ihm falteten die Hände, die Kinder taten es ihnen nach. Romain Holländer gab Konrad ein Zeichen, und während er zu predigen begann, schritt der Junge durch die Reihen und schwenkte das silberne Gefäß von links nach rechts, darauf bedacht, den weißen Rauch gleichmäßig zu verteilen.

Insgeheim gab Romain Holländer zu, dass er das mit dem Räucherwerk von den Katholiken geklaut hatte. Angeblich hatte ja schon der reine Weihrauch einen leicht halluzinogenen Effekt, aber er verwendete zusätzlich noch andere Essenzen. Substanzen, die in Deutschland gar nicht erhältlich waren. Die Beimengungen hatten eine leicht narkotische Wirkung, beruhigten die

Gedanken, machten den Kopf leer und schufen so Platz für seine Worte.

Seine Schäfchen wussten davon nichts. Sie fühlten lediglich, dass der Rauch sie beruhigte, dass er ihnen Wohlbehagen schenkte und sie ein wenig schläfrig zurückließ. Auch Romain Holländer spürte die Wirkung. Er liebte es, wenn sich die Gedanken in seinem Kopf zu machtvollen Gebilden formten, wenn die Sätze wie Perlenschnüre aus seinem Mund glitten und sich um die Köpfe der Gemeindemitglieder wanden. Manchmal überflutete ihn die Macht der Worte so stark, dass er Stunden um Stunden predigte, um danach wie eine hohle Spielzeugfigur in die glasigen Augen seiner Gemeinde zu starren.

Heute hatte er Konrad den Auftrag gegeben, die große Silberkugel nur in den Reihen der Zuhörer zu schwenken, denn heute durfte die Predigt nicht bis in die Nachmittagsstunden dauern. Romain Holländer hatte noch einiges vor an diesem wunderbaren Sonntag im Februar.

Nach einer guten Stunde beendete er seine Rede mit einigen metaphorischen Verweisen auf die Nützlichkeit ihres Tuns, wobei er die Stimme lauter und lauter werden ließ, um die Schäfchen sanft aus ihrer Entrückung zu erwecken. Nachdem alle die Augen wieder geöffnet hatten und nach vorn schauten, stimmte er die Schlusslitanei an. Das einsetzende Gemurmel rollte wie ein ferner Donner durch den Raum.

»Und nun gehet zur Sonntagsspeisung. Ich werde euch alsbald folgen.« Die erhobenen Arme winkten die Schäfchen hinaus. Romain Holländer lächelte sein sanftmütiges Lächeln. Er liebte diese schwülstigen Formeln. Sie hoben sich von der Alltagssprache ab und zeigten, dass es hier um etwas Besonderes ging.

»Konrad, du hilfst mir bei den Nachbereitungen.« Der Altardiener nickte. Das ziselierte Räuchergefäß schaukelte sacht in seiner Rechten. Romain beobachtete die Gemeindemitglieder beim Hinausgehen. Manche Kinder waren so fest eingeschlafen, dass sie auch durch das Rütteln und die Geräusche beim Aufstehen nicht erwachten. Langsam schlurften die Menschen hinaus, die große Freitreppe in das Foyer hinab.

Konrad hatte sich nicht von der Stelle gerührt. Er stand noch immer neben dem Altar und starrte in die Ferne. Vielleicht hatte er beim Herumgehen etwas zu viel von dem Räucherwerk eingeatmet. Romain Holländer wartete, bis alle Mitglieder den Raum verlassen hatten, dann trat er zu dem Jungen und legte ihm die Handfläche auf die blonden Locken. »Komm, mein Sohn. Es wird Zeit.« Konrad erwachte aus der Erstarrung und sah zu seinem Meister auf. Ein scheues Lächeln erschien in seinem Gesicht. Es war sein erster Altardienst, und er wusste noch nicht so recht, wie es jetzt weitergehen würde.

»Zuerst kontrollierst du den Andachtsraum.« Romain zeigte auf die Stuhlreihen. »Stelle die gewohnte Ordnung wieder her.« Das Kind nickte. »Das Räuchergefäß kannst du mir geben.« Folgsam überreichte Konrad die Silberkugel. »Dann kommst du in den heiligen Raum und hilfst mir dort bei den Nachbereitungen.« *Nachbereitungen* hörte sich entschieden besser an als »Aufräumen«. Noch einmal ließ Romain Holländer seine Hand über das seidenweiche Haar gleiten und wandte sich dann, einen Seufzer unterdrückend, ab. Hoheitsvoll schritt er davon. Das weite Gewand verdeckte seine Erektion. Was für ein reines, unschuldiges Wesen dieser Kleine doch war! Hinter ihm scharrten Stuhlbeine über das Parkett. Er würde dem Jungen sagen müssen, dass er die Stühle anheben sollte. Aber das hatte später noch Zeit.

Romain Holländer zog die schwere Flügeltür hinter sich zu. Sein Atem ging stoßweise, und er wollte nicht, dass der Junge dies hörte. Vor dem mannshohen Sprossenfenster blieb er stehen und schaute in den Park hinaus. Hell funkelte der Schnee im Licht der Mittagssonne, und Romain Holländer schloss kurz die Augen und lauschte auf das Rumoren im Andachtsraum. Der goldlockige Konrad würde gleich zu ihm kommen, um bei den

Nachbereitungen behilflich zu sein. Er öffnete die Augen wieder, schlüpfte gleichzeitig mit der rechten Hand ins Innere des Fledermausärmels und fuhr mit kreisenden Bewegungen über seinen Unterleib, während das silberweiße Licht ihn blendete. Hinter ihm wurde die Flügeltür geöffnet.

»Prinzipal?«

»Ja, mein Sohn?« Romain Holländer drehte sich nicht um. Seine Hand kreiste stärker.

»Ich bin draußen fertig.«

»Sehr schön, Konrad. Dann kannst du mir jetzt beim Umkleiden helfen.« Jetzt wandte er den Kopf nach hinten und bewunderte das Spiel des Lichts auf den hellen Kinderlocken. »Schließ die Tür, bitte.« Romain schob seine Hand wieder nach draußen und schritt zu dem Wandschrank, in dem die liturgischen Gewänder aufbewahrt wurden.

Er würde Konrad körperlich nicht zu nahe kommen – zumindest jetzt noch nicht. Der Junge würde ihm beim Umziehen helfen und sich anschließend selbst umkleiden. Dabei konnte Romain die zarte Kinderhaut wie zufällig berühren und sich ein bisschen zu dicht über ihn beugen, mehr nicht. Den Rest erledigte die rechte Hand, wenn Konrad draußen war. In ein paar Monaten würde er ihn so weit haben, dass der Junge die Verrichtungen an Romain Holländer als Dienst an der Sache ansah und sich ihm freiwillig anbieten würde. Und wie all den anderen vor ihm würde es auch Konrad irgendwann Spaß machen, dem Führer zu Diensten zu sein. Das waren Erfahrungswerte.

3

Vorsichtig entrollte der Mann sein Bild und beschwerte es an den Ecken mit Büchern, ehe er zur Lupe griff und das Segment studierte, das sich etwa auf drei Uhr des kreisrunden Gemäldes befand. Vor einer grünen Hügellandschaft sah man ein rundes Zelt, in dem sich ein Paar niedergelassen hatte, er halb liegend zu Füßen seiner Angebeteten, sie sitzend, eine rote Nelke in der Hand. Die Haube der Frau wies darauf hin, dass sie verheiratet war. Rechts von ihnen kroch ein Narr auf allen vieren in Richtung Zelt, seinen nackten Hintern hatte er in die Luft gereckt, während hinter ihm ein Mann mit einem Holzlöffel zum Schlag ausholte. Seiner Gürteltasche nach schien er ein Wirt oder Kuppler zu sein. Auch die vor dem Zelt scheinbar willkürlich angeordneten Gegenstände zeigten dem wissenden Betrachter, worauf Hieronymus Bosch in der Szene anspielte. Der runde Tisch mit dem Teller voller Kirschen, die Feldflasche auf dem Boden, Harfe, Flöte und Einhandtrommel waren traditionell Gegenstände der Ikonographie von Liebesgärten. Der Narr verkörperte die Torheit. Auch das zweite Paar, welches weiter hinten im Zelt stand, unterstrich den Aspekt der Lust. Die Frau, mit ihren hochgesteckten Zöpfen als Jungfrau erkennbar, wurde von einem vornehm gekleideten Gecken bedrängt.

Der Mann legte die Lupe beiseite. Er kannte die Details der verschiedenen Segmente bis in jede Einzelheit. Und doch fand er es nützlich, sich vor der Präparation der jeweiligen Mitwirkenden noch einmal in die Bilder zu vertiefen. Die allegorischen Darstellungen untermauerten sein Vorhaben und bewiesen ihm, dass die Menschen schon immer sündhaft gewesen waren. Ab und zu wurde es Zeit, dass sie aufgerüttelt wurden, um ihre Sünden zu erkennen und zu bereuen. Dies war seine Aufgabe. Er hob die Bücher beiseite, und das Bild rollte sich von selbst wieder ein. Es war an der Zeit, die Nächste auf ihre Aufgabe vorzubereiten.

*

Die nassen Stellen an Nina Bernsteins Hose wollten einfach nicht trocknen. Es war zu kalt in dieser Höhle. Zuerst hatte sie sich geschämt, aber mittlerweile war es ihr egal. Es hatte keine andere Möglichkeit gegeben. Eine Toilette gab es nicht, und sie war an Händen und Füßen gefesselt. Es war schlicht unmöglich gewesen, dass sie die Hose vorher auszog. Also war ihr nichts anderes übrig geblieben, als sich einzunässen. Sie hatte sich mühsam aufgerichtet und war ein paar Schritte von der Matratze weggehüpft, weil sie das muffige Ding vielleicht noch brauchte, und hatte es laufen lassen. Es war eine Erleichterung und gleichzeitig eine Beschämung gewesen.

Inzwischen war Nina wieder auf die Unterlage zurückgerobbt und hatte sich hingelegt. Zuerst auf den Rücken, aber das war nicht lange gutgegangen, weil die gefesselten Arme sich in die Lendenwirbelsäule gedrückt hatten und die Folie oder was auch immer der Typ an ihrem Rücken befestigt hatte, in die Haut kniff. Deshalb hatte sie sich auf die Seite gerollt und die Beine wie ein Embryo angezogen. Und da lag sie nun und überlegte.

»Wenn ich wiederkomme, machen wir weiter«, hatte der Typ gesagt. Womit wollte er weitermachen? Mit dem, was er an ihrem Rücken angefangen hatte? Aber was zum Teufel war das? Und sie hatte noch immer keinen Schimmer davon, was sie eigentlich büßen sollte. Sie kannte diesen Typen doch gar nicht, also konnte er logischerweise auch sie nicht kennen. Oder war das ein Denkfehler? Womöglich hatte sie es mit einem Stalker zu tun, der sie schon seit Monaten beobachtete? Was war seiner Ansicht nach die Sünde, die sie begangen hatte?

Nina leckte mit der Zunge über die rissigen Lippen. Ihr Hals war trocken und schmerzte beim Schlucken.

Wie lange mochte sie schon hier sein? Ihr fehlte jegliches Zeitgefühl. Es konnte immer noch Sonntag sein – was sie nicht glaubte –, aber ob sie inzwischen Montag, Dienstag oder gar schon Mittwoch hatten, konnte sie nicht einschätzen. Sie schloss die Augen hinter der Binde und versuchte, Bilder aus dem letzten Italien-Urlaub hervorzurufen. Irgendwann schlief Nina Bernstein ein.

Ein Klicken weckte sie. Ihr Kerkermeister kam zurück. Wie lange mochte sie in diesem komatösen Schlaf zugebracht haben? Nach dem nunmehr schon vertrauten Quietschen herrschte Stille. Nina konnte es nicht sehen, aber sie spürte seine Blicke auf ihrem Körper. Dann sprach er. »Wie geht es dir?«

»Ich habe Durst.«

»Soso. Du bekommst etwas zu trinken, wenn du mir sagst, weswegen du hier bist.«

»Ich soll büßen.«

»Sehr gut.« Er kam näher. »Aber wofür, meine Liebe, wofür?« Nina konnte ein Zittern nicht unterdrücken, als er ihr eine warme Handfläche auf die Stirn legte. »Was sind deine Vergehen?«

»Ich weiß es nicht. Können Sie mir nicht einen Tipp geben?« Nina spürte, wie ihre Unterlippe beim Sprechen zitterte, und hasste sich dafür.

»Vielleicht später. Jetzt haben wir erst einmal anderes zu tun. Ich möchte deinen Rücken betrachten.« Die gleiche Prozedur wie letztes Mal begann. Er öffnete Ninas Fesseln und ließ sie ihr Top ausziehen. Dann musste sie sich mit dem Gesicht zur Wand drehen.

Das ratschende Geräusch kam vor dem Schmerz. Es hörte sich an, als reiße man Paketband von einer glatten Oberfläche. Es dauerte einen Augenblick, bis Nina begriff, dass die glatte Oberfläche ihr Rücken war. Dann begann die Haut an den Seiten zu brennen.

»Was machen Sie da?« Sie keuchte die Worte heraus. Der Typ antwortete nicht. Lediglich ein Räuspern und etwas, das wie »Hm« klang, waren zu hören. Die Angst ging und machte dem Zorn Platz. »Ich habe gefragt, was Sie da machen!«

»Sei still.« Die Stimme entfernte sich und kehrte gleich darauf zurück. »Nicht bewegen.«

Nina krallte die Fingernägel in die Handflächen und hoffte, er möge ihre Fäuste nicht sehen. Es würde schwierig werden, ihn mit verbundenen Augen zu schlagen, aber sie konnte das nicht länger teilnahmslos hinnehmen. Als sie seine Hände an ihren Seiten fühlte, winkelte Nina die Arme an, drehte sich mit einem Ruck um, und schlug mit beiden Fäusten ins Leere. Der Schwung, den sie ihrem Körper verliehen hatte, brachte sie ins Schlingern, und da die Fußgelenke noch immer aneinandergefesselt waren, konnte sie das Taumeln nicht ausgleichen und stürzte zur Seite. Hart schlug ihre Schulter auf den Boden. Etwas krachte im Gelenk.

»Dummerchen.« Der Typ lachte meckernd. Nina unterdrückte die Tränen. Die malträtierte Schulter schmerzte.

»Du kannst gleich da liegenbleiben. Dreh dich auf den Bauch.« Als sie keine Anstalten machte, packte er sie an Füßen und Hosenbund und wuchtete sie herum. Nina hatte beschlossen, sich tot zu stellen. Sollte er doch mit ihr machen, was er wollte. Sie hörte ihn hin und her gehen, etwas raschelte, dann kam er zurück und kniete sich neben sie. Als die streichelnden Hände über ihren nackten Rücken glitten, unterdrückte Nina einen Aufschrei. Die warmen Handflächen strichen sacht von links nach rechts, von oben nach unten. Dabei schnaufte er. So nah würde ihr der Typ vielleicht nicht so schnell wieder kommen. Sie überlegte, ob sie ihm die Augen auskratzen sollte, aber da war er auch schon fertig.

»Sieht gut aus.« Die Hände lösten sich. Während sie sich noch fragte, was »gut« aussah, hatte er schon weitergeredet. »Und nun drehen wir dich auf den Rücken. Vorher fessele ich dir die Hände wieder.« Er hantierte an ihren Gelenken herum, anschließend packte er Nina und zerrte sie an Füßen und Hosenbund zurück auf die Matratze.

Sie presste die Zähne aufeinander und versuchte, nicht daran zu denken, welchen Anblick sie bieten mochte. Ob er ihre Brüste lüstern musterte? Jetzt, wo sie stumm auf dem Rücken lag, kam auch der Durst zurück. Nina räusperte sich. »Hätten Sie etwas zu trinken für mich?« Sie hörte ihre heisere Stimme wie die einer Fremden.

»Hörst du mir denn gar nicht zu? Vor einer halben Stunde habe ich dir erklärt, dass du zuerst deine Verfehlungen erkennen musst, um sie anschließend wahrhaft zu bereuen. Danach kannst du dich laben.«

Was für ein hochgestochenes Zeug schwafelte der Kerl da eigentlich? Nina hatte in ihrem ganzen Leben noch keinen Menschen getroffen, der das Wort »laben« verwendete.

»Wir sind noch nicht fertig für heute.« Er strich über ihre Stirn und schob dann die Augenbinde zurecht. Im Rücken drückten die gefesselten Hände. Das surrende Geräusch, das jetzt ertönte, kannte Nina vom letzten Mal.

»Schön stillhalten. Kann sein, dass das ein bisschen wehtut, aber daran kann ich nichts ändern.« Ihr Kopf wurde am Haaransatz festgehalten und tief in die Matratze gedrückt. Dann ertönte das Summen direkt über ihren Augen, und etwas, das sich anfühlte wie Tausende feiner Nadelstiche, piekte in ihre Stirn. Es begann über der rechten Augenbraue und wanderte langsam nach links. Ab und zu setzte das Stechen aus. Dann fuhr er ihr mit einem weichen Tuch über die feuchte Stirn, ehe er weitermachte. Am Rand der linken Augenbraue hörte es abrupt auf. Er wischte noch einmal und seufzte zufrieden. »Sehr, sehr schön.

Du kannst dich jetzt entspannen. Für heute war's das.« Rascheln und Scharren deuteten darauf hin, dass der Typ einpackte.

»Lassen Sie mir doch bitte etwas zu trinken da. Ich tue auch alles, was Sie von mir verlangen!« Den letzten Satz schrie Nina fast, aber sie bekam keine Antwort. Ihre Stirn brannte. Sie kniff die Augen zusammen, öffnete sie gleich wieder und bemerkte erst jetzt, dass sich am unteren Rand ihres Sehfeldes ein heller Streifen abzeichnete. Die Augenbinde musste sich gelockert haben, als er sie vorhin zurechtgerückt hatte. Nina drückte das Kinn auf die Brust und verdrehte dabei die Augäpfel nach unten, sah aber nur helle Schlieren, die sich nach endlosen Sekunden zu bleicher Haut verdichteten. Nach weiteren Sekunden sah sie, dass die beiden hellen Erhebungen ihre Brüste waren.

»Ach, jetzt haben wir doch das Shirt vergessen.« Ihr Kerkermeister schien das Gleiche gesehen zu haben. Er lachte kurz auf. »So ein Pech aber auch, was? Aber wie willst du es mit gefesselten Händen anziehen? Ist dir kalt?« Nina antwortete nicht, und so redete er weiter. »Das wirst du aushalten müssen. Möglicherweise hilft es dir beim Denken.«

Nina blendete den aufwallenden Hass aus und konzentrierte sich weiter auf das Licht. Wenn ihr Peiniger gleich verschwand, konnte sie sich auf die Suche nach einem Ausgang machen. Vorausgesetzt, es blieb hell.

»So, meine Liebe. Ich komme bald wieder und rate dir zum letzten Mal, in dich zu gehen und nachzudenken.«

Nina wappnete sich und hielt die Luft an. Sie wollte genau hören, was er jetzt tat. Es klickte, und im gleichen Augenblick verschwand der Lichtstreif unter der Augenbinde. Das Quietschen folgte. Sie unterdrückte ein Zittern, zählte stumm bis zweihundert und lauschte, aber alles blieb still. Der Typ war weg. Nina setzte sich auf. Sie musste ihr Top suchen und es anziehen. Die Kälte kroch ihr allmählich in die Knochen und wenn sie fror, konnte sie nicht klar denken.

Wie eine bucklige Raupe schob sie sich von der Matratze und rutschte auf den Knien durch den Raum, wobei sie das Kinn dicht über dem Boden hin und her bewegte. Es hatte geklickt und dann war es dunkel geworden. Das konnte nur bedeuten, dass sich irgendwo ein Schalter befinden musste. Im Finstern war es schwierig, sich zu orientieren. Plötzlich fühlte sie einen kalten Hauch an ihrer Stirn und hielt inne. Die Steinmauer musste sich direkt vor ihr befinden. Schwankend richtete Nina sich auf, hüpfte in eine seitliche Position und pendelte mit dem Oberkörper nach rechts, bis die Schulter etwas Festes berührte. Ohne die Ausgleichsbewegungen der Arme war es schwierig, das Gleichgewicht zu halten.

Die Wand hatte sie erreicht, aber wie sollte sie nun ohne die Hände den Lichtschalter finden? Nina beschloss, den Rücken an die Mauer zu drücken und sich dann behutsam vorwärtszuschieben. Dass sie ihr Oberteil noch nicht gefunden hatte, erleichterte ihrem Rücken das Fühlen. Die Steine waren klamm und rau und schürften über die Haut. Als Nina etwas Schmales berührte, zuckte sie kurz zusammen. Dann drehte sie sich vorsichtig um, um den Kontakt zur Wand nicht zu verlieren, und legte die Wange an die Mauer. Das Gebilde war dünn und glatt und verlief vertikal. Ein Stromkabel? Behutsam ging sie in die Knie und drückte sich dann im Zeitlupentempo nach oben. Als sie sich fast aufgerichtet hatte, traf die Wange auf etwas Rundes mit einer Erhebung in der Mitte. Nina unterdrückte einen Triumphschrei. Sie hatte den Lichtschalter gefunden! Nach mehreren Anläufen gelang es ihr, ihn mit der Stirn herunterzudrücken und unter der Augenbinde erschien der ersehnte Lichtstreif. Jetzt musste sie die Augen freibekommen. Sie hatte die Hoffnung, dass der Typ sie freilassen würde, solange sie die Augenbinde noch trug, ohnehin fast aufgegeben. Nein, sie musste etwas sehen können, um eine Fluchtmöglichkeit zu finden. Oder um sich zumindest verteidigen zu können. Die Stirn brannte noch immer von dem, was das Schwein vorhin damit angestellt hatte, also drehte Nina sich mit ein paar Hüpfschrittchen um und begann damit, sich von oben nach unten zu bewegen, den Hinterkopf immer fest an die Wand gepresst. Es schien ewig zu dauern, und allmählich brannte ihr von der ständigen Belastung die Oberschenkelmuskulatur. Auch der Rücken, der bei jedem Auf und Ab die Wand berührte, schmerzte zunehmend, aber schließlich lockerte sich die Bandage, und nach ein paar weiteren heftigen Bewegungen rutschte sie schließlich nach unten und glitt Nina wie ein kratziges Halstuch in den Ausschnitt.

Das Licht blendete, und sie zwinkerte die Tränen weg und wartete dann, bis sich die Schlieren verzogen hatten, ehe sie ihr Gefängnis inspizierte.

Die Wände waren aus dunklen Natursteinen gemauert, der Boden schien aus gestampftem Lehm zu sein. Fenster gab es nicht. Außer der Matratze in der rechten Ecke war der Raum leer.

Von der Mitte der Decke hing eine nackte Glühbirne. Nach einer Drehung sah Nina, dass sich die Tür links neben ihr befand, nur wenige Zentimeter neben dem Lichtschalter. Sie musterte das glatte Metall und die massiven Scharniere. Die würde sie ohne Hilfsmittel niemals öffnen können.

In einer Ecke des Raumes hatte der Lehmboden eine dunklere Farbe. Wahrscheinlich war das die Stelle, an der sie sich erleichtert hatte. Wenn sie es recht bedachte, musste sie schon wieder. Wie konnte ihre Blase erneut voll sein, wo sie doch gar nichts getrunken hatte? Nina verbannte die Sehnsucht nach einem Glas Wasser.

Die Tür fiel also weg. Welche Alternativen hatte sie überhaupt?

Als ihr Blick auf die fleckige Matratze fiel, begann es in ihrem Kopf zu rattern. Hatten Matratzen nicht im Innern Metallfedern? Da keine anderen Gegenstände im Raum waren, schien das derzeit die einzige Wahl zu sein. Mit neugewonnener Energie begann Nina, durch den Raum zu hüpfen. In der rechten Ecke angekommen, sank sie auf die Knie und betrachtete angewidert die undefinierbaren gelben und braunen Flecken auf dem grauen Stoff, auf denen sie gelegen hatte. Aber für Ekelgefühle war jetzt keine Zeit.

Ohne Hände würde es schwierig werden, die Matratze auf Metallteile zu untersuchen. Sie würde ihr Gesicht und die Lippen zum Tasten und die Zähne zum Zerreißen des Materials benutzen müssen. Nina unterdrückte ein Schaudern und streckte sich der Länge nach neben dem modrigen Ding aus. Bevor sie sich an die Arbeit machte, würde sie die Unterlage sorgfältig inspizieren. Die Seiten waren ausgefranst. Der untere Rand war dunkler gefärbt, als habe er Feuchtigkeit vom Boden aufgesogen. Wer weiß, wie lange das modrige Ding hier schon lag.

Die ausgiebige Betrachtung hatte bis jetzt nichts gebracht und Nina beschloss, sich nun die Unterseite anzusehen. Sie drückte das Kinn unter die Matratze, doch ihr fehlte es an Kraft und Hebelwirkung. Das Einzige, was sie schaffte war, die Unterlage nach links zu verschieben. Sie blieb eine Weile liegen und wartete, bis sich ihre Atmung beruhigt hatte. Das hier war ihre einzige Chance. Also würde sie weitermachen, bis sie vor Erschöpfung zusammenbrach.

Nina wälzte sich auf den Rücken, drückte dann ihre Füße unter die Matratze und schob die Beine nach. Dann spannte sie die Bauchmuskeln an und hob die Beine mit einem Ruck. Wie gut, dass sie regelmäßig Sit-ups machte.

Nach dem dritten Versuch hatte sie es geschafft. Die Matratze hob sich vom Boden, kippte im Zeitlupentempo nach vorn und landete auf Nina. Der faulige Geruch nahm ihr fast den Atem, aber sie fing sich schnell wieder, drehte sich und schob sich unter der erdrückenden Last hervor.

Der Stoff an der Unterseite war verschimmelt. Nina hustete. Schimmel war giftig. Aber gleichzeitig machte er das Gewebe auch mürbe, und das würde ihren Zähnen die Arbeit erleichtern. Vorausgesetzt, sie konnte sich dazu durchringen, in das stinkende Ding zu beißen. Aber zuerst musste sie sich ein klitzekleines bisschen ausruhen. Auf der Seite liegend atmete Nina tief ein und aus. Ihr Blick schweifte über die Unebenheiten im Lehmboden, glitt über ein winziges rautenförmiges Muster, flog weiter, kehrte zurück und dockte noch einmal an den Rauten an. Durch die körperliche Anstrengung hatte sie bis jetzt nichts von der Kälte gespürt, aber nun kribbelten Eisfinger über ihren nackten Rücken. Feine Härchen in ihrem Nacken richteten sich auf, so als bliese ihr ein Pesthauch ins Genick.

Diese Struktur war nichts Zufälliges. Das waren Buchstaben, winzige Schrift, die die Matratze bisher verborgen hatte. Nina zitterte, als sie dichter an die kleinen Zeichen heranrobbte und den Kopf darüber neigte.

Im trüben Licht der Glühbirne betrachtete sie die in den Lehmboden geritzten Wörter und hörte dabei ihre Zähne aufeinanderklacken.

Sie wusste nicht, ob sie alles exakt entzifferte, aber das war auch nicht wichtig. Der Sinn der Botschaft war unmissverständlich. Ninas Gefühl, dass das hier kein gutes Ende finden würde, verdichtete sich, als sie die Botschaft noch einmal studierte.

HILFE
ICH WURDE AM 30. JANUAR ENTFÜHRT
CAROLIN FRESNEL

4

»Schnell, schnell! Zum Fitting, Leute!« Der junge Mann mit der hochtoupierten Krähennestfrisur winkte die Mädchen an sich vorbei und tupfte sich dann über die Stirn. Es war ein bisschen wie bei den Großen der Branche. Junge Frauen mit überhohen Stöckelschuhen rannten wie aufgescheuchte Hühner planlos hin und her. Andere Frauen, meist älter, kleiner und mit flachem Schuhwerk folgten ihnen und zupften an Kleidung oder Haaren herum.

Lara Birkenfeld saß in einer Ecke auf einem wackligen Klappstuhl und knipste, was das Zeug hielt. Für einen eigenen Fotografen hatte es bei dieser Reportage nicht gereicht. Sie würden später in der Redaktion prüfen müssen, welche ihrer Bilder geeignet waren. Eigentlich hätte sie sich hier, hinter den Kulissen, gar nicht aufhalten dürfen. Aber weil sie für die *Tagespresse* eine Reportage über die Design-Hochschule *Rootdesign* schrieb, hatten die Professoren ihr gestattet, Backstage dabei zu sein, Lara allerdings darum gebeten, die Abläufe nicht zu stören. Sie durfte in einer Ecke sitzen, Fotos machen und, wenn sich die Gelegenheit ergab, auch Fragen stellen.

»Wo ist die Braut, verflucht nochmal? Ich werde noch wahnsinnig!« Die Stimme des jungen Mannes überschlug sich fast. Er schaute auf seine Armbanduhr, rollte dann theatralisch mit den Augen und wischte sich erneut über die Stirn. »Krähennest« gab die Hauptrolle in dieser bühnenreifen Vorstellung. Er war Absolvent, und heute fand seine Abschlusspräsentation statt. Der junge Mann hatte zehn Semester Modedesign studiert, und nun ging es um alles. Die Schauen bildeten nicht nur das Finale des

Studiums, sondern konnten den Absolventen auch den Weg in eine erfolgreiche Zukunft ebnen; weil neben den Gästen, Professoren und Kommilitonen auch potenzielle Kunden und Vertreter der Wirtschaft anwesend waren.

Lara fragte sich, was eine Braut hier zu suchen hatte, bis ihr einfiel, dass renommierte Designer ihre Show oft mit der Präsentation eines Brautkleides abschlossen. Und dieser Nachwuchsdesigner ahmte seine berühmten Kollegen nach. Krähennest huschte an ihr vorbei und murmelte vor sich hin. »Dass diese Weiber nie pünktlich sein können! Besonders die Professionellen!«

Sie verkniff sich ein amüsiertes Grinsen, weil der junge Mann anscheinend gar nicht bemerkte, welchen Titel er seinem Braut-Model da eben verliehen hatte. Eine »Professionelle« hatte ja eigentlich einen ganz anderen Tätigkeitsbereich. Die Models hasteten an ihr vorbei, Absätze klapperten auf dem Betonboden. Lara ließ den Fotoapparat noch ein paarmal klicken. Nicht alle der Mädchen waren so klapperdürr, wie sie es erwartet hatte. Manche von ihnen sahen aus, als würden sie tatsächlich ab und zu etwas essen. Aber die *Rootdesign*-Absolventen konnten sich keine hauptberuflichen Models leisten, schließlich waren sie Studenten, und die Vorbereitung der Abschlusspräsentationen, die benötigten Stoffe, die Näherei und das Zubehör hatten sie schon eine Menge Geld gekostet. Also halfen sie sich gegenseitig. Studentinnen oder Freundinnen führten die Kreationen vor. Das Geschnatter entfernte sich, und als habe jemand plötzlich an einem Regler gedreht, wurde es still im Raum. Erst jetzt fiel Lara auf, was für eine Lautstärke vorher geherrscht hatte. Sie rutschte ein bisschen nach links unter den Heizpilz, dann blätterte sie die Seite mit den hastig hingeschmierten Notizen um und studierte noch einmal die Hintergrundinformationen, die sie recherchiert hatte.

Drei Kollektionen hatte Lara Birkenfeld in den letzten Tagen schon gesehen und ihre Verblüffung über die Fantasie der jungen Designer und die Gestaltung ihrer Entwürfe war von Mal zu Mal gewachsen. Sogar tragbare Modelle waren dabei gewesen, obwohl es hier nicht primär um Kommerz, sondern um Kreativität und Handwerk ging.

Krähennest nannte sich »Tor B. Hoff« und war der heimliche Star unter den Absolventen. In Wirklichkeit hieß er Torben Hoffmann. Aber das war ihm wohl zu profan erschienen, und so hatte er sich einen Künstlernamen zugelegt.

Die anderen Absolventen, zwei junge Frauen und ein Mann, waren bei weitem nicht so theatralisch wie er gewesen, obwohl man auch ihnen die Aufregung deutlich angemerkt hatte. Lara lächelte und malte einen Smiley auf ihr Blatt. Aber »Tor B. Hoff« war anders. Sie hatte seine Kollektion vorab gesehen. Und der Junge hatte Talent, Affektiertheit hin oder her. Lara sah auf die Uhr.

Noch zwei Stunden bis zum Beginn der Show. Sie konnte noch einmal nach draußen gehen und etwas frische Luft schnappen.

Das stillgelegte Fabrikgebäude und die glitzernde Modewelt bildeten einen Anachronismus, wie er größer nicht sein konnte. Aber wahrscheinlich machte gerade das den Reiz aus: der Gegensatz von unverputztem Mauerwerk, rostigen Stahlträgern und Dreck auf der einen und seidenweichen Stoffen, überschminkten Models und Glamour auf der anderen Seite.

Die graue Eisentür stand halb offen, und Lara trat auf den Hof hinaus. Die buckligen Pflastersteine waren rutschig, und sie war froh, dass sie flache Stiefel trug. Über ihr kreisten schwarze Vögel. In einer Ecke türmten sich schmutzig graue Schneereste. Der Maschendrahtzaun neben der Einfahrt hatte meterbreite Löcher. Ein eisiger Lufthauch wehte heran und ließ sie frösteln. Lara beschloss zurückzugehen. Vielleicht gelang es ihr, beim Catering einen heißen Tee abzustauben.

Die *Rootdesign*-Absolventen bemühten sich jedes Jahr, eine neue, spannende Location für ihre Schauen zu finden. Letztes Jahr hatten die Präsentationen im Malsaal des Theaters stattgefunden. Und dieses Jahr war es die alte Seilfabrik.

Lara fragte sich, wer die Genehmigung erteilt hatte, in diesen baufälligen Hallen Hunderte von Leuten herumgeistern zu lassen, vergaß aber den Gedanken schnell wieder. Für ihre Artikelserie war das Ambiente wie geschaffen. Nur die Kälte hatten die Veranstalter nicht im Griff. Obwohl in den überdachten Fabrikhallen überall elektrische Heizstrahler standen, zog es an allen Ecken und Enden.

Auch in dem Gebäudeteil, in dem die Schauen stattfanden, war es nicht besonders warm. Nur die Umkleide- und Schminkräume waren mit ausreichend Heizpilzen versehen, schließlich mussten sich die Frauen hier bis auf die Unterwäsche ausziehen.

Der Tapeziertisch mit den Schnittchen war fast leergeräumt. Lara griff nach einer Thermoskanne und goss sich Tee ein. Den heißen Becher mit beiden Händen umfassend, marschierte sie von Kleiderständer zu Kleiderständer und musterte die an den Querstangen angeklebten Polaroids. Ziffern zeigten die geplante Reihenfolge des Defilees an. Lara lauschte einen Moment auf das entfernte leise Geschnatter und nickte einer älteren Frau, die auf einem Hocker neben Tor B. Hoffs Entwürfen saß, zu.

Das Foto am letzten Kleiderständer betrachtete sie länger. Das Mädchen auf dem Bild war sehr hübsch und sehr dünn. Sie ähnelte Kate Moss. Die Haare trug sie auf dem Oberkopf zu einer Art Knödel zusammengedreht, kunstvoll herausgezupfte Strähnchen ringelten sich bis auf die Schultern. Rund um den Dutt prangte ein schmaler Kranz weißer Blüten. Das Model trug ein bodenlanges Kleid mit asymmetrischer Schulterpartie in weißer Spitze. An den Seiten bauschte sich eine Art Gardine, der Saum war ausgefranst.

Das war also die »Braut«. Ob das Mädchen inzwischen angekommen war? Ihr Kleid hing jedenfalls nicht auf dem Ständer, also probierte irgendjemand es wohl gerade an. Lara stellte den Tee ab und fotografierte das Polaroid.

Das Geschnatter wurde lauter und kam näher. Anscheinend neigte sich das Fitting – so wurde die letzte entscheidende Anprobe genannt – dem Ende zu. Lara beeilte sich, in ihre Ecke zurückzukehren. Gleich würde eine Horde gackernder Mädchen, gefolgt von Torben Hoffmann, hereintrippeln und erneut Hektik verbreiten.

Und da waren sie auch schon, eilten zu ihren Kleiderständern und entledigten sich als Erstes ihrer Schuhe. Bis zum Beginn der Schau war es noch eine knappe halbe Stunde, und wie erwartet erschien nun auch der junge Designer. Besser gesagt, er schlich in den Raum. Seine beiden Professoren in ihren dunklen Anzügen folgten ihm wie zwei nachdenkliche Marabus.

»Ich glaube das einfach nicht!« Torben Hoffmann schlug mit der Faust gegen die Wand und massierte sich dann die Hand, als habe er sich verletzt. »Die blöde Kuh kann mich doch nicht einfach so sitzen lassen!« Er drehte sich um, und jetzt sah Lara, dass seine Nase ganz rot war. »Wenn sie wenigstens das Kleid dagelassen hätte! Dann könnte ein anderes Model es vorführen! Aber so bin ich doch geliefert!« Jeder Satz ein Aufschrei. Lara machte sich auf ihrem Klappstuhl klein. Die Szene war mit Sicherheit nicht für sie bestimmt.

»Da will mir jemand eins auswischen!« Mit einem Taschentuch betupfte er sich die Augen. Tor B. Hoff, das große Nachwuchstalent, heulte.

»Torben. So beruhigen Sie sich doch!« Einer der Professoren rüttelte den jungen Mann an der Schulter. »Sie sind keinesfalls ›geliefert‹.« Sein Kollege nickte väterlich. »Wir haben den Entwurf doch vorher gesehen. Sie kommt bestimmt noch. Zur Not bewerten wir die Skizzen.« Lara knipste verstohlen ein Bild und stellte sich dabei Tor B. Hoff vor, wie er die *Tagespresse* aufschlug und wütend sein verheultes Gesicht betrachtete.

»Und wenn sie nicht kommt?« Torben Hoffmann schnäuzte sich geräuschvoll und fuhr mit weinerlicher Stimme fort. »Warum hat sie das Kleid mitgenommen? Was will sie denn damit?«

»Das wissen wir auch nicht.« Der Professor ließ die Schulter seines Schützlings los, nicht ohne vorher noch einmal fest zuzudrücken. »Die Präsentation beginnt gleich. Kümmern Sie sich um die restlichen Models und achten Sie darauf, dass hier alles wie geplant abläuft. Ich sage draußen Bescheid, dass es ein wenig später wird.« Er eilte hinaus, sein Kollege folgte mit wehenden Frackschößen. Das aufgeregte Geschnatter setzte wieder ein, und Lara erhob sich. Es wurde Zeit, dass sie ihren Platz im Zuschauerraum einnahm. Sie hatte hier genug gesehen.

»... zeigt seine ausgesprochene Sensibilität für außergewöhnliche Volumina, Faltenwürfe und Materialeigenschaften. Der Reiz dieser Kombination besteht darin, dass er mit ganz unterschiedlichen Beziehungen von Kleidungsstück und Körper experimentiert.« Lara schoss ein paar Fotos und wunderte sich, was man in eine Jacke und eine Haremshose alles hineininterpretieren konnte. Sie machte sich eine Notiz, die Professoren nach der Schau zu Details zu befragen. Vielleicht konnte sie den Begleittext der Präsentation kopieren.

»... und nun sehen Sie alle Entwürfe noch einmal in der Gesamtschau!« Theatralische Musik ertönte, die Halle wurde dunkel, ein einzelner Spot richtete sich auf den mit Vorhangstoff drapierten Eingang. Hinter Lara raunte die Menge. Es waren bestimmt zweihundert Leute. Nicht alle hatten einen Sitzplatz bekommen, einige standen hinter den Stuhlreihen und reckten die Hälse, um etwas erkennen zu können.

Das Model, das als Erstes gelaufen war, erschien. Nur wenige Schritte dahinter folgte das zweite Mädchen und nacheinander die anderen, bis sie alle wie Perlen auf einer Schnur aufgereiht auf dem Laufsteg standen.

Lara betrachtete die Kollektion und dachte über eine raffinierte Überschrift für ihren Artikel nach. Die »Braut« war nicht dabei gewesen, aber keiner hatte darauf hingewiesen, dass ein Entwurf fehlte, und so hatte allem Anschein nach auch niemand von den Zuschauern etwas vermisst.

Jetzt erschien Torben Hoffmann im Eingang, wischte sich schnell noch einmal mit dem Tuch über die Stirn und machte dann drei unsichere Schritte auf den Laufsteg hinaus. Einer der Spots richtete sich auf den jungen Designer und übergoss ihn mit einem bläulichen Schein.

Lara blickte kurz nach oben. Die beweglichen Scheinwerfer waren an einem Metallgerüst unter dem Dach der Fabrikhalle befestigt.

Sie erblickte das Gebilde noch vor allen anderen. Noch ehe die Musik abrupt aussetzte und das Raunen im Saal erstarb, ehe in der einsetzenden Stille das quietschende Geräusch immer lauter wurde, sah Lara die lange schmale Trage, die an Seilen langsam herabschwebte.

Ein leises Platschen ertönte, und eins der Models wischte sich mit dem Handrücken über die Stirn. Während die Blicke der Anwesenden auf die Unterseite der Bahre gerichtet waren, die sich Zentimeter für Zentimeter absenkte; während die Menschen in der kalten Fabrikhalle sich fragten, was sie auf dem Gestell erblicken würden und ob das Ganze zur Show gehörte, betrachtete das Mädchen auf dem Catwalk seine Hand, stieß ein leises Quieken aus und zeigte wild gestikulierend nach oben. Der nächste Tropfen traf sie direkt ins Auge. Das Quieken verwandelte sich in ein Kreischen, während immer rascher herabfallende Blutstropfen ein bizarres Muster auf dem Laufsteg bildeten. Auf der Unterseite der Bahre erblühte ein dunkelroter Fleck, der schnell größer wurde. Jetzt schrien auch die anderen Models und die Menge stimmte ein. Eine schrille Kakofonie erfüllte die alte Seilfabrik. Die Mädchen stakten vom Laufsteg, so schnell sie es in ihren

High Heels schafften. Torben Hoffmann verharrte am Ende des Catwalks, sein Mund stand ein wenig offen, das Tüchlein in seiner Rechten zitterte. Eins der Mädchen stieß ihn beiseite, und das löste seine Erstarrung. Statt ebenfalls hinauszustürzen, trippelte er in Richtung der Bahre, die jetzt bereits einen Meter über dem Laufsteg schwebte. Lara war aufgestanden und fotografierte. Was auch immer auf dieser Trage lag – es gehörte weder zur Show noch war es etwas Erfreuliches. Ihr Artikel würde eine ganz andere Gestalt annehmen, als sie es geplant hatte.

Durch den Sucher sah sie ehemals weiße Spitze, die jetzt blutdurchtränkt war, bläulich schimmernde Haut und eine rotschorfige Wunde am Hals, die wie ein zahnloses blutiges Maul klaffte. Lara schwenkte die Kamera und knipste dabei wie in Trance. Die Augen der Toten starrten milchig trüb nach oben. Während der Zoom das Bild heransurrte, wurde offensichtlich, dass das, was zuerst wie eine dunkle Augenmaske ausgesehen hatte, eigentlich winzige rotblaue Punkte waren, die die Haut rund um die Augenhöhlen sprenkelten.

Der Unterkiefer der Toten war herabgesackt, der Mund stand halb offen. Zwischen den übernatürlich weißen Zähnen hing die Zunge wie ein aufgequollener Ballon aus blauschwarzem Fleisch hervor. Das gesamte Gesicht war aufgedunsen, die pinkfarben gepuderten Bäckchen bildeten Wülste über den Jochbeinen.

Noch immer lösten sich im Zeitlupentempo dicke Blutstropfen, rollten über die Schultern die ausgebreiteten Arme hinab bis zu den Fingerspitzen und platschten links und rechts der Trage zu Boden.

Hinter ihr schnatterte die Menge. Jemand drückte gegen Laras Rücken, aber sie wandte sich nicht um, um den Drängler zu rügen. Lara fotografierte. Sie fotografierte die Bahre, die Seile, das Blutmuster auf dem Laufsteg, die dunkelrot getränkte Brüsseler Spitze, den Halsschnitt, der von einem Ohr zum anderen reichte, die blauschwarze Zunge. Und sie knipste Torben Hoffmann, der wie ein Balletttänzer den Blutstropfen ausweichend, herangetänzelt war, nun dicht vor der Bahre stand und sich zaghaft vorbeugte.

Als der junge Mann sich plötzlich mit Entsetzen in den Augen aufrichtete, hielt die Menge erneut den Atem an, und in die Totenstille hinein konnte man bis in die letzte Ecke der Halle seinen Aufschrei hören. »Mein Gott, das ist Carolin Fresnel!«

5

»Das ist doch nicht dein Ernst!« Jo klang ungläubig. »Eine Leiche bei der Modenschau?«

Lara seufzte und wiederholte dann im Telegrammstil ihre Erlebnisse. Zuerst hatte sie gezögert, den Kollegen mitten in der Nacht anzurufen, aber irgendjemandem musste sie die Ereignisse berichten. Es war nach Mitternacht. Ihre Eltern schliefen längst, ganz davon abgesehen, dass sie nicht die Richtigen für so einen Anruf waren. Mark Grünthal, Psychologe und gleichzeitig ein guter Freund, hatte Familie. Sicher wäre seine Frau nicht sonderlich erfreut, wenn Lara ihn nachts um halb eins aus dem Bett klingelte. Auch ihre Freundin Doreen kam nicht infrage. Und so hatte sie sich für Joachim Selbig entschieden. Von ihm wusste sie, dass er spät zu Bett ging. Jo war freier Fotograf, arbeitete unter anderem für die *Tagespresse*. In den letzten Monaten war er ihr zunehmend ans Herz gewachsen.

»Zuerst wollte ich noch in die Redaktion fahren, aber als es immer später wurde, habe ich mir das geschenkt. Die heutige Ausgabe ist längst in Druck.« Lara trat von einem Fuß auf den anderen und betrachtete den hell erleuchteten Eingang der Fabrikhalle, durch den Männer in weißen Overalls hinein- und herausgingen. Die Kälte kroch ihr unter die gefütterte Jacke.

»Und nun?«

»Die Kripo hat unsere Personalien aufgenommen. In den nächsten Tagen werden wir alle zu Befragungen vorgeladen.« Lara stöhnte. Das hatte ihr noch gefehlt, stundenlang auf dem Revier zu sitzen und zu warten, dass man drankam, um dann von zwei unfreundlichen Beamten ausgequetscht zu werden.

»Willst du auf einen heißen Tee vorbeikommen?« Jo klang besorgt. »Oder einen Grog? Dann kannst du mir alles in Ruhe erzählen.« Lara dachte an die späte Stunde und die Wärme des Alkohols in ihrem Blut, biss sich auf die Lippen und schwieg.

»Du willst dich doch jetzt nicht zu Hause vergraben und grübeln!«

»Ist dir das nicht zu spät?«

»Dann hätte ich es nicht angeboten. Los, schmeiß dich in dein Auto und komm her!«

Lara nickte unmerklich. Jo hatte recht. Sie würde jetzt so oder so keinen Schlaf finden. »Na gut. Setz schon mal Wasser auf.« Sie schaltete das Handy ab und machte sich auf den Weg zu ihrem Auto.

»Und die Tote auf der Bahre war das für das Brautkleid vorgesehene Model?« Jo saß nach vorn gebeugt in seinem Sessel und hatte die Ellenbogen auf die Knie gestützt.

»Ja. Carolin hieß sie. Den Nachnamen habe ich nicht richtig verstanden.« Lara pustete auf ihren Grog. Allmählich kehrte das Leben in ihre klammen Glieder zurück.

»Hast du Fotos gemacht?«

»Jede Menge. Ich habe geknipst, was das Zeug hielt.«

»Wollen wir uns die zusammen ansehen oder würde dich das zu sehr aufregen?«

»Ich glaube nicht. Außerdem bin ich schon aufgewühlt.« Lara klappte ihre Handtasche auf, holte den Fotoapparat heraus und hielt ihn Jo hin. Der nahm den Speicherchip heraus und verließ den Raum. Lara sah sich um. Sie war noch nie bei Jo zu Hause gewesen. Das Wohnzimmer hatte eine opulente Stuckdecke und Parkettboden. Die Einrichtung war jedoch eher funktional, typisch für einen alleinlebenden Mann. Nirgendwo waren Bilder von Familienangehörigen zu sehen. Sie hatte keine Ahnung, ob Jo jemals verheiratet gewesen war, ob er Kinder hatte und was in seinem Privatleben sonst noch so passierte, und im Moment auch keine Vorstellung, ob sie dies überhaupt wissen wollte. In den letzten Monaten waren sie ab und zu miteinander ausgegangen: ins Kino, ins Theater, in Szeneklubs; aber die Abende hatten jedes Mal damit geendet, dass sie sich vor ihrer Haustür verabschiedet hatten.

»Komm mal rüber, Lara!« Jos Stimme riss sie aus ihren Gedanken. Hoffentlich hatte er den Rechner nicht im Schlafzimmer. Sie nahm ihre halbvolle Tasse mit und überquerte den Flur. Jo saß an einem riesigen alten Schreibtisch, auf dem zwei Monitore nebeneinanderstanden. Und es war das Arbeitszimmer, Gott sei Dank. Die Wände hingen voller Naturaufnahmen.

»Setz dich. Ich hab alles runtergeladen. Du willst doch sicher einen Artikel darüber schreiben, oder?«

»Na klar. Der ursprüngliche Bericht über die diesjährigen Absolventen kann ja nun nicht so bleiben, wie geplant. Allerdings hat die Kripo uns bis morgen« – Lara sah auf die Uhr und korrigierte sich – »bis heute einen Maulkorb verpasst. Oder besser gesagt, haben sie darum gebeten, dass die Presse sich mit Details zurückhält, bis sie mehr wissen.«

»Verstehe.« Jo vergrößerte das erste Foto. »Das ist wohl vor der Show?«

Lara trank ihren Grog aus und nickte. Während sie Bild für Bild erklärte, trug Jo gleichzeitig Dateinamen und geschätzte Uhrzeit ein. So würde der Computer die Bilder dann in der richtigen Reihenfolge sortieren. Als sie zu den ersten Laufstegfotos kamen, hielt er inne. »Noch einen Grog?« Lara nickte, obwohl ihre Wangen inzwischen gerötet waren und sie das Gefühl hatte, Fieber zu bekommen. Aber sie glaubte, dass der Alkohol ihr helfen würde, die grausigen Bilder zu kommentieren.

»Damit fing es an?« Jo deutete auf das Bild, auf dem ein Model seine rote Handfläche betrachtete, den Mund zu einem erstaunten »O« aufgerissen. Auf dem nächsten Foto schrie sie, und die beiden neben ihr stehenden Mädchen schauten mit verblüfftem Gesichtsausdruck nach oben. In schneller Abfolge folgten die restlichen Bilder. Viele waren unscharf. Lara trank noch einen Schluck Grog und gähnte. Sie musste beim Fotografieren gezittert haben, ohne es zu merken.

»Das ist eine Art Seilzug.« Jos Gesicht war dicht vor dem Monitor, er studierte jedes Detail. »Was befand sich eigentlich über dem Laufsteg?«

»Ein Gerüst, an dem Lampen befestigt waren, so ähnlich wie ein Schnürboden in einem Theater.«

»Stand dort oben jemand? Techniker, die die Scheinwerfer gesteuert haben?«

»Ich glaube, das lief automatisch. Aber sicher bin ich mir nicht.« Lara leerte die Tasse und gähnte erneut. »Es war schwierig zu erkennen, weil man direkt ins Licht schauen musste.«

»Jemand muss diese Bahre herabgelassen haben.« Noch immer starrte Jo auf das Foto mit dem toten Mädchen. Sie lag wie eine Gekreuzigte auf dem Rücken, die Arme im rechten Winkel vom Körper weggestreckt, die Blutrinnsale, die von beiden Händen herabtropften, mitten in der Bewegung erstarrt. Jo beugte sich noch ein bisschen dichter nach vorn. »Was hat sie auf der Stirn?«

»Auf der Stirn?« Laras Zunge ließ sich nur schwer bewegen. »Weiß nich …« Wie viel Rum hatte Jo eigentlich in den Grog getan?

»Da sind dunkle Stellen. Es sieht aus wie zwei schwarze Streifen.«

»Schwazze Streifen?« Lara stellte die leere Tasse auf den Fußboden. Vor ihren Augen flimmerten die Bilder der Nacht.

»Das muss ich mir morgen Vormittag noch einmal vornehmen.« Auch Jo gähnte jetzt. »Das kriegen wir noch schärfer hin, und dann kann man vielleicht erkennen, was es ist. Die meisten Fotos müssen sowieso nachbearbeitet werden. Aber das kann ich morgen für dich machen. Lass uns wieder rübergehen. Es ist schon nach drei. Du bist sicher müde.«

*

»Ich lasse dich vor der Redaktion raus.« Lara bremste und Jo angelte seine Sachen vom Rücksitz.

»Bis gleich.« Jo stieg aus und blickte Laras Mini Cooper nach, der in Richtung Parkhaus davonfuhr. Der gelbe Kleinwagen mit den schwarzen Rallyestreifen leuchtete im Licht der tiefstehenden Morgensonne.

Keiner von beiden sah den Mann, der drei Stockwerke weiter oben mit abwesendem Gesichtsausdruck vom Fenster zurücktrat. Er hatte zugesehen, wie das gelbe Auto vorgefahren und Jo ausgestiegen war, und messerscharf geschlussfolgert, dass die Redakteurin Lara Birkenfeld und der Fotograf Joachim Selbig zusammen zum Dienst kamen. Tom Fränkel, der Redaktionsleiter, beschloss, diese Beobachtung vorerst für sich zu behalten. Wer weiß, wozu man sie später einmal verwenden konnte.

Auf dem Weg zu ihrem Stellplatz ließ Lara den Morgen noch einmal Revue passieren. Als Jo sie mit einer Tasse Kaffee geweckt hatte, war sie völlig desorientiert gewesen. Sie hatte in ihren Klamotten auf einem blauen Sofa gelegen und war mit einer karierten Decke zugedeckt. Es dauerte einige Minuten, bis ihr klar wurde, was passiert sein musste – sie war auf Jos Couch eingeschlafen, und er hatte sie nicht wieder wach bekommen. Der zweite Grog musste ihr das Genick gebrochen haben. Lara lächelte, bis ihr einfiel, was sie gestern Abend erlebt hatte.

Weiße Atemwölkchen ausstoßend, eilte sie zum Redaktionsgebäude. Jos Auto war nicht angesprungen, und so hatte sie ihm angeboten, ihn mitzunehmen. Wie gut, dass niemand gesehen hatte, dass sie gemeinsam gekommen waren. Die Gerüchteküche in der Redaktion würde ihnen sofort eine Affäre andichten.

»Na, du hast wohl den Wecker nicht gehört?« Es klang ein wenig anzüglich. Tom Fränkel stand in der Tür zu seinem Büro und grinste maliziös.

»Entschuldige, Tom. Ich hab tatsächlich verschlafen. Aber ich habe eine Erklärung dafür.«

»Da bin ich aber gespannt!«

»Kam denn noch nichts über den Ticker? Ich war doch gestern Abend zu der Runway-Show von *Rootdesign*!«

»Ich kann nicht alle naselang den Newsticker beobachten. Ich habe auch noch andere Aufgaben.« Tom war jetzt wieder ernst. Wahrscheinlich ging ihm gerade auf, dass Lara ihm keine Ausrede für ihr Zuspätkommen auftischen wollte, sondern tatsächlich einen handfesten Grund dafür hatte.

»Ist es die Leiche auf der Bahre?« Friedrich Westermann tauchte aus der Küche auf, einen großen Becher Kaffee in der Rechten.

»Eine Leiche? Auf einer Bahre?« Toms Mund schloss sich mit einem Schnappen, während Lara nickte.

»Das kam doch in allen News. Bei dieser Modenschau gestern Abend wurde ein Model ermordet. Im Brautkleid.« Friedrich drehte sich um und ging zu seinem Rechner. Nächstes Jahr würde er in Rente gehen. Nichts und niemand konnte ihn mehr erschüttern.

»Und du warst dort?«

»Ich habe alles gesehen und fotografiert.« Lara schluckte, als sie an die klaffende Halswunde und das viele Blut dachte.

»Fotos auch? Super, Lara.« Toms Augen funkelten jetzt. Sie hatten eine Riesenstory! »Lade die Bilder auf den Server, dann kann Kollege Selbig sie gleich bearbeiten.« Er sah sich um, als suche er den Fotografen, und auch Lara dachte darüber nach, wo Jo sein mochte. Er war doch vor ihr in der Redaktion eingetroffen. Oder versteckte er sich, weil er sonst hätte zugeben müssen, die Bilder bereits alle gesehen zu haben? »Danach kommst du zu mir und berichtest mir jedes Detail, damit wir entscheiden können, wie wir die Artikel gestalten. Das wird morgen der Aufmacher!« Tom Fränkel rieb sich die Hände und verschwand in seinem Büro.

»Ach hier sitzt du.« Lara trat hinter Jos Drehstuhl. Der Kollege hatte sich in den hintersten Raum zurückgezogen. Seine Finger huschten über die Tasten, auf dem Bildschirm poppten Fenster auf und verschwanden sofort wieder.

»Ich hab schon mal mit den Fotos angefangen. Setz dich.«

»Tom will mit der Sache morgen aufmachen.«

»Das kann ich verstehen. Welche Zeitung würde das nicht tun! Gab es noch mehr Presseleute dort?«

»Nein. So wichtig sind diese Graduierten-Schauen dann nun auch wieder nicht.«

»Also sind wir die Einzigen, die Fotos davon haben?« Jo sprach, ohne Lara anzusehen. Seine ganze Konzentration galt den Bildern auf dem Monitor.

»Darüber habe ich bei all der Aufregung noch gar nicht nachgedacht. Mit Sicherheit haben aber welche von den Gästen mit ihren Handys fotografiert oder gefilmt.«

»Handyfotos sind meistens Schrott. Darüber brauchen wir uns keine Sorgen zu machen. Die besitzen fast nie Druckqualität.« Jo machte eine wegwerfende Handbewegung, ehe er fortfuhr. »Du könntest die Bilder Agenturen oder überregionalen Zeitungen anbieten und ein bisschen pokern. Ich bin sicher, dass sie dir etwas dafür zahlen.«

»Oh.« Lara betrachtete das unscharfe Foto auf dem Bildschirm. Auf die Idee war sie noch gar nicht gekommen. Aber sie hatte ja sonst auch nichts mit der Fotografiererei zu tun.

»Exklusivfotos sind immer gefragt. Wenn wir eins finden, das scharf genug ist.« Jo sah kurz zu Lara und grinste.

»Ich war ziemlich aufgeregt.«

»Das war ein Scherz, Lara. Du darfst nicht immer alles wörtlich nehmen. Soll ich dir beim Kontakt mit den Agenturen helfen? Ich habe im Laufe meiner Tätigkeit schon einige Bilder meistbietend verkauft. Von den Einnahmen gehen wir dann schön essen.«

»Lieber nicht. Tom ist ganz begeistert von der Sache und will morgen damit aufmachen. Ich komme in Teufels Küche, wenn ich die Fotos anderweitig verhökere. Warten wir erst einmal ab, was bei uns erscheint, danach können wir die Bilder immer noch einer Agentur anbieten.« Jo nickte, setzte zu einer Erwiderung an, hielt inne und beugte den Oberkörper vor. »Da ist es ja. Das wollte ich mir noch einmal genauer anschauen.« Auf dem Monitor war das Bild des toten Models auf der Trage zu sehen. Lara hatte schräg von der Seite fotografiert.

Jo vergrößerte das Gesicht. »Siehst du das? Auf ihrer Stirn? Die beiden dunklen Streifen? Ich möchte zu gern wissen, was das ist. Wir haben doch gestern Abend schon darüber geredet. Hast du eine Ahnung? Du hast es doch im Original gesehen.«

»Ich sehe das jetzt zum ersten Mal bewusst. Bei der Modenschau ist mir nichts dergleichen aufgefallen, da war aber auch ein heilloses Durcheinander. Models rannten wie aufgescheuchte Hühner hin und her, manche Leute weinten, anderen schrien, das Licht der Scheinwerfer schwankte vor und zurück; ich war selbst ziemlich durcheinander.«

»Das sieht aus wie Buchstaben.« Jos Nase berührte jetzt fast den Bildschirm. »Zwei nebeneinanderstehende Wörter. Oder was meinst du?«

»Könnte sein.«

Jo vergrößerte stärker. Das Gesicht, das einmal Kate Moss geähnelt hatte, hatte eine bläuliche Farbe. Der Kontrast wurde durch die dunkelrot klaffende Wunde unter dem Kinn noch verstärkt. Jetzt konnte man die Zeichen auf der Stirn deutlicher erkennen. »Su... Sup... Lo... Lu...« Jo murmelte vor sich hin und kritzelte dabei Zeichen auf den Block neben der Tastatur. »Wenn ich es noch größer mache, wird es unscharf. Die Pixelzahl reicht nicht aus.«

Lara streckte den Rücken und legte den Kopf in den Nacken. Plötzlich konnte sie das zweite Wort erkennen. Es lautete *Lucifer*.

»Lara?« Tom Fränkels Stimme näherte sich schnell. »Ich warte auf deinen Bericht!« Jo drückte hastig ein paar Tasten, und das Foto verschwand und machte genau in dem Moment einer Aufnahme vom Backstagebereich Platz, als der Redaktionsleiter in der Tür erschien. »Was dauert denn das Herunterladen so…« Tom sah Lara neben Jo am Schreibtisch sitzen und kräuselte die Lippen. »Ich hatte dich doch vorhin gebeten, gleich zu mir ins Büro zu kommen. Die Fotos kann Jo auch allein bearbeiten, nicht?« Er lächelte spöttisch, drehte sich um und marschierte davon.

»Mir gefällt sein anzüglicher Ton nicht.« Lara erhob sich. »Der tut ja gerade so, als ob ich zum Vergnügen hier sitze.«

»Geh zu ihm, und befriedige seine Neugier.« Jo hatte seine Aufmerksamkeit schon wieder den Fotos zugewandt. »Ich mache hier weiter. Wir können ja heute Mittag zusammen essen gehen. Da sind wir ungestört.«

»Gute Idee. Bis dann.« Auf ihrem Weg durch die Redaktionsräume dachte Lara darüber nach, ob sie Tom über die eben gemachte Entdeckung informieren sollte, beschloss aber, diese vorerst für sich zu behalten.

»So. Und nun mal alles schön der Reihe nach. Ich habe inzwischen in die News geschaut.« Tom wies auf den Stuhl vor seinem Schreibtisch. »Warst du die Einzige, die fotografiert hat?«

»Soweit ich weiß, ja.«

»Das ist genial. Wir sind exklusiv!«

»Die Bilder sind ziemlich unscharf. Ich war aufgeregt.«

»Egal! Kollege Selbig macht das schon!« Tom klatschte die Handfläche auf den Tisch. Seine Freude war unübersehbar. »Was ging da gestern Abend ab?«

Nachdem Lara die Ereignisse bei der Modenschau geschildert und mit dem blutüberströmten toten Model geendet hatte, faltete Tom die Hände über der Brust. Sein Gesichtsausdruck glich dem einer Katze, die gerade den Sahnetopf ausgeschleckt hat. »Wunderbar!«

Lara zuckte zusammen, und er korrigierte sich schnell. »Sehr aufregend das Ganze, finde ich. Äh … also eher faszinierend.« Tom schien zu bemerken, dass er sich immer tiefer hineinmanövrierte, schloss den Mund, bevor noch weitere unpassende Worte herausquellen konnten, und rieb zur Sicherheit noch mit der Handfläche darüber. »Wir machen eine Serie daraus, die du betreust. Morgen kommen wir mit dem Bericht über die Modenschau, das tote Model, die Aufregung unter den Gästen. Schön atmosphärisch das Ganze, Lara. Du kannst nachher gleich einen Aufmacher in unser Onlineportal stellen und die Artikelserie ankündigen.« Das feiste Grinsen war noch immer auf seinem Gesicht, und Lara hasste den Redaktionsleiter einen Moment lang dafür. »Als Nächstes könnte man das Opfer vorstellen. Das Modebusiness kommt bei den Lesern immer gut. Danach vielleicht die Hochschule, etwas über Mode an sich und verrückte Entwürfe. Du machst das schon.« Mitten in seinen Redeschwall hinein klingelte das Telefon. Tom hob den Zeigefinger, griff zum Hörer und bellte ein »*Tagespresse*, Fränkel« hinein. Dann lauschte er. Sein Gesichtsausdruck wandelte sich von barsch zu unterwürfig. »Aber sicher doch. Natürlich gern. Wir stehen zur Verfügung. Kommen Sie einfach vorbei. Ja, Frau Birkenfeld ist auch hier. Bis gleich!« Lara, die aufgehorcht hatte, als sie ihren Namen hörte, sah Tom auflegen. Dann stützte er die Ellenbogen auf den Tisch und faltete die Hände, als wollte er beten.

»Die Kripo wird gleich hier sein. Du bist eine wichtige Zeugin, und sie haben uns um Unterstützung gebeten. Ich würde mir gern vorher selbst diese Fotos ansehen.« Er erhob sich und rauschte hinaus, ohne zu warten, ob Lara ihm folgte.

»Wir kooperieren, wo wir nur können.« Tom rang die Hände und sah ein bisschen unglücklich aus. Die Kriminalbeamten wollten ihm seine Exklusivfotos wegnehmen. »Aber verstehen Sie doch bitte, wir können diese Bilder nicht einfach so hergeben. Wenn Sie sie beschlagnahmen wollen, brauchen Sie einen richterlichen Beschluss.«

»Das wissen wir. Deshalb bitten wir Sie ja auch um eine freiwillige Herausgabe.« Der Kripomann schaute ernst. Lara kannte ihn nicht. Sie stand mit Jo im Hintergrund und beobachtete das Geplänkel. Würde Tom nachgeben? Natürlich konnte er auf der Pressefreiheit beharren, aber das würde die Beamten verärgern, sodass sie wahrscheinlich zum Staatsanwalt und dann zum Richter rennen und mit einer Beschlagnahmeanordnung zurückkommen würden. Und dann war das Tischtuch zerschnitten, und die *Tagespresse* würde so schnell keine Informationen von der Kripo mehr bekommen.

»Herr Fränkel, es geht um *Mord.* Auf den Fotos könnte der Täter zu sehen sein. Das sollte doch Grund genug sein, dass Sie uns die Bilder überlassen. Wenn alles geklärt ist und wir eine Freigabe erteilen, können Sie sie selbstverständlich verwenden.«

»Wer weiß, wann das sein wird. Einen Artikel über das Geschehen werden wir aber auf jeden Fall bringen.« Tom verzog das Gesicht. Er sah seine »Riesenstory« davonschwimmen. Aber würde er es wagen, sich den Beamten zu widersetzen? Plötzlich entdeckte Lara das altbekannte Funkeln in seinen Augen, bevor er weitersprach. »Wie wäre es damit: Wir kooperieren. Fotos gegen Informationen.«

Die beiden Kripobeamten sahen sich einen Moment lang an. Dann nickte einer von ihnen. Tom tat es ihm nach und rieb sich dabei unbewusst die Hände. Danach deutete er auf Jo. »Gib den Beamten den Speicherchip, Jo.« Ohne Kommentar ging Jo zu seinem Computer, zog den Chip ab und reicht ihn dem Beamten.

Der verstaute ihn in einem kleinen Plastikbeutel und wandte sich an Lara.

»Und nun möchten wir gern mit Ihnen sprechen, Frau Birkenfeld. Allein. Der Redaktionsleiter hat uns sein Büro zur Verfügung gestellt.« Während Lara hinter den beiden hertrottete, dachte sie darüber nach, ob Jo Kopien auf seinem Rechner gespeichert hatte und ob das *Lucifer*-Foto mit dabei war.

6

»Gnade komme zu euch, *Kinder des Himmels.*« Romain Holländer hob die Arme, die Handflächen nach außen gerichtet. So wirkte er größer und mächtiger. Die Gemeindemitglieder senkten die Köpfe und stimmten leise murmelnd in seine Litanei ein. Die hohen Altarkerzen flackerten leicht. Draußen war es schon dunkel. In der Woche trafen sich die *Kinder des Himmels* immer am Mittwoch, um den Abend gemeinsam zu verbringen, die Arbeitslosen, Frauen und Kinder fanden sich schon am Nachmittag ein.

Nach zwanzig Minuten sprach Romain die Schlussformeln. Die Predigten dauerten unterschiedlich lang, je nachdem, welches Thema er ausgewählt hatte. Manchmal ließ er sich von aktuellen Ereignissen inspirieren. Heute hatte er über die bedingungslose Hingabe an die höhere Macht gesprochen. Mit »höhere Macht« meinte er natürlich sich selbst. Seit einigen Wochen wurde Romain Holländer das Gefühl nicht los, dass eines seiner Gemeindemitglieder seine Entscheidungen und seine Autorität infrage stellte. Heute wollte er nach der Abendmahlzeit in der Abendandacht darüber sprechen und den Abtrünnigen herausfordern. Die Predigt diente dazu, die Gemeindemitglieder gedanklich darauf einzustimmen. Allmählich leerte sich der Saal. Konrad begann schon, die Stühle in der ersten Reihe gerade zu rücken, darauf bedacht, sie nicht über das Parkett zu schieben. Der neue Altardiener lernte schnell. Romain Holländer sah seinen Schäfchen nach. Gleich würde er mit der Gemeinde zu Abend speisen. Es blieb nicht viel Zeit, um sich von Konrad beim Umkleiden helfen zu lassen. Aber momentan brauchte er diese Zeit auch nicht. Der Junge war noch nicht so weit. Man musste die Novizen behutsam und allmählich auf ihre Aufgaben als Altardiener vorbereiten. Romain Holländer lächelte und winkte Konrad, ihm in das »heiliger Raum« genannte Ankleidezimmer zu folgen. Wie ein zutrauliches Tierchen folgte der Junge. Seine Augen glänzten.

Bedächtig schritt Romain Holländer die Freitreppe ins Foyer hinab und hielt dabei Konrads linke Hand fest. Er genoss das warme Gefühl. Die Hand des Kindes war von ganz allein in seine geschlüpft. Die schweren Lüster verliehen seiner weißen Kleidung einen gelblichen Schein. Der Prinzipal trug immer Weiß, wenn er sich in der Gemeinde aufhielt. Es war ein Zeichen seiner Amtswürde. Niemand sonst durfte sich in dieser Farbe kleiden, auch der jeweilige Altardiener nicht. Dessen liturgisches Gewand war blassrot, und er durfte es nur während der Andachten tragen.

Das Gemurmel im Speisungsraum verstummte, als sie durch die zweiflüglige Tür traten. Romain Holländer gab der Gemeinde ein Zeichen, weiterzuessen und beobachtete dabei, wie eine kleine Frau mittleren Alters aufsprang und ihnen entgegenkam, um sie zu ihrem Tisch zu geleiten. Die Köpfe neigten sich wieder über die Teller, Geklapper setzte ein. Nur ein Mann schaute nicht sofort nach unten, sondern musterte den Führer und das Kind an dessen Hand etwas länger. Seine Augen schienen zu glühen. Dann wandte er den Blick ab, und Romain Holländer wusste, dass die Debatte heute Abend schwerer werden würde als gedacht. Er ließ Konrads Linke los und bedeutete dem Jungen, sich neben ihn zu setzen. Die kleine Frau schöpfte Suppe auf ihrer beider Teller, und dann aßen sie schweigend, während rund um sie herum leises Gemurmel wie ein Hintergrundrauschen das Essen begleitete. Manchmal lachte ein Kind, wurde aber gleich wieder zur Ruhe gemahnt. Die Gemeinde hatte entschieden, sich während des Essens nicht von anderen Dingen ablenken zu lassen. Geplapper nahm nur die Konzentration auf das Wesentliche.

Romain Holländer schmeckte nichts von dem, was er da in sich hineinlöffelte, obwohl das, was die Frauen kochten, immer schmackhaft war. Seine Gedanken kreisten um den Mann mit den glühenden Augen.

»Lasst uns reden, meine Brüder und Schwestern.« Romain Holländer lächelte gütig und ließ den Blick über die im Kreis sitzenden Jünger gleiten. Es gab kein vorgegebenes Thema, aber alle wussten, dass er ihnen mit seiner jeweiligen Predigt Hinweise für die darauffolgenden Gespräche gab. Heute stand demzufolge »bedingungslose Hingabe« im Mittelpunkt.

»Wem können wir helfen, innere Ruhe zu finden, wer möchte uns etwas berichten?« Wieder schwenkte der Blick, huschte über die Menschen, blieb für einen Sekundenbruchteil am Gesicht von Frieder Wörth, dem Mann mit den glühenden Augen, hängen, und glitt dann weiter, während sich das gütige Lächeln vertiefte. Frieder Wörth war ein kleiner hagerer Mann. Sein Haar wurde bereits dünn, obwohl er noch keine vierzig war. Er saß sehr gerade, den Rücken durchgedrückt, die sehnigen Unterarme hatte er auf die Oberschenkel gelegt. An den Schläfen drückten sich feste Muskelstränge nach außen.

Romain Holländer konnte meist schon vorher sehen, wer gleich sprechen würde. Die Betreffenden setzten sich aufrechter hin, machten kleine Gesten, hoben die Schultern oder holten tief Luft. Dieses Mal begann eine junge Frau – Sarah. Seit sie den *Kindern des Himmels* beigetreten war, hatte sie zu Hause Schwierigkeiten. Ihre Eltern akzeptierten die Kirche nicht und setzten Sarah unter Druck, sich von der vermeintlichen Sekte fernzuhalten. Die Gemeindemitglieder nickten und murmelten zustimmend, während sie sprach. Viele von ihnen hatten Ähnliches erlebt. Die meisten hatten eine eigene Wohnung, arbeiteten und mussten sich die Woche über in ein Alltagsleben eingliedern. Es war nicht das erste Mal, dass sie mit Problemen wie diesen hier zu tun hatten.

»Finden wir eine Lösung für Sarah?« Romain musste nicht lange warten.

»Du kannst bei mir wohnen, wenn du möchtest.« Melinda, eine stille Vierzigjährige, sprach leise. »Deine Eltern können nichts dagegen haben, wenn du zu einer Freundin ziehst. Du bist schließlich volljährig. Wir helfen dir beim Umzug. Dann kannst du dich wieder voll und ganz unserer Kirche widmen.« Einige nickten. Das, was Melinda gesagt hatte, passte wunderbar zur Predigt ihres Führers. Romain Holländer lächelte, während er aus den Augenwinkeln Frieder Wörth beobachtete. Der Mann rutschte auf seinem Stuhl hin und her, die Hände hatte er im Schoß verschränkt, die Fingerknöchel waren weiß. Romain Holländer wusste nicht genau, was der Mann wollte, aber er hatte eine Ahnung. Und es wäre nicht förderlich, wenn Wörth seine »Probleme« im Beisein der Gemeinde vortrug. Deshalb zeigte er auf Max Frenzel, dessen Körperhaltung ebenfalls andeutete, dass er etwas auf dem Herzen hatte.

»Prinzipal« – der junge Mann atmete schwer, ehe er fortfuhr –, »ich finde, wir sollten mehr auf unsere Gebote achten. Die Welt ist voller Sünde und wir müssen uns wappnen.« Er machte eine kurze Pause und atmete wieder schwer.

»Gibt es einen konkreten Anlass für deine Mahnung?« Romain Holländer musterte das weiche Gesicht des Zwanzigjährigen, während dieser den Kopf schüttelte. »Nicht direkt. Aber der Teufel ruht nicht. Ständig versucht er, uns in Versuchung zu führen. Wir sollten allen, auch Außenstehenden, ein Beispiel für den richtigen Lebenswandel geben.« Einige Gemeindemitglieder in der Runde nickten beifällig, und davon angefeuert, fuhr Max Frenzel fort. »Es gibt viele Laster, und nicht jeder ist sich bewusst, dass er vom rechten Weg abkommt.«

»Du hast vollkommen recht.« Romain Holländer war sich nicht schlüssig, worauf der junge Mann anspielte. »Wir sollten das Thema in einer unserer Andachten aufgreifen.« Er blickte Max Frenzel direkt in die Augen. »Es wäre gut, wenn du bis dahin Argumente zusammenstellst, die du dann der Gemeinde vortragen kannst. Wenn du Fragen hast, komm damit zu mir.« Der junge Mann nickte und schlug die Augen nieder. Seine Wangen waren jetzt gerötet.

»Wunderbar. Danke, Max.« Romain Holländer nahm sich vor, Max Frenzel in den nächsten Tagen ein wenig genauer zu beobachten. Religiöse Eiferer konnten sie hier nicht gebrauchen.

Nachdem noch zwei ältere Frauen ihre Alltagssorgen vorgebracht hatten, schaute Romain Holländer demonstrativ auf die Uhr, spannte die Muskeln an und hob das Kinn. »Es ist spät, meine Lieben. Lasst uns gemeinsam die Fürbitte für alle *Kinder des Himmels* sprechen. Dann bereitet euch auf morgen vor.«

»Ich habe noch etwas zu klären!« Frieder Wörth saß auf der vordersten Stuhlkante und atmete tief ein und aus.

»Hat das nicht bis zum nächsten Mal Zeit?« Romain Holländer gab den anderen ein Zeichen, dass sie sich erheben konnten. Er wollte um jeden Preis verhindern, dass Wörth sein »Problem« vor allen ausbreitete.

»Nein, jetzt!« Frieder Wörth war aufgesprungen, stand im Stuhlkreis und rang die Hände.

»Na gut, Frieder. Ich bin für dich da. Gleich kannst du mir deine Sorgen vortragen. Lass aber die anderen erst zu ihren Kindern gehen, damit sie ihre wohlverdiente Ruhe finden.« Der Angesprochene drehte sich einmal im Kreis, beobachtete, wie die Gemeindemitglieder hinausströmten, und erweckte dabei den Eindruck, er hätte sie lieber dabehalten. Aber es war zu spät. Eine Minute später war der Andachtsraum leer. Das Gemurmel entfernte sich schnell, und dann stand Frieder Wörth mit vorgeschobenem Kinn vor dem Prinzipal.

»Also, Frieder.« Romain Holländer ließ die Arme am Körper herabhängen, obwohl er sie lieber vor der Brust verschränkt hätte. Aber er wollte offen wirken. Deshalb verwendete er auch in jedem zweiten Satz den Vornamen des Mannes. »Bleiben wir gleich hier?« Er deutete auf einen der Stühle und setzte sich ohne abzuwarten, ob der Mann ihm folgen würde. »Was hast du denn auf dem Herzen, was nicht bis zur Gruppenzusammenkunft am Wochenende warten kann?«

»Es geht um Marcel!« Frieder Wörth hatte jetzt auch wieder Platz genommen. Genau wie vorhin saß er, als habe er einen Stock verschluckt, auf der Stuhlkante.

»Marcel?« Romain Holländer tat erstaunt. Marcel Wörth war der Altardiener vor Konrad gewesen. Fast zwei Jahre lang hatte der mittlerweile Elfjährige dem Prinzipal vor und nach jedem Gottesdienst zur Hand gehen dürfen. »Was ist mit deinem Sohn?«

»Er hat sich seit letztem Jahr verändert!«

»Verändert, hm.« Eine Pause sollte den Mann zu weiteren Erläuterungen auffordern.

»Er ist in der Schule schlechter geworden. Er isst kaum noch etwas, manchmal erbricht er. Nachts hat er oft Albträume, er schreit und weint. Dauernd wäscht er sich die Hände, will sich duschen und mehrmals täglich die Zähne putzen.«

»Hast du ihn gefragt, woran das liegen könnte?«

»Natürlich habe ich das!« Es klang zornig. »Er wollte nicht mit der Sprache herausrücken.« Jetzt sah Frieder Wörth auf. Seine Augen glühten wieder wie vorhin im Speisungsraum.

»Mir ist auch schon aufgefallen, dass Marcel kaum noch etwas isst.« Romain Holländer erwiderte den Blick seines Gegenübers. Er musste herausfinden, ob der Vater von Marcel tatsächlich etwas wusste. Fatal, wenn er sich ohne triftigen Grund aufs Glatteis führen ließ. »Vielleicht fühlt Marcel sich schuldig, weil seine Mutter ihn verlassen hat?« Frieder Wörth zuckte zusammen. Seine Frau war vor einem Dreivierteljahr Hals über Kopf verschwunden und hatte Mann und Sohn zurückgelassen. Melinda hatte erzählt, Frieders Frau habe sich in einen anderen verliebt und sei deswegen fortgelaufen. Keiner von ihnen wusste, wo sie sich jetzt aufhielt. Es war nicht erwünscht, dass die *Kinder des Himmels* den Kontakt mit den Abtrünnigen aufrechterhielten. Aber das hier war kein Gefängnis, jeder konnte gehen, wohin er wollte.

»Hast du deinen Sohn denn gefragt, ob sein Verhalten damit zusammenhängt?«

»Nein.«

»Könnte das die Ursache sein?«

»Ich weiß es nicht.« Frieder Wörth wirkte verwirrt.

Jetzt war sich Romain sicher. Der Junge hatte nicht geplaudert, und sein Vater fischte im Trüben. Es konnte trotzdem nichts schaden, noch ein wenig Nebel zu erzeugen. »Möglich wäre das, Frieder. Kinder fühlen sich oft schuldig, wenn im Elternhaus etwas schiefläuft, und denken dann, es läge an ihnen. Marcel vermisst wahrscheinlich seine Mutter.« Romain Holländer ließ ein kleines sanftmütiges Lächeln erscheinen, so, als verstehe er den Vater vollkommen. Gleichzeitig hatte er ihm damit den schwarzen Peter zugeschoben.

»Er braucht sie nicht zu vermissen!« Frieder Wörth schlug die Handfläche auf den Oberschenkel. »Marcel hat bei mir alles, was er benötigt!«

»Das weiß ich doch, Frieder. Ich versuche nur zu verstehen, was hinter dem Verhalten deines Sohnes stecken könnte. Es ist ein gravierender Einschnitt für ein Kind, wenn es die Mutter verliert, egal weswegen.«

»Mein Sohn und ich sind froh, dass Susann weg ist! Sie ist eine Hure!«

»Sprich nicht so harsch von der Mutter deines Kindes.« Romain Holländer verbarg seine Triumphgefühle. Frieder Wörth hatte den Köder geschluckt und sich in das Thema »Fremdgehen« verbissen.

»Ich spreche von ihr, wie ich es will! Da draußen laufen zügellose Frauen herum, die sich aufreizend kleiden und übermäßig schminken. Sie bieten sich Männern an, huren herum, präsentieren ihre Reize. Und Susann ist jetzt eine von ihnen! So verhält sich keine anständige Mutter! Für uns ist diese Person gestorben!« Frieder Wörth holte tief Luft. Gesicht und Hals waren hochrot.

»Ich akzeptiere deinen Zorn, Frieder, was nicht heißt, dass ich deinem Urteil beipflichte. Wir *Kinder des Himmels* bemühen uns, jedem zu verzeihen, und der reuige Sünder ist bei uns jederzeit willkommen. Bitte denk immer daran.« Nun legte Romain dem Mann kurz die Handfläche auf den Arm. »Ich will dir und Marcel helfen und schlage vor, wir beide behalten deinen Sohn im Auge, aber ohne ihn darauf anzusprechen, sonst verstören wir ihn womöglich noch mehr. Er braucht Abstand und darf nicht ständig daran erinnert werden, dann wird er mit der Zeit darüber hinwegkommen.« Damit war dafür gesorgt, dass der Mann nicht weiter in seinen Sohn drang.

»Bist du damit einverstanden? Dann lass uns nun in unsere Zimmer gehen.« Frieder Wörth nickte, und Romain Holländer erhob sich.

Manche der Gemeindemitglieder wohnten hier. Die »Kirche« war keine wirkliche Kirche, sondern eine sorgfältig restaurierte dreistöckige Gründerzeitvilla mit einem riesigen Park, der von einer drei Meter hohen Mauer umgeben war, damit niemand hereinschauen konnte.

Er selbst residierte ganz oben. Zwar waren die Räume unter dem Dach eher karg – hier hatten früher die Dienstboten gewohnt – aber Romain vermisste den Stuck und die Parkettböden nicht. Niemand außer seiner jeweiligen Haushaltshilfe und ihm durfte die Räume betreten. Die Gemeindemitglieder sollten glauben, dass er wie ein Eremit lebte. Und das tat er ja auch auf seine Weise.

Romain Holländer löschte das Licht und schloss die Tür. Dann legte er Frieder Wörth die Hand auf die Schulter und blickte ihm in die Augen, in denen nichts Feindseliges mehr lag. »Begib dich zur Ruhe. Wir lösen dein Problem.«

»Gute Nacht.« Der Mann ging davon, den Rücken gebeugt. Romain Holländer sah ihm nach.

In den nächsten Tagen würde er in einer ruhigen Minute den ehemaligen Altardiener beiseitenehmen und erneut instruieren müssen. Das, was der Junge für seinen Prinzipal getan hatte, war ein Dienst an der höheren Macht gewesen, nichts anderes. Und man durfte zu niemandem darüber sprechen, sonst würde die Hölle über einen hereinbrechen.

7

»Morgen.« Der neue Praktikant erschien. Wie jeden Tag fünf Minuten zu spät. Markus Lehmann war klein, dicklich und maulfaul. Lara wurde das Gefühl nicht los, dass er den Redaktionsmitarbeitern hinterherspionierte. Aber wenigstens würde Tom nicht versuchen, ihn zu verführen. Sie grinste kurz und wandte sich wieder ihrem Artikel zu.

Hubert Belli saß ihr gegenüber und tippte verbissen. Seine Finger schlugen auf die Tasten, dass es in der ganzen Redaktion zu hören war. Seit Tom zum Redaktionsleiter aufgestiegen war, hatte er dessen ehemaligen Platz besetzt.

Lara überflog die News. *Das ist die Brautleiche!*, lautete die Balkenüberschrift auf der Website der *Bild*-Zeitung. Darunter befand sich ein großformatiges Foto von Carolin Fresnel in einem blauen Etuikleid. Das Model lächelte direkt in die Kamera. Das kleinere Bild neben dem Text war unscharf. Die rotfleckige Gestalt auf der hellen Unterlage hatte die Arme wie eine Gekreuzigte zur Seite gestreckt.

Sie schüttelte unmerklich den Kopf. Das würde Tom nicht gefallen, ganz und gar nicht. Es kursierten Fotos von der Modenschau im Netz und somit gewiss auch bald in den Zeitungen. Da die Presse nichts Besseres hatte, erfüllten auch Handybilder ihren Zweck. Ihr eigener Artikel für die *Tagespresse* war zwar ebenfalls mit einem Archivfoto von Carolin Fresnel illustriert, wenn man jedoch bedachte, was sie stattdessen alles hätten abdrucken können, war Toms Ärger verständlich.

»Morgen, meine Lieben!« Gleichzeitig mit der aufschwingenden Tür schmetterte Jo seinen Gruß in den Raum. Seine Augen leuchteten wie der Morgenhimmel, als er mit schnellen Schritten herankam, sich zu Lara herabbeugte und ihr einen Kuss auf die Wange drückte. Sie spürte noch die weiche Wärme seiner Lippen, während in ihrem Kopf ein Klicken ertönte.

Eine Hand mit einem weißen Tuch rieb über eine Oberfläche. Eine sanfte Männerstimme murmelte etwas. Das Tuch wurde in eine Dose mit einer hellen Creme getaucht. Dann vollführte die Hand wieder kreisende Bewegungen. Die Oberfläche war gemustert, der Untergrund von einem sehr hellen Beige, die regelmäßig angeordneten Muster dunkel. Das Tuch wurde beiseitegelegt. Ein Zeigefinger legte sich auf die Oberfläche und strich langsam von links nach rechts. Für einen Augenblick schärfte sich das Bild. Das Muster bestand aus Wörtern. … nunc ergo fili audi me et adtende verba oris mei …

Die Hand legte das Tuch beiseite und griff in einen winzigen roten Stoffbeutel. Das Gemurmel wurde lauter. Es klang wie ein Gebet. Die Handfläche öffnete sich. Holzkugeln klickten aneinander.

»Nina. Sie heißt Nina.« Lara hörte, dass sie die letzten Worte laut gesprochen hatte. Alle starrten sie an.

»Wer heißt Nina?« Jo stand neben ihr und schaute verblüfft. Auch Markus Lehmann war noch da. Er tat so, als würde er die Aufschriften der Ordner im Regal neben der Eingangstür lesen. Nur Hubert tippte unverdrossen.

»Das Mädchen. Ich habe etwas gesehen.« Lara schüttelte den Kopf und hatte das Gefühl, dass darin ein wassergefüllter Ballon hin und her schwappte.

»Komm mit nach draußen.« Jo zog sie am Ellenbogen, und Lara folgte ihm zögerlich. »Wir gehen mal kurz an die frische Luft!« Das trompete er so laut heraus, dass alle es hören konnten. Auf der Treppe kam ihnen Ulrike Bannschuh entgegen. Die Kollegin war erst vor wenigen Wochen zur *Tagespresse* gewechselt. Lara überlegte noch, wie die Zeitung hieß, bei der die Neue vorher gearbeitet hatte, aber außer dass sie aus Göttingen kam, fiel ihr nichts ein.

Die schwere Tür zur Straße schwang auf, und ein eisiger Luftschwall schlug ihnen entgegen.

»So, nun atme mal tief durch. Und dann sagst du mir, was mit dieser Nina ist. War das wieder eins deiner Gesichte?«

»Ich glaube ja.« Lara schilderte kurz, was sie gesehen hatte.

»Holzkugeln, hm.« Aus Jos Mund kamen weiße Wölkchen. »Aber nichts mit Folter oder Verstümmelungen wie die letzten Male?«

»Nein. Nur die Hand mit dem Tuch und dann dieser Satz. Es war lateinisch.« Lara schloss die Augen und versuchte, die Wörter noch einmal zu sehen, aber es gelang ihr nicht. »Irgendetwas mit *fili* und *verba.*«

»Wenn es dir wieder einfällt, kannst du es ja aufschreiben. Hoffentlich ist es nichts Schlimmes.«

»Lass uns wieder hochgehen.« Lara rieb sich die Arme. Sie wünschte sich, dass Jo recht hatte, aber bis jetzt waren ihre Halluzinationen *immer* das Abbild schlimmer Geschehnisse gewesen. Ihre Schritte hallten durch das Treppenhaus.

Das Summen und Klappern in den Redaktionsräumen überfiel sie wie ein aufgeregter Hornissenschwarm. Jo zuckte die Schultern und verschwand ohne ein weiteres Wort im Nachbarzimmer. Lara rief das Layoutprogramm auf und dachte dabei an ein Mädchen namens Nina und kleine Holzkugeln.

»Ich wollte dich zum Essen einladen.«

»Wieso das denn?« Lara, die in ihren Artikel vertieft war, sah hoch. Jo stand neben ihrem Stuhl, ein verlegenes Grinsen auf dem Gesicht. In der Tür zur Küche lauerte Markus Lehmann. Seine Ohren schienen weiter abzustehen als sonst.

»Besprechung.« Er zwinkerte ihr zu. »Du weißt schon.«

Jetzt fiel es Lara wieder ein. Die Fotos. »Heute?«

Jo legte den Kopf schief, zog die Augenbrauen hoch. Das sollte wohl »Ja« heißen.

»Von mir aus. Eigentlich muss ich morgen wieder früh raus. Aber ich schlafe seit vorgestern eh nicht besonders gut.«

»Gebongt. Ich bestelle uns gleich einen Tisch bei *Stefano*.«

Tom Fränkel stieß die Tür zu seinem Büro mit dem Fuß auf und versuchte gleichzeitig, in die Ärmel seiner Lammfelljacke zu schlüpfen. Sein Gesicht war noch immer gerötet. Lara sah Jo noch einmal zwinkern, ehe er sich schnell abwandte und im Nachbarraum verschwand. Der Redaktionsleiter marschierte hinter ihr vorbei und verschwand ohne ein Wort nach draußen.

Und auch der neugierige Praktikant war wie von Zauberhand verschwunden. Lara rief die Abwesenheitsliste auf. Tom hatte sich für den gesamten Nachmittag ausgetragen. Sie würde ungestört arbeiten können.

»Was würde man eigentlich für meine Fotos von der Modenschau bekommen, wenn man sie einer Agentur anbietet?« Lara studierte die Weinkarte und entschied sich für einen trockenen Dornfelder.

»Etwas über tausend Euro.« Jo winkte dem Kellner.

»Mehr nicht?«

»Das ist schon eine ganze Menge. Wir sind hier nicht in den USA. In Deutschland gelten offiziell die Tarifübersichten des Deutschen Journalistenverbandes. In der Praxis wird allerdings ein großes Geheimnis darum gemacht. Der Preis richtet sich nach Auflagenhöhe, Seite und Größe des Bildes.«

»Und ich habe gedacht, wir könnten vielleicht für das Geld in die Karibik fliegen.« Lara fiel auf, was sie gesagt hatte, und ihr wurde heiß.

»Du und ich in der Karibik, hm? Wann soll es denn losgehen?« Jo lächelte zu seinen Worten. Im selben Moment erschien der Kellner, und Lara war froh, dass sie nicht antworten musste. Die Bilder in ihrem Kopf sorgten dafür, dass sich ihr Gesicht rötete. Sie nahm einen Schluck Wein und wälzte ihn im Mund herum. Jo bestellte das Essen. Laras Versprecher schien ihn eher zu amüsieren, denn zu beunruhigen. Aber vielleicht täuschte er die Gelassenheit auch nur vor. Lara schluckte und überlegte, wie sie unverfänglich vom Thema Urlaub wegkommen konnte. »Ich habe Ralf Schädlich angerufen.«

»Kripo-Schädlich?«

»Genau den. Ich wollte ihn wegen des Mordfalles an dem Model aushorchen, aber er ist nicht mit der Sprache rausgerückt. Wahrscheinlich haben die alle von ihren Vorgesetzten einen Maulkorb bekommen. Obwohl …«, Lara strich sich mit den Fingerspitzen über die Stirn, »gestern waren sie noch bereit, inoffiziell Fotos gegen Informationen zu tauschen.« Sie hatte das Gefühl, Jo sähe ihr länger als üblich in die Augen.

»Du könntest Schädlich erzählen, dass du von der Schrift auf der Stirn weißt. Dann rückt er vielleicht weitere Informationen heraus. Geh doch mit ihm einen Kaffee trinken und dann plaudert ihr ein bisschen.«

»Ich will nicht mehr mit ihm in irgendwelche Restaurants gehen, Jo. Mir ist das unangenehm. Der denkt doch, ich will was von ihm.«

»Nachmittags auf einen Kaffee? Das ist doch unverfänglich. Aber gut. Dann müssen wir sehen, wie wir anders an Informationen kommen. Du betreust den Fall doch weiter?« Er legte ihr die Hand auf den Arm, und Lara wurde es noch ein wenig heißer.

»Klar. Tom hat eine ganze Artikelserie geplant. Ich habe mir für Montag schon einen Termin in der Hochschule besorgt.«

»Dann behalten wir das mit *Lucifer* erst einmal für uns. Anscheinend ist keinem der anderen Gäste dort die Schrift auf der Stirn aufgefallen. Die Bullen werden mit Sicherheit nicht damit rausrücken, weil es Täterwissen ist. Du könntest Mark anrufen.

Vielleicht kennt er vergleichbare Fälle oder weiß, was so etwas bedeuten könnte.« Mark Grünthal war Psychologe und Laras Freund. Vor ein paar Jahren hatte er auch als Fallanalytiker gearbeitet.

»Mache ich. Am Wochenende.« Der Kellner erschien. Lara betrachtete die dampfenden Spaghetti. Sie würde mörderisch nach Knoblauch riechen, aber das war ihr egal. Außentermine hatte sie keine, und die Kollegen in der Redaktion würden damit leben können.

»Hast du noch was zu dieser Nina herausbekommen?« Jo spießte einen Mini-Tintenfisch auf. Die winzigen Fangarme hingen von der Gabel.

»Nichts. Der Vorname allein nützt mir nichts. Die Worte, an die ich mich erinnern kann, sind lateinisch und bedeuten, soweit ich weiß, sinngemäß ›Sohn‹ und ›Wörter‹. In der Verknüpfung mit ›Nina‹ fand sich auch nichts, was einen Sinn ergab.«

»Dann bleibt dir nichts anderes übrig, als abzuwarten. Vielleicht siehst du noch einmal etwas.«

»Lieber nicht.« Lara sah zu, wie Jo Rotwein nachschenkte, und wünschte sich dabei, dass sie nie wieder etwas »sehen« musste.

8

»Zuerst habe ich ein Quietschen gehört, und dann wurde eine Bahre an vier Seilen zum Laufsteg herabgelassen. Darauf lag die Leiche der Braut. Ich meine natürlich das Model, das das Brautkleid trug.« Lara holte tief Luft. »Ich schreibe eine Artikelserie dazu.«

»Die ›Brautleiche‹. Das kam auf allen Kanälen.« Mark sprach gelassen. »Magst du mir die Artikel mailen? Dann brauchst du mir jetzt nicht alles haarklein zu erzählen, und ich kann das in Ruhe lesen. Wenn ich Fragen dazu habe, rufe ich dich an. Bist du am Wochenende zu Hause?« Lara hatte das Gefühl, Marks Stimme zum ersten Mal bewusst zu hören. Sie klang tief und weich und erzeugte einen warmen Widerhall in ihrem Unterleib. Sie zog die Beine an und lehnte sich in ihre Sofaecke zurück.

»Lara, bist du noch dran?«

»Ich habe nachgedacht. Heute Abend will ich mit Doreen einen Frauenabend machen, aber morgen bin ich da.«

»Fein. Dann telefonieren wir morgen noch einmal.« Sein Tonfall wurde verbindlicher. Gleich würde er sich verabschieden.

»Warte! Ich habe noch eine Frage: Auf einem der Fotos war etwas Dunkles auf der Stirn der Toten zu sehen. Wir dachten zuerst, es wäre Schmutz, aber Jo hat es ein bisschen nachbearbeitet und dabei stellte sich heraus, dass es sich um Buchstaben handelt. Schwarze Schrift, das Wort heißt *Lucifer*.«

»Luzifer? Bist du dir sicher?«

»Es ist eindeutig.«

»Hm. War es mit ›c‹ oder mit ›z‹ geschrieben?«

»Mit ›c‹. Spielt das eine Rolle?«

»Vielleicht. Schreibt man den Namen mit ›c‹, kann er den herkömmlichen lateinischen Wortsinn bedeuten. *Lux* ist das Licht und *ferre* bedeutet tragen. *Lucifer* heißt dann nichts anderes als ›Lichtträger‹. In der römischen Mythologie kannte man ihn als die Gottheit, die den Tag anbrechen lässt, auch als Morgenstern. Seine Mutter ist Aurora, die Göttin der Morgenröte.«

»Und ich dachte immer, mit *Lucifer* wäre der Teufel gemeint.«

»Im übertragenen Sinne kann es das auch heißen. Dann schreibt man es aber mit ›z‹. In der christlichen Religion wurde er auch nicht von Anbeginn an mit dem Teufel gleichgesetzt. Die frühen Christen hielten Luzifer sogar für ein Synonym Christi. Später wandelte sich die Bedeutung. Zuerst zu einem ›hochmütigen Lichtbringer‹, dann zu einem gefallenen Erzengel und schließlich zu Satan, der im Lukasevangelium wie ein Blitz vom Himmel fällt.«

»Unglaublich.« Lara kräuselte die Stirn und dachte darüber nach, was sie alles nicht wusste. Das war der Nachteil, wenn man ein aufgeklärtes Heidenkind war.

»Du siehst also, nichts ist eindeutig, und das Wort kann alles Mögliche ausdrücken. Es war auf die Stirn geschrieben?«

»Ja. Wahrscheinlich steht noch etwas davor. Ein zweites Wort, das mit ›S‹ anfängt. Mehr konnten wir nicht herausfinden. Die Fotos sind verwackelt, und ich habe von der Seite fotografiert.«

»Das wird ja immer seltsamer. Die Kripo hat nichts veröffentlicht?« Er redete weiter, ohne auf ihre Bestätigung zu warten. »Das werden sie auch schön für sich behalten. Jetzt hast du mich aber wirklich neugierig gemacht. Ich muss ein bisschen herumfragen. Kannst du mir die Bilder an die Mail anfügen?«

»Na sicher kann ich das.« Laras Gehirn schaltete wieder von Informationen auf Emotionen um. Ihr war warm, und ihr Herz klopfte lauter als sonst. »Ich schicke es gleich nachher ab.« Sie sah zur Uhr, während Mark sich verabschiedete. Gleich halb drei. Sie hatte noch den ganzen Sonnabendnachmittag und wusste nicht, was sie damit anfangen sollte.

»Dann hören wir uns morgen wieder?« In Marks Stimme schwang ein Lächeln mit.

»Ich bestehe darauf.« Sie lachte. Ein wenig gekünstelt, wie es ihr vorkam, aber er schien nichts davon zu bemerken. »Aber bitte nicht vor Mittag. Wer weiß, wann ich ins Bett komme.« Lara verzog das Gesicht. Jetzt wollte sie ihn auch noch eifersüchtig machen.

»Ich rufe dich am Nachmittag an. Tschüss, Lara.« Mark hatte aufgelegt. Lara beschloss, die E-Mail gleich abzuschicken. Dann konnte er sich bis morgen ausgiebig damit beschäftigen. Sie legte das Telefon auf den Couchtisch und erhob sich.

»Du hast nichts verstanden. Nicht das Geringste.« Die Stimme flüstert. »Aber das hatte ich auch nicht erwartet. Ihr denkt doch heutzutage alle, dass euer Verhalten normal ist.« Ein Schnaufen, dann fährt die Stimme fort. »Und trotzdem hatte ich wider besseres Wissen gehofft, dass du deine Sündhaftigkeit erkennst. Das war ein Irrtum. Und nun ist deine Zeit abgelaufen.«

Lara sah sich um, während die Schlieren vor ihren Augen verschwanden. Sie stand in ihrem Arbeitszimmer vor dem Schreibtisch, die Hand auf der Stuhllehne. Mit einem Kopfschütteln zog sie den Stuhl heraus, setzte sich und schaltete den Computer ein. Mark wartete auf den Artikel und die Bilder.

Zähne. Weiße, fest aufeinandergepresste Zähne. Ein leises Kichern. Eine Hand legt zwei Holzkugeln auf ein weißes Tuch. Auf den Kugeln sind mit dunkelblauer Farbe Muster eingraviert. Das Blickfeld erweitert sich, zeigt einen schmalen Körper, langgestreckt auf dem Rücken liegend, Schlüsselbeine und Beckenknochen stehen hervor. Nur die dunklen Brustwarzen heben sich von der bleichen Haut ab.

Die Frau hat die Augen geschlossen, als ob sie schläft. Im Intimbereich ist sie komplett rasiert.

Jetzt kommt eine gebeugte Gestalt ins Bild, nur der Rücken ist zu sehen, ein helles Hemd mit Kragen. Die Gestalt hockt sich neben die Frau, beugt sich nach vorn, als betrachte sie sie näher. Die nackte Frau auf dem Boden rührt sich nicht.

Ein gebogenes Messer durchschneidet das Bild. Es nähert sich der weißen Haut, verharrt einige Zentimeter über dem Gesicht, schwebt dann nach unten, streicht über den Hals, fährt zum Brustbein und gleitet nach rechts. Greift nach dem linken Arm. Das Messer gleitet über das Handgelenk, ein rot klaffendes Maul öffnet sich. Blut strömt hervor. Viel Blut, zu viel. Das alles geschieht in völliger Stille. Schnell bildet sich ein See unter dem Arm, Rinnsale sickern in alle Richtungen, während die Gestalt sich nach links wendet und auch am rechten Handgelenk einen tiefen Schnitt setzt. Ein zweiter roter See entsteht.

Die Frau bewegt sich nicht. Ist sie bewusstlos?

Lara kniff die Augen fest zusammen, wollte noch mehr sehen, wollte die Person sehen, die zu der Hand mit dem Messer gehörte, aber die Szene verblasste plötzlich und verschwand dann gänzlich. Draußen schippte jemand Schnee. Ein Auto hupte. Lara öffnete die Augen. Vor ihr flimmerte der Bildschirm. Mit weichen Knien erhob sie sich und ging ins Wohnzimmer, um das Telefon zu holen, während sie darüber nachdachte, was sie da eben gesehen hatte. Noch im Gehen wählte sie die vertraute Nummer.

»Mark?«

»Nein, hier ist Anna.«

»Oh, Entschuldigung. Lara Birkenfeld hier. Könnte ich bitte Mark sprechen?«

»Der ist unterwegs. Hatten Sie nicht schon vor einer halben Stunde angerufen?«

»Ja. Inzwischen habe ich aber neue Informationen in dem Fall, den ich mit ihm besprochen habe.« Eine Fallbesprechung war unverfänglich. Marks Frau hatte ihr gerade noch gefehlt. Anna argwöhnte schon seit Jahren, dass sie etwas miteinander hatten. Ein Irrtum, aber sie ließ sich ihren Verdacht nicht ausreden.

»Versuchen Sie es auf dem Handy. Das tun Sie doch sonst auch, oder? Wiederhören.« Anna Grünthal hatte aufgelegt. Lara schluckte. Das hatte gesessen. Hatten sich die zwei gestritten, oder hatte Marks Frau heute besonders schlechte Laune? Sie tippte Marks Handynummer ein, erreichte aber nur den Anrufbeantworter. Ohne eine Nachricht zu hinterlassen, legte sie auf. Im Moment konnte der Freund auch nichts tun. Sie würde ihre Halluzination in der E-Mail beschreiben, dann konnten sie morgen darüber reden.

*

»Wie war dein Frauenabend?« Es klang neckend.

»Sehr nett.« Lara runzelte die Stirn. Sehr »nett«? Was redete sie da? Doreen hatte fast den ganzen Abend mit einem dürren Typen getanzt, und sie hatte an der Bar gesessen und irgendwelche halbgaren Verehrer abgeblockt, bis sie sich schließlich gegen eins auf den Heimweg gemacht hatte.

»Das freut mich.« Mark wurde ernst. »Ich habe deine Informationen gelesen, mir die Bilder angeschaut und ein bisschen herumtelefoniert. Ein ausführlicher Obduktionsbericht liegt bereits vor. Ich sage dir jetzt nicht, woher ich das habe, aber das, was ihr auf der Stirn gesehen habt, ist tatsächlich das Wort *Lucifer*. Es wurde aber nicht mit irgendeinem Stift aufgemalt, sondern tätowiert.«

»Tätowiert?«

»Ja. Das bleibt aber unter uns.«

»Wie immer.« Lara grinste kurz und ging zu ihrem Schreibtisch, um sich Stichpunkte zu machen.

»Bei der Obduktion hat man außerdem festgestellt, dass die Tätowierungen schon mehrere Tage alt waren, die Hautirritationen waren vollständig zurückgegangen und die Mikroentzündungen im Einstichbereich vollständig abgeheilt.«

»Tätowierung*en*? Mehrzahl? Und wie viel sind ›mehrere Tage‹?«

»Auf der Stirn finden sich zwei Wörter. Ihr hattet ja schon selbst gesehen, dass vor *Lucifer* noch etwas anderes steht.«

»Ach ja, das hatte ich ganz vergessen. Es fing mit ›S‹ an.«

»Richtig. Das Wort ist *superbia*. Und was die Anzahl der Tage betrifft, so heißt es: mindestens drei, es können auch vier oder fünf sein.«

»Was bedeutet das zweite Wort?« Lara schrieb »3–5 Tage« und *superbia* auf ihren Block.

»Es ist lateinisch und kann Hochmut, Übermut, Eitelkeit, Stolz, Anmaßung, Überheblichkeit oder auch Arroganz bedeuten.«

»Eitelkeit … Carolin Fresnel war ein Model. Ob das etwas damit zu tun hat? Vorausgesetzt, die Tätowierungen stammen vom Täter.«

»Davon können wir ausgehen. Welches Model lässt sich denn freiwillig etwas auf die Stirn tätowieren, wo es jeder sehen kann? Noch dazu zwei so symbolträchtige Wörter?«

»Da die Tätowierungen mehrere Tage alt waren, muss er sie längere Zeit in seiner Gewalt gehabt haben.« Lara kritzelte »Carolin vermisst ab wann?« auf ihren Zettel und hörte weiter zu.

»Das vermutet auch die Kripo. Hinzu kommt, dass der Körper ausgetrocknet war, Magen und Darm waren leer. Er hat sie wahrscheinlich irgendwo gefangen gehalten und hungern lassen.«

»Das ist ja furchtbar!« Lara legte den Stift beiseite und strich sich dann mit der Rechten über den linken Unterarm. Die Gänsehaut war deutlich zu spüren. Mark musste Kontakte aus seiner Zeit als Fallanalytiker angezapft haben, anders konnte sie sich nicht vorstellen, woher er diese Details aus dem Obduktionsbericht kannte. »Warum tut jemand so etwas?«

»Wenn wir das wüssten…« Er machte eine kurze Pause und setzte dann fort. »Etwas allerdings könnte uns Aufschluss über das Motiv geben. Der Text auf dem Rücken.«

»Text auf dem Rücken?« Lara krauste die Stirn und dachte, dass sie sich anhörte wie ein Papagei.

»Habe ich das vorhin nicht erwähnt? Außer der Tätowierung auf der Stirn war der gesamte Rücken von den Schulterblättern bis zu den Lendenwirbeln mit winziger Schrift bedeckt.«

»Was stand da?«

»Ich weiß nur, dass es auch lateinisch war. Leider kenne ich den Wortlaut nicht. Vielleicht bekomme ich ihn noch zugeschickt.«

»Lateinisch? Oh Gott.« Lara seufzte. »Mark, ich hatte in den letzten Tagen mehrmals Erscheinungen. Ich fürchte, das könnte etwas mit diesem Fall zu tun haben.«

»Du hast etwas gesehen, das mit Carolin Fresnel zu tun hatte?«

»Nein, das ist es ja gerade! Es ging um ein anderes Mädchen. Ich glaube, ihr Name ist Nina.« Hastig beschrieb Lara dem Freund ihre Gesichte und dass sie die Wörter *fili* und *verba* gesehen hatte.

»Für mich klingt das danach, als hättest du dieses Mal in die Zukunft geblickt. Wie sieht diese Nina denn aus?«

»Viel konnte ich nicht wahrnehmen. In der gestrigen Erscheinung lag sie nackt auf dem Boden. Sie hat dunkle, kurze Haare und ist sehr schlank. Ein Typ, von dem ich nur den Rücken sehen konnte, hat sich über sie gebeugt und ihr die Handgelenke aufgeschnitten.« Mark antwortete nicht. Lara konnte ihn atmen hören, und so setzte sie noch hinzu: »Ich glaube nicht, dass das ein Blick in die Zukunft war. Für mich hat es sich angefühlt, als geschehe das in Echtzeit.«

»Dann müssen wir schnellstens herausfinden, ob eine Nina

vermisst wird. Das wird schwierig, weil wir nicht wissen, wo das Ganze stattfindet. Ich werde mich darum kummern. Was können wir noch tun?«

»Morgen bin ich bei *Rootdesign*. Ich werde recherchieren. Ganz offiziell im Auftrag der *Tagespresse*, Informationen sammeln.«

»Sei vorsichtig. Vielleicht treibt sich der Täter noch dort herum.«

9

Das Dröhnen der Trommeln steigerte sich zu einem Stakkato. Die drei jungen Männer im vorderen Bereich des Gewölbes hatten die Augen geschlossen. Ihre Hände schlugen so schnell auf die Djemben, dass man nur ein verwischtes Auf und Ab sah. Das Licht der mannshohen Kerzen an den Seiten flackerte auf den Ziegelsteinen. Die meisten Gemeindemitglieder hatten sich erhoben und schaukelten verzückt im Takt. Jetzt begannen ihre Körper zu zucken, einige hatten die Augen verdreht, sodass man nur noch das Weiße sah. Andere schauten zwar nach vorn, aber ihr Blick war glasig.

Romain Holländer beobachtete das Ganze unter halbgeschlossen Lidern hervor, während auch er sich hin und her wiegte. Die Trommeln waren ein genialer Einfall gewesen. Natürlich hatte es etwas Skurriles, eine Zusammenkunft mit afrikanischen Musikinstrumenten zu begleiten, aber es bewährte sich nun seit fast zwei Jahren. Er hatte gründlich nachgeforscht, mit welchen Methoden man Menschen in Trance versetzen konnte, und war dabei auch auf die Djemben gestoßen. Nicht umsonst verwendeten afrikanische Völker seit Jahrtausenden Trommeln bei ihren Stammesritualen. Es hatte für die jungen Männer, die auserkoren worden waren, die Instrumente zu spielen, einiger Übung bedurft, bis sie diese so beherrschten, wie er sich das vorstellte, aber das Experiment war gelungen.

Und nun war es an der Zeit für eine nächste Labung. Das pochende Hämmern wurde noch ein wenig schneller, während Romain Holländer zu seinem Altar schritt und eine der Karaffen herunternahm. Das Gefäß in der Linken trat er vor die Trommler und berührte sie nacheinander an der Schulter. Das war das Zeichen für sie, den Rhythmus zu verlangsamen. Erst als das Trommeln einem schleppenden, fast retardierten Wummern gewichen war, begab sich Romain Holländer direkt in die Mitte des Raumes und hob die rechte Hand. Die Djemben wurden noch etwas langsamer, und das brachte die meisten Anwesenden dazu, die Augen wieder zu öffnen und den Blick nach vorn zu richten.

Romain Holländer sprach nicht. Gemessenen Schrittes ging er von einem zum anderen, reichte ihnen die Karaffe und wartete, bis sie einen Schluck genommen hatten. Die Medikamente waren in dem süßen Rotwein gar nicht zu schmecken. Er hatte lange herumexperimentiert, um die richtige Mischung zwischen herabgesetzten Reizempfindungen und Euphorie mit anschließendem partiellen Gedächtnisverlust zu finden. Genau wie die psychoaktiven Rauchzutaten für die Andachten kaufte er die Substanzen im Ausland und ließ sie von eifrigen Jüngern herüberschmuggeln. Meist erinnerten sich die Teilnehmer am nächsten Tag nur noch an Bruchteile und behielten ein angenehmes Gefühl zurück. Das stärkte den Zusammenhalt und motivierte sie für die nächsten rituellen Feste. Es war wichtig, die Gemeinde zusammenzuhalten. Gemeinsamkeit wurde nicht nur durch das ständige Geben und Nehmen der Mitglieder erzeugt. Das war lediglich die positive Grundmasse, die Neulinge anzog und die Schwachen zufriedenstellte. Nein, die Jünger mussten ihren Führer auch verehren und ihm bedingungslos folgen. Er hatte die Techniken jahrelang studiert und sein Vorgehen verfeinert. Es glich einer Art Gehirnwäsche mit sanfteren Mitteln.

Nicht jeder durfte an den Ritualen teilnehmen. Es waren außer den drei Trommlern und Romain Holländer selbst immer zwanzig an der Zahl, und sie mussten sich die Anwesenheit verdienen. Entweder waren es langjährige und zuverlässige Gemeindemitglieder, oder es gab einen besonderen Anlass für die Anwesenheit. So wie bei Sophie heute.

Romain Holländer beobachtete, wie Frieder Wörth mit geschlossenen Augen schluckte. Er trank mehr als die anderen. Das konnte daran liegen, dass er die letzten Male nicht hatte dabei sein dürfen und deshalb die heutige Zusammenkunft besonders genoss. Frieder Wörth war heute Nacht für eine Hauptrolle vorgesehen, nur dass er davon noch nichts wusste. Und so ließ Romain Holländer ihn trinken.

Nachdem auch der Letzte der zwanzig die Labung erhalten hatte, gab Romain Holländer den Trommlern ein Zeichen, wieder schneller zu werden, und schritt zurück nach vorn. Die Karaffe war fast leer. Dass er selbst nichts getrunken hatte, war keinem aufgefallen. Wieder steigerte sich das dröhnende Geräusch, wieder begannen Körper, sich im Takt zu bewegen.

Romain Holländer stand vorn und zählte die Minuten. Er musste mindestens eine halbe Stunde warten, bis die Substanzen im Blutkreislauf angekommen waren und ihre Wirkung entfalten konnten.

Dieser Abend stand unter einem besonderen Zeichen – eine Weihe würde stattfinden. Sophie, die Fünfzehnjährige, die man in dieser Nacht in die Gemeinschaft der *Kinder des Himmels* aufnehmen würde, wartete oben. Zwei Frauen halfen ihr bei den Vorbereitungen. Sie wurde gebadet, gesalbt und in das hellblaue Gewand gekleidet, das alle Mädchen vor ihr auch getragen hatten. Sophie wusste nicht genau, was sie erwartete, genauso wenig wie ihre Betreuerinnen Details kannten. Natürlich hatte es andere Elevinnen vor ihr gegeben, die die gleiche Zeremonie durchlaufen hatten, aber die Mädchen konnten im Nachhinein nie sagen, was dort eigentlich geschehen war. Sie erinnerten sich an nichts. Wenn sie heruntergebracht wurden, waren sie schon so benommen, dass ihnen alles wie im Traum vorkam. Das Kellergewölbe, dessen Wände von den flackernden Kerzen nur unzureichend erleuchtet wurden, die weihrauchgeschwängerte Luft, das rhythmische Trommeln, die tanzenden Gestalten in ihren roten Gewändern, das alles nahmen sie nur schemenhaft wahr. Ihr Wissen um das, was in der Weihefeier geschah, speiste sich aus dem, was ihnen danach geschildert wurde. Vielleicht blieb ihnen ein diffuses Gefühl körperlichen Unbehagens, aber auch das verschwand mit der Zeit, und nach ein paar Wochen waren sie stolz darauf, reif für die Weihefeier gewesen zu sein. Nach der Zeremonie, die oft bis zum Morgen dauerte, wurden die Mädchen für ein paar Tage gepflegt. Deshalb fanden die Weihen nie in der Schulzeit, sondern immer zu Beginn der Ferien statt. Starke Schmerzmittel dienten dazu, sie ruhigzustellen, bis kleine Schleimhautwunden sich geschlossen hatten, Tranquilizer sorgten für einen angenehmen Dämmerzustand. Die Eltern wussten, dass die Elevinnen nach der anstrengenden Zeremonie ein paar Tage Ruhe brauchten. Sie waren stolz darauf, dass auch ihr Kind nunmehr als vollwertiges Mitglied in die Gemeinde aufgenommen worden war und hinterfragten den Ablauf der Weihe nicht. Natürlich wussten die Auserwählten, die an der eigentlichen Weihe teilnahmen, was dort tatsächlich geschah, aber der Prinzipal suchte sie stets sorgfältig aus und achtete darauf, dass keine Väter von Töchtern unter ihnen waren.

Romain Holländer ließ sich für einen Moment vom Züngeln des Lichts betören. Die Flämmchen schienen im Takt der Djemben zu vibrieren. Dann schielte er auf seine Uhr. Alles war exakt getimt. Genau jetzt würden die beiden Betreuerinnen Sophie den Met zu trinken geben. Der würde dem Mädchen die Aufregung nehmen und sie ein wenig schläfrig machen. Den Rest erledigten sie dann hier unten, wenn die Kleine bei ihnen war.

Sophie war ein schüchternes Mädchen. Er war sich ziemlich sicher, dass sie ihr Interesse für Jungs noch nicht entdeckt hatte und *rein* in die Zeremonie kam. Ihm persönlich war es egal, ob die Elevinnen als Jungfrauen in die Weihe gingen, der Prinzipal selbst beteiligte sich nie an den nachfolgenden Zeremonien, aber für die Gemeinschaft war es von fundamentalem Interesse.

Den benachbarten Zeremonienraum hatte er persönlich hergerichtet und präpariert. Dies war seit Anbeginn sein Privileg. Die drei Männer, die die Weihung vornehmen würden, standen auch schon fest, obwohl sie noch nichts davon ahnten.

Die Djemben dröhnten. Unverdrossen tanzten die Gemeindemitglieder. Ihre roten Gewänder schwangen vor und zurück, von links nach rechts.

Romain Holländer schob seine linke Hand in den Ärmel seines weißen Umhangs und drückte auf eine winzige Fernbedienung. Ein rotes Lämpchen würde nun im Vorbereitungsraum aufleuchten und den beiden Betreuerinnen signalisieren, dass es an der Zeit war, die Kleine herunterzubringen.

Eine Minute später gab er den Trommlern ein Zeichen und hob die Arme. Im gleichen Augenblick öffnete sich die eisenbeschlagene Tür, und Sophie wurde unter den Rundbogen geschoben. Sie stand einige Sekunden unbeweglich da. In ihrem hellblauen Gewand, die dunklen Haare offen, glich sie einer Marienfigur. Dann schwankte das Mädchen, wurde aber sofort von zwei jungen Männern aufgefangen, die sich links und rechts der Tür postiert hatten. Sie führten sie herein und geleiteten sie nach vorn, während sich die Tür hinter ihr schloss. Die Trommeln setzten wieder ein, während Sophie auf einem breiten Lehnstuhl mit Löwenfüßen Platz nahm. An den Unterseiten der Stuhlbeine waren Rollen angeschraubt. Die Elevin würde schon bald nicht mehr in der Lage sein aufzustehen, und so ließ sie sich leichter transportieren.

Jetzt war es Zeit für die zweite Labung. Romain Holländer griff nach der zweiten Karaffe und tat so, als nehme er einen großen Schluck. Dann schritt er zu Sophie, reichte ihr den Krug und bedeutete ihr zu trinken, wobei er darauf achtete, dass sie den süßen Wein auch wirklich hinunterschluckte. Das Betäubungsmittel war stark dosiert, und in wenigen Minuten würde jeder, der daraus getrunken hatte, für einige Stunden in tiefe Bewusstlosigkeit fallen.

Nach der Elevin kamen die Gemeindemitglieder an die Reihe. Auch sie hatten ihre Schuldigkeit getan. Nicht lange, und sie würden ermattet zu Boden sinken und schlafen. Bis auf drei von ihnen. Drei Männer waren dazu vorgesehen, die Weihe vorzunehmen, und ihr Zeichen war, dass sie nichts aus der Karaffe trinken durften. Wer nicht an der zweiten Labung teilnahm, war auserwählt. Romain Holländer hatte lange überlegt, ob er Frieder Wörth diese Ehre zuteilwerden lassen sollte. Schließlich hatte der Mann einen Sohn, und Väter waren für die Weihe der jungen Frauen eher ungeeignet. Aber er brauchte das Material, falls Wörth irgendwann wieder auf seinen Verdacht zurückkommen sollte. Das Gleiche galt für Max Frenzel. Der junge Mann musste ein wenig von seinem religiösen Eifer abgelenkt werden. Und das, was gleich passierte, würde ihn ablenken, so viel war sicher. Gleichzeitig würde es ihm im Nachhinein ein schlechtes Gewissen bescheren und die Erkenntnis, dass auch er nicht frei von Sünde war. Lauter nützliche Erfahrungen.

Und so stellte sich Romain Holländer zuerst vor Frieder Wörth, schaute ihn eindringlich an und schüttelte dann unmerklich den Kopf, als dieser zur Karaffe greifen wollte. Die Augen des Mannes leuchteten auf, und er öffnete den Mund, um etwas zu sagen, beherrschte sich jedoch und nickte nur ganz kurz. Er war zum ersten Mal auserkoren und wusste nicht, was ihn gleich erwartete, was sein Part bei der Zeremonie sein würde, doch er würde schnell begreifen. Für die Zeremonie wählte Holländer immer mindestens einen erfahrenen Mann aus; jemanden, dem er vertrauen konnte, der die Zeremonie schon mehrmals durchgeführt hatte und die anderen anleiten konnte. Obwohl es nicht viel zu sagen gab. Frieder Wörth hatte fast ein Jahr lang keinen Sex mehr gehabt, und egal, was er hinterher behauptete, es würde ihm Spaß machen.

Romain Holländer stellte die Karaffe zurück und beobachtete, wie der Tanz der Gemeindemitglieder schwerfälliger wurde.

Auch das Wummern der Djemben verlangsamte sich, bis es ganz erstarb. Sophie war in ihrem Stuhl zusammengesunken, ihr Madonnengesicht schimmerte wie weiße Emaille im Kerzenlicht. Er trat neben den Lehnstuhl und gab den Auserwählten ein Zeichen. Als alle drei nach vorn gekommen waren, schritt Romain Holländer hinter die Trommler, die von ihren Hockern zu Boden geglitten waren und schliefen, und schob den dunkelblauen Vorhang beiseite. Dahinter kam eine weitere Rundbogentür zum Vorschein, die er aufschloss. Wolfgang Franke nickte ihm zu, als er den Lehnstuhl vorsichtig über die Steine rollte. In seinen Augen lag ein begehrliches Flackern. Er war der Erfahrenste der drei und hatte schon einige Weihefeiern geleitet. Romain Holländer sah dem Mann nach. Das rote Gewand verbarg die bullige Figur fast vollständig. Auch Frieder Wörth und Max Frenzel erwiderten seinen Blick im Vorbeigehen. Max Frenzel trug einen aufgeregten Gesichtsausdruck, Wörth machte einen eher skeptischen Eindruck.

Bevor er die Tür hinter den drei Männern und der Elevin schloss, warf Romain Holländer noch einen prüfenden Blick auf das Arrangement im Nebenraum. Der Altar in der Mitte des Raumes war mit Batist verhüllt, der im Dämmerlicht gelblich glänzte. Mehrstimmige Choräle mischten sich mit dem Weihrauch und wallten in fast sichtbaren Schwaden durch das Gewölbe. Kabel und Lautsprecher verbargen sich hinter den tiefroten Samtportieren an den Wänden. Während Wolfgang Franke die Elevin auf den Altar legte, schloss Romain Holländer leise die Tür. Nachdem er die restlichen Gemeindemitglieder durch Anstoßen mit dem Fuß auf ihre Schlaftiefe hin überprüft hatte, eilte er zu seiner »Meditationskammer«. Zwar zeichneten die Kameras auch ohne sein Zutun alles auf, aber er wollte nichts dem Zufall überlassen. Lautlos drehte sich der Schlüssel, und die Tür schwang auf. Den Raum durfte außer ihm niemand betreten. Die Luft in dem winzigen Gelass roch nach kaltem Stein und Weihrauch. Romain Holländer zog den Drehstuhl heraus und setzte sich vor den Bildschirm. Die Aufnahme lief schon.

Mit Wolfgang Franke hatte er die Reihenfolge im Vorfeld besprochen. Zuerst würde Franke selbst agieren. Da Max der Jüngste war und sie annahmen, dass er sich nicht ewig beherrschen konnte, würde dieser als Nächstes an der Reihe sein. Frieder Wörth kam zum Schluss. Bei ihm war Holländer sich nicht sicher gewesen, ob er überhaupt mitmachen würde, aber er ging davon aus, dass der Anblick der anderen beiden und dessen, was sie taten, kaum einen Mann kalt lassen konnte. Wörth würde, nachdem er den anderen beiden zugeschaut hatte, so geil werden, dass er gar nicht anders konnte, als es ihnen gleichzutun.

Romain Holländer drehte die Musik etwas lauter. Die liturgischen Gesänge verliehen dem Ganzen einen mystischen Touch und überdeckten die Geräusche. Dann rutschte er dichter vor den Monitor und justierte das Bild nach. Die Männer wussten nichts von den winzigen Kameras, die hinter den Samtvorhängen verborgen waren. Er lehnte sich zurück und beobachtete mit klinisch kaltem Blick, wie Wolfgang Franke mit einem dümmlichen Grienen die Knöpfe an Sophies Oberteil aufnestelte. Max Frenzel und Frieder Wörth hatten sich links und rechts des Altars postiert, hielten einen silbernen Becher, aus dem sie ab und zu nippten, in der Hand und verfolgten mit verschleiertem Blick das Tun ihres Anführers. Holländer lehnte sich zurück. Er wusste, was jetzt kam, und es erregte ihn nicht im Geringsten.

Die Kameras zeichneten alles aus verschiedenen Perspektiven auf: Wie Franke Sophie entkleidete, wie er sein Gewand abstreifte und sich auf sie legte, wie sich sein weißer Hintern auf und ab bewegte, während die anderen beiden mit glasigen Augen zusahen. Kaum, dass er in einer letzten konvulsivischen Zuckung erstarrt war, erhob er sich auch schon, gab Max Frenzel ein Zeichen weiterzumachen, und dieser stürzte sich regelrecht auf das Mädchen, um in es einzudringen. Nach wenigen Sekunden war er fertig, und Frieder Wörth schob sich zwischen die Beine des Mädchens. Genau wie sein Freund Max kam er schon nach wenigen Sekunden. Beim zweiten Durchgang konnte er deutlich länger an sich halten.

Romain Holländer beobachtete die verzerrte Mimik auf dem Monitor und grinste. Der Mann schien seinen Spaß zu haben. Er prüfte noch einmal, ob die Gesichter der Männer gut zu erkennen waren, und seufzte dann zufrieden.

Perfektes Material.

10

»Modedesign ist bei uns nicht nur ein Studienschwerpunkt eines Designstudiums, sondern ein eigener Studiengang. Die Regelstudienzeit bei *Rootdesign* beträgt zehn Semester.«

»Sehr schön.« Lara betrachtete den grauen Bart des Mannes, der ihr an seinem Schreibtisch gegenübersaß. Professor Kreis glich in nichts dem, was sie sich unter einem Hochschulprofessor vorstellte. Letzten Dienstag bei der Präsentation hatte er eine Art Frack getragen und dadurch distinguierter gewirkt; aber heute, mit der braunen Cordhose und dem Jackett mit den Lederflicken an den Ärmeln wirkte der kleine dicke Mann eher wie ein Ökofreak.

»Es ist ein anspruchsvolles Studium. Unsere Studenten schließen mit einem Diplom ab. Dazu gehört auch die Abschlusspräsentation.« Der Professor redete und redete. Lara prüfte zum fünften Mal, ob das Aufnahmelämpchen am Diktiergerät noch leuchtete. Sie musste den Mann irgendwie vom Dozieren weg auf die Ereignisse der Modenschau lenken und ihn dazu bringen, ihre Fragen zu beantworten.

»Das ist sehr interessant.« Zeitgleich mit ihren Worten lächelte sie den Professor an. »Vielen Dank für diese Informationen. Ich hätte noch ein paar Fragen zu der Präsentation von Torben Hoffmann.« Lara vertiefte ihr Lächeln zu einem Strahlen, aber ihr Gegenüber schien es nicht zu bemerken. Stand er nicht auf Frauen? Oder war er einfach nur mürrisch?

»Torben ist ein Naturtalent, wie man es nur alle zehn Jahre einmal findet. Dazu kommt, dass er außerordentlich fleißig ist. Wir sind stolz, dass er bei uns studiert hat. Ihm steht eine große Karriere bevor.« Jetzt leuchteten die Augen des Professors.

»Kann ich mit ihm sprechen?«

»Einen Moment.« Professor Kreis wurde schlagartig wieder ernst und begann, auf der Computertastatur herumzuklicken. Über den Rand der Brille hinweg blickte er dann auf den Monitor und murmelte in seinen Bart. »Er müsste heute in den Buchnerschen Stiftungen sein. Dort befinden sich unsere Praktikums- und Seminarräume. Das ist gleich um die Ecke.« Er schaute auf. Die Verdrossenheit war in sein Gesicht zurückgekehrt.

»Haben Sie eine Gästeliste von letztem Dienstag?«

»Nein.« Der Professor verschränkte die Arme und schnaufte. Das hieß wohl, dass sie jetzt gehen sollte. »Um die Einladungen kümmern sich bei uns die Studenten. Das gehört auch zur Präsentation.«

»Danke.« Lara erhob sich und versuchte, den Ärger auf den unkooperativen Mann zu verdrängen. Das Gespräch mit ihm hatte nichts gebracht. Umso mehr hoffte sie jetzt auf das »Naturtalent«. Bisher hatte sie Torben Hoffmann nur in seiner Rolle als aufgescheuchtes Huhn bei der Show erlebt.

»Vor der Show finden unzählige Anproben statt. Es müssen aber nicht jedes Mal die endgültigen Models dabei sein. Manche haben noch andere Jobs oder studieren selbst, sodass nicht immer alle Zeit haben. Die Kollektion wird erst am Schluss kurz vor der Präsentation an den Mädchen getestet, die dann auch laufen.« Torben Hoffmann saß mit grazil übereinandergeschlagenen Beinen auf einem merkwürdig verbogenen Metallstuhl und fuhr sich mit dem Handrücken über die Stirn. Seine Haare standen heute in alle Richtungen vom Kopf ab, als hätte er sie sich unentwegt gerauft.

»Das heißt, Carolin Fresnel war zu den Anproben gar nicht dabei?«

»Ein-, zweimal schon. Ich musste ja sehen, ob ihr der Entwurf auch passte.«

»Wissen Sie noch, wann sie das letzte Mal da war?«

»Das hat mich die Polizei auch schon gefragt. Moment.« Torben Hoffmann wühlte in seiner schwarzen Umhängetasche und brachte ein zitronengelbes iPhone zum Vorschein. Lara verkniff sich ein Grinsen. Gelb, wie stylish! Vor sich hin murmelnd, fuhr der junge Mann mit dem Mittelfinger über das Display.

»Hier.« Er hielt das Handy so, dass Lara den Terminplaner sehen konnte, und deutete auf die Woche vom ersten bis zum fünften Februar. »Letzte Woche hatten wir nochmal am Dienstag und Donnerstag Anproben. Da war sie nicht dabei.« Er runzelte die Stirn.

»Kam Ihnen das denn nicht seltsam vor, dass Ihr Topmodel zu den entscheidenden Terminen nicht da war?« Lara schrieb »1. Febr. u. 3. Febr. Anprobe, Carolin nicht anwesend« in ihr Notizbuch, obwohl in der Tasche das Diktiergerät lief. Manchmal halfen ihr die Notizen, die richtigen Fragen zu stellen, und das Gegenüber hatte das Gefühl, dass sie genau zuhörte. Gleichzeitig kam sie sich furchtbar antiquiert vor, weil sie mit einem Kugelschreiber auf Papier schrieb.

»Carolin ist« – Torben Hoffmann schaute entsetzt und wedelte mit der Hand vor dem Mund herum, ehe er weiterredete – »war dauernd unterwegs, aber trotzdem zuverlässig. Sie hat schon für mehrere meiner Kommilitonen gearbeitet. Wenn ich mich recht entsinne, hatte sie ein Shooting in London und war deshalb nicht zu erreichen. Zur Show wollte sie rechtzeitig wieder da sein. Ich habe das Brautkleid zwischenzeitlich an einem anderen Model getestet. Das ist nichts Ungewöhnliches.«

»Verstehe. Ich hätte noch ein paar Fragen zum Ablauf der Modenschau selbst.«

»Das habe ich doch alles schon haarklein der Kripo erzählt.« Lara sah, wie Torben Hoffmann Luft ausblies und dann auf seine Armbanduhr schaute. »Ist das wirklich nötig?«

»Ich schreibe eine Artikelserie. Wir könnten darin auch

Ihre Kollektion vorstellen.« Sofort wurden die Gesichtszüge des »Nachwuchstalentes« weicher. Es war so einfach. Lara fuhr schnell fort, ehe er es sich wieder anders überlegen konnte. »Ihr Professor hat mir gesagt, dass Sie für die Einladung der Gäste zuständig waren. Gibt es eine Liste?«

»Ja. Die habe ich auf meinem Laptop.« Wieder begann Torben Hoffmann, in seiner Tasche zu wühlen. Es dauerte nur Sekunden, bis er das Notebook gefunden hatte. Es war ein MacBook Air. Allerdings in Weiß und nicht in Zitronengelb.

»Ich weiß nicht, ob das in Ordnung ist, wenn ich das …« Während er mit der Rechten über das Touchpad strich, fuhrwerkte die Linke durch die Haare, und allmählich bekam Lara eine Vorstellung davon, wie Torben Hoffmann zu seiner »Frisur« gekommen war.

»Haben Sie die Liste der Kripo ausgehändigt?«

»Na klar. Die brauchen das doch zum Ermitteln.«

»Dann dürfte es doch kein Problem sein, wenn ich sie auch bekomme, nicht? Ich verspreche Ihnen auch, mit den Angaben sensibel umzugehen.«

»Na gut.« Torben Hoffmann hatte gefunden, was er suchte. »Ich mail Ihnen die Datei. Haben Sie ein Kärtchen?«

Lara legte ihm ihre Visitenkarte auf den Tisch und beobachtete fasziniert, wie schnell der junge Mann tippte.

»Ist es denkbar, dass außerdem auch andere Leute dort waren?«

»Meinen Sie *uneingeladene* Besucher?« Torben Hoffmann schaute kurz auf und Lara nickte.

»Möglich. Das war ja kein abgesperrtes Gebiet. Und die Diplomshows sind öffentlich. Letztlich kann da jeder ein- und ausgehen wie er will.« Er klappte das MacBook zu.

»Danke. Rufen Sie mich an, wenn Ihnen noch etwas einfällt?« Lara streckte die Hand aus, aber der junge Designer ergriff sie nicht. Mit gerunzelter Stirn saß er wie ein exotischer Vogel auf dem Designerstuhl und schaute sie an, als hätte sie etwas vergessen. Noch ehe sie in Gedanken die letzten Fragen und Antworten durchgegangen war, sprach er. »Sie wollten meine Kollektion in der Zeitung vorstellen.«

»Ach ja, sorry. Natürlich.« Würde er ihr die Zerknirschung abnehmen? »Haben Sie eine Pressemappe oder Material, das Sie mir mitgeben können?«

»Ich maile Ihnen alles.« Eilfertig klappte Torben Hoffmann sein MacBook wieder auf und tippte erneut. »Bei Unklarheiten scheuen Sie sich nicht, mich zu kontaktieren.«

Hatte er wirklich »scheuen Sie sich nicht« gesagt? Lara verbiss sich ein Lachen. Der Typ war völlig abgedreht. »Ach, könnten Sie mir vielleicht noch die Telefonnummern der anderen Models geben, die Carolin Fresnel kannten?«

Torben Hoffmann nickte. »Maile ich auch.«

Auf dem Weg nach draußen fiel Lara ein, dass sie vergessen hatte, ihn zu fragen, wer eigentlich die Scheinwerfer in der Show bedient hatte. Die Trage mit dem toten Model war von dem Gerüst heruntergelassen worden. Irgendjemand musste da oben gestanden und alles beobachtet haben.

11

»Vorsicht!« Obwohl niemand in der Nähe war, flüsterten die drei Kinder. Der größere der beiden Jungs hatte die Strickmütze tief ins Gesicht gezogen und den Schal mehrfach um den Hals gewickelt. Dampfschwaden entschwebten seinem Mund, während er den Strahl seiner Taschenlampe über den Boden schwenkte. »Da liegen überall Glassplitter rum.« Die anderen beiden nickten. Auch sie trugen Mütze, Schal und Handschuhe. Auf dem Fahrrad pfiff einem der Wind schon nach wenigen Minuten durch sämtliche Kleidungsschichten, und wenn man nicht warm genug angezogen war, fraß sich die Kälte schnell bis auf die Haut durch. Und so trugen Paul und Sebastian brav ihre Strickmützen und die dicken Schals, obwohl das sonst nur ihre Freundin Helene tat. Aber Helene würde sich nicht über sie lustig machen oder sie bei den anderen anschwärzen. Sie konnte glatt als Junge durchgehen. Sonst hätten sie das Mädchen wohl auch kaum auf ihre Entdeckertour mitgenommen.

Die drei waren froh, dass kaum Schnee lag, sonst wäre der Ausflug mit den Rädern nicht möglich gewesen. Und zum Laufen war es zu weit. Aber das verfallende Dorf faszinierte sie seit dem Sommer, als die letzten Bewohner umgesiedelt worden waren. Paul, Sebastian und Helene mochten das Abenteuer draußen. Die Karl-May-Bücher, die ihnen Pauls Vater zum Lesen gegeben hatte, hatten ihre Spuren hinterlassen. Und in den Winterferien den ganzen Tag zu Hause zu sitzen und Computerspiele zu spielen, wie andere Kinder aus ihrer Grundschule, das war nicht ihr Ding. Von Langenhain, wo sie wohnten, bis hierher waren es nur wenige Kilometer und deshalb waren sie heute hier, um in dem, was von dem Dorf Heuerswalde übrig geblieben war, Abenteuer zu erleben – worin auch immer diese bestehen mochten. Seit letztem Freitag hatten sie Winterferien und so ausreichend Zeit, die Abbruchhäuser zu erkunden.

In den nächsten Tagen, vielleicht schon morgen, würden die monströsen Schaufelradbagger ihren Abenteuerspielplatz dem Erdboden gleichmachen, sie würden wie eine Herde Sauropoden über das Dorf herfallen und es auffressen, um anschließend Braunkohle aus der Erde zu schaufeln. Zwar war es streng verboten, die Abrissgebiete zu betreten, und sie mussten sich vor den Kontrolleuren der Tagebaugesellschaft in Acht nehmen, aber gerade das machte es umso aufregender. Welches Kind ließ sich von den Ermahnungen der Erwachsenen schon abhalten, etwas Spannendes zu erleben? Sie fühlten sich wie Mescalero-Apachen, die von Feinden verfolgt wurden.

Einmal hatten sie es erst in letzter Sekunde geschafft, sich vor den Bauarbeitern, die in regelmäßigen Abständen alles kontrollierten, in einem baufälligen Schuppen zu verstecken. Dicht nebeneinander hatten sie durch die Spalten der Bretter gelinst, den mehligen Geruch des alten Holzes eingeatmet und gehofft, die Männer mit den lehmbeschmierten Hosen mögen vorbeigehen. Das war in den Herbstferien gewesen, als die Tage noch länger und nicht so kalt gewesen waren.

Jetzt hatten sie Februar, und dies hier mochte ihre letzte Gelegenheit sein, die Geheimnisse des todgeweihten Ortes herauszufinden. Sebastian, Paul und Helene hatten heute Nachmittag ein letztes Mal den alten Dorfladen und danach noch eins der Fachwerkhäuser erforscht, aber außer ein paar staubigen Flaschen, einem zerbrochenen Stuhl und feuchten Zeitungen nichts Aufregendes gefunden.

»Wie spät ist es eigentlich?« Sebastian, der Kleine, trat auf der Stelle und hielt sein Rad mit einer Hand fest, damit es nicht umkippte.

Paul schob den wattierten Ärmel nach hinten. »Halb sieben.«

»Mist. Meine Mutter macht einen Aufriss, wenn ich später als geplant heimkomme.« Helene schlang sich die Arme um den Bauch. Sobald man stehen blieb, fror man.

»Wenn wir dreiviertel losfahren, schaffst du es bis um sieben.« Paul richtete die Taschenlampe auf das Gebäude vor ihnen. »Wir könnten schnell noch einmal in die Kirche schauen.«

Sie waren seit dem Sommer unzählige Male in diesem verfallenden Ort gewesen, aber die Kirche faszinierte sie am meisten. Unregelmäßige Natursteine ragten wie verschieden große Kugelfische zwischen dem Mörtel nach außen. Tief ins Mauerwerk eingelassen, schauten die schmalen Fenster den Betrachter mit gerundeten Augenbrauen an. Die bunten Scheiben waren längst fortgebracht worden, genau wie die Holzbänke, der dreiflügelige Altar und die geschnitzte Kanzel. Alles war verschwunden, sogar die betagten Linden hatte man schon gefällt, damit die Bagger leichteres Spiel hatten.

Paul lehnte sein Rad an einen löchrigen Lattenzaun, und die beiden anderen taten es ihm nach. Sie wussten nicht, was sie sich von diesem letzten Besuch erwarteten, hatten sie doch die kleine Dorfkirche wieder und wieder besucht und inspiziert. Und doch wurden sie alle drei das Gefühl nicht los, dass heute noch ein Schatz auf sie wartete, etwas Unerhörtes; etwas, von dem sie den anderen mit stolzgeschwellter Brust würden berichten können. Und so beschlossen die drei Kinder, ihren letzten Besuch bis zur letzten Sekunde auszunutzen und dem heiligen Haus noch einmal ihre Aufwartung zu machen.

Das Gebäude glich in der Dunkelheit einem buckligen Wal. Sebastian schaltete seine Taschenlampe an und leuchtete auf das Portal. Der Eingang war mit Brettern vernagelt, aber sie wussten, dass es an der Seite noch eine zweite, kleinere Pforte gab, die nicht so gut gesichert war. Schweigend marschierten die drei Kinder um die Kirche herum. Der gefrorene Boden knirschte unter ihren Tritten. Ihr Atem kristallisierte sich vor den Mündern zu weißen Dampfwolken, die sie schnellen Schrittes durchquerten. Vor dem Seitenportal angekommen, blieben sie stehen, als hielte eine unsichtbare Kraft sie zurück. Dann löste Paul sich aus der Erstarrung und klappte den Schraubenzieher aus dem Schweizer Taschenmesser aus. Sebastian leuchtete ihm. Die Tür schien lockerer als die vorhergehenden Male befestigt worden zu sein, denn schon nach wenigen Sekunden fiel sie ihnen förmlich entgegen, und Paul hatte Mühe, das schwere Holzgefüge, das nun schief in den Angeln hing, zu halten. Gemeinsam drückten die beiden Jungs die Tür beiseite. Ein eisiger Hauch schlug ihnen entgegen und ließ sie frösteln.

»Na los. Worauf wartet ihr? Rein mit euch.« Helene berührte Pauls Rücken und drückte ihn leicht vorwärts. Sebastian, der vor ihm ging, hatte seine Stablampe wieder eingeschaltet und hielt sie wie einer der *CSI*-Männer, wenn diese ein Haus stürmten. Sebastian fand *CSI* »cool«, auch wenn seine Eltern dagegen waren, dass er so etwas ansah.

Helene folgte den beiden Jungs zögernd. Sie zweifelte daran, dass sie gerade heute etwas entdecken würden, hatten sie doch die Kirche schon gründlich und vor allem bei Tageslicht inspiziert, aber sie wollte den Jungs den Spaß nicht verderben. Eisfinger krochen über ihren Rücken, und sie schüttelte sich kurz. Es wurde Zeit, dass sie nach Hause kamen und heißen Tee tranken.

Links vor ihr raschelten die Jungs in der Finsternis herum. Die Strahlen ihrer Taschenlampen strichen über die Wände und hoben die Unebenheiten im Mauerwerk deutlicher hervor.

»Was ist das?« Pauls Flüstern ließ Helene erschauern. Ihre Gänsehaut breitete sich über die Arme bis zum Nacken aus.

»Wo?« Auch Sebastian flüsterte.

»Da vorn, Mann.« Der Lichtkegel schwenkte von der Wand weg dorthin, wo einmal der Altar gestanden hatte. »Das war doch letztes Mal noch nicht hier.« Auch Sebastian leuchtete jetzt nach vorn, und als sich die Strahlen ihrer beider Taschenlampen trafen, wurde das Bild plötzlich deutlich, als hätte es jemand herangezoomt.

Helene hörte, wie Paul einen Schrei unterdrückte. Sebastian hatte sich schon umgedreht und hastete in Richtung Portal. An der Schwelle stolperte er, und die Lampe fiel ihm aus der Hand, aber er hielt nicht an, sondern rannte hinaus, als sei er dem Leibhaftigen begegnet. Jetzt hetzte auch Paul an Helene vorbei, ohne sie wahrzunehmen. Er keuchte.

Wenige Sekunden später verklang das Getrappel, und die Stille kehrte zurück. Helene stand wie eine Eisskulptur noch immer neben der linken Wand, nur wenige Schritte vom Portal entfernt. Obwohl sie nur ein paar Sekunden hingeblickt hatte, brannte auf ihrer Netzhaut das scharfgezeichnete Nachbild des Körpers. Eine nackte Frau, festgebunden auf einer breiten Unterlage, die schräg an die rückwärtige Wand gelehnt war. Die Arme waren zu beiden Seiten waagerecht ausgestreckt, herablaufende Blutlinien bildeten ein schwarz wirkendes Zickzackmuster auf dem Untergrund. In ihrem Bauch klaffte ein großer kreuzförmiger Schnitt. Dazu das puderweiße Gesicht, eine zu einem unhörbaren Schrei geöffnete dunkle Mundhöhle, die Augen zwei schwarze Löcher unter dem dunklen Helm der Haare.

Helene holte rasselnd Luft und besann sich, dass auch sie eine Taschenlampe besaß. Das leise Klicken holte sie ganz in die Wirklichkeit zurück. Jetzt nahm sie auch den Geruch wahr. Eine Mischung aus Räucherkerzchen und süßem Parfüm. Dazu kam noch etwas anderes, etwas Widerliches – Helene sog schnüffelnd die Luft ein –, etwas, das sie aus dem heimatlichen Schuppen kannte, wenn ihr Opa ein Kaninchen geschlachtet hatte – frisches Blut. Sie richtete ihre Taschenlampe nach vorn. Der Strahl zitterte über die Wand, an der einmal der dreiflügelige Altar gestanden hatte und Helenes kleine Hoffnung, die Frau mit dem erstarrten Schrei möge verschwunden sein, erlosch so schnell, wie sie aufgekeimt war. Die Tote war noch immer da vorn; wie eine bizarre Parodie auf den gekreuzigten Jesus lehnte sie an der Unterlage, die schwarzen Augenhöhlen direkt auf das kleine Mädchen gerichtet. Der gelbe Strahl flackerte, erlosch kurz, und Helene schüttelte die Batterien ihrer Taschenlampe zurecht und machte dann zwei zaghafte Schritte nach vorn, als sich der Mund der toten Frau noch etwas weiter öffnete, so als wolle sie etwas sagen; und noch ehe Helene erkennen konnte, dass sie einer Täuschung aufgesessen war, schrie sie schon. Sie schrie so laut und schrill, dass die wenigen Vögel, die es sich in den halb verfallenen Häusern ringsum gemütlich gemacht hatten, aufgeschreckt wurden und davonflatterten.

»Helene!« Paul klang kurzatmig. »Bist du noch da drin?« Seine Stimme näherte sich, und Helene öffnete den Mund, um ihm zu antworten, aber es kam kein einziger Ton heraus.

»Lass uns reingehn, Mann.« Das war Sebastian. Auch er hörte sich an wie ein verschrecktes kleines Tier. Schritte knirschten. Dann leuchtete ein Lichtstrahl herein, und Pauls furchtsame Stimme gesellte sich dazu. »Helene?«

»Ja, ich bin hier.« Jetzt war die Stimme wieder da, aber sie krächzte. Die Jungs kamen herein, die Taschenlampen wie Waffen vor sich haltend.

»Entschuldige, dass wir weggerannt sind.« Paul berührte vorsichtig den Rücken seiner Freundin.

»Ist schon OK. Wir müssen die Polizei anrufen. Sebastian?« Der Angesprochene reagierte nicht, und Helene streckte den Arm aus und puffte ihn an der Schulter. »Gib mir dein Handy, los.«

Sebastian begann, in den Taschen zu suchen. Sein schwerer Atem hallte von den Steinwänden wider.

»Wir werden mächtig Ärger bekommen.« Paul versuchte, nicht nach vorn zu schauen.

»Das dürfte jetzt unser geringstes Problem sein.« Helene hatte schon gewählt und presste sich das Mobiltelefon ans Ohr, während sie den Jungs winkte, ihr nach draußen zu folgen.

12

»Lara? Hörst du mich? Ich habe neue Informationen.« Mark klang kurzatmig. Hinter ihr hupte es, und sie zuckte zusammen. Die Ampel hatte längst auf Grün geschaltet. Der Motor ihres Minis heulte auf, als sie das Gaspedal durchtrat. Die Telefoniererei nervte. Konnte Mark nicht einfach mal wieder einen Abstecher nach Leipzig machen?

»Du bist wohl gerade unterwegs?« Wie hatte er das bloß herausgefunden? Lara biss sich auf die Unterlippe und verschluckte den scharfen Kommentar. Der Freund konnte nichts dafür, dass sie gereizt war. Heute früh war in der Redaktion die Hölle los gewesen. Hubert und Gert hatten kurz nacheinander angerufen und sich krankgemeldet, und Tom hatte eine halbe Stunde lang Aufträge neu verteilt. Und jetzt saß sie hier in ihrem Auto im dicksten Vormittagsverkehr und musste zu einer Rassegeflügelschau nach Markkleeberg. Herausgeputzte Hühner in zu kleinen Käfigen! Einen Fotografen hatte sie auch nicht. Lara schnaufte.

»Soll ich dich später noch einmal anrufen?« Mark schien die hektischen Schwingungen wahrgenommen zu haben.

»Nein, es ist schon in Ordnung. Ich muss zu einer Vogelausstellung, weil Hubert die Grippe hat, und das nervt mich. Was hast du denn für Informationen?«

»Es geht um den Fall Carolin Fresnel. Du weißt schon, die Brautleiche.«

»Oh, warte kurz.« Jetzt erst gelang es Lara, ihre Gedanken von dem verdrießlichen Vormittag weg hin zu Marks Stimme zu lenken. Sie bremste und bog auf die Wundtstraße ab. »Einen Moment noch.«

»Ich habe Zeit.« Es hörte sich ein bisschen amüsiert an. Lara wühlte in ihrer Tasche, die auf dem Beifahrersitz lag, herum und lenkte mit links. Das Diktiergerät hatte sich unter dem Organizer versteckt. Sie schaltete es ein und legte es in die Getränkehalterung. »Kann losgehen.« Hoffentlich zeichnete das Aufnahmegerät nicht nur das Rauschen und Knacken der Freisprecheinrichtung auf.

»Ich habe jetzt den gesamten Text, der auf den Rücken der Toten tätowiert war.« Mark schwieg kurz. Der Motor summte. Lara blickte nach vorn auf die Straße. In ihrem Kopf wirbelten die Wörter *Lucifer* und *superbia* herum.

»Es ist lateinisch.«

»Das sagtest du am Sonntag schon.« Der kleine Ärger war zurückgekehrt und machte sich hinter Laras Stirn breit.

»*Ego confido in vobis in Domino quod nihil aliud sapietis qui autem conturbat vos portabit iudicium quicumque est ille. Utinam et abscidantur qui vos conturbant. Non efficiamur inanis gloriae cupidi invicem provocantes invicem invidentes.*«

»Mark, fordere mich nicht heraus! Ich bin sowieso schon auf hundertachtzig. Du weißt, dass ich kein Wort davon verstehe!«

»Oje. Das ist nicht dein Tag heute, was? Komm runter. Ich bin's doch, dein Freund Mark.« Er lachte. »Ich schick dir den Text. Du darfst aber nichts darüber schreiben.«

»Was bedeuten denn die Sätze?«

»Ich bin mir nicht sicher, obwohl ich es versucht habe, aber meine Lateinkenntnisse reichen dazu nicht aus und mir fehlt die Zeit, mich damit ausgiebig zu befassen. Falls du den exakten Wortlaut brauchst, wüsste ich jemanden in Leipzig, der dir eventuell weiterhelfen könnte. Ich hatte im Fall einer Patientin mit ihm zu tun. Er heißt Stefan Reinmann und ist Sektenbeauftragter der evangelischen Kirche. Ich schicke dir seine Telefonnummer mit.«

»Danke.« Laras Zorn war verraucht. »Könnte in dem Text der Grund für die Ermordung von Carolin Fresnel verborgen sein?«

»Das ist gut möglich. Der Täter hat ihn ja nicht umsonst auf ihren Rücken tätowiert. Da er die Leiche in aller Öffentlichkeit präsentiert hat, wollte er auch, dass dieser Text öffentlich wird. Hoffentlich ist die Botschaft nicht liturgisch verbrämt.«

»Ich rufe gleich heute Nachmittag diesen Sektenbeauftragten an.« Lara hielt an der Ampelkreuzung und sah eine winzige Schneeflocke aus dem zinnfarbenen Himmel segeln. Das weiße Sternchen ließ sich auf ihrer Windschutzscheibe nieder, wurde durchsichtig und zerfloss. Marks Stimme knisterte aus dem Lautsprecher. »Halte mich auf dem Laufenden.«

»Mache ich. Gestern war ich übrigens bei *Rootdesign* und habe mit den Profs und diesem Torben Hoffmann gesprochen. Er hat mir seine Gästeliste von der Show gemailt. Es sind fast zweihundert Namen.« Lara seufzte. Zwei weitere Schneeflocken schwebten herab.

»Das schaffst du doch nie, die alle zu befragen. Ich würde mich auf die Freunde und Kollegen von Carolin Fresnel konzentrieren. Wir wissen nicht, ob es eine Beziehungstat war. Aber über neunzig Prozent aller Morde sind Beziehungstaten. Deshalb können wir das als Arbeitshypothese durchaus annehmen. Sprich mit ihnen. Frage danach, ob sie eine Ahnung haben, warum es gerade Carolin traf. Gibt es ein Motiv für den Mord, hatte sie Neider? Und warum wurde sie in den Tagen vor der Modenschau von niemandem vermisst?« Atmosphärisches Knistern mischte sich in Marks Worte. Die Verbindung schien schlechter zu werden. »Ich würde dir gern persönlich helfen, aber diese Woche kann ich hier auf keinen Fall weg. Ich habe jeden Tag Sprechstunde, und die Patienten sind auf mich angewiesen.«

»Das verstehe ich. Ich bin mir ja auch gar nicht sicher, wie intensiv ich den Fall weiterverfolgen soll. Irgendwann ist die Sache doch Schnee von gestern.«

»Ach, jetzt hätte ich fast das Wichtigste vergessen!« Es knackte und Marks Stimme war kurz im Rauschen verschwunden, bevor sie wieder zu hören war. »… war eingefroren. Das … Obduktionsbefund.«

»Was war eingefroren?« Lara schrie jetzt, aber die Verbindung war so tot wie das bleiche Model. Sie fluchte, schlug mit der Faust auf das Lenkrad und zuckte zusammen, als die Hupe ertönte. Im Rückspiegel sah sie, dass ihr der Bursche im Auto hinter ihr einen Vogel zeigte.

Lara schaltete das Diktiergerät aus, wartete, bis die Autotür hinter ihr zugefallen war, und atmete tief durch. Die Stille war himmlisch. Von all dem Gackern, Gurren und Kollern schwirrte ihr der Kopf. Bei manchen Vögeln hatte sie zuerst gar nicht erkannt, von welcher Spezies sie ursprünglich abstammten. Die Besitzer schienen jedoch unheimlich stolz auf ihre Züchtungen zu sein. Sie hatten ihr bereitwillig Auskunft gegeben und die Vorzüge ihrer Tiere jeweils in den höchsten Tönen gelobt, während Lara sich die ganze Zeit innerlich ermahnt hatte, nicht zu kichern. Beim Schreiben würde sie achtgeben müssen, die Schilderungen nicht lächerlich wirken zu lassen. Sie schaute auf ihr Handydisplay. Nur ein Balken. Es hatte keinen Sinn, Mark von hier aus noch einmal anzurufen und ihn zu fragen, was er mit »eingefroren« gemeint hatte. Das Mobiltelefon landete neben der Handtasche auf den Beifahrersitz. Lara gab Gas.

Der Radiosprecher verkündete die aktuellen Staus und Blitzer in Leipzig. Es war noch nicht einmal Mittag, und sie hatte sich bis fünfzehn Uhr ausgetragen. Ausreichend Spielraum, um vor der Rückkehr in die Redaktion schnell bei *Rootdesign* vorbeizuschauen. Das war das Schöne an diesem Beruf. Man konnte sich die Zeit bei Recherchen frei einteilen. Wenn nicht jemand aus der Redaktion anrief und sie zu irgendeinem neuen Termin bestellte. Aber dann konnte sie ja so tun, als käme sie gerade erst von der Geflügelausstellung. Vielleicht erwischte sie ein paar von Carolin Fresnels Kollegen.

Vor den Buchnerschen Stiftungen waren sämtliche Parkplätze belegt. Lara fuhr zwei Runden, bis direkt vor ihrer Nase ein dicker Audi ausparkte. Nachdem sie sich in die Lücke geschachtelt hatte, kramte sie die Gästeliste von Torben Hoffmann hervor und studierte die Seiten. Der junge Designer hatte ihr den Gefallen getan und hinter die Namen die Funktionen der jeweiligen Personen aufgeschrieben. Seine Familienmitglieder und Freunde konnte sie weglassen. Erstens würden sie nichts über Carolin Fresnel wissen, zweitens hielten sie sich nicht in der Hochschule auf. Sie unterstrich diejenigen, hinter denen »Model« stand, und versuchte gleichzeitig, sich die Namen einzuprägen. »Tor B. Hoff«, das aufstrebende Nachwuchstalent, hatte in seiner Show keine Männerkleidung vorgestellt.

»Sie sind Nele?« Das Mädchen mit der grobgestrickten Schlumpfmütze nickte. Sie war ungeschminkt und wirkte mit ihren dunklen Augenringen eher wie eine Cracksüchtige denn wie ein Model. Ihre Kollegin hieß Mira und sah nicht minder blutarm aus. Beide trugen Oversize-Pullis und schmale schwarze Stoffhosen, dazu High Heels, in denen Lara keinen Schritt hätte gehen können.

»Haben Sie etwas dagegen, wenn ich unser Gespräch aufnehme?« Nele schüttelte den Kopf. Die Schlumpfmütze wippte hin und her.

»Schreiben Sie über uns?« Miras Augen leuchteten bei der Frage. Bis auf die Professoren schien es bei *Rootdesign* nur publicitygeile Menschen zu geben.

»Mal schauen. Im Moment recherchiere ich lediglich.« Lara legte Diktiergerät und Notizbuch auf den schmalen Tisch. Sie hatte keine Lust, die beiden zu hofieren. Ihre Laune war im Keller. Sie dachte kurz an die Rassegeflügelausstellung und betrachtete dabei die dürren Beine der beiden Bohnenstangen. Eine Hühnerschau jagte die nächste.

»Wie gut kannten Sie Carolin?«

»Es ging so. Ab und zu hatten wir gemeinsame Jobs.« Mira war eindeutig die kommunikativere von beiden. Ihre Freundin, »Schlumpfmütze« Nele, hatte noch nicht ein Wort gesagt. Ihr Beitrag zum Gespräch bestand lediglich aus Bewegungen: Nicken, Kopfschütteln, ab und zu eine kleine Geste.

»Wann haben Sie sie denn zuletzt gesehen?«

»Das muss so Ende Januar gewesen sein, nicht?« Mira kratzte sich am Haaransatz und wartete auf Neles Reaktion, doch die starrte mit einem Schafsblick auf Laras Diktiergerät. Hatte sie Beruhigungsmittel genommen? »Wir hatten in der ersten Februarwoche zwei Anproben mit Torben. Ich glaube nicht, dass sie dabei war, oder?« Mira versetzte ihrer somnambulen Freundin einen Stoß gegen den Oberarm. Diese erwachte aus ihrem Tagtraum und bewegte den Kopf in Zeitlupe von links nach rechts. Jetzt war sich Lara sicher, dass Schlumpfmütze etwas eingeworfen hatte.

»Ist es denn nicht üblich, dass die Models so kurz vor der Show zu den Anproben anwesend sind?«

»Eigentlich schon. Aber Caro war etwas Besseres. Sie konnte sich das erlauben.« Miras Stimme hatte jetzt einen schnippischen Unterton.

»Warum hat sie keiner vermisst?«

»Angeblich hatte sie ein Shooting in London. Das geht natürlich vor, nicht? Aber genau wissen wir es nicht. So gut kannten wir Caro nun auch wieder nicht.« Mira schien es gewöhnt zu sein, für ihre Freundin mitzusprechen. Nele war wieder in Trance verfallen.

»Kennen Sie jemanden, mit dem Carolin Fresnel befreundet war?«

»Thomas Mahler?« Nele bekam noch einen Stoß und nickte wie eine mechanische Puppe, und als hätte sie die Bestätigung gebraucht, wiederholte Mira den Namen: »Thomas Mahler.«

»Haben Sie eine Telefonnummer oder eine E-Mail-Adresse von ihm?«

»Mal sehn.« Mira klappte ihr Handy auf, wischte mit dem Zeigefinger über den Touchscreen und sagte die Nummer an. »Hat Tommi nicht auch den Film gedreht?« Wieder musste Neles Oberarm herhalten, und wieder führte der Stüber zu einem teilnahmslosen Nicken.

»Was für einen Film?«

»Die Doku über die Schauen. Das wird jedes Jahr auf Video aufgenommen. Dann können die Erstsemester sich später ansehen, wie toll unsere Graduierten sind.« Jetzt sprach Mira wieder mit ironischem Unterton.

Lara schrieb »Video« hinter die Telefonnummer von Thomas Mahler. Bis auf die letzte Information war das Gespräch die reinste Zeitverschwendung gewesen. »Vielen Dank für die Informationen. Das war's auch schon.« Miras herabhängende Unterlippe deutete darauf hin, dass sie enttäuscht war. Die Mädchen erhoben sich. Mira zuerst, Nele zeitverzögert. Lara schüttelte eine kalte und eine schlaffe Hand, dann stakten die zwei davon. Es gelang ihnen tatsächlich, sich in den Schuhen vorwärtszubewegen.

Auf dem Rückweg in die Redaktion überlegte Lara, ob sie die Befragungen fortführen sollte. Sie hatte jetzt gerade mal zwei von den Leuten auf der Liste erwischt. Auch wenn nur etwa die Hälfte von ihnen Carolin Fresnel gekannt haben mochte, blieben immer noch über neunzig, die sie noch nicht befragt hatte. Machte bei ihrem Tempo mindestens vierzig Wochen. Lara rümpfte die Nase. Das konnte sie vergessen. Außerdem wollte sie nicht zu einer *Miss Marple*-Kopie verkommen, die sich in Ermangelung anderer Beschäftigungen auf jedes ungeklärte Verbrechen in der Nähe stürzte. Und schon in ein paar Tagen würde kein Hahn mehr nach dem toten Model krähen. Die Zeit war schnelllebig, neue Nachrichten ersetzten die alten.

Friedrich stand vor dem Redaktionsgebäude und stieß wie ein übergewichtiges Räuchermännchen weiße Dampfwolken aus. Lara nickte ihm kurz zu und verschwand nach oben.

Ihr Schreibtisch war verwaist. Während der Computer hochfuhr, überflog sie ihre Notizen und sortierte die zu schreibenden Artikel auf einem Stichpunktzettel nach Wichtigkeit.

In der Mailbox warteten dreißig ungelesene Nachrichten. Mark hatte seine E-Mail um 10:40 Uhr abgeschickt. Ein schneller Rundumblick. Im Nebenraum tippte Christin. Hubert, der ihr sonst gegenübersaß, war krank. Friedrich stand unten und rauchte. Tom hielt in seinem Redaktionsleiterbüro Hof oder war außer Haus. Lara klickte Marks Nachricht an und hoffte, dass er den lateinischen Text nicht in die Mail kopiert hatte. Der gesamte dienstliche Mailverkehr der *Tagespresse* wurde gespeichert. Sie glaubte zwar nicht, dass Tom es schaffte, alle ein- und ausgehenden Mails seiner Angestellten zu lesen, aber man konnte ja nie wissen. Sie trank einen Schluck zimmerwarmes Mineralwasser direkt aus der Flasche und las den lapidaren Text.

»Stefan Reinmann, Sektenbeauftragter der evangelischen Kirche«, stand da, dazu eine Büroadresse in Leipzigs Norden und eine Telefonnummer. Kein einziges lateinisches Wort. Lara spürte dem aufgeregten Flattern in ihrer Brust nach, ehe sie die Nummer abschrieb.

»Jemand Kaffee?«

Markus Lehmann stand in der Tür zur Küche. Seine neugierigen kleinen Augen huschten von links nach rechts. Obwohl er nicht gerade ein Leichtgewicht war, konnte sich der Praktikant geräuschlos bewegen. Man bemerkte ihn nie, wenn er durch die Redaktionsräume schlich, bis er plötzlich hinter einem stand. Lara sah ihn kurz an und machte eine abwehrende Handbewegung. Wieso glaubten die Praktikanten immer, sie müssten alle Festangestellten bedienen? Vielleicht wollten sie sich beliebt machen.

Friedrich stieß die Eingangstür mit dem Fuß auf und schob eine Wolke kalten Zigarettenrauchs vor sich her. Neben Laras Schreibtisch blieb er stehen. »Hast du das von der Leiche in Heuerswalde gehört?«

»Heuerswalde?« Lara sah hoch und legte den aufgenommenen Telefonhörer wieder zurück. »Sollte das nicht diese Woche dem Abrissbagger zum Opfer fallen?«

»Kann sein. Drei Kinder haben da gestern Abend in einer Kirche eine tote Frau entdeckt. Sie soll wie bei einer Beerdigung aufgebahrt gewesen sein. Das kam doch heute früh über den Ticker. Hast du das nicht gelesen?«

»Nein. Ich musste gleich nach der Besprechung zu dieser Geflügelaustellung. Es geht ja alles drunter und drüber, weil Hubert und Gert krank sind.«

»Tom hat Elsa Breitmann hingeschickt.«

»Elsa Breitmann? Eine von den Freien?« Lara hörte ihre eigene Stimme wie die einer Fremden, hoch und schrill. Der Redaktionsleiter überließ die Berichterstattung über eine Leiche ganz in der Nähe von Leipzig einer *freien* Mitarbeiterin, und sie schickte er zu einer verfluchten Vogel-Freakshow?

»Jemand anderes war wohl grad nicht verfügbar.« Friedrich zuckte die Schultern und schlurfte zu seinem Schreibtisch. Lara zwinkerte heftig. Ihre Finger hackten auf die Tasten ein. Säure brannte Löcher in ihre Magenwände, als sie die Schlagzeilen las.

Tote Frau in Abrissdorf gefunden …
nackte Leiche …
aufgebahrt …
gekreuzigt …

13

Die Lupe senkte sich über die Reproduktion. Der Mann ließ das Vergrößerungsglas über den linken oberen Teil des Bildes gleiten und betrachtete die Einzelheiten der Szene, die im Laufe der nächsten Tage von Bedeutung sein würde.

Auf einer hölzernen Bank im Freien saß ein Landvogt. Knotenstab und Kopfbedeckung wiesen ihn als Richter aus. Sein nach vorn geneigter Oberkörper und der nach rechts gedrehte Kopf zeigten, dass er einem vor der Bank stehenden Advokaten, der einen Geldbeutel in der Rechten trug, Gehör schenkte. Der linke Arm des Richters war nach hinten ausgestreckt, und während er dem Advokaten zuhörte, nahm er heimlich eine Münze von einem Bauern entgegen. Das baufällige Haus im Hintergrund und die beiden vornehm gekleideten Männer mit der Urkunde im linken Bildbereich sagten dem Betrachter, dass es hier um einen habgierigen Richter, einen Hausverkauf und Bestechung ging. Auch der Baum in der Mitte vertiefte die Botschaft. Es war das Zerrbild einer Gerichtslinde, ein riesiges Loch, aus dem Vogelkot herablief, verunzierte den Stamm.

Am liebsten hätte der Mann den Bildausschnitt mitgenommen, um ihn dem nächsten Repräsentanten vor die Nase zu halten und ihn im Anschluss zu fragen, was er davon halte, aber dazu hätte er die Reproduktion zerschneiden müssen, und das war es nun wirklich nicht wert. Wahrscheinlich begriff der geldgeile Narr die Komplexität der Darstellung sowieso nicht.

*

Wirbelnde Flocken tanzten durch die Luft. Robert Wessel trat ans Fenster seines Büros und schaute über die Straße zum Parkplatz. Wie eine Herde gestrandeter Albinowale ruhten die Autos der Mitarbeiter unter einer weißen Decke. Er konnte seinen Audi nur aufgrund der Form erahnen, und weil er natürlich wusste, dass es das dritte Auto von links war. Ganz hinten, dort wo eine mächtige Platane ihre blatternarbigen Äste mahnend in den grauen Himmel streckte, stand ein Wagen, dessen Dach noch nicht weiß übertüncht war. Auf dem schwarzen Lack glänzten zerfließende Tröpfchen, unter dem Kofferraum hervor wallten feine Wölkchen aus dem Auspuff. Von schräg oben konnte er nicht genau erkennen, was es für ein Wagentyp war. Auf jeden Fall ein größeres Auto, ein Passat oder Mondeo vielleicht. Auf dem Weg zu seinem Schreibtisch nahm Robert Wessel sich vor, zehn Minuten eher aufzubrechen, um seinen Audi in aller Ruhe gründlich vom Schnee befreien zu können.

Der Drucker begann zu summen und spuckte dann ein Blatt nach dem anderen aus. Als alles in einer grauglänzenden Präsentationsmappe verstaut war, schaltete der junge Mann seinen Computer ab, legte der Sekretärin, die gerade telefonierte, einen Zettel mit seinem Aufenthaltsort auf den Tisch und machte sich auf den Weg nach unten.

Frische Reifenspuren hatten sich auf dem Parkplatz in den Schnee gefräst. Das Auto unter der Platane war verschwunden. Robert Wessel nahm einen Handfeger aus dem Kofferraum und begann, sein Auto mit gleichmäßigen Bürstenstrichen abzukehren. Er mochte den Winter, er mochte es, wenn alles von einer klinisch weißen Hülle zugedeckt wurde, wenn der Schnee das Rumpeln vorbeifahrender Autos zu einem leisen Rauschen dämpfte. Während er systematisch den Arm von links nach rechts bewegte und den herabfallenden Minilawinen zusah, dachte Robert Wessel über das bevorstehende Gespräch nach. Der Kunde hatte letzte Woche in der Firma angerufen und um einen Beratungstermin gebeten, wobei er sich auf einen Bekannten berufen hatte, der bereits Klient von *Immoconcept* war. Die Firma, für die Robert arbeitete, vermittelte den Kontakt zwischen Bauträgern und zahlungskräftigen Kunden. Ganz uneigennützig war das nicht, aber die meisten Kunden bekamen gar nicht mit, dass *Immoconcept* kräftig absahnte und Provisionen sowohl von den Bauträgern als auch von den Finanzvermittlern kassierte.

Robert kannte den Mann, der sich als »Doktor Randerath« vorgestellt hatte, nur als Stimme am Telefon, aber es war nichts Ungewöhnliches, dass Neukunden sich auf Empfehlung anderer hin bei ihm meldeten. Es war auch nicht ungewöhnlich, sich beim ersten Mal nicht im Büro sondern gleich bei einem der Objekte zu treffen.

Robert Wessel strich mit der behandschuhten Rechten liebevoll über den royalblauen Lack seines Q7, warf den Handfeger in den Kofferraum und stieg ein. Der Himmel hinter dem Einkaufscenter hatte sich von aschgrau in bleigrau umgefärbt. Nicht mehr lange, und die Dunkelheit würde alles mit weichen Schatten verhüllen. Er musste sich beeilen.

Doktor Randerath hatte keinen Termin vor 16:30 Uhr finden können, und sie würden so oder so nicht mehr alle Details des zu sanierenden Objektes sehen können, aber es würde dem Klienten hoffentlich reichen, um sich einen ersten Eindruck zu verschaffen.

Auf der Fahrt durch die Stadt repetierte Robert Wessel die Informationen, die er bisher hatte. Es machte keinen guten Eindruck, wenn man alles ablesen musste. Der Kunde war Apotheker in Halle und auf der Suche nach Objekten, in die er investieren konnte. Denkmalgeschützte Wohnhäuser waren eine gute Anlagemöglichkeit. Die Kunden von *Immoconcept* investierten ihr Geld in die Sanierung und konnten einen großen Teil der Kosten von der Steuer abschreiben. Hier im Osten gab es auch zwanzig Jahre nach der deutschen Einheit noch genug Immobilien, die den Vorgaben entsprachen. *Immoconcept* hatte eine Vielzahl von Anlageobjekten im Portefeuille, doch Doktor Randerath hatte bereits konkrete Wünsche geäußert. Ihn interessierte nur ein einziges Gebäude, ein vierstöckiges Gründerzeithaus in Gohlis, das seit Jahrzehnten vor sich hin rottete. Die Bausubstanz war marode, aber man konnte etwas daraus machen. Und wenn es ihm nicht gefiel – auch kein Problem. Robert hatte sicherheitshalber noch die Exposés zweier anderer Objekte mitgenommen.

Robert Wessel bremste sanft, parkte vor dem Nachbarhaus und betrachtete das »Anlageobjekt«. Das Gebäude sah im Weichzeichner des Flockenwirbels unwirklich aus, wie eine Illustration aus einem Märchenbuch, so als ob es darin spukte. Die dunklen Fenster blickten unwirsch auf die gepflasterte Straße herab, der in Stein gehauene Löwenkopf über dem Eingangsportal fletschte die Zähne. Lautlos glitten die Scheibenwischer über die Frontscheibe und fegten Schneestaub beiseite.

Robert Wessel schüttelte das unbehagliche Gefühl ab und sah auf die Uhr, ehe er die Fahrertür öffnete. Kurz nach halb fünf. Hoffentlich war der Doktor pünktlich. Er stapfte durch den mittlerweile zentimeterhohen Schnee und stellte sich gut sichtbar vor das Portal, direkt unter den grimmigen Löwenkopf.

Fünf Minuten später hielt auf der anderen Straßenseite ein dunkler Škoda Superb, blieb ein paar Sekunden stehen, wendete dann und parkte hinter Robert Wessels Auto. Der Fahrer vermummte sich mit Mütze und Schal, ehe er ausstieg, sich umsah, und dann herüberkam.

Robert klemmte die Mappe unter den linken Arm und während er dem Kunden entgegenlächelte, prüfte er unauffällig dessen Aufmachung. Die Lammfelljacke sah nach mindestens tausend Euro aus, der Schal zeigte das typische Burberry-Karo, die

Schuhe hatte Robert neulich selbst bei *Bally* anprobiert. Die Armbanduhr war nur für einen winzigen Moment unter den Ärmelaufschlägen hervorgeblitzt, aber Robert hatte genug gesehen.

Hätte man ihn später gefragt, wie Doktor Randerath ausgesehen habe, ob ihm irgendwelche markanten Gesichtszüge aufgefallen seien, so hätte Robert Wessel darauf nicht antworten können. Er wusste lediglich, dass die schwarzen Stiefel des Doktors von Cesare Paciotti waren, im Laden dreihundertfünfzig Euro kosteten und der Koffer, der lässig von des Doktors linker Hand baumelte, von Louis Vuitton war.

All das reichte vollkommen, um zu erkennen, dass der Klient kein armer Mann war und es bevorzugte, seinen Wohlstand jedem zu zeigen, der etwas davon verstand.

Robert Wessel grinste noch etwas breiter und streckte den Arm aus. Zwei behandschuhte Rechte berührten einander. Dann absolvierte der Kunde eine Vierteldrehung und zeigte auf das Haus neben ihnen. »Können wir hineingehen? Ich würde gern das Innere sehen, ehe es ganz dunkel wird.«

»Aber gern.« Robert zog die Schlüssel hervor, die er in der Jackentasche hatte. »Das Exposé kennen Sie ja schon, aber es ist immer noch etwas anderes, wenn man alles in natura sieht. Zur Not habe ich auch eine Taschenlampe dabei.« Doktor Randerath nickte knapp und stieg die vier Treppenstufen zu dem doppelflügeligen Portal hinauf. Er schien es eilig zu haben. Aber vielleicht wollte er auch nur dem zunehmend schärfer werdenden Wind entkommen.

»Das Haus ist Baujahr 1860. Komplett Gründerzeit.« Der Schlüssel knirschte und drehte sich dann unwillig im Schloss. »Sie werden gleich den wunderbar erhaltenen Stuck und die Schnitzereien im Treppenhaus bewundern können. Die Dekorationsformen lehnen sich an historische Stilformen an.« Der Doktor folgte schweigend. Robert hielt ihm die Eingangstür auf und schaltete die Taschenlampe ein. »Bitte gehen Sie nach oben. Wir schauen uns zuerst die oberen Stockwerke an.« Er durfte nicht so viel plappern. Manche Klienten mochten das nicht. Mit dem hier – Robert betrachtete das fein genarbte Lammleder der Jacke im gelben Lichtkegel und korrigierte seine Schätzung auf tausendfünfhundert Euro – durfte er es sich nicht verderben. Wenn alles gut lief, würde der Mann vielleicht Lust bekommen, in weitere Immobilien zu investieren. Leise seufzend schloss sich die schwere Holztür und hüllte die Männer in Dunkelheit. Robert richtete den Lichtstrahl auf den Eingang.

»Ich würde gern zuerst das Erdgeschoss sehen.« Den Fuß auf der ersten Stufe, drehte sich der Doktor um. Im schmalen Schein der Lampe wirkten seine Gesichtszüge hart.

»Wie Sie möchten. Dann gehen wir zuerst in die rechte Wohnung. Bitte bedenken Sie, dass die letzten Mieter hier erst vor wenigen Monaten ausgezogen sind und dass danach nichts mehr an den Räumen verändert wurde. In der DDR hat man sich ja generell nicht um diese wunderbaren Bauten gekümmert. Alles war dem Verfall preisgegeben.« *Du redest schon wieder wie ein Wasserfall.* Robert stieß die rechte Wohnungstür auf und steckte den Schlüssel zurück in die Jackentasche. Er hatte aber bisher auch selten solch einen wortkargen Kunden erlebt. Die meisten ließen sich gern über die Vorzüge der Objekte aufklären und waren erfreut, zu hören, dass sie ihr Geld sicher investierten. Robert Wessel fühlte sich als guter Anlageberater. Noch ein paar Jährchen und er hatte seine Schäfchen im Trockenen. Er drehte sich kurz zu dem Doktor um. Der hatte seinen Aktenkoffer geöffnet und suchte darin herum. Wahrscheinlich ebenfalls nach einer Taschenlampe. Manche Kunden schossen auch eigene Fotos, obwohl die Exposés von *Immoconcept* immer sehr ausführlich bebildert waren. Robert öffnete eine Flügeltür. »Der Flur hat ganz schön gelitten, aber schauen Sie mal ins Wohnzimmer. Ein echt Meißner Kachelofen und Original Eichenparkett. Es ist in einem Flechtmuster mit Würfeln in der Mitte verlegt. Toll, was?« Er ließ die Taschenlampe über den Boden schweifen und machte zwei Schritte in den Raum hinein.

Hinter ihm raschelte es, dann explodierte ein Feuerwerk in seinem Gehirn. Die Taschenlampe fiel ihm aus der Hand und rollte klackend über die Fugen im Parkett. Doch das hörte Robert Wessel nicht mehr.

14

Auf Laras Monitor erschien ein Bild der Kirche von Heuerswalde. Im tiefstehenden Licht der Wintersonne wirkte das Gebäude freundlich und stolz. Wären nicht die rot-weißen Absperrbänder ringsherum gewesen, hätte man das Foto für eine elegische Bestandsaufnahme der Vergänglichkeit des Lebens halten können. Sie überflog den dazugehörigen Artikel und klickte dann auf den nächsten Link. Über hundert Treffer hatte die Suchmaschine zu »Leiche+Heuerswalde« ausgespuckt, die meisten wiederholten jedoch lediglich den dürren Wortlaut der *dpa*-Meldung. Elsa Breitmann war noch nicht wieder in der Redaktion aufgetaucht. Aber selbst wenn sie bis zum Redaktionsschluss bleiben musste, Lara würde ausharren, um die Kollegin nach Strich und Faden auszuhorchen. Auch wenn Tom »vergessen« hatte, sie über den Fall zu informieren, Gerichtsberichte, Mordfälle, Verbrechen waren das Ressort von Lara Birkenfeld. Mochte die freie Mitarbeiterin einen ersten Artikel über den Leichenfund schreiben, der Rest war Laras Sache.

Kalte Luft strich über ihre Arme, und sie blickte auf. Die Eingangstür zu den Redaktionsräumen bewegte sich leicht im Luftzug. Irgendjemand musste sie offengelassen haben. Lara erhob sich. Sie musste jetzt aufhören, über die nackte Frauenleiche in der Heuerswalder Kirche nachzudenken. Der Artikel über die Geflügelschau war noch nicht geschrieben und zwei weitere Texte auch nicht. Dazu kamen der Berg E-Mails und die Vorbereitungen für die kommenden Tage. Allerhand Arbeit für die verbleibenden zwei Stunden. Aber vorher würde sie noch einmal versuchen, Mark anzurufen und dann einen Gesprächstermin mit diesem Sektenbeauftragten vereinbaren. Lara warf sich die Jacke über die Schultern, steckte Handy und Terminplaner ein und machte sich auf den Weg nach unten. Ein bisschen Bewegung würde das Adrenalin, das der Zorn in ihre Blutbahn geschleudert hatte, abbauen.

Lara gab der Eingangstür einen Tritt, und diese schwang nach innen. Markus Lehmann stand hinter ihrem Schreibtischstuhl und musterte den Bildschirm. Sein Gesichtsausdruck wechselte in Sekundenbruchteilen von erschrocken zu schuldbewusst und fror dann bei »Ich habe nichts Verbotenes getan« ein.

»Ich habe Ihnen die Post hier hingelegt.« Er zeigte auf die Ablage auf ihrem Schreibtisch und entfernte sich schnell in Richtung Küche. Kopfschüttelnd nahm Lara Platz, klappte ihr Notizbuch auf und notierte sich den vereinbarten Besuch bei Herrn Reinmann für Mittwochnachmittag. Tom hatte die naiven Blondchen gegen einen Spion eingetauscht. Vom Regen in die Traufe.

Hastig warf sie ein paar Stichpunkte aus dem Telefonat mit Mark aufs Papier. Die Leiche von Carolin Fresnel war zwischenzeitlich eingefroren gewesen. Wie lange, hatten die Rechtsmediziner nicht genau eingrenzen können. Mark hatte ihr erklärt, dass abhängig von der Temperatur Stunden bis Tage vergehen konnten, ehe ein kompletter Körper durchfror. Zum Zeitpunkt des Auffindens, also zur Modenschau, waren die inneren Organe bereits wieder vollständig aufgetaut gewesen.

»Das heißt, der Täter muss sie nicht nur einige Tage lebend in seiner Gewalt gehabt haben, sondern er hat die Leiche dann tiefgefrostet und aufbewahrt, bis er sie brauchte. Das ist ja gruselig.« Lara hörte sich selbst flüstern und sah sich hastig um, ob jemand ihr Selbstgespräch gehört hatte, sah aber niemanden. Ein einfacher Gefrierschrank würde für so etwas nicht reichen, man brauchte schon eine große Truhe. Und es musste sicher sein, dass niemand anders zufällig hineinschaute. Mark hatte ihr auch versprochen, seine Kontakte zu nutzen, um sich über die Leiche in der Heuerswalder Kirche zu erkundigen.

Sie klappte das Notizbuch zu und beschloss, sich heute Abend hinzusetzen und alles zu ordnen. Das Ganze wurde allmählich unübersichtlich. Dann griff sie zum Telefon und wählte die Nummer der Pressestelle der Kripo. Den Namen des Beamten, der sich nach langem Warten meldete, hatte sie noch nie gehört. Wechselten die ihre Leute monatlich aus? Vor den Fensterscheiben tanzten kleine Flöckchen einen Reigen, während ihr der Mann in barschem Ton erklärte, dass sie im Fall der Frauenleiche in Heuerswalde aus ermittlungstaktischen Gründen keine Informationen herausgeben könnten. Zudem müsse man die Obduktionsergebnisse abwarten. Eine Pressekonferenz sei für Donnerstagnachmittag geplant. Unsanft landete Laras Hörer in der Halterung. Sie schnaubte. Ermittlungstaktische Gründe! Immer die gleichen Floskeln! Und wo blieb eigentlich Elsa Breitmann?

Als hätten ihre Gedanken sie herbeigezaubert, öffnete sich die Tür und die Kollegin stapfte, einen meterlangen Schal vom Hals abwickelnd, herein. »Das ist vielleicht ein Sauwetter da draußen!« Sie steckte die Handschuhe in die Manteltaschen und kam zu Lara. »Wo sind denn die anderen alle?«

»Dass Hubert und Gert krank sind, weißt du ja sicher.« Elsa Breitmann nickte. »Tja, Christin ist zu einem Interview, Friedrich sortiert, glaube ich, nebenan Akten. Bert Anders kommt erst morgen von einer Dienstreise. Jo fotografiert irgendwo.« Lara überlegte kurz, wen sie vergessen hatte, und setzte hinzu: »Markus Lehmann muss hier sein. Wahrscheinlich steckt er in der Küche.« Sie grinste verschwörerisch, und Elsa lachte gackernd.

»Wo warst du denn heute?« Sollte die Kollegin ruhig glauben, Lara wisse noch nichts von dem erneuten Leichenfund, vielleicht war sie dann gesprächiger. Elsa legte ihren Mantel auf Huberts Schreibtisch, zog seinen Drehstuhl heraus und setzte sich. »In Heuerswalde.«

Lara zog die Augenbrauen hoch und schob den Kopf vor, während die Kollegin ihr erzählte, was sie schon wusste.

»Die Leiche wurde tatsächlich gekreuzigt?«

»So sagt man. In die Kirche haben die mich nicht gelassen, wie du dir sicher vorstellen kannst. Ich habe ein paar von den anderen Journalisten ausgehorcht. Das Fernsehen war auch da.« Elsa Breitmanns Augen blitzten. Endlich passierte etwas Spannendes, und sie war mittendrin! Die Freien kriegten sonst immer nur die Aufträge ab, die keiner haben wollte, dazu noch die an den Wochenenden oder abends; Termine, die die Festangestellten ungern übernahmen, weil sie außerhalb ihrer regulären Arbeitszeiten lagen. »Angeblich hat der Täter ihre Hände an der Unterlage, einem breiten Brett, das schräg an die Wand gelehnt war, angenagelt. Bestimmt war es ihm zu aufwendig, extra ein mannshohes Holzkreuz in die Kirche zu schaffen, um die nackte Frau daran zu befestigen.«

Lara nickte und tat erstaunt. Spekulationen über Spekulationen. Hoffentlich wurde Elsas Artikel sachlicher. Und wieso ging die Kollegin automatisch davon aus, dass es sich beim Täter um einen Mann handelte? »Was haben denn die anderen noch erzählt?«

»Ein Typ von *Leipzig live* hat angeblich gehört, dass in den Augenhöhlen der Toten Murmeln aus Holz gesteckt haben sollen.«

»Mur…« Noch ehe sie das Wort fertig ausgesprochen hatte, erschien ein winziger roter Stoffbeutel vor Laras innerem Auge und sie sah, wie eine Hand hineingriff und mehrere Holzkugeln herausholte. Sie atmete scharf ein und hörte Elsa wie durch Watte fragen, ob etwas nicht in Ordnung sei. Lara räusperte sich. »Weiß man schon, wer das Opfer war?«

»Nein. Jedenfalls habe ich davon nichts gehört.«

»Jemand Kaffee?« Markus Lehmann trompete die Frage in den Raum. Er stand mit zwei großen Henkeltassen in der Tür zur Küche und hatte sein unverfänglichstes Gesicht aufgesetzt. Und wieso verwendete er eigentlich immer den gleichen Spruch? Lara und Elsa nickten synchron, und sein Pfannkuchengesicht erstrahlte. Der Praktikant stellte die Tassen auf eine Ecke von Laras Schreibtisch und entfernte sich wieder.

»Kam denn nichts über den Ticker?« Elsa schlürfte beim Trinken.

»Ich hab nicht reingeschaut.« Lara konnte der Kollegin ja schlecht sagen, dass sie in den letzten beiden Stunden – von den Telefonaten einmal abgesehen – nichts anderes getan hatte, als im Fall der toten Frau zu recherchieren, die von manchen Medien inzwischen die »Kirchenleiche« genannt wurde. Kirchenleiche und Brautleiche, wenn das nicht makaber war!

»Na, ich mach mich dann mal an den Artikel. Eigentlich kann ich ja gleich hier sitzen bleiben, nicht? Hubert ist ja krank.« Ohne auf eine Antwort zu warten, schaltete Elsa Breitmann Huberts Rechner an und begann, Papiere zu sortieren.

»Ich muss auch endlich weitermachen, sonst wird es knapp.« Lara richtete ihre Aufmerksamkeit wieder auf den Bildschirm. Sie las gerade die ersten Zeilen ihres Artikels noch einmal, als ein Gewitter in ihrem Kopf losbrach.

Ein hölzerner Fleischklopfer wurde auf einen Parkettboden gelegt. Die genoppte Seite war mit einer dunklen Flüssigkeit verschmiert.

»Ihr seid alle so leichtgläubig. Jeder von euch denkt nur an sich und sein Vergnügen.« Die Stimme flüsterte. Lara konnte nicht erkennen, ob es eine Männer- oder eine Frauenstimme war. *»So ein arroganter Dummkopf! Du hast dich auch für unverwundbar gehalten, nicht? Bis jetzt.«*

Etwas rumpelte, dann kamen zwei dunkel bestrumpfte Füße ins Bild, die in schwarzglänzenden Schuhen steckten. Die dazugehörigen Beine verschwammen im Nichts. Das Bild flackerte kurz, wie ein Fernsehbild bei schwankender Antenne, und stabilisierte sich dann wieder. Die Szenerie hatte sich verändert. Eine Colaflasche wurde von einer Hand im schwarzen Handschuh geschwenkt. »Ich habe etwas zu trinken für dich. Hoffe, es schmeckt.« Es war ein Mann, der da sprach. Für eine Sekunde war Stille, dann folgte heftiges Husten. »Das müsste reichen, mein Freund. Und jetzt machen wir zwei eine kleine Ausfahrt.« Eine dunkel gekleidete Gestalt beugte sich zum Boden herunter und zerrte an den Schultern einer liegenden mannsgroßen Marionette. Arme und Beine der Gliederpuppe polterten neben dem Leib wie Fremdkörper drei Stufen hinunter. Jemand ächzte. Die dunkle Gestalt hievte die Marionette hoch, schlang den Arm um deren Taille und schwankte ob des Gewichts. Die Gliederpuppe lallte etwas und sackte dann zusammen. Die Gliederpuppe war ein betäubter Mensch. Beide setzten sich in Bewegung. Die Füße des Bewusstlosen knickten immer wieder ein, während der andere ihn vorwärtszerrte.

Eine mächtige Tür schwang auf und gab den Blick auf eine Winterlandschaft im hereinbrechenden Abend frei. Das letzte Bild verschwamm im Flockenwirbel: Zwei einsame Männer, die einander untergehakt hatten, taumelten auf ein dunkles Auto am Straßenrand zu.

»Geht's dir gut?« Elsa Breitmann hatte den Kopf nach vorn gereckt. Ihre kurzsichtigen Augen schienen weiter hervorzustehen als sonst. »Du siehst aus, als hättest du den Teufel gesehen.«

»N… Nein. Alles in Ordnung. Ich war in Gedanken. Ist dir auch so warm?« *Den Teufel gesehen!* Elsa Breitmann war näher an der Wahrheit, als ihr bewusst war. Laras Wangen brannten, als sie ein Papiertaschentuch aus der Packung nestelte und sich die Schweißperlen von der Stirn tupfte. »Ich glaube, ich komme in die Wechseljahre.« Sie gab ein dümmliches Lachen über ihren faden Scherz ab, und Elsa stimmte ein. »Manchmal bin ich so in meine Recherchen vertieft, dass ich um mich herum gar nichts mehr wahrnehme.« Eine wegwerfende Handbewegung. Die Kollegin nickte. Das kannte wohl jeder hier. Lara klappte ihren Organizer auf und suchte nach einer leeren Seite. Alles, was sie in der Redaktion in ihre Computer tippten, wurde gespeichert. Seit sie in der Vergangenheit mehrfach vergessen hatte, ihren USB-Stick abzuziehen, sodass Tom die Gelegenheit gehabt hatte, ihre inoffiziellen Aufzeichnungen zu durchforsten, war Lara wieder zu der konservativen Methode handschriftlicher Notizen zurückgekehrt. Hastig warf sie ein paar Worte auf das Papier, die Aufmerksamkeit auf die Umgebung gerichtet, doch niemand kümmerte sich um sie.

»16.2.: zwei Personen (Männer?), Fleischklopfer, Blut?, Parkettboden, Cola, ›leichtgläubig‹, ›jeder nur sein Vergnügen‹, ›arroganter Dummkopf‹, ›für unverwundbar gehalten‹, ›Ausfahrt‹, dunkles Auto.«

Lara schob den Organizer zurück in die Handtasche, atmete tief aus und versuchte, sich wieder auf ihren Artikel zu konzentrieren, als Elsas geflüstertes »Ach, Lara?« sie hochblicken ließ. Wieso flüsterte die Kollegin eigentlich? Sie waren allein im Raum. Wahrscheinlich hatte auch sie Bedenken, dass Markus Lehmanns Ohren besser waren, als er zugab. »Das hab ich vorhin vergessen: Etwas war da noch bei dieser ›Kirchenleiche‹.«

Es dauerte ein paar Sekunden, bis Laras Gehirn von den zwei Männern und dem blutbeschmierten Fleischklopfer zu der Frauenleiche in der Heuerswalder Kirche umgeschaltet hatte.

Elsas Augenbrauen waren hochgezogen, die Augen weit aufgerissen. »Das hat übrigens auch der Typ von *Leipzig live* erzählt. Ich hab allerdings keine Bestätigung, dass das stimmt, deshalb kann ich es nicht schreiben.«

»Was denn?« Lara flüsterte jetzt auch.

»Etwas soll auf ihrer Stirn gestanden haben. Also auf der Stirn der toten Frau in der Kirche.«

Laras Unterkiefer senkte sich in Zeitlupe.

15

»Nimm Platz.« Romain Holländer zeigte auf einen der Sessel vor sich und setzte sich selbst in den anderen. Im Besprechungszimmer war es warm und still. Er ließ seinen Blick über die kleine Frau gleiten und lächelte dabei sein gütiges Lächeln. Melinda Weiß wirkte älter, obwohl sie erst vierzig war. Ihr Rock und die Bluse hatten die Farbe von altem Erbspüree. Die flachen Slipper waren abgetreten. Um ihren Mund hatten sich scharfe Falten eingegraben, rund um die Augen war die Haut zerknittert. Vom Haarefärben schien sie nichts zu halten, das braune Haar war von silbrigen Fäden durchzogen. Mit etwas Rouge, Make-up und einer Tönung hätte sie sicher attraktiver ausgesehen, aber Aussehen war nicht wichtig. Romain Holländer fand es gut, dass Melinda nichts auf äußere Attribute gab. Viel bedeutsamer war es doch, den Prinzipien der Gemeinschaft zu folgen. Die *Kinder des Himmels* beurteilten den Wert, den ein Mitglied für die Gemeinde hatte, nicht nach dem Aussehen.

Romain vertiefte sein Lächeln und rückte etwas dichter an die Frau heran, sodass er ihre Schulter berühren konnte. Körperlicher Kontakt in den Momenten, in denen eine positive Atmosphäre herrschte, wurde »Ankern« genannt. Hatte man einmal eine bestimmte Berührung mit solch einem »Gutes-Gefühl-Anker« versehen, konnte man diesen stets aufs Neue einsetzen, um eine angenehme Grundhaltung herzustellen.

Melinda Weiß' Mund verzog sich ganz leicht. Sie erwiderte das Lächeln nur kurz, bevor sie in sich zusammensackte. Die Hände hatte sie im Schoß gefaltet, die Finger kneteten einander. Romain Holländer konstatierte, dass die Frau anscheinend ein größeres Problem hatte. Außerdem handelte es sich meist um etwas Ernstes, wenn *Kinder des Himmels* außerhalb der Andachten um ein Gespräch beim Prinzipal nachsuchten. Damit sie auf seine Einflussnahme ausreichend reagierte, musste er jedoch zuerst die vertrauensvolle Stimmung noch ein bisschen ausbauen.

»Du hast unsere Sarah bei dir aufgenommen, nicht wahr?«

»Ja. Am Wochenende ist sie bei mir eingezogen.«

»Wunderbar. Das ist ein Segen für Sarah und für die Gemeinschaft. Danke, Melinda.« Erneut platzierte er seine Handfläche auf der knochigen Frauenschulter, ließ sie einen Moment lang ruhen, während er weitersprach. »Das war sehr großzügig von dir, und du hast uns allen damit einen Dienst erwiesen. Wie kommt ihr miteinander aus?«

»Gut.« Melinda holte tief Luft. »Aber das ist es nicht, weswegen ich hier bin.«

»Dann erzähle mir jetzt, worum es geht. Vertrau mir.« Romain Holländer lehnte sich zurück, legte die Arme locker auf die Armlehnen und machte sein väterliches Gesicht.

»Ich mache mir große Sorgen.« Sie zögerte kurz und schluckte, ehe sie fortfuhr. »Um Frieder.«

»Frieder Wörth?« Die Frage war zu aggressiv aus ihm herausgerutscht, und Romain Holländer sah Melinda Weiß zusammenzucken. Sie presste die Lippen aufeinander. Ihre Finger verkrampften sich noch mehr. Jetzt hatte er die Frau verschreckt. Er musste sich stärker kontrollieren.

»Unseren Frieder?«

»Ja.«

»Was ist denn mit ihm? Sag es mir, und dann überlegen wir uns, wie wir ihm helfen können.«

Melinda Weiß rutschte auf dem Sessel hin und her. Mit dem rechten Zeigefinger und Daumen zupfte sie an einem Nagelhäutchen des linken Mittelfingers. »Ich … er …«

Romain Holländer wartete geduldig. Sie würde damit herausrücken. Alle rückten sie irgendwann mit ihren Geheimnissen heraus.

»Frieder verlässt die Gemeinde.«

»Er will sich von den *Kindern des Himmels* trennen?«

»Nein, nein … Ich … So habe ich es nicht gemeint.« Das Nagelhäutchen riss ab. Ein stecknadelkopfgroßer Blutstropfen quoll hervor und wurde größer. Melinda Weiß schien es nicht zu bemerken. »An manchen Abenden schleicht er sich davon und kommt erst morgens wieder.«

»Weißt du, wohin er geht?« Romain Holländer versuchte zu atmen, ohne dass sich seine Schultern hoben und senkten. Die Frau sollte nicht den Eindruck gewinnen, er rege sich über das Gespräch auf.

»Nein. Nur dass es in den letzten Wochen immer öfter passiert ist.« Die Finger hatten wieder angefangen, sich umeinander zu schlingen.

»Und du hast das beobachtet?«

»Ich … ich mag ihn.« Melinda Weiß errötete und schaute zu Boden. Romain Holländer verbarg sein Staunen und registrierte die Information. Die Frau hatte ein Auge auf Frieder Wörth geworfen. Sie war also doch nicht so geschlechtslos, wie es ihre Aufmachung vermuten ließ. Beziehungen zwischen den Gemeindemitgliedern waren nicht verboten, sondern sogar ausdrücklich erwünscht. So etwas festigte den Zusammenhalt und verhinderte, dass sich die Leute außerhalb der Gemeinschaft nach Sexualpartnern umsahen.

»Und jetzt machst du dir Sorgen um Frieder.« Ein leichtes Rucken ihres Kopfes. »Es war sehr gut, dass du damit zu mir gekommen bist, Melinda.« Romain Holländer fixierte das Gesicht der Frau. »Hast du sonst noch jemandem von deinen Beobachtungen erzählt?«

»Nein.« Er konnte an ihrer Mimik erkennen, dass sie die Wahrheit sagte.

»Wir lösen das Problem. Mach dir keine Sorgen.« Schultergriff. Fürsorglicher Tonfall. »Jetzt werde ich dir dabei helfen, dich zu entspannen. Hab keine Angst. Dies ist *keine* Hypnose.« Er prüfte ihre Mundwinkel und die Fältchen um die Augen. Hatte sie den Satz verinnerlicht? »Dies ist keine Hypnose« war die entscheidende Botschaft. Obwohl das, was er gleich mit Melinda Weiß veranstalten würde, nichts anderes als eine klassische Hypnose war, glaubte jeder Angesprochene, dass dem nicht so wäre. Es war ganz simpel. Das Unterbewusstsein kannte das Wörtchen »kein« nicht. Es hörte »Hypnose« und stellte sich darauf ein. Genauso, als ob man jemandem befahl, jetzt *nicht* an einen rosa Elefanten zu denken – das Bild des rosa Elefanten erschien sofort vor dem inneren Auge.

L. Ron Hubbard hatte das Verfahren »Reverie« genannt und behauptet, es sei das Ideal der entspannten Konzentration. Betrachtete man jedoch das Vorgehen, dann handelte es sich eigentlich doch um eine Hypnosetechnik mit anschließender Suggestion. Nur dass der Hypnotisierte nichts davon wusste.

»Schau nun an die Decke.« Romain Holländer setzte noch einen Anker. Melinda Weiß atmete ruhig. Ihre Augen verdrehten sich nach oben. Schritt eins. Jetzt kam das Zählen. Er sprach mit ruhiger, monotoner Stimme. »Wenn ich von eins bis sieben gezählt habe, werden dir die Augen zufallen. Eins.« Kurze Pause. »Zwei.«

Bei »fünf« schloss Melinda die Augen und bei »sechs« begannen ihre Lider zu zittern – das Zeichen optimaler Hypnose. Romain Holländer vertiefte die Trance noch ein paar Minuten lang, dann begann er mit der Suggestion. Melinda Weiß bekam den Auftrag, Frieder Wörth in den nächsten Tagen unauffällig auszufragen: Wo ging er hin? Zum wem? Wie oft? Die Antworten sollte sie notieren und in Briefumschlägen verstauen, die sie allabendlich vor der Eingangstür zu seinen Räumen im Obergeschoss deponieren würde. Weigerte sich der Mann, ihr zu erzählen, was er vorhatte, sollte sie versuchen, ihm unauffällig zu folgen, die Observation jedoch sofort abbrechen, wenn er Verdacht schöpfte. Entdeckte Frieder Wörth seine Verfolgerin, würde sie sich mit ihrer Sorge um ihn herausreden und zur Not auch ihre Verliebtheit gestehen. Romain Holländer zog den rechten Mundwinkel hoch. Es amüsierte ihn, sich vorzustellen, wie die hausbackene Frau ihrem Angebeteten hinterherschlich und im Anschluss alles brühwarm aufschrieb. Er sprach mit monotoner Stimme weiter. »Sobald du deine Beobachtungen notiert hast, vergisst du alles, was du gesehen und gehört hast. Du wirst es auch niemand anderem anvertrauen. Es wird so sein, als hättest du es nie erlebt. Du wirst es erst erzählen, wenn ich dich danach frage. Das Kennwort ist *Quarzkristall.*« Er wiederholte es zweimal. »Quarzkristall« würde wohl kaum jemand unabsichtlich zu ihr sagen. »Sobald du es hörst, fällt dir wieder ein, was du beobachtet hast, und du wirst mir jedes Detail berichten, als sei es eben erst geschehen. Hast du das verstanden?« Ihr Kopf wippte leicht von oben nach unten, die Augenlider flatterten. Die neurolinguistische Botschaft war eingepflanzt.

»Am Sonnabend nach der Speisung kommst du zu mir und wir sprechen über die Angelegenheit. Ich werde mich um das Problem kümmern, sei unbesorgt. Und nun wirst du auf mein Zeichen hin erwachen und dich wunderbar frei und erholt fühlen. Alles, was wir in diesem Raum besprochen haben, hast du bei eins vergessen. Alles – vergessen – bei – eins.« Romain Holländer zählte langsam rückwärts. Die Frau im Lehnstuhl vor ihm atmete tief ein und aus. Die Lider zitterten stärker, der Körper straffte sich, dann seufzte sie. Bei »eins« öffnete sie die Augen.

»Wie fühlst du dich?« Er sah ihr ins Gesicht. Melina Weiß' Blick war klar, sie wirkte gelöst.

»Wunderbar.« Sie fragte nicht, was in der letzten halben Stunde passiert war. Ihrer Ansicht nach hatten sie ein entspanntes Gespräch über alltägliche Belange der Kommune geführt.

»Das freut mich.« Ein letzter Ankergriff nach ihrer Schulter. »Es war ein gutes Gespräch.«

Romain Holländer erhob sich und gab damit das Zeichen, dass das Plauderstündchen beendet war.

Er sah der Frau nach, wie sie beschwingt hinausging. Dieser Wörth wuchs sich allmählich zu einer Gefahr aus. Romain Holländer nahm sich vor, den Mann in den nächsten Tagen ebenfalls einer Reverie zu unterziehen und ihn ein bisschen auszuhorchen.

16

Das Schrillen des Weckers bohrte sich in Laras Kopf wie ein geschraubter Metallsplitter. Sie tastete mit geschlossenen Augen nach dem Störenfried und schob den Arm schnell wieder unter das Federbett. Jeden Morgen das gleiche Theater. Ihre Augen weigerten sich, sich zu öffnen, der Körper weigerte sich, das warme Bett zu verlassen, ihr Kopf weigerte sich, die Tatsache zu akzeptieren, dass sie Frühdienst hatte. Sie gab sich noch fünf Minuten. Von draußen drang kein einziger Laut herein. Schwerelose Stille. Mit einem Ruck schwang Lara die Beine aus dem Bett, setzte sich auf und tastete mit geschlossenen Augen nach ihren Hausschuhen. Die Kälte zwickte in ihre nackten Fußsohlen, bis die Füße das weiche Filzgewebe gefunden hatten. Sich die Augen reibend, marschierte sie zum Fenster, zog den Vorhang beiseite und blickte hinaus.

Vor ihr lag eine Märchenlandschaft. Das Puderzuckerland von Pittiplatsch und Schnatterinchen aus ihrer Kindheit. Vom gegenüberliegenden Schornstein kringelte sich ein heller Rauchfaden in den kobaltblauen Himmel. Lautlos rollte ein dunkles Auto über die weiße Straße. Der Schnee auf dem Gehweg funkelte wie winzige hellblaue Diamanten. Lara spürte die Gänsehaut auf ihren Armen, ließ den Vorhang fallen und begab sich ins Bad. Beim Duschen dachte sie über den heutigen Tag nach. Zuerst musste sie in die Redaktion, ab Mittag hatte sie zwei Außentermine. Danach würde sie sich mit dem Sektenbeauftragten treffen.

Der Ausdruck des lateinischen Textes, den Mark ihr gestern gemailt hatte, lag auf dem Küchentisch. Lara stellte die Kaffeetasse daneben, zog das Blatt zu sich heran und überflog noch einmal die Sätze. Sie verstand nichts von dem, was da geschrieben war. *Evacuati estis a Christo, vobis in Domino* und *regnum Dei* deuteten jedoch auch für einen Laien darauf hin, dass es sich um etwas handelte, das mit der Kirche zu tun hatte. Hoffentlich konnte dieser Stefan Reinmann ihr weiterhelfen. Lara nippte an ihrem Kaffee und überflog noch einmal die Notizen, die sie gestern Abend nach ihrem Gespräch mit Mark vervollständigt hatte.

Brautleiche (Carolin Fresnel):

- Leichenfund: Dienstag, 9.2.
- Fundort: Modenschau, Torben Hoffmann (*Rootdesign*)
- Tatort: ?
- Verschwunden seit: Ende Januar (Shooting in London?)
- Bezugspersonen: Nele, Mira (Modelkolleginnen), Thomas Mahler = Freund (?)
- Inschrift auf der Stirn: *Lucifer + superbia*
- Text auf Rücken: s. Anlage 1
  Besonderheiten: Leiche war eingefroren

Kirchenleiche (Name? Nina?):

- Leichenfund: Montag, 15.2.
- Fundort: Heuerswalde, Kirche
- Tatort: ?
- Verschwunden seit: ?
- Bezugspersonen: ?
- Inschrift auf der Stirn: ?
- Text auf Rücken: ??
- Besonderheiten: Leiche war gekreuzigt, (angebl.) Holzmurmeln in den Augenhöhlen

Unter die Listen hatte sie noch gekrakelt: »Thomas Mahler, *Rootdesign* (Film)«, »Artikel Elsa Breitmann« und »Tom wg. Leiche Berichterstattung«.

Das Schrillen des Telefons ließ Lara zusammenzucken. Der Kugelschreiber flog in hohem Bogen über den Tisch und rollte unter die Spüle. Wer rief so früh am Morgen an? Auf dem Display stand »Jo«. Lara lächelte und hob ab.

»Guten Morgen, liebste Lara! Bist du schon wach?«

»Nein.« Sie wartete kurz und kicherte dann. Es hörte sich albern an. Wie ein frisch verliebter Teenager.

»Oh, entschuldige. Ich rufe später nochmal an.«

»Nein, warte!« Jo schien den Spaß nicht verstanden zu haben. Wie konnte sie ans Telefon gehen, wenn sie noch schlief? »Es war ein Witz. Klar bin ich munter. Ich muss gleich los.«

»Hast du Lust, heute Abend ins Kino zu gehen? Wir hätten sechs verschiedene Filme zur Auswahl, und ich überlasse dir die Entscheidung.« Er holte Luft und sprach schnell weiter. Wahrscheinlich, um einem »Nein« zuvorzukommen. »Wir könnten davor oder danach noch was essen gehen. Ich rufe dich deshalb so zeitig an, weil ich heute nicht in der Redaktion bin.«

Und da dachtest du, du rufst mich lieber morgens um sieben zu Hause an. So merkt auch niemand in der Redaktion, dass du mit mir ausgehst. Lara betrachtete ihre Liste. »Das klingt gut, allerdings weiß ich jetzt noch nicht, wann ich mit meinen Außenterminen fertig bin. Um siebzehn Uhr will ich mich noch mit einem Bekannten von Mark treffen, einem Sektenbeauftragten, und ich kann nicht abschätzen, wie lange das dauert.«

»Einem Sektenbeauftragten? Was willst du denn mit dem?«

»Der sogenannten Brautleiche wurde außer den zwei Wörtern auf der Stirn ein lateinischer Text auf den Rücken tätowiert. Nun, ich besitze diesen Text, auch wenn ich dir nicht verraten werde, wo ich ihn herhabe. Es ist Latein. Ich wüsste gern, was er bedeutet, und dabei kann mir dieser Mann hoffentlich helfen.« Sie konnte Jo schnaufen hören und setzte fort. »Es gibt Parallelen zu dem Fall der gekreuzigten Frau in der Heuerswalder Kirche.« Sie wartete kurz, aber da Jo nicht nachfragte, war klar, dass er davon gehört hatte. »Ich denke, sie hieß Nina. Ich habe es ›gesehen‹. Die Leiche hatte, wenn man Elsa Breitmann glauben darf, auch eine Inschrift auf der Stirn. Die beiden Fälle sind miteinander verknüpft.«

»Du willst doch nicht wieder die Hobbydetektivin spielen?«

»Na ja.« Lara marschierte hin und her, stellte die Kaffeetasse in die Spüle und sortierte dann ihre Unterlagen auf dem Küchentisch, während sie weiterredete. »Wir berichten ja in der *Tagespresse* darüber. Im ersten Fall war ich sogar selbst anwesend. Da ist doch klar, dass ich weiter recherchiere, oder? Eigentlich ist es sogar umgedreht. Wenn ich solche Eingebungen habe, verfolgt der Fall mich und nicht ich ihn. Deshalb dachte ich, ich baue dieses Mal lieber gleich vor.«

»Bring dich nicht in Gefahr, Lara! Gerade du müsstest es doch besser wissen.«

»Ich will recherchieren. Punkt.« Sie konnte Jos Missbilligung förmlich hören. »Und außerdem bin ich überzeugt, dass die Sache noch nicht beendet ist.«

»Wir könnten ja heute Abend weiter darüber plaudern.« Jetzt klang er spitzbübisch. »Vor oder nach dem Kino. Oder auch ohne Kino, nur beim Essen.«

»Na meinetwegen. Das mit dem Kino verschieben wir aufs Wochenende. Ich rufe dich an, wenn ich mit Herrn Reinmann fertig bin. Gehen wir ins *Bella Italia*?«

»Alles, was du willst.«

»Dann bis später, Jo. Ich muss los.« Lara legte auf und warf das Handy in die große Umhängetasche.

*

...wurde vorgestern Abend in der Heuerswalder Kirche, deren Abriss kurz bevorsteht, von spielenden Kindern entdeckt. Noch ist die Identität der Toten ungeklärt.
Eine Pressekonferenz der Polizei ist für morgen Nachmittag angekündigt. Die *Tagespresse* wird weiter berichten.

Lara drückte den Rücken an die Lehne und atmete betont langsam ein und aus, wobei sie bis fünfzehn zählte. Dann dachte sie darüber nach, was sie so aus der Fassung brachte. War es, weil man sie bei der Berichterstattung übergangen hatte, oder lag die Ursache eher in allgemeiner Frustration? Der Artikel selbst konnte es nicht sein, Elsa Breitmann hatte ihn sachlich und ohne Spekulationen geschrieben.

Sie rief die Abwesenheitsliste auf. Elsa Breitmann würde heute gar nicht in die Redaktion kommen und Tom hatte sich erst ab 14 Uhr wieder angekündigt. Das Gespräch mit ihm über die Berichterstattung im Fall der beiden Frauenleichen würde sie also auf morgen früh verschieben müssen. Der Zorn, der durch Laras Adern geflossen war, hatte es sich jetzt hinter ihrer Stirn gemütlich gemacht und hämmerte dort fröhlich herum. Sie drückte eine Aspirin Direkt aus der Packung, zerkaute sie und spülte den widerlich fruchtigen Geschmack mit Mineralwasser hinunter.

Stoff raschelte. Finger nestelten an einem Knopf, zerrten. Mit einem zirpenden Geräusch riss der Knopf ab. Die Finger drehten ihn in der Handfläche hin und her, dann segelte er durch die Luft, eine winzige, hellblau glänzende Scheibe. Ein weiteres feines »Plopp«, und das nächste Scheibchen flog davon. Der Stoff, von dem die Knöpfe abgerissen wurden, war babyblau mit dünnen weißen Streifen. Zwei Hände zogen die beiden Stoffhälften auseinander. Eine nackte Männerbrust kam zum Vorschein; glatt rasiert, wie es jetzt bei vielen jungen Männern Mode war.

Lara runzelte die Stirn, kniff die Augen zusammen und riss sie sofort wieder auf. Was war denn das wieder? Zwang ihr Gehirn sie jetzt, einem Pärchen bei seinen Sexspielchen zuzusehen?

Die Hände glitten weiter nach unten, näherten sich einem Hosenbund.

Lara legte ihre Handflächen links und rechts an den Kopf und drückte rhythmisch gegen die Schläfen, während sie sich im Takt die Worte »Ich … Will … Das … Nicht … Sehen« und »Nein … Nein … Nein« vorsagte. Es schien zu helfen. Das Bild von den Fingern, die einen Reißverschluss aufzogen, verblasste; das zirpende Geräusch wurde leiser und verlor sich.

Sie musste sich jetzt auf die Arbeit konzentrieren. Nächste Woche würde der Prozess gegen den jungen Mann beginnen, der seinen ehemaligen Berufsschullehrer umgebracht hatte. Fünf Prozesstage hatte das Gericht angesetzt und Lara hatte sich als Journalistin akkreditieren lassen. Im Vorfeld war viel zu recherchieren.

Den Artikel über die Vernissage, die heute Nachmittag im Gebäude der Staatsanwaltschaft stattfinden würde, konnte sie vorbereiten, sodass nachher nur noch ein paar Details und das Interview mit dem Künstler einzufügen waren. Sie hatte nicht vor, sich dort stundenlang aufzuhalten. Schließlich wollte sie danach noch zu diesem Sektenbeauftragten und mit Jo zum Italiener. Lara strich sich über die Haare und verzog das Gesicht. Ziemlich vollgepackter Tag. Das Pochen hinter ihrer Stirn war immer noch da, gedämpfter zwar jetzt, aber nicht zu ignorieren. Sie entschied sich dagegen, noch eine Tablette zu nehmen. Vielleicht half ein Glas Cola genauso gut. In ihrem Rücken tappte Markus Lehmann herein und schlenderte dann von Tisch zu Tisch. Die Hände hatte er in den Hosentaschen. Hinter Christins Stuhl verlangsamte er sein Tempo ein wenig und starrte im Vorbeigehen auf ihren Bildschirm. Das Gleiche tat er bei Bert Anders. Während Lara darauf wartete, dass er auch zu ihr kam, fragte sie sich, was der Kerl eigentlich den ganzen Tag machte. Spionierte er für Tom? Markus Lehmann schien ihre Gedanken erraten zu haben. Er verschwand in der Küche und begann, mit Geschirr zu klappern. Lara schüttelte den Kopf und wandte sich ihrem Text zu.

*

»Die Evangelische Zentralstelle für Weltanschauungsfragen befasst sich mit verschiedenen Themenbereichen. Sie ist Studien-, Dokumentations-, Auskunfts- und Beratungsstelle der Evangelischen Kirche, beobachtet und beurteilt Zeitströmungen, veranstaltet Fachkongresse und wirkt in Kooperation bei Tagungen und Seminaren mit.« Stefan Reinmann goss Sahne in seinen Kaffee. Der Löffel klimperte beim Rühren gegen das dünne Porzellan. »Hat Doktor Grünthal Ihnen davon erzählt?« Er sah hoch und blickte Lara mit forschenden Augen an. Im Licht der Stehlampe konnte sie nicht genau erkennen, welche Augenfarbe ihr Gegenüber hatte, lediglich, dass die Iris wasserhell war. Noch während sie den stämmigen Mann mit den zerzausten Haaren musterte, sprach Stefan Reinmann schon weiter. »Um genau zu sein, sind es fünf Themenbereiche, mit denen sich die Zentralstelle beschäftigt: Grundsatzfragen und Strömungen des säkularen und religiösen Zeitgeistes, Islam und andere nichtchristliche Religionen, christliche Sondergemeinschaften – dazu zählen wir auch die Neuapostolische Kirche, Jehovas Zeugen und Scientology; dann hätten wir da noch den Themenbereich Esoterik, Okkultismus, Spiritismus, Satanismus und fünftens das Curriculum für Religions- und Weltanschauungsfragen.«

Er schwafelte ein bisschen viel. Aber vielleicht war das bei solchen Leuten angeboren. Lara überflog zum zehnten Mal ihre Notizen. Wenn sie das Abendessen mit Jo noch schaffen wollte, musste sie allmählich zur Sache kommen.

»Ich bin für die christlichen Sondergemeinschaften zuständig. Darunter sind auch diverse Sekten. Aber das wissen Sie ja mit Sicherheit schon von Ihrem Freund.« Er lächelte. Lara konnte sich sehr gut vorstellen, wie der Mann fürsorglich mit Leuten sprach und ihnen bei ihren Problemen half. Stefan Reinmann war nicht so alt, wie sie es erwartet hatte, um die vierzig etwa. Durch den Bart sah er allerdings älter aus. Sie lächelte zurück und straffte sich, um ihm ein Zeichen zu geben, dass sie jetzt zur Sache kommen wollte.

»Aber so eine junge, hübsche Frau wie Sie ist bestimmt nicht hier, um stundenlangen Erläuterungen zur Evangelischen Zentralstelle zuzuhören, nicht?« Stefan Reinmann stellte die Tasse, die er die ganze Zeit in den Händen gehalten hatte, zurück. Seine hellen Augen fixierten ihr Gesicht. Flirtete der Mann etwa mit ihr? »Sie hatten am Telefon gesagt, es gehe um einen lateinischen Text?«

»So ist es. Ich glaube, dass es etwas mit der Kirche und Gott zu tun haben könnte, hatte aber leider kein Latein in der Schule und kann es nicht übersetzen.«

»Und nun brauchen Sie jemanden, der es für Sie transkribiert.«

»So exakt wie nur möglich. Das wäre toll.«

»Ich bin Diplomtheologe. Latein-, Griechisch- und Hebräischkenntnisse sind Studienvoraussetzungen oder werden dort erworben. Das heißt, ich habe das Latinum, das Graecum und das Hebraicum, und zudem die alttestamentlichen und neutestamentlichen Schriften im Urtext gelesen.«

»Das ist wunderbar.«

Strahlenförmige Fältchen erschienen in Stefan Reinmanns Augenwinkeln, als er lächelte. Lara hatte das Gefühl, er habe auf die Anerkennung gewartet.

»Ihr lateinischer Text sollte also kein Problem sein. Es könnte allerdings ein Weilchen dauern.«

»Wie lange?«

»Sie haben es wohl eilig?«

»Na ja. Je eher, desto besser. Sie wissen doch, wie das bei uns Journalisten ist.« Lara hob die Schultern und ließ sie wieder fallen. Egal, ob er eine Ahnung davon hatte, wie sie arbeiteten, er brauchte nicht zu wissen, warum es so dringend war.

»Darf ich fragen, woher Sie den Text haben?«

»Das kann ich im Moment nicht sagen.«

»Oh.« Jetzt beugte sich Stefan Reinmann nach vorn. »Aber es könnte bei der Übersetzung relevant sein.«

»Tut mir leid, es geht nicht. Vielleicht im Nachhinein.« Lara bettelte mit den Augen. »Helfen Sie mir trotzdem?«

»Weil Sie so nett sind.« Ein liebenswürdiges Lächeln erschien auf Stefan Reinmanns Gesicht, während er die Hände über dem Bauch faltete. »Dann mal her mit dem Text.«

Das Papier wechselte den Besitzer. Der Sektenbeauftragte lehnte sich zur Seite und knipste eine Stehlampe an, die neben seinem Ledersessel stand, bevor er sich zurücklehnte, die Beine locker übereinanderschlug und das Blatt auffaltete. Lara hatte gerade begonnen, den Raum zu betrachten, als er sich wieder nach vorn beugte und das Papier dicht vor die Augen hielt. In sein Atmen hinein hörte sie, wie draußen jemand Schnee schippte. Mit einem Rascheln rutschten die geschweiften Beine des Sessels über den Teppich, als Stefan Reinmann sich abrupt erhob und das Papier auf den runden Tisch vor sich legte. »Ich brauche meine Brille.« Er verschwand im Nachbarzimmer. Lara musterte den Rest Kaffee in ihrer Tasse und entschied sich dagegen, noch eine Tasse zu trinken. Ihre Kopfschmerzen waren verschwunden, und das sollte auch so bleiben. Die holzvertäfelten Wände strahlten Wärme aus. Zwei Meter hohe Bücherschränke füllten eine ganze Wand des Zimmers und Lara schätzte, dass die Ledereinbände hinter den Glasscheiben mehrere Jahrhunderte auf dem Buckel hatten. Sekten gab es auch in Leipzig zuhauf. Lara dachte darüber nach, ob die *Tagespresse* sich damit schon einmal näher befasst hatte. Sie fand das Thema interessant. Vielleicht konnte man eine Artikelserie mit Hintergründen darüber anregen. Einen kompetenten Ansprechpartner hatte sie ja bereits. Lara lächelte leicht. Über der Tür, durch die Stefan Reinmann jetzt wieder hereinkam, hing ein geschnitztes Jesusrelief.

Der Sektenbeauftragte ließ sich in den Sessel fallen und griff nach dem lateinischen Text. Auf seiner Nase saß jetzt eine randlose Brille. Seine Augen wirkten kleiner und wacher hinter den Gläsern, als er Lara kurz ansah. »Ich denke immer, es geht ohne, aber ich muss mir wohl eingestehen, dass dem nicht so ist. Eitelkeit ist eine Sünde.« Sein Kopf neigte sich wieder über das Papier. Lara korrigierte ihre Schätzung seines Alters auf Ende vierzig und erklärte sich ihre vorherige Fehlschätzung mit dem gedämpften Licht. Stefan Reinmann las jetzt konzentriert, fuhr mit dem Finger über die Zeilen, murmelte vor sich hin, und sie setzte ihre Betrachtung der Einrichtung fort.

Die Jugendstilvilla, in der der Mann sein Büro hatte und in der er auch wohnte, gehörte der Kirche und hatte so nicht das traurige Schicksal vieler Denkmalsimmobilien der ehemaligen DDR geteilt, die dem Verfall preisgegeben worden waren; sie wirkte, als sei sie erst gestern erbaut worden, und die Kirche hatte es verstanden, notwendige Modernisierungsmaßnahmen so schonend einzusetzen, dass man es kaum bemerkte.

Stefan Reinmann gab ein abschließendes »Hm hm« von sich und ließ das Blatt sinken. Laras Aufmerksamkeit kehrte zu ihrem Gegenüber zurück. Erst jetzt fielen ihr die drei Fotos auf der Anrichte hinter ihm auf. Auf jedem von ihnen waren zwei Jungen abgebildet, die sich wie ein Ei dem anderen glichen. Auf zwei der Bilder waren sie noch klein – Lara schätzte etwa drei Jahre – auf dem mittleren trugen beide eine übervolle Schultüte und schauten ernst in die Kamera.

»Sind das Ihre?« Sie nickte in Richtung der Anrichte, und Stefan Reinmann wandte kurz den Kopf, als wolle er nachsehen, ob die Fotos noch dort standen.

»Ja. Lukas und Daniel. Es sind Zwillinge.« Sein Blick richtete sich auf etwas weit hinter ihrem Rücken, und sein Mund bekam einen harten Zug. »Sie leben bei ihrer Mutter.«

Damit war alles gesagt. Lara räusperte sich und zeigte auf das Blatt in seinem Schoß. »Was steht denn nun in dem Text?«

»Das ist nicht so einfach, wie Sie sich das vorstellen.« Stefan Reinmann hatte sich wieder gefangen. Seine Augen glänzten hinter den Brillengläsern. »Eine exakte Übersetzung benötigt Zeit.

So viel kann ich aber schon verraten, dass der Duktus und bestimmte Wendungen darauf hindeuten, dass es nichts Modernes ist. Ich lege mich ungern schon vorab fest, aber dies ist mit hoher Wahrscheinlichkeit ein alter Text, etwas aus den Quellen, vermute ich. Um es genauer zu sagen, werde ich es jedoch exakt übersetzen und dann vergleichen müssen.«

»Wann?« Lara fühlte die Enttäuschung körperlich. Irgendwie hatte sie gehofft, der Mann würde ihr eine vollständige Übersetzung liefern, die sie gleich mitnehmen konnte.

»Ich rufe Sie an, ja?« Er wollte sich nicht festlegen.

»Danke. Hier ist meine Karte. Auf dem Handy bin ich auch abends und an den Wochenenden zu erreichen. Und wenn nicht – sprechen Sie auf Band und ich rufe zurück.« Lara erhob sich.

»Den Text kann ich behalten?«

»Aber sicher. Das ist eine Kopie.« Sie folgte ihm. Im Foyer war es kühl. Stefan Reinmann verschwand hinter einer kleinen Tür und kam mit Laras Mantel über dem Arm wieder heraus.

»Es war mir ein Vergnügen, Sie kennengelernt zu haben.« Er hielt ihr den Mantel hin und sie schlüpfte in die Ärmel.

»Gleichfalls.« Lara trat durch die Eingangstür, die ihr der Mann galant aufhielt, und zog ihre Handschuhe an. Ihr Mini vor dem Tor war nur noch ein weißer Hügel. Frisch gefallener Schnee hatte ihre Spuren durch den Garten vollständig gelöscht.

»Ich fürchte, ich muss noch einmal schippen. Schönen Abend noch!« Stefan Reinmann hob die Hand und blieb in der Tür stehen, bis sie hinausgegangen war, ein dunkler Umriss vor gelb erleuchtetem Hintergrund.

Lara schaltete den Ton ihres Handys wieder an und grinste, als sie die eingegangene Nachricht las: »Wann kommst du? Jo«.

17

Das dünne Mädchen stemmte die Arme in die Seiten und schob dabei die Schultern weit nach vorn. Dann warf sie den Kopf nach hinten und stolzierte ein paar Schritte weiter. Ihr Gang ähnelte dem eines Storches. Lara hatte das Ganze zwar schon live gesehen, aber hier, auf dem Monitor, wirkte es anders; gleichzeitig näher und doch weiter entfernt – wie ein Werbefilm im Fernsehen. Die Kamera zoomte auf das Model, strich im Zeitlupentempo von unten nach oben über ihren Körper und schwenkte dann zum Ende des Laufstegs. Die nächsten Mädchen erschienen nacheinander, stakten heran und stellten sich in die Lichtkegel.

Verstehen konnte man nichts. Die Tonspur gab alles in der gleichen Lautstärke wieder: das Murmeln der Leute, das Stakkato der High Heels auf dem Laufsteg, die Opernmusik – während der Show hatte Lara auf Tschaikowski getippt –; sogar wie der Filmende atmete, war zu hören, ein gleichmäßiges Ein und Aus.

Jetzt kam »Tor B. Hoff« ins Bild, wie er sich mit seinem Pavarotti-Tuch die Stirn abtupfte. Sein Gesicht wirkte in dem bläulichen Licht kantig und verschlossen, fast ein bisschen böse. Der Gedanke, der Nachwuchsdesigner selbst könnte etwas mit der Sache zu tun haben, tauchte wie ein U-Boot aus dem glatten Meer in Laras Kopf auf. War Torben Hoffmann aus Geltungssucht zum Mörder geworden? Lara schüttelte unmerklich den Kopf. Der Junge war ein Weichei. Sie murmelte »Quatsch« und konzentrierte sich auf das, was jetzt kam.

Ein hastiger Schwenk vom Catwalk weg nach oben. Thomas Mahler, der die Show aufgenommen hatte, hüstelte, ehe er sprach. »Hier ist es mir auch aufgefallen. Torben und ich haben natürlich vorher seine Choreo durchgesprochen, damit ich wusste, was ich wann filmen sollte. In der Nachbearbeitung wollte er alles mit Musik unterlegen. Und das«, er zeigte auf die Trage, die gerade ins Bild kam, »war eindeutig nicht geplant.«

Die Kamera verweilte auf dem Metallgestell unter der Bahre und wechselte dann zu den Mädchen; fing den aufgerissenen Mund eines Models ein. Rote Blumen erblühten auf ihrem kabukiweißen Gesicht, dunkle Tropfen schwebten an ihrem Körper vorbei und zerplatzten auf dem Laufsteg.

Das Hintergrundrauschen nahm jetzt zu, einzelne spitze Schreie hoben sich heraus, die Kamera wackelte und fokussierte sich wieder auf die Trage, die nunmehr dicht über dem Laufsteg schwebte.

»Ich dachte zuerst, es sei ein Scherz. Manche mochten Torben nicht, fanden ihn arrogant und abgehoben. Aber jemandem deswegen die Diplomschau zu sabotieren …«, Thomas Mahler schüttelte seine Korkenzieherlöckchen, »das hätte, glaube ich, keiner fertiggebracht.«

»Zumal, wenn man bedenkt, dass es sich um Mord handelt.« Lara blickte zu dem jungen Mann. Das Licht der Neonlampen spiegelte sich in seiner Nerd-Brille.

»Das wussten wir ja zu dem Zeitpunkt noch nicht. Erst als …«, sein Adamsapfel ruckte mehrmals nach oben, als er schluckte, »erst als wir die Bescherung sahen.«

Der Film war inzwischen bei exakt jener Stelle angelangt. Man sah einen in einer Art Ballettpose erstarrten Torben Hoffmann. Wie ein schlaffer Taubenflügel hing das helle Tüchlein aus seiner Rechten, das Weiß seiner aufgerissenen Augen leuchtete aus der Dunkelheit, sein Mund war zu einem Schrei geöffnet, den man im Tumult nicht hören konnte.

»Danach ist nur noch Chaos auf dem Film. Ich wurde von den Leuten überrannt.« Thomas Mahler klang ein klein wenig enttäuscht. »Nützt Ihnen das, was Sie bis jetzt gesehen haben, was?«

Er hörte sich nicht besonders betroffen an. Jedenfalls nicht wie ein echter Freund des toten Models.

»Das weiß ich noch nicht.« Lara betrachtete seinen Ziegenbart und fragte sich, was die Kerle daran schön fanden. Oder ihre Freundinnen, wenn sie denn welche hatten. Thomas Mahler war sofort bereit gewesen, ihr den Film von der »Tor B. Hoff-Show« zu zeigen, als sie ihn gestern angerufen hatte. Wahrscheinlich hatte auch er auf ein paar Minuten im Rampenlicht gehofft; die fünfzehn Minuten Ruhm, die angeblich jedem im Leben zustanden, und war nun enttäuscht, dass daraus nichts werden würde.

»Spulen Sie doch bitte noch einmal zu der Stelle zurück, als die Trage ins Bild kommt.« Lara wartete und beobachtete, wie Thomas Mahlers flinke Finger über die Tastatur huschten.

»Stopp. Ab hier. Können Sie es in Slow Motion abspielen?«

»Klar.« Ein Klick, und der Film lief erneut ab.

Lara kniff die Augen zusammen. »Sehen Sie das?« Sie tippte mit dem Fingernagel auf das Bild. »Hier?«

»Die Spots wackeln.«

»Genau. Wer hat eigentlich die Scheinwerfer auf dem Gerüst bedient?«

»Das machen Kommilitonen. Bühnenarbeiter hatten wir nicht. Haben wir nie. Die Präsentationen sind auch so teuer genug.«

»Die Leute dort oben müssten doch etwas gesehen haben?« Lara klappte ihr Notizbuch auf. Sie würde sich die Namen der »Scheinwerfer-Männer« notieren und sie befragen.

»Nein.« Thomas Mahler lächelte. Herablassend, wie ihr schien. »Die Spots werden natürlich von unten gesteuert. Dafür gibt es Fernbedienungen. Da oben war zur Zeit der Show niemand von uns. Das wäre auch viel zu gefährlich in der Dunkelheit und ohne Absicherung.«

»Ah, ja.« *Danke für die Erläuterungen, du kleiner Lackaffe.* »Aber wie Sie so schön gesagt haben: ›Die Spots wackeln‹. Und das dürfte doch eigentlich nicht sein.«

»Scheint so.« Thomas Mahler setzte die Sequenz noch einmal ein paar Minuten zurück, und die Trage schwebte ein drittes Mal durchs Bild. Jetzt, wo sie beide sich darauf konzentrierten, war es nicht zu übersehen. Das Licht der Scheinwerfer schwankte vor und zurück.

»Was könnte das verursacht haben?« Jetzt war der junge Mann begriffsstutzig, aber Lara verzichtete darauf, ihm seine herablassende Art zurückzuzahlen.

»Meiner Ansicht nach gibt es nur eine Erklärung dafür. Da läuft jemand eilig über das Gerüst, auf dem die Leuchten befestigt sind.« Lara sah die Erkenntnis in Thomas Mahlers Augen aufblitzen. Es war müßig, die Entdeckung zu diskutieren. Sie beide wussten, wer da oben entlanggelaufen war. »Ich würde das gern analysieren lassen. Können Sie mir den Film mitgeben oder schicken?«

»Ich brenne Ihnen eine Kopie. Geht ganz schnell.« Der junge Mann mit dem Ziegenbart war, während er redete, schon aufgestanden und zog ein paar Schubladen auf. Mit einer DVD kam er zurück, schob sie in den Laptop und lümmelte sich auf seinen Stuhl.

»Sie waren mit Carolin befreundet?« Lara betrachtete den grünen Balken auf dem Bildschirm, der den Fortschritt des Kopiervorganges anzeigte. Noch sieben Minuten.

»Nicht wirklich. Caro war mit niemandem richtig vertraut. Sie liebte vor allem sich selbst. Vielen erschien sie hochnäsig.« Thomas Mahler drückte mit dem Mittelfinger seine Brille nach oben. »Ich bin mir nicht sicher, ob sie tatsächlich eingebildet oder einfach nur unsicher war. Manche kaschieren ihre Hemmungen ja mit Distanziertheit, nicht?« Er sah Lara fragend an, und sie nickte.

»Zugegeben, ich habe es vor zwei Jahren bei ihr versucht. Aber sie hat mich eiskalt abblitzen lassen. Das, was sie sich vorstellte, hätte ich ihr eh nicht bieten können. Ich glaube, Caro war auf etwas Besseres aus.« Der Student erging sich in Beschreibungen, was Carolin Fresnel alles getan und angestrebt hatte, und erzählte dann von ihren diversen Modeljobs. Lara hörte nur mit halbem Ohr zu. Thomas Mahler schien das hübsche Mädchen besser gekannt zu haben, als er sich eingestehen wollte. Endlich war der Balken bei 100 Prozent angekommen und sie konnte die DVD in Empfang nehmen und sich verabschieden.

Auf den Weg zum Parkplatz lief der Film von der Diplomschau vor Laras innerem Auge wie in einer Endlosschleife ab. Die Trage mit dem toten Model war von dem Gerüst heruntergelassen worden. Die Scheinwerfer hatten geschwankt. Es gab nur eine Erklärung für das Ganze: Der Täter musste da oben gestanden und alles beobachtet haben. Die Gefahr, entdeckt zu werden, war gering. In dem Tumult, der nach der Entdeckung des toten Models ausgebrochen war, musste es für ihn ein Leichtes gewesen sein, sich davonzuschleichen. Lara schloss ihr Auto auf, setzte sich hinters Steuer und ließ Heizung und Lüftung auf Hochtouren laufen. Ihre Augen funkelten sie im Rückspiegel an. Sie musste das mit jemandem besprechen. Mark hatte Sprechstunde, aber Jo würde ihr sicher zuhören.

Oder willst du ihn nur anrufen, weil du ihn vermisst? Im Rückspiegel verzog sich Laras Mund. Vermisste sie Jo? Das gestrige Abendessen hatte sie ratlos zurückgelassen. Das war nun schon mindestens das zehnte Date mit dem Fotografen, sie gingen miteinander essen und ins Kino, er brachte sie danach nach Hause und verabschiedete sich brav vor ihrer Tür. Mittwoch vor einer Woche hatte sie sogar bei Jo übernachtet. *Aber nur, weil du abgefüllt auf seiner Couch eingeschlafen bist!* Lara seufzte und klickte sich durch ihr Handytelefonbuch. Abgefüllt, ts, ts!

Das alles aber änderte nichts an der Weisheit, die ihre Freundin Doreen neulich zum Besten gegeben hatte: »Ein Mann, der nicht spätestens beim dritten Date etwas ›versucht‹, wie zum Beispiel scheinbar zufälligen Körperkontakt, Händchen halten, einen Abschiedskuss oder Ähnliches, ist entweder nicht wirklich an der Frau interessiert, blöd oder schwul.«

»Lara?« Jos Stimme klang erfreut. *Definitiv* erfreut. Sie entschied sich für »blöd« und beschloss, bei der nächsten Verabredung etwas deutlicher zu werden, bevor sie begann, Jo von Thomas Mahlers Film zu erzählen.

Die verspiegelten Glasfenster der Polizeidirektion strahlten weiß. An einigen waren Jalousien gegen die schrägstehende Wintersonne herabgelassen. Lara blinzelte und nieste. Der große Besucherparkplatz war voll gewesen und sie hatte zehn Minuten nach einer Lücke gesucht. In einer Viertelstunde würde die Pressekonferenz zu der Frauenleiche in der Kirche von Heuerswalde beginnen. Ob die Polizei auch weitere Neuigkeiten zum Tod von Carolin Fresnel herausgeben würde?

Der Beamte hinter den Glasscheiben am Eingang trug einen genervten Gesichtsausdruck zur Schau und studierte ihren Presseausweis, als wolle er alle Angaben auswendig lernen. Der große Zeiger der Wanduhr hinter ihm rückte unbarmherzig vorwärts. Lara trat von einem Fuß auf den anderen. Das Innere ihrer Schuhe fühlte sich feucht an. Hinter ihr hatten sich bereits drei weitere Leute, zwei Männer und eine Frau, angestellt. Endlich sah der schnurrbärtige Uniformierte auf, legte ihren Ausweis zurück in die Schublade, schob sie nach außen und blaffte: »Taschenkontrolle vorn rechts!«

Hinter der zweiflügeligen Glastür warteten zwei weitere Beamte hinter einem schmalen Tisch. Lara öffnete ihre Umhängetasche und ließ sie hineinschauen. Der größere der beiden nickte, lächelte und winkte sie in Richtung des Treppenhauses. Seit wann wurden bei Pressekonferenzen Taschenkontrollen durchgeführt? Auf dem Weg nach oben haderte Lara mit sich selbst. Sie hätte heute früh die Stiefel anziehen sollen, auch wenn sie beim Autofahren unbequem waren. Der Schneematsch auf den Wegen durchweichte Halbschuhe innerhalb von Minuten.

Sie hatte Glück. Die Tür zum Saal war noch geschlossen und der Run auf die besten Plätze hatte noch nicht begonnen. Lara atmete tief durch und schob sich den Henkel ihrer Tasche quer über die Schulter. Zum Glück musste sie heute keine Fotos schießen. So kam es nicht unbedingt auf einen Platz in der ersten Reihe an. Neben ihr salbaderte ein *Pro7*-Reporter in ein Mikrofon, das er wie ein Eis am Stiel vor seinen Mund hielt. Mindestens vierzig Journalisten drängten sich bereits vor der Tür, unterhielten sich, sprachen in Diktiergeräte, telefonierten. Durch die Enge des Ganges und die Vielzahl der Geräusche vermischte sich das Ganze zu einer Disharmonie schrillen Lärms. An Laras Schläfe begann eine Ader zu pulsieren.

Ganz rechts neben der Eingangstür entdeckte sie Frank Schweizer von der *Tagespost*. Sein breites Gesicht war hochrot. Lara dachte kurz an seine Affäre mit Maria Sandmann im letzten Jahr, winkte ihm zu und machte eine Geste, dass er ihr einen Platz freihalten sollte. Dann versuchte sie, tief in den Bauch hineinzuatmen und nicht an das Hämmern hinter ihrer Stirn zu denken.

»Was machst du denn hier?« Elsa Breitmanns Gesichtsausdruck wechselte von überrascht zu verwirrt. »Ich dachte, *ich* sollte …«

Noch ehe die Kollegin zu Ende gesprochen hatte, fielen Lara ihre Sünden ein. Seit mehreren Tagen hatte sie mit Tom über die Berichterstattung im Fall der »Kirchenleiche« sprechen wollen und es immer wieder vor sich hergeschoben. Sie beschloss, in die Offensive zu gehen. »Tom hat *dich* beauftragt?«

»Wen denn sonst? Ich habe ja schließlich von Anfang an über den Fall berichtet, nicht?« Elsa Breitmann schob die Unterlippe nach vorn und kniff gleichzeitig die Augen zusammen. »Da ist es doch nur recht und billig, dass ich das auch weiterbetreue, oder?«

»Eigentlich mache ich die Strafsachen. Und außerdem war ich ja auch dabei, als die ›Brautleiche‹ gefunden wurde und habe den ersten Artikel darüber geschrieben.« Lara war nicht gewillt, so einfach aufzugeben. Jetzt trübten sich die Augen der Kollegin. In Laras Kopf verstärkte sich das Hämmern. Die Freien brauchten jeden Auftrag, manche von ihnen kamen gerade so über die Runden. Sie selbst dagegen hatte ein festes Gehalt. Elsa Breitmann war wahrscheinlich auf jedes Zeilenhonorar angewiesen. »Wir können ja beide hierbleiben. Zwei hören und sehen mehr als einer.«

»Und wer schreibt dann den Artikel?« Zwischen den Augenbrauen der Kollegin waren zwei Längsfalten erschienen.

»Du. Tom hat dich dafür eingeteilt, also machst du es auch.« Lara sah, wie sich die Falten glätteten und die Augenbrauen nach unten sanken. Es war nicht zu ändern. Sie riskierte eine Abmahnung, so wie Tom drauf war, wenn sie die Kollegin jetzt wegschickte und die Berichterstattung an sich riss. Wie von selbst tätschelte ihre rechte Hand den Arm der anderen, während sie fortfuhr. »Da ich nun schon einmal hier bin, bleibe ich auch. Der Fall ist ziemlich spektakulär, nicht?« Elsa Breitmann nickte eifrig und klemmte ihre abgewetzte Aktentasche fester unter den Arm.

Im gleichen Augenblick öffneten sich die Türen, und die Leute setzten sich in Bewegung. Lara ließ sich mitziehen und hoffte darauf, dass Frank Schweizer ihr einen Platz freihielt. Hektisch bauten Reporter einen Wald von Mikrofonen vor dem Tisch auf. Sie drängelte sich zu ihrem Kollegen durch, wurstelte sich aus der wattierten Jacke und ließ sich neben ihm auf den Stuhl fallen. »Ein Gewühl ist das!«

»Ist ja auch ein spannender Fall. Damit lässt sich super Quote machen.« Frank schoss ein paar Fotos und lehnte sich dann zurück. Vorn bauten die Fernsehleute ihre Mikrofone auf, Kameramänner wurden an die Seiten des Raumes verwiesen. Lara zückte ihr Diktiergerät und klappte den Notizblock auf. Die Stühle standen zu eng nebeneinander, und sie blendete die Berührung von Franks Bein an ihrem aus. Es dauerte nicht lange und der Tumult beruhigte sich. Eine Nebentür öffnete sich, vier Männer marschierten herein, zwei von ihnen in Uniform, und nahmen auf dem Podium Platz.

Lara hatte bereits Namen und Dienstgrade von den Schildern auf dem Tisch abgeschrieben. Jetzt drückte sie auf »Aufnahme« und schaute dann auf die Uhr. Wenn alles wie geplant ablief, waren sie hier gegen sechzehn Uhr fertig, und sie konnte in die Redaktion zurückfahren und noch ein bisschen recherchieren.

»... begrüße ich Sie zu unserer Pressekonferenz.« Der Polizeidirektor hatte Schweißperlen auf der Stirn. Er blickte immer wieder auf vor ihm liegende Papiere. »... Ihnen das kundtun, was wir wissen, immer natürlich unter Berücksichtigung der kriminaltaktischen Aspekte.« Seine drei Mitstreiter schauten mit identisch hölzernem Gesichtsausdruck geradeaus.

»... Ausgangspunkt ist der Fund einer Frauenleiche am Montagabend in der Kirche von Heuerswalde ...« Auf der Projektionswand hinter den vier Männern erschien eine Landkarte. Der Fundort der Leiche war mit einem roten Punkt markiert. Der Beamte erläuterte noch einmal die Details, die den Anwesenden schon bekannt waren. Lara schrieb ein paar Wortfetzen mit, mehr jedoch, um ihre Gedanken zu ordnen, denn um sich Notizen zu machen. Das Diktiergerät zeichnete sowieso jedes Wort auf. Und bis jetzt hatte der Polizeichef noch nichts Neues verkündet. Ihre Gedanken schweiften ab. Jo hatte ihr vorhin angeboten, in der Redaktion auf sie zu warten, damit sie beide den Film von der Modenschau analysieren konnten. Gemeinsam würden sie Sequenz für Sequenz auseinandernehmen und auf ungewöhnliche Details achten.

Noch bevor die nächsten Worte des Polizeipräsidenten in ihr Bewusstsein einsickerten, spürte Lara, wie Frank Schweizer sich neben ihr aufrichtete und den Hals reckte.

»… So viel steht fest: Die Frauenleiche aus der Heuerswalder Kirche ist die vermisste Nina Bernstein aus Leipzig. Sie verschwand am Sonnabend, dem sechsten Februar. Zuletzt wurde Nina Bernstein im *Nachtwerk*, einer Diskothek in Grünau, gesehen. Danach verliert sich ihre Spur bis zum Fund ihrer Leiche am fünfzehnten.«

Vor Laras innerem Auge glitt erneut ein gebogenes Messer über ein Handgelenk, eine klaffende Wunde öffnete sich. Blut schoss hervor. Sie schnappte nach Luft und schlug die Hand vor den Mund. »Alles in Ordnung?« Frank Schweizer berührte ihren Handrücken, und Lara bemühte sich, zu nicken. NINA BERNSTEIN. Sie hatte recht gehabt. Sie hatte *mal wieder* recht gehabt. Ihr Gehirn sah Dinge voraus, die mit Mord endeten.

Was ist mit diesem betäubten Mann? Dem blutbeschmierten Fleischklopfer? Laras Finger zitterten, als sie ihren Terminplaner aufklappte und nach den Notizen suchte. »16.2.: zwei Personen (Männer?), Fleischklopfer, Blut?, Parkettboden, Cola, ›leichtgläubig‹, ›jeder nur sein Vergnügen‹, ›arroganter Dummkopf‹, ›für unverwundbar gehalten‹, ›Ausfahrt‹, dunkles Auto«. Sie hatte es aufgeschrieben und dann vergessen. Neben ihr kritzelte Frank Schweizer rastlos Hieroglyphen auf seinen Block. Vor ihnen tippte ein Reporter rasend schnell Wörter in sein Handy und schickte sie ab.

»… Bislang sind rund vierhundert Hinweise eingegangen, die Polizei sucht jedoch weiterhin nach Zeugen, insbesondere für die Nacht des Verschwindens. Für Nachfragen stehen wir Ihnen nun zur Verfügung.« Der Grauhaarige nickte seinen Kollegen links und rechts am Tisch zu. Lara versuchte, des Durcheinanders in ihrem Kopf Herr zu werden. Sie musste sich jetzt auf die Pressekonferenz konzentrieren, alles andere hatte später noch Zeit.

»Gunnar Walter, *Bild*-Zeitung. Liegt der Obduktionsbefund schon vor? Was können Sie uns dazu mitteilen?« Die sonore Männerstimme kam aus der ersten Reihe.

Der Polizeipräsident kratzte sich am Kopf und schaute auf seine Papiere, ehe er antwortete. »Die Leiche wurde obduziert, das ist richtig. Sicher ist, dass es sich um einen nichtnatürlichen Todesfall handelt.«

»Was war denn die Todesursache?« Der Kollege aus der ersten Reihe gab nicht auf. Lara sah ein im Licht funkelndes Messer vor sich, das über ein Handgelenk fuhr, einen dunkelroten See, purpurne Flüsse, die über einen glatten Boden strömten.

»Tut mir leid. Zu Details kann ich Ihnen aus ermittlungstaktischen Gründen keine Auskunft geben. Unser Pressesprecher wird Sie auf dem Laufenden halten.«

Zwei Reihen vor ihnen sprang ein junger Mann aus seinem Sitz auf. »Fred Silber von *Leipzig live*: Gibt es Parallelen zum Fall der Brautleiche?«

»Der ›Brautleiche‹?« Der Polizeipräsident zog die Augenbrauen hoch.

»Äh … Carolin Fresnel, das Model.« Lara sah aus den Augenwinkeln, wie Frank ihr einen schnellen Blick zuwarf, und dann wieder nach vorn schaute.

»Dazu kann ich Ihnen leider keine Auskunft geben.« Immer wieder das Gleiche. Warum hielten sie überhaupt eine Pressekonferenz ab, wenn sie doch keine Informationen herausrückten?

Jetzt sprach eine kleine Frau vorn links. »Susanne Färber vom *Express*. Ich habe gehört, es soll etwas auf der Stirn der toten Frau gestanden haben. Können Sie das bestätigen? Was stand da?«

Der Polizeichef verschränkte die Arme über der Brust und kniff kurz die Lippen zusammen, ehe er antwortete. Seine Kollegen schauten auf den Tisch, um Blickkontakt zu vermeiden. »Auch dazu: kein Kommentar.«

In Körpersprache waren sie alle vier keine Profis. Jeder konnte sehen, dass die Männer Antworten auf die Fragen hatten, sie aber nicht geben wollten oder konnten. In den Berichten würden die Journalisten jedoch ihre gestellten Fragen zitieren und den Lesern so ein Gefühl für das Ganze vermitteln, auch wenn sie keine bestätigten Fakten vorzuweisen hatten.

Das Frage-Antwort-Spiel dauerte noch zehn Minuten, dann dankte der Polizeipräsident den Anwesenden und erhob sich. Seine drei Mitstreiter taten es ihm gleich und verließen den Saal durch die Seitentür. Hektisches Gemurmel setzte ein, etliche Journalisten rannten hinaus, um ihre Redaktionen anzurufen oder im Gang vor den Fernsehkameras Statements abzugeben. Lara ließ sich Zeit. Es gab keine Neuigkeiten, die sie nicht schon vorher gekannt hatte. Und sie musste jetzt nicht in die Redaktion hetzen und den Artikel schreiben. Sie winkte Elsa Breitmann zu, die davoneilte. Neben ihr grinste Frank Schweizer in sich hinein. »Das hätte man sich schenken können. Kommst du noch mit, einen Kaffee trinken?«

Lara schüttelte den Kopf und folgte dem Menschenstrom zur Tür. Sie wollte in die Redaktion. Jo und der Film warteten.

18

»Dann haben Jo und ich den Film von diesem Mitstudenten Bild für Bild analysiert.« Lara goss sich ein Glas Rotwein ein. »Der Mörder war dort, davon bin ich überzeugt. Aber Thomas Mahler hat natürlich die Show gefilmt und nicht das Gerüst über dem Laufsteg und die Scheinwerfer. Ist ja auch logisch, nicht?« Mark gab ein »Hm« von sich und Lara redete weiter. »Auch meine Fotos sind wir noch einmal durchgegangen, aber auch da war nichts zu sehen. Ich mache mir Sorgen. Die Fälle ›Brautleiche‹ und ›Kirchenleiche‹ hängen miteinander zusammen, auch wenn die Polizei das heute Nachmittag nicht bestätigen wollte. Dazu meine Gesichte, die ich vor Kurzem hatte, in denen ein Mann vorkam. Hoffentlich ist das nicht das nächste Opfer.«

»Habt ihr das mit dem Film der Polizei mitgeteilt? Die können das noch ganz anders auswerten als ihr beide.«

»Noch nicht, aber ich gehe davon aus, dass sie bei ihren Befragungen selbst auf das Video von diesem Thomas Mahler gestoßen sind.« Lara holte Luft und trank einen Schluck Wein.

»Und falls nicht? Es schadet nichts, wenn du sie noch einmal darauf hinweist. Ihr dürft das nicht für euch behalten. Und du willst doch kooperieren, oder?«

Im Hintergrund lachte ein Kind, eine Frauenstimme fiel ein. Die reinste Familienidylle. Lara hasste es, Mark zu Hause zu stören, aber sie hatte ihn nicht von der Redaktion aus anrufen wollen. Leider war es nach achtzehn Uhr geworden, bis sie mit ihren Recherchen fertig gewesen war. Sie hatte ein Dokument zu Sekten und ihrer Verteilung in Leipzig angelegt und ein bisschen recherchiert. Das Thema schien ergiebig zu sein, vielleicht sprang

Tom in einer der nächsten Redaktionskonferenzen darauf an. »Ja doch. Ich informiere sie gleich morgen früh.«

»Was ist denn eigentlich aus deiner Zeugenaussage geworden? Du warst doch letztens noch einmal auf dem Revier deswegen?«

»Ach, lass mich bloß damit in Ruhe. Kriminalkommissar Stiller, mein bester Freund, wie du ja weißt, hat die Befragung durchgeführt. Der hat so getan, als sei ich irgendwie mitschuldig an dem Ganzen. Wir werden wohl nie einen guten Draht zueinander finden.«

Eine Tür wurde geschlossen, und die Geräusche aus Marks Wohnung verstummten abrupt. »Bist du genervt?«

»Nein.« Natürlich war sie genervt. Mark meinte es nur gut, aber manchmal konnte er sie mit seiner Vernunft in den Wahnsinn treiben. »Du wolltest dich doch um Hintergründe zu den beiden Fällen kümmern.« Sie machte eine Pause und ließ ihm Zeit zum Nachdenken. Hatte Mark ihr versprochen, Details herauszufinden? Sie konnte sich nicht erinnern, ob sie darüber gesprochen hatten. Mit seinen Beziehungen und Erfahrungen als Fallanalytiker würde der Psychologe mehr erfahren als sie und Jo. Die Skrupel, ihn für ihre Recherchen auszunutzen, schob Lara beiseite. Der Rotwein leuchtete im Glas. Sie trank noch einen Schluck und hörte Mark atmen.

»Ich habe übrigens den Obduktionsbericht von der anderen Toten gelesen.«

»Von dieser Nina Bernstein?«

»Ja. Obwohl zu dem Zeitpunkt der Name noch nicht bekannt war.«

»Was stand denn darin?«

»Ach, Lara.« Mark schnäuzte sich. »Ich möchte nicht am Telefon darüber reden.«

»Oh.« Seit wann war er so zugeknöpft? Lara beschloss, dass sie den letzten Satz nicht gehört hatte. »Gibt es Verbindungen zwischen den beiden Fällen?« Ihr Herz klopfte schneller. »Du hast mir doch von Carolin Fresnel auch schon Einzelheiten erzählt.« Fast konnte sie spüren, wie Mark mit sich selbst rang. Noch ehe er sprach, hörte sie an seinem Ausatmen, dass er sich entschlossen hatte, zu reden.

»Bei der Obduktion von Nina Bernstein wurde festgestellt, dass Magen und Darm komplett leer waren. Das heißt, sie hat längere Zeit vor ihrem Tod nichts gegessen.«

Lara sah sich hektisch in der Küche nach etwas zu schreiben um, griff schließlich zu einem Block mit gelben Haftnotizen, den sie für ihre Einkaufslisten verwendete, und begann hastig die Informationen mitzuschreiben, während sie Marks Worte mit einigen leisen »Hms« und »Ahas« kommentierte, um ihn zum Weiterreden zu animieren.

»Der Körper war ausgetrocknet, die Augenflüssigkeit mit Kalium-Ionen angereichert. Alles Anzeichen dafür, dass sie gehungert hat und kaum etwas zu trinken bekam. Gestorben ist sie allerdings durch Ausbluten. Der Täter hat ihr die Pulsadern geöffnet«, – bei diesen Worten sah Lara erneut das gebogene Messer über die bleiche Haut gleiten, sah, wie sich ein See aus tiefrotem Blut bildete, wie Rinnsale von Handgelenken weg in alle Richtungen sickerten –, »... vorher muss er sie ruhiggestellt haben. In Nina Bernsteins Blut wurden Spuren von Betäubungsmitteln gefunden, die kaum verstoffwechselt waren. Das heißt, sie hat diese erst kurz vor ihrem Tod zu sich genommen.«

»Oder sie wurden ihr eingeflößt.« Vor dem Küchenfenster wirbelten Schneeflocken auf und ab, und Lara hatte das Gefühl, die Dunkelheit beobachte sie mit ruhelosen Augen. Sie ging, um die Vorhänge zuzuziehen.

»Oder sie wurden ihr eingeflößt, richtig.«

»Bei der Pressekonferenz heute Nachmittag haben sie gesagt, dass vom Zeitpunkt ihres Verschwindens bis zum Auffinden der Toten über eine Woche vergangen sei. War die Leiche auch eingefroren?«

»Dafür gab es dieses Mal keine Anzeichen. Eine exakte Feststellung des Todeszeitpunktes war allerdings schwierig, da die Leiche bei Minusgraden draußen gefunden wurde und wir nicht wissen, wie lange sie schon in dieser Kirche aufgebahrt war. Ich gehe davon aus, dass der Täter sie die ganze Zeit in seiner Gewalt gehabt hat. Lebend.«

»Wozu? Was macht er denn die ganze Zeit mit ihnen?« Lara flüsterte. Mark antwortete nicht. Ihr Blick fiel auf die hastig hingekrakelten schwarzen Buchstaben auf den gelben Zetteln, und ihr fiel etwas ein. »Stimmt es, dass etwas auf ihre Stirn geschrieben war? Was war es?«

»Nicht nur auf die Stirn. Auch auf dem Rücken stand etwas.« Mark holte rasselnd Luft und hustete dann. Lara riss einen neuen Zettel ab und wartete, dass er weitersprach.

»Der auf den Rücken tätowierte Text ist genau wie der erste lateinisch. Auf der Stirn standen die Wörter *luxuria* und *Asmodaeus*.« Lara schrieb die beiden Begriffe auf.

»Und in den Augenhöhlen steckten zwei Holzkugeln.«

»Was?«

»Er hat ihre Augen entfernt und stattdessen die Kugeln dort positioniert.«

»Waren Muster auf den Murmeln eingraviert? Mit dunkelblauer Farbe?« Lara ging zum Vorratsschrank, öffnete ihn und las die Aufschriften auf ihren Gewürzdosen. Sie musste dieses Bild loswerden, wie der Verrückte die Augen der Toten herausschälte, um sie durch zwei Holzkugeln zu ersetzen.

»Nicht Muster, Buchstaben. Es waren Buchstaben. Die gleichen Wörter wie auf der Stirn. Auf einer Kugel stand *luxuria*, auf der anderen *Asmodaeus*. Woher weißt du von den Kugeln? Hast du es ›gesehen‹?«

»Ja.« Das Rotweinglas war leer. Lara konnte sich nicht erinnern, es ausgetrunken zu haben. Sie goss nach. »Damit ist ja wohl klar, dass die beiden Fälle zusammenhängen.«

»Davon geht die Kripo aus. Es soll allerdings noch nichts davon an die Öffentlichkeit dringen, damit der Täter nicht erfährt, was die Soko alles weiß.«

»Warum hat eigentlich niemand diese Nina vermisst?«

»Das weiß ich nicht. Vielleicht hat sie allein gelebt, war womöglich arbeitslos. Da fällt es nicht so schnell auf, wenn jemand ein paar Tage verschwindet.«

»Hm.« In Laras Blut kreiste der Wein. Sie fühlte sich ein wenig schläfrig. »Und warum hat er sie in der verfallenen Kirche aufgebahrt? An einem Ort, wo sich niemand aufhält? Das vermindert doch die Chance, dass die Leiche gefunden wird, immens.«

»Ich glaube, er wollte sie öffentlich zur Schau stellen und genau so präsentieren, wie er es getan hat – in einer Kreuzigungspose; und er wollte auch, dass sie gefunden wird. Die Heuerswalder Kirche wäre auf jeden Fall vor dem Abriss noch einmal kontrolliert worden. Ich gehe davon aus, dass es unbedingt ein Gotteshaus sein sollte. Allerdings brauchte der Täter für sein Arrangement Zeit. Zeit, in der er alles so arrangieren konnte, wie er es sich vorstellte.«

»Die hätte er in einer noch genutzten Kirche nicht gehabt. Erstens gelangt man da nicht so ohne Weiteres außerhalb der Öffnungszeiten rein, zweitens hätte er die ganze Zeit fürchten müssen, beim Herrichten der Toten entdeckt zu werden, weil Gläubige oder Angestellte hätten hereinkommen können. Die Kirche in Heuerswalde war perfekt für seine Zwecke. Sicher hat er auch gewusst, dass alle Gebäude vor dem Abriss noch einmal gründlich inspiziert werden und man dann die gekreuzigte Leiche finden würde.« Lara schrieb »Kirche« und »Kreuzigungspose« auf einen gelben Zettel. »Genau wie bei Carolin Fresnel. Auch hier hat er nichts dem Zufall überlassen.«

Mark klang resigniert. »Der Mörder will uns etwas mitteilen. Wir haben nur momentan leider keine Ahnung, was das ist. Aber wir werden es früher oder später herausfinden.«

»Hoffentlich früher.« Lara sortierte die Zettel und klebte sie dann nebeneinander auf die Tischplatte. So viele Informationen, und sie konnte sie nicht verwenden! »Ich denke, dass das Ganze irgendetwas mit der Kirche und dem christlichen Glauben zu tun hat.«

»Warst du eigentlich bei diesem Reinmann?« Marks Stimme veränderte sich. Er klang, als würde er durch den Raum gehen.

»Gestern Nachmittag.«

»Konnte er dir mit dem Text helfen?«

»Er war der Meinung, es sei etwas Älteres, etwas ›aus den Quellen‹. Was auch immer das heißen mag. Er wollte sich das Ganze in Ruhe ansehen, übersetzen und mich dann informieren.« Lara riss noch einen Zettel ab und schrieb »Reinmann anrufen!« darauf, während sie weiterredete. »Hast du den Text, der auf Nina Bernsteins Rücken stand, auch?«

»Ich kann ihn besorgen.«

»Mailst du ihn mir?«

»Reinmann darf nicht erfahren, woher diese Texte stammen. Wir alle kommen sonst in Teufels Küche.« Mark wusste, was sie vorhatte, ohne dass sie es ihm sagte. Sie grinste und drehte das halbvolle Weinglas zwischen den Fingern. »Das wird er nicht.«

Eine Tür klappte. Schritte näherten sich, eine Frauenstimme flüsterte etwas. Mark sagte, »Moment bitte«, und dann vom Hörer abgewandt: »Komme gleich, Anna.« Er redete jetzt schneller. »Ich muss Schluss machen. Das gemeinsame Abendessen ist der Familie heilig. Vielleicht komme ich am Wochenende mal vorbei.«

»Das wäre toll.« In Laras Kopf drehte sich die hagere Gestalt von Mark Grünthal langsam im Kreis. Sie betrachtete die Rotweinflasche neben der Spüle und presste die Lippen aufeinander.

»Bis bald, meine Liebe.«

»Danke Mark. Wenn ich dich nicht hätte.«

Er lachte. Tief und dröhnend. Dann legte er auf.

19

Melinda Weiß wickelte sich den Schal um Hals und Mund und atmete durch die grobgestrickten Maschen. Ihre Zehen waren taub, obwohl sie ständig auf der Stelle trat. Als sie losgegangen war, hatte das Thermometer minus drei Grad angezeigt, aber inzwischen war die Temperatur weiter gefallen. Bei jedem Ausatmen entwich dem Gewebe vor ihrem Mund ein weißes Dampfwölkchen und zerfaserte in der klaren Luft. Ein schneller Blick zur Uhr. Zehn nach elf. Frieder Wörth war jetzt bereits über eine Stunde in dem Haus gegenüber. Melinda betrachtete die Fassade und zählte die Fenster. Zum dritten Mal. Zehn im Erdgeschoss, zehn im ersten Stock, zehn im zweiten, zehn im dritten, zehn im vierten. Je fünf rechts vom Treppenhaus und fünf links davon. Machte genau fünfzig. Etwa ein Drittel von ihnen war erleuchtet. Melinda Weiß zählte auch sie. Siebzehn. Siebzehn helle Augen neben dreiunddreißig dunklen. Sie ballte die Finger in den Pelzhandschuhen zu Fäusten und lockerte sie wieder. Hoffentlich kam niemand und fragte, was sie hier in diesem Hauseingang zu suchen hatte. Aber die Vorstadt war um diese Zeit wie ausgestorben. Vor einer halben Stunde war ein dicker Mann mit einem ebenso dicken Dackel die Straße entlanggewackelt, und sie hatte so getan, als studiere sie die Namen auf dem Klingelbrett. Sie dachte an die heiße Bohnensuppe, die es heute zum Abendessen gegeben hatte, aber der Gedanke erzeugte keine Wärme in ihrem Innern. Nach der gemeinsamen Mahlzeit und der allabendlichen Andacht hatten sich die *Kinder des Himmels*, die in der Gemeinschaft wohnten, in ihre Zimmer zurückgezogen. Sie hatte Sarah gesagt, dass sie noch einiges zu erledigen hätte, dass dies länger dauern könnte und dass die junge Frau die Straßenbahn nehmen und schon vorausfahren sollte. Dann hatte sie sich in der Küche nützlich gemacht. Von den Küchenfenstern aus konnte man die Auffahrt und das Hauptportal gut im Blick behalten.

Seit Dienstagabend war Melinda das Gefühl nicht losgeworden, sie müsse sich um Frieder kümmern. Begründen konnte sie die diffuse Ahnung nicht. Sie wusste nicht, dass sie seitdem jeden Abend einen verschlossenen Briefumschlag unter der Tür des Prinzipals durchgeschoben hatte, in dem ihre Gespräche mit Frieder ausführlich geschildert wurden. Sie wusste nur, dass sie auf den Freund achtgeben wollte, damit er nicht in Schwierigkeiten geriet, und dass es ihrer Sache nicht dienlich wäre, wenn er herausbekam, dass sie ihm nachspionierte.

Frieder Wörth war kurz vor einundzwanzig Uhr aus dem Seiteneingang gekommen, und Melinda hätte ihn fast übersehen. Erst, als er sich dem Tor näherte, war ihr der Mann im dunklen Mantel aufgefallen. Auch wenn er eine Mütze mit Ohrenschützern und einen dicken Wollschal trug, hatte sie ihn sofort an seinem wiegenden Gang erkannt. Es war nicht leicht gewesen, ihn einzuholen, ohne dass er sie bemerkte. Zum Glück hatte Frieder die Straßenbahn und nicht das Auto genommen. Melinda war in den hinteren Wagen eingestiegen und neben der Tür stehen geblieben, den Blick unentwegt auf den Mann im vorderen Wagen gerichtet. Acht Haltestellen später war Frieder in die Linie zwei umgestiegen, weitere fünf Stationen gefahren, um dann noch zehn Minuten in schnellem Schritt durch vorstädtische Straßen zu marschieren.

Im ersten Stock erlosch das Licht in zwei Fenstern gleichzeitig, gleich darauf verdunkelte sich auch ein Fenster ganz oben. Die Leute machten sich für die Nachtruhe fertig. Melinda bewegte die Finger in den Fäustlingen und dachte mit Grausen daran, wie sie Frieder hinterhergehetzt war, immer darauf bedacht, nicht entdeckt zu werden. Die Gehwege waren nur zum Teil vom Schnee geräumt und ihre Halbstiefel rutschig. Als Frieder Wörth endlich vor einem Haus haltmachte und nach kurzem Zögern hineinging, war sie erschöpft. Sie hatte keine Ahnung, wo sie sich befand. Zehn Minuten später war sie sich sicher, dass er nicht gleich wieder herauskommen und weiterlaufen würde. Frieder Wörth schien sein Ziel erreicht zu haben. Melinda Weiß ging zur Kreuzung, wobei sie sich immer wieder nach dem Haus, in dem der Freund verschwunden war, umsah, und notierte sich mit klammen Fingern die Straßennamen.

Auf dem Rückweg zu »ihrem« Hauseingang musterte sie die Häuser, konnte jedoch nichts Auffälliges entdecken. Eine ganz normale Wohngegend. Sie hatte keine Ahnung, was der Mann hier machte, aber sie würde warten, bis er wieder herauskam, und wenn es morgen früh wurde.

Ihre Füße waren verschwunden. Die Beine schienen an den Knöcheln aufzuhören, darunter war alles taub. Melinda schlug die Arme um den Oberkörper und trampelte auf der Stelle. Während sie wie eine asthmatische Lokomotive Dampfwölkchen ausstieß, glitt ihr Blick über die Fensterfront. In welchem Stockwerk mochte Frieder stecken? Und was noch wichtiger war – bei wem?

Vorsichtig machte sie sich auf den Weg hinüber. Das Klingelbrett war von einer trüben Lampe erleuchtet. Zwanzig Unbekannte. Der Kugelschreiber war auch eingefroren. Wie gut, dass sie noch einen Bleistift dabeihatte. Ungelenk kritzelte Melinda die Namen in ihr kleines Notizbuch. Auf dem Rückweg rutschte sie auf einer Eisplatte aus und fiel auf die Knie.

Zwei kalte Tränen rollten über Melinda Weiß' Wangen, während sie zurück auf die andere Seite humpelte, aber sie merkte nichts davon. Sie musste geduldig sein und warten. Es gab keine Alternative.

*

Zähne klapperten aufeinander. Nachdem er dem Geräusch fünf Minuten lang zugehört hatte, realisierte Robert Wessel, dass es seine eigenen waren. Er zwinkerte und sah ein graues, schlieriges Muster, das vor seinen Augen langsam hin und her floss. Nach weiteren Minuten klärte sich das Bild. Kahle Wände, ein nackter Fußboden. Und auch er selbst war nackt. Jedenfalls bis zur Taille. Jetzt konnte Robert auch die eisige Kälte auf seiner Haut fühlen. In seinem Kopf drehte sich ein Kettenkarussell, ein Leierkastenmann spielte schiefe Melodien. Das leere Zimmer schwankte und stabilisierte sich dann. Robert Wessel fühlte in seinen Körper hinein und dachte über die Empfindungen nach. Er saß an eine Wand gelehnt, die Beine gerade ausgestreckt, die Füße waren zur Seite gekippt. Sein nackter Rücken schmerzte. Vorsichtig senkte er das Kinn und sah an sich herunter. Slip und Socken hatte man ihm gelassen. Der Rest seiner Kleidung fehlte. Das Karussell verlangsamte seine Fahrt. Robert bewegte den Kopf von links nach rechts. In seinem Schädel schien dabei etwas hin und her zu schwappen. Auch seine Arme waren schwer. Müde und schwer wie Blei. Mit einem Keuchen hob er die rechte Hand, streifte über die Stoppeln auf seinen Wangen und betastete dann die Stirn. Sie war rauer als sonst, die Haut brannte.

»Finger weg!« Robert zuckte so heftig zusammen, dass er zur Seite kippte. »Sie kratzen es sonst auf, und dann sieht es nicht mehr schön aus!« Neben ihm knirschte es, und erst jetzt wurde Robert bewusst, dass außer ihm noch jemand im Raum war. Ein Mann, der darauf gewartet zu haben schien, dass er erwachte. Er stand seitlich neben ihm. Noch ehe Robert sich fragen konnte, *was* »nicht mehr schön« aussähe, wenn er es aufkratzte, kam der Mann um ihn herum, stellte einen Pilotenkoffer ab und baute sich vor Robert auf. Heute war er wie ein Spießbürger gekleidet. Keine Spur von dreihundertfünfzig Euro teuren Schuhen oder einem Louis-Vuitton-Koffer. Der Mann musterte Robert nachdenklich. »Sind Sie wach, Herr Wessel? Es gibt einiges zu bereden.«

»Was …« Robert rutschte wieder in seine Sitzposition. Lieber wäre er aufgestanden, aber seine Beine fühlten sich wie zu dünn geratene Götterspeise an. »Doktor Randerath, hören Sie, ich kann Ihnen Geld geben. Viel Geld. Ich habe einiges beiseitegeschafft in den zurückliegenden Jahren.«

»Das dachte ich mir schon.« Der Mann, der sich Doktor Randerath nannte, beugte sich nach vorn und ließ die Schlösser eines Pilotenkoffers aufschnappen.

»Fünfzigtausend?« Robert verachtete sich für sein ängstliches Flehen. »Die hätte ich sofort zur Verfügung. Ich könnte auch mehr … das würde aber ein, zwei Tage dauern.«

»Ich will Ihr Geld nicht.«

»Was dann? Was kann ich für Sie tun? Soll ich Ihnen ein paar Immobilien überschreiben? Möchten Sie mein Auto? Es ist ein Q7 – bar bezahlt!«

»Sie denken immer nur an materielle Werte, mein Freund.« Verblüfft sah Robert, wie die Hände des Doktors ein Bündel Geldscheine nach dem anderen aus dem Koffer hervorholten und diese auf dem Fußboden stapelten. Ihm ging auf, dass der Mann nicht an seinen Angeboten interessiert war.

»Was wollen Sie dann von mir? Sagen Sie es mir doch! Ich weiß doch sonst gar nicht, was ich tun soll.«

»Das werden Sie schon noch früh genug erfahren. Im Moment können Sie gar nichts tun. Ich bin gleich so weit, dann erkläre ich Ihnen alles.« Robert vermeinte, ein kurzes Grinsen über das Gesicht des Mannes huschen zu sehen, aber als er genauer hinsah, war dessen Gesicht ernst und konzentriert wie schon die ganze Zeit. Nachdem sieben Päckchen mit Scheinen fein säuberlich nebeneinander lagen, nahm Doktor Randerath eine Schere und Klebeband aus dem Koffer und legte sie neben das Geld. Während er sich die Hände rieb, sah er sich um. »So, Herr Wessel. Wie geht es Ihnen denn? Fühlen Sie sich wach und aufnahmebereit?«

»Wofür?«

»Machen Sie es mir doch nicht so schwer. Seien Sie einfach kooperativ, das ist für uns beide von Vorteil.«

»Und dann lassen Sie mich frei?«

»Das hängt ganz von Ihnen ab.« Jetzt lächelte er wirklich. Robert beschloss, zu kooperieren. Ein anderer hätte sich vielleicht zur Wehr gesetzt. Er war ein Weichei. Aber vielleicht rettete ihm das das Leben.

20

Lara warf einen schnellen Blick zum gegenüberliegenden Schreibtisch. Markus Lehmann hatte Huberts Arbeitsplatz okkupiert. Er tippte in einem Heidentempo. Seine Zungenspitze schaute zwischen den Lippen hervor. Wenigstens hatte sie ihn so im Blickfeld und musste nicht fürchten, dass der Praktikant urplötzlich hinter ihr stand und mit neugierigen Augen auf ihren Monitor starrte.

Mit bemüht gleichgültigem Gesichtsausdruck tippte sie *Asmodaeus* in die Suchmaschine. Google hatte dazu 226000 Ergebnisse. Wikipedia verkündete, dass es für den Begriff zwei verschiedene Bedeutungen gab: Asmodäus war ein Dämon der jüdischen Mythologie, und gleichzeitig nannte sich eine österreichische Black-Metal-Band so. Sie machte sich eine Notiz, Mark danach zu fragen, ob das Wort auf Nina Bernsteins Stirn mit »ae« oder mit »ä« geschrieben worden war, und klickte auf den Dämon.

…*Asmodis*, gr.: *Asmodaios*, lat.: *Asmodaeus*, *Asmodäus*, hebr.: *Aschmedai* (Talmud), ist ein Dämon aus der Mythologie des Judentums. … In den Grimoires der frühen Neuzeit und der Renaissance wird *Asmodaeus* in verschiedenen Rollen erwähnt. … Der Goetia zufolge erscheint Asmodis mit drei Köpfen: dem eines Bullen, dem eines Menschen und dem eines Widders. Er soll den Schwanz einer Schlange und Schwimmhäute wie Gänse an den Füßen haben. Den Beschwörer könne er Arithmetik, Astronomie, Geometrie und alle Handwerke lehren; er soll wahre und vollständige Antworten auf alle Fragen geben und unbesiegbar machen, zudem Schätze bewachen und auch bei der Schatzsuche helfen. …

Markus Lehmann hustete, ohne sich die Hand vor den Mund zu halten. Als er Laras vorwurfsvollen Blick bemerkte, zuckten seine Augenbrauen kurz nach oben, bevor er die Rechte vor die Lippen legte und hüstelte. Sie wandte sich wieder dem Text in der Internet-Enzyklopädie zu. Von dem, was dort geschrieben war, verstand sie nur einen geringen Teil. Was bitte waren »das deuterokanonische Buch Tobit«, »Grimoires« und »Goetia«? Zumindest hatten fast alle Erklärungen etwas mit der jüdischen oder christlichen Religion zu tun. Lara kopierte den Text in ein Word-Dokument. Vielleicht war die Recherche zu *»luxuria«* ergiebiger.

Aus den Augenwinkeln sah sie, wie Markus Lehmann hochblickte. Seine Zungenspitze verschwand, der Mund öffnete sich ein wenig. In dem Moment, als hinter ihr die Stimme des Redaktionsleiters ertönte, wusste sie, warum der Praktikant sein Schafsgesicht aufgesetzt hatte.

»Lara?«

Sie schloss den Tab mit der Suchmaschine und drehte sich langsam um.

»Komm mit in mein Büro.« Tom Fränkel hatte nicht einmal »bitte« gesagt. Neben ihm stand Elsa Breitmann. Ihr Kopf war hochrot. Nachdem er sich umgedreht hatte, um zurückzumarschieren, hob Elsa entschuldigend die Schultern und ließ die Mundwinkel herabhängen. Wahrscheinlich sollte das so viel heißen wie »Ich kann nichts dafür«. Im Aufstehen fiel Laras Blick erneut auf Markus Lehmann. Das Schafsgesicht war verschwunden. Jetzt hatte er die Lippen gespitzt, als wolle er pfeifen. Die kleinen Äuglein glänzten. *Du mieser kleiner Schnüffler!* Elsa Breitmann huschte an Lara vorbei in einen Nebenraum.

Im Zimmer des Redaktionsleiters war es warm. In der Luft lag ein Geruch von Kräutertee. Ohne sie anzusehen, wies Tom auf den Stuhl vor seinem Schreibtisch. Seine Hände schichteten Papiere um. Lara lehnte sich zurück, verschränkte die Finger im Schoß und befahl sich selbst, ruhig zu bleiben. Sie ahnte, was jetzt kam.

»Ich weiß ehrlich gesagt nicht mehr, was ich mit dir machen soll. Gerade habe ich mit Elsa Breitmann geredet.«

Das habe ich gesehen. Lara schwieg. *Lass ihn ausreden. Mal sehen, worauf das Ganze hinausläuft.*

»Was wolltest du gestern Nachmittag im Polizeipräsidium?«

»Reden wir von der Pressekonferenz zum Fall Nina Bernstein? Ich wusste nicht, dass Elsa auch dort sein würde.«

»Das *wusstest* du nicht?« Schon wurde er lauter. Es ging schneller, als sie gedacht hatte. »Ein Blick in die Zuständigkeitsliste und du hättest es gesehen! Aber das scheint dich ja überhaupt nicht zu interessieren! Jeder kümmert sich um seine Aufgaben und lässt die anderen ihre tun. Hatten wir nicht letzte Woche erst eine Diskussion darüber? So geht das nicht weiter!« Den letzten Satz schrie Tom so laut, dass ihn vor der Tür wahrscheinlich alle hören konnten. Er atmete mehrmals tief ein und aus. Auch Lara bemühte sich, ruhig zu atmen.

»Der Fall dieser ›Kirchenleiche‹ fiel von Anfang an in Frau Breitmanns Zuständigkeit! Sie war am Tatort! Sie hat die Berichterstattung von der ersten Zeile an übernommen!«

Jeder Satz ein Donnerschlag. Lara ließ die Schultern herabsinken, die sie die ganze Zeit hochgezogen hatte. Draußen hielten sie wahrscheinlich die Luft an, um nur ja nichts von der Scharade zu verpassen.

»Wieso versuchst du, sie aus der Sache rauszudrängen?«

»So war das nicht, Tom.«

»Ich will deine Rechtfertigungen nicht hören! Frau Breitmann hat noch versucht, dich zu verteidigen, aber der Sachverhalt ist eindeutig, und ich finde, es reicht allmählich mit deinen Eskapaden. Du hattest dort nichts zu suchen. Selbst wenn du ›aus Versehen‹ geglaubt haben solltest, der Fall fiele in dein Ressort, hättest du spätestens, nachdem Frau Breitmann dich aufgeklärt hat, in die Redaktion zurückkehren müssen. Stattdessen verschwendest du deine Arbeitszeit, um deine private Neugierde zu befriedigen!«

Eskapaden? Lara öffnete den Mund, um etwas zu erwidern, aber Tom schnitt ihr mit einer scharfen Handbewegung das Wort ab. »Schluss jetzt!« Er richtete sich in seinem Chefsessel auf und legte die Handflächen auf die Schreibtischplatte. »Du hast Pflichtverletzungen begangen. Hiermit erteile ich dir eine Abmahnung. Du bekommst sie auch noch schriftlich, und sie wird in deiner Personalakte hinterlegt.« Tom schaute kurz auf einen vor ihm liegenden Zettel. Wahrscheinlich hatte er sich notiert, was er sagen wollte, um nichts zu vergessen. »Ich fordere dich auf, dein Verhalten ab sofort zu ändern. Bearbeite die dir zugeteilten Aufgaben und lass die Kollegen in Ruhe. Trage dich bei jedem Verlassen der Redaktion in die Abwesenheitsliste ein und gib wahrheitsgemäß an, wo du dich aufhältst. Wenn du das nicht tust, kann das arbeitsrechtliche Konsequenzen haben.«

»Welche?« Lara hörte sich selbst wie durch Watte sprechen.

»Das hängt davon ab. Versetzung käme infrage. Oder auch eine Kündigung.«

»Verstehe. War das alles?« In Laras Brustkorb schnürte sich etwas zusammen. Sie würde Tom nicht die Genugtuung gönnen, hier drin zu heulen. Was hatte er eigentlich davon, sie so zu demütigen? »Ich möchte das Schreiben heute noch haben.«

»Aber sicher.« Tom hob das Kinn. Ein paar winzige Sekunden lang sah er verunsichert aus. Dann strafften sich seine Gesichtsmuskeln. »Zuletzt möchte ich dir noch sagen, dass ich es nicht gutheiße, wenn Kollegen Affären miteinander haben. Das schadet der Arbeitsmoral.«

»Wie bitte?«

»Tu doch nicht so, Lara. Neulich früh habe ich zufällig beobachtet, wie Jo aus deinem Auto ausgestiegen ist. Wahrscheinlich denkt ihr, ihr stellt es besonders schlau an, wenn er fünf Minuten vor dir hier ankommt, aber ganz so blöd sind wir dann doch nicht.«

»Ich … es … Ach was!« Lara gab auf. Das, was Tom »zufällig« gesehen hatte, ließ sich nicht leugnen, aber er zog die falschen Schlussfolgerungen. »Ich werde mich dafür nicht rechtfertigen. Mein Privatleben geht dich überhaupt nichts an.«

»Sollte es deinen Job beeinträchtigen, dann schon.« Er nickte, wie um sich selbst zu bestätigen.

In Laras Ohren brauste das Blut. Sie wollte etwas erwidern, aber ihr fiel kein einziger sinnvoller Satz ein.

»Na gut. Das alles hätte jedenfalls nicht sein müssen.«

»Ach ja?« Lara stand auf und drehte sich um, damit Tom ihren Gesichtsausdruck nicht sehen konnte. *Dir werde ich es zeigen, du machtgeiler kleiner Karrierist!* Was hatte er davon, sie so zu demütigen? Sie öffnete die Tür und marschierte mit hoch erhobenem Kopf hinaus. Draußen war alles still. Kein Tastenklappern, kein Computersummen, kein Telefongeklingel. Der Redaktionsraum war verwaist. Lara schluckte und suchte in ihrer Tasche nach einem Tempo. Wo steckten die Kollegen? Hatten sie Angst, dass auch sie etwas von Toms Zorn abbekommen würden, nachdem er mit ihr fertig war?

In der Küche klapperte Geschirr. Wahrscheinlich tat Markus Lehmann dort so, als räume er auf. An Christins Arbeitsplatz begann das Telefon zu schrillen, und im selben Moment kam die Kollegin aus der Küche gehastet, um das Gespräch anzunehmen. Im Vorbeilaufen warf sie Lara einen verstohlenen Blick zu. Friedrich folgte ihr nach ein paar Sekunden. *Da habt ihr euch also versteckt! Feiges Pack!* Lara wusste, dass sie ungerecht war, und schaffte es trotzdem nicht, den brodelnden Zorn zu zügeln. Sie tippte »Abmahnung« in ihren Rechner und begann, ein paar Dokumente zu dem Thema zu lesen.

»Kommst du mit uns essen?« Gert kam aus dem Nebenraum.

Mit den herabhängenden Mundwinkeln und den Hängebäckchen glich er einem traurigen Bernhardiner.

»Wo geht ihr denn hin?«

»Nur zum Imbiss.«

»Ich komme mit.« Lara schnappte sich ihre Tasche und wickelte sich den Schal um den Hals. Die frische Luft würde ihr den Kopf freipusten. Hoffentlich versuchten die Kollegen nicht, sie auszufragen.

»Statim eam sequitur quasi bos ductus ad victimam et quasi agnus lasciviens et ignorans quod ad vincula stultus trahatur, donec transfigat sagitta iecur eius velut si avis festinet ad laqueum et nescit quia de periculo animae illius agitur. … Nunc ergo fili audi me et adtende verba oris mei. Ne abstrahatur in viis illius mens tua neque decipiaris semitis eius!«

Stefan Reinmann murmelte den Text vor sich hin, während er mit dem Zeigefinger über den Ausdruck fuhr. Lara wusste, was er da las, hatte sie den Text doch seit gestern Abend wieder und wieder studiert. Sie betrachtete die Butterkekse auf dem großen Teller. Noch einer mehr und sie würde mörderisches Sodbrennen kriegen. *Nunc ergo fili audi me et adtende verba oris mei* hallte in ihrem Kopf. Es dauerte ein paar Sekunden, bis ihr einfiel, wo sie den Satz schon einmal gehört – besser gesehen – hatte, in ihrem ersten Gesicht zu der Frau, die sich später als »Kirchenleiche« herausstellen sollte: Nina Bernstein. Sie hatte genau diesen Textabschnitt mit ihrem inneren Auge wahrgenommen.

»Multos enim vulneratos deiecit et fortissimi quique interfecti sunt ab ea. Viae inferi domus eius penetrantes interiora mortis.« Stefan Reinmann ließ das Blatt sinken. Seine Augen funkelten.

Das letzte Wort kannte sie. *Mortis*. Das hatte etwas mit dem Tod zu tun.

»Wahrscheinlich wollen Sie mir wieder nicht verraten, woher Sie das haben?«

»Sie sagen es. Tut mir leid.« Lara zuckte die Schultern. »Ich werde Sie aber auf jeden Fall sofort informieren, wenn ich es darf. Haben Sie den ersten Text schon übersetzt?«

»Leider noch nicht. Bitte entschuldigen Sie … Ich hatte unheimlich viel zu tun. Aber das Wochenende steht vor der Tür, und ich verspreche, dass ich mir beide Texte morgen oder am Sonntag vornehmen werde. Spätestens am Montag haben Sie dann Ihre Übersetzungen.« Er guckte fast schelmisch. »Soll ich Ihnen wenigstens vorab schon ein paar Anhaltspunkte mitgeben?« Stefan Reinmann fuhr sich mit der Rechten durch die Haare, die über der Stirn schon ein wenig schütter wurden.

»Das wäre super.«

»Haben Sie etwas zu schreiben?« Er nahm den Ausdruck wieder in die Hand.

»Moment.« Lara kramte in ihrer Tasche und förderte ihr Notizbuch zutage.

»Ich gebe zu bedenken, dass das nur eine vorläufige Übersetzung ist. Manches muss nicht wortwörtlich so lauten.«

»Das ist vollkommen in Ordnung, Herr Reinmann.« Der Mann war übervorsichtig.

»Der erste Satz *Fili mi custodi sermones meos* und so weiter, bedeutet so viel wie: ›Mein Kind, bewahre meine Rede und verbirg meine Gebote bei dir‹, oder auch ›bewahre meine Gebote bei dir auf‹. Dann kommen ein paar weitere Anweisungen, was der oder die Angesprochene tun soll. Das muss ich exakt übersetzen. Der Schluss ist wieder recht eindeutig: *Multos enim vulneratos deiecit et fortissimi quique interfecti sunt ab ea. Viae inferi domus eius penetrantes interiora mortis.*« Er sah Lara mit leuchtenden Augen an und deklamierte: »Denn sie hat viele verwundet und gefällt und sind allerlei Mächtige von ihr erwürgt. Ihr Haus sind Wege zum Grab, da man hinunterfährt in des Todes Kammern.«

Lara schrieb »Todes Kammern« und betrachtete dann die Sätze noch einmal. »Das klingt dramatisch.«

»Das ist es.« Stefan Reinmann klang aufgeregt.

»Könnten Sie mir zum ersten Text auch Hinweise geben? Nur ein paar Stichpunkte?«

»Mal schauen.« Der Sektenbeauftragte sprang aus seinem Sessel und eilte nach nebenan. Es raschelte, dann hörte Lara ihn rufen. »Essen Sie noch ein paar Kekse! Meine Putzfrau ist sonst beleidigt! Sie bringt mir nämlich immer Selbstgemachtes mit, weil ich Ärmster doch ›ganz allein‹ bin.« Mit dem Ausdruck des Textes, der auf Carolin Fresnels Rücken gestanden hatte, kam er zurück. Hastig fuhr der Zeigefinger über die Zeilen. Lara nahm noch einen Butterkeks. Hatte die Putzfrau sie selbst gebacken? Sie musste sich das Rezept geben lassen.

»Das hier ist recht eindeutig: *In fine autem omnes unianimes conpatientes fraternitatis amatores misericordes humiles.*« Er sah Lara in die Augen und rezitierte dabei förmlich. »Zum Ende aber seid allesamt gleichgesinnt, mitleidig, brüderlich, barmherzig, freundlich.«

»Das verstehe ich.« Dass sie es nicht besonders passend fand in Bezug darauf, was mit Carolin Fresnel passiert war, konnte Lara dem Sektenbeauftragten nicht sagen. Und auch nicht, dass sie in den Texten nach Anhaltspunkten suchte, nach Erklärungen für die Ermordung der jungen Frauen. Der Täter hatte die Sätze ja nicht ohne Grund auf ihre Rücken tätowiert.

»Aber es nützt Ihnen nichts, oder?« Konnte der Mann Gedanken lesen? Stefan Reinmann lächelte. »Ich verstehe schon. Lassen Sie es mich exakt übersetzen, und dann können Sie entscheiden, was Sie mit den Texten machen.«

Lara nahm noch einen Butterkeks und betrachtete ihre Notizen. »›Wege zum Grab‹, ›Todeskammern‹« – sie schaute den Mann im Sessel gegenüber an –, »wonach klingt das für Sie?«

»Das kann alles sein. Was glauben Sie, wie oft solche Metaphern allein in der Bibel vorkommen ...« Seine Augen funkelten noch immer. Anscheinend machte ihm das Ganze Spaß.

»Für Sie mag es drastisch klingen, für mich ist es fast alltäglich.« Er faltete das Blatt bedächtig in der Mitte zusammen und hielt dann inne. »Warten Sie!«

Lara, die schon begonnen hatte, ihre Tasche einzuräumen, legte Handy und Notizbuch zurück auf den Tisch.

»Da hätte ich auch schon eher draufkommen können. Wo wurden diese Texte denn veröffentlicht? Äh ... das wollen Sie mir ja nicht verraten. Aber ich hätte vielleicht trotzdem eine Idee. Schließlich arbeite ich ja als Sektenbeauftragter, nicht?«

»Eine Sekte?«

»Wenn ich es recht bedenke, wäre es möglich, dass diese Texte von einer Sekte stammen. Unter ihnen gibt es Eiferer, die gern andere missionieren. Bringt Ihnen das etwas?«

»Das ist ein guter Tipp. Wenn Sie mir jetzt noch sagen, welche dazu passenden Sekten es hier gibt, wäre ich glücklich.« Lara dachte an ihre Datei mit den Leipziger Sekten. Vielleicht war es wirklich keine schlechte Idee, sich einmal näher mit einigen von ihnen zu befassen. Sie konnte sie ja in ihrer Freizeit aufsuchen und die Information sammeln. Momentan war Tom nicht in der Lage, Ideen für neue Artikelserien von Lara Birkenfeld wertzuschätzen.

»Oh, das sollte kein Problem sein. Und es ist mir ein außerordentliches Vergnügen, eine junge Dame wie Sie glücklich zu machen.« Wie ein Springteufel aus seiner Schachtel sprang Stefan Reinmann aus seinem Sessel auf und eilte ins Nebenzimmer. Lara sah ihm nach und grinste. Jetzt trug er ein bisschen dick auf. Aber der Tipp war gut. Nebenan ratterte ein Drucker, und eine Minute später kam er zurückgetänzelt, ein Blatt in der Rechten.

»Schauen Sie: Die ersten fünf kämen am ehesten infrage.« Er tippte mit dem Fingernagel auf die Namen und übergab Lara die Liste. »Wenn Sie Fragen zu Details und Hintergründen haben – Sie wissen ja, wen Sie konsultieren können.« Er zwinkerte und glich dabei einem Braunbären, der einen Honigtopf entdeckt hatte.

»Darauf komme ich sicher zurück.« Lara, die die Angaben überflogen hatte, faltete den Zettel und verstaute ihn in ihrer Handtasche. Dann erhob sie sich. »Es wird Zeit.«

Stefan Reinmann, der neben ihr stehen geblieben war, erwachte aus seiner Versunkenheit und setzte sich in Bewegung. »Es war mir ein Vergnügen.«

»Rufen Sie mich bitte gleich an, wenn Sie die Übersetzungen haben? Gern auch am Sonntag. Auf dem Handy bin ich immer zu erreichen.«

»Ich werde nicht säumig sein, versprochen!« Stefan Reinmann hielt Lara den Mantel hin und wartete, bis sie sich den Schal um den Hals gewickelt hatte. Dann hielt er ihr die Tür auf und winkte freundlich, ein netter, massiger Brummbär. Lara stapfte durch den Schnee zum Tor. Ihr Auto trug schon wieder eine weiße Mütze. Einen Sektenbeauftragten hatte sie sich ganz anders vorgestellt; streng, ein bisschen verkniffen, mit Soutane und Beffchen. Natürlich wusste sie, dass das Klischees waren, die zudem nicht einmal zueinander passten, aber ihr Unterbewusstsein hatte eben eine andere Auffassung. Sie klopfte ihre Schuhe ab und schob sich auf den Sitz.

»Deine Zeit ist gekommen.« Die Stimme war ruhig und tief. »Ich habe dir mehrere Tage zum Nachdenken gegeben, aber du willst nicht verstehen. Habe ich recht?« Unverständliches Lallen.

»Es gibt noch viel zu tun für mich. Länger kann ich nicht warten. Also frage ich dich ein letztes Mal: Hast du über deine Sünden nachgedacht?« Eine kurze Pause. Schweres Atmen. Dann sprach die Stimme weiter. »Antworte mir! Wenigstens jetzt kannst du dich wie ein Mann benehmen!«

Aus dem Lallen formten sich Worte: Es klang, als sei die Stimme monatelang eingerostet gewesen »Ja … ich … ich habe gesündigt.«

»Und was waren deine Sünden, mein Freund?«

»Geld.« Röcheln, Husten. »Ich war auf Profit aus. Wollte meine

Kunden abzocken. Dafür schäme ich mich. Bitte verzeihen Sie mir.« Er winselte fast. »Ich werde mich ändern. Bitte!«

»Fast könnte man meinen, dass du es ernst meinst. Und fast hättest du mich getäuscht.« Ein irres Kichern folgte. Dann donnerte die Stimme. »Aber ich durchschaue euch. ALLE! Lug und Trug, Täuschen und Verblenden, das ist es, was ihr am besten könnt! Habgier ist, was dich angetrieben hat. Das ist Sünde. Dein Mund spricht von Buße, aber dein Geist glaubt nicht daran! Du weißt, was das bedeutet?«

»Nein, nein! Ich … bitte. Haben Sie doch ein Einsehen.« Schluchzen und Schniefen.

»Hör auf zu jammern! Dafür ist es zu spät.« Etwas knisterte, dann tappten Schritte. »Dies hier ist für dich. Du wirst es essen. Einen nach dem anderen. Wir haben Zeit.« Wieder ertönte das Kichern. »Na komm. Versuch es!« Jemand würgte. Das Rascheln wurde lauter. »Na siehst du, wunderbar. Und nun den nächsten. Rein damit. Wehr dich nicht.« Das Würgen wurde heftiger. »Wenn du dich erbrichst, musst du das auch aufessen. Also, versuch dich zu beherrschen. Gut so. Und hier kommt der nächste. Mund auf!«

Der Scheibenwischer schrappte über die Frontscheibe und stäubte das pudrige Weiß zur Seite.

Lara starrte blicklos die Eiskristalle auf dem Glas an. Sie fror.

21

»Quarzkristall!« Melinda Weiß' Lider flatterten kurz. Dann öffnete sie die Augen und sah Romain Holländer mit leerem Blick an. Er wiederholte das Losungswort zur Sicherheit noch einmal, aber das wäre gar nicht nötig gewesen. Die Frau war bereits in tiefer Trance.

»Erinnerst du dich daran, das hier geschrieben zu haben?« Romain zeigte ihr die drei Briefumschläge, auf die sie jeweils mit runden Buchstaben »Prinzipal« geschrieben hatte.

»Ja.«

»Gehen wir sie der Reihe nach durch. Ich lese dir die Notizen vor und du versuchst dich zu erinnern, ob sie vollständig sind. Verstanden?« Melinda Weiß nickte und Romain Holländer begann, mit ihr die Aufzeichnungen zu besprechen. Wie er es ihr befohlen hatte, hatte sie Frieder Wörth mehrfach in Gespräche verwickelt und versucht, ihn auszufragen. Viel war allerdings nicht dabei herausgekommen. Tagsüber hielt sich der Mann nicht im Gemeindehaus auf, sondern war auf der Arbeit. Melinda waren so nur die gemeinsamen Mahlzeiten und die Abende geblieben. Morgens war Frieder nicht sonderlich gesprächig. Er kümmerte sich um seinen Sohn und achtete darauf, dass der Junge etwas aß, bevor er ihn auf dem Weg zur Arbeit an der Schule absetzte. Abends hatten sie zwar alle mehr Zeit, aber auch hier kapselte sich der Mann von den anderen ab. Meist verschwand er mit Marcel nach dem Essen und der Andacht in ihrem Zimmer.

»Hast du ihn gefragt, was er an den Abenden tut?«

»Er hilft seinem Sohn bei den Hausaufgaben und geht mit ihm den Schulstoff durch.« Melinda Weiß klang erkältet.

»Das ist vorstellbar.« Romain Holländer spürte, wie sich Zorn in seiner Brust regte. Die ganze Aktion war bisher völlig unergiebig gewesen. Aber einen Trumpf gab es ja noch. »Dann sprechen wir jetzt mal über den Donnerstagabend. Frieder hat das Gemeindegelände gegen einundzwanzig Uhr verlassen. Dann ist er mit der Straßenbahn gefahren, einmal umgestiegen, und ihr seid schließlich in der Josephstraße gelandet. In Plagwitz. Richtig?«

Melinda Weiß nickte und nieste dann.

»Du hast dann vor dem Haus, in das er gegangen ist, gewartet.«

»Mehrere Stunden. Es war bitterkalt.«

»Verstehe.« Das wehleidige Getue konnte sie sich sparen. »Wann kam Frieder wieder heraus?«

»Das weiß ich nicht.« Melinda nieste erneut und nestelte ein Tempo aus der Jackentasche.

»Das weißt du nicht?«

»Um vier habe ich es nicht mehr ausgehalten. Verzeihung. Aber ich habe die Namen vom Klingelbrett abgeschrieben.«

»Dann bist du in deine Wohnung gefahren.«

»Ja. Entschuldigt bitte, Prinzipal. Das nächste Mal werde ich bleiben, bis er wieder herauskommt.«

Romain Holländer verzichtete auf eine Antwort und studierte die mit Bleistift gekrakelte Liste. Vielleicht war Frieder Wörth gar nicht bei einem dieser Leute gewesen. Vielleicht hatte er bemerkt, dass ihm jemand folgte. »Hast du dich vergewissert, dass es bei dem bewussten Haus keinen Hintereingang gibt?«

»Einen Hintereingang?« Melinda Weiß riss die Augen auf. Auf diese Idee war sie anscheinend noch gar nicht gekommen. »Nein.«

»Was nein?« Der Zorn überflutete Romain Holländers Gedanken. »Gab es keinen oder hast du vergessen nachzusehen?«

»Ich habe nicht nachgeschaut.« Melinda Weiß schaute jetzt ängstlich drein. Er musste sich selbst zur Räson rufen und leidenschaftslos mit ihr umgehen, sonst wirkte die Reverie nicht richtig.

»Na gut, meine Liebe. Halb so wild. Quarzkristall. Quarzkristall.« Sie entspannte sich sichtlich, und er fuhr mehr zu sich selbst als zu ihr fort. »Das heißt, wir wissen nicht, ob Frieder jemanden in dem Haus besucht hat. Du wirst morgen noch einmal hingehen. Morgen ist Sonntag, da sind viele Bewohner zu Hause. Du schaust nach, ob es einen Hintereingang gibt. Wenn nicht, klingelst du bei den Leuten und fragst, ob sie einen Frieder Wörth kennen. Du sagst, du seist eine frühere Bekannte von ihm. Das muss als Ausrede reichen. Beobachte besonders die Gesichter der Leute, wenn du Frieders Namen nennst.« Romain Holländer hielt inne. Was, wenn der Mann dort unter einem anderen Namen verkehrte? »Ich gebe dir ein Foto von Frieder mit. Zeig es ihnen und beobachte sie. Hast du verstanden?« Er ließ Melinda Weiß die Anweisungen wiederholen. Was Frieder Wörth überhaupt in dem Haus gewollt hatte, würden sie herausfinden, wenn sie wussten, bei wem er gewesen war. Eins nach dem anderen.

Ihm fiel wieder ein, was er bereits seit Dienstagabend hatte tun wollen: Er würde sich den Mann nachher zu einem Gespräch holen. Anlass: Wörths Sorge um Marcel. Wenn er Glück hatte, reagierte Wörth genauso gut auf Hypnosetechniken wie diese Frau hier. Romain Holländer bemerkte nicht, dass er leise mit der Zunge schnalzte.

»Hat Frieder eigentlich etwas über Marcel gesagt? Wie es seinem Sohn geht oder dergleichen?« Morgen früh um halb sechs würde der neue Altardiener zu ihm kommen, um seinem Prinzipal bei den Vorbereitungen für die um sechs Uhr beginnende Sonntagsandacht behilflich zu sein. Romain Holländer sah den blondgelockten Jungen in seinem blassroten Gewand vor sich und atmete schneller. Sein auserwählter Engel! Konrad würde seinen Meister salben und ihm in die Gewänder helfen. Fast konnte Romain die Berührung der zarten Finger auf seiner

Haut fühlen. Er schloss kurz die Augen und genoss die Vorstellung. Dann horchte er dem Klang der spröden Frauenstimme im Raum nach.

Melinda Weiß hatte »Nein« gesagt. Nun saß sie mit einfältigem Gesichtsausdruck auf ihrem Sessel und wartete auf weitere Befehle.

»Du solltest in Zukunft verstärkt darauf achten, ob Frieder sich zu Marcel äußert. Schreib es so wortgetreu wie möglich auf. Das war's für heute.« Er entließ sie mit der Programmierung, die Beobachtungen und Gespräche auch an den nächsten Tagen fortzusetzen und ihren täglichen Bericht bei ihm zu hinterlegen.

Romain Holländer schaute Melinda Weiß nach. Die kleine Frau hatte die Fleecejacke um sich geschlungen und hielt sie mit beiden Händen fest. Hoffentlich wurde sie nicht ernsthaft krank. Ihre Beobachtungen waren wichtig. Und jetzt würde er hinuntergehen und sich unter die Gemeindemitglieder mischen. Nach der Abendandacht war dann der gute Frieder fällig. Wenn der Mann einer Hypnose zugänglich war und von selbst alles ausplauderte, hatte sich Melinda Weiß' Aufgabe von ganz allein erledigt.

*

»Das lag auf meinem Schreibtisch, als wir vom Essen zurückkamen.« Lara zeigte Mark den schlichten weißen Umschlag und nahm das einzelne Blatt heraus. Ihre Hand zitterte. »Er hatte nicht einmal den Mumm, ihn mir persönlich zu übergeben.«

»Zeig mal her.« Mark nahm ihr das Schreiben aus der Hand und überflog es. Lara betrachtete sein kantiges Gesicht. Die Fältchen um seine Augen hatten sich im Lauf der Jahre vermehrt und tiefer eingekerbt. Am linken Mundwinkel war eine winzige Stelle mit Stoppeln, die er beim Rasieren übersehen hatte. Ob Anna wusste, dass er in Leipzig war? Oder hatte Mark eine Wochenendkonferenz vorgeschoben? Solche Kongresse kamen ab und zu vor. Sie hatte vorhin nicht schlecht gestaunt, als Mark unerwartet vor ihrer Tür gestanden und ihr erklärt hatte, dass er doch versprochen habe, vorbeizukommen. Und hier sei er nun! Lara hatte die kleine Reisetasche in seiner Rechten gemustert und sich im Stillen gefragt, ob er etwa bei ihr übernachten wollte. Noch mehr aber fragte sie sich seitdem, ob sie das gut oder schlecht finden würde.

»Es scheint alles rechtssicher. Nicht, dass ich ein besonderer Experte dafür wäre.« Mark legte das Blatt auf den Küchentisch. »Wenn man es mal auf der rein sachlichen Ebene auseinandernimmt, dann weiß ich, dass Datum, Uhrzeit und Ort des Fehlverhaltens genannt werden müssen. Das hat er getan.« Er sah Lara in die Augen, die ob des »Fehlverhaltens« schluckte, und fuhr fort. »Er hat den Vorfall als ›Vertragsverletzung‹ bewertet und dich aufgefordert, dein Verhalten zu ändern. Alles korrekt. Auch die angedrohten arbeitsrechtlichen Konsequenzen passen dazu.« Er hörte, wie Lara tief durchatmete und setzte hinzu: »Das muss nicht bedeuten, dass ich es gutheiße, was Tom da formuliert hat. Ich nehme nur die rechtliche Seite auseinander, um zu sehen, ob irgendwo Fehler vorhanden sind. Aber es sieht nicht danach aus.«

»Ich kann das nicht widerspruchslos hinnehmen, Mark. Es ist ungerecht!«

»Das verstehe ich vollkommen.« Er legte ihr die Hand auf den Unterarm. Sie war warm und weich. »Aber der eigentliche Sachverhalt – dass du zu dieser Pressekonferenz gegangen bist, obwohl diese Frau Breitmann dafür vorgesehen war, und dass du ab und an vergisst, dich in der Abwesenheitsliste einzutragen, der stimmt doch, oder?«

»Wenn man sich die Tatsachen so hinbiegt, ja. Und das mit der Liste – das ist allen schon mal passiert.«

»Dann kannst du da nicht viel dran ändern. Ich würde eine

Gegendarstellung formulieren. Diese muss dann auch in der Personalakte hinterlegt werden.«

»Ändert das denn etwas an der Abmahnung?«

»Nein. Du legst damit nur deinen Standpunkt dar. Habt ihr einen Betriebsrat? Der könnte vermitteln.«

»Leider nein.«

»Das ist schlecht.« Mark zog ein Gesicht.

»Das Beste weißt du ja noch gar nicht.« Lara stand auf und ging zum Fenster. Sie sah ihr unscharfes Spiegelbild in der dunklen Scheibe, der Mund bewegte sich lautlos. »Tom hat mir vorgeworfen, ich hätte eine Affäre mit Jo.« Das Wort »Affäre« sprach sie ein bisschen verächtlich aus. »Und dass so etwas der Arbeitsmoral schade und er sich das verbitte.«

»Er hat was?« Mark sog scharf die Luft ein. Lara starrte weiter auf die Spiegelung ihrer Küche. »Das sagt ja der Richtige!« Sie sah, wie Mark sich die Stirn rieb, bevor er weitersprach. »Stimmt es denn?«

»Nicht wirklich.« Jetzt drehte sie sich langsam um. Marks Augen schienen sich durch sie hindurchzubrennen. »Er hat beobachtet, wie wir früh zusammen angekommen sind. Jo ist bei mir mitgefahren. Daraus hat er dann seine Schlussfolgerungen abgeleitet.«

»Du musst dich mir gegenüber nicht erklären.«

»Ja, aber da war nichts!« *Noch nicht jedenfalls.* »Wir gehen ab und zu miteinander essen oder ins Kino. An besagtem Abend war ich gerade von der Modenschau bei *Rootdesign* gekommen und ziemlich fertig. Zwei, drei Grog haben mir den Garaus gemacht, und ich bin auf Jos Couch eingeschlafen. Am nächsten Morgen habe ich ihn dann mit in die Redaktion genommen und Tom hat uns gesehen.« Sie setzte sich wieder an den Küchentisch. War Mark erleichtert, oder täuschte sie sich? »Ich wüsste nur gern, warum Tom mich dermaßen auf dem Radarschirm hat. Das ist ja nicht das erste Mal, dass er mich maßregelt. Zuerst, als

Hampenmann noch da war, dachte ich, dass er mich als Konkurrentin sieht. Aber Tom hat bekommen, was er wollte – Hampenmanns Posten als Redaktionsleiter. Das kann es also nicht sein.«

»Vielleicht ist er eifersüchtig?«

»Auf mich?«

»Irgendwann hat er dich doch mal angegraben, oder? Als du noch neu in der Redaktion warst.«

»Das ist Jahre her!«

»Du hast ihn abblitzen lassen. Das hat ihn in seiner Eitelkeit gekränkt. Tiefer wahrscheinlich, als er zuzugeben bereit ist. Womöglich wurmt es ihn noch heute. Alles nur Theorien, wohlgemerkt.« Mark lächelte. »Hast du etwas zu trinken im Haus?«

»Rotwein?«

»Ich dachte eher an etwas Alkoholfreies.« Sein Mund zog sich noch ein wenig mehr auseinander und ließ die ebenmäßigen Zähne sehen.

»Oh. Na klar. Wasser, Saft, Milch, Kaffee, Tee.« Mark entschied sich für Saft.

»Dreh den Spieß doch einfach um! Er wirft dir eine Affäre vor, du wirfst ihm seine Affäre vor, ganz einfach. Statt dich immer zu rechtfertigen, solltest du selbst aktiv werden und ihm zeigen, dass du dir nicht alles bieten lässt. Und der gute Tom Fränkel hatte, wenn ich mich recht erinnere, nicht nur *eine* Affäre mit Kolleginnen.«

»Mit Praktikantinnen.«

»Schlimmer noch! Halbe Kinder waren das zu der Zeit doch. Du hast doch die Aufzeichnung noch, in der er es am Telefon zugibt?«

»Ja. Er wird mich dafür hassen!«

»Vielleicht zieht er auch den Schwanz ein. Ich glaube, er ist ein Schwächling. Sobald man ihm Paroli bietet, kuscht er. Du musst das aber selbst in die Hand nehmen. Ich kann das nicht für dich erledigen und Jo auch nicht.« Lara runzelte die Stirn.

»Ich denke darüber nach. Einen Versuch ist es wert. Schlimmstenfalls kündige ich.«

»Das wäre aber wirklich eine übertriebene Reaktion!«

»Ich denke schon eine ganze Zeit darüber nach, mich selbstständig zu machen.«

»Und dann kommt ein Festangestellter und nimmt dir einen Auftrag weg.«

»Bitte? Meinst du das ernst?«

»War ein Spaß, Lara. Aber im Ernst. Überleg dir das reiflich. Es ist ein schwerwiegender Schritt.«

»Das tue ich schon. Lass uns über etwas anderes reden. Ich war gestern noch einmal bei diesem Sektenbeauftragten, den du mir genannt hast, und habe ihm den Text von Nina Bernsteins Rücken gezeigt.«

»Konnte er was damit anfangen?«

»Er hat mir ein paar Anhaltspunkte genannt, will aber beide erst Wort für Wort übersetzen. Ach, Mist« – Lara runzelte die Stirn –, »jetzt habe ich doch schon wieder vergessen, mich bei ihm nach der Bedeutung dieser Wörter auf der Stirn zu erkundigen! Ich habe zwar schon selbst nachgeforscht, aber allein bei *Asmodaeus* findet man die widersprüchlichsten Erklärungen.«

»Vielleicht ist es sogar besser, dass du Herrn Reinmann nicht danach gefragt hast. Sonst ahnt er womöglich, woher die Texte kommen. Ewig wird die Polizei das nicht geheim halten können.«

»Da hast du auch wieder recht. Dann lasse ich das. Er hat mich aber auf eine andere Idee gebracht, ohne dass er wusste, woher die Texte stammen. Was, wenn das Ganze das Werk einer Sekte ist? Komischerweise hatte ich schon begonnen, Informationen über Sekten in Leipzig zusammenzutragen, weil ich dachte, man könnte eine interessante Artikelserie daraus machen.«

»Sekten? Klingt interessant.« Mark stützte das Kinn in die Handfläche und schaute in die Ferne. »Einen Bezug zur Kirche gibt es mit Sicherheit. Da sind bei beiden Opfern die Kreuzigungsposen. Nina Bernsteins Leiche wurde sogar in einer Kirche aufgebahrt.«

»Die Texte auf ihrem Rücken deuten auch darauf hin.« Lara schenkte Saft nach und sehnte sich nach einem Glas Rotwein.

»Und ich glaube, das weißt du noch gar nicht« – Mark sah Lara in die Augen, – »diese Holzmurmeln, die in den Augenhöhlen der zweiten Leiche gefunden wurden, stammen von einem anglikanischen Rosenkranz.«

»Das muss ich mir aufschreiben.« Lara erhob sich, um ihre Notizen zu den beiden Fällen zu holen.

Mark rief ihr nach. »Du wirst das aber für dich behalten?«

Während Lara auf ihrem Schreibtisch Papiere sortierte, murmelte sie vor sich hin. »Sicher, sicher. Ich schweige wie ein Grab. Wie immer.« Wieder zurück in der warmen Küche gab Lara Mark die Zettel und wartete, bis er alles gelesen hatte.

»Redaktionell bist du aus der Sache raus?«

»Das hat Tom zwar nicht explizit gesagt, aber ich gehe davon aus. Dass ich Elsa in der Berichterstattung über die Kirchenleiche ›herausdrängen‹ wollte, war ja der Anlass des ganzen Theaters. Der Fall Carolin Fresnel liegt zwar noch auf meinem Tisch, aber das ist fast zwei Wochen her. Schnee von gestern, zumindest für die Medien.«

»Lass mich raten – du wirst fleißig weiterrecherchieren?«

Lara verdrehte die Augen und zog einen Mundwinkel hoch. »Morgen und am Montag rufe ich bei diesen Sekten an, die auf Reinmanns Liste stehen. Ich habe heute Vormittag schon Adressen und Kontaktdaten aus dem Netz gezogen. Ich tarne mein Interesse einfach mit der geplanten längerfristigen Reportage. Ganz seriös. Dann lasse ich mir einen Termin geben und sehe mich dort ein bisschen um.«

»Das ist ein interessanter Ansatzpunkt. Allerdings könnte es auch gefährlich werden. Sekten lassen sich nicht gern in die Karten schauen. Du musst dein wahres Interesse gut verbergen. Und was ist, wenn du dabei tatsächlich auf den Täter stößt?«

»Vielleicht nehme ich Jo mit. Als Fotografen natürlich, wenn sie erlauben, dass er dabei ist.«

»Hm.« Mark zog die Unterlippe zwischen die Zähne. Lara betrachtete sein Gesicht und suchte nach Anzeichen für Eifersucht. »Was hast du denn bis jetzt zu dem toten Model herausgefunden? Auf deinen Zetteln steht nicht viel.«

»Nichts. Jedenfalls nichts, was mich weiterbringt. Keiner kannte sie so richtig, einen festen Freund hatte sie nicht, der Film und die Fotos von der Schau waren auch nicht sonderlich ergiebig. Eine Sackgasse. Ich konzentriere mich jetzt auf diese Nina.«

»Habt ihr denn den Film noch einmal auseinandergenommen?«

»Bild für Bild, in Zeitlupe, wieder und wieder.« Lara beschrieb Mark noch einmal, wie sie das Wackeln der Scheinwerfer entdeckt hatte. »Da dieser Thomas Mahler aber, wie es ihm aufgetragen worden war, Laufsteg und Models aufgenommen hat, sieht man nicht, wer da oben herumgelaufen ist.«

»Hast du den Film der Polizei übergeben?«

»Oh.« Lara spitzte die Lippen und sah Mark die Augenbrauen hochziehen. »Ich erledige das gleich am Montag.«

»Fein. Ich kriege allmählich Hunger.« Mark sah zur Uhr. »Wollen wir etwas essen gehen? Ich lade dich ein. Chinesisch?«

»Gern. Von meinen neuerlichen Gesichten erzähle ich dir dann auf der Fahrt dahin.« Gemeinsam erhoben sie sich. Im Flur stand Marks Tasche. Er zog sich die gefütterte Jacke an und griff danach.

Warum hatte er die Reisetasche mit hochgebracht? Oder war es eine Art Aktentasche, die wie eine kleine Reisetasche aussah? Vielleicht hatte er sie auch nur nicht im Auto lassen wollen?

Lara beschloss, nicht mehr darüber nachzudenken.

22

»Aufgelegt. Der Montag fängt ja gut an.« Gerda Saibling betrachtete den Hörer und schüttelte den Kopf. »Schon wieder so ein anonymer Anruf. Das geht schon seit Weihnachten so.«

»Worum ging es denn?« Sibylle Leitsmann hatte das Blättern im Aktenordner aufgegeben und schaute zu ihrer Kollegin.

»Ach, schon wieder um eine angebliche Kindesgefährdung.«

»Angeblich?«

»Was soll ich sonst von einer anonymen Anruferin halten, die behauptet, dass das Kind in der Nachbarwohnung jeden Abend ganz fürchterlich weinen würde und dass manchmal auch Schreie und Schläge zu hören wären?« Gerda Saibling schob Papiere von links nach rechts und redete weiter. »Sie vermutet, dass der Lebensgefährte der Mutter das Kind schlägt. Ein Mädchen, vier Jahre alt. Und außerdem hätte sie das Kind schon seit Wochen nicht mehr gesehen.«

»Glaubst du ihr?«

»Das kann schon alles so sein, wie die Frau sagt. Könnte aber auch übertriebene Neugierde sein. Normalerweise begegnet man seinen Nachbarn nicht täglich, oder? Und im Winter spielen die Kinder auch nicht draußen.«

»Hat die Frau eine Adresse genannt?«

»Ja, und den Namen der fraglichen Familie.« Gerda Saibling tippte mit dem Zeigefinger. »Mannheimer Straße. Das ist in Grünau-Mitte.«

»Gehört zu unserem Zuständigkeitsbereich.«

»Das mag schon sein. Ich schaff das aber in den nächsten Tagen so oder so nicht.«

»Nimmst du eine Gefährdungsmeldung auf?«

»Ich weiß nicht. Wir reagieren ja eigentlich meist nur, wenn so etwas vom Meldenden schriftlich eingereicht wird. Bei mündlichen Meldungen brauche ich zumindest die Daten desjenigen, der meldet. Aber das muss ich dir ja nicht erzählen. Was soll ich denn bei einem anonymen Anrufer in das Formular eintragen?«

»Stimmt auch wieder.« Sibylle Leitsmann schlug ihren Ordner wieder auf.

»Und in dieser Woche habe ich so viele Termine, dass ich eh dort nicht vorbeischauen kann. Oder willst du vielleicht …?«

Die Kollegin schüttelte energisch den Kopf.

»Na siehst du. Belassen wir es also dabei.« Gerda Saibling nickte zur Bekräftigung. Ihre feisten Bäckchen wippten leicht. Die Leute waren selbst schuld, wenn sie anonym anriefen. Man lebte nicht in der Nazizeit, wo jeder jeden denunzieren konnte, und die DDR mit Stasi und Spitzeln allerorten war auch Vergangenheit. Damals hatte es allerdings weniger Missbrauchsfälle und Kindesmisshandlungen gegeben, davon war Gerda Saibling überzeugt. Auch wenn es keine öffentlich zugängliche Statistik gab. Aber jeder achtete auf jeden. Kinder, die nicht in Krippen und Kindergärten gingen, gab es fast nicht, ärztliche Vorsorgeuntersuchungen und Impfungen waren Pflicht gewesen. Kaum jemand konnte so dem engmaschigen Kontrollnetz entschlüpfen. Schade, dass es das alles nicht mehr gab. Sie blickte zu ihrer Kollegin hinüber. »Kommst du mit zu Petra Kaffee trinken?«

Sibylle Leitsmann sah zur Uhr und dann auf ihre Akten. »In zehn Minuten bin ich so weit.«

»Dann warte ich so lange.« Gerda Saibling betrachtete die Notiz auf ihrem Schreibtisch und erwog, ob sie nicht doch sicherheitshalber eine offizielle Gefährdungsmeldung ausfüllen sollte. Bei anonymen Anrufen konnte hinterher niemand ankommen und behaupten, das Jugendamt sei von der Vernachlässigung des Kindes informiert gewesen. Andererseits – was, wenn die Anruferin mit ihren Anschuldigungen recht hatte? Man könnte zum Beispiel alle anhängigen Fälle durchsehen und prüfen, ob gegen die Familie schon etwas vorlag. Man könnte herausfinden, ob das Mädchen in eine Kita ging und dort nachfragen. Könnte, könnte, könnte. Jetzt würden sie erst einmal Kaffee trinken. Gerda Saibling war eine vielbeschäftigte Frau. Sie konnte sich nicht um alles kümmern.

*

»… *Respondeo dicendum quod acedia, secundum damascenum, est quaedam tristitia aggravans, quae scilicet ita deprimit animum hominis ut nihil ei agere libeat; sicuti ea quae sunt acida etiam frigida sunt.*« Der Mann lächelte sanft. Thomas von Aquin war ein weiser Mann gewesen. *Torpor*, die »stumpfe Gleichgültigkeit«, war eine der Töchter der *acedia*. *Acedia* war die Trägheit. »Faulheit«, wie es manchmal übersetzt wurde, traf es nicht richtig. Die Trägheit des Herzens und des Geistes, Feigheit und Ignoranz – das waren die rechten Bezeichnungen.

Vorsichtig klappte er das ledergebundene Buch zu. *Summa theologiae* war in den Jahren 1265 bis 1273 geschrieben worden, und jedes Wort stimmte noch heute.

Die Namensliste lag vor ihm. In all den Monaten hatte er sie zusammengetragen, hatte jeden Einzelnen von ihnen wieder und wieder geprüft, ihnen die Möglichkeit eingeräumt, sich ohne sein Zutun zu bessern, zu büßen, aber kein Einziger hatte den unhörbaren Ruf vernommen. Nur wenige von ihnen hatte er vorher flüchtig kennengelernt, einige, wie das hochmütige Model, waren ihm durch mediale Berichterstattung aufgefallen, auf andere war er durch Recherchen aufmerksam geworden.

Aufgereiht standen all die Namen untereinander, warteten ihre Inhaber darauf, Buße zu tun. Bis auf die ersten drei. Hinter den Buchstaben war ein schwarzes Kreuz eingezeichnet. Ein Symbol dafür, dass sie ihre gerechte Strafe bereits bekommen hatten.

Der Mann hob das Kinn. Das milde Lächeln verschwand. Er tippte mit dem Zeigefinger auf die Zeilen und sprach die Namen leise vor sich hin, wobei er die jeweiligen Frevler vor seinem inneren Auge sah. *Acedia* stand als Nächstes auf dem Plan, und es kamen mehrere Kandidaten infrage.

In der als *accidia* benannten Szene von Hieronymus Bosch, die *acedia* illustrierte, schlief ein bürgerlich gekleideter Mann am helllichten Tag vor einem offenen Kamin, bequem in einen Stuhl gelehnt, vor ihm ein ebenfalls schlafender Hund. Der Mann war nicht einfach so eingeschlafen, das Kissen unter seinem Kopf bewies, dass er es sich gemütlich gemacht hatte. Das geschlossene Gebetbuch auf der Bank hinter ihm zeigte dem Betrachter, dass er Gott vernachlässigte. Die wie eine Nonne gekleidete Frau, die sich dem Schlafenden von links näherte und ihm dabei ein Buch und einen Rosenkranz hinhielt, schien ihn auf den ersten Blick mahnen zu wollen. Der Krug mit den zwei Spindeln neben einer Haspel in einer Nische war jedoch eine Metapher auf vernachlässigte Hausfrauenpflichten.

Der Mann richtete seinen Blick wieder auf die Namensliste. Entscheidend für sein Werk war nicht, wer die meisten Delikte begangen hatte, sondern welche Aufmerksamkeit der Sünder in der Öffentlichkeit erregen würde. Er wollte, dass man sein Werk ernst nahm, dass alle den Ruf hörten und verstanden. Gut, verstehen würden sie ihn wahrscheinlich erst zum Schluss, aber das war gewollt. Deckte er sein Vorhaben zu zeitig auf, käme man ihm womöglich auf die Schliche, bevor er es vollendet hatte. Deshalb musste er darauf verzichten, allzu offensichtlich zu argumentieren.

Seine bevorzugten »Acedianer« waren alle weiblich. Vielleicht lag diese Art von Sünde in der Natur der Frau, vielleicht war es ein Zufall. Es war nicht von Belang.

Auf wen würde das Publikum eher starren? Auf die Mitarbeiterin des Jugendamtes, die träge und behäbig in ihrem Büro saß und Fälle nach »Aktenlage« entschied? Auf die Lehrerin, die sich dem Rentenalter näherte und seit Jahren immer den gleichen, schlechten Unterricht hielt, weil sie zu faul war, sich weiterzubilden? Auf die Verkäuferin, die gelangweilt und unwillig Kunden bediente? Der Mann schloss die Augen und stellte sich die Anwärterinnen in ihrer jeweiligen Auffindesituation vor. Bei wem würden die Medien am ehesten aufschreien? Nach wenigen Sekunden wusste er, wen er wählen würde. Mit einem Summen begann er, seinen Schreibtisch aufzuräumen.

23

Leipzig/A9

Ein schwerer Verkehrsunfall hat sich in der Nacht zum Montag auf der A9 zwischen den Anschlussstellen Bad Dürrenberg und Leipzig West ereignet. Der Fahrer eines Sattelzuges war in Richtung Schkeuditzer Kreuz unterwegs, als sein Lastwagen auf glatter Fahrbahn ins Schleudern geriet und gegen die Mittelleitplanke prallte. Dabei riss das Gefährt eine Mautbrücke um. Teile davon landeten auch auf der Gegenfahrbahn. Durch den Aufprall riss sich der Auflieger des Lastwagens los und rutschte auf der Fahrbahn etwa 100 Meter weiter. Glücklicherweise traf das drei Tonnen schwere Teil kein anderes Fahrzeug.

Auf der Gegenfahrbahn fuhr infolgedessen ein Sattelzug auf einen anderen Lkw und stellte sich quer. Die Leipziger Feuerwehr musste die zerstörte Mautbrücke mit schwerem Gerät von der Fahrbahn ziehen. Aus dem verunglückten Lastwagen liefen etwa 500 Liter Diesel aus. Die Fahrbahn Richtung Berlin war für mehrere Stunden blockiert. Es bildeten sich lange Staus in beide Richtungen.

Lara speicherte den Artikel, lud die dazugehörigen Fotos hoch, stellte ihn ins Online-Portal und sah sich um. Ihr Nacken schmerzte. Drei Telefone klingelten gleichzeitig, im Hintergrund hörte sie Friedrich etwas in den Hörer schnarren, das Faxgerät spuckte unentwegt Papier aus, der Drucker summte, und hinter ihrer Stirn hämmerten winzige Bergleute. Montagvormittag war in der Redaktion immer die Hölle los. Die Redaktionskonferenz hatte sie mit versteinertem Gesicht über sich ergehen lassen. Elsa Breitmann würde die Fälle »Kirchenleiche« und »Brautleiche« weiter betreuen. Aber daran hatte sie nach ihrer Auseinandersetzung mit dem Redaktionsleiter vergangenen Freitag keinen Zweifel gehabt.

Lara dachte an das Wochenende. Im *Lotus* hatten Mark und sie zwei Flaschen Wein getrunken, danach den Audi auf dem Restaurantparkplatz stehenlassen und sich ein Taxi bestellt. Sie hatte Mark die Couch im Wohnzimmer angeboten, und er hatte ohne zu zögern eingewilligt. Weil sie sich aber beide noch nicht richtig müde fühlten, hatten sie dann bei Lara zu Hause noch eine Flasche Dornfelder aufgemacht und zur Hälfte ausgetrunken. Es war das erste Mal, dass Mark nicht im Hotel übernachtete, und Laras Unsicherheit war mit jedem Schluck Rotwein gewachsen. Der Alkohol verhinderte, dass sie ernsthaft darüber nachdenken konnte. Schließlich hatte sie Bettzeug für ihn geholt, die Couch ausgezogen und frische Handtücher herausgelegt, nur um anschließend in ihrem Bett zu liegen und sich vorzustellen, was wäre, wenn … Wenn er jetzt zu ihr käme. Wenn sie zu ihm ginge. Nichts von alledem war geschehen. Irgendwann war Lara eingeschlafen. Am Sonntag hatten sie gemeinsam gefrühstückt, und Mark war nach Berlin zurückgefahren.

Lara hob die Schultern und überflog ihre To-do-Liste. Das Gefühl einer verpassten Chance wollte nicht weichen. Aber Mark war verheiratet und hatte zwei Kinder. Sicher war es besser so.

Ein Artikel über »Joggen bei Kälte« und ein zweiter über Bleichmittel in Haarfarbe standen noch aus. Langweiliger Alltagskram. Die *Panorama*-Seiten waren seit letztem Jahr an ihr haften geblieben wie klebriger Honig. Es war keine journalistische Herausforderung, aber die Leser liebten das bunte Durcheinander von Gesundheitsthemen, Haustiertipps, Kino- und Fernsehberichten und Vermischtem aus aller Welt.

Zusätzlich musste sie die Hintergründe für den am Mittwoch beginnenden Prozess gegen den jungen Mann recherchieren, der seinen ehemaligen Berufsschullehrer umgebracht hatte. Lara zog die Schublade ihres Schreibtisches auf und suchte nach der Packung Aspirin.

Tom war außer Haus. In der Abwesenheitsliste stand, dass er nach der Konferenz den ganzen Tag nicht da sein würde. Sie würde ihre Stellungnahme morgen bei ihm abgeben. Mark hatte gesagt: »Nimm es gelassen«, aber schon beim bloßen Gedanken an das Wort Abmahnung kochte der Zorn wieder in ihr hoch.

Lara zerkaute die Tablette und beschloss, sich einen Kräutertee aufzubrühen. Mark hasste Kräutertee. Auf dem Weg zur Küche, mitten in ihr versonnenes Lächeln hinein, platzte die Tür auf, Jo kam herein und brachte einen Schwall eisiger Luft mit. »Hallo miteinander!« Er entdeckte Lara in der Tür zur Küche, lächelte breiter und marschierte zu ihr. »Ich hab tolle Fotos mit Winterlandschaften!«

»Schön. Trinkst du einen Tee mit?« Lara verscheuchte das Bild von Mark auf ihrer Wohnzimmercouch und verschwand in der Küche.

»Lieber einen Kaffee. Kannst ihn gleich in die Tasse brühen.« Noch ein Mann, der keinen Tee mochte. Jo öffnete den Kühlschrank und suchte nach der Kaffeesahne.

»Ich bräuchte vielleicht deine Hilfe.«

»Hast du wieder eine geheime Mission?« Er grinste.

»Das könnte man so sagen.« Lara schielte aus der Tür, um sich zu vergewissern, dass niemand in der Nähe war, und erzählte Jo dann von Stefan Reinmanns Tipp mit den Sekten.

»Klingt plausibel. Welche willst du denn zuerst ins Visier nehmen?«

»Reinmanns Liste ist lang. Da wir aber von den altlateinischen Texten ausgehen, sind etliche Gruppierungen wie die mit östlichem Hintergrund oder Politsekten wahrscheinlich nicht relevant. Ich konzentriere mich auf Gruppen mit christlichem Hintergrund. Vielleicht kann man später noch die Psychokulte mit einbeziehen.«

»Und du hast schon da angerufen?«

»Gestern. Und heute früh auf der Fahrt hierher.« Das Wasser brodelte, und Lara goss es in beide Tassen. »Bei drei von ihnen habe ich jemanden erreicht. Anscheinend haben sie mir die geplante Reportage abgenommen. Es würde aber glaubwürdiger wirken, wenn ich mit einem Fotografen dort aufkreuze. Und vier Augen sehen mehr als zwei.«

»In Wirklichkeit willst du natürlich herausfinden, ob einer von denen etwas mit den Morden zu tun hat.« Jo zwinkerte ihr zu.

»Du sagst es. Kommst du mit? Es ist deine Freizeit, aber ich hätte dich gern dabei.«

»Ich stehe dir bei. Miss Marple und Mister Stringer!« Jos Augen leuchteten. »Wann soll's losgehen?«

»Heute?« Lara sah Margaret Rutherford vor ihrem inneren Auge, wie sie sich mit Schwung einen Schal über die Schulter warf, und lächelte.

»Oh … so schnell. Ab wann?«

»Ich habe bis sechzehn Uhr Dienst.« Schritte näherten sich, und Lara sprach leise weiter. »Die sogenannte ›*Gemeinde ohne Mauern*‹ will mich ab sechzehn Uhr dreißig empfangen.« Markus Lehmann erschien in der Küchentür. Seine Nasenflügel bebten leicht. Jo nickte Lara zu und begann, ohne die Stimme zu heben, mitten in einem Satz. »… das war gar nicht so einfach. Bei diesem Schnee kommt man mit dem Auto auch nicht überall hin. Aber ich habe trotzdem super Fotos von der weißen Pracht. Möchten Sie auch Kaffee trinken?« Er sah dem Praktikanten direkt in die Augen.

»Nein, ich … ich wollte mir bloß eine Cola holen.« Markus Lehmann langte in den Kasten neben dem Kühlschrank und schlich hinaus. Lara verkniff sich ein Grienen und malte mit dem Zeigefinger die Buchstaben »SMS« auf die Arbeitsfläche. Das hieß, sie würde sich mit Jo per Handy verabreden. Dann legte sie den Finger auf die Lippen, schnappte sich ihre Teetasse und ging zurück an ihren Platz.

»Ich habe ein bisschen recherchiert. In Deutschland soll es derzeit über sechshundert verschiedene Sekten und religiöse Gemeinschaften geben.«

»Ganz schön viel.« Jo fuhr zu schnell um die Kurve, und Lara hielt sich an dem Griff über der Beifahrertür fest.

»Es gibt so ziemlich alles, christliche Vereinigungen, Jugendsekten, esoterische Gruppen, Psychogruppen, hinduistische und islamische Gruppierungen.«

»Wie definieren die eigentlich den Begriff ›Sekte‹?« Hinter ihnen hupte es, und Jo schüttelte den Kopf.

»Laut Herrn Reinmann wird der Begriff auf zwei unterschiedlichen Ebenen benutzt. Aus theologischer Sicht bezeichnet man damit eine Abspaltung von einer großen Kirche. Er hat noch viel mehr dazu gesagt, aber ich kürze ein bisschen ab.« Sie sah hinüber zu ihrem Freund. Jo schaute nach vorn und fummelte mit der Rechten am Radio herum.

»Dann gibt es noch den umgangssprachlichen Sektenbegriff. Den verwenden zum Beispiel private Fernsehsender und Boulevardmedien.«

»Die *Tagespresse* gehört da natürlich nicht dazu.« Es klang ironisch.

»Aber nicht doch.« Lara kicherte. »Jedenfalls ist der Begriff tückisch, vor allem, wenn man mit den Gruppenmitgliedern selbst spricht. Reinmann findet es sachgemäßer, von ›Sondergemeinschaft‹ oder ›Religionsgemeinschaft‹ zu sprechen, zur Not auch von einer ›konfliktträchtigen Gruppe‹. Damit vermeidet man den Stempel ›Sekte‹.«

»Zu welchem Bereich gehören die, zu denen wir jetzt fahren?«

»Sie nennen sich ›*Gemeinde ohne Mauern*‹.« Lara betrachtete ihre Notizen, ehe sie weitersprach. »Laut Reinmann ist es eine ›freicharismatische‹ Gruppe, die durch Singen, Tanzen, Klatschen und Jubeln bei ihren Gottesdiensten versucht, den Heiligen Geist zu erfahren.«

»›Freicharismatisch‹, hm? Klingt irgendwie amerikanisch. Gibt es auch einen Gospelchor?« Jo grinste.

»Weiß ich nicht. Angeblich reden sie auch in Zungen.«

»Wie aufregend!«

»Wenn du meinst. Ein Ehepaar aus den USA hat die Gemeinde gegründet. Inzwischen gibt es Anhänger in den Benelux-Staaten und in der Schweiz. In Sachsen sind sie vor allem im Westerzgebirge und Vogtland aktiv.«

»Und hier in Leipzig. Da wären wir.« Jo hielt am Straßenrand und spähte aus dem Fenster. »Sieht aus wie ein normales Wohnhaus.« Er stieg aus und Lara folgte ihm. Der Ziegelbau stammte aus den dreißiger Jahren, am Klingelbrett stand »GoM«.

»Lass mich reden. Du hältst dich im Hintergrund.«

»Und ich soll Fotos machen?«

»Wenn sie es erlauben, machst du ein paar Alibibilder. Eigentlich aber hätte ich gern, dass du auf alles achtest, was interessant sein könnte. Die Räumlichkeiten, auffällige Details. Wie sehen die Leute aus, wie geben sie sich. Sind sie offen? Vergiss nicht – wir sind nicht dort, um eine Reportage über sie zu machen, auch wenn wir das als Grund vorschieben.« Lara schaltete das Diktiergerät in ihrer Tasche ein und läutete.

»Das war wohl nichts.« Jo schaute auf seine Armbanduhr. »Wir stehen jetzt seit sechs Minuten hier, du hast viermal geklingelt und niemand macht auf.«

»Es ist jemand da! Ich habe gesehen, wie die Gardine gewackelt hat.« Lara zeigte auf das rechte Fenster im Erdgeschoss. »Außerdem war die Frau am Telefon ganz freundlich. *Sie* haben mich doch auf sechzehn Uhr dreißig herbestellt!«

»Kann schon sein, aber anscheinend haben sie es sich anders überlegt und wollen uns nun nicht mehr sehen.«

»Mist. Ich schreibe eine Notiz und stecke sie in den Briefkasten. Und dann fahren wir zu den nächsten. *Gemeinde ohne Mauern*!« Sie prustete verächtlich. »Wäre schön, wenn keine Mauern da gewesen wären!«

»Wir können wiederkommen. Wohin jetzt?« Jo hatte sich schon abgewandt und ging zum Auto.

»Nach Connewitz.« Lara stieg ein und nahm ihre Aufzeichnungen vom Armaturenbrett. »Zur *Holic-Gruppe*.«

»Erzähl mir etwas darüber.«

»Gottfried Holic – er schreibt sich mit ›c‹ – hat die Sekte in den Siebzigern in Wien gegründet. Nur sie leben ihrer Lehre nach strikt nach der Bibel. Anderen Gemeinschaften sprechen sie das wahre Christentum ab.«

»Sektierer.« Jo fuhr über eine gelbe Ampel.

»Sicher. Aber spannend für meine Reportage.«

»Da hast du auch wieder recht.« Das Auto fuhr langsamer und Jo reckte den Hals. »Schau mal mit nach den Hausnummern.« Das Gebäude der *Holic-Gruppe* entpuppte sich als ein von Gestrüpp umgebener Flachbau, dessen verblichene Aufschrift über der Tür verkündete, dass hier früher ein Konsum gewesen war.

»Hier wohnen die?« Jo klang ungläubig.

»Das ist die Adresse, die sie mir am Telefon durchgegeben haben. Ein Herr Schwarz. Los, lass es uns versuchen. Wir wollen schließlich noch weiter.« Lara war schon ausgestiegen und stiefelte mit schnellen Schritten zu dem rostigen Tor. Es quietschte erbärmlich, als sie es aufstieß. Noch ehe sie, Jo im Schlepptau, an der Eingangstür angekommen war, öffnete sich diese schon, ein großer schlanker Mann trat heraus und musterte die Ankömmlinge ohne ein Wort. Seine Augen glühten. Lara fröstelte. Er schien nicht die Absicht zu haben, sie hereinzubitten.

»Guten Tag. Lara Birkenfeld von der *Tagespresse*. Und das«, sie zeigte auf Jo, der halb hinter ihr stand und versuchte, ein liebenswürdiges Gesicht zu machen, »das ist mein Kollege Joachim Selbig. Ich hatte Sie angerufen.«

»Was wollen Sie wissen?« Der Typ wich keinen Zentimeter zurück. Sie würde das »Interview« vor der Tür führen müssen.

»Ich bereite eine Artikelserie über religiöse Gemeinschaften in Leipzig vor und würde Sie dort gern mit vorstellen. Ihre Lehre, Ihre Lebensweise, gern auch Beiträge einzelner Mitglieder.«

»Die Mitglieder stehen für Befragungen nicht zur Verfügung. Lesen Sie das.« Der Mann reichte Lara einen Faltflyer und machte Anstalten, wieder hineinzugehen.«

Laras »Halt!« kam schärfer heraus, als sie gewollt hatte. »Warten Sie bitte! Herr Schwarz – Sie sind doch Herr Schwarz?« Sie registrierte das fast unmerkliche Nicken und fuhr hastig fort. »Dürfen wir wiederkommen, wenn wir noch Fragen haben?«

»Versuchen können Sie es.« Die Tür schlug im gleichen Augenblick zu, in dem der Satz vollständig ausgesprochen war.

»Der war ja heftig drauf!« Jo stampfte voran, die Hände in den Jackentaschen. »Super kommunikativ!« Er kicherte. »Das war doch der klassische Täter, oder? Den solltest du im Auge behalten. Fahren wir weiter.«

»Hör mal.« Lara hielt sich den Flyer dicht vor die Augen und las laut vor. »Wir leben in Wohngemeinschaften und teilen Geistliches wie Materielles miteinander. Die Mitglieder der Gruppe treffen sich täglich, wir leben bewusst einfach und legen wenig Augenmerk auf Äußerlichkeiten.«

»Klingt für eine Sekte passend.«

»Warte ab. Es wird noch besser: Persönliche Freundschaften wie auch Sexualität lehnen wir als egoistisch ab.«

»Oh. Kein Sex?« Jo grinste. »Da mach ich nicht mit.«

»Hier steht noch viel mehr. Aber das studiere ich in Ruhe. Bin gespannt auf die *Kinder des Himmels.*« Lara schob die Finger unter den Schal und kratzte sich am Hals. Die Wolle juckte.

»Nach meinen Recherchen ist das eher eine Psycho-Sekte.«

»Das wollen die dort aber bestimmt nicht hören, oder?«

»Nein. Wenn wir reindürfen, gebe ich mich unwissend, lasse mir alles erklären und stelle ein paar unverfängliche Fragen. Das Diktiergerät läuft wie gehabt in der Jackentasche mit.« Lara sah auf die weiß-schmutzigen Wälle am Straßenrand. So viel Schnee hatten sie lange nicht gehabt. »Der Sektenchef heißt Romain Holländer. Mit ihm habe ich gestern Nachmittag telefoniert, und er klang wirklich nett. Er hat mich auf einen Besuch eingeladen. Ich denke, da müssen wir nicht vor der Tür stehen.«

»Und dann schauen wir, ob einer dort ein Killer sein könnte.« Jos Radio rauschte, und er drückte auf den Sendersuchlauf.

Lara schniefte. Wie dramatisch das klang! Aber er hatte recht. Womöglich war die ganze Theorie, dass der Mörder von Carolin Fresnel und Nina Bernstein Mitglied einer Sekte war, falsch, und es war genauso unwahrscheinlich, dass sie hier fündig wurden. Was aber, wenn es der Zufall wollte, dass sie an der richtigen Stelle waren; wenn sie, ohne es zu wissen, in ein Wespennest stachen?

Vor ihnen schaltete eine Ampel auf Rot, und Jo hielt hinter einem BMW. Dann zog er an einem Kabel, das aus einer Ablage unter dem Radio hing. Ein kleiner Bildschirm kam zum Vorschein. Es sah aus wie winziges Navigationsgerät, nur dass das Bild schwarz-weiß war und eine Art Fieberkurve zeigte.

»Was ist das denn?«

»Ein Frequenzscanner.« Die Ampel schaltete auf Grün, und Jo gab vorsichtig Gas, während er auf die Knöpfe an dem Scanner drückte. Aus dem Radio kamen knisternde Laute.

»Und wozu brauchst du den?«

»Polizeifunk.«

»Du hörst den Polizeifunk ab?«

»Genau.«

»Ist das nicht verboten?«

»Nein. Laut Fernmeldeanlagengesetz kann man alles abhören. Man darf es nur nicht nutzen oder an Dritte weiterleiten. Die Polizei funkt im Vier- und Zweimeterband, also über und unter dem Rundfunkband. Die passenden Frequenzen findet man im Netz. Als freier Fotograf muss man möglichst als Erster an Ort und Stelle sein.«

»Aber das Fernmeldeanlagengesetz gilt doch mittlerweile gar nicht mehr. Es wurde vom Telekommunikationsgesetz abgelöst. Und danach ist das unbefugte Abhören von Nachrichten strafbar.« Fasziniert beobachtete Lara das Display. Es prasselte, dann ertönte eine schnarrende Stimme aus dem Radio.

»Du weißt aber auch alles. »Jo grinste kurz und fuhr dann fort. »Wo kein Richter, da kein Kläger. Pst.« Er legte den Finger auf die Lippen.

»An alle Einheiten … Commerzbankfiliale Riebeckstraße.« Es knisterte erneut, dann war der Empfang kurz weg. »Scheiß Funklöcher!« Jos Finger trommelten auf das Lenkrad. Er fuhr siebzig. Lara versuchte sich zu erinnern, ob es hier irgendwo stationäre Blitzer gab, und dachte gleichzeitig darüber nach, ob sie gerade der Meldung eines Banküberfalles zuhörte, aber die nächsten Satzfetzen belehrten sie eines Besseren.

»… lebloser Mann … mit hoher Wahrscheinlichkeit tot …«

»Oh, ein Leichenfund!« Jo rieb sich heftig mit den Fingern über die Stirn und warf Lara dann einen schnellen Blick zu. »Ich weiß, wo das ist. Ein Stückchen hinter der Einmündung der Prager Straße. Liegt praktisch auf dem Weg.« Sie konnte sehen, wie sein Adamsapfel beim Schlucken auf und ab glitt.

»Willst du hin?«

»Es könnte interessant sein.« Er prustete. Die Zerrissenheit war ihm förmlich anzusehen. Einerseits hatte er Lara versprochen, mit ihr zu der Sekte zu fahren, andererseits verpasste er hier womöglich ein lukratives Geschäft.

»Dann fahr hin.« Lara verkniff sich ein Lächeln, als sie sah, wie erleichtert er war. Sie konnte dem Sektenführer einen weiteren Termin vorschlagen, bei dem ein Fotograf mitkommen würde. Vielleicht war das sogar besser als ihr ursprüngliches Vorhaben, Jo unangekündigt mitzubringen. »Gleich um die Ecke ist der S-Bahnhof Stötteritz. Ich fahre mit der Bahn weiter nach Markkleeberg.«

»Ich könnte dich nachher auch da abholen und zum Parkhaus fahren. Oder nach Hause. Wie du willst.« Das schlechte Gewissen ließ ihn schneller reden als sonst.

»Schauen wir mal. Von dort fährt auch eine Straßenbahn zurück in die Innenstadt.« Der Tacho zeigte schon wieder siebzig Stundenkilometer. Jo hatte es jetzt anscheinend noch eiliger. »Und du weißt doch auch noch gar nicht, wie lange du da brauchst.«

»Sicher nicht so lange wie du bei deinem Gespräch – sofern der Typ gesprächiger ist als die anderen. Ich versuche, so nah wie möglich an die Bankfiliale heranzukommen und so viele Fotos wie möglich zu schießen. Das geht eigentlich schnell. Hoffentlich bin ich der Erste.« Jo bog auf die Prager Straße ab. Der Honda schlingerte.

»Ich rufe dich an.«

Das Auto hielt am Straßenrand und Lara schnappte sich Handtasche, Mantel und Schal und öffnete die Tür.

»Bis nachher! Sei vorsichtig!« Sie hatte kaum Zeit zu nicken und die Tür zu schließen, weil Jo so schnell davonrauschte. Lara sah ihm nach und machte sich dann auf den Weg zur S-Bahn. Den Toten in der Bankfiliale hatte sie schon wenige Minuten später vergessen.

Die Schneewälle an den Gehwegen waren fast einen halben Meter hoch. Man konnte die Straße nur an einigen Stellen überqueren. Nicht jeder Anwohner hielt sich an die vorgeschriebene Räum- und Streupflicht. Lara stapfte vorsichtig durch den Schnee und bestaunte dabei die Villen hinter den Zäunen. Die Straßenlampen tauchten alles in ein unwirkliches gelb-oranges

Licht. Erker, Türmchen, Säulen, Schnitzereien, steinerne Zeugen einer vergangenen Zeit; das Ganze inmitten riesiger Grundstücke. Auf Sträuchern und Bäumen türmten sich Schneehauben, jede Zaunlatte trug ein weißes Mützchen. An Vogelhäuschen balgten sich Spatzen und Meisen um Futter.

Vor dem Tor mit der Nummer 17 blieb Lara stehen. Der Garten war parkähnlich, mit majestätischen Rhododendronbüschen, meterhohen Koniferen, alten Buchen und Eichen. Die mächtige Villa verbarg sich halb hinter den Bäumen, nur das Obergeschoss und Teile des mittleren Flügels lugten hervor. Die Fenster leuchteten wie strahlende Augen in die Dunkelheit. Sauber freigeschaufelte Wege führten zu Haupt- und Seiteneingang und zu den Mülltonnen. Im Frühjahr, wenn hier alles grünte und blühte, musste die Anlage prächtig sein. Lara betrachtete das zweiflügelige schmiedeeiserne Tor, von dem eine geschwungene Auffahrt hinüber zum Eingangsportal führte. Die gemauerte Säule neben der Eingangspforte präsentierte neben einer Klingel eine Wechselsprechanlage und ein Videoauge. Am Namensschild stand »Holländer« und darunter *Kinder des Himmels*. Lara sah auf ihre Uhr, streckte dann den Zeigefinger aus und berührte den Knopf. Sie hatte ein Geräusch erwartet; ein fernes Klingeln, Summen oder ein melodisches Glockenspiel, aber alles blieb stumm. Hinter einem der Fenster huschten dunkle Schatten hinter den Gardinen vorbei und Lara lockerte ihren Schal, der sich wie von allein immer fester um ihren Hals gewickelt hatte. Über ihr blinkten die Sterne, im Schnee funkelten Millionen bläuliche Diamantsplitter.

Als sie gerade die Hand ausstreckte, um erneut zu klingeln, ertönte ein Knacken aus der Wechselsprechanlange, jemand räusperte sich, und dann schnarrte eine Frauenstimme ein ärgerlich klingendes »Ja bitte?«.

»Lara Birkenfeld von der *Tagespresse*. Ich habe einen Termin bei Herrn Holländer.«

»Ach ja. Kommen Sie herein.« Es summte, und Lara stieß das Tor auf. Im gleichen Augenblick flammte das weiße Licht eines Bewegungsmelders auf und erleuchtete ihren Weg zum Gebäude.

Fünf Stufen führten zum Portal hinauf. Über der reich geschnitzten Tür fletschte ein steinernes Fabelwesen seine Zähne. Lara hatte keine Zeit, die Architektur weiter zu bewundern, denn noch ehe sie die Tür erreicht hatte, schwang diese schon auf, und ein großer, schlanker Mann in weißen Hosen und weißem Hemd trat heraus und streckte ihr die Hand entgegen. »Frau Birkenfeld!« Eine warme Handfläche berührte ihre Rechte. »Es ist mir ein Vergnügen, Sie bei uns begrüßen zu dürfen! Ich bin auch erst seit wenigen Minuten wieder hier.« Er verneigte sich knapp, schwenkte den Arm nach innen und folgte Lara in den Vorraum.

»Sie möchten sicher ablegen?« Noch ehe sie nicken konnte, gab der Mann einer hinter ihm stehenden Frau ein Zeichen, diese trat hervor und griff nach Laras Mantel und Schal.

»Ich schlage vor, wir gehen zuerst in mein Büro.« Wieder wartete Romain Holländer nicht, sondern vollführte eine elegante Drehung auf dem Absatz und ging nach rechts, während er über die Schulter weiterredete. »Dort können wir in Ruhe miteinander sprechen und Sie können Ihre Fragen loswerden.« Er öffnete eine drei Meter hohe Eichentür und marschierte voran. »Einen Tee?«

»Gern.« Lara folgte ihm und noch ehe sie sich umsehen konnte, wurde auch schon die Eichentür hinter ihr geschlossen. Der Raum, in dem sie sich jetzt befand, war anscheinend eine Art Bibliothek. Bis an die Decke reichende Bücherschränke, ein monströser Schreibtisch auf Löwentatzen. Die Fenster hinter den schweren Vorhängen reichten bis zum Boden.

»Nehmen Sie Platz. Der Tee kommt gleich.« Romain Holländer setzte sich in einen breiten Ledersessel, schlug die Beine übereinander und musterte Lara eindringlich. Sie hatte das Gefühl, der Blick des Mannes schmelze sich durch Haut und Knochen des Schädels bis direkt in ihr Gehirn und taste nach ihren Gedanken. Solch ein intensives Blau hatte sie noch nie gesehen. Trug er Kontaktlinsen? Lara zwang sich, die Augen abzuwenden.

»Wir freuen uns, dass die *Tagespresse* eine Reportage über die *Kinder des Himmels* bringen wird. Das gibt uns Gelegenheit, unsere Ziele und das Zusammenleben in der Gemeinschaft darzustellen.« Romain Holländer rieb sich kurz die Hände und ließ ein strahlend weißes Lächeln aufblitzen.

Es klopfte und die Frau vom Eingang erschien mit einem Tablett. Lara fühlte eine kleine Enttäuschung. Bis jetzt war die Illusion, in einem viktorianischen Film mitzuspielen, perfekt gewesen. Die Thermoskanne aus schwarzem Plastik machte alles zunichte. Gleichzeitig erinnerte sie Lara aber daran, dass sie nicht hier war, um sich von einem Charmeur mit blauen Augen hypnotisieren zu lassen. Sie schob die linke Hand vorsichtig in ihre Handtasche, schaltete das Diktiergerät ein, tastete dann nach dem Notizbuch und legte es auf den kleinen runden Messingtisch. »Ist es in Ordnung, wenn ich mir das eine oder andere aufschreibe?«

»Aber sicher. Tun Sie das.« Wieder flammte das Tausend-Watt-Lächeln auf und Lara spürte kleine Ameisenbeine über ihren Rücken laufen.

»Wie sind Sie eigentlich auf uns gekommen?« Die blauen Augen leuchteten aus dem kantigen Gesicht. Romain Holländer war attraktiv. Sehr attraktiv. Und er war sich dessen bewusst.

»Wir planen schon seit Längerem eine ausführliche Reportage über religiöse Gemeinschaften in und um Leipzig. Ich möchte sie nacheinander vorstellen, ihre Ziele und das Zusammenleben schildern.« Das waren fast aufs Wort genau die Floskeln, die er vorhin zu ihr gesagt hatte. Lara beobachtete, wie die Augen des Sektenführers aufblitzten. Dann lehnte er sich zurück und faltete die Hände über dem nicht vorhandenen Bauch.

»Ich versuche, mit allen Kontakt aufzunehmen. Sie waren einer der Ersten, den ich erreicht habe. Danke, dass Sie gleich bereit waren, mich zu empfangen.«

»Aber sicher doch, Frau Birkenfeld. Wie ich eingangs schon sagte – es ist mir ein Vergnügen. Wo wollen wir denn anfangen?« Er goss sich reichlich Sahne in den Tee und rührte bedächtig.

»Bei dem, was die *Kinder des Himmels* ausmacht.« Lara lächelte gleichfalls und hielt seinem Blick stand. Wenn sie wollte, konnte auch sie charmant tun. In ihrem Hinterkopf warnte eine Stimme, dass sie sich hüten solle, mit einem Sektenführer zu flirten, aber Lara verscheuchte sie. Eins nach dem anderen. Sollte er reden und sich darstellen. Sie konnte ihn in der Zwischenzeit beobachten und seine Körpersprache studieren.

Eine halbe Stunde später hatte sie drei Seiten mit Gemeinplätzen vollgeschrieben, zwei Tassen Tee getrunken, und ihre Blase drückte. Sie beschloss, dass es Zeit für Teil zwei war.

Jo Selbig fuhr mit Schwung rückwärts über eine Schneewehe und rutschte so in die Parklücke. Schon von Weitem konnte er den Aufmarsch an der Straßenkreuzung sehen: ein Krankenwagen, mehrere Polizeifahrzeuge, Absperrungen und überall aufgeregte Menschen, denen die Kälte und der Schnee nichts auszumachen schienen. Er überprüfte schnell seine Ausrüstung, stieg aus und schoss über das Dach seines Autos hinweg ein paar Fotos von der Gesamtszenerie. Dann zoomte er so dicht es ging an die Bankfiliale heran und betrachtete das Umfeld durch den Sucher. Würde schwierig sein, da ranzukommen, aber er wäre nicht Joachim Selbig, wenn er es nicht wenigstens versuchen würde. Und so, wie es aussah, war er der einzige Fotograf vor Ort. Eine gute Gelegenheit, die Bilder später an eine Agentur zu verkaufen – wenn die Leiche interessant genug für die überregionalen Nachrichten war und es sich nicht nur um einen Obdachlosen handelte, der betrunken erfroren war. Schnell näherte er sich dem fünfstöckigen Bürogebäude bis zu der aufgeregt schnatternden Menge. Vor der Bank wendete der Rettungswagen und fuhr davon. Er wurde nicht gebraucht. Eine Straßenbahn ratterte vorbei. Aus den Fenstern gafften bleiche Gesichter, drückten sich Neugierige die Nasen an den Scheiben platt, um einen Blick auf das Schauspiel zu erhaschen. Jo versuchte, an der Menschentraube vorbei Fotos zu schießen, stellte aber sehr schnell fest, dass es aussichtslos war, von dieser Stelle aus etwas Interessantes aufzunehmen. Und die Beamten würden ihn gewiss nicht durch die Absperrung lassen, damit er scharfe Bilder von der Leiche und der Spurensicherung machen konnte. Jo senkte die Kamera und sah sich um. Nach einer Minute des Nachdenkens machte er kehrt und eilte über die Straße. Einige der Gebäude hier wirkten verfallen, aber das Wohnhaus schräg links gegenüber der Bankfiliale hatte gerade eine Fassadenerneuerung hinter sich. Ohne sich umzusehen, marschierte Jo zum Eingang, drückte auf ein paar Klingelknöpfe, wartete, bis der Summer ertönte und ignorierte das »Hallo?« aus der Wechselsprechanlage.

Im zweiten Stock war die Sicht am besten. Ein Fotograf musste immer nach Möglichkeiten suchen, interessante Perspektiven für seine Bilder zu wählen. Jo rang nach Luft, stellte sich an eins der Fenster im Treppenhaus und nahm die Kamera vors Auge. Er hatte richtig gedacht. Von hier aus war die Sicht auf das Geschehen fast perfekt, ungestört von drängelnden Gaffern und bärbeißigen Polizisten. Die Scheiben der Bankfiliale waren blank, und Jo war zum ersten Mal seit Tagen dankbar dafür, dass die Sonne nicht schien und die Fenster und sein Kameraauge blind machte. Leise surrte der Zoom. Es war eine kleine Zweigstelle. Er konnte leicht schräg von oben den Eingangsbereich sehen, einen großen verwinkelten Raum mit mehreren Geldautomaten und Kontoauszugsdruckern. Beamte der Spurensicherung wuselten durcheinander. Ab und zu wurde der Blick auf das, was sie da untersuchten, frei. Zuerst konnte Jo nicht erkennen, worum es sich bei dem Gebilde handelte, aber nachdem er seinen Standort einen halben Meter nach links verlagert und ein bisschen an den Einstellungen der Kamera herumgespielt hatte, sah er es. Vor einem der Geldautomaten lag ein lebloser Körper. Jo korrigierte sich: Der Tote lag nicht, er *saß*. Saß, die Arme zu beiden Seiten des grauen Kastens in einer makabren Umarmung ausgestreckt. Die Beamten der Spurensicherung eilten von hier nach da, wie unbeholfene Schneemänner, die nicht recht wussten, wohin. Und doch verlief ihr Tanz nach einer streng vorgegebenen Choreografie, die nur sie selbst kannten.

Während sein rechter Zeigefinger unentwegt auf den Auslöser drückte: Klick, Klick, Klick, sortierte Jo seine Gedanken. Die Leiche war männlich. Aus seiner Perspektive sah er nur den Hinterkopf. Die Haare waren dunkel und kurz. Ein jüngerer Mann wahrscheinlich. Der Schalterraum, der hinter dem Eingangsbereich lag, schien verschlossen zu sein.

Jetzt fuhr der Transporter, der den Toten in die Rechtsmedizin bringen würde, vor. In der Bankfiliale bereiteten sie die Leiche auf den Abtransport vor. Jo schaltete auf Filmmodus um, um nichts zu verpassen. Für den Bruchteil einer Sekunde sah er das Gesicht des Mannes, doch noch ehe er es bewusst wahrnehmen konnte, war der gesamte Körper schon in dem Plastiksack verschwunden.

Auf Jos Netzhaut brannte ein Bild. Eine helle Fläche, Augen und Mund verwaschene dunkle Kleckse in dem Oval. Und etwas, das nicht hingehörte: ein rußfarbener Streifen auf der Stirn. Es konnte eine Täuschung sein, es konnte Schmutz sein, es konnte alles Mögliche sein. Es konnten aber auch zwei tätowierte Wörter sein. Wenn überhaupt, würde nur eine Bild-für-Bild-Auswertung am Monitor Aufschluss geben können. Der Transporter fuhr langsam los, und Jo schaltete seine Kamera ab.

»Was machen Sie hier?« Die Stimme kam vom oberen Treppenabsatz. Ein alter Mann stand mit drohendem Gesichtsausdruck dort; die Rechte um das Geländer geklammert, mit der

Linken mit einer Krücke fuchtelnd, als wollte er dem ungebetenen Eindringling damit eins überziehen.

»Ich bin schon weg.« Jo schloss die Kameratasche und hastete nach unten. Nicht dass der Alte ihm tatsächlich noch eins auf die Mütze gab! Unwirsches Gebrabbel verfolgte ihn, bis sich die Eingangstür hinter ihm schloss. Auf der gegenüberliegenden Straßenseite löste sich die Menschenmenge auf. Die Leiche war fort, es gab nichts Spannendes mehr zu sehen. Die Kripo würde noch einige Zeit in der Bank Spuren sichern, aber das war für die meisten Leute uninteressant.

Jo stolperte hinüber, ehe sie alle weg waren. Er war kein Journalist, aber das Ganze hatte ihn neugierig gemacht. Er wollte ein paar Passanten auf der Straße befragen und dann Lara anrufen. Jo Selbig war sich ziemlich sicher, dass dieser Todesfall sie genauso interessieren würde wie ihn.

»Ich möchte gern die Mitglieder Ihrer Gemeinde kennenlernen.«

»Alle?« Romain Holländer stellte die Tasse ab und knipste sein Lächeln an. »Ein Spaß. Natürlich können Sie das. So sie mit Ihnen sprechen wollen – kein Problem. Zwingen kann ich natürlich niemanden.«

»Schön.«

»Darf ich Sie vielleicht zu unserer Abendspeisung einladen? Wir treffen uns an den Wochentagen immer um sieben. Danach hat sicher der eine oder andere noch Zeit für Sie.« Er erhob sich schwungvoll. Nichts von alledem, was Lara bis jetzt gehört hatte, klang verdächtig oder so, als habe die Sekte etwas zu verbergen. Vielleicht zeigte man ihr hier aber auch nur eine fein ausgemalte Fassade.

Romain Holländer ging vorneweg, und Lara betrachtete seine Rückansicht. Das Hemd konnte nicht verbergen, dass der Mann einen durchtrainierten Oberkörper hatte. Auch sein Hintern war nicht ohne. Bevor er sich zu ihr umdrehte, hatte Lara den Blick schon wieder zu Boden gerichtet. Das Parkett war auch sehr schön. Sie grinste in sich hinein. »Wohnen alle Gemeindemitglieder hier?«

»Nein. Ich selbst wohne ganz oben. Einige unserer Gefährten halten sich nur tagsüber hier auf, andere haben ein Zimmer.« Gefährten? *Kinder des Himmels* war schwülstig, Gefährten hatte etwas von *Herr der Ringe*. Die Eingangshalle war leer und still. Lara ermahnte sich, sich nicht einlullen zu lassen. Sie wollte herausfinden, ob jemand aus der Sekte nicht das war, wofür er sich ausgab. Zwei junge Frauen waren ermordet worden, und es gab einen Bezug zu Kirche und Glauben. Kurz tauchte Stefan Reinmanns gutmütiges Gesicht vor ihrem inneren Auge auf. Hatte der Sektenbeauftragte nicht versprochen, ihr spätestens am Montag die Übersetzungen zu liefern? Aber der Montag war ja noch nicht vorbei. Jo hatte auch noch nicht angerufen. Wahrscheinlich dauerte sein Einsatz länger als geplant, was ihr die Zeit ließ, sich hier gründlich umzusehen. »Kann ich Ihr Haus besichtigen? Wir haben doch noch eine halbe Stunde bis zum Abendessen.«

»Die Gemeinschaftsräume kann ich Ihnen gern zeigen. Bitte haben Sie aber Verständnis, dass wir nicht einfach so in die Privaträume der Mitglieder gehen können. Fangen wir im dritten Stock an?« Romain Holländer war stehen geblieben und wartete, ein sanftes Lächeln im Gesicht, bis sie zu ihm aufgeschlossen hatte.

»Von mir aus gern.« Lara erwiderte das Lächeln und hoffte, dass er ihr später auch den Keller zeigen würde. So eine majestätische Villa hatte doch sicher auch einen riesigen Keller. *Wo würdest du jemanden tagelang gefangen halten? Doch sicher nicht in den Zimmern ganz oben.*

Auf halber Treppe kam ihnen ein junges Mädchen entgegen. Sie hob den Blick auch dann nicht, als Lara sie grüßte. Romain Holländer ging wortlos vorbei, und doch hatte Lara den Eindruck, die Schultern des Sektenführers hätten sich etwas gestrafft. Vielleicht sah sie aber auch nur Gespenster.

»Sie haben vorhin gesagt, manche Mitglieder hielten sich nur tagsüber hier auf. Und abends?«

»Meinen Sie, wohin sie an den Abenden gehen?« Romain Holländer, der vor Lara die geschwungene Treppe hinaufgegangen war, blieb stehen und wartete auf sie.

»Ja.« Ein winziger Zornesfunke glomm in Laras Brust auf. Was denn sonst! Der Typ spielte mit ihr.

»Nach Hause. Sie gehen oder fahren nach Hause. In ihre Wohnungen.« Der Sektenführer setzte sich wieder in Bewegung, während er weiterredete. »Mal ganz davon abgesehen, dass wir hier nicht für alle Platz haben, wird auch keiner gezwungen, hier zu wohnen. Das kann jeder so halten, wie er möchte. Einige von uns sind berufstätig, sie verlassen das Gemeindezentrum früh und kommen nach der Arbeit wieder. Die schulpflichtigen Kinder besuchen umliegende Schulen. Alles ganz normal.« Der letzte Satz hallte in Laras Kopf nach. *Alles ganz normal.* Genau den Eindruck hatte sie bis jetzt auch. »Und Sie? Verlassen Sie das Gebäude auch ab und zu?« Hätte Romain Holländer überhaupt Gelegenheit, seine Opfer zu kidnappen, einmal davon abgesehen, dass sie es ihm beim besten Willen nicht zutraute?

»Aber sicher. Ich habe repräsentative Aufgaben zu erfüllen. Manchmal treffe ich mich mit Außenstehenden. Ich bin schließlich kein Eremit.« Auf dem oberen Treppenabsatz blieb Romain Holländer erneut stehen und deutete auf eine zweiflügelige weiß gestrichene Tür.

»So, da wären wir. Das sind meine Räume. Bitte folgen Sie mir.«

Er führte sie durch einen Flur, zeigte mit der Bemerkung »das Bad« auf eine kleinere Tür, ging durch eine weitere Tür und schaltete das Licht ein: »Mein Wohnraum.« Das Zimmer war mindestens fünfzig Quadratmeter groß und fast leer. Außer einer weißen Couch mit einem weißen Tischchen, einer gebogenen Stehlampe mit weißem Fuß und weißem Schirm und zwei weißen Sideboards, auf denen mehrarmige weiße Leuchter standen, in denen weiße Kerzen steckten, gab es nichts. Keinen Fernseher, keine Stereoanlage, keine Bücherregale, keine Bilder an den Wänden. Sogar der schlichte Wollteppich war weiß. Laras Augen brannten, und sie wandte sich ab. Ihr Blick fiel auf das weiße Hemd und die weiße Hose des Sektenführers. Seine Schuhe waren auch weiß. So viel zu »alles ganz normal«.

»Da hinten sind Schlafzimmer und Gästezimmer.« Er machte keine Anstalten, sie hinzuführen. »Und hier haben wir mein persönliches Arbeitszimmer.« Romain Holländer war inzwischen nach rechts gegangen und hatte eine weitere zweiflügelige Tür geöffnet. Er blieb im Rahmen stehen und ließ Lara hineinschauen. Hier gab es Bücherregale. Eine ganze Wand voll. Und einen Schreibtisch – weiß natürlich. Wahrscheinlich bedauerte er, dass die Buchrücken nicht auch weiß waren. Lara verkniff sich ein Grinsen.

»Genug gesehen? Auf der gegenüberliegenden Seite des Flurs ist noch das Besprechungszimmer, aber das gleicht meinem Wohnraum.« Wieder funkelten die Augen und wieder hatte Lara das Gefühl, der Mann verspotte sie auf irgendeine, ihr nicht erklärliche Weise. »Dann gehen wir wieder nach unten.«

Er wartete, bis sie im Flur stand, und löschte dann das Licht.

»Es gibt doch bestimmt auch Zusammenkünfte aller Gemeindemitglieder?« Lara ging voran. Die Fenster im Treppenhaus bestanden aus Bleiglasscheiben mit Alltagsszenen in den leuchtendsten Farben.

»Ja sicher. Mittwochs haben wir eine gemeinsame Abendandacht, an der alle – auch die Kinder – teilnehmen. An den Wochenenden beginnen wir frühmorgens mit unseren Andachten, außerdem gibt es regelmäßige gemeinsame Speisungen.«

»Wo finden denn diese Andachten statt?«

»Im Gebetsraum im ersten Stock. Wir kommen gleich dahin.« Romain Holländer bog nach rechts in einen Gang mit Marmorsäulen ab. Eine Tür öffnete sich, und er blieb kurz stehen. »Hallo, Max.«

»Prinzipal.« Der junge Mann deutete eine Verbeugung an, sein Blick huschte über Laras Gesicht und senkte sich dann sofort, als habe er etwas Verbotenes getan. Er murmelte: »Bis gleich« und eilte in Richtung Treppe.

»Die Zimmer der Gemeindemitglieder kann ich Ihnen nicht zeigen. Das sind private Rückzugsräume, zu denen Besucher keinen Zutritt haben.«

»Das verstehe ich.«

»Und hier ist der Andachtsraum. Bleiben Sie bitte in der Tür stehen. Ich hoffe, Sie haben Verständnis, dass ich Sie nicht hineinbitten kann, aber dieser Raum ist ausschließlich den *Kindern des Himmels* vorbehalten.« Romain Holländer öffnete die rechte Hälfte einer reich verzierten Tür und ließ Lara hineinsehen. Ihr Blick fiel zuerst auf die akkurat angeordneten Stuhlreihen, zwischen denen man in der Mitte einen Gang freigelassen hatte, und wanderte dann zum rückwärtigen Ende des Saales. Die drei Meter hohen Fenster waren nicht durch Vorhänge verhüllt und gaben so den Blick auf das prächtige Buntglasfenster in der Mitte frei, das eine hohe schmale Gestalt mit Heiligenschein zeigte. Davor stand ein flacher Tisch, der bis zum Boden von einem weißen Tuch verhüllt wurde. Auf ihm fanden sich links und rechts zwei Leuchter mit den gleichen weißen Altarkerzen wie in Romain Holländers »Wohnzimmer«. Ein Kreuz suchte Lara vergeblich. Es gab keinerlei liturgische Darstellungen, Bilder oder geschnitzte Figuren.

»So, es ist Zeit.« Romain Holländer griff an Lara vorbei nach der Türklinke. »Die Abendspeisung beginnt gleich.« Er zog die Tür ins Schloss. Feiner Weihrauchduft wehte heraus und erinnerte Lara an das vergangene Weihnachtsfest.

»Wie ich vorhin schon sagte – Sie sind herzlich eingeladen.« Lara folgte ihm die geschwungene Treppe hinab. »Hier entlang, bitte.« Sie waren im Foyer angekommen und schwenkten in den linken Seitenflügel ab. Lara beeilte sich, zu dem Sektenführer aufzuschließen. »Nutzen Sie auch die Kellerräume?« Romain Holländer erstarrte mitten in der Bewegung, drehte sich zu Lara um und musterte sie scharf. »Was meinen Sie mit ›nutzen‹?«

»Nun, ob dort auch Büro- oder Andachtsräume sind, zum Beispiel.«

Sein Gesichtsausdruck wechselte in schneller Folge von Überraschung zu Nachdenklichkeit und dann zu Ärger. Gleich darauf glätteten sich die Züge und wurden wieder zu der sanftmütigen netten Maske, die Lara schon die ganze Zeit gesehen hatte. »Nein. Dort sind lediglich Lagerräume.« *Und es gibt keine Möglichkeit, dass ich diese besichtigen kann, was, mein Freund?*

»So und hier ist unser Speisungsraum. Nach Ihnen.« Er öffnete die Tür, und Lara ging voran, den Blick auf die mindestens vierzig Leute gerichtet, die in Gruppen an schlichten Tischen saßen und warteten. Es war still im Raum, auffällig still: Niemand murmelte, kein Geschirr klapperte, die Kinder plapperten nicht, sondern saßen wie kleine Zinnsoldaten auf ihren Stühlen; alle Blicke waren auf die unbekannte Besucherin gerichtet. Erst als Romain Holländer hinter ihr ein unsichtbares Zeichen gab, erwachte die ganze Gesellschaft aus ihrem Dornröschenschlaf. Aber auch jetzt waren sie dabei leise. Lara folgte dem Sektenführer bis zu einem Tisch an der Fensterfront und versuchte, unauffällig die Menschen zu beobachten. Gleichzeitig fragte sie sich, warum Jo noch nicht angerufen hatte. Es erschien ihr unwahrscheinlich, dass er zum Fotografieren bei dem vermeintlichen Leichenfund zwei Stunden brauchte. Aber womöglich war noch ein anderer Auftrag hereingekommen. Sie beschloss, jetzt nicht mehr darüber nachzudenken, sondern sich voll und ganz dem Geschehen hier zu widmen. Auf dem Heimweg war immer noch genug Zeit, den Freund anzurufen.

»Ich habe es mindestens fünfmal probiert.« Jo drückte ein paar Tasten seines Handys. »Sechsmal, um genau zu sein. Aber du bist einfach nicht rangegangen.«

»Das ist merkwürdig.« Auch Lara hatte ihr Mobiltelefon in der Hand. »Vor zwei Minuten erst habe ich die Meldung bekommen, dass in meiner Abwesenheit Anrufe eingegangen sind. Da drin«, sie zeigte auf das verschnörkelte Tor der Sektenvilla, »gab es anscheinend keinen Empfang.« Sie musterte die Auffahrt. Die Blätter der verschneiten Rhododendronbüsche waren in der Kälte zu schmalen dunklen Röhren eingerollt. Jos Honda hatte auf der gegenüberliegenden Straßenseite geparkt, als sie endlich – es war bereits halb acht – herausgekommen war, den Kopf voller widersprüchlicher Eindrücke. Er stehe hier seit halb sieben, hatte er ihr erklärt.

»Jedenfalls bin ich froh, dass du da heil wieder rausgekommen bist.« Jo schaute nach vorn. Weiße Flocken landeten auf der Windschutzscheibe und zerflossen zu winzigen Tröpfchen. Es war warm im Auto. Der Motor schnurrte. »Noch ein paar Minuten länger und ich wäre da reingestürmt und hätte nach dir gesucht.«

»Ich hätte doch auch längst weg sein können. Woher wusstest du, dass ich noch drin war?«

»Intuition. Außerdem wärst du doch sonst ans Telefon gegangen, oder?«

»Da hast du auch wieder recht. Ich habe an der sogenannten Abendspeisung teilgenommen.« Lara malte mit dem Zeigefinger einen Kreis auf die beschlagene Scheibe ihres Fensters und berichtete über den Ablauf des Besuches. »Dieser Romain Holländer macht einen ganz seriösen Eindruck. Allerdings bin ich nicht dazu gekommen, mit seinen Leuten zu reden. Er hat mich die ganze Zeit über abgeschirmt. Ich saß bei ihm am Tisch und wurde von einer älteren Frau bedient. Es gab keine Gelegenheit, sich unbeobachtet mit Sektenmitgliedern zu unterhalten.«

»Welchen Eindruck hattest du denn von ihnen? Wirkten sie eingeschüchtert oder ängstlich?«

»Eher zurückhaltend. Die Kinder waren ausgesprochen folgsam und still.«

»Dann versuchen wir beim nächsten Mal, wenn ich dabei bin, einige von ihnen zu befragen.«

»Gute Idee. Holländer hat jedenfalls nichts dagegen, dass ich noch einmal wiederkomme und einen Fotografen mitbringe.« Sie dachte kurz nach: »Bis jetzt könnte ich nicht sagen, dass dort etwas nicht gestimmt hat. Bis auf den fehlenden Handyempfang.«

»Vielleicht blockieren sie die Signale?«

»Warum sollten sie das tun? Du bist ein bisschen paranoid.« Lara sah zu ihm hinüber und stellte fest, dass Jo sie unverwandt ansah. Seine Pupillen waren groß und dunkel.

»Vielleicht bin ich das.« Noch ehe sie über eine passende Antwort nachdenken konnte, beugte er sich zu ihr herüber, nahm ihren Kopf in beide Hände und drückte seinen Mund auf ihren. Lara spürte die weichen Lippen, das leichte Kratzen seines Kinns und die Wärme seiner Handflächen an ihren Wangen, während ihr Herz einen Stolperschlag tat und dann vorangaloppierte. Der Moment dauerte nur wenige Sekunden, dann löste er sich von ihr und sah sie an. »Entschuldige.«

»Ist OK.« Lara betrachtete ihr Handy, das sie noch immer in der Rechten hielt, als habe sie es noch nie gesehen. Ihre Wangen glühten.

»Wollen wir irgendwo etwas essen?« Jo klang heiser.

»Hunger habe ich nicht. Da drin gab es Suppe und zum Nachtisch Pudding, und es hat sehr gut geschmeckt. Ich glaube, die kochen selbst.«

»Dann etwas trinken?« Er war hartnäckig. »Ich muss dir unbedingt von der Leiche in der Bankfiliale erzählen. Und bei einem Glas Wein geht das besser als hier in diesem Blechkasten.«

»Na gut. Aber höchstens eine Stunde. Ich möchte morgen früh

in der Redaktion nicht in den Seilen hängen.« Sie musste in Bestform sein, wenn sie Tom ihre Stellungnahme zu der Abmahnung auf den Tisch legte.

»Super.« Jo schnallte sich an.

Lara wandte sich ab und schob das Mobiltelefon in die Manteltasche. Die Finger stießen auf etwas Hartes und tasteten. Glatte Oberfläche, dünn und rechteckig. Weder ein Schlüssel, noch das Diktiergerät. Sie griff zu, zog das unbekannte Objekt hervor und schaute dann verblüfft auf das mehrfach gefaltete Blatt.

»Was hast du denn da?«

»Sieht aus wie ein Zettel.« Die Finger nestelten das Papier auseinander und Lara überflog die Zeilen. »Das muss mir dort drin jemand in die Manteltasche gesteckt haben, während ich bei diesem Holländer im Büro saß.«

»Was steht denn da?« Jo hatte sich herübergebeugt.

Lara hörte sein Atmen, und die Hitze wallte erneut in ihrem Gesicht auf. »Achten Sie auf den Keller!«

Rhythmisches, dumpfes Schaben weckte Lara aus ihrem wirren Traum. Sie sah an die Zimmerdecke. Draußen schippte jemand Schnee. Kein Lichtstrahl drang herein. Es musste sehr früh am Morgen sein, ihr Wecker hatte noch nicht geklingelt. Sie schloss die Augen und öffnete sie im gleichen Moment wieder. Neben ihr atmete jemand.

Noch bevor sie erschrecken konnte, kam die Erinnerung heraufgesprudelt: der schwere Wein, die Wärme in dem Lokal, die Gespräche der anderen, leises Gelächter, Kerzenschein. Jo hatte ihr von seiner Entdeckung beim Filmen der Leiche aus der Bankfiliale erzählt und dass er glaubte, etwas, das wie Schrift aussah, auf der Stirn des Toten entdeckt zu haben. Er würde gleich morgen den Film Bild für Bild auswerten, um herauszufinden, ob er recht hatte. Seine Augen hatten gefunkelt, als er gesagt hatte: »Weißt du, was das bedeutet?« Sie wusste es. Natürlich. Da draußen war ein verrückter Serientäter am Werk. Jemand, der Frauen und Männer ermordete und ihnen Texte auf Stirn und Rücken tätowierte.

Und dann waren sie aufgebrochen und zu Jo gefahren. Er hatte gar nicht gefragt, ob sie zu sich nach Hause wollte, sondern war einfach davongebraust, wie immer zu schnell, und Lara hatte nicht dagegen protestiert. Sie war ein wenig beschwipst gewesen und wenn sie ehrlich war, auch ein wenig geil. Ziemlich geil. Lara verdrehte in der Dunkelheit die Augen. Jo schien es genauso gegangen zu sein. Seit Monaten fragte sie sich, ob er tatsächlich etwas von ihr wollte, oder ob sie sich das nur einbildete. Der Alkohol schien ihm die Hemmungen genommen zu haben. Oder war es einfach eine willkommene Gelegenheit gewesen? Der Rotwein, den sie beide in Jos Küche getrunken hatten, schien ihren Widerständen endgültig den Garaus gemacht zu haben, und wenig später waren sie im Bett gelandet. Lara rieb sich über die Stirn und ließ die Hand dann über ihren nackten Körper gleiten. Nicht, dass es nicht schön gewesen wäre, aber war es auch das Richtige gewesen?

Jo schnaufte und drehte sich dann um. Sie überlegte, ob sie ihre Sachen zusammensuchen und gehen sollte, bis ihr einfiel, dass ihr Mini noch immer im Parkhaus neben der Redaktion stand. Sie dachte an die Ratschläge ihrer Freundin Doreen. »Stell dir euch beide im Bett vor. Und dann frag dich: Fühlt es sich richtig an?«

Fühlte es sich richtig an? Lara starrte in die Dunkelheit. Sie wusste es nicht. War das nicht ein Indiz dafür, dass es *nicht* passte? Sie musste Abstand gewinnen, um in Ruhe darüber nachdenken zu können.

24

»Ich gehe heute etwas eher.« Gerda Saibling schloss alle Programme und fuhr den Rechner herunter. »Ich muss noch einkaufen, und um vier habe ich einen Friseurtermin.« Sie strich sich über die Löckchen und schüttelte sie dann. »Färben und nachschneiden.«

Sibylle Leitsmann schaute von ihren Akten auf. »Na sicher doch. Du hast doch bestimmt genug Überstunden zum Absetzen?«

»Immer.« Gerda Saibling sortierte die Dinge in ihrer Handtasche und erhob sich dann. »Wann kommst du morgen?«

»Gegen zehn. Ich habe morgen früh einen Termin bei einer unserer Langzeitklientinnen.«

»Dass du immer so eifrig mit den Hausbesuchen bist …«

»Das lässt sich in diesem Fall nicht vermeiden. Ich betreue die Familie schon seit anderthalb Jahren, und es ist mal wieder Zeit, vorbeizuschauen. Viel Spaß beim Einkaufen!« Sibylle Leitsmann winkte kurz und neigte den Kopf wieder über die Papiere.

Mit einem Klacken fiel die Tür ins Schloss. Im Korridor roch es nach Bohnerwachs und ranzigem Fett. Gerda Saibling rümpfte die Nase und ging schneller. Seit Jahren versuchten die Reinigungskräfte, den Geruch zu bekämpfen, aber er kam immer wieder.

Sie war allein im Fahrstuhl. Die Türen klapperten beim Schließen, dann ging es abwärts. Der Eingangsbereich war fast leer, auf einem der Klappsitze an der rückwärtigen Wand saß ein mit Schal und Mütze vermummter Mann, daneben eine junge Frau mit Kinderwagen. Am Glasschalter stand ein dünner Kerl, der unter den Augen und am Hals tätowiert war. Wahrscheinlich war er auch an allen möglichen anderen Stellen tätowiert. Gerda Saibling dachte »Assi«, nickte dem Kollegen hinter dem Schalter zu und ging hinaus.

Eisiger Wind fauchte ihr entgegen, Schneeflocken wirbelten auf und ab, wurden herangeweht und peitschten ihr ins Gesicht. Gerda Saibling zog den Strickschal über den Mund und ärgerte sich zum wiederholten Mal über ihre Halbstiefel. Sie sahen schick aus, aber die Sohlen waren glatt wie Schmierseife. Vielleicht sollte sie sich tatsächlich ein Paar dieser klobigen Moonboots für den Winter zulegen. Im Amt konnte sie die ja dann wieder gegen ihre modischen Stiefeletten eintauschen.

Der Schnee dämpfte alle Geräusche. Auf dem Parkplatz war nicht geräumt, und Gerda Saibling nahm sich vor, sich über den Hausmeisterdienst zu beschweren. Auch wenn es ununterbrochen schneite, mussten sie räumen. Und zwar nicht nur den schmalen Gehweg vor dem Amt und die Stufen zum Eingang, sondern auch auf dem angrenzenden Parkplatz. Dafür wurde die Firma schließlich bezahlt.

Ihr Auto stand ziemlich weit vom Haupteingang entfernt zwischen zwei Schneewällen. Gerda Saibling dachte an ihren Einkaufsbummel und dass sie sich einen neuen Schal und vielleicht das eine oder andere Kleidungsstück kaufen würde. Das Ganze mit frisch gestylten Haaren. Sie lächelte zufrieden, schloss das Auto auf und griff nach dem Handfeger, mit dem sie den Wagen abkehren wollte.

Im Aufrichten sah sie, dass der mit Schal und Mütze vermummte Mann vom Foyer in ihre Richtung lief. Wahrscheinlich hatte er hier auch irgendwo geparkt. Gerda Saibling ging um ihr Auto herum und begann, den Besen zu schwingen.

Der Mann schwitzte. Das artete allmählich in Schwerstarbeit aus. Gestern hatte er diesen Schwächling von Immobilienberater entsorgt. Der Typ hatte mindestens neunzig Kilo gewogen. Er hatte lange nach einer abgelegenen Banktiliale mit wenigen Wohnhäusern in der Nähe gesucht, die montags schon am frühen Nachmittag schloss, wenig frequentiert wurde und keine durchgängige Videoüberwachung hatte. Und trotzdem war es ein ziemliches Risiko gewesen, den toten Mann dort zu präsentieren. Die gefährlichsten Minuten waren die gewesen, in denen er die Leiche ausgepackt und vor dem Geldautomaten arrangiert hatte. Aber das Glück war ihm hold gewesen, und das hatte ihn in seinem Vorhaben bestärkt. Die Mächte waren mit ihm und wünschten, dass er seine Pläne zu Ende führte. Den restlichen Nachmittag bis in den Abend hinein hatte er seine Pflichten erfüllt, um dann gegen Mitternacht in einen komatösen Schlaf zu fallen, aus dem er kaum erholt erwacht war. Und doch durfte er sich keine Pause gönnen. Die Mächte hatten ihm zu verstehen gegeben, dass die Zeit drängte. Wer weiß, wie lange ihm noch bleiben würde, bis man ihm auf die Spur kam.

Deshalb war er heute gleich nach dem Mittag zu der Behörde geeilt, um seine Auserwählte nicht zu verpassen. Die Frau verließ das Jugendamt an manchen Tagen schon zeitig. Und so war es auch heute. Noch ein Beweis dafür, dass sie ihrer Tätigkeit gleichgültig gegenüberstand.

Sein Blut rauschte in den Ohren und er hörte sich selbst keuchen, während er die schlaffe Frau die Treppen hinunterschleifte. Die Auserwählte war ein schwerer Brocken. Sie wog mindestens so viel wie dieser geldgierige Immobilienhai. Aber er konnte sich schließlich seine Opfer nicht nach Körpergewicht aussuchen. Und dieses Mal würde er auch nicht die Zeit haben, die Delinquentin tagelang zu behandeln. Sie war erst die vierte, und weitere würden ihr folgen. Maximal zwei Tage mit ihr gab sich der Mann. Das würde reichen, um ihr ihre Verfehlungen vorzuhalten und die Ermahnungen in sie einzugravieren. Er wollte sein Werk vollenden. Die Polizei schlief nicht. Womöglich waren sie ihm schon auf den Fersen. Das Vorhaben, die Auserwählten vor ihrem Tod zur wahrhaftigen Reue zu bewegen, hatte er aufgegeben. Die Kellertür quietschte in den Angeln. Er schleppte die bewusstlose Frau hinein, ließ sie keuchend auf den Boden sinken und wischte sich den Schweiß von der Stirn.

*

»Ist er schon zurück von der Schule?« Die dürre, großgewachsene Frau bejahte.

»Ich möchte mit ihm sprechen. Lass ihn zu mir ins Besprechungszimmer kommen.« Romain Holländer sah Gerlind Westfal nach, ehe er sich umdrehte, um sich in den Besprechungsraum zu begeben. Sie stakte wie ein Storch die breiten Stufen zur Eingangshalle hinab.

Oben war es still. Nicht ein Laut drang zu den breiten Fenstern herein. Er genoss die Abwesenheit aller Farben, straffte sich und rief sich die schmale Gestalt seines Besuchers ins Gedächtnis. Der Junge hatte in den letzten Monaten abgenommen. Man würde seine Suggestionen erneuern müssen. Manchmal verblichen sie mit der Zeit, vergaß das Gehirn die Botschaften. Es klopfte.

»Prinzipal?« Gerlind Westfal nickte ihm zu und schloss dann die Tür von außen. Romain Holländer blieb unbeweglich sitzen, die Beine locker übereinandergeschlagen, die Hände gefaltet, und musterte den Gast. Nach einigen Sekunden des Schweigens deutete er neben sich. »Nimm Platz.« Der Junge kam zögerlich näher, setzte sich auf die Kante des weißen Sofas und schaute geradeaus.

»Sieh mich an. Ich möchte mit dir sprechen.« Marcel Wörth drehte langsam den Kopf. Romain Holländer sprach mit schleppender Stimme. »Entspanne dich. Entspanne dich. Es wird dir nichts geschehen. Ich möchte nur mit dir reden.« Die Schultern des Jungen sanken nach unten. »Sieh mir in die Augen. Du fühlst dich wohl.«

Es dauerte mehrere Minuten, bis der Junge in einen Trancezustand geriet, deutlich länger, als Romain Holländer gedacht hatte, aber er hatte sich den Kleinen auch längere Zeit nicht vorgenommen. Erst als die Lider des Jungen zu flattern begannen und er an die Lehne des Sofas sank, den Kopf nach hinten geneigt, versetzte Romain ihn an einer anderen Ort und begann mit der Befragung. Frieder Wörth hatte sich einem Gespräch mit dem Prinzipal seit Tagen entzogen, so als ahne er, dass dieser ihn ausfragen wollte. Jetzt war er zur Arbeit, und Romain Holländer hatte beschlossen herauszufinden, ob sein Sohn etwas wusste.

»Wie läuft es in der Schule?«

»Nicht so gut. Ich muss mir mehr Mühe geben.«

»Und zu Hause? Vermisst du deine Mutter?«

»Sie ist eine Hure.« Während er dies sagte, schüttelte Marcel Wörth den Kopf. Zwei Tränen quollen unter den halbgeschlossenen Lidern hervor.

»Wer sagt das?«

»Vater.«

Romain Holländer beschloss, nicht weiter nachzufragen. Anscheinend war Frieder Wörth noch immer so wütend auf seine Frau, dass er sogar seinen Sohn dazu brachte, sie zu verachten. Und das verringerte die Wahrscheinlichkeit, dass er sich an den Abenden, an denen er das Haus verließ, mit *ihr* traf.

»Sei ruhig, Marcel. Alles ist gut. Du fühlst dich wohl und bist glücklich.« Der Junge entspannte sich wieder.

»Liebst du deinen Vater?« Jetzt nickte der Junge träge. Natürlich liebte Marcel Wörth seinen Vater. Geschwister hatte er keine, den Kontakt zu den Großeltern hatten sie vor langer Zeit abgebrochen. Der Vater war die einzige Person, die dem Kind noch geblieben war.

»Und er kümmert sich um dich?«

»Ja.«

»Abends auch?«

»Nicht immer.«

»Manchmal geht er weg und lässt dich allein?«

»Wenn er denkt, ich schlafe.« Der Junge schluckte.

»Wohin geht er?«

»Das weiß ich nicht. Er glaubt, ich merke es nicht.«

»Morgens ist er wieder da?«

»Ja.«

»Was hat er an, wenn er weggeht?«

»Das, was er immer trägt.«

»Nimmt er etwas mit? Eine Tasche, andere Dinge?«

»Ich glaube nicht.« Marcel Wörth runzelte die Stirn. »Seine Brieftasche. Den Schlüssel für die Pforte.«

Romain Holländer betrachtete das weiche Gesicht und überlegte, ob er die falschen Fragen stellte. Andererseits wusste er auch nicht, was er sonst noch fragen sollte.

»Wann kommt er denn morgens immer zurück?«

»Ich weiß nicht genau. Wenn ich aufwache, ist er wieder da.«

»Bringt er dann etwas mit?«

»Nein.«

Das führte zu nichts. Das Kind hatte keine Ahnung, wo der Vater hinging, was er dort tat und wann er zurückkehrte. Romain Holländer beschloss, die Befragung zu beenden. Er würde dem Jungen neben der Verstärkung bereits vorhandener Suggestionen noch den Befehl implantieren, den Vater genauer zu beobachten und alle Abweichungen vom normalen Tagesablauf zu registrieren, um sie dann in einem unbewussten Bereich abzuspeichern, auf den er sich mit einem Codewort Zugang verschaffen konnte. In den nächsten Tagen musste er sich dann unbedingt Frieder Wörth selbst vornehmen. Der Mann wurde allmählich gefährlich. Was, wenn er draußen Dinge ausplauderte, die keinen Außenstehenden etwas angingen? Wenn er Interna aus dem Leben der *Kinder des Himmels* preisgab? Das konnte die gesamte Gemeinschaft gefährden. Melinda Weiß hatte den Auftrag, Frieder weiterhin zu beschatten, aber es war ihr bisher nicht gelungen, etwas Interessantes herauszufinden. Am Wochenende war sie noch einmal bei dem Haus in Plagwitz gewesen, in dem Frieder Wörth neulich abends verschwunden war, und hatte herausgefunden, dass es einen Hofausgang besaß, über den man zu den Nachbarhäusern kam. Von dort konnte man leicht auf die angrenzende Straße gelangen. Die Hausbewohner der Josephstraße, die Melinda Weiß mit Frieders Foto befragt hatte, kannten ihn nicht. Das Ganze war bisher ziemlich unbefriedigend, aber er würde schon noch herausfinden, wo sich der Vater dieses Jungen nachts herumtrieb.

Romain Holländer betrachtete nachdenklich Marcel Wörths helles Haar und lächelte dabei. Der Kleine atmete flach, seine Lider flatterten ab und zu, als träume er etwas Aufregendes.

Er strich einmal über die samtigen Wangen des Jungen und dachte dabei an seinen neuen Altardiener Konrad. Konrad der goldgelockte Engel. Die Vorfreude auf kommende Genüsse ließ ihn schneller atmen. Marcel war zwar auch noch knabenhaft für seine elf Jahre, würde seine Kindlichkeit aber schon bald ablegen. Romain Holländer hatte ein Gespür für solche Dinge. Er ließ die streichelnde Hand langsam über Schultern und Rücken nach unten gleiten. »Du erinnerst dich an nichts. *Nichts* von dem, was hier geschehen ist und geschehen wird. Wir haben ein Gespräch über deine schulische Entwicklung geführt. Deine *schulische Entwicklung*, sonst nichts, Marcel. Du willst dir in Zukunft mehr Mühe geben.« Während seine Finger an der Jeans des Jungen nestelten, stellte er sich das pausbäckige Gesicht Konrads vor.

25

»Der Angeklagte hat eingeräumt, am achtzehnten August vergangenen Jahres mehrfach auf den 58-jährigen Lehrer mit einem Kampfmesser eingestochen zu haben. Die Staatsanwaltschaft ist der Auffassung, dass der 23-Jährige zur Tatzeit weder in seiner Einsichtsfähigkeit noch in seiner Steuerungsfähigkeit beeinträchtigt war. Er handelte damit uneingeschränkt schuldfähig.«

Der Staatsanwalt war ein kleiner, agiler Mann. Lara überflog die ausgedruckten Pressemitteilungen, die sie sich mitgenommen hatte. Sie musste nicht alles mitschreiben. Erst wenn der Angeklagte selbst – ein verweichlicht aussehendes Bürschchen mit einem Fusselbart – an der Reihe war, würde sie den Stift zücken.

Im Gerichtssaal war es warm. Lara ließ den Blick über die Sitzreihen schweifen und suchte nach bekannten Gesichtern. Der Prozess gegen den jungen Mann, der seinen früheren Berufsschullehrer mit einem Messer getötet hatte, erregte zwar mediales Aufsehen, da die Tat jedoch ein gutes halbes Jahr zurücklag und inzwischen weit spektakulärere Verbrechen geschehen waren, waren einige Pressevertreter nicht erschienen. Die Hauptmeldungen konnte man ja dann von einer der Agenturen übernehmen. Und auch sie war nur hier, weil sie die gespannte Atmosphäre in der Redaktion nicht mehr ertragen hatte. Wer weiß, ob überhaupt ein ausführlicher Bericht über diesen Fall heraussprang. Sie hatte Tom gestern ihre Stellungnahme auf den Tisch gelegt, sein verächtliches Schnaufen ohne ein Wort hingenommen und war hoch erhobenen Kopfes wieder hinausmarschiert. Der Redaktionsleiter schien zu wissen, was in dem Schreiben stand.

Vorn wedelte der Staatsanwalt mit den Armen. Sein Tonfall

wurde lauter. »Florian Meschel fügte seinem Opfer mehrere Messerstiche zu, darunter einen Stich in die Brust, der das Herz traf. Der Angeklagte hatte die Gewalttat seit längerer Zeit geplant. Schriftliche und elektronische Aufzeichnungen beweisen, dass er sich über andere Amoktaten informiert hat. Bei der Durchsuchung seiner Wohnung wurden insgesamt sechzehn Schusswaffen sichergestellt, darunter Schreckschuss- und Luftdruckgewehre. Zudem wurden Chemikalien entdeckt, die sich zum Bau von Sprengsätzen eignen.«

Lara versuchte, einen Blick auf den Angeklagten zu erhaschen, aber der hatte die Kapuze seiner Fleecejacke bis über das Gesicht gezogen. Sie wusste trotzdem, wie er aussah, ein langer schlaksiger Bursche mit Aknenarben und einer viel zu großen Nase. Wahrscheinlich hatte man ihn deswegen seit seiner Kindheit gehänselt.

»... verwickelte er den 58-Jährigen nach dem Unterricht in ein Gespräch und brachte ihn dazu, mit ihm durch ein abseits liegendes Treppenhaus zu gehen. Dort stach er mit dem Kampfmesser mehrfach auf sein Opfer ein. Der Lehrer erlag noch am Tatort seinen Verletzungen. Nach der Tat zog der Angeklagte durch das Schulgebäude, zündete Feuerwerkskörper an, schoss mit einer Schreckschusswaffe auf den Schulleiter und bedrohte mehrere andere Lehrer. Er hatte den Plan, dass es nicht bei einem Opfer bleiben sollte ...«

Ein Pressezeichner vorn links skizzierte die Szenerie. Er sah von der Seite ein bisschen aus wie Mark. Lara dachte an das gestrige Frühstück mit Jo. Am Morgen hatte er getan, als wäre alles ganz normal, und sie hatte das Spiel mitgespielt. Den Gedanken, er könnte sie im Parkhaus vorbeifahren, damit sie so tun konnte, als wäre sie mit ihrem eigenen Auto gekommen, hatte Lara schnell wieder verworfen. Falls Tom sie erneut aus Jos Auto aussteigen sah – na wenn schon. Sie konnte kommen und gehen, mit wem sie wollte. Ihr Privatleben ging Tom einen feuchten Kehricht an. Sie war an ihren Platz gestürmt und hatte sich an die

Arbeit gemacht, während Jo wortlos im Nebenraum verschwunden war, um sich die Aufnahmen von der Leiche in der Bankfiliale noch einmal vorzunehmen. Einige der Fotos hatte er gleich gestern noch an zwei Agenturen verkauft.

»… plädiert die Staatsanwaltschaft auf Mord aus niedrigen Beweggründen.« Der Staatsanwalt war fertig und sah sich triumphierend im Gerichtssaal um, ehe er Platz nahm. Lara schob die Erinnerungen beiseite. Jetzt würde die Verteidigerin Stellung zur Anklage nehmen, und sie musste sich konzentrieren, auch wenn sie sich vorstellen konnte, was diese sagen würde.

»Hallo? Hört mich jemand?« Dumpfes Poltern. »Hilfe! Hiiilfe!« Das verzerrte Gesicht einer Frau tauchte aus dem Nebel auf, ihr Mund war weit aufgerissen, die Augen zusammengekniffen. Sie lag auf dem Rücken, hatte die Beine angewinkelt und stieß die Füße rhythmisch gegen eine Wand, wobei sie immer wieder um Hilfe schrie. Nach einer Weile erlahmte das Trommeln, die Frau öffnete die Augen wieder, drehte sich auf den Bauch und versuchte, in eine sitzende Position zu gelangen. Ihre Hände, die die ganze Zeit hinter dem Rücken verborgen gewesen waren, waren an den Handgelenken gefesselt. Sie hatte ein kleines rundes Pfannkuchengesicht, die Bäckchen hingen leicht nach unten, die Mundwinkel auch. Jetzt versuchte sie aufzustehen, fiel aber gleich wieder hin.

»… sieht die Verteidigung die Mordmerkmale Heimtücke und niedere Beweggründe nicht als erwiesen an … plädieren wir auf eine Verurteilung wegen Totschlags.« Die Verteidigerin sah sich im Gerichtssaal um, strich ihren schwarzen Rock glatt und setzte sich neben den Angeklagten.

»Was ist denn hier los?« Die gefesselte Frau, die noch immer wie ein dicker Käfer auf dem Bauch lag, sah hoch. Ihre Augen weiteten sich. Dann kreischte sie ein heftiges »Nein!« heraus.

»Schreien ist sinnlos.« Die Männerstimme aus dem Hintergrund näherte sich. Ein Rücken in einer olivgrünen Jacke kam ins Bild. In der Hand hatte der Mann einen altertümlichen Arztkoffer aus braunem Leder. Die Augen der Frau funkelten wütend und sie setzte zu einem neuen Aufschrei an, als sich der Besucher nach vorn beugte und seine Rechte in ihr Gesicht fuhr. Sofort schloss sich ihr Mund mit einem empörten Schnappen, während auf der Wange ein roter Fleck aufblühte.

»Du kannst es leicht oder schwer haben. Das hängt ganz von dir ab. Überleg es dir, aber hör auf, zu kreischen. Das nervt mich nämlich.« Die Frau starrte mit versteinertem Gesichtsausdruck auf ihren Besucher, der jetzt den Arztkoffer neben ihr auf den Boden stellte und öffnete. »Was ist dir lieber?« Noch immer keine Regung. »Nun gut. Vielleicht sollte ich dir noch etwas Bedenkzeit geben. Währenddessen können wir deine Verfehlungen besprechen.« Der Mann richtete sich auf. Sein Körper begann in Zeitlupe, sich zu drehen, die Schulter schwenkte herum, eine Nase kam ins Bild. Gleich würde sein Gesicht zu sehen sein, gleich …

»Nein, wartet noch … Mist!« Lara hielt sich die Hand vor den Mund und sah sich um. Die Leute im Saal hatten sich von ihren Plätzen erhoben, ordneten ihre Sachen, verstauten Papiere in Aktentaschen, tuschelten miteinander. Drei Reihen weiter vorn winkte Frank Schweizer. Lara kämpfte sich dem Menschenstrom entgegen. Frank würde ihr sagen können, was in der letzten halben Stunde passiert war.

»Es sind vier weitere Verhandlungstermine anberaumt. Für Freitag hat das Gericht mehrere Zeugen und zwei Gutachter geladen. Einer der Gutachter hat die Schuldfähigkeit des Angeklagten geprüft.«

»Gut, danke.« Lara klappte ihr Notizbuch zu. »Ich habe vor mich hin geträumt und nur die Hälfte mitbekommen. Wenn wir unsere Diktiergeräte benutzen dürften, wäre alles viel einfacher.«

»Das passiert mir auch manchmal. Kommst du noch mit auf einen Cappuccino?«

»Nein, ich muss dringend telefonieren und dann habe ich noch einen Termin.« Sie schlüpfte in ihren Mantel und zog die Handschuhe aus der Tasche. »Beim nächsten Mal gern.«

»Alles klar. Dann bis Freitag.« Frank Schweizer verschwand in Richtung der Caféteria.

Auf dem Weg nach draußen schaltete Lara ihr Handy ein und sah die eingegangenen Nachrichten durch. Zwei unbekannte Nummern, die Redaktion und Jo. Die mussten warten. Sie würde jetzt zuerst Stefan Reinmann anrufen. Sein Versprechen, ihr die Übersetzungen der Texte bis Montag zu liefern, hatte er nicht gehalten und heute war schon Mittwoch. Der Mann schien unzuverlässiger zu sein, als es den Anschein gehabt hatte. Sie dagegen hatte am Montag brav das Video von der *Rootdesign*-Show bei der Polizei abgeliefert, wie sie es Mark versprochen hatte.

Gestern war in der Redaktion die Hölle los gewesen. Mehrere Unfälle auf vereisten Straßen, ein Stromausfall in Taucha, von dem Hunderte Haushalte betroffen gewesen waren, eine Bombendrohung in der *Galeria Kaufhof,* die Vollsperrung der A14, nachdem ein Tanklaster in die Leitplanken gefahren und umgekippt war. Die Telefone hatten unentwegt geklingelt, und jeder, der verfügbar war, hatte zu einem Einsatz gemusst. Erst abends, auf dem Heimweg von einem Großeinkauf, hatte sie wieder an den Sektenbeauftragten gedacht und ihm eine Nachricht auf Band gesprochen.

»Herr Reinmann?«

»Am Apparat.«

»Lara Birkenfeld hier. Ich hatte sie gestern um Rückruf gebeten.«

»Oh, Frau Birkenfeld! Seien Sie mir nicht böse. Ich bin wirklich zerknirscht, aber es war so viel zu tun, dass ich nicht dazu gekommen bin, Sie anzurufen.«

Hatte er gerade tatsächlich »zerknirscht« gesagt? Lara beobachtete, wie eine Politesse auf der anderen Straßenseite einen schwarzen Volvo fotografierte und dann begann, ein Knöllchen auszuschreiben.

»Sind Sie mit den Übersetzungen so weit?« Brauchte sie die Texte überhaupt noch?

»Ich bin fertig damit.«

»Können Sie mir das Ganze mailen?«

»Lieber nicht. Es ist ziemlich kryptisch. Ich weiß nicht, ob Sie die ganzen Metaphern zuordnen können. Solche Texte sind oft mit Gleichnissen und Bildern überfrachtet. Außerdem habe ich es handschriftlich übersetzt.« Stefan Reinmann klang kratzig. Lara beschloss, ihn nicht zu fragen, ob er die Seiten einscannen könne. Wahrscheinlich kannte sich der Kirchenmann damit sowieso nicht aus. »Gut, dann schaue ich einfach schnell bei Ihnen vorbei. In einer Stunde?« Wenn sie gleich in die Redaktion zurückfuhr, um den Artikel über den Prozessbeginn ins System einzuspeisen, war es zu schaffen.

»Äh … das wäre dann um fünf?«

»Ja.«

»Na gut, kommen Sie vorbei, und ich erkläre Ihnen alles. Ich muss zwar dann noch einmal los, aber für eine Tasse Tee reicht die Zeit gerade.« Tee mit dem Sektenbeauftragten. Lara trat von einem Fuß auf den anderen und presste das Handy fester ans Ohr. Der eisige Wind fegte winzige Schneekristalle in ihr Gesicht, und ihre Nase lief. »Bis gleich.« Sie legte auf.

»Sie sind Frau Birkenfeld?« Die Frau lugte über den Rand ihrer Brille. Sie trug einen blauen Rock und flache Schuhe. Stefan Reinmanns Putzfrau glich mit den zu einem strengen Dutt aufgezwirbelten Haaren eher der frommen Helene von Wilhelm Busch. »Bitte kommen Sie herein.« Sie hielt Lara die Tür auf und nahm ihr den Mantel ab. »Stefan erwartet sie.« Stefan? Lara betrachtete die Frau genauer. Hinter der Fassade der Putzfrau versteckte sich eine schlanke Vierzigjährige. Mit etwas Schminke, Kontaktlinsen und offenen Haaren würde sie attraktiv aussehen. Hatte der Kirchenmann eine Affäre mit ihr? Möglich war alles. Sie meinte sich zu erinnern, dass Stefan Reinmann geschieden war und zwei Söhne hatte. Viele Männer ertrugen es nicht, über einen längeren Zeitraum hinweg allein zu sein. Sie betrat das Arbeitszimmer und lächelte.

»Bitte nehmen Sie Platz.« Stefan Reinmann lächelte auch, erhob sich und wartete, bis sie sich gesetzt hatte. Ganz die alte Schule. Heute trug er einen dunkelblauen Rollkragenpullover und legere schwarze Stoffhosen. Auf dem Tisch neben ihm lagen mehrere Blätter Papier, das oberste war eng beschrieben. Nach zwei Minuten Smalltalk über das Wetter erschien die Putzfrau mit einem Tablett, auf dem eine Glaskanne mit Teeeinsatz und zwei Teegläser standen. Dazu gab es braunen Kandiszucker und Sahne.

»So, dann schauen Sie mal, ob Sie es entziffern können.« Stefan Reinmann reichte ihr das erste Blatt, und Lara betrachtete die schwungvolle, nach rechts geneigte Handschrift. »Das ist der erste Text, den Sie mir gegeben haben. Es sind wortwörtliche Zitate aus der Bibel, konkret ist es ein Teilstück des ersten Briefes von Petrus, Kapitel drei.«

Lara überflog die Zeilen, während der Sektenbeauftragte weiterredete. »Im ersten Teil geht es um Frauen und Männer, dann wird zur Eintracht aufgerufen und der Schlussteil befasst sich mit dem rechten Verhalten in der Welt.« Er wartete einen Augenblick und fuhr dann fort. »Ich habe Ihnen eine wörtliche Übersetzung danebengeschrieben und außerdem eine sinngemäße angefügt.«

Laras Augen glitten über die Zeilen, sie suchte nach dem verborgenen Sinn, nach einem Bezug zu Carolin Fresnel. Das Mädchen war Model gewesen. War das der Grund dafür, dass man sie getötet hatte? Während sie las, fühlte sie Stefan Reinmanns Blicke auf sich ruhen. Ab und zu klapperte der Löffel in seiner Tasse.

Ihr Blick blieb an einer Zeile hängen, und sie las die Sätze erneut: »... Nicht auf äußeren Schmuck sollt ihr Wert legen, auf Haartracht, Gold und prächtige Kleider, sondern was im Herzen verborgen ist, das sei euer unvergänglicher Schmuck: ein sanftes und ruhiges Wesen. Das ist wertvoll in Gottes Augen.« Lara prägte sich die Zeile ein. Es war schade, dass sie den Sektenbeauftragten nicht direkt nach Verbindungen zwischen Text und Ermordung des Models fragen konnte, aber das hätte ihm verraten, woher die Texte stammten. Sie nahm die nächste Seite.

»Der zweite Text stammt auch aus der Bibel, allerdings nicht von Petrus, sondern von Salomo und man findet ihn im Buch der Sprichwörter. Es ist die sogenannte ›Warnung vor dem Ehebruch‹.«

Lara las: »Eine Frau kommt auf ihn zu, im Kleid der Dirnen, mit listiger Absicht... Nun packt sie ihn, küsst ihn, sagt zu ihm mit keckem Gesicht... Ich habe Decken über mein Bett gebreitet, bunte Tücher aus ägyptischem Leinen; ich habe mein Lager besprengt mit Myrrhe, Aloe und Zimt. Komm, wir wollen bis zum Morgen in Liebe schwelgen, wir wollen die Liebeslust kosten. Denn mein Mann ist nicht zu Hause, er ist auf Reisen, weit fort...« Sie sah hoch und blickte direkt in die regungslosen Augen des Sektenbeauftragten. »Das hier verstehe ich besser als das Erste.«

»Der Sinn erschließt sich einem eher, nicht wahr?« Er machte eine kleine Geste und stellte die Tasse ab. »Ich hoffe, das hilft Ihnen weiter. Auf der nächsten Seite habe ich Ihnen noch ein paar Anmerkungen zu den Quellen gemacht.«

»Wunderbar. Kann ich das mitnehmen?« Lara, die die Blätter noch immer in der Hand hielt, wedelte damit und sah den Mann gegenüber nicken. Was hatte Nina Bernstein mit Ehebruch zu tun? Lag hier ein mögliches Motiv? Sie nahm sich vor, dies gleich morgen herauszufinden. Die Recherchen zu den beiden Opfern waren in den letzten Tagen ein bisschen ins Hintertreffen geraten. Vorher aber würde sie sich mit Mark beraten. Im selben Moment, als Lara sich langsam verabschieden wollte, klingelte ihr Handy. Auf dem Display stand »Jo«. Sie entschuldigte sich bei Stefan Reinmann und nahm ab.

»Lara, wo bist du jetzt?«

»Bei Herrn Reinmann. Dem Sektenbeauftragten. Wegen der Texte, du weißt?« Sie hörte Jo weiterreden und sah, wie sich ihr Gegenüber Tee nachschenkte. »Ich habe neue Informationen. Frag mich nicht, woher. Auf der Stirn der Leiche aus der Bankfiliale waren zwei Wörter tätowiert, und auf ihrem Rücken stand wieder ein lateinischer Text.«

»Oh.«

»Lass uns nicht am Telefon darüber sprechen. Können wir uns sehen?«

»Ja, ich bin hier fertig.« Sie faltete die Blätter mit den Übersetzungen und erhob sich. »Wo?«

»Bist du mit dem Auto dort? Du könntest zu mir kommen. Ich koche uns etwas Leckeres.« In Laras Kopf drehte sich ein Flammenrad. Wieso wollte Jo, dass sie zu ihm nach Hause kam? Und bekochen wollte er sie auch. Das roch förmlich nach einer weiteren Liebesnacht, und sie hatte keine Ahnung, ob sie das wirklich wollte.

»Ich muss noch einmal in die Redaktion. Wir könnten uns dort treffen. In einer halben Stunde.« Sie legte auf.

»Etwas Wichtiges?« Stefan Reinmann war auch aufgestanden.

»Neue Informationen in einem Fall, über den ich gerade schreibe.« Lara ging zur Tür. »Vielen Dank für Ihre Hilfe. Vielleicht muss ich sie noch einmal in Anspruch nehmen.«

»Jederzeit gern. Rufen Sie mich einfach an oder kommen Sie vorbei.« Stefan Reinmann lächelte ein liebenswürdiges Lächeln, half Lara in den Mantel und brachte sie zur Tür.

26

»Du kannst es leicht oder schwer haben. Das hängt ganz von dir ab. Überleg es dir, aber hör auf, zu kreischen. Das nervt mich nämlich.«

Gerda Saibling konnte ihren Blick nicht von der Hebammentasche abwenden, die der Mann neben ihr auf den Boden gestellt hatte. Während er sie öffnete, fragte er, was ihr lieber sei, und fügte hinzu, dass er ihr noch etwas Bedenkzeit geben wolle. Währenddessen könnten sie ihre Verfehlungen besprechen.

Noch immer waren Gerda Saiblings Lippen wie zugeschweißt, wollte kein einziges der vielen Worte, die ihr durch den Schädel schwirrten, herauskommen. Was meinte der Mann mit »Verfehlungen«? Wie war sie hierhergekommen, und warum hatte er sie gefesselt und geschlagen? Sosehr sie sich auch bemühte, sie konnte sich nicht erinnern, diesem Mann schon jemals begegnet zu sein.

»Ich fände es angemessener, wenn du dich aufsetzt. Das gibt mir das Gefühl, dass du die Zeremonie ernst nimmst.«

Zeremonie? Noch ehe Gerda Saibling über den neuen Begriff nachdenken konnte, landete sein rechter Fuß in ihrer Seite. »Na los! Mach schon. Du sollst dich setzen. Wie lange soll das denn noch dauern?«

Mit einem Ächzen wälzte Gerda Saibling sich auf die Knie, drehte sich um, plumpste auf den Hintern, schwankte vor und zurück und fing sich mit den auf dem Rücken gefesselten Händen ab.

»Na siehst du. Geht doch.« Während sie damit beschäftigt gewesen war, das Gleichgewicht zu halten, hatte der Mann eine

Mappe aus dem Arztkoffer genommen, sich einen Meter vor ihr postiert und den Ordner aufgeklappt.

»Erstens: Ein abgemagerter und vernachlässigter Vierjähriger wird in Fürth in ein Krankenhaus gebracht. Nach Auskunft des Arztes schwebt er in Lebensgefahr. Das Jugendamt ist seit Monaten informiert, hatte jedoch noch keine Zeit, sich um den Fall zu kümmern.« Der Mann holte tief Luft und fuhr dann fort. »Zweitens: Zwei neun und elf Jahre alte Kinder werden über einen längeren Zeitraum von ihren Eltern misshandelt. Dazu gehören auch Verbrennungen mit einem Bügeleisen und Schläge mit Gürteln. Eine Grundschullehrerin bemerkt die mit Schminke überdeckten Schorfreste und informiert das Jugendamt. Daraufhin besucht eine Mitarbeiterin der Behörde die Familie. Sie glaubt der Stiefmutter, dass die Kinder lediglich mit der Schminke ›gespielt‹ hätten. Es sei schließlich Karnevalszeit. Die Mitarbeiterin ergreift keine weiteren Maßnahmen. Die Misshandlungen gehen weiter.«

»Hören Sie, ich …«

»Sei still!« Er trat einen Schritt nach vorn und holte mit dem Fuß aus und traf Gerda Saiblings Unterschenkel. »Du wirst dir das bis zum Ende anhören. Diskutieren kannst du danach. Verstanden?« Er wartete, bis sie genickt hatte, ehe er fortfuhr. »Drittens: Der zweijährige Max Luca wird von seinem Stiefvater zu Tode misshandelt. Über den Mann existieren bei verschiedenen Behörden Akten. So war er bei der Polizei wegen Körperverletzung und Verstoßes gegen das Betäubungsmittelgesetz registriert. Auch das Jugendamt hatte eine Akte. Zwei Kinder aus einer früheren Ehe waren kurz nach der Geburt zu Pflegefamilien gegeben worden. Nach der Trennung wurden von der Mutter Vorwürfe in Richtung Misshandlung laut. Das Jugendamt unternahm nichts. Viertens: Die fünfjährige Lea-Sophie verhungert vor den Augen ihrer Eltern. Bei ihrem Tod wog sie 7375 Gramm, ihr Körper war von Hungerödemen gezeichnet, an Gesäß und Rücken hatte sie kotverschmutzte Geschwüre, die bis auf die Knochen reichten. Beim zuständigen Jugendamt gehen mehrfach Hinweise von Angehörigen und auch anonym ein. Die Jugendamtsmitarbeiter notieren die Hinweise, unternehmen jedoch nichts.« Gerda Saibling sah, wie der Mann vor ihr die Zettel, von denen er vorgelesen hatte, sinken ließ. Gleichmütig sah er auf sie herab. »Lassen wir es fürs Erste bei diesen Fällen. Obwohl ich noch unzählige weitere anführen könnte, sollte das für eine Selbsterkenntnis reichen.«

»Aber das sind doch alles Fälle, die nichts mit meiner Behörde zu tun haben!« Gerda Saibling leckte sich über die trockenen Lippen. Anscheinend war der Mann auf einem Rachefeldzug. Wenn sie nur wüsste, was sie dabei für eine Rolle spielen sollte!

»Du willst nicht verstehen, oder? Du bist auch nicht besser! Was ist mit den Anrufen, die täglich bei dir eingehen? Bist du der Ansicht, du kümmerst dich ausreichend darum?«

»Ich … ich glaube schon.«

»Aha. Uneinsichtig, wie ich es erwartet habe.«

»Natürlich kann es vorkommen, dass man mal etwas übersieht! Aber das können Sie doch nicht mir allein anlasten. Bitte!« Ihre Nase juckte wie wahnsinnig, und Gerda Saibling wünschte sich nichts mehr, als die Hände freizuhaben, wobei sie sich gleichzeitig dessen bewusst war, dass das Kribbeln ihre geringste Sorge war.

»Und was ist mit der kleinen Jasmin, die vor zwei Jahren hier an Unterernährung gestorben ist? War das nicht dein Fall? Du hast die Familie ein einziges Mal besucht und warst dann der Ansicht, dass keine Gefahr für das Wohl des Kindes bestehe.«

Gerda Saibling antwortete nicht. Dieser unsägliche Fall. Die Mutter hatte einen netten Eindruck gemacht, es war sauber in der Wohnung gewesen, das Kind gut gekleidet und anscheinend auch in einem annehmbaren Ernährungszustand. Sie hatte den Fall zu den Akten gelegt.

Der Mann schien keine weiteren Antworten mehr von ihr zu erwarten. Er sortierte ungerührt seine Papiere, bis er gefunden hatte, was er suchte, und begann mit erhobener Stimme zu lesen.

»*Vade ad formicam o piger et considera vias eius et disce sapientiam quae cum non habeat ducem nec praeceptorem nec principem parat aestate cibum sibi et congregat in messe quod comedat usquequo piger dormis quando consurges ex somno tuo?*«

»War das lateinisch? Ich verstehe kein Latein!«

»Das musst du auch nicht. Es würde nichts ändern, wenn du den Text verstündest.« Gerda Saibling suchte in seinem Gesicht nach Anzeichen dafür, was jetzt geschehen würde, aber er hatte sich indessen zu seiner Tasche hinuntergebeugt und wühlte darin herum. Es machte ihr Angst, dass er so ganz ohne Zorn schien, so gleichgültig, ruhig, bedacht. Und er hatte sich nicht die Mühe gemacht, sein Gesicht zu verbergen. Meinte er, sie so weit einschüchtern zu können, dass sie ihn später nicht verriet, oder bedeutete das, dass es kein »später« geben würde? Gerda Saibling glaubte zu wissen, wer ihr Peiniger war. Es musste ein Vater sein, dem man das Sorgerecht entzogen hatte; jemand, der erzürnt über das Jugendamt war und diesen Zorn nun an ihr ausließ. Womöglich hatte sogar sie selbst seinen Fall bearbeitet. Seinen Namen hatte er ihr nicht gesagt, vielleicht wäre ihr dann die entsprechende Akte wieder eingefallen. Ihre Akten führte sie sehr gründlich. Während sie noch darüber nachdachte, wie der Mann zu besänftigen war, richtete er sich auf. In der Rechten hatte er ein Gerät, das einem kleinen Akkuschrauber ähnelte. Vorn ragte eine spitze Nadel heraus. Er lächelte, und das machte Gerda Saibling mehr Angst als all die Ernsthaftigkeit vorher.

*

»Der Tote hieß Robert Wessel und war ein Immobilienberater. Ich habe mir den Film, in dem sie die Leiche aus der Filiale abtransportieren, wieder und wieder angesehen, aber es ist einfach zu weit weg. Die Pixelzahl reicht nicht aus. Wenn ich das zu stark vergrößere, wird es unscharf.«

»Aber du sagtest doch vorhin am Telefon, auf die Stirn seien zwei Wörter tätowiert gewesen und der Tote habe genau wie die beiden anderen einen lateinischen Text auf dem Rücken gehabt.« Lara sprach leise. Bis auf Christin, die Spätdienst hatte und im Nebenzimmer an ihrem Computer saß, war die Redaktion leer, und doch wurde sie das Gefühl nicht los, jemand würde sie beobachten.

»Das habe ich gesagt.«

»Woher weißt du das dann?«

»Von einer ›Quelle‹, wie ihr Journalisten es so schön nennt. Frag mich nicht weiter danach. Ich weiß es eben, und es ist eine authentische Information.« Jo drückte ein paar Tastenkombinationen und sah dann zu Lara.

»Was waren denn das für zwei Wörter?«

»*Das* hat meine Quelle nun wiederum nicht preisgegeben.«

»Mist. Ich glaube nicht, dass man mir Auskunft gibt, wenn ich deswegen bei der Kripo nachfrage.« Lara legte den Kopf in den Nacken. An der Decke war ein großer Wasserfleck.

»Du könntest Mark anrufen. Er hat doch massenhaft Kontakte bei der Polizei. Vielleicht findet er etwas heraus.«

»Versuchen kann ich es.« Lara dachte an Marks Frau Anna und ihre Eifersucht. »Aber erst morgen Vormittag. Jetzt ist es zu spät. War denn auf den Aufnahmen von der Bankleiche noch mehr Interessantes zu sehen?« »Bankleiche« klang nach einem erfrorenen Penner auf einer Parkbank, aber die Bezeichnung war gestern in einigen Boulevardmedien aufgetaucht, und solche prägnanten Attribute blieben als Erstes im kollektiven Gedächtnis haften.

»Nichts von Belang. Der Kerl war komplett angezogen und es gab, soweit ich sehen konnte, keine sichtbaren Verletzungen. Trotzdem …« Jo steckte den kleinen Finger zwischen die Lippen und biss auf den Nagel. »Es war ein ziemliches Risiko für den

Mörder, die Leiche dort zu drapieren. Zwar schließt die Filiale montags schon um sechzehn Uhr, sodass keine Mitarbeiter mehr anwesend waren, aber man muss ja davon ausgehen, dass ab und zu jemand kommt, um Geld oder Kontoauszüge zu holen. Er muss sehr schnell gehandelt haben. Und doch hat er es geschafft, die Leiche direkt vor dem Geldautomaten zu lagern, sodass der Tote diesen umarmte. Das hat mindestens fünf Minuten gedauert. Daraus folgt, dass ihm die Art und Weise der Präsentation sehr wichtig gewesen sein muss.«

»Der Tod dieses Robert Wessels hat also höchstwahrscheinlich etwas mit Geld zu tun.«

»Davon gehe ich aus.« Jo grinste kurz. »Wir zwei sind die reinsten Mordspezialisten.«

»Gibt es in dem Vorraum denn keine Videoüberwachung?«

»Nein, leider nicht.«

»Das muss der Mörder gewusst haben. Sicher hat er das Terrain vorher ausgekundschaftet.« Lara bewegte den Kopf vorsichtig von links nach rechts. Ihre Halsmuskeln waren verkrampft. »Ich frage mich, wie er es angestellt hat, den Toten in diese Filiale zu bugsieren, ohne dass es jemandem aufgefallen ist. Selbst wenn er sein Auto direkt vor der Eingangstür abgestellt hat, bleibt doch immer noch die Strecke über den Fußweg bis hinein in das Gebäude. Du hast doch gesagt, dass das gegenüberliegende Haus ein Wohnhaus ist. Die Gefahr, dass da jemand aus dem Fenster schaut, während er am Werk ist, ist doch riesig, oder?«

»Er muss irgendeinen Trick angewendet haben.«

»Warte, ich will mir das aufschreiben. Sonst habe ich morgen die Hälfte vergessen.« Lara kramte nach ihrem Notizbuch und suchte die Seiten über Carolin Fresnel und Nina Bernstein. »Dann bespreche ich das alles morgen mit Mark. Er ist schließlich Spezialist für Täterprofile.«

Jo wartete, bis sie fertig war. »Wie war eigentlich dein Besuch bei diesem Sektenbeauftragten?«

»Er hat die Texte übersetzt. Das Ganze ist ziemlich kryptisch, was wohl bei solchen Bibeltexten normal ist. Da wird nur so mit Metaphern um sich geworfen. Ich muss das zu Hause nochmal in Ruhe durchgehen. Möchtest du eine Kopie davon?« Würde Jo verstehen, was sie eigentlich damit sagen wollte? Dass er und sie heute nicht miteinander heimfahren würden?

»Gute Idee. Dann können wir uns morgen noch einmal darüber austauschen.«

Lara ging zum Kopierer und holte tief Luft. Es hatte geklappt.

»So ihr zwei!« Christin kam aus dem Nebenzimmer. »Redaktionsschluss! Hier wird jetzt zugemacht. Kommen Sie morgen wieder, meine Herrschaften.« Sie nahm ihren Parka vom Bügel und wartete, bis Lara den Rechner heruntergefahren hatte.

27

Lara beendete das Telefonat mit Mark und sah hinüber zur anderen Straßenseite, wo eine junge Mutter mit hochrotem Gesicht ihren Kinderwagen durch den Schnee schob. Weißer Nebel quoll aus den Gullydeckeln und zerfranste in der Eisluft. Mark hatte ihre Schilderungen auch besorgniserregend gefunden, jedoch zu bedenken gegeben, dass er nicht schon wieder nach Leipzig kommen könne. Am Sonnabend hatten Anna und er Karten für die Oper, und am Sonntag erwarteten sie seine Schwiegereltern zu Besuch. Lara krümmte die Zehen in den Stiefeln und streckte sie wieder. Er hatte ihr jedoch versprochen, ein bisschen herumzustochern und seine Kontakte anzuzapfen.

Die junge Frau mit dem Kinderwagen war inzwischen an der Kreuzung angekommen und wartete, dass die Ampel auf Grün schaltete. Lara betrachtete die Salzränder an ihren Stiefeln. Sie musste wieder nach oben. Für elf Uhr hatte Tom eine außerplanmäßige Redaktionskonferenz einberufen. Es sollte um die seit Monaten angekündigte Umstrukturierung in der Redaktion gehen. Wahrscheinlich bedeutete das nichts Gutes.

»Nachdem ich alles mit den Chefs besprochen habe, ist es nun so weit, auch euch zu informieren.« Fast triumphierend blickte Tom in die Runde, den Hals wie ein Pfau stolz gereckt. »Wir haben einiges vor. Zuerst möchte ich euch die neue Grundstruktur erläutern. Dann kommen wir zur Aufgabenverteilung.« Lara starrte auf ihren Block und dachte an ihre Atemtechnik. Tief in den Bauch hinein und schön langsam wieder ausatmen. Ein. Aus. Und ein. Und aus.

Sie hatte sich vorgenommen, die Ankündigungen kommentarlos hinzunehmen und sich nicht aufzuregen. Und damit sie gar nicht erst in Versuchung kam, würde sie die Informationen Wort für Wort mitschreiben.

»… Zeitgeschehen, Wirtschaft und Börse, Kultur lokal und Sport lokal. Dazu gesellen sich wie gehabt: Fernsehen und Radio, Buntes mit Rätsel und Horoskop, Ratgeber Auto und Verkehr, Ratgeber Wohnen und Bauen, Ratgeber Ausbildung und Beruf. Die letztgenannten Kategorien werden wie bisher nur in den Wochenendausgaben erscheinen.« Tom holte Luft. Er sah Christins erhobenen Arm und hob die Handfläche. »Fragen könnt ihr gleich noch stellen.« Christin senkte den Arm wieder und kritzelte etwas auf ihren Block.

»Wir haben außerdem beschlossen, ein Lesertelefon einzurichten. Täglich ist einer der Redakteure dafür zuständig. Dieser wird mit Foto in der jeweiligen Ausgabe abgebildet. Der Dienst rotiert nach einem Plan, den ich in Absprache mit euch aufstelle. Wie ihr ja wisst, rufen täglich viele Leute, die Rat suchen, Hinweise geben oder sich zu unseren Artikeln äußern wollen, bei uns an. Diesen Menschen möchten wir zum einen besseren Service bieten. Zum anderen kanalisieren wir mit dem Lesertelefon die Anrufe, sodass die anderen Kollegen sich ungestörter ihrer Arbeit widmen können. Alle eingehenden Anrufe werden an den jeweiligen Lesertelefon-Redakteur geleitet und nur dieser spricht mit den Leuten. Dazu wird es in den nächsten Wochen Schulungen geben. Die Teilnahme ist verpflichtend.« Lara hörte, wie Hubert neben ihr tief Luft holte, und wusste, was er dachte. Sprachen sie nicht jetzt auch schon täglich mit Anrufern? Und nun wollte man sie dazu schulen? Und wie sollte der jeweilige »Lesertelefon-Redakteur« so schnell die Fachkompetenz für alle Themen bekommen? *Wenn das mal nicht gegen den Baum geht, lieber Tom.* Aber wahrscheinlich stammte die Idee von den Chefs, und Tom fand sie in vorauseilendem Gehorsam toll. Sie dachte an ihren Vorsatz. *Schreib alles auf und halt den Mund, Lara.* Fast hätte sie Toms nächsten Satz verpasst.

»... Und nun zu den Personalien. Mit den meisten Kollegen haben wir die Änderungen vorab besprochen und dabei versucht, alle Wünsche zu berücksichtigen. Das war nicht immer möglich, aber ich denke, es wird trotzdem für euch alle akzeptabel sein. Wie ich weiß, freuen sich die meisten auf ihre neue Herausforderung.« Es dauerte einen Augenblick, bis der Satz sich wie glühende Lava in Laras Gedanken fraß. *... Mit den meisten Kollegen haben wir die Änderungen vorab besprochen ...* Sie schrieb ihn auf, malte die Buchstaben auf das Papier und spürte das Hämmern hinter ihrer Stirn. Mit ihr jedenfalls hatte niemand gesprochen, und sie ahnte, dass Tom jetzt ein paar wirklich brisante Überraschungen auf Lager hatte.

»... Bert Anders wechselt in die Lokalredaktion nach Borna. Dafür kommt ein Kollege aus Grimma, Moment« – der Redaktionsleiter sah kurz auf seine Notizen –, »Jürgen Rademacher. Und wir bekommen im März zwei neue Praktikanten.«

Praktikanten oder Praktikant*innen*? Mit Volontären ließ sich der Mangel an Journalisten sicher nicht beheben, höchstens übertünchen. Lara betrachtete ihren Zettel. Der Zorn hatte die Schrift eckiger gemacht. Bis jetzt hatte Tom ihren Namen kein einziges Mal erwähnt. Sie ging die Ressorts durch und überlegte, was noch übrig blieb. »Polizei und Gericht« schien völlig von der Liste verschwunden zu sein, oder sie hatten es einem anderen Bereich zugeordnet.

»... außerdem noch das E-Paper. Auch dieser Bereich wird ausgebaut. Für unser Online-Portal stellen wir zwei neue Redakteure ein.«

Die anderen schauten mit erwartungsvollen Gesichtern nach vorn. Nur Gert wirkte mit seinen wie üblich herabhängenden Mundwinkeln wie ein trauriger Bernhardiner. Er bemerkte Laras Blick und verdrehte die Augen. Niemand schien überrascht von dem zu sein, was Tom verkündete. Wahrscheinlich war sie die Einzige im Raum, die bisher von nichts gewusst hatte.

»... bleiben noch *Kultur und Service* und *Buntes*. Das macht Lara. Leider konnten wir das nicht vorher abstimmen. Ich gehe jedoch davon aus, dass du einverstanden bist.« Tom sah sie nicht an, sondern redete einfach weiter. »Die genannten Veränderungen werden ab dem ersten April in Kraft treten, aber das wissen die meisten ja schon. Jeder, der ein Ressort abgibt, bereitet bitte die Übergabe exakt vor. Ich möchte, dass nichts liegenbleibt. Ihr habt dazu bis zum fünfzehnten März Zeit, das sind ab heute drei Wochen.« Tom sah auf seine Armbanduhr. Der Vulkan in Lara stand kurz vor der Eruption. Unter der Tischplatte hatte sie die Fäuste so fest geballt, dass sich die Fingernägel schmerzhaft in die Handflächen gruben. Tom ging davon aus, dass sie *einverstanden* war? Was, wenn sie es *nicht* war? Was, wenn sie jetzt aufstand und allen sagte, dass sie auf ihren bisherigen Aufgaben beharrte? Würde er sie dann rausschmeißen? Ihr bisheriges Ressort war anscheinend bereits aufgeteilt worden, und Tom hielt es offenbar nicht für nötig, das hier nochmal zu erwähnen. Und keiner von den Verrätern hatte ihr davon ein Wort gesagt.

»... letzte Information für heute, dann stehe ich für Fragen zur Verfügung. Das gesamte Layout der *Tagespresse* wird ebenfalls verändert. Unser Plan ist, dies bis zum ersten Mai zu schaffen. Bitte helft dabei mit. Die Vorgaben kann sich jeder ab nächsten Montag im Intranet ansehen. Ich freue mich auf die Herausforderungen.« Den letzten Satz hatte Tom triumphierend in die Runde geschleudert. Mit einem erleichterten Schnaufen ließ er die Hände, mit denen er die ganze Zeit gestikuliert hatte, sinken und schaute in die Runde. Ulrike Bannschuh meldete sich zuerst. Lara versuchte, des Rauschens in ihrem Kopf Herr zu werden. Sie verstand nur die Hälfte. Andererseits war es auch nicht wichtig, Ulrikes überschwängliche Vorfreude auf die neuen Aufgaben Wort für Wort zu registrieren. Sie sah in die Runde, musterte die

Gesichter. Wer hatte denn nun das Gerichtsressort? Christin erwiderte ihren Blick ganz kurz und sah dann nach unten. Aha! Das also war die Verräterin.

Nach zehn Minuten war die Fragerunde vorbei. Lara fühlte sich fiebrig. Tom erwartete wahrscheinlich, dass sie sich echauffieren, ihn jetzt angehen würde und sich damit ihr eigenes Grab schaufelte, aber eines hatte sie gelernt: Tu genau das Gegenteil von dem, was dein Widersacher erwartet. Und mittlerweile war Tom genau das geworden. Ein Widersacher. Sie ging hinaus, den Blick fest geradeaus gerichtet.

»Hallo, Leute!« Jo stieß die Eingangstür mit dem Fuß zu, nahm die Mütze ab und betrachtete die Redakteure, die aus dem Besprechungsraum strömten. »Hattet ihr eine Versammlung?«

»Außerplanmäßige Redaktionskonferenz. Wegen der Umstrukturierung.« Hubert schlurfte zu seinem Platz. »Für euch Fotografen wird sich nicht viel ändern.«

»Ach, davon hab ich schon gehört.« Er kam herüber und sah Lara an. »Du siehst irgendwie krank aus. Stimmt etwas nicht?«

»Vieles.« Lara presste das Wort heraus und suchte in ihrer Tasche nach den Handschuhen. »Ich muss an die Luft.« Sie würde sich beeilen müssen. Die Tränen standen schon in den Augenwinkeln, und hier drin sollte sie keiner heulen sehen.

»Warte, ich komme mit.« Jo setzte seine Mütze wieder auf und folgte ihr. Lara rannte die Treppen hinunter. Im ersten Stock musste sie anhalten, weil sie nichts mehr sah. Dann flossen die Sturzbäche zu Tal, und sie schniefte und schluchzte wie ein Kind. Nach fünf Minuten war der Sturm vorbei, genauso schnell, wie er gekommen war.

»Was war das denn für ein Ausbruch?« Jo, der neben ihr stehen geblieben war, sah verblüfft aus. Und ein ganz klein wenig amüsiert.

»Die haben mir *Kultur und Service* und *Buntes* aufgedrückt.

Gericht und Polizei macht jetzt Christin, diese blöde Kuh. Da steckt doch wieder Tom dahinter!« Lara schnäuzte sich heftig.

»Bist du sicher? Die Umstrukturierung war doch schon lange von den Chefs geplant. Ich glaube nicht, dass Tom das allein entschieden hat.« Jo tätschelte ihre Schulter.

»Anscheinend bin ich die Einzige, die bis eben nichts davon wusste! Der Typ hat mich seit Jahren auf dem Kieker, und jetzt hat er mich kaltgestellt. Kultur und Service!« Lara stampfte noch einmal mit dem Fuß auf. »Das ist für die, die sonst nichts taugen! Jeder Hirni kann Kultur und Service!«

»Du bist ungerecht.«

»Bin ich das eben. Ich kann das nicht mehr. Morgen lege ich Tom die Kündigung auf den Tisch.« Lara stieß Jos Hand weg und setzte sich wieder in Bewegung. Im Erdgeschoss holte er sie ein. »Tu nichts Überstürztes. Du bist sehr aufgeregt. Komm, wir gehen ein Stückchen spazieren.« Jo nahm ihren Ellenbogen, und Lara ließ es geschehen. Die kalte Luft strich über ihre Wangen und kühlte die heiße Stirn.

Wie ein Paar, das es ziemlich eilig hatte, marschierten sie die Fußgängerzone entlang, Lara hatte sich bei Jo eingehängt und ließ ihren Blick über die Auslagen in den Geschäften gleiten. Bei einigen war schon der Frühling eingekehrt. »Ich möchte eigentlich nicht zurück in die Redaktion, mich da an meinen Platz setzen und so tun, als wenn nichts wäre.«

»Wie weit bist du mit deinen Artikeln?«

»Noch nicht fertig.«

»Dann beiß die Zähne zusammen, Lara.« Jo sah sie von der Seite an. »Gib dir nicht die Blöße und schreib die Sachen fertig. Morgen früh gehst du dann zum Arzt und lässt dich krankschreiben.«

»Was soll ich denn auf einmal haben?« Lara kratzte sich am Haaransatz. Die Mütze juckte.

»Nervliche Überlastung? Dir wird schon was einfallen. Dann

denkst du ein paar Tage in Ruhe über die Sache nach. Wirf nicht gleich alles hin. Wenn du selbst kündigst, bekommst du mindestens drei Monate lang kein Arbeitslosengeld.«

Wie pragmatisch er dachte! Lara machte sich los und sah Jo ins Gesicht. »Ich habe jetzt Mittagspause. Laufen wir noch ein Stückchen, du erzählst mir ein paar interessante Neuigkeiten und danach bin ich vielleicht etwas ruhiger.«

»Eigentlich war ich genau deswegen vorbeigekommen. Um dir interessante Neuigkeiten zu erzählen.« Er drückte ihren Arm und lenkte sie nach links. »Es geht um diesen Robert Wessel, die ›Bankleiche‹. Bei seiner Obduktion hat man unzählige Geldscheine in Magen und Speiseröhre gefunden.«

Lara rutschte über eine Eisplatte und klammerte sich fester an Jo. »Geldscheine?«

»Der Täter muss ihn gezwungen haben, diese zu essen. Ein Teil davon war schon durch die Magensäure angegriffen. Das heißt, Robert Wessel war bei vollem Bewusstsein, als er sie geschluckt hat.«

»Das ist widerlich.« Lara dachte an die Worte, die sie neulich gehört hatte. *Dies hier ist für dich. Du wirst es essen. Einen nach dem anderen.*

»Alles hängt zusammen. Robert Wessels Beruf als Immobilienberater, sein gehobener Lebensstil. Die Positionierung des Toten so, dass er den Geldautomaten förmlich umarmt hat. Dann die Scheine in seinem Magen.«

»Woher weißt du das alles?«

»Frag mich nicht. Ich weiß es eben. Es ist auch nicht wichtig, woher ich das habe. Die Quelle ist glaubwürdig.« Das hatte Jo beim letzten Mal auch schon gesagt. Lara fragte sich einen Augenblick, ob sie vielleicht wirklich nicht für die Berichterstattung von Verbrechen geeignet war, wenn jetzt sogar schon Jo anscheinend über bessere Quellen als sie verfügte. Schließlich war sie die Journalistin.

»Um die Leiche in die Bankfiliale zu bringen, hat sich der Täter als Paketbote verkleidet und ist mit einem weißen Lieferwagen vorgefahren. Eine alte Frau hat ihn dabei beobachtet, wie er ein riesiges Paket ausgeladen und auf eine Sackkarre bugsiert hat. Nachdem sie weg war, muss er seine Fracht in die Bank gekarrt und die Leiche dort arrangiert haben. Den Karton hat er wieder mitgenommen.«

»Eigentlich eine geniale Idee. So konnte er auf der Straße erst einmal die Lage sondieren und schauen, ob er allein war. Niemand achtet auf das Aussehen eines Paketboten. Allen fällt nur seine Uniform auf.«

»Du sagst es.«

»Weißt du auch, was auf der Stirn der Leiche stand?«

»*Avaritia* und *Mammon*.«

»Mammon. Schnöder Mammon. Das sagt man doch im übertragenen Sinne für Geld.« Lara blieb stehen und starrte auf die Auslage eines Schuhgeschäftes, ohne etwas wahrzunehmen. »Diese Wörter auf der Stirn haben etwas mit dem Lebenswandel der Toten zu tun. Das muss auch bei Nina Bernstein und Carolin Fresnel so gewesen sein, aber wir haben den Zusammenhang bisher nicht hergestellt.« Sie dachte kurz an die dicke Frau in den letzten Halluzinationen, ehe sie fortfuhr. »Ich habe heute Vormittag mit Mark telefoniert.«

»Was sagt er eigentlich zu dem Ganzen? Als Psychologe und Fallanalytiker muss er doch eine ganz andere, sozusagen eine wissenschaftliche Sicht auf die Dinge haben, oder?«

»Er hat keine Zeit.« Lara drehte sich von den Schuhen weg, schob ihren Arm wieder unter Jos, und sie liefen weiter. »Patienten, Sprechstunde, Besuche im Haftkrankenhaus, die Familie.« Mark würde ihr dieses Mal nicht helfen. »Wenn wir uns weiter mit der Sache befassen wollen, sind wir ganz auf uns gestellt.«

»Und – willst du?« Im ersten Moment dachte Lara an einen Heiratsantrag. Dann lächelte sie. »Sicher. Ich bin mit der Sache verbunden, auch wenn ich nicht mehr darüber schreiben werde. Ich *sehe* Dinge, die mit den Morden zu tun haben. Das ist nichts, was ich einfach so abstellen kann, auch wenn ich mir das wünsche. Und du?«

»Ich hänge ja auch schon voll da drin.«

»Also verfolgen wir die Sache weiter?«

»Abgemacht!« Jo grinste. »Was sind denn unsere nächsten Aufgaben, Miss Marple?«

»Diese *Holic*-Sekte würde ich gern noch einmal befragen. Reinmann hat gesagt, die Texte, die er übersetzt hat, sind wortwörtliche Zitate aus der Bibel. Die *Holic*-Leute brüsten sich doch damit, die einzig wahren Christen zu sein und sich in allen Belangen vollkommen nach der Bibel zu richten.«

»Wäre das nicht zu offensichtlich?«

»Möglich. Aber vielleicht ist es gerade das. Ich würde diesen Herrn Schwarz oder, besser noch, seine Jünger gern einmal mit ein paar Zitaten konfrontieren, um zu sehen, ob sie irgendwie reagieren.«

»Das könnte gefährlich werden. Stell dir vor, der Täter ist unter ihnen.«

»Nicht, wenn du dabei bist.« Lara tätschelte Jos Oberarm.

»Falls dieser Schwarz uns nächstes Mal überhaupt reinlässt. Ich hatte nicht den Eindruck, dass er Besuch von Ungläubigen bei seinen Schäfchen gutheißt.«

»Einen Versuch ist es wert. Und bei diesen *Kindern des Himmels* müssen wir auch noch einmal vorbeischauen.«

»Richtig, dieser Zettel: ›Achten Sie auf den Keller‹.«

»Und da haben wir erst drei von den Sekten besucht, die Reinmann mir genannt hat … Außerdem möchte ich gern herausfinden, was im Leben der vorhergehenden Opfer der Grund für ihre Ermordung gewesen sein könnte. Das heißt Leute befragen, Kontaktpersonen interviewen, die Ergebnisse vergleichen. Hast du heute Nachmittag Termine?«

»Nichts von Belang.«

»Dann könnten wir beide uns auf den Weg zu den ›Glaubensgemeinschaften‹ machen.«

»Bin dabei!« Jo klang erfreut.

»Gut. Ich schicke dir eine SMS, wenn ich in der Redaktion fertig bin. Und nun lass uns umkehren. Die halbe Stunde Mittagspause ist gleich vorbei.« Vielleicht hatte Jo sie nur ablenken wollen. Aber das war ihm gut gelungen. Lara konnte jetzt in die Redaktion zurückkehren und ganz gelassen ihre Artikel zu Ende schreiben. Und heute Nachmittag würden sie auf die Suche nach einem potenziellen Mörder gehen.

*

»Sinnlos. Das hätten wir uns sparen können.« Lara sah hinüber zu dem kreisrunden Gebäude. Das war schon der zweite Misserfolg an diesem Nachmittag. Jo hatte sie nach Dienstschluss vor dem Redaktionsgebäude abgeholt. Sie wusste noch immer nicht, ob sie seinem Rat von heute Mittag folgen und sich krankschreiben lassen sollte. Eigentlich war sie nicht der Typ, der vor Problemen davonrannte. »Die treffen sich da sicher nur zu bestimmten Zeiten. Wir hätten vorher anrufen und einen Termin ausmachen sollen.« Sie wickelte den Schal ab. Allmählich wurde es warm im Auto.

»Einen Versuch war es wert.« Jo hing halb zwischen den Sitzen und warf Dinge auf dem Rücksitz von links nach rechts, wobei er erbärmlich ächzte. »Dann rufen wir eben morgen Vormittag da an und bitten um Rücksprache. *Fiat Pax*! Lächerlich!«

»Sie stehen auf Stefan Reinmanns Liste unter den ersten fünf.«

»Na von mir aus. Bei diesen *Holic*-Leuten hat auch niemand aufgemacht. Ich finde, das reicht für heute an Fehlschlägen.« Er hatte gefunden, was er gesucht hatte, und drehte sich wieder auf den Fahrersitz zurück. »Es ist schon halb sechs. Vielleicht sollten wir es generell doch erst per Telefon versuchen, ehe wir da aufkreuzen. Was meinst du? Sonst vergeuden wir unsere Zeit. Wir schauen nochmal schnell die Notizen durch, und dann ist Schluss für heute.« Jo wedelte mit Laras Zetteln.

»In Ordnung.« Lara lehnte sich zurück, schloss die Augen und überlegte, wie der Abend weitergehen mochte. Hatte sie Lust, mit Jo etwas essen zu gehen? Würde sie danach bei ihm übernachten, falls er sie fragte? Oder wäre es besser, wenn er sie zu ihrem Auto brächte, damit sie heimfahren konnte? Würde sie dort zur Ruhe kommen und die »Umstrukturierungen« in der Redaktion verdrängen können? Jos Stimme riss sie aus ihren Grübeleien.

»Wenn man das hier in der komprimierten Form liest, sind die Zusammenhänge noch eindeutiger.«

Lara öffnete die Augen und sah, dass Jo die Blätter mit ihren Notizen zu den Fällen vor sich auf das Armaturenbrett legte. »Nummer eins, Carolin Fresnel, das Model; von den Medien ›Brautleiche‹ genannt. Sie wurde bei der Modenschau am neunten Februar gefunden. Auf ihrer Stirn standen die Wörter *Lucifer* und *superbia*, auf ihren Rücken war ein lateinischer Text tätowiert, der darauf hinweist, dass man nicht auf Äußerlichkeiten wie Schmuck und Kleidung Wert legen soll, sondern auf innere Werte.«

»Sinngemäß stimmt das.«

»Und die Leiche war eingefroren. Wie lange, wissen wir nicht.«

»Und auch nicht, weshalb.«

»Model, Modenschau, Äußerlichkeiten. Das passt alles exakt zusammen.« Jo tippte zur Bekräftigung auf die Zettel und fuhr fort. »Nummer zwei war diese Nina Bernstein, die ›Kirchenleiche‹. Sie wurde am Montag, dem fünfzehnten Februar, in der Heuerswalder Kirche gefunden. Die Leiche war gekreuzigt, in den Augenhöhlen steckten zwei Holzkugeln, die von einem anglikanischen Rosenkranz stammten. Auf ihrer Stirn fanden sich die Wörter *luxuria* und *Asmodaeus*. Kirche, Kreuzigungspose und Rosenkranz. Das klingt nach Märtyrer.«

»Dazu passen aber der Text auf dem Rücken und die Wörter

auf der Stirn nicht. Reinmann hat gesagt, der Text stamme aus der Bibel, aus dem Buch der Sprichwörter, und sei die sogenannte ›Warnung vor dem Ehebruch‹. Die exakte Übersetzung deutet auch darauf hin. Ich denke, bei Nina Bernstein ging es um die fehlende Keuschheit.«

»War sie denn promiskuitiv?«

»Keine Ahnung. Ich wollte zu ihrer Vorgeschichte Nachforschungen anstellen, hatte aber keine Zeit dazu.«

»Das könnte man ja nachholen.« Jo nahm das oberste Blatt vom Armaturenbrett, hauchte die Spitze des Kugelschreibers an, den er die ganze Zeit in der Hand gehalten hatte und schrieb hinter Nina Bernsteins Auflistung »Promiskuität?«.

»Als Drittes hätten wir Robert Wessel, den Immobilienberater. Seine Leiche wurde exakt eine Woche nach der von Nina Bernstein gefunden. Sie war in der Commerzbankfiliale in der Riebeckstraße vor einem Geldautomaten arrangiert. Der Mörder hat den Mann vor seinem Tod gezwungen, Geldscheine zu essen. Auf seiner Stirn standen die Wörter *avaritia* und *Mammon.*«

»Hast du den Text von seinem Rücken auch?«

»Noch nicht. Ich versuche aber, ranzukommen. Unabhängig davon deuten alle Details darauf hin, dass es hier um Geld ging: Robert Wessels Beruf, die Lage der Leiche, die Scheine im Magen, das Wort *Mammon.*«

»Klingt logisch.« Lara sah durch das Beifahrerfenster nach draußen in die Dunkelheit. Es schneite schon wieder. Der Motor lief, und das Gebläse fauchte warme Luft in den Fußraum. »Mich wundert, dass das Verschwinden der Opfer nicht eher bemerkt wurde. Sie waren alle mehrere Tage weg. Ist das denn niemandem aufgefallen?«

»Bis jetzt hat der Täter immer Alleinstehende ausgewählt. Junge Menschen haben nicht täglich Kontakt zu Eltern oder anderen Verwandten.«

»Wie ist er überhaupt auf gerade diese Leute gekommen? Er

muss doch in irgendeiner Form auf sie aufmerksam geworden sein?«

»Wenn wir das wüssten … Wir müssten im Leben der Opfer nach Gemeinsamkeiten suchen. Aber dazu fehlen uns Zeit und Mittel. Hast du denn in deinen Gesichten irgendwelche Einzelheiten gesehen, die wir dem Puzzle hinzufügen könnten?«

»Nichts Konkretes. Einmal war ein dunkles Auto im Bild. Aber das könnte auch einem der Opfer gehört haben. Und beim letzten Mal hätte ich fast das Gesicht des Täters gesehen. Aber nur fast. Ich kann es nicht herbeizwingen. Die Gesichte erscheinen wann sie wollen.«

Jo hatte noch immer das oberste Blatt in der Hand und schaute nachdenklich auf die Notizen. »Heute ist Donnerstag. Wenn der Täter sein bisheriges Schema weiterverfolgt, müsste die nächste Leiche Anfang nächster Woche auftauchen. Ich bin davon überzeugt, dass er weitermacht, auch wenn wir bis jetzt noch nicht wissen, welchen Zweck diese Morde haben.«

»Ich glaube, ich weiß, wer das nächste Opfer ist. Eine dicke Frau mit einem Pfannkuchengesicht. Mittelalt.« Lara fasste in Kurzform zusammen, was sie gesehen hatte. »Ob sie noch lebt?«

Jo schrieb Stichpunkte auf die Rückseite des Zettels. »Ich denke schon. Wenn wir nur wüssten, wozu er sie so lange am Leben hält. Was macht er mit ihnen in dieser Zeit?«

»Sie tätowieren?«

»Aber das dauert doch höchstens einen Tag. Nein, es muss noch einen anderen Grund geben.«

»Glaubst du, wir haben eine Chance, diese Frau zu retten?«

»Ich bin ja eigentlich kein Pessimist. Aber ich fürchte, die Wahrscheinlichkeit dafür geht gegen null.« Jo sah noch einmal auf das oberste Blatt. »Der Täter muss die bisherigen drei Opfer ein paar Tage lang in irgendeinem Gebäude in seiner Gewalt gehabt haben. Ich denke, das ist gleichzeitig auch der Tatort. Dieser Aufenthaltsort ist jedoch leider unbekannt.«

»Er muss dort völlig ungestört zu Werke gehen können.«

»Wir drehen uns im Kreis. Ich kann gar nicht mehr klar denken. Schade, dass Mark nicht da ist.« Jo faltete die Blätter und legte sie auf den Rücksitz. »Weißt du was? Wir könnten noch einmal zu diesem Romain Holländer von den *Kindern des Himmels* fahren. Die wohnen doch alle dort. Da ist mit Sicherheit jemand da.«

»Jetzt?«

»Warum nicht? Es ist noch nicht mal achtzehn Uhr. Zu zweit können wir uns viel besser umsehen. Vielleicht komme ich irgendwie in den Keller dieser Riesenvilla. In den oberen Etagen warst du ja schon. Da unten müssen doch unheimlich viele Räume sein!« Jos Augen leuchteten.

»Ob es gut ist, wenn wir unangekündigt dort aufkreuzen? Den Sonnabend fände ich besser, weil wir da die Chance haben, alle Mitglieder anzutreffen. An den Wochenenden finden laut Holländer immer irgendwelche Andachten statt.«

»Am Wochenende können wir ja extra noch einmal hinfahren. Ich möchte das Haus gern von innen sehen, und das, was du mir von diesem Holländer erzählt hast, klingt auch ziemlich spannend.«

»Na gut. Versuchen wir es.« Er hatte sie mit seinem Enthusiasmus angesteckt. Lara schnallte sich an. »Hast du deine Fotoausrüstung dabei?«

»Immer! Lass uns während der Fahrt dahin eine Strategie festlegen.« Jo trat aufs Gas, und die Reifen drehten auf dem glatten Untergrund kurz durch.

»Ja bitte?« Es war die gleiche verärgert klingende Frauenstimme wie beim letzten Mal. Lara sah Jo an und beugte sich dann nach vorn.

»Guten Abend. Ich bin Lara Birkenfeld. Die Journalistin von der *Tagespresse*.« Sie wartete einen Augenblick und fuhr, als keine

Antwort kam, fort. »Ich war am Montag schon einmal hier und hatte mit Herrn Holländer vereinbart, dass ich noch einmal mit einem Fotografen wiederkomme. Es geht um die Reportage.« Lara atmete ein weißes Wölkchen aus.

»Haben Sie einen Termin?«

»Nein. Wir waren gerade in der Nähe und dachten, wir schauen einfach mal vorbei.«

Warten Sie.« Es knackte, dann war Stille.

»Bin gespannt, ob sie uns das abnehmen«, flüsterte Jo und trat von einem Bein auf das andere. Die Fotoausrüstung schaukelte von links nach rechts.

»Sie muss wahrscheinlich erst nachfragen.« Lara schaute mit eingefrorenem Lächeln in das Kameraauge der Videoüberwachung. »Wenn sie uns heute nicht reinlassen, versuche ich, einen Termin für das Wochenende zu vereinbaren.« Die Kälte kroch mit Spinnenfingern unter ihre Hosenaufschläge und kribbelte die Beine nach oben. Jo knipste durch das schmiedeeiserne Gitter hindurch ein paar Fotos vom Park. Der Zoom seiner Kamera surrte, als er die hinter den Sträuchern und Bäumen verborgene Villa näher heranholte. »Alle Fenster sind mit Vorhängen verschlossen.« Er ließ den Fotoapparat sinken und schraubte die Abdeckung wieder auf die Linse. »Nichts zu erkennen.«

Ein Knacken aus der Wechselsprechanlage kündigte an, dass die Torwächterin zurück war. »Frau Birkenfeld? Sie können reinkommen.« Mit einem metallischen Summen schwang das Tor auf und ließ sie ein.

»Warten Sie bitte hier.« Die ältere Frau – es war nicht die gleiche wie am Montag – zeigte auf eine Holzbank mit geschnitzter Lehne, die links von der Eingangstür stand. »Der Prinzipal kommt gleich.«

»Der Prinzipal?« Jo flüsterte.

»Ja, so nennen sie Romain Holländer. Du wirst überrascht

sein.« Auch Lara sprach leise. Es war zwar niemand zu sehen, aber sie wurde das Gefühl nicht los, dass man sie beobachtete.

»Ich bin gespannt wie ein Flitzebogen.« Jo nestelte an seiner Jacke und zog gerade den Reißverschluss auf, als Lara ihm ihren Ellenbogen in die Seite stieß. Gemeinsam blickten sie auf den Mann, der mit schnellen Schritten die geschwungene Treppe herunterkam. Auch heute trug Romain Holländer wieder seine »Tracht«. Weiße Hose, weißes Hemd, weiße Schuhe und weiße Socken. Lara fragte sich, ob seine Haare von Natur aus schon komplett ergraut waren, oder ob er sie der besseren Wirkung wegen bleichte. Der Mann konnte höchstens fünfzig sein. Eher jünger.

Romain Holländer kam schnell näher. Im gleichen Moment, in dem er den Arm zur Begrüßung ausstreckte, ließ er sein breites Lächeln erstrahlen. Lara schüttelte die warme Hand und erwiderte das Lächeln.

»Sie haben noch Fragen?« Der Sektenführer drehte sich von Jo weg wieder zu Lara und fixierte sie. Das gelbe Glühlampenlicht verstärkte das Blau seiner Iris zu einem magischen Violett.

»Eigentlich sind wir gekommen, um ein paar Fotos zu machen, die die Reportage dann illustrieren werden. Wir waren gerade in der Nähe und …«

»Und Sie halten es für günstig, wenn es dabei schon dunkel ist?«

»Das Tageslicht spielt im Winter in Innenräumen eine eher untergeordnete Rolle. Wir können das Ganze mit den vorhandenen Lampen gut ausleuchten, und mein Blitz ist auch sehr lichtstark. Außerdem wirkt es abends natürlicher und wärmer.« Jo hatte während des Redens auf seine Kameratasche gezeigt. Lara wusste, dass das, was sie vorher als Begründung für den abendlichen Besuch ausgemacht hatten, aus Fotografensicht Quatsch war, aber etwas Besseres war ihnen auf die Schnelle nicht eingefallen, und nun hoffte sie, dass Holländer ihnen die Erklärung abnehmen würde.

»Nun gut. Wenn Sie schon einmal hier sind. In einer halben Stunde haben wir die Abendspeisung. Bis dahin können Sie bleiben, dann muss ich Sie bitten, zu gehen. Ihre Jacken können Sie solange hierlassen.« Eine wischende Handbewegung zu der Holzbank, auf der sie eben noch gesessen hatten. Heute gab es keinen Tee. »Was wollen Sie denn fotografieren?«

»Räume, die repräsentativ für Sie sind, die etwas über Ihre Ziele und die *Kinder des Himmels* selbst aussagen. Räume, die dem Leser ein Bild Ihrer Gemeinschaft vermitteln.«

»Verstehe.« Romain Holländer schien kurz nachzudenken, dann sah er Lara erneut in die Augen. Sie hatte das Gefühl, er schaue durch ihre Schädelknochen direkt auf ihre Gedanken, und bemühte sich, seinem Blick standzuhalten.

»Dann nehmen wir zuerst den Gebetsraum.« Er drehte sich auf dem Absatz um und ging in Richtung Treppe. Lara fing Jos Blick auf, zog den rechten Mundwinkel nach oben und sah sofort zu Boden. Ihre Schuhe hatten vier kleine Pfützen hinterlassen, in denen sich das Licht der mächtigen Deckenlampe spiegelte. Aus einer angelehnten Tür drang Stimmengewirr heraus.

Im ersten Stock war es still. Lara dachte an den jungen Mann, der bei ihrem Besuch am Montag aus einem der Zimmer gekommen war. Romain Holländer hatte ihr gesagt, nach der Abendspeisung könne sie sich mit den Gemeindemitgliedern unterhalten, aber keiner von ihnen hatte ein einziges Wort mit ihr gewechselt. Wahrscheinlich verhinderte die Anwesenheit des Sektenführers, dass sie sich öffneten. *Du musst versuchen, sie allein zu erwischen.* Romain Holländer öffnete wie beim letzten Mal nur die rechte Hälfte der Tür und wies Jo an, den Raum nicht zu betreten, sondern seine Fotos von hier aus zu schießen. Lara hörte nur mit halbem Ohr zu. Ihre Gedanken kreisten um drei tote Menschen.

Jo tat sein Bestes, ließ den Sektenführer die Deckenbeleuchtung anschalten, schwärmte gleichzeitig von den Motiven auf dem Buntglasfenster und knipste dabei, was das Zeug hielt.

Schließlich sah Lara, die im Gang stehen geblieben war, wie er den Rücken streckte und einen Schritt nach hinten trat, wobei er beteuerte, wie wunderbar schlicht dieser Gebetsraum doch sei. Sie verkniff sich ein Grienen. *Trag nicht zu dick auf, mein Freund.*

»Ich wüsste zu gern, wie es wirkt, wenn die Sonne durch dieses Fenster dahinten scheint. Das muss doch ein prächtiges Farbenspiel ergeben.«

»So ist es.« Romain Holländer schloss die Tür.

»Sehen Sie eine Möglichkeit, dass ich das auch auf Film bannen kann?«

»Sagten Sie nicht vorhin, das Kunstlicht reiche ihnen völlig aus?« Romain Holländer war stehen geblieben.

»Da wusste ich ja noch nicht, was mich hier erwartet.« Natürlich hatte er es gewusst. Lara hatte Jo auf der Fahrt hierher alles erzählt. Sie kratzte sich an der Wange, dann sprang sie ihm bei. »Wir könnten am Wochenende noch einmal wiederkommen. Ich würde auch gern noch mit einigen Ihrer Gemeindemitglieder sprechen. Leider war das ja am Montag nicht möglich. Sagten Sie nicht, an den Wochenenden sind alle im Haus?«

»Das stimmt. Allerdings sind die Sonnabende und Sonntage so mit gemeinsamen Andachten und Gesprächsrunden gefüllt, dass ich fürchte, dass die Gefährten kaum Zeit für eine Reporterin haben werden.«

»Aber versuchen könnten wir es ja. Ich möchte wirklich gern dieses Fenster bei Tageslicht fotografieren. Es könnte das Bild sein, das stellvertretend für Ihre Gemeinschaft steht.«

»Hm. Lassen Sie mich darüber nachdenken, während wir wieder nach unten gehen.« Romain Holländer setzte sich in Bewegung und sprach über die Schulter weiter. »Ich könnte Ihnen noch den kleinen Andachtsraum im Erdgeschoss zeigen, dort können Sie noch ein paar Fotos machen. Dann müssen wir für heute Schluss machen. Die Gemeinde wartet mit der Abendspeisung auf mich.«

»Den schauen wir uns gern noch an.« Lara sah aus den Augenwinkeln, wie Jo langsamer wurde und schließlich zurückblieb. Schnell redete sie auf Romain Holländer ein, wobei sie lebhaft gestikulierte, um die gesamte Aufmerksamkeit des Sektenführers auf sich zu lenken. Nachdem sie ihn zur Zahl seiner Mitglieder, den schulpflichtigen Kindern und der Gartenarbeit befragt hatte, waren sie vor der Tür seines Arbeitszimmers angekommen. Romain Holländer zeigte nach links. »Im kleinen Andachtsraum finden vor allem die Gesprächskreise statt.« Jetzt erst bemerkte er, dass etwas nicht stimmte. »Wo ist Ihr Kollege?« Die blauen Augen verengten sich.

»Wir … wir müssen ihn verloren haben.« Lara spürte ihr Herz klopfen. »Vielleicht hat er sich verlaufen?«

»Rufen Sie ihn. Auf der Stelle!« Romain Holländer holte tief Luft und wartete, während Lara zwei armselige Versuche machte, Jo heranzuzitieren. Seine Hände ballten sich zu Fäusten und öffneten sich wieder. Dann packte er Lara und hielt ihren Unterarm wie in einer Schraubzwinge fest, während er nach Verstärkung brüllte. Noch bevor hastiges Getrappel das Herbeieilen mehrerer Leute ankündigte, konstatierte Lara, dass man hier mit Sicherheit etwas zu verbergen hatte. Nur dass sie keine Ahnung hatte, was das war.

Jo zog leise die Tür hinter sich zu und drückte erst dann auf den Lichtschalter, als er das Schloss einrasten hörte. Gelbes Licht erhellte die nach unten führenden Stufen. Er sah auf die Uhr und gab sich zehn Minuten. Holländer würde da oben gleich feststellen, dass der Fotograf verschwunden war, und auch wenn Lara ihn für eine gewisse Zeit verwirren konnte, würde es nicht lange dauern, bis sie darauf kamen, wo er steckte. Die Kamera vor sich, hastete er abwärts. Die Steinstufen waren blitzblank gewienert, das Geländer glatt poliert, in der Luft lag ein Geruch nach Putzmitteln.

Am Fuß der Treppe hielt Jo kurz an, sah nach links und rechts und drückte ein paarmal auf den Auslöser. Beide Gänge führten ins Dunkel, beide wirkten identisch. Er entschied sich für rechts. Rechtshänder entschlossen sich meistens dafür, rechtsherum zu gehen, wenn sie die Wahl zwischen mehreren gleichartigen Abzweigungen hatten. Jo dachte kurz an Lara und daran, ob sie Schwierigkeiten hatte. Wahrscheinlich suchten die da oben schon fieberhaft nach ihm. Wenn er Glück hatte, kontrollierten sie zuerst die oberen Etagen. Er betätigte einen weiteren Lichtschalter, und weißes Neonlicht flammte auf und hob die glatt getretenen Steine unter seinen Füßen hervor. Über ihm krümmte sich das gemauerte Deckengewölbe. Wozu brauchten die hier unten solch eine grelle Beleuchtung? Rasch ging Jo zur ersten Tür auf der rechten Seite. Sein rechter Zeigefinger drückte dabei in schneller Folge auf den Auslöser. Die Tür war keine herkömmliche Kellertür aus Holzlatten, sondern bestand aus Metall. Und sie war verschlossen. Genau wie die nächste. Erst die vierte Tür ließ sich öffnen. Hastig trat Jo einen Schritt in den Raum hinein, schaltete das Licht an, schwenkte den Fotoapparat einmal von links nach rechts und schoss eine paar Fotos, während sich gleichzeitig die Enttäuschung über den Inhalt der Wandregale in ihm ausbreitete. Vorräte, Dosen, Tüten, Schachteln, davor Getränkekisten und Kartoffelsäcke. Kein Wunder, dass sie diese Tür nicht verschlossen. Hier gab es nichts von Interesse zu sehen.

Nach dem Vorratsraum folgten noch zwei weitere Türen. Eine davon war verschlossen, hinter der letzten verbarg sich der Heizungsraum. Jo fotografierte alles, betrachtete nachdenklich die Rückwand des Ganges und machte kehrt.

Auf dem Weg zum Ausgang sah er auf die Uhr. Es waren noch nicht einmal fünf Minuten vergangen. Vielleicht hatte er eine Chance, auch schnell noch den linken Gang zu inspizieren.

Die weiß gestrichenen Wände blendeten im aufblitzenden Neonlicht. Am hinteren Ende vollführte der Gang eine Biegung nach rechts.

Jo rüttelte an der ersten Tür und war überrascht, als sie sich ohne Widerstand öffnen ließ. Im dahinterliegenden Raum fanden sich rohe Holzbänke und Metallschränke, an den Wänden waren Bretter aufgestapelt, darüber hingen Werkzeuge in Reih und Glied. Ein Bastelkeller. Der nächste Raum enthielt mehrere Fahrräder, Flechtkörbe, Hacken, Spaten, ein Regal mit Gummistiefeln und Handschuhen und Tüten, deren Inhalt nach Sämereien aussah. Das Gartencenter. Jo schloss auch diese Tür, nicht, ohne alles zu fotografieren. Ein paar atemlose Sekunden lang blieb er stehen und lauschte. Über ihm trappelten hastige Schritte. Seine Zeit lief ab. Er hastete zur nächsten Tür. Verschlossen. So auch die vierte und fünfte. Eilig bog er um die Ecke und blieb verblüfft stehen. Ein dunkelroter Samtteppich zierte die glatt getretenen Steine. An den Wänden waren in regelmäßigen Abständen geschmiedete Fackelhalter angebracht. Die Decke darüber war geschwärzt. Hier gab es auch keine Neonlampen. Und jemand hatte eine massive Zwischentür in den Gang eingebaut. Der rote Läufer führte unter ihr durch.

Noch ehe Jo die Zwischentür erreicht hatte, fingen seine Ohren Geräusche auf. Jemand rannte Stufen hinab. Noch bevor er an der Klinke rüttelte, wusste er schon, dass sein Ausflug hier enden würde. Verschlossen.

»Hierher! Hierher!« Das Geschrei näherte sich. Gleich würden sie um die Ecke biegen. Jo ließ die Kamera sinken und erwartete seine Häscher.

28

Er betrachtete die Leiche. Sie lag auf dem Rücken wie ein schlaffer Sack, der Mund stand dümmlich offen, die Augen quollen töricht glotzend aus den Höhlen. Wie sie da so lag, fand er die Frau noch widerlicher als zu Lebzeiten. Er hasste sie regelrecht, hasste den schwabbeligen Körper, dieses aufgedunsene Gesicht, ihre kurzen Finger mit den aufgeklebten Kunstnägeln, die wie Baggerschaufeln eines Legomännchens aussahen. In den letzten Minuten ihres Lebens hatte sie geheult, gebettelt, gewimmert und gefleht, und der Rotz war ihr dabei aus der Nase in den Mund und über das Doppelkinn gelaufen. Ein Tritt in die Seite ließ das Fleisch an ihrem Bauch erzittern wie einen riesigen Wackelpudding. Noch war sie warm, aber das würde sich schnell ändern. Bis zum Einsetzen der Totenstarre in den großen Gelenken hatte er mindestens drei Stunden Zeit, wahrscheinlich sogar etwas länger. Kälte verzögerte den Prozess. Und es war kalt hier. Er versagte sich einen weiteren Tritt. Allmählich normalisierten sich Puls und Atmung. Obwohl er es sich verbot, geriet sein Kreislauf doch jedes Mal in Wallung, wenn er seine Delinquenten auf die Reise zum Jüngsten Gericht schickte. Im Persönlichen Gericht wurde nur die Seele gerichtet, die Leiber nahmen nicht daran teil. Aber da auch der Leib seinen verdienten Lohn oder die verdiente Strafe haben sollte, wurden die Körper der Verdammten in die ewige Qual hinuntergestoßen. Vielleicht trafen sie sich dort sogar und beweinten gemeinsam ihr Schicksal. Eine spaßige Vorstellung. Er betrachtete ein letztes Mal die Gestalt auf dem Steinboden, wandte sich dann ab und ging nach oben, um Vorbereitungen für ihren Abtransport zu treffen.

Genau wie die anderen vor ihr hatte Gerda Saibling nichts begriffen. Er wollte kein Geld, er wollte nicht handeln. Er wollte, dass seine Erwählten ein Einsehen hatten, sich schämten, dass sie wahrhaft bereuten, aber bis jetzt war ihm diese Genugtuung versagt geblieben.

Zuletzt dienten sie allerdings der Sache doch noch, auch wenn sie zu Lebzeiten kein Einsehen gehabt hatten. Jeder von ihnen gab ein mahnendes Beispiel ab. Heutzutage stellte man leider lasterhafte Personen nicht mehr öffentlich mit Schandmaske oder Halsgeige an den Pranger oder bestrafte schwere Sünden durch Rädern, Vierteilen oder Pfählen. Es gab überhaupt keine drastischen, wirksamen Strafen mehr, und so hatten die Menschen die Ehrfurcht verloren und frönten der Sünde.

Sein Werk sollte die Sündhaften aufrütteln, ihnen das Verwerfliche ihres Tuns vor Augen führen und sie zu Einsicht und wahrhafter Reue bringen. Bis jetzt hatte noch niemand den Zusammenhang hinter den Präsentationen durchschaut, aber irgendwann würde jemandem ein Licht aufgehen. Der Mann presste die Lippen aufeinander. Die Fingerzeige waren für jeden sichtbar. Diese Rosenkranzperlen in den Augen der Hure, die er in der Kirche aufgebahrt hatte, stellten doch ein eindeutiges Zeichen dar. Die Dopplung von *luxuria* und *Asmodaeus* – einmal auf der Stirn der Toten, ein zweites Mal auf den Holzperlen –, das fiel doch jedem Minderbemittelten auf. Aber wahrscheinlich kannten sich Polizisten gar nicht mit solchen Zeichen aus, und wenn sie überhaupt auf die Idee kamen, Experten dazu zu befragen, wäre schon viel Zeit verstrichen.

Er hatte ursprünglich gehofft, dass die Öffentlichkeit eher darauf kommen würde, was hier geschah, aber die Öffentlichkeit war nur unzureichend informiert worden. Die Polizei hielt Informationen zurück.

Sein Hauptziel war es nicht, Menschen zu töten, sein Ziel war es, all den anderen die Augen zu öffnen, sie auf ihre Verfehlungen aufmerksam zu machen und ihnen zu verdeutlichen, dass es auch sie hätte treffen können. Oder noch treffen würde. Vielleicht bewegte das einige dazu, ihr Leben zu ändern. *Das* war sein eigentliches Ziel. Er wollte, dass die Welt besser wurde, dass die Menschen innehielten und nachdachten.

Vielleicht beim Nächsten. Er dachte an seine Liste. Seit Jahren hatte er Namen, Adressen und Verfehlungen notiert und verglichen, und so war sie stetig gewachsen. Mittlerweile enthielt sie über hundert Namen, und die Auswahl fiel ihm jedes Mal schwer.

Die Entscheidung für einen bedeutete, dass er viele andere davonkommen lassen musste. Sein Blick glitt über die Namen und verglich die Missetaten. Er würde an die Öffentlichkeit treten müssen. Wenn die Häscher nicht von selbst darauf kamen, worum es hier ging, musste er sie mit der Nase darauf stoßen, und zwar, ohne dass sie ihm dabei auf die Spur kamen, denn er wollte sein Werk vollenden. Irgendwann würde man über ihn berichten, würde sein Name in allen Enzyklopädien stehen als derjenige, der dem Verfall der moralischen Werte und Regeln Einhalt geboten hatte. *Retter der Moral* – so sollten sie ihn nennen.

Und jetzt war er so weit, diese Frau wegzuschaffen. An einen öffentlichen Ort, wo man sie am Morgen finden und hoffentlich jeder die Botschaft, die sie mitbrachte, verstehen würde.

*

»Sag, was du willst, aber die haben eindeutig Dreck am Stecken.« Jo klickte noch einmal auf das Foto des Kellerganges mit dem roten Läufer und den Fackelhaltern. »Ich wüsste zu gern, was sich hinter dieser Tür verbirgt.«

»Nochmal werden sie uns nicht reinlassen.« Lara dachte an Romain Holländers Reaktion, als ihm klar geworden war, dass Jo da irgendwo in seiner Villa herumschnüffelte. Der Zorn hatte seine Lippen weiß werden lassen, und an den Schläfen waren harte Muskelstränge hervorgetreten. Noch ehe Lara es sich versah, hatte er sie auch schon zur Eingangstür gezerrt, sie hinausgeschoben und die Tür geschlossen. Von draußen konnte sie hören, wie es da drin summte und brummte wie in einem Bienenstock. Noch bevor sie sich fragen konnte, was mit ihrer Jacke, den Handschuhen und dem Schal geschehen würde, hatte sich die Tür ein zweites Mal geöffnet, und die Sachen wurden ihr vor die Füße geschleudert. Als sich die Tür kurz darauf ein drittes Mal öffnete, war Jo erschienen. Oder besser gesagt, er war heraus *gestolpert*. Jemand warf ihm seine Kleidungsstücke nach, dann schloss sich die Tür mit einem Knall, und es war Ruhe.

»Dieser Holländer hat doch tatsächlich gedacht, wenn er mir den Speicherchip aus dem Fotoapparat wegnimmt, haben wir nichts in der Hand.« Jo schüttelte den Kopf. »Der muss mich doch für einen blutigen Anfänger halten!«

»Aber auf die Idee, den Chip gegen einen leeren auszutauschen, bevor sie dich erwischt haben, wäre ich auch nicht gekommen. Das war genial.«

»Ich bin halt ein Profi.« Jo grinste und wandte seine Aufmerksamkeit wieder dem Bildschirm zu. »Wenn der Keller dem Grundriss der Villa folgt, müssten sich hinter der Zwischentür noch mindestens drei weitere Räume befinden. Irgendwas verbergen die dort, sonst wäre der Aufruhr nicht so groß gewesen, als sie gemerkt haben, dass ich da rumschnüffele.«

»Das sehe ich auch so. Aber mir war von vornherein klar, dass wir uns mit dieser Aktion alle weiteren Besuche verbauen. Ich hätte gern noch mit einigen Sektenmitgliedern gesprochen.«

»Wir könnten uns ja in den nächsten Tagen vor dem Eingang auf die Lauer legen. Sagte Holländer nicht, einige seiner Schäfchen gingen morgens zur Arbeit? Außerdem besuchen die Kinder die Schule. Entweder gehen sie allein dahin oder werden gebracht. Da wird sich doch jemand finden, den wir ansprechen können.«

»Einen Versuch ist es wert.«

»Gehst du eigentlich morgen früh in die Redaktion?«

»Nein. Ich werde über Nacht furchtbare Kopfschmerzen bekommen. So schlimm, dass ich zum Arzt gehen muss. Ich wäre so oder so außer Haus gewesen. Morgen ist der nächste Verhandlungstag im Fall des ermordeten Berufsschullehrers. Und da ich das Gerichtsressort abgeben muss, kann Tom auch gleich jemand anderen hinschicken. Und weil wir gerade dabei sind …«, Lara schaute auf ihre Finger, die sich ineinander verschränkt hatten, »ich mache mich dann auf den Heimweg. Es ist schon nach neun.«

»Du kannst auch hierbleiben. Wir trinken noch einen Rotwein.«

»Nein, danke. Heute nicht. Nimm es mir nicht übel, aber ich bin furchtbar müde und fühle mich ausgelaugt. Das war einfach zu viel die letzten Tage.«

»Das verstehe ich.«

Verstand er wirklich? Lara überlegte kurz, doch dazubleiben und das Durcheinander in ihrem Kopf mit ein paar Gläsern Wein zu ertränken, aber ihr Verstand war dagegen. Es würde alles nur noch verworrener machen, und morgen früh wären all ihre Probleme noch immer da. »Ich rufe dich morgen Vormittag an, wenn ich von Doktor Radost komme. Wir haben uns ja einiges vorgenommen. Kannst du inzwischen versuchen, den lateinischen Text von Robert Wessels Rücken zu besorgen? Ich würde gern Stefan Reinmann zum Inhalt befragen. Dann könnten wir überprüfen, ob unsere Vermutung, sein Tod habe etwas mit seiner Geldgier zu tun, richtig ist.«

»Jawohl, Chefin.« Jo, der inzwischen aufgestanden war, salutierte vor Lara.

29

Sibylle Leitsmann gab Gas. Die Räder drehten kurz durch und griffen dann. Mit einem Hopser rollte das Auto über die Eisbuckel. Es knirschte, als der Auspuff an den Schneeberg hinter ihr stieß, und sie trat auf die Bremse. Der öffentliche Parkplatz wurde nicht geräumt. Die Stadt trieb Bußgelder von jedem Hausbesitzer ein, der seinen Pflichten nicht nachkam, hatte aber selbst kein Geld, um Gehwege und öffentliche Anlagen von Schnee und Eis zu befreien. Neben ihr stand ein dunkelgrüner Fiat, dann folgten zwei leere Zwischenräume. Sie stieg aus und stapfte durch den Schnee in Richtung Amt. Der achtstöckige Plattenbaublock beherbergte mehrere Behörden. Die Steinstufen waren sauber geräumt, der Hausmeister hatte reichlich Salz gestreut. An der Glastür prangten undefinierbare Flecken in verschiedensten Schattierungen. Mit spitzen Fingern drückte Sibylle Leitsmann gegen den Griff und schob sich dann durch den Spalt, ehe die Tür zurückschwingen konnte.

Im Warteraum saßen mindestens zehn Leute, obwohl es erst halb acht war. Aber freitags hatten die meisten Behörden nur bis mittags geöffnet, und die Leute hofften darauf, zeitig fertig zu sein. Der Beamte an der Anmeldung nickte ihr zu, dann bog sie um die Ecke. Sibylle Leitsmann erwog, die Treppe zu nehmen und entschied sich dann doch für den Fahrstuhl.

Mit einem metallischen Klappern schlossen sich die Türen in der Mitte, und dann ging es mit einem Ruck aufwärts. Ein merkwürdiger Geruch machte sich breit. Sibylle Leitsmann rümpfte die Nase und sah sich um. In der Ecke entdeckte sie etwas, das wie braune Schmiere aussah, und wandte sich angewidert ab.

Entweder, jemand hatte einen Köter mit Durchfall mitgebracht, obwohl Hunde hier verboten waren, oder das da in der Ecke war etwas anderes. Essensreste, alter Ketchup oder Schlamm. Schlamm kam wohl bei den Minusgraden draußen eher nicht infrage. Sibylle Leitsmann entschied sich für Essensreste und nahm sich vor, den Hausmeister anzurufen und ihn zu bitten, den Fahrstuhl zu säubern. Es machte keinen guten Eindruck auf die Leute, wenn ihnen schon auf dem Weg nach oben Schmutz und Gestank entgegenschlugen. Einige Zimmertüren auf dem Gang waren noch verschlossen. Das Jugendamt hatte freitags von acht bis zwölf Sprechstunde, und die meisten Mitarbeiter trudelten nicht wesentlich früher ein.

Sibylle Leitsmann zückte den Zimmerschlüssel, den sie schon im Fahrstuhl aus der Tasche gekramt hatte, steckte ihn ins Schloss und wollte ihn drehen. Ein Widerstand ließ sie innehalten, und sie versuchte es erneut. Es dauerte einen Augenblick, bis sie erkannte, warum sich die Tür nicht aufschließen ließ. Sie war bereits offen. Gerda musste heute gegen alle Gewohnheiten schon vor ihr eingetroffen sein.

»Morgen! Du bist ja zeitig da!« Die Tür schwang auf, Sibylle Leitsmann trat ein und erstarrte.

Ein Aufschrei gellte auf den Gang hinaus. Kollegen stürzten aus ihren Zimmern, sahen sich mit ängstlichen Blicken um und stürmten dann in die Richtung, aus der der Lärm gekommen war. Es kam selten vor, aber manchmal bedrohten Klienten Mitarbeiter. Notknöpfe gab es nicht, und so waren die Kollegen immer darauf eingestellt, sich bei Gefahr gegenseitig beizustehen. Die ersten beiden – es waren Frauen mittleren Alters – sahen sehr schnell, dass es hier nichts mehr beizustehen gab. Eine von ihnen machte drei Schritte seitwärts und begann zu würgen, die andere zeigte über Sibylle Leitsmanns Schulter stumm auf das Arrangement vor Gerda Saiblings Schreibtisch und rang dabei nach Luft. Ein Mann eilte herbei, drängte die Kollegin beiseite und schaute ebenfalls in das Zimmer, ehe er mit einem »Verflucht!« nach Sibylle Leitsmann, die noch immer in der Tür stand und wimmernd auf das Szenario vor sich zeigte, griff, um sie aus dem Raum zu ziehen.

Ein bitterscharfer Geruch hatte sich im Raum ausgebreitet und reizte die Nasenschleimhäute der Menschen, die fassungslos auf das schreckliche Bild starrten. Auf dem rechten Schreibtisch türmten sich wild übereinandergestapelte Aktenberge, davor saß oder besser, hing Gerda Saibling auf ihrem Drehstuhl, den Körper zur Tür gewandt, sodass ihr verzerrtes Gesicht mit den blutigen Augenhöhlen und der bläulich hervorquellenden Zunge den ersten Besucher des Tages begrüßte. Dunkel verkrustete Rinnsale waren über die Wangen nach unten gelaufen und verliehen dem aufgequollenen Gesicht einen clownartigen Anstrich. Der Mund stand halb offen, oben sah man eine Reihe weißer Zähne, dazwischen die Zunge wie einen überblähten rotblauen Ballon. Gerda Saibling sah aus, als wäre sie schon seit ein paar Stunden tot.

Rumpf und Arme waren mit Klebeband an Rückenlehne und Armlehnen befestigt. Auf der Stirn der Toten standen lateinische Wörter, um den Hals hing ein weißes Schild mit der Aufschrift: »Verzeiht mir. Ich war untätig und habe Schuld auf mich geladen.«

30

Lara klappte den Briefkasten zu und verschloss ihn, dann betrachtete sie die auf den Ausdruck geklebte Haftnotiz. »Hier der Wessel-Text. Musste zu einem Job, sorry. Ruf dich später an, Jo.«

Sie würde sich wohl oder übel nach ihrem Arztbesuch allein auf Spurensuche begeben müssen. Nach dem Aufstehen hatte sie eine SMS auf ihrem Handy gefunden, in der Jo ihr geschrieben hatte, sie solle in ihren Briefkasten schauen, bevor sie aus dem Haus ging. Auf dem Weg zum Auto überflog Lara den lateinischen Text und verstand kein einziges Wort. Es half alles nichts, Reinmann musste noch einmal ran und ihn übersetzen, auch auf die Gefahr hin, dass er allmählich dahinterkam, woher die Botschaften stammten. Auf der Fahrt zum Arzt würde sie den Sektenbeauftragten anrufen und ihn um einen Termin bitten, möglichst noch heute. Und nach dem Arztbesuch würde sie mit den geplanten Nachforschungen zu den Opfern beginnen. Hoffentlich dauerte Jos »Job« nicht zu lange. Heute Nachmittag hatten sie zuerst die *Holic*-Leute noch einmal aufsuchen und dann gemeinsam das Haus der Holländer-Sekte beobachten wollen, und sie verspürte keine große Lust, sich allein in ihrem auffälligen gelben Mini vor dem Tor zu postieren und auf Sektenmitglieder zu warten. Als sie gerade auf den Parkplatz der Arztpraxis fuhr, klingelte das Handy. Jo legte ohne Begrüßung gleich los. »Das glaubst du nicht! Im Polizeifunk kam vor zwei Stunden eine ominöse Meldung, die ich verdächtig fand. Sie haben zwar nicht direkt von einer Leiche gesprochen, aber ich kenne doch die internen Kürzel!«

»Eine Leiche?« Lara spürte, wie sich die Härchen auf ihren Armen aufstellten.

»Ich bin sofort hingefahren, nachdem ich dir den Ausdruck in den Briefkasten gesteckt hatte. Ins Verwaltungszentrum in Gohlis, oder besser gesagt, bis *vor* das Verwaltungszentrum. Reingekommen bin ich nämlich nicht. Da war ein Riesenaufruhr. Menschenmassen, Gaffer und haufenweise Kriminalpolizei und Spurensicherung.«

Eine einsame Schneeflocke wehte aus dem steingrauen Himmel herab und ließ sich auf der Windschutzscheibe nieder. Lara betrachtete die winzigen strahlenförmigen Verzweigungen und hörte Jo zu, der von der toten Frau aus dem Jugendamt berichtete.

»... war auf dem Stuhl festgebunden und hatte ein Schild um den Hals hängen, auf dem sinngemäß stand, dass sie um Verzeihung bitte.«

»Eine Mitarbeiterin des Jugendamtes?« Eine zweite Schneeflocke kam herbeigesegelt und landete neben der anderen. Die Strahlen wurden durchsichtig und zerflossen. »Vielleicht war es einer ihrer Klienten?«

»Das glaube ich nicht.« Im Hintergrund heulte eine Sirene, und Jo sprach lauter. »Die Tote hatte nämlich laut Augenzeugen lateinische Wörter auf der Stirn. Ich habe zwar keine Bestätigung dafür, bin aber sicher, dass sie ihr eintätowiert wurden, als sie noch am Leben war.«

»Wie bitte?« Er musste seine Bemerkung nicht wiederholen, Lara hatte sie auch so verstanden.

»Damit dürfte klar sein, dass wir hier das vierte Opfer unseres Serienmörders haben, auch wenn die Kripo das mit den eintätowierten Texten bisher unter Verschluss gehalten hat.«

»Spätestens jetzt kommt das so oder so raus. Die können ja nicht allen einen Maulkorb verpassen. Sicher hat sie auch einen Text auf ihrem Rücken.« Lara dachte an den Kellergang mit der verschlossenen Tür in der Villa der Holländer-Sekte.

»Ich habe versucht, ein paar Leute auszuhorchen, aber nicht

viel herausbekommen. Die Tote heißt mit Nachnamen Saibling. Verschwunden ist sie seit Dienstag. Ihr Mann hatte sie als vermisst gemeldet, aber man hat wohl keine Parallelen zu den anderen drei Fällen hergestellt.« Jo räusperte sich und fuhr dann fort. »Ich versuche jetzt, meine Fotos an den Mann zu bringen. Wo bist du gerade?«

»Auf dem Weg zu Doktor Radost. Ich habe vorhin in der Redaktion angerufen und mich krankgemeldet. Ist mir egal, was Tom davon hält. Den Gerichtstermin kann jemand anders übernehmen, und sonst warten keine unaufschiebbaren Aufgaben auf mich. Ich hoffe, dass ich in einer Stunde wieder draußen bin. Dann rufe ich dich an. Ich habe mich für den späten Nachmittag bei Herrn Reinmann angekündigt. Er soll sich den Robert-Wessel-Text ansehen. Danke übrigens, dass du ihn mir in den Briefkasten gesteckt hast.«

»Keine Ursache. Soll ich mitkommen?«

»Wenn du nichts Besseres zu tun hast?« Lara kicherte und kam sich dabei vor wie ein Schulmädchen.

»Vier Ohren hören mehr als zwei. Wollten wir nicht auch diese *Holic*-Baracke noch einmal aufsuchen und anschließend das Haus der ›Himmelskinder‹ beobachten und ein paar Sektenmitglieder befragen?«

»Hab ich nicht vergessen! Ruf mich an, wenn du so weit bist. Bis nachher.« Lara ließ das Handy im Auto und machte sich auf den Weg in die Arztpraxis.

»Herr Schwarz, vielleicht können wir kurz hereinkommen.« Lara krallte die Zehen in ihren Stiefeln ein und streckte sie wieder. Neben ihr atmete Jo weiße Wölkchen aus. »Ich würde wirklich gern mehr über Sie und Ihre Gruppe erfahren.« Sie versuchte ein freundliches Lächeln. Im Gesicht des hageren Mannes verzog sich nicht ein Muskel. Er dachte nach. Lange. Mindestens fünf Minuten, jedenfalls kam es ihr so vor. In Wirklichkeit waren es vielleicht nur Sekunden. Seine Hand bewegte sich auf der Türklinke, und Lara wusste, dass sie gewonnen hatten.

»Viertelstunde.« Der Mann drehte sich ohne ein weiteres Wort um und ließ die Tür hinter sich offen. Der Vorraum war mit Brettern verkleidet. Jo schloss die Tür, und einen Moment lang war es stockfinster, bis sich links von ihnen eine Tür öffnete. Herr Schwarz schritt hinein. Mit seinen langen dünnen Beinen stakte er wie ein Storch. Der Raum ähnelte einem Pausenraum für Bauarbeiter. Nackte Wände, ein einfacher Holztisch mit sechs ebenso schlichten Stühlen, keine Tischdecke, keine Sitzkissen, keine Bilder an den Wänden, dafür dicke Vorhänge vor den Fenstern. Lara und Jo nahmen nebeneinander Platz, Herr Schwarz saß bereits am Kopfende, die Arme aufgestützt, die Hände betend gefaltet. Er schwieg.

»Wie schon gesagt – wir kommen von der *Tagespresse*. Ich arbeite an einer Reportage über die religiösen Gemeinschaften in Leipzig und würde gern auch die *Holic-Gruppe* mit einbeziehen.«

»Stellen Sie Ihre Fragen.« Der Mann kniff sofort, nachdem die Worte heraus waren, die Lippen wieder fest zusammen.

»Woher stammt Ihre Gruppierung?«

»Gruppierung?« Jetzt kräuselte sich der Mund verächtlich. »Wir sind Christen.« Er wartete, und Lara beeilte sich, zu nicken. Neben ihr machte Jo sich klein. Bloß nicht auffallen. »Ich habe gelesen, dass Ihre Glaubensgemeinschaft von Gottfried Holic in Wien gegründet wurde.«

»Lüge.« Die Lippen pressten sich wieder aufeinander.

»Dann stellen Sie das doch bitte richtig, damit wir es im Artikel wahrheitsgetreu wiedergeben können.« Es dauerte eine Weile, dann redete der Mann. Lara, die ihr Notizbuch auf den Tisch gelegt hatte, schrieb seine Worte so mit, dass er es sehen konnte. Sollte er an einen Zeitungsbericht glauben.

»Zuerst gab es eine Wohngemeinschaft der Christen in Wien. Danach entstanden weitere Wohngemeinschaften in anderen

Städten Österreichs. Herr Holic war daran nicht beteiligt, im Gegenteil, Mitte 2004 wurde er aus der Gemeinschaft ausgeschlossen.«

»Können Sie uns etwas zu Ihrem Selbstverständnis, Ihrer Lehre sagen?« Lara schielte auf die Uhr. Sieben Minuten waren schon um. Hoffentlich beharrte der Typ nicht auf der Viertelstunde.

»Wir leben konsequent nach dem Evangelium. So wie die ersten Christen. Wir sehen uns als wahre Nachfolger Jesu; Brüder und Schwestern, die Gott als gemeinsamen Vater und Jesus als gemeinsamen Herrn verehren. Bei uns stehen Gott und die selbstlose Liebe im Vordergrund. Wir leben bewusst ohne Luxus. Luxus ist Sünde und hält uns von Gott fern.« Der *Holic*-Mann machte eine ausholende Geste, die das gesamte Zimmer umfasste. Wie mochte er mit Vornamen heißen?

»... es gibt keine Amtsträger. Amtsträger missbrauchen ihre Ämter zur Aufrechterhaltung persönlicher Macht. Bei uns gibt es stattdessen Älteste, die sich durch christliche Tugenden und Erfahrung auszeichnen.«

»Wie muss man sich das im täglichen Leben vorstellen?« Lara hatte lange überlegt, ob sie den Mann unterbrechen sollte, aber er schwafelte ihr zu viel von der reinen Lehre und die Zeit lief ihnen davon. Herr Schwarz stutzte kurz und schüttelte unmerklich den Kopf, fuhr dann jedoch zu ihrer Erleichterung fort.

»Wir leben in Wohngemeinschaften und teilen alles miteinander. Die Christen haben sich alle bewusst für Jesus entschieden und leben ehelos.« Bei den nächsten Worten richtete sich der Mann auf. Seine dunklen Augen glühten dabei. »›Und als die Menschen über Jesus hörten, drang es ihnen durchs Herz, und sie sprachen zu Petrus und den anderen Aposteln: Was sollen wir tun?‹ Wir hier sind in verschiedenen Glaubensrichtungen und auch in einem atheistischen Umfeld aufgewachsen, doch wir alle mussten feststellen, dass verschiedene Wege nicht zum richtigen Ziel führen. Was also ist der richtige Weg, was ist die Wahrheit?

Wir glauben nicht, dass wir die Quelle der Wahrheit sind, nein, wir sind weit davon entfernt, uns zu überheben oder zu denken, dass wir vollkommen sind! Aber wir wissen, dass die Wahrheit zugänglich ist, weil Jesus sie der Menschheit offenbart hat.«

Lara, die hastig mitschrieb, spürte, wie Jo neben ihr auf dem Stuhl hin und her zu rutschen begann. Herr Schwarz hatte anscheinend sein Zeitlimit vergessen.

»… ›Die Wahrheit wird uns frei machen!‹ Das bedeutet, dass wir die Wahrheit über uns sehen sollen, wir sollen unsere Sündhaftigkeit eingestehen und Gottes Vergebung durch Jesus annehmen. Dann kann er uns die Kraft geben, unsere Sünden zu überwinden und ein heiliges Leben zu führen, dann kann er uns die Kraft geben, unser ganzes Leben zu geben, um ihm zu dienen!«

Bevor der nächste Satz heraussprudeln konnte, warf Lara den Stift auf den Tisch und hob die Hand. »Danke, Herr Schwarz. Wunderbar.« Nur kurz widerspiegelte sich Verblüffung in den Augen des Mannes, dann hatte er sich gefangen. »Vielleicht können Sie uns zum Abschluss noch etwas Material mitgeben? Flyer, Infomaterial, so etwas?« Sie erhob sich. Jo und der Sektenmann taten es ihr nach. Herr Schwarz stakte hinaus, und verschwand in einem Nebenraum, aus dem er ebenso schnell wieder mit mehreren buntbedruckten Blättern hervorkam, die er Lara ohne ein Wort hinhielt, um anschließend die Tür zu dem verwilderten Garten zu öffnen.

»Wiedersehn.« Jo, der als Erster hinausmarschiert war, drehte sich zu Lara um, sobald sich die Tür geschlossen hatte und zischte aus dem Mundwinkel: »Der war ja der Knaller!«

»Lass uns das im Auto besprechen.« Lara betrachtete die Flyer und überflog die plakativen Überschriften, während sie ins Auto einstieg. ›Gibt es hier jemanden, der Gott sucht?‹ ›Freiheit ist mehr als das ständige Jagen von einer Leere zur nächsten.‹

»Mir kommt der Typ ziemlich verdächtig vor.« Jo schaute nach draußen auf die Baracke. »Dir nicht?«

»Zu offensichtlich, fürchte ich. Ich muss ein wenig recherchieren. Man könnte auch Reinmann befragen, ob die übersetzten Texte und die Lehre dieser *Holic*-Leute prägnante Übereinstimmungen aufweisen.«

»Gute Idee. Wohin jetzt?«

»Nach Markkleeberg. Schnüffeln wir noch ein wenig bei den *Kindern des Himmels* rum.« Das Auto setzte sich in Bewegung.

»Schau mal, dahinten! Kommt der dir irgendwie bekannt vor?« Jo flüsterte; gerade so, als ob der Mann, der zwei Querstraßen weiter um die Ecke bog, ihn hören könnte. Sie hatten Jos Honda so geparkt, dass er von der Villa aus nicht zu sehen war, und warteten seit einer guten Stunde darauf, dass jemand herauskam oder hineinging.

Im Rückspiegel näherte sich die Gestalt eines großen schlanken Mannes. Er hatte einen etwa zehnjährigen Jungen an seiner Seite. Die beiden unterhielten sich. Das Kind hielt die Hand des Mannes und schaute ab und an zu ihm auf.

Lara ließ ihre Besuche bei der Sekte Revue passieren und versuchte, sich an die Gesichter der Menschen im Speiseraum zu erinnern. »Könnte sein. Versuchen wir es einfach.« Sie stieg als Erste aus und ging auf den Mann zu. Jo schoss ein paar heimliche Fotos und folgte ihr dann.

»Guten Tag. Gehören Sie zu den *Kindern des Himmels*?« Lara blieb zwei Meter vor dem Mann stehen und lächelte ihr höfliches Lächeln.

»Sie sind die Journalistin.« Eine Feststellung, keine Frage. Der Mann war ebenfalls stehen geblieben, aber nur, weil Lara ihm den Weg versperrte. Zwischen seinen Augenbrauen stand eine steile Falte, die Lippen hatte er sofort nach seiner Bemerkung wieder fest zusammengepresst.

»Ja, Lara Birkenfeld von der *Tagespresse*. Ich war wegen einer Reportage bei Ihnen.«

»Eine Reportage, ach so … Waren das nicht Sie, die gestern in unserem Keller herumgeschnüffelt hat?«

»Das war ich.« Jo, der inzwischen auch ausgestiegen und herangekommen war, streckte den Arm aus, aber der Mann ignorierte die dargebotene Hand.

»Und jetzt wollen Sie die Leute auf der Straße aushorchen?«

»Wir planen einen ausführlichen Bericht über die verschiedenen Glaubensgemeinschaften in Leipzig. Mit Herrn Holländer habe ich schon gesprochen. Jetzt hätte ich gern noch ein paar O-Töne von den Mitgliedern.« Lara betrachtete den Jungen. Er hatte sich halb hinter dem Mann versteckt und hielt dessen Hand noch immer fest umklammert.

»Dann kommen Sie doch am Wochenende vorbei.« Die Kaumuskeln des Mannes bewegten sich unter der Haut. »Wenn Sie den Leuten auf der Straße auflauern, wird niemand mit Ihnen reden.«

»Wir glauben eigentlich nicht, dass Herr Holländer uns noch einmal in die Villa lässt.« Jo zuckte entschuldigend die Schultern und setzte hinzu: »Aber wir hätten trotz allem gern mit einigen von Ihnen geredet. Läuft da drin alles nach den Normen ab? Wir könnten Ihnen helfen, wenn Sie Sorgen oder Probleme haben.«

»Komm, Marcel, wir gehen.« Der Mann trat einen Schritt auf Lara zu und zwang sie so, beiseitezugehen. Der Junge schaute stumm zu Boden.

»Bitte denken Sie noch einmal darüber nach.« Lara kramte eine Visitenkarte aus der Innentasche ihrer Jacke und hielt sie dem Mann hin. »Vielleicht möchten Sie doch irgendwann mit uns reden.« Sie sah, wie sich die Muskeln im Gesicht des Mannes bewegten und ergänzte hastig: »Es bleibt alles unter uns, das garantiere ich Ihnen.« Sie war Jo dankbar, dass er sich nicht einmischte. Jetzt bewegte der Mann den linken Arm, hob ihn an und ließ ihn wieder fallen, wobei die Finger sich zu einer Faust ballten und wieder öffneten. Lara versuchte, das Kärtchen ruhig zu halten. Sie wusste nicht, ob es ihr eingefrorenes Lächeln war oder die Stimme in ihrem Kopf, die ständig flüsterte, er möge die Visitenkarte nehmen, jedenfalls schnellte die Hand des Mannes plötzlich nach vorn und griff nach dem Papier, während er hastig den Kopf von links nach rechts drehte.

»Danke. Rufen Sie mich an. Jederzeit.«

Der Junge zerrte jetzt, noch immer stumm wie ein Fisch, an der Hand.

»Wie heißen Sie?«

»Wörth. Frieder Wörth.« Frieder Wörth drängte sich an Lara vorbei und stürmte, den Jungen hinter sich herziehend, zum Eingang der Villa. Lara sah ihnen nach. Etwas stimmte mit den beiden nicht. Das Kind hatte eingeschüchtert, fast ängstlich gewirkt, der Mann dominant und gleichzeitig unsicher. Die beiden verschwanden hinter den Rhododendronsträuchern.

Im selben Moment, in dem sie auf dem Beifahrersitz Platz genommen hatte, öffnete sich das große zweiflügelige Tor, ein weißer Lieferwagen kam herausgefahren und bog auf die Straße ab. Lara fixierte das Gesicht hinter dem Steuer. Noch ehe Jo seine Kamera startklar hatte, war das Auto schon um die nächste Ecke verschwunden.

»Den jungen Mann am Steuer habe ich auch schon mal getroffen.« Lara kniff die Augen zu und dachte nach. »Ich glaube, er ist mir im Haus auf der Treppe begegnet.« Lara schnallte sich in der Erwartung, dass Jo losfahren würde, an. »Sagtest du nicht, dass Robert Wessels Leiche mit einem weißen Lieferwagen zur Bankfiliale gebracht worden ist?«

»Ja, schon. Es gibt jedoch Tausende von weißen Lieferwagen in Leipzig.« Jo schraubte ein anderes Objektiv auf seinen Fotoapparat und machte keine Anstalten, dem Auto zu folgen.

»Wollen wir nicht schauen, wo er hinfährt?«

»Das wäre nicht besonders sinnvoll. Erstens ist er eh schon über alle Berge. Wir würden uns nur verzetteln. Zweitens hoffe ich, dass wir noch mehr Sektenmitglieder erwischen, die wir befragen können. Drittens ist nicht einmal sicher, dass das Auto überhaupt zur Sekte gehört. Vielleicht war es ein Lieferant, der etwas gebracht oder abgeholt hat? Du könntest dich täuschen, wenn du glaubst, den Fahrer im Haus gesehen zu haben. Wenn der Lieferwagen der Sekte gehört, können wir versuchen, das Kennzeichen herauszufinden und dann weiter recherchieren.«

Lara löste den Gurt und schluckte ihre Enttäuschung hinunter. Dieses Mal war Jo der Zögerliche. Aber er hatte recht.

Sie verbrachten dreieinhalb nutzlose Stunden auf der Straße vor der Sektenvilla. Lediglich eine ältere Frau war kurz nach Frieder Wörth mit vorgeschobenem Unterkiefer wortlos an ihnen vorbeimarschiert, den Blick unbeweglich nach vorn gerichtet. Ihre einzige Reaktion auf Laras Ansprache hatte darin bestanden, den Henkel der Tasche fester zu umklammern und schneller über den glatt getretenen Schnee zu schlingern. Sie hatte es ausgesprochen eilig, durch das Tor zu verschwinden. Danach war Stille eingekehrt. Niemand ging in Richtung der Villa, keiner kam heraus. Vielleicht hatten Wörth oder die Frau drinnen Bescheid gesagt, dass Lara und Jo auf der Straße lauerten, und Holländer hatte seine Leute instruiert, im Haus zu bleiben oder erst später hierher zurückzukehren.

Gegen fünf hatte Jo vorgeschlagen, die Bewohner der benachbarten Villen zu befragen, aber Lara hatte abgelehnt. Das konnten sie am Wochenende immer noch erledigen. Außerdem wollte sie den Termin bei Stefan Reinmann nicht verpassen. Und so hatten sie ihre Zelte abgebrochen und waren zu dem Sektenbeauftragten gefahren.

»Hier wohnt er?« Jo bremste und suchte inmitten der Schneeberge nach einer Lücke für seinen Honda. Lara bejahte, und er fuhr fort. »Das ist ein Traum. Nicht so riesig wie die Sektenvilla, aber dafür im Originalzustand. Solche perfekt erhaltenen Jugendstilvillen sind selten. Ich möchte nicht wissen, was das Ding wert ist.«

»Es gehört mit Sicherheit der Kirche. Die hatten auch zu DDR-Zeiten Mittel und Wege, ihre Bauten zu erhalten. Hoppla!« Der Wagen holperte über einen Wall aus Eis und Schnee, und Jo zog die Handbremse an. »Dann bin ich mal auf diesen Reinmann gespannt.«

»Er ist nett.« Lara ging voran und klingelte. Es dauerte etwa eine halbe Minute, dann öffnete die Putzfrau die Tür. Sie schaute von Lara zu Jo. Im Hintergrund tauchte die kompakte Gestalt Stefan Reinmanns auf, der ein joviales »Es ist mir immer wieder ein Vergnügen, Frau Birkenfeld« herauspolterte. Die Putzfrau trat beiseite, und erst jetzt fiel sein Blick auf den Mann hinter Lara. Das heitere Begrüßungslächeln verschwand und machte für den Bruchteil einer Sekunde etwas anderem – Verwirrung? Unmut? – Platz, dann kehrte es zurück.

»Das ist Joachim Selbig, Fotograf für die *Tagespresse*. Er begleitet mich bei manchen Reportagen.«

»Herr Selbig, aha.« Stefan Reinmann schüttelte zuerst Lara und dann Jo die Hand. »Sie wollen Fotos von mir machen?«

»Nein. Wir waren gemeinsam unterwegs, und da dachten wir … aber wenn es Sie stört …« Lara ärgerte sich über ihr Gestotter. Sie hätten sich vorher eine Begründung zurechtlegen sollen, warum Jo dabei war.

»Nicht doch. Kommen Sie herein! Ich bin ein unhöflicher Trottel!« Stefan Reinmann ging voran und wartete im Vorraum, bis die Putzfrau ihnen die Jacken, Schals und Handschuhe abgenommen hatte.

Lara sah, wie Jo die Putzfrau musterte. Anscheinend kam er zu den gleichen Schlüssen wie sie. Mit etwas Schminke und ohne die billige Brille wäre sie hübsch.

»Gehen wir in die Bibliothek. Tee oder Kaffee?«

»Ich hätte lieber einen Kaffee. Bin nicht so der Teetrinker.« Jo sah Lara kurz in die Augen.

»Für mich bitte Tee, wenn es keine Mühe macht.«

»Ursula – eine Kanne Tee. *First flush* bitte. Und Kaffee für Herrn Selbig.« Stefan Reinmann öffnete die Tür zu dem Raum, den er Bibliothek nannte, und ließ Lara und Jo den Vortritt. Er wartete, bis sie in den mächtigen Ledersesseln Platz genommen hatten, schlug dann die Beine übereinander und verschränkte die Finger über dem Bauch. »Sie hatten mich heute früh um einen Termin gebeten, und ich hatte den Eindruck, es sei dringend. Was kann ich denn für Sie tun?«

»Wir haben einen weiteren Text.« Lara überlegte kurz, ob das »wir« verräterisch war, schließlich hatte sie bis jetzt immer allein agiert, aber Reinmann schien nichts bemerkt zu haben. »Ich bräuchte die Übersetzung so schnell wie möglich.«

»Hm. Haben Sie den Text dabei?«

»Ja.« Lara zog das gefaltete Blatt aus ihrem Notizbuch. »Ich hatte gehofft, dass Sie mir eine ungefähre Inhaltsangabe geben können. Nur damit ich weiß, worum es darin geht.«

»Dann lassen Sie mal sehen.« Reinmann griff nach dem Blatt, starrte darauf, legte es nach wenigen Sekunden wieder ab und tippte sich mit dem Zeigefinger an die Schläfe. »Jedes Mal vergesse ich meine Brille. Anscheinend will mein Unterbewusstsein einfach nicht akzeptieren, dass es nicht mehr ohne geht. Einen Moment bitte.« Wie bei ihrem letzten Besuch verschwand er auch diesmal im Nachbarzimmer und Lara nutzte die Gelegenheit, bis er zurückkam, Jo eine Grimasse zu schneiden, die sagen sollte: »Ich habe dir ja angekündigt, dass er etwas umständlich ist.« Die Putzfrau erschien mit dem üblichen Tablett. Heute trug sie keinen Fromme-Helene-Dutt, sondern einen geflochtenen Zopf. Während sie servierte, kam Stefan Reinmann zurück, setzte sich und begann, ohne ein weiteres Wort zu lesen. Lara fühlte sich wie in einem der *Nesthäkchen*-Bücher, die sie als Kind gelesen hatte. Die antiquierte Einrichtung, all die ledergebundenen Bücher, die Eichenschränke, der Messingtisch, die mannshohe Stehlampe mit dem geschnitzten Fuß, die ein gelbes Licht auf ihre Köpfe warf; dazu der Tee, das alles verstärkte ihr Gefühl, in einem Kostümschinken aus den dreißiger Jahren mitzuspielen.

»... *audiens sapiens sapientior erit et intellegens* ...« Stefan Reinmann murmelte die lateinischen Wörter vor sich hin. Lara nippte an ihrem Tee. Sie hatte auf der Fahrt hierher mit Jo diskutiert, ob sie den Sektenbeauftragten einweihen sollten, woher die Texte stammten und dass sie in den Inhalten nach etwas suchten, was sie zum Mörder führen konnte. Sie war dafür gewesen, Jo dagegen. Seinen Argumenten, dass die Polizei die Inschriften auf der Stirn und auch das Wissen um die Texte auf den Rücken bisher geheim gehalten hatte und dass er seine Quelle nicht gefährden wolle, hatte Lara nur widerwillig zugestimmt.

»Sie brauchen eine Zusammenfassung?« Reinmann ließ das Blatt sinken und sah Lara an. Seine hellen Augen leuchteten hinter den Brillengläsern.

»Etwas, woraus wir entnehmen können, worum es in dem Text geht.« Lara verzog das Gesicht. Sie hatte schon wieder »wir« gesagt.

»Das ist schwierig. Ich hatte Ihnen ja schon erläutert, dass solche Schriften nie eindeutig sind. Auch hier handelt es sich wieder um einen sehr alten Text, ich vermute, aus der Bibel, er könnte ebenso wie der zweite aus den Sprüchen Salomos stammen. Das müsste ich nachprüfen. Warten Sie, ich bin noch nicht fertig.« Er hob die Hand, als Lara ansetzte, um etwas zu sagen, und sprach dann weiter. »Sie können oder wollen mir wahrscheinlich noch immer nicht sagen, woher all diese Texte stammen oder wer sie geschrieben hat. Für die Erschließung des Inhaltes wäre das jedoch wirklich nützlich.« Ein feines Lächeln wölbte seine Mundwinkel nach oben, während er beobachtete, wie Lara und Jo den

Kopf schüttelten. »Nun gut. Einen Anhaltspunkt.« Er ließ sich an die Lehne zurücksinken und schaute an die Decke. »Dieser Text hat etwas mit Weisheit und Zucht, Klugheit und Gerechtigkeit zu tun. Das findet sich gleich in den ersten Zeilen. Etwas weiter unten geht es darum, dass die Ruchlosen Weisheit und Zucht verachten.« Stefan Reinmann sah Lara an und nickte. »Ich habe es Ihnen doch gesagt. Das kann alles und nichts heißen.«

»Steht in dem Text irgendetwas über Geld?« Jo hatte sich zu den ersten Worten, seit er hier war, aufgesetzt.

»Geld?« Noch immer hing das Lächeln Reinmanns in seinem Mund. »So etwas Profanes?«

»Es kann auch im übertragenen Sinne gemeint sein. Irgendetwas mit Reichtum oder Gier.«

»Nun, lassen Sie mich schauen.« Reinmann beugte sich nach vorn und fuhr mit dem Finger über die Zeilen. »Vielleicht dies hier: *Sic semitae omnis avari animas possidentium rapiunt. Avarus* heißt soviel wie habsüchtig. Man könnte den Satz sinngemäß in etwa so übersetzen: ›Also geht es allen, die nach Gewinn gieren, dass ihre Gier ihnen das Leben nimmt‹.«

»Das ist perfekt.« Jo lächelte jetzt auch.

»Wunderbar.« Reinmann legte das Blatt ab und faltete wieder die Hände. »So konnte ich Ihnen doch helfen. Dann übersetze ich es schnellstmöglich noch im Detail und lasse es Ihnen dann zukommen. Kann ich Ihnen sonst noch irgendwie helfen?«

»Nein, danke. Im Moment nicht. Das war schon sehr nützlich für uns.« Es war, wie sie vermutet hatten. Eigentlich hätten sie Reinmanns Bestätigung gar nicht gebraucht.

»Waren Sie denn inzwischen mal bei diesen Sekten?«

Es dauerte einen Moment, bis Lara die Frage richtig wahrnahm. »Bei vieren von Ihrer Liste. Gut, dass Sie darauf kommen, da hatten wir auch noch einige Fragen.« Lara sah zu Jo. Sie hatte schon wieder von »wir« gesprochen, aber es war ja nun ohnehin offensichtlich, dass sie und Jo zusammenarbeiteten.

»Mit welchen hatten Sie Kontakt?«

»Mit der *Holic-Gruppe*, der *Gemeinde ohne Mauern*, *Fiat Pax* und mit den *Kindern des Himmels*.«

»Ach!« Stefan Reinmann schien überrascht. »Die *Kinder des Himmels* … Hat man Sie ins Haus gelassen?«

»Zweimal sogar. Und nicht nur dort. Vorhin waren wir bei der *Holic-Gruppe*. Der Chef heißt Schwarz und wollte uns gleich missionieren. Er hat uns Flyer mitgegeben, warten Sie, hier.«

»Die wahren Christen …« Stefan Reinmann lächelte versunken. »Sie beharren auf der wörtlichen Auslegung der Bibel und sind ziemlich strikt in ihren Vorschriften.«

»Das, was der Mann erzählt hat, klingt ganz ähnlich wie der Inhalt der Texte, die Sie für uns übersetzt haben.«

»Da ist was dran. Ähnlicher Ductus, Bibelzitate von Quelltexten. Gut beobachtet, Frau Birkenfeld.« Er nickte ihr zu. Lara beschloss, die Flyer in der Tasche zu lassen. Der Sektenbeauftragte hatte ihr eben ihre Vermutungen bestätigt.

»Und bei den *Kindern des Himmels* waren Sie auch?« Stefan Reinmann schüttelte leicht den Kopf.

»War einfacher als bei *Holics*.« Von Jos »Recherchen« im Keller der Villa und dem nachfolgenden Aufruhr sagte Lara nichts. »Der Sektenführer, Romain Holländer heißt er, war sehr entgegenkommend, er hat meine Fragen beantwortet und mir einige Räume gezeigt.«

»Haben Sie auch mit den Mitgliedern geredet?« Reinmann hatte sich jetzt nach vorn gebeugt und die Brille auf die Stirn geschoben.

»Nicht so richtig. Ich war zwar bei einer dieser ›Abendspeisungen‹, die sie anscheinend jeden Tag durchführen, anwesend, hatte aber keine Chance, mit den Leuten dort zu reden. Warum fragen Sie danach?«

»Wir beobachten diese Sekte schon länger.« Stefan Reinmann hielt kurz inne, als überlege er, wie viel er preisgeben durfte, ehe er fortfuhr. »Wir vermuten, dass dort Dinge geschehen, die nicht gottgefällig sind. Leider fehlen uns die Beweise. Es gibt zudem nur sehr wenige Aussteiger, und keiner von ihnen war bisher gesprächsbereit. Das heißt, dass wir als evangelische Kirche nicht viel unternehmen können. Ich dachte, wenn Sie Hinweise hätten …«

»Der Zettel!« Lara runzelte die Stirn. »Jemand dort hat mir eine Nachricht in die Tasche gesteckt, auf der stand, wir sollten auf den Keller achten. Was glauben Sie denn, was in der Sekte geschieht?«

»Darüber möchte ich nicht sprechen. Es sind, wie ich schon sagte, nur Mutmaßungen, und üble Nachrede ist nicht unsere Sache.«

»Schade.« Lara stellte die leere Tasse ab und klappte ihr Notizbuch zu. »Aber ich kann Sie gern auf dem Laufenden halten.« Sie sah sich selbst, wie sie dem Mann mit dem Jungen vor der Villa ihre Visitenkarte in die Hand drückte. Würde er anrufen?

»Darüber wäre ich sehr dankbar.«

»Dann werden wir uns jetzt verabschieden. Bitte schicken Sie mir die Übersetzung des neuen Textes. Am besten per E-Mail.«

»Noch am Wochenende.« Noch ehe Stefan Reinmann sich ganz erhoben hatte, öffnete sich die Tür und die Putzfrau erschien mit dem leeren Tablett. Sie musste durch Wände hindurchsehen oder Gedanken lesen können.

»Informieren Sie mich.« Stefan Reinmann hielt Laras Hand ein wenig zu lange fest. Jo, der neben ihr seine Schuhe zuschnürte, richtete sich auf und drehte sich zur Tür.

»Versprochen. Eine Frage hätte ich noch schnell.« Lara sah, wie Jo sich zu ihr umwandte. Seine Augenbrauen rutschten nach oben und der Mund öffnete sich, als sie weitersprach. »Können Sie mir sagen, was die Wörter *superbia*, *luxuria* und *Asmodaeus* bedeuten?«

Der Sektenbeauftragte trat einen halben Schritt vor und kniff die Augen zusammen. Dann senkte er das Kinn und formte mit den Handflächen ein Dach über den Augenbrauen, während er überlegte. Lara konnte Jos Anspannung neben sich fühlen, doch er schwieg.

»*Luxuria* ist die Üppigkeit, Zügellosigkeit, Genusssucht oder Ausschweifung. *Asmodaeus*, griechisch *Asmodaios* oder hebräisch *Ashmedai*, gehört zu einer Gruppe übernatürlicher Wesen, die das Böse verkörpern. Vereinfacht gesagt, ist er ein Dämon.« Reinmann strich sich über die Stirn. Gleich würde er fragen, woher sie die Begriffe hatte, doch er erklärte weiter. »Und *superbia*. Das ist der Hochmut oder Stolz, man kann es auch mit Willkür, Überheblichkeit und Tyrannei übersetzen. Reicht das an Erklärungen?«

»Vollkommen. Danke. Und jetzt gehen wir aber wirklich.« Jo hatte sich schon zur Tür gewandt, und sie folgte ihm. »Ich informiere Sie, wenn ich etwas Neues über die Sekte erfahre.«

»Das ist nett von Ihnen. Kommen Sie gut nach Hause!« Stefan Reinmann lächelte ihnen hinterher, dann schloss sich die Tür der Jugendstilvilla.

»Warum hast du ihn nicht gleich nach allen Begriffen gefragt?«Jo stapfte vorneweg. Lara hatte den Eindruck, er würde besonders fest auftreten.

»Weil ich aus den Erklärungen über den Wessel-Text schon wusste, dass *avarus* habsüchtig heißt. Da liegt *avaritia* ja nicht fern. Und Mammon muss man sich nicht übersetzen lassen. Luzifer habe ich selbst schon ausgiebig recherchiert. Ich möchte zu gern wissen, was auf der Stirn der Leiche aus dem Jugendamt steht.«

»Mir gefällt das nicht.« Jo war am Auto angekommen und blieb stehen. Seine Pupillen waren groß und dunkel. »Spätestens jetzt weiß der Mann doch Bescheid, worum es hier geht. Die Berichte über die Toten waren in allen Medien. Du warst inzwischen dreimal wegen dieser Texte bei ihm; immer, nachdem die entsprechende Leiche gefunden wurde. Spätestens heute beim Übersetzen muss ihm doch ein Licht aufgegangen sein. Er hat dir Hinweise zu Sekten gegeben und weiß, dass du in deren Umfeld recherchierst. Und jetzt fragst du ihn nach den Wörtern auf der Stirn!«

»Ich habe nicht gesagt, woher die Begriffe kommen. Und ich habe auch nur drei von sechs genannt. Komm schon, Jo! Wo ist das Problem?« Sie versetzte ihm einen leichten Schlag auf den wattierten Ärmel. »Vielleicht reimt er sich etwas zusammen, aber bestätigt haben wir es nicht. Und wenn schon, was glaubst du, was er mit seinem Wissen anfangen kann? Nichts.«

»Er könnte es an die Presse weitergeben.« Jo spielte mit dem Autoschlüssel. Er war noch nicht ganz besänftigt.

»Aber wir *sind* die Presse! Nein, ich bin mir sicher, da besteht keine Gefahr. Lass uns losfahren.« Lara versuchte, über einen Schneeberg zu steigen und sank bis zu den Knien ein. »Ich wüsste zu gern, was er mit ›nicht gottgefällig‹ gemeint hat, als wir über die *Kinder des Himmels* sprachen.«

»Vielleicht beutet dieser Holländer seine Schäfchen finanziell aus? Vielleicht setzt er sie irgendwie unter Druck? Lässt sie für sich arbeiten oder kassiert ihren Lohn ein? Woher kommt eigentlich der Name dieser Sekte? Gibt es Ableger in anderen Städten?« Jo warf sich auf den Fahrersitz. »Wir sollten uns nicht nur auf diese Fährte konzentrieren. Womöglich verrennen wir uns. Mich interessiert viel mehr, was auf die Leiche dieser Jugendamtsmitarbeiterin tätowiert wurde und welcher Zusammenhang zwischen den jeweiligen Opfern und der Präsentation der Leichen besteht. Diesen Reinmann können wir fürs Erste ad acta legen. Er bringt uns keine neuen Erkenntnisse mehr. Lass uns morgen im Umfeld der Opfer recherchieren. Für heute habe ich genug vom Detektivspielen.«

31

»Meine Gefährten!« Romain Holländer hatte gewartet, bis sie alle mit dem Essen fertig gewesen waren. Normalerweise folgte im Anschluss an die Abendspeisung eine gemeinsame Andacht, in der der Prinzipal die Gemeindemitglieder auf den kommenden Tag einschwor und sie an ihre Pflichten erinnerte. Danach führte er eine Stunde lang persönliche Gespräche mit Mitgliedern, die er ausgewählt hatte oder die ihn um eine Unterredung gebeten hatten.

Romain Holländer schwieg, bis alle Augen auf ihn gerichtet waren und das leise Gemurmel verstummte. »Es gibt wichtige Dinge zu besprechen, die nicht bis morgen warten können. Ich bin in Sorge. In tiefer Sorge um unsere Gemeinschaft.« Bis jetzt hatte der Prinzipal mit gebeugtem Rücken vor seinem Platz gestanden, die gestreckten Arme links und rechts des leeren Tellers auf die Tischplatte gestützt. Jetzt richtete er sich auf. Seine blauen Augen schienen ultraviolette Strahlen auszusenden. Frieder Wörth sah zu seinem Sohn, der den Worten des Führers mit offenem Mund folgte. Er hatte lange darüber nachgedacht, ob er Romain Holländer von den beiden Zeitungsleuten, die ihm und Marcel heute Nachmittag auf der Straße aufgelauert hatten, erzählen sollte. Erst als Melinda Weiß ihm anvertraut hatte, dass auch sie von den beiden angesprochen worden war – ›Aber ich habe kein Wort mit ihnen gewechselt!‹ –, war er zum Prinzipal gegangen. Und nun wollte Romain Holländer die Gemeinde vor den Nachstellungen der Journaille, wie er es Frieder gegenüber genannt hatte, warnen.

Romain Holländer hob die Arme, die Handflächen zu den vor

ihm sitzenden Menschen gerichtet. Seine Stimme dröhnte durch den Raum. »Häscher stellen uns nach! Die heidnischen Schergen wollen unsere friedliche Gemeinschaft zerstören!« Er machte eine Kunstpause und ließ die Worte wirken. Frieder Wörth fühlte, wie ihm ein Schauer den Rücken hinunterlief. Marcels Mund war noch ein wenig weiter aufgeklappt, als wünschte er, dass die Worte des Führers ungefiltert einsickerten.

»Wie ihr inzwischen alle wisst, werden wir observiert. Reporter sind unerlaubt in unsere Räume eingedrungen und haben herumspioniert. Mehrfach haben diese Leute versucht, Mitglieder unserer Gemeinde auszuhorchen.« Den nächsten Satz donnerte Holländer über die Köpfe hinweg. »Das können und werden wir nicht dulden!« Ein kleines Mädchen begann zu weinen, und die Mutter legte dem Kind schnell die Hand über den Mund, um es zur Ruhe zu bringen.

»Meine Gefährten! Wir müssen jetzt noch näher zusammenstehen!«

Frieder Wörth ließ die Sätze in sich nachklingen. Der Prinzipal gebrauchte drastische Worte. »Häscher, heidnische Schergen, Gefahr, Observation« – das klang nach Kampf und Stasi-Methoden und nicht nach neugierigen Journalisten, die es in ihrem Eifer übertrieben hatten. Dabei hatte Holländer die zwei doch selbst hereingebeten und mit ihnen gesprochen. Dass der Mann dann versucht hatte, im Keller herumzuschnüffeln, war nicht vorhersehbar gewesen. Aber was hatte er schon gesehen? Die Vorratsräume und den Werkzeugkeller. Und eine verschlossene Tür. Die von Holländer suggerierte »Gefahr« war gering. Warum erregte sich der Prinzipal so? Frieder Wörth sah sich um. Alle Gesichter waren dem Führer zugewandt. In vielen zeigte sich Verzückung, besonders bei den Frauen. Die Männer schauten eher kämpferisch. Romain Holländers Stimmung hatte sie angesteckt.

»Wir müssen uns gegen die Feinde der *Kinder des Himmels*

wappnen! Sie wollen unsere Gemeinschaft zerstören und uns vernichten. Das dürfen wir nicht zulassen!«

Zustimmendes Gemurmel setzte ein. Neben Frieder Wörth seufzte jemand. Er sah, dass es Sarah war, die junge Frau, die jetzt bei Melinda Weiß wohnte.

»Was sollen wir tun?« Der Zwischenruf war von weiter hinten gekommen. Frieder drehte den Hals noch etwas weiter. Bei dem Rufer handelte es sich um Max Frenzel. Romain Holländer nickte zweimal ganz langsam, als wolle er den jungen Mann zur Besonnenheit mahnen. Dann sprach er weiter.

»Ich habe mich beraten und gebe nun erste Entscheidungen bekannt. Wer von euch weitere Vorschläge hat, wie wir unseren Feinden ein Schnippchen schlagen können, ist aufgefordert, seine Überlegungen vor der Gruppe kundzutun.« Wieder wartete der Prinzipal, bis ihm die volle Aufmerksamkeit sicher war. Mit wem mochte er sich beraten haben? Oder sagte er das nur, um seinen Allmachtsanspruch nicht zu deutlich werden zu lassen? Frieder dachte noch darüber nach, als Holländer seine Rede fortsetzte.

»Das erste Gebot lautet: Niemand verlässt die Gemeinschaft allein. Jeder, der außerhalb unseres Geländes etwas zu tun hat, sucht sich einen Begleiter. Das gilt für Kinder, die zur Schule gebracht und wieder abgeholt werden, für alle Gefährten, die Besorgungen und Einkäufe für die Gemeinschaft erledigen, sowie wenn irgend möglich für den Weg von und zu euren Arbeitsstätten. Es gibt genügend Gemeindemitglieder, die als Begleiter zur Verfügung stehen.«

»Was ist in der Zeit, in der wir auf der Arbeit sind?« Frieder sah sich um. Der Einwurf kam von einem bulligen Mann drei Tische weiter rechts. Wolfgang Franke. Frieder Wörth sah sich selbst auf einem marmorbleichen Mädchenkörper liegen, sah, wie er auf und nieder zuckte und hörte sein Stöhnen, während neben ihm Wolfgang Franke und Max Frenzel mit lüsternen Gesichtern zusahen, wie er kam. Frieder Wörth blickte zu seinem Sohn und fühlte die Scham über sein Gesicht kriechen. Und doch konnte er nicht leugnen, dass es ihm Spaß gemacht hatte. Sophie schien noch immer keine Ahnung davon zu haben, was wirklich in der Nacht der Weihe mit ihr geschehen war. Jedenfalls begegnete sie ihm, Wolfgang und Max nach wie vor scheinbar gänzlich unbefangen.

»Wie ich es vorhin schon sagte, ihr müsst immer wachsam sein. Ich glaube nicht, dass diese Reporter so dreist sein werden, euch auf euren Arbeitsstellen zu belästigen, aber seid stets gewappnet. Lasst euch nicht auf Gespräche ein, auch wenn sie belanglos scheinen. Geht eurer Arbeit nach und haltet euch ansonsten von allem fern.« Romain Holländer ließ seinen Blick über die Leute gleiten. Was er sah, schien ihn zufriedenzustellen, denn er fuhr fort. »Das zweite Gebot lautet: Es werden keine Fremden mehr auf unser Gelände gelassen. Egal, welche Ausreden sie vorbringen. Das gilt ausnahmslos. Wir werden morgen auch am Seiteneingang eine Überwachungskamera installieren. Die Geschehnisse an beiden Eingängen werden auf eine Festplatte aufgezeichnet. Dazu kommen Bewegungsmelder an der gesamten Begrenzungsmauer, die wir am Wochenende anbringen werden. Für die lückenlose Beaufsichtigung der Kontrollmonitore werden wir morgen nach der Andacht gemeinsam einen Plan erstellen. Ich freue mich über jeden, der sich am Dienst an der Gemeinschaft beteiligen will. Ihr könnt nachher zu mir kommen und mir eure Wunschzeiten für den Bereitschaftsdienst mitteilen.« Romain Holländer ließ die Arme, die er immer noch in Hüfthöhe gehalten hatte, herabsinken, lächelte kurz und wurde sofort wieder ernst. »Das dritte Gebot heißt: Steht eurem Nächsten bei. Auch in schwierigen Situationen. Bietet Gespräche an. Denkt immer daran: Die Gemeinde hat keine Geheimnisse voreinander. Jeder steht für jeden ein, es gibt nichts zu verbergen. Wenn ihr selbst nicht weiterwisst, so kommt zu mir.«

Frieder Wörth unterdrückte ein Prusten. Das hieß doch nichts anderes als: Spioniert allen nach und wenn ihr etwas herausfindet, sagt es dem Chef. Außerdem stimmte es hinten und vorne nicht. *Nichts zu verbergen*? Und wie sie etwas zu verbergen hatten! Was war mit den regelmäßig stattfindenden »Weihen«, bei denen die jungen Mädchen in »die Gemeinde aufgenommen« wurden? Er selbst war zwar nur einmal dabei gewesen, aber es war anzunehmen, dass diese Ereignisse immer nach dem gleichen Schema abliefen. Das war Sünde. Wenn die Journalisten das herausfanden, konnten sie hier dichtmachen.

»Ich danke euch.« Romain Holländer ließ ein gütiges Lächeln erstrahlen. »Gemeinsam werden wir allen Widrigkeiten standhalten! Habt ihr Fragen?« Während das Gemurmel wieder einsetzte, dachte Frieder an den heutigen Abend. Das Haus der Gemeinde würde eine richtige Festung werden. Wenn er richtig zugehört hatte, wurde die Überwachungstechnik erst morgen installiert, aber das Gebot, dass niemand das Gelände allein verlassen sollte, galt ab sofort. Er legte die Hand auf den Arm seines Sohnes und dachte an die beiden Journalisten heute Nachmittag und die Visitenkarte, die er aus unerfindlichen Gründen noch immer in der Hosentasche hatte. Wie sollte er es anstellen, heute Abend ungesehen das Haus zu verlassen?

Und was hielt ihn überhaupt noch hier? Die Ziele der Gemeinschaft waren ihm zunehmend suspekt. Manches, was hier geschah, war Sünde, manch einer der Gefährten ließ wahre Gottesfurcht vermissen. Er musterte Marcel. Der Junge war in den letzten Monaten schmal geworden und hatte Augenringe. Fühlte er sich noch wohl hier? Die Gemeinschaft war Frieder immer wie ein sicherer Hafen für seinen Sohn vorgekommen, besonders nach dem Weggang von Susann. Gleich mehrere Mütter hatten sich des Jungen angenommen, er hatte Freunde hier, und die Gemeinde bot ihm Schutz vor den Wirren des Alltags. Marcel war ein scheues Kind. Es würde ihm nicht leicht fallen, da draußen neue Freunde und Spielgefährten zu finden. Frieder zwinkerte seinem Sohn zu und drückte leicht dessen Arm. Er würde die Entscheidung darüber, was das Beste für sie beide wäre, vertagen. Jetzt musste er sich erst einmal überlegen, wie er nachher von hier verschwinden und in der Nacht oder morgen früh zurückkehren konnte, ohne dass es jemandem auffiel.

32

Langsam tippte Lara die Buchstaben ein und wartete auf die Ergebnisliste. Die Suchmaschine zeigte weniger Einträge zu »*Kinder des Himmels*«, als sie erhofft hatte. Vielleicht, weil es eine kleine Sekte mit geringer Mitgliederzahl war. Sie überflog die Kurzbeschreibungen. Aus der Küche drang Jos Gemurmel herein. Er telefonierte. Sie hatten beschlossen, zweigleisig zu fahren. Einer recherchierte zur Holländer-Sekte, der andere versuchte, etwas über die Hintergründe der Opfer herauszubekommen, um so mögliche Motive für ihre Ermordung zu finden. Ab Mittag wollten sie sich dann auf den Weg machen, um Kontaktpersonen der Opfer, ihre Freunde und Verwandten zu befragen. Die Quelle Carolin Fresnel war erschöpft. Aber es gab ja noch genug andere – leider.

Romain Holländers Sekte hatte eine eigene Homepage. Aber das hatte nichts zu bedeuten. Jeder Laie konnte heutzutage bei einem Internetanbieter eine Domain mit Inhalten bestücken. Es gab Baukastensysteme, die kinderleicht zu bedienen waren.

»…Bei den *Kindern des Himmels* finden Sie Antworten auf alle Sie bedrängenden Fragen. Die erworbene Klarheit und das Zusammenleben mit den Gefährten gewähren Ihnen emotionale Sicherheit. …« Neben den schönen Phrasen prangte das Bild eines Buntglasfensters, das von der Sonne durchschienen wurde. Es war das Fenster im »Andachtsraum« in der Villa der Sekte.

Die Seite endete mit dem Satz: »…Kommen Sie zu uns, nehmen Sie am Leben in der Gemeinde teil, spüren Sie, wie himmlische Klarheit Ihren Geist mit Frieden erfüllt, finden Sie Einsicht und Ruhe.« Himmlische Klarheit? Lara rief das Impressum auf und fand die bekannte Adresse in Markkleeberg. In der Küche war Jo noch immer am Telefonieren. Hoffentlich hatte er mehr Erfolg als sie.

Bei »Kontakt« öffnete sich ein Fenster, in dem man eine E-Mail an die *Kinder des Himmels* schicken konnte. Vielleicht sollte sie sich einen unauffälligen Absender überlegen und eine Nachricht schreiben, in der sie ihr Interesse am Zusammenleben in der Gemeinschaft bekundete. Schließlich wurden die Besucher des Internetportals regelrecht dazu aufgefordert, am »Leben der Gemeinde« teilzuhaben. Sie notierte sich den Gedanken, um ihn mit Jo zu erörtern, und kehrte zu den Ergebnissen der Suchmaschine zurück.

Es schien keine Ableger in anderen Städten zu geben. Anscheinend waren Romain Holländers »*Kinder des Himmels*« die Einzigen weit und breit. Lediglich in einigen Foren fanden sich ein paar vereinzelte User, die nach Erfahrungen mit der Sekte fragten oder Aussteiger oder Personen mit Insiderwissen suchten. Nachdem Lara die Diskussionsseiten eine halbe Stunde lang gelesen hatte, kam sie zu dem Schluss, dass niemand wirklich etwas über die Gemeinschaft wusste oder dass die Betreffenden ihre Erfahrungen nicht öffentlich kundtun wollten.

»Na, wie weit bist du?« Jo kam herein, setzte sich rittlings auf einen Stuhl und ließ sich die Internetseite der Sekte zeigen. Die Idee mit der E-Mail fand er »interessant«, gab aber zu bedenken, dass sie dann jemanden finden müssten, der für sie dorthin ging. Schließlich kannten Holländer und seine Leute ihn und Lara.

»Also hat das hier nicht viel gebracht. Ich hoffe, du warst erfolgreicher?« Lara wandte sich vom Bildschirm ab und betrachtete Jo, während er ihr antwortete.

»Ich habe mit einem Arbeitskollegen von Robert Wessel und zwei Nachbarn von Nina Bernstein gesprochen. Allerdings wollten sie am Telefon nicht so richtig mit der Sprache rausrücken. Da könnte ja jeder anrufen und so tun, als wäre er von der Presse.«

»Damit haben sie sogar recht. Wir müssten persönlich dort aufkreuzen. Heute ist Sonnabend …«, Lara rieb sich mit den Fingerspitzen über das Kinn, »… da werden wir auf den Arbeitsstellen wenig Glück haben. Aber die Nachbarn der Opfer sind wahrscheinlich erreichbar. Haben wir eigentlich alle Adressen?«

»Von Nina Bernstein und Robert Wessel haben wir sie, von dieser Jugendamtsfrau nicht.« Jo war inzwischen aufgestanden, und sie folgte ihm in die Küche, wo er mit mehreren Zetteln herumwedelte.

»Ich bin skeptisch, ob das Ganze überhaupt Sinn hat. Wenn wir richtig liegen, haben wir bereits vier Opfer: Carolin Fresnel, Nina Bernstein, Robert Wessel und diese Frau von gestern aus dem Jugendamt. Das schreit ja geradezu nach einem Fallanalytiker, findest du nicht?«

»Wahrscheinlich hat die Kripo schon mehrere darauf angesetzt.« Lara wusste, worauf Jo hinauswollte, und es gefiel ihr nicht.

»Wir können so nicht weitermachen. Es wächst uns über den Kopf. Wir schaffen es nicht, allen Fährten nachzugehen und uns fehlen überdies Mittel und Wege, um an Informationen heranzukommen. Was nützt es uns, dass wir die Inschriften auf der Stirn oder die Texte auf den Rücken übersetzt haben? Der Mörder könnte jeder X-Beliebige gewesen sein. Unsere Theorie mit dem Sektenmitglied ist doch durch nichts bestätigt. Vergiss außerdem nicht, dass du krankgeschrieben bist. Was, wenn dich einer deiner Kollegen beim Recherchieren erwischt?«

»Das ist mir egal. Es ist nicht verboten, sich an der frischen Luft aufzuhalten.« Lara kniff die Augenbrauen zusammen.

»Ich sehe das etwas anders, aber lass uns jetzt nicht darüber streiten. Hin oder her, mein Vorschlag ist, wir übergeben Mark unser Material und bitten ihn, es an die verantwortlichen Kollegen weiterzuleiten. Er kennt doch die Leute. Oder wenn du möchtest, kannst du es auch selbst deinem Bekannten bei der Kripo übergeben.«

»Kriminalobermeister Schädlich? Damit sein Chef erfährt, dass ich schon wieder in Dingen herumschnüffele, die mich seiner Ansicht nach nichts angehen? Nie im Leben!« Lara hörte sich selbst sprechen und fand ihren keifenden Tonfall schaurig. Was war plötzlich in Jo gefahren? Wieso bekam er auf einmal kalte Füße? Gestern war er noch Feuer und Flamme gewesen, und heute wollte er alles abwimmeln. Sie wagte einen Blick zu ihm hinüber. Er saß am Küchentisch, die linke Hand schob, ohne dass er es bemerkte, Papiere hin und her, die rechte umklammerte ein Glas Wasser. Sein Blick glich dem eines traurigen Hundes. Würde er mit sich reden lassen oder stand sein Entschluss, sich abzukoppeln, fest?

»Bitte lass mich dieses Wochenende nicht im Stich. Wenn wir bis Montag nicht weiterkommen, können wir das Material immer noch der Kripo übergeben. Heute arbeitet doch da eh niemand.«

»Sei dir da mal nicht so sicher.« Jo schob die Lippen vor. Er war noch nicht überzeugt.

»Dann hören wir jetzt an dieser Stelle auf und gehen erst einmal Mittag essen. Ich lade dich ein.« Lara beobachtete, wie sich seine Gesichtszüge entspannten. Wahrscheinlich hoffte er, sie beim Essen von seiner Ansicht überzeugen zu können. Und sie hoffte das Gleiche.

»Mir kommt da grad eine Idee.« Jo trommelte mit den Fingern auf die Tischplatte. »Wir könnten heute Nachmittag noch einmal zu diesem Reinmann fahren, auch wenn ich gestern gesagt habe, dass er uns nichts mehr nützt. Vielleicht kann er uns doch in einer Sache helfen. Er hat gesagt, dass sie die *Kinder des Himmels* schon länger beobachten und vermuten, dass dort Ereignisse stattfinden, die nicht in Ordnung sind.«

»Nicht ›gottgefällig‹ waren seine Worte.«

»Richtig. Ich wüsste gern, was er damit gemeint hat. Holländer wird uns nicht mehr in seine Villa lassen, und die Sektenmitglieder schweigen. Diese ›Aussteiger‹ wollen mir nicht aus dem Kopf. Reinmann hat zwar behauptet, keiner von ihnen wäre bisher gesprächsbereit gewesen, aber man könnte es ja nochmal versuchen, oder? Vielleicht sind diese Leute gegenüber jemandem, der nicht von einer offiziellen Institution kommt, aufgeschlossener? Wenn er uns die Namen gibt…«

»Wahrscheinlich gibt es da auch so etwas wie eine Schweigepflicht.« Lara fand Jos Idee gut, bezweifelte aber, dass sie damit Erfolg haben würden.

»Wir müssten ihn in unsere Nachforschungen und Theorien einweihen, dann rückt er vielleicht mit der Sprache raus. Einen Versuch ist es doch wert oder?«

»Warum nicht. Rufen wir ihn an. Möglicherweise hat er auch den Wessel-Text schon fertig. Und danach fahren wir etwas essen. Ich kriege allmählich Hunger.« Lara nahm ihr Handy aus der Tasche. Es konnte sein, dass Jo sie mit dem erneuten Besuch bei Reinmann nur ablenken wollte. Aber das würde sie schnell herausfinden, und wenn es so war, dann würde er nichts zu lachen haben.

*

Hieronymus Bosch hatte die Szene ganz in Brauntönen gezeichnet. In einer Stube sah man einen dicken Mann auf einem Lehnstuhl sitzen. In der Linken hielt er einen Hühnerfuß, in der rechten Hand einen Krug, nach dem ein ebenso dickes Kind verlangend die Arme ausstreckte. Der Junge hatte ein blutendes Geschwür am Hinterkopf – Zeichen, dass man ihn vernachlässigte. Links von dem fetten Hausherrn stand ein ausgemergelter Mann, der so gierig aus einem Krug trank, dass ihm der Wein über das Gesicht lief. Alle drei trugen verschlissene Schuhe, aus denen vorn die Zehen herauslugten.

Über der Hausfrau, die im linken Teil des Bildes mit einem Gänsebraten den Raum betrat, saß fast unsichtbar ein Käuzchen in einer dunklen Nische. Ein Kauz galt als Symbol für törichte

Sünder. Auch ein zweites Symbol verwendete Bosch gern – den Hut, der von einem Pfeil durchbohrt wurde. Er kennzeichnete die Feinde Gottes. Auf dem Bildteil, den der Mann gerade betrachtete, hing er an der Rückwand des Zimmers. Es gab noch weitere Zeichen der Völlerei und Unmäßigkeit: Trinkkrüge, ein an der Wand hängendes Messer, abgefressene Knochenreste auf dem Tisch, ein Fleischspieß mit einer Wurst neben einem lodernden Feuer auf dem Boden. Der umgeworfene Hocker in der rechten Bildecke und die über die Stuhllehne gezogene Socke ergänzten die Botschaft.

Der Mann schüttelte den Kopf, rollte das Bild ein und legte es beiseite, um es später wieder mit nach oben zu nehmen. Sein Delinquent passte dieses Mal perfekt, vielleicht weil er ihn schon vor allen anderen ausgesucht hatte.

Sein Blick glitt über das aufgedunsene Gesicht des Fettsackes. Das Doppelkinn und die Wülste unter den Augen ekelten ihn an. Die von der Kälte bleiche Haut ließ die rotblauen Äderchen an der Knollennase noch deutlicher hervortreten. Die schwarzen Buchstaben auf der Stirn schienen sich tief in den bläulich weißen Untergrund eingebrannt zu haben. Der Hals war kurz, eine Speckfalte im Nacken verhinderte, dass sich der Kopf nach hinten neigen ließ, die Oberarme waren nicht muskulös, sondern schwabbelig. Der Bauch hatte im Stehen wie eine mächtige Halbkugel hervorgestanden. Im Liegen hatte sich das Gewebe zu den Seiten verlagert. Der gesamte Rumpf war bis zum Halsansatz behaart. In seinem heutigem Zustand konnte man es nicht mehr sehen, aber auch der Rücken des Dicken war vor der Rasur über und über mit Haaren bedeckt gewesen. Wärmen konnte ihn sein Restpelz nun nicht mehr. Und auch die Schwere des Frauenkörpers, der ein paar Tage lang in der riesigen Kühltruhe auf ihm gelegen hatte, hatte dem Fetten keinerlei Regung mehr entlockt. Der Mann grinste kurz ob dieser absurden Vorstellung.

Wie ein widerlicher, aufgedunsener Gorilla lag der Dicke da und stierte mit glasigen Augen nach oben. Durch die Kälte hatte sich die Iris eingetrübt, und jetzt sah es so aus, als wäre sie mit einer milchigen Schicht überzogen.

Gula – die Maßlosigkeit in all ihren Formen, war in diesem Mann vereint. Er hatte viel zu viel gegessen, Unmengen Alkohol getrunken, geraucht wie ein Schlot und das Geld zum Fenster hinausgeworfen. Entscheidend war, dass all das aus freiem Willen, also vorsätzlich, geschehen war. Der Fettsack hatte die Wahl gehabt und sich bewusst für das Gegenteil entschieden.

Der Mann klappte den Deckel der Kühltruhe zu und rieb sich über die Oberarme. Es war kalt hier unten. Er hatte dem Fetten – Jochen Most war sein Name gewesen – viel Zeit zur Buße gegeben. Fast zwei Wochen. Dreizehn Tage, um genau zu sein. Dreizehn Tage bei Wasser und nichts dazu. Keine Zigaretten, kein Alkohol, nichts zu essen. Er hatte ihn nicht gewogen, aber Most musste mindestens zehn Kilo abgenommen haben. Es war nicht viel davon zu sehen gewesen, der Typ war danach noch immer stark übergewichtig, aber das war egal.

Jede Nacht hatte er ihn gefragt, ob er seine Sünden erkenne und zur Buße bereit sei, und jedes Mal hatte der Gefangene ihn mit erbitterter Verachtung gestraft. Weder der Hunger noch die Kälte hatten ihn dazu gebracht, seine Verfehlungen einzugestehen, geschweige denn, sie wahrhaft zu bereuen. Jochen Most hatte außer Beschimpfungen und unflätigen Ausdrücken nichts von sich gegeben. Vielleicht hatte er gehofft, sein Verschwinden würde jemandem auffallen, jemand würde nach ihm suchen und ihn hier aufspüren. Ganz davon abgesehen, dass das schier unmöglich war, wer hätte dies tun sollen?

Nachdem er auf Jochen Most aufmerksam geworden war – der Typ hatte einige Computerdienstleistungen für ihn erledigt –, hatte er sein potenzielles Opfer über einen längeren Zeitraum beobachtet. Fettsack arbeitete nicht. Jedenfalls war er nirgends angestellt. Er saß wie eine aufgeblähte Vogelspinne zu Hause an seinem Rechner und tätigte undurchsichtige Internetgeschäfte. Jochen Most mochte Verwandte haben – besucht hatte ihn nie jemand. Freunde besaß er anscheinend auch nicht; er ging selten aus und ließ sich fast alles, was er zum Leben brauchte, ins Haus liefern. Das waren vor allem Unmengen von Fast Food, Bier, Whisky und Zigaretten und ab und zu Videofilme, von denen man gar nicht wissen wollte, worum es darin ging.

Anfang Dezember, noch vor all seinen anderen Sündern, hatte der Mann genug gesehen. Jochen Most war der ideale Repräsentant für *gula*, ein passenderer würde sich nur schwer finden lassen. An einem nebligen Abend hatte er ihn um Hilfe bei einem Computerproblem ersucht und ihn dann mit einem fingierten Angebot zu sich gelockt.

Mosts Advent war kein *adventus* gewesen, keine Verheißung froher Zeiten mit der Ankunft des Messias, sondern eine immer wiederkehrende Marter. Seine Tage waren eher der ursprünglichen Bedeutung der Adventszeit in den ersten Jahrhunderten der christlichen Kirchengeschichte nahe gekommen. Dort galten die Tage zwischen dem elften November und dem Fest der Erscheinung des Herrn am sechsten Januar als Fastenzeit. Gefastet hatte Jochen Most zur Genüge. Nur genützt hatte es nichts.

Das Einzige, was er von dem Fettsack behalten hatte, war der Louis-Vuitton-Koffer. Nicht, weil er scharf auf das teure Ding gewesen wäre, die Begierde nach Alltagsgütern war ihm fremd, sondern weil er ihn gut zur Tarnung seiner Aktivitäten benutzen konnte. Und Robert Wessel, der selbstsüchtige, geldgierige Pfau, war ja auch prompt darauf hereingefallen.

Noch heute fragte er sich, was dieser Jochen Most mit der luxuriösen Aktentasche gewollt hatte. Internetkunden konnte er ja schlecht damit beeindrucken. Aber es war nicht wichtig. Der Typ hatte sie besessen, und er hatte sie sich für seine Zwecke ausgeborgt. Wenn er den Koffer nicht mehr verwenden konnte, würde er ihn entsorgen. Sein Herz hing nicht an materiellen Dingen. Im Gegensatz zu seinen Kandidaten.

Mittlerweile hatte Most gut zwei Monate in seiner Kühltruhe verbracht. Er war der erste Auserwählte gewesen, und nun endlich sollte auch er seinen großen Auftritt haben. Most hatte so lange in der Kälte ausharren müssen, weil der Mann ihn nicht als Ersten hatte präsentieren wollen. *Gula*, die Völlerei, war womöglich zu offensichtlich für die Häscher; zumal wenn man die Präsentation des Opfers hinzurechnete. Das hätte dazu führen können, dass man ihm zu zeitig auf die Spur gekommen wäre, und deshalb hatte Most auf seinen »Auftritt« etwas länger warten müssen.

Wie alle, die nach ihm gekommen waren, hatte auch er keine Reue gezeigt, und inzwischen hatte der Mann die Hoffnung aufgegeben, den Delinquenten wenigstens ein Schuldbewusstsein zu entlocken. Sie alle waren verstockt gewesen, manche von ihnen auch wehleidig oder boshaft, aber nicht ein Einziger hatte erkannt, warum er erwählt worden war. Und so würde es wahrscheinlich auch bei den nächsten sein. Was ihn nicht davon abhalten würde, sich um weitere Sünder zu kümmern. Seine Liste enthielt noch viele Namen.

Und doch verstärkte sich von Tag zu Tag das Gefühl, sich beeilen zu müssen. Die, die den Fokus auf seine Aktivitäten richteten, mehrten sich. Er wollte seine Mission wenigstens einmal vollständig erfüllen, wenigstens ein einziges Mal die Madrider Todsündentafel von Hieronymus Bosch nachgestellt und der heutigen Welt ihre Sünden vor Augen geführt haben. Wenn ihm danach noch Zeit blieb, konnte er wieder von vorn beginnen.

Es war zunehmend gefährlich, die Delinquenten tage- oder wie im Falle von Most, sogar wochenlang gefangen zu halten. Ein, zwei Tage waren das Höchste, das er sich für die nächsten Sünder zugestand. Ausreichend Zeit, um die Inschriften an ihnen anzubringen. Ein, zwei Tage wären auch genug, um Reue zu spüren und Buße zu tun, auch wenn das wahrscheinlich nicht geschehen würde.

Auf dem Weg nach oben dachte er darüber nach, wie er den Fettsack am besten präsentieren konnte. Es war an der Zeit, die Zurückhaltung aufzugeben, und den Leuten ein paar deutlichere Anhaltspunkte zu geben, worum es hier eigentlich ging. Vielleicht sollte er gleich nach Fertigstellung der Inszenierung die Medien informieren. Damit konnte verhindert werden, dass die Polizei wie bei den bisherigen Toten alle Informationen unter Verschluss hielt.

33

Lara betrachtete das Plakat in dem Glaskasten. Das linke Glubschauge in dem grauen Gesicht war zersplittert. Vollmundig verkündete der Text »einen letzten Akt, ein Finale des Grauens«. Sie schauderte leicht und sah dann zur Uhr. *SAW – Vollendung* in 3D kam nicht infrage. Es war kaum anzunehmen, dass Jo so etwas Hanebüchenes sehen wollte. Und sie fand Horrormovies widerwärtig. Auf dem Nachbarplakat tummelten sich Owen Wilson, Jack Nicholson und Reese Witherspoon mit ihrem unnachahmlichen Überbiss. Lara las den Titel des Films – *Woher weißt du, dass es Liebe ist* – und drehte sich schnell um, um zu sehen, ob Jo kam. Hoffentlich »übersah« er diesen Film. Am besten wäre es, wenn sie gleich einen Wunsch äußerte, ehe er dazu kam, das gesamte Programm zu studieren.

Jo verspätete sich. Nach dem Mittagessen hatten sie sich getrennt, und er war nach Hause gefahren, um »ein paar Dinge zu erledigen«, wie er sich ausgedrückt hatte. Vielleicht hatte er sie auch nur davon abhalten wollen, weiterzurecherchieren. Stefan Reinmann war telefonisch nicht zu erreichen gewesen, und sie hatten beschlossen, es später noch einmal zu versuchen. Sie wandte sich wieder den Plakaten zu. Feiner Schneegriesel wehte in dünnen Fäden herab und legte sich wie ein feuchter Nebel auf ihr Gesicht. Sie trat unter das Vordach.

»Bist du etwa schwerer geworden, du elender Fettsack?«

Lara drehte sich hastig um, um zu sehen, wer neben ihr redete, aber da war niemand. Sie stand allein vor den Schaukästen mit den Kinoplakaten. Und doch hatte jemand direkt in ihr linkes Ohr gesprochen.

»Das ist ja die Hölle!« Lautes Ächzen, das in ein anfallsartiges Husten überging. Scharrende Geräusche.

Lara runzelte die Stirn und schloss die Augen, um die Außenwelt auszublenden. Die Stimme und die Geräusche kamen nicht von außerhalb. Sie waren in ihrem Kopf. Sehen konnte sie dieses Mal nichts. Das ›Gesicht‹ bestand nur aus Tönen und Satzfetzen.

Mach dich nicht so steif! Raus da jetzt! Lara versuchte sich zu erinnern, ob sie die Stimme schon einmal irgendwo gehört hatte, aber ihr Gedächtnis schien versiegelt.

Ein tiefes Stöhnen. Dann ein lautes Plumpsen. »Na bitte! Das war ja ein Kraftakt, mein Lieber!«

Mit wem sprach die Stimme?

»Hättest du nicht solch einen ausschweifenden Lebenswandel geführt, hätte ich es jetzt leichter. Andererseits war gerade das die Voraussetzung für deine Wahl.« Etwas knisterte, dann ein Schnappen wie von einer großen Schere. »Du bist so abstoßend, wie du da auf dem Boden liegst. Wie eine riesiger weißer Klumpen Fleisch. Behaartes Fleisch, um genau zu sein.«

Lara kniff die Augen noch etwas fester zu. Warum antwortete der »Fettsack« der Stimme nicht? Solche Beschimpfungen konnten doch keinen vernünftigen Menschen kaltlassen. Er musste geknebelt oder bewusstlos sein.

Noch einmal klackte die Schere. Dann klapperte etwas Metallisches. Die Stimme sagte: »Wir beide machen jetzt einen Ausflug.« Ein kurzer Moment der Stille folgte. Dann räusperte sich die Stimme und setzte hinzu. »Es wird dir gefallen. Genau dein Geschmack, mein Freund!«

War sich Lara bis eben nicht ganz sicher gewesen, so wusste sie jetzt zumindest eins: Die Stimme gehörte zu einem Mann. Und sie hatte sie schon einmal gehört. Noch ehe sie den Gedanken ganz zu Ende gedacht hatte, fühlte sie eine Hand auf ihrer rechten Schulter und schrie. Schrie so laut, dass die Leute, die sich inzwischen vor dem Kino versammelt hatten, zusammenschraken und herüberschauten. Lara schlug die Hand auf den Mund und sah Jo zurückzucken, so, als hätte ihn etwas gestochen.

»Was ist denn los?«

»Ich war gerade abwesend. Entschuldige.« Sie nahm seinen Arm und zog ihn beiseite. »Eine akustische Halluzination.«

»Wieder eine Vision?« Jos Gesicht nahm einen besorgten Ausdruck an, als sie nickte.

»Ich habe leider nichts gesehen, nur gehört. Jemand hat mit einem anderen geredet, den er als ›Fettsack‹ bezeichnet hat. Der Fettsack hätte einen ›ausschweifenden Lebenswandel‹ geführt und wäre deshalb ausgewählt worden.«

»Das klingt nicht gut.«

»Nein.« Lara sah ihm in die Augen. »Das war dieselbe Stimme wie bei Robert Wessel.«

»Oh verflucht. Hast du eine Ahnung, ob das, was du da gehört hast, sich gerade eben oder in der Vergangenheit abgespielt hat?«

»Das weiß ich nie. Es kam mir aber wie Echtzeit vor.«

»Bearbeitet unser Täter schon das nächste Opfer?« Jo sprach leise und sah dabei nach den anderen Kinobesuchern. »Wir können nichts tun, außer abzuwarten.«

Die Neonlichter verschwammen vor Laras Augen zu bunten Schlieren. »Der andere hat auch gar nicht geantwortet. Ich weiß nicht, ob er bewusstlos war oder geknebelt, oder …« Sie führte den Satz nicht fort.

Jo nahm ihren Unterarm und zog sie in Richtung Eingang. »Magst du jetzt noch ins Kino gehen?«

»Ich denke schon. Das lenkt mich ab. Wenn es nicht gerade *SAW* sein muss.«

»Nichts mit Mördern, keine Thriller, kein Horror. Verstanden.« Sie sah Jos Lächeln und erwiderte es. »Dann wollen wir mal schauen, was es sonst noch gibt. Gehen wir hinterher noch etwas trinken?«

»Von mir aus. Ich hoffe nur, wir treffen keine Kollegen. Zur

Not kann ich am Montag wieder in die Redaktion gehen und so tun, als wäre ich plötzlich genesen.«

»Guter Plan.« Jo betrachtete die Liste der Filme neben den Kassen.

»Dann können wir nachher auch gleich besprechen, wie wir morgen vorgehen. Von Robert Wessel und Nina Bernstein haben wir ja die Adressen. Wir könnten noch ein paar Klinken putzen. Wen wollen wir uns zuerst vornehmen?«

»Äh, Lara … ich …« Sie sah die Verlegenheit in seinem Gesicht, noch bevor er die nächsten Sätze aussprach.

»Ich habe vorhin Mark angerufen.« Er streckte das Kinn vor wie ein trotziges Kind. »Er ist entsetzt.« Jo redete jetzt schneller. Wahrscheinlich, um zu verhindern, dass sie ihn unterbrach. »Wir sollen gar nichts mehr auf eigene Faust unternehmen. Da ist mit Sicherheit ein Serienkiller am Werk. Wir sollen ihm unsere Unterlagen schicken. Er wird sich um die Sache kümmern.«

»Du hast Mark angerufen?« In Laras Kopf wirbelten die Gedanken durcheinander wie das Kartenspiel von *Alice im Wunderland*. Zorn mischte sich mit Enttäuschung und Verbitterung. »Und er ist ›entsetzt‹? War das das Wort, das er gebraucht hat?« Ein Pärchen schaute herüber, und Lara funkelte die beiden wütend an.

»Du hast dich ein bisschen verrannt, Lara. Ich meine es nur gut.« Jo versuchte, ihren Arm zu berühren, aber sie schlug seine Hand weg.

»Verrannt, ach so?«

»Ich fürchte, das wächst uns über den Kopf. Ist es nicht besser, wenn sich Profis um die Sache kümmern? Du bist Journalistin, ich Fotograf. Was können wir zwei schon ermitteln? Lara, bitte, denk einmal vernünftig darüber nach!«

»Ich bin also unvernünftig? Wolltest du das damit sagen?«

»Nein, ich …« Wieder streckte er den Arm aus, aber Lara hatte sich bereits abgewandt. Tränen drängten nach oben und wollten heraus. Jetzt fiel ihr sogar Jo schon in den Rücken! Hatten sich denn alle gegen sie verschworen? Sie nestelte ein Taschentuch aus der Umhängetasche und schnäuzte sich. Jo stand wie ein begossener Pudel neben ihr.

»Ich fahre jetzt nach Hause. Dir wünsche ich viel Spaß im Kino.« Ohne einen weiteren Blick marschierte Lara los. Die Schaufenster verschwammen vor ihren Augen. Bitterkeit quoll im Hals nach oben und ließ sie schlucken. Der Verrat ätzte Löcher in ihre Speiseröhre. Im Davonlaufen hörte sie Jo etwas Unverständliches rufen. Lara lief schneller. Wenn er es wagte, ihr hinterherzulaufen, würde sie einen Tobsuchtsanfall bekommen, so viel war sicher. Aber Jo folgte ihr nicht. Sie konnte es nicht sehen, aber der Freund stand mit hängenden Schultern vor all den hell erleuchteten Schaukästen und schaute auf den Boden.

34

Romain Holländer schloss die zweifach gepanzerte Tür seiner »Meditationskammer« hinter sich ab. Hier unten roch es immer ein wenig dumpf, auch wenn das alte Mauerwerk absolut trocken war. Er zündete ein Weihrauchstäbchen an und setzte sich an seinen Schreibtisch. Die beiden Bildschirme erwachten fast gleichzeitig zum Leben, der Rechner summte leise.

Es war vier Uhr früh, die beste Zeit, um Dinge zu erledigen, die nur ihn etwas angingen. Seine Schäfchen schliefen tief und fest, vor sechs Uhr würde sicherlich keiner erwachen, und sollten sie oder ihre Kinder doch aus ihren Träumen hochschrecken, galt das Gebot, bis zur Morgenspeisung in den Zimmern zu bleiben, um die anderen nicht zu stören. Hier unten würde ihn zudem keiner belästigen. Die *Kinder des Himmels* wussten, dass ihr Prinzipal einen Rückzugsraum im Keller hatte, den nur er allein betreten durfte. Die Anwesenheit von Gemeindemitgliedern würde die Schwingungen des Raumes nachhaltig hemmen und seine Kontemplation blockieren.

Der Prinzipal hatte unzählige Aufgaben, bei denen er Ruhe und Konzentration benötigte; zum Beispiel die Vorbereitung der Gruppentreffen und Andachten oder die spirituelle Formulierung seiner Botschaften. Niemand durfte ihn dabei stören. Er selbst fühlte keine Müdigkeit, sondern Vorfreude. Vorfreude auf die sonntägliche Andacht nach der morgendlichen Speisung, bei der ihm Konrad, sein blondgelockter Putto, zur Hand gehen würde.

Romain Holländer steckte die externe Festplatte an den Computer und rief den Ordner mit den Filmen auf. Es würde in ein paar Stunden schon die vierte Sonntagsandacht sein, bei der der Junge ihm assistierte, und der Kleine machte seine Sache sehr gut. Auch Konrads Eltern waren mit der Arbeit ihres Jungen zufrieden und stolz auf ihn. Er rief das Videobearbeitungsprogramm auf. Allmählich war es an der Zeit, den Jungen nach der Andacht ein wenig tiefer in die Details seines Dienstes einzuführen.

Ein paar kräftige Atemzüge von dem Räucherwerk, ein, zwei Schluck von dem Kelch mit dem geweihten Wein, der nur dem Prinzipal vorbehalten war. Benommen und glücklich über die ihm zuteilgewordene Ehre würde Konrad gar nicht so recht erfassen, dass dieses Mal einiges anders war. Der Prinzipal selbst würde dem Jungen großmütig beim Wechseln seiner Kleidung helfen. Noch würde nichts weiter geschehen, als dass Romain Holländer die seidenweiche Haut berührte, seine Finger über die weichen Rundungen gleiten ließ und ihre zarte Beschaffenheit betastete. Mehr nicht. Nichts, was anstößig oder verboten wäre. Der Führer der *Kinder des Himmels* hatte alle Zeit der Welt. Er konnte wochenlang von einer wie zufällig wirkenden Berührung, vom Anblick eines nicht bedeckten Kinderkörpers zehren.

Romain Holländer lächelte sanft und strich sich mit der Hand über den Oberschenkel, während vor seinem inneren Auge das arglose glatte Kindergesicht des kleinen Konrads zu ihm auflächelte.

Auf dem Monitor entkleidete Wolfgang Franke die fünfzehnjährige Sophie, streifte dann sein Gewand ab und legte sich auf das Mädchen, nachdem er ihr vorher die Beine gespreizt hatte.

Als sein weißes Hinterteil begann, sich auf und ab zu bewegen, spulte Romain Holländer vor. Das Gezappel der beiden ersten Männer, die an der Weihe der Elevin Sophie teilgenommen hatten, war uninteressant.

Er besaß mehrere Aufzeichnungen – von der frontalen Kamera an der Stirnseite, von beiden Seiten und vom Eingang zum

Zeremonienraum. Auf dem Video erstarrte Wolfgang Franke ganz kurz, dann war Max Frenzel an der Reihe. Im Zeitraffer wirkten seine überdrehten Bewegungen wie das Rammeln eines geilen Kaninchenbocks. Romain Holländer schüttelte den Kopf und wechselte zu dem zweiten Film. Welches Vergnügen brachte diesen Männern eigentlich ihr hastiges Tun?

Er entschloss sich, zuerst das Video von der Kamera an der rechten Wandseite zu bearbeiten. Hier konnte man Frieder Wörth direkt in das gerötete Gesicht schauen. Der Mann stand neben dem Altar, seine Augen glänzten in dem gelblichen Dämmerlicht unnatürlich. Unter dem weiten Gewand konnte man eine Erektion ahnen. Der silberne Becher in seiner Hand bebte. Ab und zu befeuchtete er sich unbewusst die Lippen und nippte dann einen Schluck von dem schweren Süßwein, bevor er ihn auf den Boden stellte und sein Gewand öffnete, noch ehe Max Frenzel ganz fertig war.

Romain Holländer wechselte zur Aufnahme der Frontkamera und hielt den Film an. Das verzerrte Gesicht von Frieder Wörth war genau im Fokus; unübersehbar das, was er da mit dem Mädchen auf dem Altar tat.

Jetzt kam die langweilige Kleinarbeit – die Gesichter von Wolfgang Franke und Max Frenzel mussten in dem Ausschnitt, den er später verwenden wollte, unkenntlich gemacht werden. Wenige Minuten Filmmaterial würden reichen. Eine Veröffentlichung des Videos war vorerst nicht geplant, auch wenn er Frieder Wörth dies glauben machen wollte. Es ging nur darum, dem Mann ein bisschen Angst einzujagen, ihn von weiteren Kontakten mit neugierigen Journalisten abzuhalten. Wenn sich Wörth allerdings sperrte, konnte es durchaus geschehen, dass sein Film wie von Zauberhand bei einer Boulevardzeitung, einem Fernsehsender oder bei *YouTube* auftauchte. Die Tastatur klickte. Romain Holländer wollte Gefahr von der Gemeinde abwenden, sonst nichts.

Zwei Stunden später machte sich der Prinzipal auf den Weg nach oben. In seiner Rechten hatte er einen mobilen DVD-Player.

Er hatte alles gründlich durchdacht. Seit Wochen machte ihm das Verhalten des Mannes Sorgen. Hatte es nicht Stunden gedauert, bis Wörth seinem Prinzipal von den beiden Journalisten berichtet hatte, die den Gemeindemitgliedern auf der Straße aufgelauert hatten? Hatte er überhaupt vorgehabt, von der Begegnung zu erzählen? Was, wenn der Mann erwog, mit den Zeitungsschreibern über das, was hier geschah, zu sprechen? Dann würden möglicherweise noch ganz andere Dinge ans Tageslicht kommen. Und er wusste noch immer nicht, wo sich der Mann aufhielt, wenn er heimlich die Gemeinde verließ. Es war Melinda Weiß bis jetzt nicht gelungen, herauszufinden, zu wem Frieder Wörth ging und was er dort tat. Dem musste Einhalt geboten werden.

Wenn er ihm die Aufnahmen vorspielte, würde er ihn fragen, was sein Sohn davon hielte, wenn er den Vater so sähe. Marcel war noch ein Kind. Und er bedeutete seinem Vater alles. Der Mann konnte nicht wollen, dass der Junge erfuhr, was er da mit einer Fünfzehnjährigen – und das nicht nur einmal – angestellt hatte. Romain Holländer grinste und lief ein bisschen schneller. Wenn Wörth auch sonst nichts bewegte, dieser Film würde es tun.

Vorsichtig öffnete er die Tür zu Frieder Wörths Wohnraum. Er würde den Mann jetzt wecken und ihn mit nach unten nehmen. Leise tappte Romain Holländer zu dem Raumteiler in der Mitte des Zimmers. Der Strahl der Taschenlampe beschrieb einen Bogen und leuchtete dann auf eins der beiden Betten. Romain Holländer hörte sich selbst ein- und wieder ausatmen. Marcels Locken waren zerstrubbelt. Unter der Decke konnte man seine kleine Gestalt erahnen. Dann ließ er den Schein der Lampe auf das andere Bett gleiten. Es war leer.

Frieder Wörth drückte leise die Tür ins Schloss. Dann zog er den Schal dichter um den Hals und lief los. Die lichtlose Nacht strich mit eisigen Fingern über sein Gesicht. An der Straßenbahnhaltestelle blinkte eine altersschwache Neonreklame. Die Schienen glänzten im Licht der zwei müden Bogenlampen. Fröstelnd hauchte Frieder in seine Handflächen, klappte die Ohrenschützer seiner Mütze herunter und verbarg die Finger dann wieder in den Jackentaschen. Die Handschuhe hatte er vergessen. Sie lagen zu Hause auf dem Regal neben der Tür.

Von links näherte sich die Bahn. Die hell erleuchteten Fenster warfen gleitende Lichtvierecke auf den Asphalt, während die Straßenbahn bremste. Die Luft im Innern war warm und roch nach feuchter Kleidung. Frieder Wörth ging an einem schlafenden Mann vorbei ganz nach hinten und setzte sich. Ein müdes Klingeln, dann fuhr die Bahn mit einem Rucken los.

Marcel würde tief und fest schlafen, das hatte er in den letzten Wochen immer getan. Das Beruhigungsmittel, das die Ärztin dem ruhelosen Vater verschrieben hatte, wirkte wunderbar. In den ersten Nächten hatte Frieder noch wachgelegen und seinen Sohn beobachtet, aber der Junge war nicht ein einziges Mal wie all die Nächte vorher schreiend aus Albträumen erwacht. Nach zwei Wochen nächtlicher Wachsamkeit hatte Frieder beschlossen, dass es an der Zeit war, das Experiment zu wagen und den Kleinen für eine kurze Zeit allein zu lassen. Nach seiner Rückkehr hatte Marcel sich nicht gerührt und so blieb es auch in den darauffolgenden Nächten, sodass Frieder die Zeit seiner Abwesenheit nach und nach immer mehr hatte ausdehnen können. Jetzt kam er manchmal erst frühmorgens zurück, eine halbe Stunde, bevor der Junge aufstehen musste, und auch dann schlief er noch fest. Manchmal hatte er Mühe, ihn zu wecken.

Draußen huschten die kahlen Bäume eines kleinen Parks vorbei, halb verfallene Häuser folgten.

Frieder Wörth legte die Wange an Scheibe und spürte der

Kälte des Glases nach. In den letzten Monaten hatte er zunehmend Angst um das Wohlergehen seines Sohnes gehabt. Marcel war nicht mehr das fröhliche, unbeschwerte Kind, das er einst gewesen war. Es mochte daran liegen, dass seine Mutter ihn und den Vater so plötzlich verlassen hatte, es konnte aber auch noch andere Ursachen haben. Ein Elterngespräch mit Marcels Lehrerin im Januar hatte das diffuse Gefühl noch verstärkt. Marcels Leistungen hätten sich verschlechtert, hatte die Frau ihm erklärt, und dass sie sich Gedanken mache, weil der Junge sich immer mehr abkapsele. Das Leben in der Gemeinschaft schien dem Kind nicht zu bekommen. Die Straßenbahn ratterte um die Kurve, und Frieder Wörth wurde fester gegen die Wand zu seiner Rechten gepresst.

Die Hoffnung, dass die Gemeinde dem Kind über den Verlust der Mutter hinweghelfen würde, hatte sich nicht bewahrheitet. Im Gegenteil. Das Leben bei den *Kindern des Himmels* schien Marcel eher dazu zu bringen, sich zurückzuziehen. Und für ihn selbst war es auch nicht gut.

Frieder Wörth dachte an die »Weihe« von Sophie und seinen Part dabei. Die Scham kroch ihm über den Hals ins Gesicht hinauf. Was er da getan hatte, war Sünde gewesen. Er wollte ein gottgefälliges Leben führen und wurde Tag für Tag aufs Neue in Versuchung geführt. Es gab keine Entschuldigung für sein Verhalten. Der Prinzipal hatte die Gemeinde vor den Häschern gewarnt, vor all jenen, die den Gefährten nachstellten, die ihre Geheimnisse herausfinden und ihnen schaden wollten. Was, wenn diese beiden Journalisten, die letzte Woche unbefugt in die heiligen Räume eingedrungen waren, insgeheim weiterforschten? Wenn sie Dinge aufdeckten, die sie nichts angingen, Dinge, die besser im Verborgenen blieben? Wenn er sich selbst und seinen Sohn retten wollte, musste sich etwas ändern. Und zwar nicht erst in einigen Wochen, sondern gleich. Heute noch. Frieder Wörth atmete tief durch und sah hinaus auf die vorbeiziehenden

Wohnhäuser. Vereinzelt brannte schon Licht hinter den Fenstern. Kleine Inseln der Helligkeit in der allumfassenden Finsternis, Zeichen der Hoffnung.

Nachdem er ausgestiegen war, marschierte er mit schnellen Schritten durch das Viertel. Vielleicht hatte er sein Seelenheil und damit auch das seines Sohnes noch nicht verspielt. Zuerst musste den Häschern das Handwerk gelegt werden. Danach konnte er sich um Marcels und seine Zukunft kümmern. Im Gehen nahm er die Brieftasche aus der Jacke, suchte nach der Visitenkarte von dieser blonden Zeitungsfrau, prägte sich die Telefonnummer ein und zerriss das Kärtchen dann in viele kleine Schnipsel, die er über die Straße flattern ließ.

Das Haus der Gemeinde überragte die Nachbarvillen. Still und sanftmütig wartete es in der Finsternis hinter den mächtigen Bäumen. Alle Fenster waren dunkel. Frieder ging dicht an der Begrenzungsmauer entlang, schlich am Tor vorbei, das nachts immer abgesperrt war, und bog dann zum Nachbargrundstück ab. Dieses verfügte nur über einen schmiedeeisernen Zaun, der relativ leicht zu überwinden war. Was man von vorn nicht sah, war, dass die Villa der Gemeinde nur zur Straße und zu den Seiten hin mit einer hohen Mauer gesichert war. Ganz hinten, zwischen den Bäumen, an der Grenze zur Nachbarvilla, befand sich lediglich ein einfacher Zaun. Zudem waren die Rhododendronbüsche hier mannshoch und verbargen die Sicht. Frieder Wörth hastete ohne hochzusehen zur Tür, zog den Schlüssel hervor und glitt leise hinein. Vorsichtig griff er nach der Klinke, um sie wieder zu schließen, als die grimmige Stimme von Romain Holländer ihn erschauern ließ. »Guten Morgen, Frieder. Ich glaube, du hast mir einiges zu erklären.«

35

Lara betrachtete die Meldung mit offenem Mund. Es dauerte einige Sekunden, bis sie den Wortlaut verstand. Ihr gegenüber tippte Hubert, den Blick auf den Bildschirm gerichtet. Das Stakkato seiner Tastatur untermalte die Nachricht, die gerade über den Ticker kam.

> Leichenfund in Fast-Food-Filiale in Großpösna ... Toter heute früh von Reinigungskräften entdeckt ... Tätowierung auf der Stirn ...

Sie griff, ohne hinzusehen, nach der halbvollen Wasserflasche, setzte sie an und trank. Es schmeckte schal. In den Suchmaschinen-News waren fünfundsiebzig Meldungen zu dem Leichenfund verzeichnet. Die meisten von ihnen wiederholten lediglich den Wortlaut der Agenturmeldung, einige wenige schienen Insiderinformationen zu besitzen. Lara überflog die Berichte.

Servicekräfte hatten den Toten heute früh gefunden. Da mehrere Personen involviert gewesen waren, war es der Polizei nicht gelungen, den erneuten Leichenfund geheim zu halten. Das Reinigungspersonal hatte gegenüber der schnell anwesenden Presse freimütig geplaudert.

Der Tote war nackt und mit Gurten auf einem Stuhl festgeschnallt gewesen. Aus seinem Mund quollen mehrere Burger-Brötchen, die man hineingepresst hatte, in den Nasenlöchern steckten Pommes frites. Das Gesicht und auch die Brust hatte man mit Mayonnaise und Ketchup beschmiert. Die Unterarme waren auf der Tischplatte drapiert, unter den Handflächen lagen zerdrückte Croissants. Auf dem Tisch vor der Leiche hatte der Täter unzählige Mahlzeiten auf Tabletts aufgehäuft, es türmten sich Schachteln mit allen Sorten von Burgern, Hähnchen-Nuggets, Wraps, Pommes frites und Sandwiches, daneben fanden sich zehn große Becher mit Cola, Tütchen mit Senf, Mayo und Ketchup.

Es musste ein bizarrer Anblick gewesen sein. Lara sah schnell zu Hubert und dann wieder auf ihren Bildschirm. Der Kollege hatte ihre Gesundung kommentarlos hingenommen, so wie die meisten anderen in der Redaktion auch. Lediglich Tom hatte ihr, ein maliziöses Lächeln auf den Lippen, zur »schnellen Genesung« gratuliert.

Montags war in der Redaktion immer viel los. Das Wochenende musste aufgearbeitet werden, minütlich kamen neue Eilmeldungen herein. Lara hatte nach ihren gestrigen Ausflügen zu den Kontaktpersonen von Nina Bernstein und Robert Wessel, die nichts gebracht hatten, beschlossen, nicht länger »krank« zu sein. Es war nicht förderlich, wenn sie sich bockig verhielt. Die Situation hier war für sie untragbar geworden, so viel war sicher, und sie hatte sich das ganze Wochenende den Kopf darüber zerbrochen, wie sie etwas daran ändern konnte. Die Lösung konnte nur sein, dass sie fortging, entweder zu einer anderen Zeitung, was schwierig war, oder indem sie sich selbstständig machte. Freiberufler zu sein, keinen Chef – und vor allem keinen Tom – mehr vor der Nase sitzen zu haben, war ihr als der perfekte Ausweg erschienen. Wenn sie dieses Vorhaben jedoch wirklich in die Tat umsetzen wollte, würde sie in Zukunft sicherlich auf Aufträge von der *Tagespresse* angewiesen sein. Genauso wie von anderen Zeitungen oder Zeitschriften. Was, wenn Tom Kollegen ihr angeblich unseriöses Verhalten schilderte? Sie würde in den nächsten Wochen weiter die Zähne zusammenbeißen müssen.

Leipzig live schrieb auf seinen Seiten, dass der Tote ein Internetspezialist – was immer das heißen mochte – aus Taucha gewesen sei, der anscheinend schon seit ein paar Wochen tot war.

Da der Mann offenbar keinen Kontakt zu Verwandten und keine engen Freunde gehabt hatte, war sein Fehlen niemandem aufgefallen.

Noch wusste die Polizei nicht, wie der Mörder es geschafft hatte, in das Fast-Food-Restaurant einzudringen. Lara versuchte, sich Fast-Food-Filialen ins Gedächtnis zu rufen, in denen sie schon gewesen war. Gab es dort irgendwelche Sicherungsvorkehrungen? Wenn das so war, dann musste es dem Täter gelungen sein, diese zu umgehen. Die Filiale in Großpösna schloss sonntags um Mitternacht und öffnete an den Wochentagen morgens um acht Uhr. Vorher musste es dort wie ausgestorben sein. Es war Winter, und es war bitterkalt. Niemand würde sich freiwillig mitten in der Nacht da draußen herumtreiben.

Der Täter hatte den Ort für sein Vorhaben gut ausgewählt. Die Vorderfront der Filiale zeigte zwar zur Grimmaischen Straße, aber die beiden Seiten und der rückwärtige Bereich grenzten an die Parkplätze des Einkaufscenters *Pösna Park*, auf denen sich in den Nachtstunden niemand aufhielt. Wohnhäuser gab es hinter der Filiale nicht. Keiner würde es bemerken, wenn ein Auto hier hielt und jemand eine Leiche auslud, und die Bewohner der Einfamilienhäuser auf der anderen Seite der Grimmaischen Straße hatten, selbst wenn sie es wollten, keine Möglichkeit, den Bereich des Einkaufszentrums mit den Parkplätzen einzusehen. Lara las die Beschreibung des Toten, die einer der Interviewpartner gegeben hatte: »Fett, schüttere Haare, aufgedunsenes Gesicht, behaart wie ein Gorilla« … Durfte man so über einen Toten reden? Das Online-Portal verkaufte es als O-Ton des Interviewten und konnte damit alle Verantwortung für die Wortwahl von sich weisen. Auf der Stirn, so die befragte Putzfrau, hätten Buchstaben gestanden, ein Wort davon sei »Gulag« gewesen. Lara schloss die Augen und dachte nach. Der Tote musste der »Fettsack« aus ihrer Vision von Sonnabend sein. Sollte sie Jo eine SMS mit den neuesten Entwicklungen schicken? Wo steckte er überhaupt? Seit sie ihn vorgestern Abend vor dem Kino stehen lassen hatte, hatte es keinen Kontakt mehr gegeben. Er hatte weder angerufen, noch Kurznachrichten oder E-Mails geschickt. Wahrscheinlich ahnte er, dass sie ihn wieder abblitzen lassen würde, und hielt sich deshalb fern.

Lara öffnete die Augen wieder. Jetzt hätte sie sich gern mit ihm ausgetauscht. Wahrscheinlich war er unterwegs, um irgendwo Auftragsfotos zu schießen. Sie beschloss, ihm nachher eine SMS zu schicken, als ihr Blick auf den Ticker fiel. Die neue Meldung kam fast zeitgleich von verschiedenen Agenturen und News-Portalen.

Bekennerbrief im Fall der Fast-Food-Leiche aus Leipzig!
Der mutmaßliche Täter im Fall der heute Morgen in einer Fast-Food-Filiale in Großpösna aufgefundenen Leiche hat per E-Mail einen Bekennerbrief an verschiedene Zeitungen verschickt.

Der Leichenfund war noch nicht einmal zwölf Stunden her, und schon hatten sie dem Toten eine Bezeichnung verliehen: »Fast-Food-Leiche«. Lara verzog den Mund. Dann las sie den Rest der Meldung.

»... Seid Ihr trotz aller Hinweise nicht imstande, die Zeichen wahrzunehmen und zu interpretieren, die ich Euch bisher gesendet habe. Eure Blindheit ist gewaltiger, als ich anzunehmen bereit war.
Eure Ignoranz zwingt mich nunmehr, mich deutlicher zu offenbaren. Es wird Zeit, daß Ihr erwacht. Sehen Eure Augen das Menetekel nicht? Die Welt wird überflutet von Haß und Mißgunst, Trägheit und Müßiggang. ...
Gottesfürchtigkeit, Reinheit und Nächstenliebe sind Euch abhandengekommen. ...

Haltet ein! Sehet die Zeichen. Wendet Euch. Laßet dies hier eine Mahnung sein und ziehet Lehren daraus!
Ich werde nicht innehalten, bis auch der Letzte begriffen hat, daß wir so nicht weitermachen können, daß Ihr so nicht weitermachen könnt.«

Lara las den Bekennerbrief ein zweites Mal. Das Ganze klang nach einem religiösen Eiferer. Wen wollte der Verfasser mit seinem Brief ansprechen? Die Zeitungsleute? Mitmenschen? Alle? Und wieso gingen sie und die Zeitungen automatisch davon aus, dass es sich bei dem Schreiber um einen Mann handelte? Kam nicht auch eine Täterin infrage?

»Möchtest du auch einen Kaffee?« Hubert erhob sich mit einem Ächzen und wartete, die Arme auf den Tisch gestützt, bis sie den Kopf geschüttelt hatte, bevor er in der Küche verschwand.

Eine Täterin war wohl eher unwahrscheinlich. All diese Morde, der Transport der Leichen, die Arrangements, setzten körperliche Kraft voraus, die eine Frau wahrscheinlich nicht aufbrachte, es sei denn, sie war Kraftsportlerin.

»Ich werde nicht innehalten«, hatte der Täter geschrieben. Bedeutete das, dass er weitermorden würde? Lara nahm noch einen Schluck von dem schalen Wasser. Sie brauchte jemanden zum Reden. Aber wen? Jo war unterwegs. Mark hatte laut Jos Aussagen empfohlen, dass sie sich aus der Sache heraushalten sollten. Ihre Freundin Doreen hatte keinen blassen Schimmer von den Fällen und wollte wahrscheinlich auch gar nichts davon wissen. Wer konnte ihr noch helfen?

Sie betrachtete nachdenklich ihr Handy. Dann suchte sie nach der Nummer von Stefan Reinmann.

Die Schranke des Parkhauses klappte nach oben, und Lara lenkte ihren Mini auf die Straße. Feiner Schnee rieselte wie Puderzucker auf Autos und Häuser. Sie fuhr mechanisch, während ihre

Gedanken noch immer bei der Redaktionskonferenz von letzter Woche waren. Christin ging inzwischen in ihrer neuen Aufgabe völlig auf. Übereifrig hatte sie bei der Besprechung zu jedem Vorschlag Toms genickt und sich wie eine Musterschülerin unentwegt Notizen gemacht. Auch das Unwichtigste war es wert, aufgeschrieben zu werden.

Auch Lara hatte geschrieben. Jedoch nicht, um Tom zu gefallen, sondern um ihn und die anderen nicht ansehen zu müssen. Sie war beim Chef endgültig in Ungnade gefallen, und die anderen ließen sie das spüren. So war jedenfalls ihr Eindruck. Womöglich bildete sie sich das Ganze auch nur ein, vielleicht tat sie den Kollegen unrecht. Lara wusste nicht, was sie noch glauben sollte. Ihre Kaumuskeln schmerzten noch immer, so fest hatte sie die ganze Zeit die Zähne aufeinandergebissen. Der einzige Lichtblick war eine Kurznachricht von Jo gewesen. »Hab von der Fast-Food-Leiche gehört! Müssen reden! Ruf dich nachher an!« Wenigstens einer, der noch zu ihr hielt.

»Hör auf, dich selbst zu bemitleiden, Lara Birkenfeld!« Sie hielt das Lenkrad mit der Linken und schlug die rechte Faust auf das Sitzpolster des Beifahrersitzes. »Seit wann bist du so wehleidig?« Ein kurzer Blick in den Spiegel. Lara setzte ein grimmiges Gesicht auf und gab Gas.

»Hallo, Frau Birkenfeld. Kommen Sie rein. Stefan ist noch nicht da, wird aber gleich hier sein. Sie sollen es sich inzwischen im Arbeitszimmer gemütlich machen.« Ursula strich sich kurz über die straff zurückgebundenen Haare. Lara schaute nach oben in den steingrauen Himmel und folgte der Putzfrau dann nach drinnen. Heute war der erste März, und die Hoffnung, dass der Winter sich nun bald verabschieden würde, wuchs.

In Stefan Reinmanns Arbeitszimmer war es warm. Sie nahm in einem der Ledersessel Platz und schlug die Beine übereinander. Teekanne, Tassen, Milch und Kandiszucker standen schon bereit. Ursula goss Lara ein und verschwand nach draußen, nicht ohne noch einmal beteuert zu haben, dass »Stefan« gleich käme.

Gedankenverloren ließ Lara ein Stückchen braunen Zucker in den Tee fallen und rührte langsam. Dann stand sie auf, ging hinüber zu den zwei Meter hohen Bücherregalen und betrachtete die dicken Ledereinbände hinter den sauber geputzten Glasscheiben. Sie versuchte, die Titel auf den Einbänden zu entziffern, aber vieles war abgenutzt oder in einer Schrift, die sie für Griechisch und Hebräisch hielt. Lara ging hinüber zu der Anrichte. Der geschnitzte Jesus über der Tür schaute mit strengen Augen auf sie herab.

Die silbernen Rahmen der Fotos spiegelten das gelbe Licht der Stehlampe wider. Stefan Reinmanns Söhne sahen ihm ähnlich. Beide hatten den verständigen Gesichtsausdruck, den man oft bei älteren Menschen sah. Man konnte erkennen, dass sie sich bemüht hatten, den Anweisungen des Fotografen Folge zu leisten. Ein Bild von Reinmanns Frau war nicht dabei. Während Lara sich noch fragte, wie sie wohl aussehen mochte, klappte die Tür auf, und der Sektenbeauftragte eilte mit ausgestreckter Hand herein. Er brachte einen Schwall frischkalter Luft mit.

»Frau Birkenfeld! Ich freue mich!« Kaum dass er ihr die Hand geschüttelt hatte, marschierte er zu seinem Sessel und nahm Platz. »Entschuldigen Sie bitte, dass ich Sie am Wochenende nicht zurückgerufen habe, aber ich musste ein Seminar vorbereiten. Wo ist denn Ihr Kollege, der Fotograf?« Er goss sich Tee ein und sah dann zu Lara herüber. Seine wasserhellen Augen leuchteten.

»Jo hat Aufträge. Er begleitet mich nur manchmal.«

»Aha. Sie sind bestimmt wegen des dritten Textes gekommen?«

»Auch.« Sollte er erst einmal das abhandeln. Lara war sich noch immer nicht im Klaren, ob sie Stefan Reinmann in ihre gesammelten Erkenntnisse einweihen sollte. Aber schließlich stammten ihre Informationen nicht ausschließlich von der Polizei, sie hatte – gemeinsam mit Jo – alles selbst herausgefunden, bis auf die Texte selbst, natürlich. Eigentlich sprach nichts dagegen, preiszugeben, was sie wusste.

»Dann wollen wir mal schauen.« Eifrig sprang er auf, hastete ins Nebenzimmer und kam mit zwei Blättern wieder. »Das Ganze hat etwas von einem Déjà-vu, finden Sie nicht auch? Sie kommen zu mir, ich übersetze einen lateinischen Text, Sie nehmen die Übersetzung mit. Und das Ganze von vorn.« Mit einem Lächeln setzte er sich wieder. Dieses Mal fragte er nicht, was das alles sollte.

»Also.« Stefan Reinmann pochte mit dem Zeigefinger auf das obere Blatt. »Dieser dritte Text hier stammt tatsächlich, wie ich es am Freitag schon vermutet habe, aus der Bibel, genauer gesagt aus dem Buch der Sprichwörter oder Sprüche Salomos, hebräisch *Mischle.* Der Abschnitt steht gleich am Anfang und ist die Mahnung der Weisheit zu Gottesfurcht und Besonnenheit. Hier ist die wörtliche Übersetzung.« Er reichte das Blatt über den Tisch, und Lara las.

»Dies sind die Sprüche Salomos, des Königs in Israel, des Sohnes Davids, zu lernen Weisheit und Zucht, Verstand, Klugheit, Gerechtigkeit, Recht und Schlecht; dass die Unverständigen klug und die Jünglinge vernünftig und vorsichtig werden. … Die Ruchlosen verachten Weisheit und Zucht. Mein Kind, gehorche der Zucht deines Vaters und verlass nicht das Gebot deiner Mutter. …«

Ihre Augen blieben an den nächsten Sätzen hängen, und Robert Wessels Leiche in der Bankfiliale tauchte vor ihrem inneren Auge auf, als hätte sie sie selbst gesehen. »… wir wollen großes Gut finden; wir wollen unsre Häuser mit Raub füllen; wage es mit uns! Es soll unser aller ein Beutel sein … Also geht es allen, die nach Gewinn geizen, dass ihr Geiz ihnen das Leben nimmt.«

Lara schaute kurz zu dem Sektenbeauftragten hinüber. Der

letzte Absatz schien ihr sinnbildlich für all die Morde zu sein. »Dann werden sie nach mir rufen, aber ich werde nicht antworten; sie werden mich suchen und nicht finden. Darum, dass sie hassten die Lehre und wollten des HERRN Furcht nicht haben, wollten meinen Rat nicht und lästerten alle meine Strafe: So sollen sie essen von den Früchten ihres Wesens und ihres Rats satt werden. Was die Unverständigen gelüstet, tötet sie, und der Ruchlosen Glück bringt sie um. Wer aber mir gehorcht, wird sicher bleiben und genug haben und kein Unglück fürchten.«

»Interessant, nicht wahr?« Stefan Reinmann saß leicht nach vorn gebeugt, die Unterarme auf den Oberschenkeln, und beobachtete sie.

»Das ist es. Besonders der Schluss.«

»Warum finden Sie den Schluss besonders bedeutsam?«

»Nun …« Lara nahm einen Schluck Tee und stellte die Tasse behutsam ab, ehe sie fortfuhr. »Vielleicht ahnen Sie es längst. Diese Texte haben mit den Morden zu tun, die seit drei Wochen Leipzig erschüttern.«

»Ich dachte es mir!« Stefan Reinmann schlug sich mit der Handfläche auf den Oberschenkel. Seine Augen leuchteten jetzt stärker als zuvor. »Wo fanden sich diese Texte?«

»Sie waren auf die Leichen tätowiert.«

»Auf die … Das ist unglaublich! Wo genau?«

»Sie müssen darüber bitte Stillschweigen bewahren.«

»Ja, ja, sicher.«

»Auf ihren Rücken.«

»Warten Sie mal eben einen Augenblick.« Lara sah, wie ihr Gegenüber sich zurücklehnte und sich die Augen rieb. Dann verschränkte er die Arme. »Inzwischen sind es doch mehr als drei Tote, nicht?«

»Fünf.« Lara atmete lange aus.

»Fünf? Das klingt aber gar nicht gut. Wo sind denn die Texte von den anderen beiden?«

»Die habe ich leider nicht. Die Polizei hält sie unter Verschluss.«

»Ach ja. Das kann man nachvollziehen. Sie wollen nicht alles preisgeben, was sie wissen.« Stefan Reinmann schüttelte sacht den Kopf und lächelte dabei. »Deshalb wollten Sie mir also nicht sagen, woher diese Texte stammten!«

Lara zuckte die Schultern und hob die Augenbrauen.

»Wie sind diese biblischen Sprüche denn Ihrer Meinung nach mit den Toten verknüpft?«

»Das ist die entscheidende Frage.« Lara nahm sich ein Stückchen Kandiszucker aus der silbernen Dose und steckte es in den Mund. »Wenn wir das wissen, sind wir dem Mörder ein ganzes Stück näher.«

»Das ist ja spannend. Ich hatte bisher noch nie etwas mit solchen Dingen zu tun.« Stefan Reinmann hatte die beiden Blätter wieder in die Hand genommen und betrachtete nachdenklich die Sätze. »Das Ganze klingt nach einem religiösen Fanatiker. Jagen Sie den Täter? Glauben Sie, dass Sie ihm schon auf der Fährte sind?«

»Nicht wirklich. Jo und mir fehlen einfach die Mittel. Ich habe im Umfeld der ersten drei Toten recherchiert, aber nichts von Bedeutung gefunden, und jetzt ist uns irgendwie die Luft ausgegangen. Wenn die Opfer zufällig ausgewählt wurden, ist es besonders schwer, eine Beziehung zum Täter herzustellen.«

»Da stimme ich Ihnen zu.«

Lara schob den Zuckerkristall im Mund hin und her und drückte ihn dann nach rechts, damit er beim Sprechen nicht störte. »Da Sie nun schon eingeweiht sind, kann ich Sie auch noch etwas anderes fragen.«

»Etwas zu den Fällen?« Stefan Reinmann hatte sich aufgesetzt.

»Bei den Toten waren nicht nur Texte auf den *Rücken* graviert.« Lara sah, wie ihr Gegenüber sich etwas nach vorn beugte und den Kopf leicht schief hielt. »Jeder von ihnen hatte auch Wörter auf der Stirn.«

»Einzelne Wörter? Welche?«

»Einen Moment bitte.« Lara suchte in ihrer Tasche nach dem Notizbuch. »Beim ersten Opfer waren es *Lucifer* und *superbia*. Die zweite Tote hatte die Wörter *luxuria* und *Asmodaeus* auf die Stirn tätowiert. Beim dritten – dieses Mal handelte es sich um einen Mann – *avaritia* und *Mammon*.«

»Von dem stammt auch dieser Text?« Reinmann zeigte auf die beiden Blätter vor sich.

»Genau. Vom vierten Opfer, einer Mitarbeiterin des Jugendamtes, weiß ich nur, dass etwas auf ihrer Stirn stand, nicht jedoch, was. Heute früh wurde ein weiteres Opfer gefunden, in einer Fast-Food-Filiale in Großpösna.«

»Das habe ich in den Nachrichten gehört. Und dieser Tote war auch tätowiert?«

»Eine der Putzfrauen, die ihn gefunden haben, sagte, auf seiner Stirn habe das Wort ›Gulag‹ gestanden. Hier habe ich alles chronologisch aufgelistet.« Lara reichte ihr aufgeschlagenes Notizbuch über den Tisch, und Stefan Reinmann vertiefte sich in die Aufzeichnungen. Die mächtige Standuhr in dem Eichenkasten hinter ihm klickte leise, dann schlug sie fünfmal. Das goldene Pendel schwang lautlos von links nach rechts. Draußen quietschte der Keilriemen eines Autos.

»*Superbia*, *avaritia*, *luxuria*. Und *gula*, nicht *Gulag*. Sie wissen, was das ist?« Stefan Reinmann fixierte Lara mit seinen leuchtenden Augen. Sie schüttelte den Kopf.

»Das sind Todsünden.« Das Wort schwang in Laras Kopf hin und her wie das Pendel des altertümlichen Regulators: *Todsünden. Todsünden. Todsünden.*

Der Sektenbeauftragte hatte inzwischen weitergeredet. »*Superbia* ist der Hochmut, die Eitelkeit oder der Stolz; *avaritia* ist die Habgier, *luxuria* heißt Wollust, Genusssucht, Ausschweifung und *gula* ist die Völlerei oder Gefräßigkeit, im übertragenen Sinne auch die Unmäßigkeit oder Selbstsucht.« Er holte tief Luft, wartete, bis Lara ihn ansah. »Dann hätten wir da noch die jeweils anderen Begriffe: *Lucifer*, *Asmodaeus* und *Mammon*. Ich nehme an, bei dem Mann von heute früh stand neben *gula* noch *Beelzebub*. Das wissen Sie aber nicht genau, oder?«

»Nein, leider. Was bedeuten denn diese Bezeichnungen? Sind es Synonyme? Für mich klingt das nach irgendwelchen Dämonen.«

»Dafür muss ich ein klein wenig ausholen. Wie viel Zeit haben Sie denn?«

»Genug. Erzählen Sie. Darf ich mitschreiben?« Lara zeigte auf ihr Notizbuch, das er noch immer in der Hand hielt, und er gab es ihr zurück.

»Aber gern. Ich werde mich bemühen, mich verständlich auszudrücken.« Stefan Reinmann lächelte um Verständnis heischend, und deutete auf die Thermoskanne. »Möchten Sie noch Tee? Oder lieber etwas Stärkeres? Einen Portwein?« Noch ehe Lara den Kopf schütteln konnte, hatte er schon nach der Putzfrau gerufen und »zwei Gläschen Porto« geordert.

Nachdem die Tür sich hinter der Frau geschlossen hatte, lehnte er sich zurück und begann.

»Zuerst kurz zu den vermeintlichen ›Dämonen‹. Im sechzehnten Jahrhundert gab es in Trier einen Weihbischof namens Peter Binsfeld oder Petrus Binsfeldius. Er war gleichzeitig ein sogenannter Hexentheoretiker, der ein Traktat geschrieben hat, in dem es um Hexen und Zauberer ging. Dieser Peter Binsfeld hat jeder Todsünde einen Höllenfürsten zugeordnet. *Lucifer* zu *superbia*, *Mammon* zu *avaritia*, *Asmodaeus* zu *luxuria*. Dieselben Zuordnungen hat auch Ihr Täter vorgenommen. Zu *gula*, der Völlerei, gehört *Beelzebub*.«

Lara und Stefan Reinmann zuckten gleichzeitig zusammen, als Laras Handy klingelte. Sie machte eine entschuldigende Geste, und der Sektenmann nickte, dass sie ruhig abnehmen solle.

»Lara? Hast du das mit der Fast-Food-Leiche gehört? Wo

steckst du gerade?« Jo redete so schnell, dass sie gar nicht zum Antworten kam. »Ich war unterwegs, aber jetzt bin ich durch mit meinen Aufträgen. Wir müssen reden. Wo wollen wir uns treffen?«

»Hallo, Jo.« Lara konnte sich ein Grinsen nicht verkneifen. Wenigstens war er nicht nachtragend. »Im Moment gar nicht.« Sie konnte hören, wie er nach Luft schnappte, und grinste stärker.

»Wie *gar* nicht?«

»Ich bin mitten in einem Gespräch. Mit Herrn Reinmann. Und es wird auch noch ein Weilchen dauern.«

»Oh, sorry. Das wusste ich nicht.« Er machte eine Pause und setzte dann hinzu: »Du ›recherchierst‹ schon wieder?« Es hörte sich ein klein wenig amüsiert an. »Treffen wir uns hinterher?«

Lara beschloss, ihn nicht länger zappeln zu lassen. »Das wäre nicht schlecht. Ich habe eine Menge neue Informationen.« Der Sektenbeauftragte nickte ihr zu und nippte an seinem Portwein.

»Das ist gut. Soll ich hinkommen?«

»Brauchst du nicht. Ich rufe dich an, wenn wir hier fertig sind.«

»Mach das. Und beeil dich. Bis dann.« Jo hatte aufgelegt.

»Mein Kollege.« Lara lächelte entschuldigend und legte das Handy auf den Tisch.

»Das habe ich gehört. Er ermittelt mit Ihnen zusammen in dem Fall?«

»Ermitteln kann man das eigentlich nicht nennen. Wir sind Journalisten, keine Kripobeamten, Jo ist eigentlich Fotograf. Er hilft mir ab und zu.« Sie senkte den Blick wieder auf ihre Notizen. »Was können Sie mir denn noch über die Todsünden erzählen?«

»Heutzutage sind es sieben. Das wussten Sie aber bestimmt schon. Die Todsünden sind keine Erfindung des Christentums. Schon die Völker im alten Orient waren der Ansicht, dass es schwerwiegende Verfehlungen gibt, durch die sich der Mensch von seinem göttlichen Ursprung entfernt und abtrennt. Im Volk Israel wurden schon um 1000 vor Christus elementare Regeln in Stein gemeißelt, aus denen sich die Zehn Gebote ableiten. Eine Einteilung menschlicher Laster findet man dann wieder bei Euagrios Pontikos. Das war ein Mönch, der im vierten Jahrhundert in Ägypten gelebt hat. In seinem Werk ›Über die acht Gedanken‹ benennt er acht negative Eigenschaften, von denen die Mönche heimgesucht werden können. Sünden entstehen der klassischen Theologie nach aus schlechten Charaktereigenschaften. Diese Charaktereigenschaften werden auch als Hauptlaster bezeichnet. Sie sind selbst keine Sünden im engeren Sinne, jedoch die Ursache von Sünden. Im Katechismus der katholischen Kirche werden unter der Nummer 1866 folgende sieben Hauptlaster genannt: Stolz, Habsucht, Neid, Zorn, Unkeuschheit, Unmäßigkeit und Trägheit. Drücke ich mich verständlich aus?«

»Absolut.« Lara schrieb »Trägheit« und sah dann zu Stefan Reinmann hinüber. Die Augen des Kirchenmannes leuchteten wie kleine Halogenscheinwerfer. »Derzeit gibt es also sieben Todsünden.« Sie kritzelte »Welche fehlen bei den Opfern?« hinter die Auflistung, als er fortfuhr.

»Das ist leider nicht exakt. Es mag Ihnen verwirrend erscheinen, aber es ist theologisch falsch, die sieben Hauptlaster als ›Todsünden‹ zu bezeichnen, auch wenn es umgangssprachlich oft analog verwendet wird. Die genannten Charaktereigenschaften sind lediglich die *Ursache* von Sünden, sie können also zu Sünden führen. Die Sünden wiederum werden in schwere und lässliche Sünden unterteilt. Mit dem Begriff Todsünde oder *peccatum mortiferum* werden nur bestimmte, besonders schwerwiegende Sünden wie Mord, Ehebruch oder Glaubensabfall bezeichnet.«

»Was unterscheidet denn die lässlichen von den schweren Sünden?«

»Dafür gibt es drei Kriterien.« Stefan Reinmann hob die Hand und richtete nacheinander den Daumen und dann den Zeige- und den Mittelfinger auf. »Erstens muss ein schwerwiegender Verstoß gegen die Zehn Gebote vorliegen. Zweitens muss der Sünder die Todsünde mit vollem Bewusstsein begehen, das heißt, er erkennt die Schwere der Sünde bereits, bevor er sie begeht. Und drittens muss er sie aus freiem Willen begehen, im Katechismus heißt das ›mit bedachter Zustimmung‹.«

»Ich frage mich die ganze Zeit, was die fünf Toten mit den jeweiligen Todsünden verknüpft.« Lara hatte aufgehört zu schreiben und betrachtete ihre Auflistung. »Der Tote von heute früh ist ziemlich eindeutig zuzuordnen. Er war fett und hat anscheinend maßlos gelebt. Ihm wurde *gula* – die Unmäßigkeit – auf die Stirn geschrieben. Dann hätten wir die sogenannte ›Bankleiche‹. Robert Wessel war Immobilienberater, und seine Leiche wurde in einer Bankfiliale gefunden.«

Der Sektenbeauftragte nickte gedankenverloren. »*Avaritia*, die Habsucht. Das passt zu ihm. Auf dem Mädchen aus der Modenschau stand *superbia*?« Er wartete nicht, bis Lara antwortete, sondern fuhr fort. »Das bedeutet, sie muss eitel und hochmütig gewesen sein. Das wäre ›Stolz‹.«

»Genau. Von Nina Bernstein, dem Opfer, das in der Heuerswalder Kirche gefunden wurde, wissen wir nicht viel. Sie sagten, ›*luxuria*‹ sei die Wollust. Wahrscheinlich hat sie sexuell ein wenig über die Stränge geschlagen.«

»Das ist anzunehmen.«

»Ich frage mich, welche der drei noch fehlenden Todsünden auf der Stirn dieser Jugendamtsmitarbeiterin stand.« Lara ging die sieben Begriffe nacheinander durch. » Es fehlen Neid, Zorn und Trägheit.«

»Was wissen Sie denn über diese Frau?«

»Nichts. Ich kann ihr keins der Attribute zuordnen.«

»Bei all diesen Opfern hatte doch der Fundort etwas mit ihren Verfehlungen zu tun, oder?« Stefan Reinmann drehte das Glas in der Rechten. Der Portwein leuchtete im Licht der Stehlampe dunkelrot. »Und diese Frau wurde in ihrem Amt gefunden.«

»Direkt am Schreibtisch. Um ihren Hals hing ein Schild, dass sie um Verzeihung bittet.«

»Deutet das nicht darauf hin, dass sie sich im Rahmen ihrer Tätigkeit etwas hat zuschulden kommen lassen? Vielleicht hat sie ihre Aufgaben nicht ernsthaft erfüllt.«

»Das würde auf die ›Trägheit‹ hindeuten. Ich nehme das mal als Arbeitshypothese.« Lara schrieb das Wort hinter den Namen der vierten Toten. »Wie wird diese Todsünde in Ihrem Katechismus genannt? Und welcher Dämon gehört dazu?«

»*Acedia* und *Belphegor*.« Der Sektenbeauftragte buchstabierte beide Wörter.

»Jetzt frage ich mich …« Lara ließ das Notizbuch sinken und schaute den Sektenmann an. »Wer ist der oder die Nächste?«

»Darüber denke ich schon die ganze Zeit nach.« Stefan Reinmann trank mit einem langen Zug sein Glas leer. Lara tat es ihm nach.

36

»Quarzkristall!« Romain Holländer beobachtete, wie Melinda Weiß' Augenlider flatterten. Sie seufzte einmal kurz, und ihre Schultern sackten herab.

»Wie fühlst du dich?«

»Gut.« Die Augen der Frau waren nur halb geschlossen. Sie saß in dem bequemen Sessel, den Hinterkopf an die Lehne gestützt, die Arme lagen locker auf den Oberschenkeln, die leicht gekrümmten Handflächen zeigten nach oben.

»Wir müssen uns unterhalten, Melinda. Über Frieder Wörth.«

»Frieder.« Das Gesicht der Frau entspannte sich merklich. Ein kleines Lächeln erschien. Es war nicht zu übersehen, dass sie etwas für den Mann empfand. Obwohl er in ihr anscheinend nichts anderes als ein Gemeindemitglied sah. Romain Holländer wiederholte einige Suggestionen. In den letzten Tagen war so viel zusätzliche Arbeit über ihn gekommen, dass er die Befragung von Melinda Weiß immer wieder aufgeschoben hatte. In den Briefen, die sie ihm jeden Abend unter der Tür durchschob, stand nichts von Belang. Frieder Wörth verschwand nicht jeden Abend aus dem Haus. Ein System war in seinen Ausflügen nicht zu erkennen. Melinda war ihm nachgegangen, hatte ihn aber zweimal aus den Augen verloren, ehe er sein wie auch immer geartetes Ziel erreicht hatte. Ein weiteres Mal war Wörth zu dem gleichen Haus gefahren, zu dem sie ihm schon vor anderthalb Wochen gefolgt war, aber sie hatte bis heute nicht herausgefunden, wohin er über den rückwärtigen Eingang verschwand.

Gestern Morgen hatte Romain Holländer zudem entdecken müssen, dass seine »Agentin« nicht fehlerfrei arbeitete. Wörths heimliches Verschwinden in der Nacht zum Sonntag war ihr komplett entgangen.

Dazu kam, dass der Observierte selbst von Tag zu Tag renitenter wurde. Bei der Konfrontation gestern Morgen hatte er die Auskunft darüber, wo er die Nacht verbracht hatte, verweigert. Romain Holländer erinnerte sich nur zu gut an seine Verblüffung, als Wörth ihm geantwortet hatte, dass ihn das nichts anginge. Ein paar endlose Sekunden lang hatten ihm die Worte gefehlt. Traf sich der Mann etwa wieder mit seiner Exfrau Susann, dieser ehebrecherischen Schlampe? Das war vielleicht noch die harmloseste Variante. Er ließ sich so leicht von nichts und niemandem einschüchtern, aber der Zorn in Wörths Gesicht bei der unerwarteten Konfrontation war besorgniserregend gewesen. Der Mann hatte ausgesehen, als würde er gleich explodieren, und Romain Holländer hatte beschlossen, nicht *sofort* auf das Video von der Weihe zu sprechen zu kommen. Sollte sich der Mann erst einmal beruhigen. Ein klärendes Gespräch konnte man auch später noch führen. Nicht, dass Wörth durchdrehte und unbedachte Dinge tat, die ihm später leidtun würden.

Bei der Sonntagsandacht, bei der die Botschaft »Seid wachsam und fürchtet die Häscher« lautete, schien Frieder Wörth sich beruhigt zu haben. Zumindest vermittelte er diesen Eindruck. Gelassen hatte er neben seinem Sohn gesessen, den Worten des Prinzipals gelauscht, gebetet und gesungen. Ganz wie immer. Und doch … Romain Holländer hatte einfach keine Ruhe gefunden. Nicht einmal die Zweisamkeit mit Konrad nach der Predigt hatte ihn lange ablenken können. Das, worauf er sich seit Wochen vorbereitet hatte, worauf er sich gefreut, worauf er hingefiebert hatte, war kein echter Genuss gewesen. Seine Hände waren bei dem zarten Kinderkörper gewesen, seine Gedanken jedoch bei Frieder Wörth.

Er betrachtete das entspannte Gesicht von Melinda Weiß.

Irgendetwas stimmte nicht. Er musste herausfinden, was in dem Mann vorging, bevor es Ärger gab. Den ganzen Sonntag hatte er darauf geachtet, wo sich Frieder Wörth gerade aufhielt und was er tat. Noch einmal durfte es dem Mann nicht gelingen, unbemerkt hinaus- und wieder hereinzukommen. Romain Holländer hatte noch am Sonntagabend verkündet, dass alle Schlüssel eingezogen würden und nunmehr aus Sicherheitsgründen auch bei den Nachtwachen immer zwei Gemeindemitglieder zusammen Dienst an den Monitoren hatten. Das würde verhindern, dass jemand beim Dienst »einschlief«. Alle hatten die Begründung geschluckt, nur in Frieders Augen war erneut das kalte Leuchten aufgeglimmt, welches Romain Holländer zeigte, dass er sich beeilen musste. Wörth war eine tickende Zeitbombe.

Jetzt war der Mann auf der Arbeit. Sein Sohn Marcel würde gegen zwei aus der Schule kommen. Auch für ihn war ein Gesprächstermin geplant. Die eingepflanzten Affirmationen wirkten über Jahre hinweg, wenn man sie ab und zu auffrischte. Und gerade bei seinen ehemaligen Altardienern versäumte Holländer dies nie. Der Sohn konnte programmiert werden, den Vater zu beobachten und auszufragen und die Erkenntnisse in einer verschlossenen Schublade seines Gehirns abzuspeichern. In seinen Sitzungen mit dem Prinzipal würde der Junge sein Wissen dann preisgeben. Romain Holländer gestattete sich ein Lächeln. Er war vorausblickend und schützte die Interessen der Gemeinde und seine eigenen.

»So, meine Liebe.« Er legte Melinda die Hand auf den Unterarm. In ihren Aufzeichnungen hatte nichts Interessantes gestanden. Es gab jedoch die Möglichkeit, dass ihr Unterbewusstsein Kenntnis von Dingen hatte, an die sie sich nicht aktiv erinnern konnte. Und genau das würden sie jetzt gemeinsam herausfinden. Melinda Weiß würde alles, was sie erzählte, im Anschluss wieder »vergessen«, er jedoch konnte die neu gewonnenen Erkenntnisse weiterverwenden.

Im Anschluss daran würde er die Frau beauftragen, Frieder Wörth weiterhin zu observieren. Sie *musste* herausfinden, wo er sich in den Nächten herumtrieb, wen er traf und was er dort tat.

»Melinda, wir haben einiges zu besprechen.« Die Frau nickte träge. Romain Holländer begann mit der Befragung.

*

»Es fehlen der Neid und der Zorn.« Lara legte ihr Notizbuch auf den Tisch neben den leeren Pizzakarton. Ihr war warm. Sie beobachtete träge, wie Jo ihr aus der halbvollen Weinflasche, die der Pizzabote mitgeliefert hatte, nachschenkte.

»Ich frage mich, warum dieser Reinmann das nicht gleich erkannt hat? Er muss doch als Experte sofort gesehen haben, was das bedeutet.« Jo trank sein Bier gleich aus der Flasche. Lara fühlte sich ein wenig schläfrig. Der schwere Portwein von Stefan Reinmann kreiste durch ihre Adern wie flüssiges Blei und machte ihre Beine und den Kopf schwer. »Weil er es nicht wusste. Ich habe ihm doch erst heute Abend von allen Inschriften auf der Stirn erzählt.«

»Und Mark war nicht zu erreichen?«

»Nein. Ich habe ihm auf Band gesprochen.«

»Mist. Wir sollten das der Kripo mitteilen.«

»Das wissen die doch bestimmt längst.« Lara stützte den Kopf in die Handflächen.

»Vielleicht auch nicht. Obwohl, wenn man bedenkt, dass sie alle Inschriften kennen, ist es wahrscheinlich, dass sie selbst auch auf die Todsünden gekommen sind. Die Fallanalytiker dort sind auch nicht grade blöd.« Jo schien nicht aufgeben zu wollen. »Das nächste Opfer muss etwas mit Neid oder Zorn zu tun haben.«

»Das könnten Tausende sein. Oder Zehntausende. Warst du in deinem Leben nicht auch schon einmal zornig oder neidisch? Ich kann nicht mehr. Lass uns morgen darüber diskutieren.«

»Na, na. Du gibst doch sonst nicht so schnell auf.« Jo kam herüber und begann, ihr die Schultern zu massieren.

»Dieser Reinmann hat mich betrunken gemacht.« Lara hickste und kicherte dann. »Gut, dass mich auf der Heimfahrt keiner erwischt hat.«

»Da hast du recht. Noch einen Schluck Wein?«

»Lieber nicht.« Lara kicherte erneut. In ihrem Kopf tanzten kleine Ballettmädchen einen anmutigen Reigen.

»Du bist der Chef.« Jo löste seine Finger von ihren Schultern, neigte den Oberkörper nach vorn und küsste sie.

*

Der Himmel hinter den Dächern hatte ein durchsichtiges Blau angenommen. Die grauen Wolken der letzten Tage waren fortgezogen. Bald würde die Sonne aufgehen und die Trübsal der letzten Tage hinwegbrennen. Wie bizarre Skulpturen reckten die Kastanien ihre nackten Arme über die Straße. Jo steckte sein Handy ein, sah nach oben und sog dann tief die Luft ein. Vielleicht bildete er es sich nur ein, aber er fand, dass es ein bisschen nach Frühling roch.

Sein Honda gab ein asthmatisches Jaulen von sich und sprang dann an. Es war kurz nach halb acht. Leipzig erwachte allmählich. Weiße Atemwölkchen kristallisierten sich vor seinem Mund, zerfaserten und schlugen sich als feiner Nebel auf der Innenseite der Windschutzscheibe nieder. Jo stellte das Gebläse auf maximale Leistung und fuhr los.

Er hatte die halbe Nacht wach gelegen, auf Laras ruhiges Atmen neben sich gehört und an die fünf Toten gedacht. Ein Wahnsinniger ermordete wahllos Menschen, denen er eine der sieben Todsünden zugeordnet hatte. Bei der Kripo war niemand Verantwortliches zu sprechen gewesen. Vielleicht war es noch zu früh am Tag. Jo hatte seine Erkenntnisse einem mürrischen Beamten geschildert und um Rückruf gebeten. Wahrscheinlich wusste die Soko sowieso schon alles, aber sein Gewissen hatte keine Ruhe gegeben. Er bog auf die Karl-Liebknecht Straße ab und beschleunigte.

In Markkleeberg herrschte frühmorgendliche Vorortstille. Wie schlafende Dornröschenschlösser ruhten die Villen hinter den Zäunen und Mauern. Der tauende Schnee war hier noch sauber. Eine alte Dame kam mit ihrem West-Highland-Terrier aus einem Tor, blickte mehrmals in beide Richtungen und setzte sich dann vorsichtig in Bewegung. Jo fuhr im Schritttempo die Parkstraße entlang und betrachtete die Häuser. Dann bog er auf die Raschwitzer Straße ab und parkte unter den hohen Bäumen. Es dauerte eine Weile, bis er seine Utensilien zusammengesucht hatte. Es war nicht mehr ganz so frostig wie in den letzten Tagen, und doch zog er sich den Schal über das Kinn und die Mütze tief ins Gesicht. Mit dem grünen Armeeparka und den dicken Lederhandschuhen fühlte er sich ausreichend gewappnet, der Kälte und auch allem anderen, was ihn erwarten mochte, standzuhalten.

Jo schloss das Auto ab und machte sich auf den Weg. Die riesigen Grundstücke umschlossen parkähnliche Gärten. Überall verwehrten solide Mauern Einblicke und Zugang. Die massige Sektenvilla überragte die meisten anderen Häuser. Vor dem Eingang zu einer physiotherapeutischen Praxis blieb Jo stehen und tat so, als mustere er das Schild mit den Öffnungszeiten, während er aus den Augenwinkeln das Tor zum Haus Romain Holländers beobachtete. Er hatte gerade beschlossen, das Viertel erneut zu umrunden, als zwei Frauen, die jeweils an jeder Hand ein Kind hielten, heraustraten. Drei weitere, etwas ältere Kinder folgten. Die kleine Prozession machte sich gemeinsam auf den Weg und verschwand hinter der nächsten Straßenbiegung. Fünf Minuten darauf öffnete sich das Haupttor, und der weiße Lieferwagen bog auf die Straße ab. Auch er fuhr in die andere Richtung. Jo gelang es nicht, zu erkennen, wer am Steuer saß oder ob noch weitere Menschen in dem Fahrzeug gewesen waren. Aber darauf kam es auch gar nicht an.

Mit kleinen Schritten lief er in Richtung des Gebäudes. Die

Mauer an der Parkstraße war mindestens zwei Meter hoch. Ohne Hilfsmittel schier unüberwindlich. Es würde nicht einfach werden, auf das Grundstück vorzudringen; geschweige denn, in das Haus zu gelangen, wie er es vorab geplant hatte. Aber so einfach gab ein Jo Selbig nicht auf. Er lächelte kurz. Noch am Wochenende hatte er Lara geraten, die Finger von der Sache zu lassen, und ihren Zorn auf sich gezogen, als er Mark deswegen angerufen hatte. Und heute spionierte er selbst in der Gegend herum. Aber die Erkenntnisse des gestrigen Abends hatten seine Meinung geändert. Er bekam diesen Keller mit der verschlossenen Tür einfach nicht aus seinem Kopf. Irgendetwas ging in dieser Villa vor, und er war fest entschlossen, es herauszufinden.

An der Kreuzung blieb er stehen und betrachtete die Nachbarvilla. Hier gab es nur einen schmiedeeisernen Zaun, der zudem mit seinen Verzierungen guten Halt bieten würde. Es war kaum anzunehmen, dass die Gärten im Innenbereich des Viertels durch ebenso hohe Mauern wie nach vorn hin abgesichert waren. Vielleicht konnte er über das Nachbargrundstück hinübergelangen. Das löste auch das Problem der Überwachungskameras im Eingangsbereich der Holländer-Villa.

Jo zögerte kurz und sah sich ein letztes Mal in alle Richtungen um. Dann gab er sich einen Ruck und setzte den rechten Fuß auf einen der Metallschnörkel.

37

»Hör mal, es tut mir leid.« Mark machte eine kurze Pause, und Lara fuhr sich mit der Rechten durch die Haare. »Ich war zu einer Tagung in London. Deine Nachricht auf der Handy-Mailbox habe ich erst heute früh erhalten.« Es hörte sich schuldbewusst an. Lara klappte die Sonnenblende herunter und betrachtete sich im Spiegel. Unter ihren Augen lagen im Dämmerlicht der Tiefgarage dunkle Schatten. Mochte Mark lügen, mochte es stimmen. Es war egal.

»Ich bin auch nicht ganz schlau aus deinen Äußerungen geworden.«

»Jo hat dich doch am Sonnabend schon angerufen und dir alles haarklein berichtet.«

»Bist du deswegen etwa sauer? Er war besorgt wegen der Häufung von Mordfällen in eurer Stadt. Und gleichzeitig hat er sich auch Sorgen um dich gemacht. Du kannst nicht in jedem ungeklärten Mordfall in Leipzig ermitteln.«

»Ich ›ermittele‹ nicht. Die Fälle kommen zu mir, so, als suchten sie mich.«

»Na komm. Ein bisschen ermittelst du schon, oder? Sei ehrlich. Mir brauchst du doch nichts vorzumachen.«

Laras Zorn verrauchte, und sie musste lachen, während sie ausstieg und zum Lift ging. »Hast recht.«

»Gut, und nun erzählst du mir noch einmal ganz in Ruhe, was inzwischen passiert ist.«

Als sie vor dem Redaktionsgebäude ankam, war Lara fertig mit ihrer Zusammenfassung. Sie blieb stehen und sah an der Fassade hoch. Die großen Fenster glänzten im roten Licht der

Morgensonne. Marks tiefe Stimme brummte in ihr linkes Ohr. »Du hast mit allem recht. Diese ›Fast-Food-Leiche‹ wurde gestern Morgen gefunden und die Mitarbeiterin des Jugendamtes am vergangenen Freitag. Da liegen lediglich drei Tage dazwischen. Die Abstände zwischen den Taten verkürzen sich. Dafür kann es mehrere Ursachen geben. Zum Beispiel, dass der Täter das Gefühl hat, sich beeilen zu müssen, weil man ihm schon auf der Spur ist. Es kann aber auch sein, dass sein Wahn stärker wird; dass er, um es mal salopp auszudrücken, durchdreht.«

Friedrich Westermann kam um die Ecke geschlurft, warf seinen Zigarettenstummel auf den Boden und trat ihn aus. Dann begrüßte er Lara mit einer schnellen Handbewegung und verschwand im Eingang. Mark hatte indessen weitergesprochen. »Wenn die Theorie von den Todsünden richtig ist, und davon gehe ich aus, wird der Täter das starke Verlangen haben, seine Serie fortzusetzen. Ihm fehlen noch zwei Opfer. Ich fürchte, er wird nicht tagelang damit warten, sein Werk zu vollenden.«

»Das fürchte ich auch. Was kann ich tun?« Lara nieste und ging auf die Eingangstür zu. Es war gleich acht Uhr, und sie musste nach oben.

»Gar nichts. Ich werde mich um die Sache kümmern. Gib mir dein Wort, dass du inzwischen die Füße stillhältst. Ich rufe dich wieder an, sobald ich etwas weiß. OK?«

»Na gut. Aber lass mich nicht wieder tagelang zappeln.«

»Hoch und heilig. Bis später.«

Die schwere Tür fiel hinter Lara ins Schloss, und sie stand für einen Augenblick im Dunkeln, bis das Treppenlicht aufflammte. »Dann mach's gut, Mark. Bis heute Abend.« Sie legte auf und hatte auf dem Weg nach oben seine tiefe Stimme im Ohr.

»Der Redaktionsleiter möchte mit Ihnen sprechen.« Markus Lehmann schien auf Lara gewartet zu haben. Er stand neben der Tür und beobachtete, wie sie sich aus ihrer Jacke schälte.

»Ach ja?« Konnte Tom ihr das nicht selbst sagen? Brauchte er jetzt schon einen Sprecher?

»Um zehn, soll ich ausrichten.«

»Aha.« Lara drehte sich um und ging zu ihrem Platz. Der Praktikant sah ihr nach. Sie konnte seine Blicke wie tastende feuchte Finger in ihrem Rücken fühlen. Hubert, der schon an seinem Platz saß, hatte das Ganze mit amüsiertem Gesichtsausdruck verfolgt. »Toms Hündchen.« Beim Grinsen sah man Huberts schiefen Eckzahn.

»Er braucht anscheinend immer Leute, die zu ihm aufsehen.« Lara schaltete ihren Computer ein und überlegte, um was es in dem Gespräch gehen könnte. Hinter ihr ratterte das Faxgerät und spuckte bedrucktes Papier aus. Ulrike Bannschuh kam aus der Küche, eine Tasse Kaffee in der Rechten, und grüßte in die Runde. Auf Laras Bildschirm erschien die Abwesenheitsliste. Sie dachte an Jo. Freie waren nicht verpflichtet, sich hier einzutragen, da sie für verschiedene Zeitungen, Agenturen oder andere Auftraggeber arbeiteten. Seit er vorhin ohne sie zu wecken aus ihrer Wohnung verschwunden war, hatte sie nichts von ihm gehört. War er zu einem Auftrag außerhalb unterwegs? Sie nahm sich vor, ihn in der Mittagspause anzurufen, falls er bis dahin nicht in der Redaktion aufgetaucht war, und begann zu tippen. Zehn Minuten später riss das Klingeln eines Telefons sie aus ihrer Konzentration.

»*Tagespresse*, Hubert Belli.« Hubert lauschte, runzelte die Stirn und reichte dann den Hörer über den Schreibtisch. »Es ist für dich, Lara.«

*

Giotto di Bondones Fresko »*Invidia*« in der Arenakapelle in Padua, das um 1306 entstand, zeigt den Neid als Frau. Sie ist jeglicher Attraktivität beraubt, ihr Gewand hängt schlaff am unförmigen Körper herab, die rechte Hand ist zu einer Kralle gekrümmt, in der Linken hält sie einen Beutel, zu ihren Füßen züngeln Flammen. Sie trägt einen Turban mit eingeflochtenen Hörnern, ihr linkes Ohr ist riesig groß, aus ihrem Mund windet sich eine Schlange, die gegen die Augen der Frau züngelt und ihr so den Blick verstellt. Wörtlich übersetzt bedeutete *invidia* das »Nicht-Sehen«. Der Neider war nicht in der Lage, die Wahrheit zu erkennen, er sah, was er sehen wollte – die Güter und Tugenden des anderen, die ihm selbst nicht zuteilgeworden waren.

Neid war unter den Todsünden die unangenehmste und verborgenste. Kaltblütige und heimliche Feindseligkeit, verborgener Groll, Gehässigkeit, all das war *invidia*. Unerträglich schienen dem Neider das Wohlergehen, der Ruhm und Besitz der anderen. Kain, der Ackerbauer, war neidisch auf den Hirten Abel, weil Gott dessen Opfer dem seinen vorgezogen hatte. Sein Neid war so unermesslich groß, dass er den Bruder erschlug.

Hieronymus Bosch hatte seine *invidia*-Szene in einer Gasse spielen lassen. Ein Ehepaar blickt aus einem Fenster auf einen Mann, der einen Jagdfalken auf der Linken trägt. Dass ihr Beobachten voller Missgunst ist, sieht man nicht nur an den Gesichtern der beiden. Der große Röhrenknochen, den der Mann hinter dem Fenster in der Hand hält, symbolisiert den Neid. Die beiden Hunde auf der Straße vor ihnen verstärken den Eindruck durch ihren Streit um herumliegende Knochen.

Es gab viele Beispiele von missgünstigen Zeitgenossen und ihren Untaten, nicht nur in der Bibel. Dass Giotto di Bondone *invidia* als Frau dargestellt hatte, war kein Zufall. Diese Sünde, so viel wusste der Mann, war eine weibliche Sünde. Auch wenn der erste Fall von Neid und Missgunst bei zwei Männern dokumentiert worden war. Es gab keinen Zweifel: Frauen waren missgünstiger als Männer.

Und deshalb sollte seine symbolische *invidia* auch unbedingt eine Frau sein. Er betrachtete die Liste und ging die Namen durch. Wenn er sein Werk vollenden wollte, musste er sich sputen. *Invidia* und *ira* fehlten noch in der Aufreihung. Spätestens dann würden die Sünder erkennen, was er ihnen zu sagen hatte, wenn einige nicht jetzt schon ahnten, worauf es hinauslief. Aber er wollte, dass *alle* seine Mahnung vernahmen, jeder Mensch sollte über sein Tun und seine Gedanken nachsinnen, sich prüfen und danach Buße tun.

Sein Blick glitt über die Liste, vor und zurück, blieb an einem Namen hängen. Er sah die Frau vor seinem inneren Auge. Äußerlich war ihr der Neid nicht anzusehen. Sie war klein, hatte kurze blondierte Haare und ein ebenmäßiges Gesicht mit einer kleinen Nase. Oberflächlich betrachtet konnte man sie für eine nette Person halten. Nur die nach unten verlaufenden Falten neben den Mundwinkeln zeugten davon, dass die Frau schon viele Jahre lang mit missgünstig verzogenem Mund herumgelaufen war, wenn ihr etwas nicht passte. Niemand konnte innere Konflikte über lange Zeiträume hinweg verbergen. Im Lauf des Lebens zeichneten sie sich in den Gesichtern ab.

Ein paar Minuten lang wog er das Für und Wider dieser Repräsentantin für *invidia* ab. Es wurde zunehmend gefährlicher, Leute aus seinem Wohnort auszuwählen, die Menschen waren in den letzten Wochen wachsamer geworden. Andererseits kannte er sich hier am besten aus, dies war sein Revier. Sünder, die weiter weg wohnten, mussten über größere Strecken transportiert werden, und dies brachte ein nicht unerhebliches Risiko mit sich.

So etwas konnte er sich für die nächste Siebener-Runde aufheben, falls er nicht gefasst wurde.

Er lächelte und buchstabierte den Namen der Auserwählten: Julia Seemann.

38

Der Motor des Mini-Coopers heulte, als Lara das Gaspedal durchtrat. Mit Schwung fuhr sie um die engen Kurven des Parkhauses. Auf der Windschutzscheibe flackerte Toms überhebliches Gesicht. Wie er sich bei dem Gespräch vorhin aufgeplustert hatte! Wie ein großspuriger Hahn, der mit arrogant erhobenem Kopf über den Hof stolzierte, die törichten Hühner stets im Blick.

Ob es ihr nicht gut ginge, hatte er in gönnerhaftem Ton gefragt. Sie wirke erschöpft. Am Freitag sei sie sogar krank gewesen. Ob es etwas gebe, das sie ihm sagen wolle. Auf ihr bockiges Schweigen hin hatte er den Verständnisvollen gegeben. Jedem von ihnen fielen manche Dinge schwer und man müsse sich den Hierarchien unterordnen. Lara war so wütend gewesen, dass sie kaum noch Luft bekommen hatte. Zuerst hatte Tom sie quasi degradiert, ihr das Ressort entzogen, sie heruntergemacht, und jetzt mimte er den mitfühlenden Chef! In ihrem Kopf hatte eine Stimme ständig *Halt bloß den Mund Lara!* gezischt, aber sie hatte kaum an sich halten können. Nach fünf Minuten war das Zusammentreffen vorbei und sie schweißgebadet gewesen.

Als sie sich gerade umgedreht hatte, um sein Zimmer zu verlassen, war er mit der Sprache herausgerückt. »Ich habe gehört, du recherchierst noch immer in diesen Mordfällen?«

Lara war kurz sprachlos gewesen, während sie überlegte, woher er die Informationen hatte. Jemand musste sie verpfiffen haben. Ihr anschließendes Herumstottern war einer Journalistin unwürdig gewesen.

Mit den Worten »Du hast schon eine Abmahnung erhalten, Lara. Übertreib es nicht!«, hatte Tom das Gespräch beendet, und sie war mit heißem Gesicht hinausmarschiert und hatte zwei Aspirin auf einmal geschluckt. Die Empörung war den ganzen Tag in ihr gewesen und hatte wie ein kleines bösartiges Tier an ihren Eingeweiden genagt.

Der Ford vor ihr fuhr im Schneckentempo. Lara hatte schon die Hand erhoben, um zu hupen, als ihr das auswärtige Kennzeichen auffiel. Der Fahrer schien etwas zu suchen. Sie gab Gas und preschte vorbei.

Das hämische Lachen würde Tom noch vergehen. Egal, was er vorhatte, es war an der Zeit, ihm Einhalt zu gebieten. Auch Tom Fränkel hatte Vorgesetzte. Sicher waren sie nicht erfreut zu hören, dass ihr so hochgeschätzter Redaktionsleiter Affären mit mehreren Praktikantinnen gehabt hatte. Isabell – die Vorgängerin von Markus Lehmann – hatte, bevor sie gegangen war, ein Telefongespräch mit Tom aufgezeichnet, in dem er zugab, mit ihr und auch mit den Mädchen davor ein Verhältnis gehabt zu haben. Toms meckerndes Lachen auf dem Band war unverkennbar.

Lara hatte den Mitschnitt von Isi schon so lange gespeichert – jetzt war es an der Zeit, ihn zu verwenden. Und dann würde sie verschwinden. Sie würde sich zusammennehmen, bis die Sache publik wurde, Toms Demontage genießen und kündigen. Den Gedanken, ob das, was sie da vorhatte, boshaft war, schob Lara beiseite. Es gab Zeiten im Leben, da musste man sich einfach wehren. Ihr Geduldsfaden war gerissen. Hatte Tom jemals Rücksicht auf andere genommen? Wahrscheinlich würde es für alle Kollegen in der Redaktion ein Fest sein, die kommenden Ereignisse mitzuerleben. Mit dem Wissen im Hinterkopf, dass sie etwas gegen den Redaktionsleiter in der Hinterhand hatte, würden ihr die nächsten Tage in der Redaktion leichtfallen. Laras Kopfschmerzen waren wie weggeblasen.

Sie bremste und fuhr auf den Parkplatz des Autohauses. Es waren noch zehn Minuten Zeit bis zu ihrem vereinbarten Gesprächstermin.

Erst jetzt fiel Jo ihr wieder ein. Wo steckte er? Gleich heute Vormittag, nachdem der Anruf, der Grund für ihr Hiersein, bei ihr gelandet war, hatte sie versucht, ihn zu erreichen, aber wieder nur die Mailbox erwischt. Lara nahm das Handy und rief ihre gesendeten Kurznachrichten auf. Da stand es schwarz auf weiß, mit einem Smiley am Ende: »Bin für 17:00 Uhr mit Herrn Wörth von der Sekte am Nissan-Autocenter in der Torgauer Straße verabredet. Kannst du dazukommen? Ruf mich an. Lara.« Jo hatte nicht geantwortet. Sie steckte das Handy in die Hülle zurück, stieg aus und sah sich um. Ihr Gesprächspartner war nirgends zu sehen. Vielleicht hatte er in der Werkstatt zu tun. Lara versuchte, sich an den genauen Wortlaut des Telefongesprächs von heute Vormittag zu erinnern. »Sie haben bei uns recherchiert. Bei den *Kindern des Himmels*«, hatte der Mann gesagt. Seine Stimme hatte ein wenig atemlos geklungen, so als wäre er gerannt. »Ich muss Sie sprechen. Wörth ist mein Name. Ich bin derjenige, den Sie und Ihr Kollege auf der Straße angesprochen haben.« Der Anrufer hatte eine Pause gemacht, in der Lara ihn atmen hörte. »Sie haben mir Ihre Visitenkarte gegeben.« Erst jetzt erinnerte sie sich. Der Mann mit dem Kind, der so zugeknöpft gewesen war. Jo hatte Fotos von den beiden gemacht. Auf ihre Nachfrage, worum es denn ginge, hatte der Anrufer erwidert, dass er dies nicht am Telefon erörtern könne, und hinzugesetzt: »Sie müssen mir helfen«.

Langsam ging Lara auf den Eingang des Autohauses zu. Es war eine Minute vor fünf. Die Wolken hatten sich verzogen und Platz für eine blutrote Abendsonne gemacht, die alles in ein unwirkliches Zwielicht tauchte. Hinter der Glasscheibe tauchte ein kleiner Mann im dunklen Anzug auf und winkte ihr hereinzukommen.

»Frau Birkenfeld? Ich bin Frieder Wörth.« Er schüttelte kurz Laras Hand, bedeutete ihr, ihm zu folgen, nickte seiner Kollegin hinter der Empfangstheke zu, und diese lächelte breit und senkte dann den Kopf. Sie wirkte irgendwie schuldbewusst.

»Sie wollten mit mir sprechen? Worum geht es denn?« Lara hatte sich für den direkten Weg entschieden. Sie nahm gegenüber von Herrn Wörth in einem der schmalen Sessel an der Sitzgruppe Platz.

»Ich möchte das lieber nicht hier bereden.« Frieder Wörths Augen huschten hin und her, er sah nach draußen und dann etwas länger zu der jungen Frau am Empfang. »Man beobachtet mich.«

»Hier?«

»Nicht die Kollegen, nein. Im Moment führe ich mit Ihnen ein ganz normales Verkaufsgespräch.« Er nahm einen Prospekt zur Hand, schlug ihn auf und deutete auf eins der Bilder, während er leise weitersprach. »*Andere* Leute. Ich habe Sie hierherbestellt, weil das unverfänglich ist. Aber die Details möchte ich lieber woanders besprechen.«

Lara bemühte sich, nicht zu lächeln. Das war ja fast wie in einem Agententhriller. »Können Sie mir wenigstens ungefähr sagen, worum es geht? Und wo hatten Sie denn gedacht, dass wir uns unterhalten könnten?«

»Um die Gemeinschaft. Es geht um die Gemeinschaft.« Frieder Wörth flüsterte jetzt so leise, dass er kaum zu verstehen war. »Ich brauche Ihre Hilfe. Bitte.« Wieder flog sein Blick auf den Parkplatz. »Wir könnten ins *Bistro 21* fahren. Das ist nicht weit weg.«

»Na gut.« Lara sparte sich die Nachfrage, ob er mit »Gemeinschaft« die *Kinder des Himmels* meinte. Etwas anderes kam wohl kaum infrage. In ihrem Kopf rumorte die Neugierde. Endlich war ein Sektenmitglied bereit zu sprechen. Schade, dass Jo nicht dabei sein würde. »Dann lassen Sie uns aufbrechen.«

»Halt, halt.« Der kleine Mann schlug den Prospekt zu und nickte Lara zu, als seien sie sich gerade einig geworden. »Könnten Sie um das Autohaus herumfahren? An der Rückseite ist die Werkstatteinfahrt. Da sieht sie uns nicht. Ich fahre bei Ihnen mit.«

Lara runzelte die Stirn. »Da sieht sie uns nicht«? Das wurde ja immer rätselhafter. Wer war *sie* – die junge Frau am Empfangstresen? Sie beschloss, den Mann später danach zu fragen. Jetzt schien er ihr zu aufgeregt. »Wenn Sie glauben, dass das nötig ist … Sie haben sicher eine Erklärung dafür. Dann bis gleich. Rechtsherum?« Frieder Wörth nickte zweimal schnell, stand auf und sah noch einmal nach draußen, während er Lara die Hand schüttelte und dazu »Auf Wiedersehen! Es hat mich gefreut!« in den Raum rief. Auf dem Weg zu ihrem Auto checkte Lara den Parkplatz. Alles war verwaist, kein Mensch zu sehen. Keine mysteriöse »sie«, niemand. Sie überlegte, ob es gefährlich sein könnte, den Mann in ihrem Auto mitzunehmen, und beschloss, zur Sicherheit eine SMS mit Wörths Namen, der Uhrzeit und der Bezeichnung des Bistros an Jo zu schicken.

»Was möchten Sie trinken? Ich bezahle.« Frieder Wörth winkte die Kellnerin herbei, und Lara bestellte sich eine Cola. Der Zucker würde ihr Gehirn auf Trab bringen. Dann schob sie die Hand in die Tasche, schaltete das Diktiergerät ein und tastete nach dem Päckchen mit Tempos.

»Hören Sie. Ich habe maximal eine Dreiviertelstunde. Mein Dienst endet um sechs. Dann muss ich zurück sein, sonst fällt es auf. Außerdem wartet Marcel zu Hause auf mich. Sie können mich nachher bis zur Kreuzung zurückfahren, den Rest laufe ich.« Wörth sprach noch immer atemlos. »Wenn ich Glück habe, merkt niemand, dass ich zwischenzeitlich außer Haus war. Ricarda wird niemandem etwas verraten.«

»Eine Dreiviertelstunde sollte reichen. Kommt natürlich darauf an, was Sie mir erzählen wollen.« Ricarda? War das die Frau mit dem schuldbewussten Gesichtsausdruck? Lara lächelte, aber Frieder Wörth schaute nicht hoch. »Sie haben vorhin gesagt, jemand beobachte Sie. Wer beschattet Sie denn?«

»Romain hat eine Gefährtin auf mich angesetzt – Melinda.«

Frieder Wörth rang die Hände. »Sie schnüffelt mir schon seit Tagen hinterher. Aufgefallen ist es mir letzte Woche. Da war ich … da bin ich …«, er winkte ab, »ist ja auch egal. Jedenfalls ist sie mir den ganzen Abend gefolgt. Ich hatte ziemliche Mühe, sie abzuhängen. Seitdem habe ich sie noch dreimal gesehen. Sie versteckt sich in der Nähe des Autohauses und wartet, bis ich Dienstschluss habe, um mir dann auf meinem Heimweg hinterherzulaufen. Sie weiß nicht, dass ich ihre Anwesenheit bemerkt habe.«

Lara nickte und nippte an ihrer Cola, während sie darüber nachdachte, warum Holländer es für nötig hielt, Wörth einen Aufpasser an die Fersen zu heften. Was vermutete der Sektenführer, was der Mann tat? Oder fürchtete er genau das, was jetzt gleich geschehen würde – dass der Mann Interna aus dem Sektenleben ausplauderte? »Und nun brauchen Sie meine Hilfe.«

»Nicht wegen Melinda. Mit der werde ich schon fertig. Es ist etwas anderes. Ich muss ein wenig ausholen.« Wieder schlangen sich die Finger umeinander und lösten sich. »Ich bin vor neun Jahren zu den *Kindern des Himmels* gekommen. Gemeinsam mit meiner Frau Susann. Marcel war damals gerade zwei, und wir wollten ihm eine spirituelle Heimat geben. Eine Umgebung, die ihm und uns geistige Erbauung gibt, eine Gemeinschaft, in der Gleichgesinnte friedvoll zusammenleben. Das, was die evangelische Kirche bot, reichte uns nicht. Der Zusammenhalt, die geistige Durchdringung des Daseins und die Vorbereitung auf eine heitere Zukunft sind bei den *Kindern des Himmels* sehr intensiv. Jeder steht für jeden ein, alle kümmern sich um das Wohlergehen aller. Das, so schien es uns damals, ist die ideale Umgebung, um ein Kind großzuziehen.«

»Wie sind Sie denn auf die … die Gemeinschaft aufmerksam geworden?« Lara verschluckte das Wort »Sekte« gerade noch rechtzeitig. Das war ein Etikett Außenstehender. Die Mitglieder bezeichneten ihre Gruppe mit Sicherheit nicht als Sekte.

»Durch einen Freund. Er hat uns von den *Kindern des Him-*

mels erzählt und wie er durch das Zusammenleben von seinen Ängsten und Sünden gereinigt wurde.« Frieder Wörth fuhr sich mit den Fingerspitzen über die Stirn. »Ich bin selbst ein sündiger Mann. Ich bemühe mich; ich bemühe mich *sehr*, aber es gelingt mir nicht immer. Auch ich habe Schuld auf mich geladen.«

»Wer ist denn schon frei von Sünde?« Das war eine Floskel, sicher. Es wurde Zeit, ein bisschen auf den Busch zu klopfen, damit der Mann mit dem Grund herausrückte, warum er sie angerufen hatte. »Und dann haben Sie irgendwann gemerkt, dass da etwas nicht stimmt?«

»Eigentlich geht es nicht um mich.« Frieder Wörth holte tief Luft. »Ich mache mir Sorgen um Marcel.«

»Ihren Sohn.«

»Seit Susann uns im Stich gelassen hat, war es schwierig.«

»Das verstehe ich. Ihre Frau hat die Gemeinschaft verlassen?«

»Ja. Sie lebt jetzt mit einem anderen Mann in Halle. Wir haben keinen Kontakt zu ihr. Sie ist eine Ehebrecherin.«

Lara sah, wie ihr Gegenüber die Fäuste ballte. Er schien noch immer zornig zu sein. »Und seitdem hat sich Ihr Sohn verändert?«

»Ich weiß nicht, ob es da schon angefangen hat. So richtig aufgefallen ist es mir erst vor knapp einem Jahr. Er ist nachts immer aufgewacht und hat geschrien. Seine Leistungen in der Schule sind schlechter geworden. Auch seine Lehrerin hat deswegen schon mit mir gesprochen. Er hat sich zurückgezogen, will nicht mehr mit den anderen spielen, manchmal reagiert er auch aggressiv. Eine Zeitlang wollte er nicht einmal mehr an den Andachten teilnehmen.« Frieder Wörth grub die Zähne in die Unterlippe.

»Haben Sie denn eine andere Erklärung für das veränderte Verhalten Ihres Sohnes außer dem Verlust der Mutter?«

»Nichts Konkretes. Ich glaube, da ist irgendetwas vorgefallen, von dem ich nichts weiß.«

»In der Schule?«

»Nein, das hätten die Lehrer doch bemerkt, oder? Da Marcel seine restliche Zeit mit mir und den Gefährten in der Gemeinde verbringt, muss die Ursache hier zu finden sein. Obwohl …« Jetzt rang er wieder die Hände. »Vorstellen kann ich mir das nicht.«

Lara nickte. Das war verständlich. Der Mann hatte viele Jahre lang in der abgeschotteten Gruppe gelebt. So, wie er das Zusammenleben vorhin geschildert hatte, mussten ihm die *Kinder des Himmels* immer wie eine Bastion gegen die sündige Außenwelt vorgekommen sein. Schwer vorstellbar, dass gerade hier etwas geschah, das Kindern Schaden zufügte. Und was konnte es sein, das dem kleinen Marcel so zu schaffen machte? »Wie kann gerade ich Ihnen denn jetzt konkret helfen?«

»Ich glaube, wir brauchen professionelle Hilfe. Leider kenne ich nicht so viele Leute von außerhalb. Die Arbeitskollegen kommen nicht infrage. Von denen halte ich mich fern. Sie sind doch Reporterin und haben bestimmt eine Menge Kontakte. Ich denke auch darüber nach, die Gemeinschaft zu verlassen. Das würde jedoch Marcels Problem nicht lösen. Vielleicht liegt es tatsächlich daran, dass Susann einfach verschwunden ist. Ich weiß es nicht. Was würden Sie tun?«

»Für mich hört sich das an, als ob Sie einen erfahrenen Kindertherapeuten brauchen. Solche Leute können herausfinden, was hinter dem veränderten Verhalten steckt. Soll ich mich einmal darum kümmern?« Lara versuchte, dem Mann in die Augen zu sehen, aber er blickte noch immer nicht auf. Frieder Wörth starrte auf seine Schuhe, als gäbe es da etwas Spannendes zu entdecken. Dachte er über ihr Angebot nach? Ein tiefes Schnaufen kündigte an, dass der Mann zu einer Entscheidung gekommen war. »Na gut. Wir müssen sehen, dass wir Zeit dafür finden. Wer wäre das denn?«

»Ich muss mich erst erkundigen, wer hier in Leipzig in dem Tätigkeitsfeld arbeitet. Geben Sie mir bis morgen Zeit. Wie kann ich Sie erreichen?« Sie würde Mark fragen, wen von seinen Leipziger Kollegen er für einen solchen Fall empfehlen konnte.

»Rufen Sie im Autohaus an, Ricarda kann Sie dann zu mir durchstellen. Moment.« Frieder Wörth begann, in seiner Tasche zu kramen, und Lara dachte darüber nach, was sein Satz »Wir müssen sehen, dass wir Zeit dafür finden« zu bedeuten hatte. Kontrollierte Romain Holländer, was seine Schäfchen außerhalb taten? Ließ er womöglich außer Wörth auch noch andere Sektenmitglieder beschatten? Vertraute er ihnen nicht? Was wiederum zu der Frage führte, warum ein Kontakt mit Außenstehenden unerwünscht war. Lara nahm den Zettel mit der Telefonnummer entgegen, den Wörth ihr über den Tisch schob, und sah dabei unauffällig auf ihre Armbanduhr. Sie hatten noch zehn Minuten.

»Was glauben Sie, warum Herr Holländer Sie beschatten lässt?«

»D… das… weiß ich nicht.« Sie hatte ihn auf dem falschen Fuß erwischt.

»Sie sagten doch, diese Melinda schleiche Ihnen erst seit Kurzem hinterher. Welchen Anlass kann es denn für die Observation gegeben haben?«

»Ich weiß es wirklich nicht.« Wörth drehte das Glas in seinen Händen. »Vielleicht ist es wegen Marcel. Romain hat vor einigen Tagen mit mir über ihn geredet.«

Lara musterte das Gesicht des Mannes. Vorhin, als er über sein Kind gesprochen hatte, hatte er ehrlich besorgt ausgesehen. Jetzt wirkte er verschlossen. Dass Holländer Wörth wegen dessen Sohn beschatten ließ, war nicht wahrscheinlich. Welchen Grund sollte der Sektenführer haben, sich um ein Kind Sorgen zu machen? In ihren Gedanken umwanden sich die Wörter *ira* und *invidia*. Von sieben Todsünden fehlten noch zwei. Kam der Mörder aus der Sekte? Sie holte Luft. »Herr Wörth, eine Frage noch.« Ihr Gegenüber sah auf, und sie blickte ihm bei ihrem nächsten Satz direkt in die Augen.

»Was befindet sich im Keller?«

»Im … äh … wie bitte?« Wörths Pupillen hatten sich bei dem Wort »Keller« kurz verengt. Dann hatte er den Mund verzogen, sich die Nase gerieben und die Hände fest verschränkt. »Welcher Keller?«

»Herr Wörth.« Lara hob die Augenbrauen. »In der Villa natürlich. Da unten gibt es jede Menge verschlossene Türen. Aus massivem Metall. Dazu einen Gang mit einem roten Teppich und Fackeln an den Wänden.«

»Woher …?« Frieder Wörth hatte den Hals zwischen die Schultern gezogen wie eine Schildkröte. »Ah, ich weiß! Ihr Kollege, der Fotograf! Das war Hausfriedensbruch! Er hätte dort nicht sein dürfen.«

»Lenken Sie nicht ab. Was ist da unten?«

»Meditationsräume. Nichts, was Sie etwas angeht. Ich muss los.« Er suchte ein paar Münzen aus dem Portemonnaie zusammen und legte diese auf den Tisch. »Fahren Sie mich bis zur Kreuzung? Sonst kann ich auch zu Fuß gehen.«

»Nein, ich habe es doch vorhin versprochen. Und um den Therapeuten für Ihren Sohn kümmere ich mich bis morgen.« Lara war sich jetzt sicher: Frieder Wörth wusste etwas.

Auf dem Weg nach draußen summte ihr Handy. Schnell rief sie die eingegangene Kurznachricht ab. Die kalte Luft und der Text ließen sie lächeln. »Bin an einer heißen Sache dran. Melde mich schnellstmöglich. Jo.«

39

Der Mann betrachtete nachdenklich das Handy. Im Display stand »Kurznachricht gesendet«. Joachim Selbig, der Fotograf, hatte vor zwei Stunden eine SMS von einer Lara Birkenfeld erhalten, in der sie ihm mitgeteilt hatte, dass sie sich mit einem »Herrn Wörth von der Sekte« treffen wollte. Und nun hatte Joachim Selbig ihr geantwortet. Er wäre leider gerade unterwegs, würde sich aber wieder melden.

Die moderne Technik war in vielem nützlich. Mit Smartphones konnte man ins Internet gehen und E-Mails schreiben und empfangen, als säße man an einem Computer. Joachim Selbigs Adressbuch enthielt Hunderte von Einträgen. Eigentlich sollte heutzutage jeder Nutzer wissen, dass es nicht besonders klug war, aus lauter Bequemlichkeit Nutzernamen und Passwort zu speichern, aber viele beachteten die Sicherheitshinweise nicht oder nur unzureichend.

Langsam ging der Mann die Namen aus dem Adressbuch durch und dachte dabei darüber nach, wer von all den aufgelisteten Personen sich wegen der Funkstille Gedanken machen würde. Leider wusste er zu wenig über den Fotografen, um dies einschätzen zu können. Vielleicht konnten seine gespeicherten E-Mails Auskunft darüber geben. Am wahrscheinlichsten war, dass diese Lara Birkenfeld demnächst unruhig werden würde. Joachim Selbig und sie hatten sich unzählige Kurznachrichten geschickt, und in seinem Kalender waren in den letzten Wochen mehrere Verabredungen mit ihr notiert. Wahrscheinlich hatten die zwei etwas miteinander. Würde sie ihrem Verehrer abnehmen, dass er in einer brisanten Angelegenheit unterwegs war? Und was konnte das sein?

Sein Blick glitt über die Liste der eingegangenen E-Mails. Da hatte Joachim Selbig nun gerade mal einen Tag nicht hereingeschaut und schon quoll sein Postfach über. Das meiste schien dienstlich zu sein. Der Mann begann, die Einträge nacheinander durchzusehen und zu löschen. Nur zwei, drei private Nachrichten ließ er stehen. Die Absender würden demnächst Post von ihrem Freund bekommen. Es war wichtig, dass niemand den Fotografen so schnell vermisste. Der Mann besaß ja auch seine Schlüssel. Man könnte in der Wohnung etwas arrangieren. Es gab unzählige Möglichkeiten. Er begann zu tippen. Zuerst den Entwurf der E-Mail an Joachim Selbigs Freundin. Danach würde er dessen Kalender durchgehen und schauen, was der Fotograf in den nächsten Tagen so alles geplant hatte. Vielleicht würde der Gute einige Termine wegen einer dringenden Reise absagen müssen.

Und dann war es an der Zeit, einen kleinen Ausflug zu unternehmen. Der Mann musste etwas Dringendes erledigen.

*

Ein kalter Wind war aufgekommen, strich um die Ecken der Häuser, fuhr unter Ärmelöffnungen und in ungeschützte Halsausschnitte. Verdrießlich tuckerten einzelne Autos vorbei. Der Radfahrer, der langsam durch den Schneematsch schlingerte, bereute seine Entscheidung, das Rad genommen zu haben, wahrscheinlich bitter. Die nackten Skelettarme der Bäume streckten ihre Zweige anklagend gen Himmel. Wann würde dieser furchtbare Winter endlich enden?

Julia Seemann ließ sich etwas zurückfallen und betrachtete Elenas Rückenansicht. Dieser wattierte Parka war mindestens dreihundert Euro wert. Wenn nicht noch mehr. Sie hatte Ahnung von solchen Dingen, auch wenn sie selbst sich solch teure Kleidung nicht leisten konnte. Diverse Modezeitschriften, Boulevardmagazine über die Reichen und Schönen und Berichte über aktuelle Trends erklärten jedem, der es wissen wollte, was gerade *en vogue* war.

Die Stiefel, die Elena heute trug, hatte sie noch nie vorher angehabt. Das braune Leder glänzte im Licht der Straßenlampen. Julia hatte es vorhin nicht genau sehen können, aber sie war sich ziemlich sicher, dass es nagelneue Modelle von Jil Sander waren. Dazu kam die Handtasche, die die Kollegin so unbedacht hin und her schwenkte. Hier war das Jil-Sander-Logo außen gut sichtbar in das Krokodilleder geprägt, damit es auch jeder sehen konnte. Julia Seemann lächelte verdrießlich. Das Leben war nicht fair.

Woher hatte Elena das Geld für all diese Dinge? Warum musste der eine schuften und sich abrackern und brachte es trotzdem zu nichts, und dem anderen flog das Glück nur so zu?

Natürlich ging es ihr selbst nicht schlecht. Volker und sie hatten außerhalb von Leipzig ein relativ großes Grundstück erworben und ein Haus gebaut, dessen Raten sie Monat für Monat abstotterten. Die beiden Mädchen hatten das Abitur gemacht und studierten. Im Gegensatz zu vielen anderen ihrer Bekannten hatten sowohl sie als auch Volker Arbeit.

Und doch. Wer gab Elena das Recht, solch auserlesene Dinge zu kaufen und zur Schau zu stellen und damit ihre Umgebung zu brüskieren? Nicht, dass sie wirklich mit den Sachen angab. Sie besaß sie einfach. Vielleicht dachte sie nicht einmal darüber nach, wie sie auf ihre Umwelt wirkte. Aber das gehörte sich einfach nicht, das war versnobt und führte zu Unmut.

Birgit und Hannah schien das nicht zu stören. Jedenfalls zeigten sie es nicht. Birgit war ohnehin eine Lebenskünstlerin, die in den Tag hineinlebte. Ihr Optimismus war nervtötend. Jedes Problem glaubte sie lösen zu können, alles erschien ihr in rosigem Licht. Wie konnte man nur so blauäugig durch die Gegend laufen! Hannah war ähnlich gestrickt, wenn auch nicht ganz so gutgläubig naiv. Insgesamt waren die Kolleginnen allesamt Hühner. Laut gackernde, aufgeregt umherrennende Hühner, deren Gehirn nicht bis um die nächste Ecke denken konnte. Das machte es doppelt ungerecht, dass ihnen alles zuflog.

Elena drehte sich um und lächelte. »Na, kommt schon. Mir ist kalt, und ich brauche einen schönen heißen Grog.« Birgit und Hannah nickten und schlossen auf. Julia krümmte die Mundwinkel und ging schneller. Sie betrachtete die von der Kälte geröteten Gesichter ihrer Kolleginnen und fragte sich, ob sie die Einzige war, der Elenas Markensucht so auffiel.

Wenn es nur die neuen Sachen gewesen wären, hätte sie sich vielleicht damit abfinden können. Aber die Kollegin war zudem auch noch der Liebling des Chefs. Sie machte ihren Job ordentlich, das stand fest, war aber auch nicht besser als die anderen. Oft dachte Julia, dass *sie* eigentlich die besseren Ergebnisse ablieferte, und trotzdem bevorzugte der Chef Elena. Vielleicht fand er sie attraktiver, Julia Seemann wusste es nicht. Musste ein Vorgesetzter nicht alle gleich behandeln? Vielleicht sollte sie seiner Frau einmal von der Vorliebe ihres Mannes für die hübsche Elena erzählen. Das würde dem Ganzen unter Umständen schnell ein Ende bereiten. Julia verzog den Mund zu einem missgünstigen Lächeln. Als ob das alles nicht schon genug gewesen wäre, hatte Elena in den letzten Wochen auch noch schneller abgenommen als die anderen. Die Idee mit dem Abnehmverein war von ihr gekommen. Ob sie nicht gemeinsam ihrem Winterspeck zuleibe rücken wollten, hatte sie die Kolleginnen nach Weihnachten gefragt, und Birgit und Hannah waren sofort Feuer und Flamme gewesen. Seitdem gingen sie einmal die Woche zu den Gruppentreffen und – da sie an den betreffenden Tagen extra wenig aßen, um der Waage ein Schnippchen zu schlagen – hinterher gemeinsam zum Chinesen. Elena hatte schon fünf Kilo abgenommen und war vorhin zur *Monatssiegerin Februar* gekürt worden. Es war nicht gerecht. Manchmal hasste Julia Seemann ihre Kollegin.

»So, da wären wir. Ich rauche schnell noch eine.« Birgit grinste. »Dann habe ich nicht so viel Hunger.«

»Das ist eine gute Idee.« Auch Julia war stehen geblieben und nestelte in ihrer No-Name-Handtasche nach den Zigaretten. Nach fünf Minuten waren sie fertig und folgten Elena und Hannah in die Gaststätte. Den Mann, der ihnen von der anderen Straßenseite aus nachschaute, hatte keine von ihnen bemerkt.

»Ist das eine Kälte!« Birgit rieb sich die Arme und pustete spielerisch ein Atemwölkchen in die Luft. »Könnte allmählich Frühling werden, findet ihr nicht?« Sie steckte sich eine Zigarette zwischen die frisch angemalten Lippen, ließ ihr Feuerzeug schnippen und nahm einen tiefen Zug.

»Wir haben wohl alle den Winter satt.« Julia Seemann schluckte die scharfe Erwiderung herunter. Dieses kindliche Geplapper nervte sie jetzt seit zwei Stunden. Es war höchste Zeit, dass sie nach Hause kam. »Kommt jemand mit in meine Richtung?« Sie deutete nach links. Birgit und Hannah schüttelten die Köpfe.

»Ich gehe noch mit bis zur Bushaltestelle.« Elena warf sich den Riemen ihrer Jil-Sander-Tasche über die Schulter und verabschiedete sich mit einem »Tschüss, Mädels, bis morgen!« von den beiden anderen. Julia unterdrückte ein sarkastisches Schnauben. Mädels! Sie waren alle keine Teenager mehr. Sie zwang sich ein Lächeln ins Gesicht und schüttelte den anderen beiden die Hand.

Die Wolken vom Nachmittag hatten sich verzogen. Jetzt leuchtete eine schmale Mondsichel vom Himmel, ein paar einsame Sterne blinkten herab. Julia schielte zu Elena. Die Kollegin hatte ein fröhliches Gesicht aufgesetzt und schwenkte die Arme beim Gehen vor und zurück. Als habe sie Julias Blick bemerkt, sah sie herüber. »Schön, die frische Luft, nicht?«

»Na ja, geht so. Mir ist kalt.« Ein dunkles Auto fuhr im Schritttempo an ihnen vorüber. »Wird Zeit, dass ich nach Hause komme.« Julia Seemann sah dem Wagen hinterher und ärgerte sich, dass sie ihr Auto beim Klubhaus, in dem die Abnehmtreffen stattfanden, hatte stehen lassen müssen. Aber die anderen drei hatten unbedingt zu Fuß zum Chinesen gehen wollen – Kalorien verbrennen. Das hatte sie nun davon. Jetzt musste sie allein durch die öde Vorstadt zurückmarschieren.

»Ist ja nicht mehr weit.« Elena blieb an der hell erleuchteten Bushaltestelle stehen. »Oder soll ich mitkommen?«

Julia beeilte sich zu verneinen. Das fehlte gerade noch, dass diese High-Fashion-Schnepfe sich als Samariterin aufspielte. Hastig verabschiedete sie sich und stakte davon. Der Schneematsch des Tages hatte sich in eine unebene Eisfläche verwandelt, die das Gehen zu einem einzigen Schlingern machte. Komisch, Elena war ganz sicher neben ihr hergelaufen. Die Designerstiefel hatten vielleicht rutschfestere Sohlen. Das Gegenteil wäre Julia Seemann lieber gewesen. Sie sah über die Schulter und beschleunigte ihre Schritte. Um diese Zeit war es hier wie ausgestorben.

Die Uhr zeigte noch nicht einmal halb zehn, und doch war kein einziger Mensch zu sehen. Alle hockten in ihren warmen Wohnungen und genossen den gemütlichen Abend, nur sie quälte sich durch die eisige Nacht. Birgit und Hannah waren wahrscheinlich schon zu Hause. Elenas Bus würde in wenigen Minuten kommen. Julia Seemann schob den Unterkiefer vor und verzog dabei den Mund. Scheiß auf den Kalorienabbau! Sie wollte nach Hause und nicht mehr an diese Schnepfen und ihr pseudoglückliches Dasein denken müssen.

Der Parkplatz war nur im vorderen Bereich beleuchtet. Die Autos, die vorhin noch hier gestanden hatten, waren bis auf wenige Ausnahmen verschwunden. Im Klubhaus brannte kein einziges Licht mehr. Düster starrten die schwarzen Fenster auf den betonierten Platz herab. Julia Seemann fröstelte. Ihr war noch nie aufgefallen, wie einsam es hier abends war, in welcher abgelegenen Gegend sich das Klubhaus befand, umgeben von Abbruchhäusern, und leeren Grundstücken.

Ein leises Quietschen ließ sie zusammenfahren, und sie sah sich hektisch um. Das Quietschen wurde lauter, und plötzlich tauchte ein Radfahrer wie ein flinker Nachtmahr aus dem Dunkel auf. Er trug schwarze Kleidung. Im Näherkommen sah Julia Seemann, dass er die Skimütze bis über die Ohren gezogen hatte. Der dunkle Schal verbarg Mund und Nase, sodass nur die Augen wie zwei schwarze Löcher aus dem weißen Gesicht hervorstarrten. Die Zeitungsmeldungen der letzten Wochen tauchten in ihrem Kopf auf: »Brautleiche«, »Kirchenleiche«, »Bankleiche«. In Leipzig trieb sich ein Serienmörder herum, und sie war so dumm, allein auf einem menschenleeren Parkplatz herumzuwandern. Jetzt wünschte sie sich, Elena wäre doch mitgekommen. Vielleicht hätte der Täter sich dann die Kollegin geschnappt. Julia Seemann kicherte nervös und wurde gleich wieder ernst. Ihre Blase drückte. Sie umklammerte den Schlüsselbund in ihrer Rechten und spannte alle Muskeln an; bereit zuzuschlagen, falls der Mann auf dem Rad ihr zu nahe kommen würde. Zuerst würde sie ihn umstoßen und dann mit dem aus der Faust hervorragenden Schlüssel nach den Augen stechen. Noch ehe sie ihren Plan ganz zu Ende gedacht hatte, war der Radfahrer auch schon heran. Ein eisiger Luftzug streifte ihr Gesicht, dann war er vorbei. Der ganze Spuk hatte nur wenige Sekunden gedauert.

Julia Seemann entspannte ihre Schultern und lockerte die Finger. Die Bärte der Schlüssel hatten sich tief in das weiche Leder ihres Handschuhs gegraben. Sie schaute entschieden zu viele Krimis. Das mochte zu Hause auf der Couch kurzweilig sein, aber in Situationen wie dieser spielte einem die Fantasie böse Streiche. Sie atmete mehrmals tief durch und setzte sich wieder in Bewegung.

Ihr Auto stand ziemlich weit hinten. Weiter vorn hatte es vorhin keinen freien Parkplatz mehr gegeben, und hier hinten gab es keine Lampen. Der helle Schein aus dem vorderen Bereich reichte nur bis zur Hälfte des Parkplatzes. Sie lief schneller, drückte schon von Weitem auf die Fernbedienung und atmete erleichtert auf, als das Licht aufflammte und rings um ihr Auto alles in hellen Schein tauchte. Kein Verbrecher, der auf einsame Frauen wartete. Sie konnte ganz beruhigt einsteigen.

Den grinsenden Mann auf dem Rücksitz sah sie erst beim Losfahren.

*

»Dann ist sie aus dem Autohaus herausgekommen und zurück zu ihrem gelben Auto gegangen.« Melinda Weiß machte ein empörtes Gesicht. »Fast hätte ich den beiden ihr Versteckspiel abgenommen! Sie ist eingestiegen und losgefahren. Wie gut, dass ich von der anderen Straßenseite das gesamte Gebäude im Blick hatte!«

»Beruhige dich, Melinda. Trink einen Schluck Wasser.« Romain Holländer lächelte begütigend. Seine kleine Spionin war ihm schon in der Eingangshalle entgegengekommen und hatte mit fahrigen Gesten signalisiert, dass sie Neuigkeiten hatte. Ein simpler Brief, unter seiner Tür durchgeschoben, war diesmal anscheinend nicht angemessen. Sie hatte extra auf ihn gewartet, um ihm ihre Beobachtungen persönlich zu berichten. Weil er nicht da gewesen war, hatte sie ihre Wohngenossin Sarah allein nach Hause geschickt und in der Küche gesessen, bis er kam. Romain Holländer schüttelte leicht den Kopf und beobachtete, wie Melinda Weiß in hastigen Schlucken trank. Es war ein ziemlicher Schock für ihn gewesen, als die kleine Frau plötzlich im Eingangsbereich vor ihm gestanden hatte. Aber es war ihm gelungen, seine Nervosität gut zu überspielen. Melinda Weiß hatte nichts davon mitbekommen. Ihr gesamtes Denken kreiste um die Beobachtungen, die sie gemacht hatte. Jetzt saß sie ihm im Besprechungsraum gegenüber, hatte hochrote Flecken im Gesicht und atmete hektisch.

»Und du bist dir sicher, dass das diese Journalistin war?«

»Vollkommen sicher. Ich habe sie hier ja schon zweimal gesehen. Einmal war sie sogar bei der Abendspeisung dabei!«

»Richtig. Die Journalistin ist also losgefahren. Und weiter?«

»Sie ist nicht auf die Straße abgebogen, wie ich dachte, sondern um das Autohaus herumgekurvt. Ich habe zehn Minuten gewartet, aber sie tauchte nicht wieder auf.« Melinda Weiß schnappte nach Luft wie ein Karpfen. »Hätte ja auch sein können, dass sie dort einen Werkstatttermin hatte. Aber erst um siebzehn Uhr? Und wäre sie dann nicht zu Fuß wieder herausgekommen? Ich war mir ziemlich sicher, dass das Ganze etwas mit Frieder zu tun haben musste. Jedenfalls bin ich rein und habe nach ihm gefragt.«

»Und?«

»Das junge Mädchen hat gesagt, er wäre vor fünf Minuten weggefahren. Zu einer Probefahrt mit einer Kundin.« Romain Holländer nickte weise. Melinda war eine gute Spionin. »Als ich wissen wollte, ob es sich bei der Kundin um die Frau in dem gelben Mini-Cooper handelte, bekam ich zur Antwort, dass sie darüber keine Auskunft geben würde. Aber sie musste mir auch nicht darauf antworten. Es war auch so klar, dass Frieder mit der Journalistin weggefahren ist.«

»Weißt du, wo sie hinwollten?« Romain Holländer spürte, wie der Zorn sich in ihm regte.

»Nein.« Melinda Weiß sah auf. Ihre Augen waren verschleiert. »Ich habe überlegt, was ich tun soll. Da ich nicht wusste, wo die beiden hingefahren waren, bin ich in der Nähe des Autohauses geblieben. Kurz nach sechs kam Frieder dann zu Fuß zurück. Allein. Er hat seine Sachen geholt und ist hierhergefahren. Das war's.«

»Das hast du sehr gut gemacht, Melinda.« Romain Holländer fixierte ihre Augen. Es war schade, dass die Frau nicht wusste, was Wörth mit der Journalistin besprochen hatte. Man konnte ihr eine Affirmation einpflanzen, den Mann in den nächsten Tagen weiter auszuhorchen. Er dachte an sein Vorhaben, Wörth zu hypnotisieren, und erwog, ihn sofort zur Rede zu stellen, entschied sich dann jedoch dagegen. Keine übereilten Schritte. Schließlich hatte er bereits vorgesorgt. Schon morgen würde sich das Blatt wenden. Mit einem zufriedenen Grinsen legte er Melinda die Hand auf die knochige Schulter und verabschiedete sich von ihr.

40

Liebe Lara,
entschuldige, dass ich Dich nicht angerufen habe, aber ich hatte keine Zeit. Ich bin da zufällig auf eine sehr brisante Angelegenheit gestoßen und werde ein paar Tage unterwegs sein.
Ich melde mich, sobald ich kann.
Jo

Lara kratzte sich an der linken Augenbraue. Von draußen strahlte die Morgensonne durch die nicht geputzten Redaktionsfenster. Der Drucker neben der Tür klackte leise. Ihr gegenüber nieste Hubert zweimal kurz, dann schnäuzte er sich.

Wann hatte Jo die Mail abgeschickt? Im Header stand: Datum 2. März, 23:40 Uhr.

Zu dieser Zeit war sie schon im Bett gewesen. Aber warum hielt er sich so bedeckt, was die »brisante Angelegenheit« anging, in der er recherchierte? Und seit wann schrieb Jo Mails in einem derart höflichen Ton? Sonst waren sie doch immer eher knapp. Lara dachte noch darüber nach, als die Tür aufschwang, Markus Lehmann mit einem Stapel Post erschien und ein leises »Morgen« in den Raum nuschelte. Ein unmerklicher Geruch nach Zigaretten schwebte ihm voraus. Rauchte der Praktikant jetzt auch?

»Hab was für Sie.« Langsam kam der junge Mann näher und sortierte dabei den Packen Papier in seinen Händen. Drei Schritte vor Laras Schreibtisch stolperte er, ließ einige Briefe fallen und fluchte leise. Lara verbiss sich ein Grinsen.

»Hier.« Im Aufrichten streckte Markus Lehmann die rechte

Hand aus. Mit der Linken presste er den Rest der Post an seine Brust. Lara betrachtete den dicken Luftpolsterbrief, den der Praktikant ihr hinhielt. Ihre Hände weigerten sich, zuzupacken. Päckchen waren nie gut. Sie erinnerte sich noch bestens an die Pakete, die ein Serienkiller namens Martin Mühlmann vor anderthalb Jahren in die Redaktion geschickt hatte. Dies hier war nur ein Luftpolsterbrief, viel zu klein für einen abgetrennten Kopf, und trotzdem … Markus Lehmann schnaufte, räusperte sich und schob den Arm noch etwas weiter vor. »Bitte sehr. Er ist an Sie gerichtet: persönlich und vertraulich.« Jetzt griff Lara zu. Der Praktikant wandte sich hastig ab und stolperte hinüber zu Friedrich Westermanns Schreibtisch. Lara betrachtete den Adressaufkleber. Ein Computerausdruck. Der Absender fehlte.

»Etwas Schlimmes?« Hubert hatte sich zurückgelehnt und die Augenbrauen hochgezogen.

»Ich hoffe nicht.« Der Luftpolsterbrief war fest verklebt. Lara gab sich Mühe, das Etikett beim Aufschneiden nicht zu beschädigen. Vorsichtig schob sie die geschlossene Schere zwischen die Plastikbläschen und lugte in die Versandtasche. Als sie erkannte, was sich in dem Umschlag befand, atmete sie tief durch und ließ das Objekt dann auf den Schreibtisch gleiten.

»Hoho!« Huberts tiefer Bass dröhnte durch die Redaktion. »Ist das von einem Informanten?«

»Keine Ahnung. Es steht kein Absender darauf.« Lara spreizte den Umschlag auf und schaute nach einem Schreiben, das den Inhalt erklärte, fand aber nichts. »Sehr mysteriös.«

»Erwartest du denn etwas?«

»Nein. Ich wüsste nicht, wer mir das geschickt haben könnte. Aber vielleicht klärt sich ja das Ganze gleich auf.« Lara griff nach der Plastikhülle, nahm die dünne Scheibe heraus und betrachtete sie von allen Seiten. Die DVD funkelte im Sonnenlicht wie flüssiges Silber.

»Halt!« Hubert hatte sich vorgebeugt. Seine Augen funkelten.

»Erst die Sicherheit! Was, wenn uns jemand einen Virus oder ein trojanisches Programm schickt?«

»Was dachtest du denn, was ich gerade tun wollte?« Lara konnte ein entnervtes Seufzen nicht unterdrücken. Jetzt hielt Hubert sie auch schon für minderbemittelt. Sie rief das Schutzprogramm auf und schob die DVD in den Eingabeschlitz. Während das Programm die Daten checkte, dachte sie darüber nach, wer ihr den Datenträger geschickt haben mochte und was darauf sein würde. Vielleicht ließ Jo ihr Material von seiner aktuellen Recherche zukommen?

Im Index war nur eine Datei aufgelistet, mpg-Format, ein Film vermutlich. Keine Word-, keine Excel-Datei, keine Erklärungen. Misstrauisch klickte Lara auf das Symbol und wartete, dass der Film begann.

Der Media Player zeigte Schwärze. Dann wurde der Bildschirm grau, hellte sich weiter auf. Das Bild schärfte sich. In der Mitte materialisierte sich ein großer eckiger, mit gelblichem Stoff verhüllter Block, auf dem etwas lag. Ein Körper?

Lara beugte sich nach vorn und runzelte die Stirn. Dann stellte sie den Ton leise. Erst als Hubert hinter ihr zu reden begann, bemerkte sie, dass der Kollege inzwischen um den Tisch herumgekommen war und ebenfalls gebannt das Geschehen auf dem Bildschirm betrachtete.

»Oha! Das ist ja sehr interessant…« Hubert zog sich einen Stuhl heran und rollte damit neben Lara. »Kennst du die Personen auf dem Video?«

»Eine davon.« Lara starrte auf das verzerrte Gesicht des Mannes in Großaufnahme. Die beiden Gestalten neben ihm waren verfremdet, und auch über das Gesicht des Mädchens, das regungslos unter ihm lag, hatte jemand einen Unschärfe-Filter gelegt.

»Sieht nach einer Orgie aus. Wer ist denn der Typ auf dem Mädel?«

Lara hatte gerade eine scharfe Erwiderung auf der Zunge, als eine Stimme sie erstarren ließ.

»Was zieht ihr zwei euch denn da rein?« Tom stand mit einem fetten Grinsen hinter ihnen. Hubert und sie hatten ihn gar nicht hereinkommen gehört. »Pornos in der Arbeitszeit? Das geht entschieden zu weit.«

»Es ist nicht das, wonach es aussieht, Chef.« Hubert hatte sich mit seinem Stuhl halb herumgedreht. Auch er grinste. »Das hat Lara vorhin mit der Post bekommen. Von einem Informanten.«

»Aus dem Bordell? Gehört die Recherche im Rotlichtmilieu jetzt neuerdings auch zu deinen Aufgaben?« Ein maliziöses Lächeln umspielte die Lippen des Redaktionsleiters. Vor Laras Augen wallte roter Nebel.

»Eigentlich passt das nicht so ganz in dein Ressort, aber wenn ich es mir recht überlege …«

»Ich glaube, du verwechselst da etwas, Tom.« Lara bekam kaum noch Luft. Aber der Rest des Satzes musste nun auch noch heraus. »Nicht *ich* bin hier die Sexsüchtige, nicht *ich* mache mit Praktikanten rum.«

Hubert atmete scharf ein, während Toms Gesichtszüge in Zeitlupe entgleisten. Dann stieg eine tiefe Röte von seinem Hals aufwärts, färbte sein Gesicht purpurrot. Der Redaktionsleiter öffnete und schloss den Mund mehrmals, wobei er einem fassungslosen Karpfen glich. Die atemlose Stille in der Redaktion dehnte sich aus und zog sich wieder zusammen. Jetzt schüttelte sich Tom wie ein nasser Hund, dann keuchte er die nächsten Sätze heraus. »Sofort in mein Büro, Lara! Jetzt bist du wirklich einen Schritt zu weit gegangen!« Ohne eine Reaktion abzuwarten, drehte er sich auf dem Absatz um und rauschte hinaus. Die Stille hielt noch ein paar Sekunden an, dann setzte leises Getuschel ein.

Lara hob kurz die Augenbrauen und grinste dann Hubert an, der wie eine geschnitzte Figur neben ihr auf seinem Drehstuhl saß. Er erwiderte das Grinsen nicht, sondern schüttelte unmerklich den Kopf, als wolle er sie fragen, ob sie noch bei Sinnen sei. Lara lächelte stärker. Das Summen in ihrem Kopf war verschwunden.

»Das hättest du nicht sagen dürfen.« Hubert flüsterte.

»Es ist die Wahrheit.« Sie ließ die DVD aus dem Schacht gleiten, steckte sie in die Hülle zurück und nahm ihr Handy aus der Tasche. »Ich geh mal eben runter, telefonieren.«

»Hast du nicht gehört? Du sollst sofort zu Tom ins Büro kommen!«

»Das hat auch danach noch Zeit. Falls er fragt, ich bin in zehn Minuten wieder da.« Noch ehe Hubert antworten konnte, war Lara schon aufgesprungen, hatte sich ihren Mantel geschnappt und ging hinaus. Sie musste Isabell vorwarnen. Danach würde sie Mark anrufen. Frieder Wörth hatte sie gestern um Hilfe gebeten. Er brauchte einen kompetenten Kindertherapeuten für seinen Sohn.

Aber außerdem hatte Frieder Wörth von den *Kindern des Himmels* noch ganz andere Probleme. Wahrscheinlich glaubte er, dass außer ihm und den beiden anderen Männern auf dem Video niemand davon wusste, aber da irrte er sich. Mark würde Rat wissen, wie man in solch einem Fall vorgehen musste.

Sie öffnete die Tür zur Straße, blinzelte und nieste. In ihr summte und sang es. Die Sonne schien, und der Frühling stand vor der Tür. So blendend hatte sich Lara Birkenfeld schon lange nicht mehr gefühlt.

*

Es war, als würde sich ein spitzer Eisenspan in Julia Seemanns Kopf schrauben, tiefer und tiefer, und sich direkt in ihr Gehirn fressen. Dazu kam, dass ihr schlecht war. Die Übelkeit drängte nach oben, breitete sich wie ein träger Schleimklumpen in ihrem Inneren aus und kroch den Brustkorb hoch in Richtung Kehle. Ihre Augen schmerzten, und die Lider wollten den Befehlen, sich zu öffnen, nicht folgen. Julia Seemann beschloss, ihnen einfach noch ein wenig Zeit zu lassen. Irgendwann würden sie schon gehorchen. Sie versuchte nachzudenken; herauszufinden, was die Kopfschmerzen und das Unwohlsein verursacht haben konnte, aber in ihrem Gehirn wirbelten die nutzlosen Gedanken durcheinander wie Mehlstaub, in den jemand hineingepustet hatte.

Gerade als eine verschwommene Erinnerung an ein Essen mit Birgit, Hannah und Elena beim Chinesen auftauchte, hörte Julia das Atmen. Es war nicht besonders laut und ertönte direkt über ihr.

Nun befolgten die Augen die Befehle sofort. Sie öffneten sich, doch Julia Seemann sah im ersten Moment nichts. Nichts als blendende Helligkeit, die nur langsam verblasste. Es dauerte endlose Sekunden, bis das Gleißen verschwand und sich Umrisse aus dem Licht schälten. Das Atmen war die ganze Zeit weitergegangen. Sie erkannte, dass es zu einer Person gehörte, die vor ihr stand. Julia Seemann zwinkerte mehrmals. Ihre Augen brannten. Der Umriss schien zu einem Mann zu gehören. Der Mann musterte sie. Da sich die Lichtquelle hinter ihm befand, konnte sie sein Gesicht nicht erkennen. Jetzt räusperte sich der Mann, dann sprach er.

»Das hat aber lange gedauert, meine Liebe. Ich hatte schon Bedenken, dass die Dosis zu hoch war. Aber jetzt bist du ja wieder da. Ich gebe dir noch ein paar Minuten, dann gibt es einiges zu besprechen.«

Julia Seemann öffnete den Mund, um zu protestieren, aber es kam kein einziges Wort heraus, lediglich ein trockenes Krächzen, dann musste sie husten. Wo befand sie sich? Wer war dieser Typ, und was hatte er damit gemeint, dass »die Dosis zu hoch« gewesen sei? Vor ihr beugte sich der Mann über eine große Reisetasche, in der er herumkramte. Sie konnte ihn dabei murmeln hören. Ihre Augen schmerzten noch immer; besonders wenn sie die Augäpfel in den Höhlen schnell hin- und herbewegte. Trotzdem versuchte

Julia Seemann, den Raum zu betrachten. Erst als sie die Arme anspannte, um dem Mann ihre Fingernägel ins Gesicht krallen zu können, wenn er dichter an sie herankäme, bemerkte sie, dass das nicht gelingen würde. Arme und Hände ließen sich nicht bewegen. Das Schwein hatte sie gefesselt. Julia Seemann schluchzte leise und hörte sofort wieder damit auf. Die Genugtuung, dass sie vor ihm heulte, würde er nicht so einfach bekommen.

»Wie weit bist du?« Er hatte sich herumgedreht und betrachtete sie ruhig. Julia Seemann hatte das undeutliche Gefühl, diesen Mann schon einmal gesehen zu haben, aber ihr wollte partout nicht einfallen, wann und wo.

»Willst du mir gar nicht antworten?« Auch das Gerät, das der Typ in den Händen hielt, kam Julia vage bekannt vor, aber auch hier weigerte sich ihr Gehirn, nähere Informationen preiszugeben. Es sah ein bisschen aus wie ein Akkubohrer, nur kleiner. »Bist du ganz da? Es ist wichtig, dass du verstehst, was ich dir sage. Dazu darfst du nicht mehr benommen sein. Wir haben nämlich dieses Mal nicht so viel Zeit wie sonst.«

Julia Seemann spannte alle Muskeln an. Ihr war eingefallen, woher sie den »Akkubohrer« kannte. Von einem Besuch im Tattoostudio. Ihre ältere Tochter hatte unbedingt einen Schmetterling auf dem Knöchel haben wollen, und damit ihr nicht plötzlich noch andere Körperstellen zum Verzieren einfielen, war sie mitgegangen. Der Tätowierer hatte genau so ein Gerät verwendet.

»Du bist *invidia.*« Der Mann sprach in feierlichem Ton. »Besser gesagt, du *stehst* für *invidia.* Stellvertretend für alle anderen Sünder.« Julias Augen hatten sich inzwischen an das helle Licht gewöhnt, und so konnte sie sehen, dass der Mann lächelte. Sanftmütig. »Weißt du, was *invidia* bedeutet?« Er wartete kurz, sprach dann weiter. »Nein, wie auch? Keiner von euch hat Ahnung von den wirklich wichtigen Dingen. *Invidia* steht für Neid, Missgunst oder auch die Eifersucht. Kannst du dir vorstellen, warum ich gerade dich dafür ausgewählt habe?«

Julia krächzte ein atemloses »Nein« heraus und verschluckte das nachfolgende »verflucht nochmal«.

»Ihr seid alle gleich.« Er lächelte jetzt nicht mehr. »Aber ich werde es dir genau wie den anderen erklären. Danach.« Er hob die Tätowiermaschine. Das Gerät begann zu sirren. »Zuerst die Vorarbeiten.« Julia Seemann versuchte, ihre Beine zu bewegen und bemerkte erst jetzt, dass auch die Füße gefesselt waren. Sie war am ganzen Leib verschnürt wie ein Paket.

Während sich der Mann nach vorn beugte, und ihr seinen Pfefferminzatem ins Gesicht blies, beleuchtete das Licht nun auch sein Gesicht. In diesem Augenblick detonierte die Erkenntnis in Julia Seemanns Kopf. Sie würde sterben. Und sie wusste noch immer nicht, woher sie diesen Mann kannte. Sie wusste nur, dass er zu ihr von Sünde gesprochen hatte.

*

Lara malte Kringel um die Namen und Telefonnummern der beiden Therapeuten, die Mark ihr genannt hatte. Er war der Meinung gewesen, das Video sei ein Versuch, Frieder Wörth zum Schweigen zu bringen, hatte ihr aber unabhängig davon empfohlen, die Kripo zu informieren. Stellte es sich als Fake heraus – umso besser für Wörth, war es echt, dann handelte es sich wahrscheinlich um eine Straftat. Lara hatte ihm gesagt, dass das Mädchen auf dem Tisch betäubt wirkte und es definitiv nicht nach einvernehmlichem Sex aussah. Dazu kam, dass die Kripo Möglichkeiten hatte, das Morphing von Bildern rückgängig zu machen. Sie betrachtete die Schäfchenwolken am tiefblauen Himmel. Seit drei Tagen taute es. Lara dachte an Jo. Wo mochte er stecken? Seit seiner SMS und der gestrigen E-Mail hatte er sich nicht wieder gemeldet.

Sie schaute, ohne etwas zu sehen, zur anderen Straßenseite hinüber. Jetzt hatte sie doch vergessen, Mark zu fragen, was er ihr für das Gespräch mit Wörth riet. Sollte sie dem Mann sagen, dass sie dieses Video von ihm und dem Mädchen kannte, wenn sie ihn wegen der Therapeuten für seinen Sohn anrief? Was, wenn er sich erneut mit ihr treffen wollte? War er womöglich gefährlich? Sie beschloss, spontan zu entscheiden. Und nun würde sie schnell Isi anrufen, um sie vorzuwarnen, und dann wieder nach oben gehen und Tom ihre Kündigung auf den Tisch legen. Lara lächelte der Frau zu, die ihren Zwillingskinderwagen vorbeischob und öffnete die Eingangstür.

41

»Wissen Sie, wo er hinwollte?« Das Handy an ihrem Ohr war ein bisschen nassgeschwitzt. Lara blieb vor dem Eingang zum Parkhaus stehen und schaute in den Himmel. Das dümmliche Grienen wollte gar nicht von ihrem Gesicht weichen. Wieder und wieder spulte sich wie in einer Endlosschleife die Szene in Toms Büro vor ihrem inneren Auge ab. Sein hasserfülltes Gesicht, als sie hereingekommen war. Wie sein Unterkiefer herabgesackt war und sich die Augen geweitet hatten, als sie ihm, ohne auf seine wütende Tirade einzugehen, ihre Kündigung auf den Tisch gelegt hatte. Sein perplexes Herumgestottere. Und schließlich die Erkenntnis in seinem Blick, dass er ihr nichts tun konnte. Lara kicherte. Sie war frei!

»Dazu kann ich Ihnen leider keine Auskunft geben.«

Lara verscheuchte die Erinnerung an die Vorfälle in der Redaktion und konzentrierte sich wieder auf das Telefonat. Die Frau aus dem Autohaus schien zu wissen, wohin Frieder Wörth so plötzlich verschwunden war, wollte aber anscheinend am Telefon nicht darüber sprechen. Vielleicht würde sie im persönlichen Gespräch redseliger sein. Lara bedankte sich und legte auf.

Sie konnte jetzt sofort dahin fahren und mit der Angestellten sprechen. Der Nachmittag war noch lang, und sie hatte ihren Job verloren. Wenn sie ehrlich war, hatte sie ihn nicht »verloren«, sondern *hingeschmissen*, und eigentlich hätte sie deswegen trotzdem erst einmal bis zum Tag ihrer Entlassung weiterarbeiten müssen, aber Tom hatte ihren letzten Satz »Und jetzt setze ich meine Überstunden ab« widerstandslos hingenommen. Vielleicht war er auch nur zu perplex gewesen, um es ihr zu untersagen. Jedenfalls hatte sie nun Zeit. Viel Zeit, um zu recherchieren und ein paar lose Enden zusammenzuführen. Sie hatte ihr Auto erreicht und stieg ein.

»Hören Sie, ich muss Herrn Wörth *unbedingt* erreichen. Es geht um seinen Sohn.« Das war nicht einmal gelogen. Lara sah, wie die junge Frau mit den viel zu schwarzen Haaren hinter der Empfangstheke von einem Fuß auf den anderen trat. Sie beschloss, nichts hinzuzufügen und die Worte einfach einsickern zu lassen. Die Schwarzhaarige sah über die Schulter, dann nach rechts und links. Gleich würde sie sprechen. Lara schenkte ihr ein ernstes »Sie tun das Richtige«-Nicken.

»Er hat einen Anruf erhalten. Eine Frau war dran und wollte ihn sprechen. Dringend. Es ginge um ihre Kinder, hat sie gesagt. Ob ich Frieder bitte ans Telefon holen könnte. Das habe ich natürlich gemacht. Er hat kurz mit ihr geredet, sich dann entschuldigt und ist gleich los.«

Lara verstand nur Bahnhof. »Ihre Kinder«? Hatte Frieder Wörth außer Marcel noch mehr Kinder? Aber sie würde herausfinden, was da los war. Sie wiederholte ihre Frage von vorhin. »Wissen Sie denn, wo er so eilig hinwollte?«

»Seinen Sohn von der Schule abholen. Es handele sich um einen Notfall, hat er noch gesagt. Haben Sie eine Ahnung, was da passiert ist?« Die junge Frau schaute Lara mit erwartungsvollen Augen an. Wahrscheinlich glaubte sie, die Journalistin wisse, worum es hier ging, hatte diese doch vorhin ebenfalls von Frieder Wörths Sohn gesprochen.

»Nein, ich bin genauso ratlos wie Sie.«

»Aber, Sie …« Die Angestellte brach ab und schüttelte den Kopf. »Na, egal.« Ein weiterer Kunde war hereingekommen, und sie wandte sich ab.

»Hatte Herr Wörth vor, heute noch einmal zurückkommen?«

»Davon hat er nichts gesagt. Und nun«, bunt bemalte Plastikfingernägel wedelten, »muss ich mich um die Kundschaft kümmern. Wiedersehn.« Die Schwarzhaarige setzte ein nervöses Lächeln auf und begrüßte den sich nähernden Mann mit: »Was kann ich für Sie tun?«

Lara ging langsam hinaus. Frieder Wörth hatte einen Anruf von einer ihm bekannten Frau erhalten. Etwas war mit »ihren Kindern« vorgefallen. Wohin würde der Mann fahren, nachdem er seinen Sohn aus der Schule abgeholt hatte?

Im Gehen rief sie Jos Nummer auf, wurde von der Mailbox begrüßt und hinterließ eine leicht genervte Nachricht, dass es neue Entwicklungen im Fall Wörth gegeben habe und dass er sie endlich mal zurückrufen könne. Dann machte sie sich auf den Weg nach Markkleeberg.

Die Schneeberge an den Straßenrändern waren getaut und hatten braunem Gras Platz gemacht. Von der Spitze einer Fichte lugte eine Blaumeise herab. Lara marschierte zu dem schmiedeeisernen Tor und spähte durch die Stäbe auf das Grundstück, ehe sie klingelte und in das Videoauge lächelte. Romain Holländer würde sie wahrscheinlich nicht auf das Grundstück lassen, aber vielleicht war er ja nicht da. Nach einer Minute drückte sie den Klingelknopf erneut und kurz darauf ein drittes Mal. Das breite Lächeln war zu einer Clownsgrimasse erstarrt und begann allmählich in ihren Mundwinkeln zu schmerzen, aber Lara behielt es bei. Als sie ein viertes Mal klingelte, verstärkte sich das Gefühl, das Videoauge mustere sie eindringlich. Die Wechselsprechanlage blieb stumm. Lara trat dichter an das verschnörkelte Gitter, legte die Hände um das kalte Metall und sah nach drinnen. Außer einer braunen Amsel, die die vertrocknete Wiese bearbeitete, regte sich nichts. Waren tatsächlich alle ausgeflogen, oder stellten die Menschen da drinnen sich tot?

Lara begann, Buchstaben in ihr Handy zu tippen. Wenn Jo sich schon nicht meldete, so konnte sie ihm doch wenigstens die aktuellen Ereignisse in einer Kurznachricht schicken. Ein leises Knacken ließ sie innehalten. Drinnen bewegte sich das Garagentor. Hastig schob sie das Handy in die Jackentasche. Es sah aus, als ob doch jemand zu Hause war. Und dieser Jemand würde wahrscheinlich gleich am Steuer eines Autos aus der Garage gefahren kommen. Neben Lara summte das Eisentor. Hier funktionierte anscheinend alles elektrisch. Die beiden Flügel öffneten sich und schwangen langsam nach innen.

Noch ehe sie sich entschieden hatte, was zu tun war, kam auch schon der weiße Lieferwagen herausgeprescht und fuhr direkt an ihr vorbei. Die Räder knirschten über den Kies und schleuderten Steinchen beiseite. Im Vorbeifahren erhaschte Lara einen Blick auf den Fahrer, dann spurtete sie zu ihrem Auto, sprang hinein und fuhr, ohne sich anzuschnallen, los. Weiter vorn beschleunigte der Lieferwagen. Der Motor ihres Mini-Coopers jaulte, als Lara Gas gab. Es schien in Richtung B2 zu gehen. Während sie mit achtzig Stundenkilometern über die Parkstraße raste, dachte Lara darüber nach, wo der Mann hinter dem Steuer hinwollte und warum er es so eilig hatte. Gleichzeitig konstatierte sie, dass ihr Gefühl nicht getrogen hatte. Hier lief etwas aus dem Ruder. Sie musste unbedingt an ihm dranbleiben.

Die Bremslichter des Lieferwagens leuchteten auf, dann bog er nach links ab. Lara bremste erst im letzen Moment, schlingerte um die Kurve und war froh, den weißen Kastenwagen weiter vorn zu sehen. Wenn er auf die B2 fuhr, konnte sie locker an ihm dranbleiben. Ihr kleines Auto hatte immerhin 122 PS. Weiter kam sie nicht.

Was sie aus den Augenwinkeln erblickte, ließ ihr Herz stolpern. Noch ehe es wieder einsetzte – doppelt so schnell wie vorher –, hatte ihr Fuß schon das Bremspedal bis zum Boden durchgetreten. Sie hörte die Reifen protestierend quietschen, während ihr Körper nach vorn geschleudert wurde und die Stirn zehn Zentimeter vor der Windschutzscheibe stoppte. Manchmal war es eben doch besser, sich anzuschnallen. Aber dieser Gedanke kam Lara erst fünf Minuten später. In jenem Augenblick hatte sie nur eins im Sinn: ob das, was sie da am Straßenrand erblickt hatte, eine Halluzination oder echt war.

Lara ließ den Mini einfach mit eingeschalteter Warnblinkanlage in der zweiten Reihe stehen und stieg mit weichen Knien aus.

*

Salzige Tränen liefen in ihren Rachen. Julia Seemann schluckte und versuchte, sich auf den Bauch zu drehen. Ihr Rücken schmerzte, und sie fror. Das Tätowieren hatte sich ewig hingezogen. Immer wenn sie gedacht hatte, es wäre vorbei, begann das Summen von Neuem, piekten Tausende feine Nadelstiche in ihren Rücken, wischte etwas Weiches über die malträtierte Haut. Ihr Peiniger hatte stumm gearbeitet und es nicht für nötig gehalten, auf ihre Fragen und Vorwürfe zu antworten, es schien ihn nicht zu interessieren, dass sie ihn erkannt hatte, ihr Geschrei und Geheule hatten keine Regung bei ihm ausgelöst. Ruhig und gelassen waren seine Hände über ihren nackten Rücken geglitten, hatte er sich mit der Tätowiermaschine von den Schulterblättern nach unten gearbeitet. Irgendwann war ihr Zeitgefühl verloren gegangen, und sie hatte sich ihrem Schicksal ergeben. Erst jetzt, als ihr Körper sich in das Unvermeidliche gefügt hatte, als der Geist scheinbar aufgegeben hatte, waren ihr die Parallelen aufgefallen: diese anderen Toten, die man in den letzten Wochen rund um Leipzig gefunden hatte, Frauen und Männer. Bei der sogenannten Bankleiche waren Fotos aufgetaucht, woraufhin die Polizei zugegeben hatte, dass auch die anderen Opfer tätowiert worden waren. Bei diesem Gedanken hatte sie einen Aufschrei nicht unterdrücken können, und der Mann über ihr hatte unwirsch »Was ist denn nun schon wieder?« gemurmelt. Neue Tränen waren geflossen, und Julia Seemann hatte ihr eigenes Schniefen überlaut gehört. Sie hasste es, wenn jemand die Nase hochzog, anstatt sich vernünftig auszuschnauben. Es war absurd, in so einer Situation an solche Belanglosigkeiten zu denken, aber sie konnte ihre Gedanken einfach nicht auf eine Sache fokussieren, während das spöttische Summen der Maschine die Nadelstiche in ihrem Rücken begleitete. Erst als der Mann weg gewesen war, hatte sich der Wirrwarr in ihrem Kopf geglättet.

Jetzt lag sie hier im Dunkeln, und in ihrem Kopf tanzten die Schlagzeilen der Boulevardzeitungen. »Brautleiche«, »Kirchenleiche«, »Serienmörder«. Julia Seemann wusste, was sie erwartete. Und die Ahnung, dass ihr nicht mehr viel Zeit bleiben würde, wurde von Minute zu Minute stärker. Sie musste etwas unternehmen.

Die Fesseln an den Fußgelenken schienen lockerer zu sein als vorher. Vielleicht hatten sie sich geweitet, vielleicht hatte ihr Peiniger sie nicht richtig festgezogen, als er ohne ein Wort gegangen war. Julia Seemann begann, die Füße gegeneinander zu verschieben, konzentrierte sich ganz auf die Knöchel, blendete den schmerzenden Rücken und die tätowierten Toten aus. Wenn sie die Füße freibekam, konnte sie den Mörder treten, wenn er zurückkam. Sie zog und drückte, rieb und presste und hielt zwischendurch inne, um Luft zu schöpfen, ehe sie weitermachte. Die Haut an den Gelenken war schnell wundgerieben und brannte, aber das konnte sie nicht aufhalten. Dies hier war ihre einzige Chance. Als das Brennen plötzlich aufhörte, war Julia Seemann für einen Moment erleichtert, bis sie die Feuchtigkeit an den Knöcheln spürte. Blut. Sie blutete. Eine Minute des Nachdenkens, dann schob sie die Füße wieder gegeneinander. Die Flüssigkeit erleichterte das Hin- und Hergleiten, und die Hoffnung, die Beine freizubekommen, wuchs.

Leises Poltern ließ sie zusammenfahren. Kam er schon zurück? Sie hörte ihre Stimme in der Finsternis: *Nein, nein, jetzt noch nicht* und rieb heftiger. Die Fesseln hatten sich gelockert, daran bestand kein Zweifel, aber sie brauchte noch ein paar Minuten. Ihr Gehör schien sich durch die Dunkelheit oder auch aufgrund der drohenden Gefahr auf wundersame Weise geschärft zu haben. Sie hörte Geräusche. Sie bewegte hektisch die Füße gegeneinander. In ihrem Kopf hämmerte eine Stimme: *Schneller! Schneller!* Plötzlich glitt der rechte Fuß aus der Fessel und ihr entfuhr ein wilder Aufschrei. Mühsam versuchte Julia Seemann, auf die Beine zu kommen. Wenn er hereinkam, musste sie bereits neben der Tür stehen und ihm ihr Knie zwischen die Beine rammen. Sie hatte nur diese eine Chance. Ging er zu Boden, würde sie sich auf ihn werfen oder ihn treten oder ihm mit ihrem Körper die Luft abdrücken. Vielleicht auch alles auf einmal. Tränen tropften auf den Boden, während sie mit gesenktem Kopf, die nutzlosen Arme auf dem Rücken verzurrt, kniete und wartete, dass ihre Beine ihr gehorchten. Die Schritte über ihr waren verstummt. Julia Seemann nahm den Zorn in ihrem Inneren als Waffe und erhob sich. Die Beine zitterten, aber sie stand. Mit vorsichtigen Trippelschritten bewegte sie sich in Richtung der Tür. Als ihre Schulter gegen die Wand stieß, drehte sie den Körper, und schob sich seitwärts, bis sie nicht mehr Mauersteine, sondern Metall spürte. Sie hatte die Tür erreicht. Ein Grinsen verzerrte ihr Gesicht zu einer schmutzigen Halloween-Maske. Jetzt konnte er kommen.

*

Lara rang nach Luft und ging um den Honda herum. Es mochte in Leipzig zahlreiche Autos baugleichen Typs geben, aber nur eines mit dem Aufkleber »Fotograf im Einsatz« hinter der Frontscheibe. Den letzten Zweifel beseitigte eine abgegriffene Ledermappe auf dem Beifahrersitz. Das Auto gehörte Jo. Lara trat dichter heran, betrachtete den Schmutz, der sich auf der Windschutzscheibe abgesetzt hatte und zeichnete mit dem Finger eine Linie hinein. In ihrem Kopf drehte sich ein Windrad. Jo würde wohl kaum seinen Honda so weit weg von zu Hause stehen lassen, wenn er für »ein paar Tage« in einer »sehr brisanten Angelegenheit« unterwegs war.

Ganz langsam schritt Lara zu ihrem Mini zurück. Die Luft um sie herum schien aus Sirup zu sein. Wenn Jo also gar nicht verreist war – wo steckte er dann? Ohne hinzusehen, drückte sie auf die Fernbedienung und stieg, den Blick in die Ferne gerichtet, in ihr Auto. Zuerst einmal musste der Mini von der Straße. Weiter vorn gab es mehrere Parklücken. Lara begann zu rangieren.

Jo hatte sein Auto in einer Seitenstraße abgestellt, nur wenige hundert Meter von der Sektenvilla entfernt; jedoch so, dass man es von dort aus nicht sehen konnte. Er hatte demnach nicht gewollt, dass man ihn entdeckte. Was hatte er vorgehabt? Lara spürte einen Ruck, als ihr Auto an die Stoßstange des hinter ihr stehenden Wagens stieß, verdrehte die Augen und fuhr einen halben Meter vor.

Nachdem er sein Auto in der Seitenstraße geparkt hatte, war Jo zu seinem Vorhaben aufgebrochen. Lara warf sich die Henkel ihrer Tasche über die Schulter und stieg aus. Wie sie ihren Freund kannte, hatten ihm die Geheimnisse der Sektenvilla keine Ruhe gelassen. Er musste versucht haben, sich hineinzuschleichen, um dort herumzuschnüffeln. Und war nicht wieder aufgetaucht. Ein kalter Lufthauch ließ Lara frösteln, und sie wünschte sich – wünschte sich *mit aller Macht* ihre Gabe herbei. Warum konnte sie jetzt nicht sehen, wo Jo steckte, wie es ihm ging, warum hatte sie seit ihrem letzten Gespräch nichts davon gespürt, dass er in Schwierigkeiten war? Ihr Mund erinnerte sich an seine Lippen, ihre Nase roch den schweren Beerenduft des Rotweins, den sie getrunken hatten, ihre Fingerspitzen fühlten seine Bartstoppeln. Die Erinnerungen waren frisch, aber sie stammten von Montagabend. Das war fast zwei Tage her. Danach hatte es nur noch eine Notiz auf ihrem Küchentisch, SMS und eine Mail gegeben. Von dem Zettel wusste sie, dass Jo ihn selbst geschrieben hatte. Was aber war mit den elektronischen Botschaften? Lara blieb stehen und betrachtete die Natursteine in der Mauer links. Ihre Hand krabbelte wie von selbst in die Jackentasche und brachte das Handy hervor. Gleich würde sie versuchen, in die Holländer-Villa hineinzukommen. Vorher jedoch musste sie jemanden von ihrem Vorhaben informieren. Sonst fände man womöglich in ein paar Tagen *zwei* Autos von Mitarbeitern der *Tagespresse* in dieser Straße – beide verwaist und keine Spur von ihren Besitzern. Nervös wählte sie Marks Nummer.

Das eiserne Tor quietschte einmal ganz leise, als Lara dagegendrückte, dann bewegte es sich ein paar Zentimeter nach innen. Das Schloss war wohl, nachdem der Lieferwagen herausgefahren war, nicht wieder richtig eingerastet. In ihrem Ohr dröhnte noch immer Marks Stimme. Es hatte sich angehört, als müsse er sich beherrschen, sie nicht anzuschreien. Sie solle draußen bleiben und die Polizei verständigen, hatte er gesagt. Lara betrachtete die Fenster der Villa, während sie sich durch das Tor schob und es dann wieder zudrückte. Musste ja nicht gleich jeder sehen, dass es nicht richtig geschlossen war. Sie hielt sich seitlich am Rande des gekiesten Weges, den Blick auf die Villa gerichtet. Rhododendronzweige strichen über ihren Ärmel, es schien, als würden die eingerollten Blätter ihr zuflüstern, dass sie umkehren solle.

»Denk daran, was dir schon alles passiert ist! Fordere das Schicksal nicht heraus!«, hatte Mark gesagt. Während er auf ihre Zustimmung wartete, hatte Lara ihn atmen gehört. Was würde die Kripo schon tun? Sie konnten nicht einfach auf den Verdacht einer hysterischen Journalistin hin in die Villa eindringen. Das war Hausfriedensbruch. Wenn sie überhaupt erschienen, drohten endlose Diskussionen, die Besichtigung von Jos Auto am Straßenrand – wen interessierte der Schmutz von Tagen auf der Windschutzscheibe? – und Beschwichtigungsversuche. Sie konnte förmlich vor sich sehen, wie die Beamten sich amüsierte

Blicke zuwarfen, die sie nicht bemerken sollte. Stunden würden vergehen, und am Ende würden die Bullen abfahren, nicht ohne ihr vorher klargemacht zu haben, dass Jo ein erwachsener Mann war, der tun und lassen konnte, was er wollte. Hatte sie Beweise dafür, dass er da drin war? Nein. Hatte er ihr nicht mehrere SMS und eine Mail geschrieben? Na bitte. Vielleicht hatte er auch das Interesse an ihr verloren und war mit einer anderen Frau unterwegs. Das würden sie nicht sagen, aber vermuten. Wiedersehen, Frau Birkenfeld. Marks Ratschlag war gut gemeint, aber sinnlos. Als er anfing, sie anzuflehen, hatte Lara mitten im Satz aufgelegt. Jo war da drin. Jo war in Gefahr. Lara musste da rein. So einfach war das. Sie war an der Eingangstür angekommen und ballte die rechte Hand zur Faust.

Das Dröhnen schien sich in der Luft zu vervielfältigen. Es hallte aus dem Garten zurück und prallte erneut gegen die massive Tür. Laras Fingerknöchel schmerzten. In ihrem Kopf wogte etwas Rotes. *Kirschfarbene Flüssigkeit, die Spritzer über ein Rautenmuster zog.*

Sie zog den Jackenärmel über die Faust und donnerte erneut gegen die Tür. Nachdem sie bis zehn gezählt hatte, presste sie das Ohr an das Holz und hielt die Luft an. Ein leises Stöhnen, dann ein wilder Aufschrei. Getrappel von eiligen Füßen. Lara trommelte jetzt mit beiden Fäusten.

Als die Tür abrupt geöffnet wurde, wäre sie fast kopfüber in den Eingangsbereich gefallen. Sie stolperte zwei Schritte über die Fliesen, strauchelte und konnte sich dann abfangen. Die Frau, die ihr geöffnet hatte, hielt sich nicht damit auf, sie zu begrüßen, sondern war schon wieder davongeeilt. Lara presste die Lippen aufeinander und folgte ihr. Was sie im Foyer erblickte, verschlug ihr den Atem.

Im Keller des Gebäudes hörte ein erschöpfter Mann das Getümmel über sich und begann, um Hilfe zu rufen.

42

Zuerst erkannte Lara in dem Durcheinander auf dem Fußboden gar nichts, nur dass alles rot war. Rot von Blut, hellrotem, frischem Blut. Das Rot flimmerte vor ihren Augen. Mehrere Personen – Frauen – huschten wie aufgeschreckte Mäuse planlos hin und her. Eine von ihnen rang unentwegt die Hände und schluchzte dabei. Eine zweite rutschte auf dem Blutteppich aus und wäre fast gestürzt. Die dritte der Frauen – Lara hatte sie schon mehrmals gesehen, wusste aber nicht, wie sie hieß – kniete neben dem Mann, der auf den rot gefärbten Steinfliesen lag, und beugte den Oberkörper über ihn. Das alles lief wie ein überdrehter Film vor ihren Augen ab, während sie versteinert im Eingangsbereich stand und auf das Durcheinander starrte. Das Ganze konnte in Wirklichkeit nur wenige Sekunden gedauert haben, ihr jedoch kam es im Nachhinein wie eine Stunde vor.

Das Mädchen fragte: »Ist er tot?«, und die ältere der beiden Frauen schüttelte den Kopf, während sie mit weit aufgerissenen Augen Zeige- und Mittelfinger an den Hals des Mannes drückte. Erst jetzt kam das Bild zur Ruhe, erstarrte die Szenerie zu einem Standbild, und erst jetzt sah Lara, *wer* da auf dem Boden lag. Es war Romain Holländer. Sein Gesicht war bleich, die geschlossenen Augenlider schimmerten bläulich. Ärmel und Schultern der weißen Leinenjacke waren rot eingefärbt. Dünne kirschrote Rinnsale bildeten rund um seinen Kopf eine strahlenförmige Korona.

»Was ist denn hier los?« Lara ging vorsichtig näher heran. Niemand antwortete ihr. Der Sektenführer lag mit leicht gespreizten Beinen auf dem Rücken, die Arme neben dem Körper verkrümmt. Von oben waren keine Verletzungen zu sehen. Das Blut musste von seiner Rückseite kommen, vielleicht vom Hinterkopf. »Fühlen Sie einen Puls?« Lara berührte die Schulter der Frau, die neben Romain Holländer kniete, und diese sah hoch und nickte kurz. Sie hockte sich neben die Frau und betrachtete das bleiche Gesicht und die blauen Lippen. Noch atmete Romain Holländer. Das Einzige, an das Lara sich aus ihrem Erste-Hilfe-Lehrgang noch erinnerte, war, dass man einen Bewusstlosen in stabile Seitenlage bringen sollte. Was aber, wenn er Verletzungen am Schädel oder der Wirbelsäule hatte? »Wissen Sie, was passiert ist oder wo er verletzt ist?« Lara sah die Hilflosigkeit im Gesicht der Frau und ahnte, noch bevor der Satz vollständig ausgesprochen war, dass diese auf beide Fragen keine Antwort hatte.

»Also gut. Ich bin kein Fachmann, aber er atmet und sein Herz schlägt. Wir sollten einen Notarzt rufen und zwar schnell. Haben Sie mich verstanden?« Die anderen beiden Frauen waren neben dem bewusstlosen Sektenführer stehen geblieben, die jüngere – fast ein Mädchen noch – kaute an einem Fingernagel, die andere machte ein Schafsgesicht. Für einen Moment war es ganz still in der Eingangshalle, dann zeigte die Älteste auf das Mädchen, befahl »Ruf an!« und richtete sich mit einem Ächzen auf.

»Haben Sie das gehört?« Lara legte den Kopf schief, während das Mädchen davonhastete, wobei sie fast wieder in dem Blut ausgerutscht wäre. Die Frau mit dem Schafsgesicht schüttelte den Kopf.

»Was poltert und klopft denn da?«

»Ich hab nichts gehört.« Die Älteste wandte den Blick nicht von Romain Holländer, als sie hinzusetzte: »Hirngespinste!«

»Aber ich habe … Einen Augenblick Ruhe bitte!« Die beiden Frauen erstarrten. Jetzt hörte Lara es ganz deutlich. Leise zwar, aber es gab keinen Zweifel. Jemand gab Klopfzeichen. Die Geräusche schienen vom Fußboden auszugehen. Ohne sich weiter um die Frauen und den Sektenführer zu kümmern, ging Lara langsam in die Richtung, aus der die Laute kamen. Hinter der geschwungenen Freitreppe in den ersten Stock führte eine kleine Tür in den Keller. Sie stand halb offen. Lara streckte die Hand nach der Klinke aus, um die Tür ganz zu öffnen, wurde jedoch im selben Moment abrupt zurückgerissen, während eine Stimme direkt neben ihrem rechten Ohr keifte: »Sie können da nicht runter!« Die ältere Frau verstärkte den Griff um Laras Oberarm, zog und zerrte mit ihrem ganzen Gewicht.

»Lassen Sie mich! Da unten wird jemand gefangen gehalten, und ich werde jetzt nachsehen, wer das ist!« Lara lehnte sich in die andere Richtung und legte ihren ganzen Zorn in die nächsten Worte. »Wen wollen Sie schützen? Ihr Chef ist bewusstlos, kümmern Sie sich gefälligst um ihn! Das hier wird so oder so ein Nachspiel haben!«

Als gehe ihr erst jetzt auf, dass sie das Geschehen der letzten Stunden nicht würde rückgängig machen können, ließ die Frau Laras Arm los, wandte sich ohne ein weiteres Wort ab und huschte davon.

Auf dem Weg nach unten verstärkten sich die Geräusche. Kurz, kurz, kurz, lang, lang, lang, kurz, kurz, kurz. Jemand klopfte SOS. Von Jos Fotos wusste Lara, dass es im Keller zwei Gänge gab und einer davon zu verborgenen Räumen führte. Das samtige Weich des roten Teppichs schien unter ihren Sohlen zu federn. Im Vorbeilaufen glitt ihr Blick über die schmiedeeisernen Fackelhalter und den Ruß an den Wänden darüber. In ihrem Kopf schwollen Kirchengesänge zu einer Lawine an. Wenige Zentimeter vor der metallenen Zwischentür stoppte Lara. Das Klopfen war jetzt ganz deutlich. Und sie hörte noch etwas anderes. Ein fernes Rufen. Eisig berührte das kalte Metall ihre Ohrmuschel, aber die Tür war so gut abgedichtet, dass Lara auch jetzt nicht verstehen konnte, was da gerufen wurde. Diese Tür hatte auch keine Klinke, sondern einen Knauf. Und sie war verschlossen. Lara machte kehrt und rannte wieder nach oben.

Das Bild, das sich ihr bot, war eine Replik der Szene von vor ein paar Minuten. Die älteste der drei Frauen kniete wieder neben Romain Holländer und fühlte seinen Puls. Die andere stand daneben, rang die Hände und schluchzte leise. Das Mädchen hielt ein Telefon in der Hand und starrte mit leblosen Augen zur Freitreppe.

»Wo ist der Schlüssel für die Kellerräume?« Es war, als hätte sie nichts gesagt. Niemand reagierte. Lara hastete zu der älteren Frau, rüttelte an deren Schulter. »Wo der Schlüssel für diese Zwischentür im Keller ist, habe ich gefragt!« Langsam blickte die Frau hoch. Ihr Mund blieb verschlossen.

Lara rüttelte stärker. »Antworten Sie! Ich werde Sie sonst der Beihilfe zu einer Straftat anzeigen!«

»Haben wir nicht.«

»Was soll das heißen? Sie besitzen keinen Schlüssel für die verschlossenen Räume im Keller?«

»Nein.«

Jetzt erwachte das Mädchen zum Leben. Sie zeigte auf den bewusstlosen Sektenführer und flüsterte: »Nur der Prinzipal hat welche.« Dann ging sie in die Knie und begann zu wimmern. »Es war ein Fehler, oh Gott!«

»Was war ein Fehler?« Lara betrachtete ihr Gegenüber genauer. Sie wirkte kindlich.

»Das mit dem Zettel!« Die junge Frau zog mehrfach die Nase hoch.

»Waren Sie das?« Keine Antwort, stattdessen ein ängstlicher Blick zu der Älteren, gefolgt von einem kaum sichtbaren Nicken. »Es war richtig.« Lara beugte sich zu Romain Holländer herab. Es widerte sie an, den Körper des Sektenführers zu berühren, aber ihr blieb keine Wahl. Der Schlüsselbund war in seiner rechten Hosentasche. Noch ehe die Frau neben ihm protestieren konnte, hatte Lara ihn schon herausgezogen, war aufgesprungen und hetzte in Richtung Keller. Auf der Treppe wäre sie fast hingefallen, und trotz ihrer Eile wurde sie den Gedanken nicht los, dass es die Krönung des Ganzen wäre, wenn sie jetzt diese Treppe hinabstürzte und sich etwas brach. Oben der bewusstlose Sektenführer, am Fuß der Treppe Lara Birkenfeld mit gebrochenen Beinen, im Kellerverlies ein oder mehrere Opfer des Todsünden-Mörders.

Der dritte Schlüssel passte. Hinter der Zwischentür war der Teppich violett. Die Luft roch nach Weihrauch und etwas, das Lara nicht identifizieren konnte. Links und rechts befanden sich jeweils drei Türen. Sie blieb kurz stehen, um zu lauschen, und hörte ihren eigenen Herzschlag im Kopf dröhnen, ehe das Klopfen – kurz, kurz, kurz, lang, lang, lang, kurz, kurz, kurz – wieder einsetzte. Es kam von links. Einen Fuß vor den anderen setzend und den Kopf wie ein wachsamer Vogel nach vorn gereckt, tappte Lara voran und lauschte. Wenn sie nicht alles täuschte, kam das Hämmern von der mittleren Tür. Sie klopfte, rief dabei Jos Namen und nestelte an dem Schlüsselbund. Das Pochen wurde zu einem Trommeln. Lara bemerkte nicht, dass ihr Tränen übers Gesicht liefen, als sie endlich den richtigen Schlüssel gefunden hatte und die Tür aufstieß.

Jo blinzelte und ließ die erhobene Faust sinken. Seine Augenringe wirkten in dem hereinfallenden Licht violett, die Haare waren zerstrubbelt und standen in alle Richtungen vom Kopf ab. Bis auf dunkelblaue Boxershorts war er nackt. Lara ließ sich von seinen Armen umschließen und atmete tief aus. Er roch nach Schweiß, aber das war ihr egal.

»Bist du allein hier?«

»Ja, aber es besteht keine Gefahr mehr. Wer hat dich hier eingesperrt?«

»Romain Holländer.«

»Der liegt oben mit einer Kopfwunde und ist bewusstlos.« Lara konnte ein Kichern nicht unterdrücken. »Wie lange bist du hier schon gefangen? Ich hab dein Auto in der Seitenstraße entdeckt.«

»Das erzähle ich dir später.« Jo löste sich von Lara. Von oben drang leises Sirenengeheul herauf. »Lass uns schnell in die anderen Räume schauen.« Er betrachtete den Schlüsselbund in ihrer linken Hand und drängte sie gleichzeitig auf den Gang hinaus. Es schien ihm nichts auszumachen, dass er fast nackt war.

»Glaubst du, er hat seine Opfer hier unten gefangen gehalten?« Lara fröstelte. Der Weihrauchgeruch schien sich verstärkt zu haben. Jo antwortete nicht. Er fingerte am Schloss der hinteren Kellertür. Als sie sich lautlos öffnete, ächzte er leise, und Lara machte zwei schnelle Schritte, um ebenfalls hineinsehen zu können. Der Raum war düster. Und leer. Bis auf zwei Garderobenständer mit ungefähr zwanzig Kleiderbügeln, auf denen rote Umhänge hingen. Sie mussten das Licht nicht anschalten, um zu sehen, dass niemand hier war. Auch der vordere der beiden Kellerräume barg keine Geheimnisse. Das Licht der Wandlampen beleuchtete zwei schmale Metallregale, in denen mehrere Reihen von Ordnern standen. Daneben, auf dem glatten Fußboden, drei große afrikanische Trommeln. Über ihnen rannte jemand hin und her.

»Nichts.« Jo drehte sich um. »Schauen wir schnell noch in die anderen Räume.« Er ging nach links und probierte die Schlüssel an der letzten Tür rechts aus. Lara dachte noch darüber nach, dass sich ein weiterer Gefangener doch bei dem Tumult längst bemerkbar gemacht haben musste, als Jo ein leises »Oh« von sich gab und gleichzeitig zwei Schritte in den Raum hineintrat. Das Kellerzimmer war angefüllt mit modernster Technik: Computer, mehrere Monitore, Lautsprecher und diverse Geräte, die Lara nicht benennen konnte.

»Der Technikraum.« Jo drehte sich einmal im Kreis und verließ das Zimmer dann wieder. Das Licht ließ er an. »Hat wahrscheinlich alles und jeden hier überwacht, der Typ.« Das Getrampel über ihren Köpfen wurde intensiver. »Möchte wissen, wo er meine Sachen hat.«

Lara sah nach unten, auf Jos nackte Füße. Sein zweiter Zeh

war länger als der große. Jo hatte in der Zwischenzeit die mittlere der drei rechten Türen aufgeschlossen. Gedämpftes Licht fiel auf einen erhöht stehenden, zwei Meter langen Quader, der mit gelblichem Stoff verhüllt war.

»Hier hat er also den Film gedreht!« Lara betrachtete die purpurnen Samtvorhänge an den Wänden hinter dem Opfertisch.

»Welchen Film?«

»So eine Art Porno mit Sektenmitgliedern. Unser Freund Frieder Wörth hat auch mitgespielt. Den Rest erzähle ich dir später.« Wo mochten Frieder Wörth und sein Sohn jetzt stecken?

»Ach, *das* machen sie in ihrer Freizeit... Ich hoffe, es steckt nicht noch mehr dahinter.« Jo zeigte auf die eisenbeschlagene Zwischentür. »Das ist wahrscheinlich die Verbindung zum vorderen Kellerraum. Lass uns dort noch nachsehen. Dann muss ich nach oben und mir etwas anziehen.« Unbewusst rieb er sich die Oberarme, und sie fragte sich, wie lange Jo schon ohne Kleidung hier unten ausgeharrt hatte. Auch im vorderen Raum war niemand. Die halbmeterhohen Kerzen an den Seiten hatten die Ziegelwände schwarz gefärbt. »Sieht aus wie ein geheimer Versammlungsraum.« Jo ging hinaus, Lara folgte ihm. Auch hier ließen sie das Licht brennen.

»Hier unten ist niemand mehr. Den anderen Trakt dieses Kellerlabyrinthes habe ich bei meinem letzten Besuch schon inspiziert. Da sind die Räume nicht so abgesichert wie hier. Ich denke, dort brauchen wir gar nicht nachzusehen, wir werden nichts finden.« Jo schwankte und hielt sich an der Wand fest. Lara eilte, um ihn zu halten, doch er hatte sich schon wieder gefangen. »Mir fehlt nichts. Lass uns hochgehen.« Schon hatte er die ersten Stufen erklommen. Für einen kurzen Moment war Lara wütend. Typisch Mann. Bloß keine Schwäche zeigen! An Jos Hinterkopf waren die Haare dunkelrot verklebt. Es sah aus wie eine verschorfte Platzwunde. Oder Schlimmeres. Sie würde darauf bestehen, dass sich der Arzt, der inzwischen hoffentlich eingetroffen war, diese Wunde ansah, und wenn Jo noch so sehr darauf beharrte, dass ihm nichts fehlte.

Neben Romain Holländer kniete jetzt ein Mann. Er trug ebenso weiße Kleidung wie der bewusstlose Sektenführer, darüber jedoch eine orangefarbene Weste mit der Aufschrift »Notarzt«. Neben ihm sortierte ein Helfer Gerätschaften.

Die drei Frauen hatten sich nebeneinander an der Wand aufgereiht. Ihre sorgenvollen Gesichtsausdrücke wechselten gleichzeitig zu verblüfft, als sie den Mann in den Boxershorts aus der Kellertür treten sahen. Die Älteste fing sich als Erste. »Was zum …« Sie sah Lara hinter Jo und runzelte die Stirn stärker. »Sie sind doch der Fotograf von der Zeitung … Was machen Sie in unserem Keller?«

»Was ich da mache?« Jo schüttelte den Kopf. »Ihr Chef hat mich vor zwei Tagen dort eingesperrt!« Die Jüngste der drei öffnete den Mund und schloss ihn gleich wieder, während die Ältere nun ebenfalls den Kopf schüttelte.

»Haben Sie ein paar Kleidungsstücke für meinen Kollegen? Wir wissen nicht, wo Herr Holländer Jos Sachen versteckt hat.« Lara hörte ihr Handy mehrmals piepsen. »Egal, was Sie davon halten, bringen Sie uns doch bitte etwas anzuziehen.« Lara führte Jo, der inzwischen zu zittern begonnen hatte, zu einer Bank im Eingangsbereich und drückte ihn nieder. Die Alte gab der Jüngeren ein Zeichen, und diese huschte davon. Der Notarzt, der die Unterhaltung völlig ignoriert hatte, gab dem Sektenführer unterdessen eine Spritze und sah dann zu seinem Kollegen. »Wahrscheinlich Gehirnerschütterung. Er ist stabil, aber wir müssen uns den Schädel genauer anschauen.«

»Uniklinik?« Der Kollege hatte schon sein Mobiltelefon gezückt und sprach hinein. Erst jetzt bemerkte der Notarzt den halbnackten, zitternden Mann auf der Holzbank und zeigte auf ihn. »Was hat er?«

»Mir fehlt nichts!« Jo klang müde.

Lara fühlte ihren Zorn zurückkommen. Es war genug des Heldentums. »Vielleicht können Sie sich ihn einmal anschauen. Er war zwei Tage im Keller eingesperrt.« Sie trat zwei Schritte vor. Hinter ihr protestierte Jo. »Ich bin nur ein wenig dehydriert. Ich trinke etwas, dann geht es schon wieder.«

»Am Hinterkopf hat er eine Platzwunde.« Lara deutete anklagend auf ihren Freund. Die junge Frau kam mit einem Armvoll Kleidungsstücke, warf sie hastig neben Jo auf die Bank und wich sofort zurück, als fürchte sie sich vor dessen Nacktheit. »Lassen Sie mal sehen.« Der Notarzt näherte sich Jo und deutete dabei auf einen dritten Mann, der mit einer Trage zur Tür hereinkam. »Ihr bringt inzwischen den Verletzten in den Krankenwagen.«

Wieder piepte Laras Handy. Irgendjemand nervte mit Kurznachrichten. Sie beobachtete, wie der Notarzt Jos Kopf inspizierte, und zog das Telefon aus der Tasche. Vier SMS, alle von Mark. Die letzte lautete: »Hab die Pol informiert. Melde dich, wenn du kannst.«

Der Arzt war fertig. »Sie sollten mit ins Krankenhaus kommen. Das ist eine ziemlich große Wunde. Auch, wenn alles schon verschorft ist, das müssen die sich noch einmal ansehen. Ich empfehle, das zu röntgen.« Jo schlüpfte in die Hosenbeine einer Jeans. Romain Holländer wurde hinausgetragen. »Nehmen Sie das nicht auf die leichte Schulter.«

»Fahr doch mit, lass dich untersuchen. Bitte.« Jetzt klingelte Laras Handy, und sie drückte ohne hinzusehen auf »Auflegen«. Jo wurstelte sich einen Pullover über den Kopf und stöhnte dabei leise. »Kann ich bitte erst etwas trinken? Und auf die Toilette müsste ich auch.« Vorsichtig erhob er sich. Lara, die ihre Hand schon ausgestreckt hatte, um ihn zu stützen, zog sie schnell wieder zurück, als sie seinen grimmigen Gesichtsausdruck sah.

»Da drüben, die kleine Tür.« Die ältere Frau zeigte hinüber und ging dann nach rechts. »Ich hole Ihnen ein Wasser.«

Der Arzt hob Zeige- und Mittelfinger. »Zwei Minuten. Wir warten draußen.«

Fünf Minuten später war der Spuk vorbei. Jo hatte noch gemurmelt: »Such meine Sachen bitte. Tasche, Fotoausrüstung, Klamotten.« Dann war er hinausgegangen. Oder besser gesagt, geschwankt. Lara war froh, dass der Krankenwagen ihn mitgenommen hatte.

Zu viert standen sie in der Eingangshalle der Villa und sahen sich an. Nur der unregelmäßig geformte Blutfleck und die getrockneten Rinnsale zwischen den Fugen erinnerten daran, dass hier eben noch ein bewusstloser Mann gelegen hatte. Langsam ging Lara zu der Holzbank und ließ sich vorsichtig darauf nieder. »Hätten Sie auch ein Wasser für mich?«

Die junge Frau nickte und verschwand nach rechts.

»Was ist hier eigentlich passiert?«

Die beiden älteren Frauen, die noch immer wie geschnitzte Figuren nebeneinanderstanden, sahen sich an.

»So reden Sie schon. Es kommt doch eh heraus.«

»Das war Frieder.« Die Ältere, die schon die ganze Zeit das Heft in der Hand gehabt hatte, wies anklagend auf den Blutfleck.

»Frieder Wörth?« Dankbar nahm Lara das Glas entgegen und leerte es auf einen Zug. Ihr war gar nicht bewusst gewesen, welchen Durst sie hatte.

»Er ist hier reingestürmt und hat den Prinzipal angeschrien.« Die Frau rang die Hände. »Sarah hat es gesehen.« Das Mädchen, das Lara das Wasser gebracht hatte, nickte stumm.

»Ich war gerade oben und konnte nicht so schnell herunterlaufen. Frieder ist mit den Fäusten auf Romain los. ›Du Schwein‹, hat er gerufen. Und: ›Das wirst du büßen!‹ Romain ist gestolpert und rückwärts gefallen. Auf die Kante dort.« Alle vier Frauen drehten die Köpfe zu der steinernen Stufe am Eingang. »Dabei muss sich Romain den Kopf angeschlagen haben. Das Geräusch war furchtbar. Als ob ein trockener Ast zerbricht.« Jetzt rieb sie sich über die Augen. »Er war sofort bewusstlos. Sarah, Brigitte und ich haben uns gleich um ihn gekümmert, aber wir konnten nichts machen.«

»Und Frieder Wörth?«

»Der ist davongerannt, wie von der Tarantel gestochen. Er muss den Lieferwagen genommen haben.«

»Ich hab ihn wegfahren sehen.« Lara dachte an das verzerrte Gesicht hinter dem Steuer des weißen Kleinwagens. Was konnte Frieder Wörth so aufgebracht haben? Das Videoband aus dem Keller? Wusste er, dass Holländer es an die Zeitung geschickt hatte?

»Was ist bloß in Frieder gefahren? So kenne ich ihn gar nicht.« Die mittlere der drei Frauen sah zu Boden, während sie sprach.

»Er war die ganze letzte Zeit schon komisch, erinnert ihr euch nicht? Zuerst war er misstrauisch, dann hat er sich von der Gemeinschaft abgewendet. Jeden zweiten Abend ist er ausgegangen!« Die junge Frau setzte sich auf die unterste Treppenstufe und redete dabei weiter. »Sogar noch, als der Prinzipal es verboten hatte, hat er das Haus nachts verlassen.«

»Wissen Sie, wo er hinging?«

»Nein. Morgens war er immer wieder hier.« Die Ältere ließ die Mundwinkel herabhängen. »Hat mit seinem Sohn gefrühstückt, dann ist er zur Arbeit gefahren.«

Eine weitere Sirene heulte heran. Das Jaulen verstummte vor der Villa. Zwei uniformierte Beamte marschierten herein. Lara stellte ihr Glas ab.

Gut, dass die Polizei da war. Sie mussten eine Fahndung auslösen. Frieder Wörth war auf der Flucht. Frieder Wörth war womöglich ein Serienmörder.

43

Die tiefstehende Sonne schien zwischen den Villen hindurch und ließ die Kühlerhaube ihres Mini-Coopers orange erscheinen. Lara sah nach oben. Die borkigen Äste der mächtigen Kastanien bildeten ein bizarres Geflecht unter dem blauen Himmel. Ein Schwarm Vögel segelte in einer spitzwinkligen Formation weit oben durch die klare Luft. Die Müdigkeit war mit einem Schlag gekommen und hatte ihre Beine schwer und den Kopf leicht gemacht.

Als das Handy in ihrer Tasche klingelte, erschrak sie. Es dauerte endlose Sekunden, bis sie es herausgeholt hatte.

Marks Stimme klang verärgert. Wieso sie seit Stunden nicht an ihr Telefon ginge. Er mache sich große Sorgen. Seine SMS habe sie auch ignoriert. Lara begann zu erklären und suchte unterdessen nach ihrem Autoschlüssel. Der Türgriff des Minis fühlte sich kalt an. Jos Sachen warf sie einfach auf den Rücksitz, dann stieg sie ein und ließ den Motor an. Das Auto stand mittlerweile im Schatten, und der Innenraum glich einem Eisschrank.

»Die haben mich gar nicht ernst genommen!« Lara presste das Handy mit der hochgezogenen Schulter ans Ohr und rieb sich die klammen Finger. Es war ein Fehler gewesen, heute früh auf Handschuhe zu verzichten. »Ich habe den Beamten alles genauestens erklärt. Dass Frieder Wörth den Sektenchef niedergeschlagen hat und dann mit dem Auto verschwunden ist. Wahrscheinlich hat er seinen Sohn dabei. Und dass er höchstwahrscheinlich der Serienmörder ist, den sie suchen.«

»Wie kommst du darauf?« Die Verblüffung ließ Marks Stimme höher klingen. Lara erläuterte, was sie von den Frauen in der Sektenvilla über den Mann erfahren hatte. Mark schien nicht überzeugt zu sein. Seine einsilbigen Kommentare weckten den schlafenden Zorn in ihrem Bauch auf. Aus den Düsen kam noch immer kalte Luft. Damit das Auto sich erwärmte, würde sie losfahren müssen.

»Also gut. Ich werde mich dir zuliebe auch noch einmal erkundigen, wie die Dinge stehen. Die Kollegen werden sich um die Sache kümmern, hab einfach Vertrauen.« Mark musste ihr Schnaufen gehört haben, deshalb fuhr er fort, ehe sie etwas erwidern konnte. »Fahr jetzt zu Jo ins Krankenhaus und schau, wie es ihm geht. Danach rufst du mich wieder an, in Ordnung?«

»Na gut.« Lara hörte selbst den Widerwillen in ihrer Stimme, aber sie konnte nichts dagegen tun. Sie hasste Marks Vernunftmasche, aber er hatte recht. Sie schnallte sich an. Jo ging es wahrscheinlich gut, aber sie wollte trotzdem nach ihm sehen. Vielleicht konnte sie ihn gleich mitnehmen. Sein Honda stand ja noch hier. Lara drehte sich um. Einer ihrer Halswirbel knackte. Wenn Jo nichts fehlte, würde sie ihn hierherbringen, damit er mit seinem Auto heimfahren konnte. Und danach würde sie noch einmal in der Villa vorbeischauen. Jetzt – wo Romain Holländer nicht mehr im Hause war – würde es ihr leichter fallen, dort ein bisschen herumzuschnüffeln. Vielleicht fand sie Beweise für Frieder Wörths Taten. Sie hatte den Gedanken noch gar nicht ganz zu Ende gedacht, als das Handy erneut klingelte. Lara schnaufte empört. Hatte Mark noch ein paar Ermahnungen vergessen?

»Frau Birkenfeld?« Zuerst erkannte sie die Stimme am anderen Ende nicht. »Hallo? Hören Sie mich? Hier ist Stefan Reinmann. Ich muss Ihnen dringend etwas zeigen. Ich habe da etwas entdeckt. Sie müssen zu mir kommen!«

»Ich kann jetzt nicht. Vielleicht heute Abend auf einen Sprung.« Lara blinkte links. Der Mann hatte ihr gerade noch gefehlt.

»Bitte! Es ist sehr wichtig! Es geht um diesen Serienmörder!« Sie hörte ihn atmen.

»Na gut. Ich habe aber nicht mehr als zehn Minuten, dann muss ich weiter.«

»Danke! Sie werden es nicht bereuen. Wann können Sie hier sein?«

»In einer Viertelstunde. Bis dann.« Gnade ihm Gott, wenn es nichts Wichtiges war. Danach würde sie sofort zu Jo ins Krankenhaus fahren. Lara warf das Handy auf den Beifahrersitz und bog auf die Straße ab.

*

»Kommen Sie herein.« Stefan Reinmann nahm Laras Hand und zog sie in den Vorraum, während er nach draußen schaute. »Wo haben Sie geparkt?«

»Gleich da drüben.« Lara deutete hinter sich auf die andere Straßenseite. »Ich habe wirklich nicht viel Zeit. Mein Kollege ist im Krankenhaus, und ich möchte ihn besuchen.«

»Der Fotograf?« Stefan Reinmann klang überrascht. »Was ist mit ihm?«

»Eine längere Geschichte. Ich erzähl sie vielleicht später mal. Heute fehlt mir die Zeit dazu. Was haben Sie denn für Informationen?« Hoffentlich kam er gleich zur Sache.

»Das glauben Sie nie. Kommen Sie mit, ich habe etwas für Sie. Da entlang.« Er zeigte auf eine Tür im rückwärtigen Teil des Eingangsbereiches und ließ Lara vorangehen. Sie streckte die Hand nach der Klinke aus und zuckte zusammen, als ihr Handy in der Tasche zu klingeln begann. »Das ist ja nervtötend.« Sie rollte kurz mit den Augen und ließ es klingeln. Die Tür öffnete sich und gab den Blick auf eine Steintreppe frei, die nach unten führte. In ihrem Rücken hörte sie die Stimme des Sektenbeauftragten. »Bitte sehr. Sie werden *wirklich* staunen.« Welche Überraschung mochte er da unten haben, die sie so in Erstaunen versetzen würde? Lara schritt hinab, ihre Finger glitten über das glatte Holz des Handlaufs. Auf der Hälfte der Treppe begann ihr

Handy erneut zu klingeln, und sie schnaufte gereizt. »Sorry. Ich schau mal schnell.« Hoffentlich war nichts mit Jo. Sie nestelte das Mobiltelefon aus der Hosentasche und schaute auf das Display. Mark. Anscheinend hatte er beschlossen, ihr heute so richtig auf den Wecker zu gehen.

»Lara? Bist du schon im Krankenhaus?« Mark atmete schnell.

»Nein, noch nicht. Was gibt es denn so Dringendes?«

»Man hat eine Frau aufgegriffen, die behauptet, der Todsünden-Mörder habe sie in seiner Gewalt gehabt.«

»Was?« Lara hörte sich selbst. Sie klang ein bisschen hysterisch. Stefan Reinmann war hinter ihr stehen geblieben.

»Sie ist glaubwürdig. Außerdem wurde sie vom Täter in der gleichen Weise wie die anderen tätowiert. Sie konnte in letzter Minute fliehen. Ich wollte dir nur schnell sagen, dass man der Frau Fotos von diesem Frieder Wörth vorgelegt hat.« Lara konnte Stefan Reinmanns Atem wie einen warmen Hauch im Nacken fühlen, während Mark seinen Satz fortsetzte, »... und er ist es nicht. Sie arbeiten wohl gerade an einem Phantombild.«

»Wie meinst du das, er ist es nicht?«

»Nun Frieder Wörth ist nicht der Todsünden-Mörder.«

»Ich war mir so sicher. Aber wer ist es dann? Romain Holländer hat auch irgendetwas zu verbergen, da bin ich mir ganz sicher.« Stefan Reinmann stand jetzt ganz dicht hinter ihr. Sie drehte den Kopf zur Seite. Der Sektenbeauftragte hatte ein spöttisches Lächeln aufgesetzt.

»Das werden die Kollegen natürlich prüfen.« Im Hintergrund jammerte eine Kinderstimme. Dann schimpfte eine Frau.

Lara hörte noch, wie Mark sagte: »Ich muss Schluss machen ...«, bevor Stefan Reinmann ihr das Handy aus der Hand nahm und das Gespräch unterbrach.

»Diese kleine Hexe hat keine Zeit verschwendet, um zu den Bullen zu rennen.«

Lara realisierte, dass auch der Sektenchef nicht für die Morde verantwortlich war. Gleichzeitig fühlte sie einen harten Stoß in den Rücken. Sie taumelte und krallte sich an den Handlauf. Im Fallen hörte sie, wie Stefan Reinmann weitersprach. »Dabei war sie fast perfekt. Schade.« Ihre Hände prallten auf den Boden, dann kam der restliche Körper nach, und es wurde für einen Moment lang dunkel um sie.

Als das Licht zurückkam, fand sich Lara auf dem Boden liegend. Ihre Hände und Arme schmerzten von dem Aufprall, aber gebrochen schien nichts zu sein. Sie blinzelte. Neben ihrem Kopf befand sich eine alte, stockfleckige Matratze. Auch hier war der Boden blutig, genau wie in der Sektenvilla. Und es roch seltsam. Lara schluckte. Stefan Reinmann stand mit dem Rücken zu ihr, hantierte herum und brabbelte dabei vor sich hin. »Ich habe diese kleine Schlange unterschätzt. Man sollte eben nie zu siegessicher sein.« Der Sektenbeauftragte hatte eine große Wunde am Hinterkopf, ganz ähnlich der, die sie bei Jo gesehen hatte, nur dass diese hier noch frisch war. Wahrscheinlich hatte ihm die »kleine Schlange« die Verletzung beigebracht. Jetzt drehte Stefan Reinmann sich um und sah Lara an.

»Wieder da? Meine *invidia* hat sich leider aus dem Staub gemacht, wie du ja inzwischen mitbekommen hast. Sie sitzt jetzt bestimmt gerade bei der Polizei und heult sich aus. Ich muss ein bisschen improvisieren. Wir müssen uns beeilen.«

Wir müssen uns beeilen? Erst jetzt bemerkte Lara, dass sie an Händen und Füßen gefesselt war.

»Ich habe noch versucht, sie einzuholen, nachdem sie mich angefallen hatte, aber das Biest war nicht so geschwächt, wie ich dachte. Als ich endlich auf der Straße war, rannte sie schon um die Ecke. Hat diese neidzerfressene Schlampe es doch tatsächlich fertiggebracht, sich während meiner Abwesenheit von den Fußfesseln zu befreien! Ich war unachtsam. Aber das wird nicht wieder vorkommen.« Er kam zu ihr herüber, griff unter ihre Arme, zog sie in eine sitzende Stellung, betrachtete Lara und leckte sich dabei über die Lippen. Nach einer Weile drehte Stefan Reinmann sich um und ging zurück zu einer großen Tasche, die neben einer geschlossenen Metalltür auf dem Boden stand. Lara nutzte die Gelegenheit und sah sich um. Außer der muffigen Matratze war der Raum leer. Es gab keine Fenster.

Der Sektenbeauftragte hatte sich unterdessen nach vorn gebeugt und kramte in der Reisetasche. Lara wollte gar nicht darüber nachdenken, was der Typ mit ihr vorhatte. Mark hatte mal wieder recht gehabt – sie war leichtsinnig und brachte sich in Gefahr, aber hätte sie ahnen können, dass der nette und galante Stefan Reinmann ihr gesuchter Serienmörder war? Hatte sie irgendwelche Zeichen übersehen?

»Zuerst zeige ich dir etwas, damit du verstehst.« Stefan Reinmann richtete sich auf, drehte sich um und begann, ein großes Bild zu entrollen. »Die versprochene Überraschung.« Erst jetzt fiel Lara auf, dass der Mann sie plötzlich duzte. Das würdigte sie zu etwas herab, vor dem man keine Achtung zu haben brauchte. Was würde als Nächstes kommen? Seine *invidia* habe sich aus dem Staub gemacht, hatte er vorhin gesagt. *Invidia* war eine der noch fehlenden Todsünden. Wenn die Person verschwunden war, die er dafür vorgesehen hatte, musste sie nicht lange darüber nachsinnen, was er jetzt mit ihr vorhatte.

»Schau dir das an.« Reinmann hielt das großformatige Bild mit beiden Händen vor seiner Brust. Die glänzende Oberfläche reflektierte das Licht der Deckenlampe. »Sag mir, was du siehst.«

Lara blinzelte. Auf dunklem Hintergrund befanden sich mehrere kreisförmige Bilder; ein großes in der Mitte, vier kleinere in den Ecken. Über und unter dem großen Bild waren zwei Spruchbänder gemalt. Aus der Mitte des großen Kreises blickte den Betrachter ein dünner Mann mit nacktem Oberkörper und langen Haaren an, hinter dem ein Kreuz zu sehen war. Jesus?

»Lies vor, was da steht.« Stefan Reinmann zeigte auf die vier Wörter, die unter dem vermeintlichen Jesus standen.

»*Cave, cave, dus videt.*« Lara räusperte sich. War es besser, das Spiel mitzuspielen, auch wenn sie keine Ahnung hatte, was das sollte? Was würde geschehen, wenn sie aufbegehrte? Der Person, die er als *invidia* bezeichnet hatte, war die Flucht gelungen. Also war die Lage nicht ganz aussichtslos.

»*Deus videt*, nicht ›dus‹, Dummchen. Aber du hattest ja kein Latein.«

»Nein, leider. Was bedeutet denn das?« Lara entschloss sich für die Hinhaltetaktik. Sie würde versuchen, den Mann in ein Gespräch zu verwickeln. Mark hatte einmal gesagt, wenn Täter ihre Opfer als eigenständige Persönlichkeiten wahrzunehmen beginnen, kann es passieren, dass sie von ihren Plänen abweichen. Es fällt schwerer, jemandem Schmerzen zuzufügen, den man als Individuum sieht.

»Vereinfacht heißt es: ›Hüte dich, Gott sieht alles‹. Was kannst du noch erkennen?« Er hielt das Bild jetzt dichter vor ihr Gesicht.

»Links oben liegt ein Mann in einem Bett, um ihn herum stehen fünf Personen. Stirbt er gerade?« Lara betrachtete den kleinen schwarzen Teufel, der über dem Sterbenden auf dem Kopfteil des Bettes hockte, und den Tod, der daneben aus einer Tür lugte.

»Das nicht, Dummchen!« Stefan Reinmann hatte die Stimme erhoben. »Das Bild in der Mitte!«

»In der Mitte, in Ordnung. Ich dachte ich soll alles beschreiben.«

»Die Rundbilder in den Ecken kannst du weglassen. Sie symbolisieren die ›vier letzten Dinge‹, Sterbestunde, Weltgericht, Paradies und Hölle.«

Lara ließ den Blick über die Szenen des mittleren Rundbildes gleiten, während sie gleichzeitig überlegte, ob es ein Zeichen für individuelle Wahrnehmung war, dass Reinmann sie »Dummchen« genannt hatte. Sie betrachtete den Ausschnitt unten rechts.

Eine Frau stand mit dem Rücken zum Betrachter vor einem Schrank. Links neben ihr stand das Wort *luperbia*. Lara berichtigte sich. Das war ein altes »S« und die Inschrift hieß *superbia*. Das Wort im darauffolgenden Segment war unscharf, aber Lara wusste trotzdem, was die Buchstaben hießen: »*luxuria*«. Es folgten entgegen dem Uhrzeigersinn *accidia*, *gula*, *avaritia* und *invidia*, bis man unten in der Mitte auf *ira* – den Zorn – traf.

»Also, was siehst du?« Reinmann bewegte das Bild auf sie zu, als wollte er sie damit stoßen, und zog es dann wieder zurück.

»Das sind die sieben Todsünden, nicht wahr?«

»Gut erkannt!« Der Sektenbeauftragte lächelte. »Das ging ja schneller, als ich dachte. Wir sparen Zeit.«

Lara realisierte, dass sie einen Fehler gemacht hatte. *Du wolltest ihn doch hinhalten. Frag ihn aus, lenk ihn ab.* »Was ist das überhaupt für ein Bild?«

»Man nennt es die ›Madrider Tafel mit den sieben Todsünden und den vier letzten Dingen‹. Es ist eine der bekanntesten Darstellungen der Todsünden, die es gibt. Ist Ihnen Hieronymus Bosch ein Begriff?«

Lara nickte eifrig. Der Mann hatte sie jetzt wieder gesiezt. Sah er sie jetzt in diesem Disput als ebenbürtigen Partner an? »Hieronymus Bosch war ein niederländischer Maler. So um das fünfzehnte Jahrhundert herum, glaube ich. Galt er nicht als erster Surrealist überhaupt?«

Stefan Reinmanns Augen funkelten jetzt. »Das wird behauptet, obwohl ich es fragwürdig finde. Auch die Zuordnung dieses Werkes zu ihm ist umstritten. Vielleicht war es einer seiner Schüler oder ein Kopist. Aber das ist zweitrangig.«

»Was bedeuten denn die Sprüche in den Bändern oben und unten?«

»Es sind Bibelzitate. Beide stammen aus Kapitel 32 des Buches Deuteronomium.« Stefan Reinmann hielt das Bild jetzt mit der Linken und zeigte mit der Rechten auf das obere Spruchband, wobei er mit dem Rand, der sich ständig einrollen wollte, kämpfte.

»Ich zitiere den exakten Text: *Gens absque consilio est et sine prudentia/utinam saperent et intelligerent ac novissima providerent* und so weiter. Das heißt: Denn es ist ein Volk, darin kein Rat ist, und ist kein Verstand in ihnen. Oh, dass sie weise wären und vernähmen solches, dass sie verstünden, was ihnen hernach begegnen wird!« Er holte tief Luft, packte den rechten Rand des Bildes und hob es hoch, sodass Laras Blick automatisch auf die untere Hälfte fiel.

»Und unten steht: *Abscondam faciem meam ab eis et considerabo novissima eorum*, was so viel heißt wie, ›Ich will mein Antlitz vor ihnen verbergen, will sehen, was ihnen zuletzt widerfahren wird‹. Ist Ihnen aufgefallen, dass in beiden Zitaten das Wort *novissima* vorkommt?«

Lara las noch einmal den Text in dem Spruchband. Sollte sie dem Mann sagen, dass dort nicht *novissima* sondern *novissia* stand? War das eine Art »Druckfehler« des Malers? Sie beschloss, darüber lieber zu schweigen, und nickte stattdessen. Stefan Reinmann schien damit zufrieden zu sein: »Das ist die lateinische Bezeichnung für die vier letzten Dinge.«

»Die vier letzten Dinge … Sterbestunde, Weltgericht, Paradies und Hölle.«

»Sehr gut!« Es klang überrascht. Dabei hatte sie nur genau zugehört, was der Mann vorhin über die vier Eckbilder gesagt hatte.

»Und in der Mitte sieht man Jesus?«

»Jesus Christus mit Wundmalen, stehend in einem Sarkophag. Sehen Sie den Strahlenkranz um ihn herum?« Jetzt redete Stefan Reinmann schneller. Er war erregt. Das Bild und die Darstellung der Todsünden schienen ihn zunehmend in ihren Bann zu ziehen. »Das ist das Auge Gottes. Jesus Christus befindet sich in der Pupille. Gott sieht alles, sagt die Inschrift. Das mittlere Bild der Todsündentafel ist gleichzeitig Auge und Spiegel. Außerdem symbolisiert es die Weltkugel. Was Gott in der Welt sieht, spiegelt sich um seine Pupille herum.«

»Das sind dann wohl die sündigen Menschen, die er da sieht.« Lara konnte es nicht fassen. Sie saß hier gefesselt mit einem Mann, der mindestens fünf Menschen getötet hatte, und diskutierte mit ihm über einen niederländischen Maler des ausgehenden Mittelalters.

»Sehr richtig.« Stefan Reinmann hielt jetzt das Bild nur noch mit der Linken. Mit dem rechten Arm gestikulierte er zunehmend heftiger in der Luft herum. »Es ist die Welt, die den Menschen zu Laster und Sünde verführt. Und es ist ein Spiegel für den Betrachter, der damit seinen christlichen Glauben überprüfen kann. Insgesamt achtundzwanzig menschliche Figuren sind dargestellt. Die Zahl achtundzwanzig ist eine der vier vollkommenen Zahlen des Mittelalters! Sie ist nicht nur gleich der Summe ihrer echten Teiler, sondern auch die Summe der Zahlen von Eins bis Sieben. SIEBEN!« Jetzt schrie er. Kleine Speicheltröpfchen flogen durch die Luft. Lara schaute zu Boden, um ihn nicht noch mehr zu reizen. Sie musste sich etwas einfallen lassen, um den Mann zu beruhigen. Wer weiß, wozu er in seiner Rage fähig war.

»Sie wollten also den Menschen genau wie Hieronymus Bosch einen Spiegel vorhalten?« Stefan Reinmann hielt inne, runzelte die Stirn und schaute verblüfft auf Lara, als sehe er sie zum ersten Mal. Dann schüttelte er den Kopf, wischte sich mit dem Ärmel über dem Mund und begann, das Bild einzurollen. »Die Welt ist voller Sünde. Die Menschheit wird zugrunde gehen, wenn niemand ihrem Tun Einhalt gebietet. Die Menschen müssen zur Gottesfurcht zurückkehren. Wie könnte man ihnen das besser verdeutlichen, als mit menschlichen Beispielen für die Todsünden?«

»Dieses Brautmodel stand doch für die Eitelkeit, nicht?«

»*Superbia*, ja. Das Mädchen war eingebildet und hochnäsig, sie hielt sich für die Schönste.«

»Wie haben Sie sie kennengelernt?«

»Ich kannte sie nicht persönlich.«

Lara beobachtete, wie der Sektenmann zwei Gummiringe über das Bosch-Bild rollte und es vorsichtig beiseitelegte. Dann setzte er sich neben der Tür auf den Boden und faltete die Hände im Schoß. »Auf Carolin Fresnel bin ich durch die Presse aufmerksam geworden. Sie war ja jede Woche in der Zeitung oder im lokalen Fernsehen zu sehen. Ich habe sie einfach angerufen, ihrer Eitelkeit geschmeichelt und ihr vorgemacht, ich wäre ein international arbeitender Agent, der sie buchen wolle. Ganz einfach das Ganze.«

Lara sah die Trage mit dem toten Model herabschweben, hörte das leise »Plopp« der ersten Blutstropfen, bevor das Geschrei einsetzte, sah Torben Hoffmann mit aufgerissenem Mund. »Wie sind Sie an das Brautkleid gekommen?«

»Das war gut, nicht?« Ein schiefes Grinsen huschte über das Gesicht des Sektenbeauftragten, und Lara stellte fest, dass er stolz auf sein Tun war. Das konnte ein möglicher Ansatzpunkt sein, um den Mann einzuwickeln.

»Ich habe es einfach gestohlen. In dieser Hochschule gibt es fast keine Sicherheitsvorkehrungen. Und ich brauchte dieses Brautkleid, um meine Botschaft zu unterstreichen. *Superbia* sollte in einer öffentlichen Veranstaltung präsentiert werden. Was lag da näher, als diese absurde Zurschaustellung weltlicher Dinge? Leider hatte ich mich ein wenig in der medialen Präsenz bei dieser Modenschau getäuscht.«

»Ich war dort.«

»Das weiß ich. Ich stand oben auf dem Gerüst und habe alles beobachtet. Sie haben Fotos von dem toten Model gemacht und darüber in Ihrer Zeitung geschrieben. Danke dafür.« Stefan Reinmann klatschte leicht in die Hände, als wollte er ihr Beifall spenden. »Auch wenn Sie die wahren Gründe für ihren Tod nicht erkannt haben.«

Lara tat so, als schaue sie den Sektenbeauftragten an, versuchte aber stattdessen, die Beschaffenheit der Tür neben ihm zu erkunden. »Und die zweite? Diese Nina?«

»Das war eine Hure. Jedes Wochenende hat sie irgendwelche Typen abgeschleppt, manchmal mehrere in einer Nacht. Es ging ihr nicht um Liebe. Wollust war es, was diese Frau angetrieben hat. Nina Bernstein war das ideale Beispiel für *luxuria*.«

»Woher wussten Sie das?«

»Ein Zufall. Ich kenne einen ihrer Exfreunde. Er hat sie wirklich geliebt, und sie hat ihm mit ihrer Hurerei das Herz gebrochen. Ich habe sie zur Sicherheit noch an mehreren Wochenenden im Dezember beobachtet, um Gewissheit zu haben, dass sie den Kriterien entspricht. Aber es gab keinen Zweifel.«

»Und diese bemalten Holzkugeln in den Augen?«

»Ein weiterer Fingerzeig. Das waren Perlen eines Rosenkranzes. *Deus videt*. Warum hat das niemand miteinander in Verbindung gebracht? Noch dazu, wo ich diese Nutte in einer Kirche aufgebahrt habe!« Stefan Reinmann schüttelte erneut den Kopf. Aller Irrsinn war aus seinen Augen verschwunden. Jetzt glich er wieder dem gemütlichen Bären, der kein Wässerchen trüben konnte. Während er weiterredete, keimte Hoffnung in Lara auf. Vielleicht gelang es ihr, den Wahnsinn in ihm zu besänftigen.

»Ich dachte wirklich, dass man eher darauf kommen würde, worum es hier eigentlich geht. Waren die Texte auf den Rücken und die lateinischen Bezeichnungen der jeweiligen Todsünden auf der Stirn nicht genug? Spätestens beim Dritten, diesem geldgierigen Immobilienberater, hätte doch jemand merken müssen, dass hier die sieben Todsünden angeprangert werden!«

»*Sie* hätten uns doch jederzeit Hinweise darauf geben können! Ich war schon nach dem zweiten Leichenfund bei Ihnen und habe nach den Übersetzungen der Texte gefragt!«

»Aber dann wären Sie doch gleich auf mich gekommen, nicht?« Stefan Reinmann grinste jetzt. »Was für ein aberwitziger

Zufall, dass Doktor Grünthal gerade *mich* als Experten empfohlen hat! Sie befragen einen Mann zu den Inschriften und haben keine Ahnung, dass der Täter direkt vor Ihnen sitzt!« Er kicherte und fuhr dann fort. »Das war sehr anregend für mich, wie Sie sich bestimmt vorstellen können.«

Lara dachte an Mark und daran, dass Reinmann vorhin das Telefonat abrupt beendet hatte. Würde der Freund sich wundern, weshalb sie ohne sich zu verabschieden aufgelegt hatte? Wie lange saßen sie eigentlich schon in diesem Keller? Jo würde im Krankenhaus auf sie warten und sich Sorgen machen. Leider wusste niemand, wo sie gerade war.

»Ich habe versucht, meine Übersetzungen ein wenig hinauszuzögern, wie Sie sicher bemerkt haben. Allerdings konnte ich nicht ewig damit warten, Ihnen die Texte zu liefern, denn das wäre auch verdächtig gewesen, oder? Und so habe ich Ihnen erst einmal ein paar falsche Fährten präsentiert.«

»Der Tipp mit den Sekten kam von Ihnen.« Jetzt, wo Lara wusste, wer die Taten begangen hatte, ordnete sich alles. »Und wir haben uns ja auch bilderbuchmäßig aufs Glatteis führen lassen.«

»Sie sagen es. Natürlich habe ich damit ein wenig von mir abgelenkt. Die *Holic*-Leute passten perfekt zu den Bibelzitaten, und die *Kinder des Himmels* beobachten wir auch schon länger. Ich war mir sicher, dass Sie dort etwas finden würden, wenn Sie nur hartnäckig genug herumschnüffeln. Was Sie ja anscheinend auch getan haben. Dieser Holländer … Aussteiger haben mir von diversen Praktiken dort berichtet. Ich wollte, dass die Orgien auffliegen. Finden Sie nicht auch, dass dieser Mann Strafe verdient hat?«

»Sicher.« Lara spürte die Kälte an ihrem Hinterteil. In diesem Keller mochten höchstens zehn Grad sein. Sie würde sich eine schöne Erkältung einfangen, wenn sie länger hier saß. Aber war eine Erkältung etwas, um das sie sich jetzt Sorgen machen musste? »Und diese Mitarbeiterin des Jugendamtes? Wofür steht sie?«

»*Acedia* natürlich. *Acedia* und *Belphegor* bedeuten die Trägheit des Herzens und des Geistes, sie symbolisieren Faulheit, Feigheit und Ignoranz. Diese Frau war schlampig in ihrer Arbeit und hat Fälle nicht ernst genommen.« Stefan Reinmann verzog das Gesicht und rieb sich dann die Nasenspitze. »Immer hoffte ich, dass die Delinquenten ihre Sünden bereuen, dass sie Buße tun, aber keiner von ihnen hat Einsicht gezeigt, nicht ein Einziger.«

»Was hätten Sie in dem Fall getan – sie freigelassen?«

»Vielleicht.«

Lara sah das abwesende Lächeln in Stefan Reinmanns Gesicht. Die Frage war: Machte er nur ihr etwas vor, oder auch sich selbst? Er hätte seine Gefangenen doch ganz bestimmt nicht freigelassen. Die Gefahr, dass doch einer genug vom Tatort gesehen hatte, und ihn beschreiben konnte, wäre viel zu groß gewesen.

»Der Mann in der Fast-Food-Filiale war dann Ihr Vertreter für die Völlerei.«

»Ganz recht.«

Lara öffnete den Mund, um Reinmann nach *invidia* zu fragen und schloss ihn schnell wieder. »*Invidia*« war entkommen. Die Erinnerung daran würde ihn nur wieder in Rage versetzen. Wahrscheinlich war sie jetzt dafür vorgesehen, obwohl sie eigentlich nicht dazu passte. Sie musste Zeit gewinnen. Vielleicht würde bald die Polizei kommen und Reinmann festnehmen. Wenn die geflohene »*invidia*« die Umgebung hier einigermaßen beschreiben konnte. »Die Verkleidung als Paketbote, in der Sie den Immobilienberater in die Bank gebracht haben, war auch nicht schlecht.«

»Nicht wahr?« Das runde Gesicht verzog sich zu einem Lächeln.

»Und der Lieferwagen? Woher hatten Sie den?«

»Autoverleih. Andere Kennzeichen. Das ist doch heutzutage

kein Problem.« Der Sektenbeauftragte zuckte die Schultern. »Jedermann fährt doch heutzutage einen weißen Lieferwagen. Das ist der häufigste Typ überhaupt, weil weißer Lack am billigsten ist.«

»Sie haben alles bedacht.«

»Nicht alles, wie man an Julia Seemann sehen kann.« Stefan Reinmann machte Anstalten, sich zu erheben.

War Julia Seemann die »*invidia*«? Lara grub in ihrem Kopf nach einem weiteren Gesprächsanlass. »Was ist eigentlich mit Ihrer Frau?« Als sie sah, wie sich die Augenbrauen ihres Gegenübers nach unten zogen, wusste sie, dass sie einen Fehler gemacht hatte.

»Meine Frau? Sie hat der Kirche den Rücken gekehrt und lebt seitdem in Sünde. Lukas und Daniel hat sie auch beeinflusst! Ich habe mehrfach versucht, ihr ins Gewissen zu reden, sie gebeten, zurückzukommen, aber sie wollte nicht.« Mitten im Satz sprang Stefan Reinmann auf und fuhr sich mit beiden Händen in die Haare. »In SÜNDE! Meine beiden Söhne!«

Lara zog die Schultern hoch und beobachtete den hin und her tigernden Mann aus den Augenwinkeln. Vielleicht war das der Auslöser für seine Taten gewesen. Die Besessenheit war in Stefan Reinmanns Augen zurückgekehrt. All das Reden schien nichts genützt zu haben. Er hatte sich hingehockt und kramte wieder in der großen Reisetasche, wobei er ununterbrochen vor sich hin murmelte. »Es wird Zeit, dass wir weitermachen. Zur Vollendung fehlt außer *invidia* noch *ira*, der Zorn. Ich werde *invidia* und *ira* zusammen präsentieren. *Ira* hat es auf *invidia* abgesehen wegen ihrer Missgunst, irgend so etwas. *Ira* tötet *invidia*. *Ira* auf *invidia*. Das ist gut. Das ist gut.« Abrupt erhob er sich und drehte sich dabei um. In der Hand hielt er eine Tätowiermaschine. »Ist dein Fotografenfreund schwer krank?«

»Ich hoffe nicht. Er hatte eine Wunde am Hinterkopf, genau wie Sie. Holländer muss ihn niedergeschlagen haben, als er ihn auf dem Gelände der Villa ertappte. Die Ärzte haben ihn nur zur Sicherheit mitgenommen.«

»Das heißt, er wird nicht über Nacht dort bleiben?«

»Wahrscheinlich nicht. Mehr kann ich nicht sagen. Ich war ja gerade auf dem Weg dorthin, als Sie mich angerufen haben.«

»Gut.« Stefan Reinmann ließ die Maschine probesummen und legte sie dann auf den Boden. »Glaubst du, dass wir ihn hierherbitten könnten? Ich möchte ungern aus dem Haus gehen, um mir einen neuen Vertreter für Ira zu suchen, und die Kühltruhe ist leider leer. Wer weiß, vielleicht hat Julia Seemann mich wiedererkannt. Ich hatte zwischenzeitlich so ein Gefühl. Und dann wird es nicht lange dauern, bis die Bullen hier aufkreuzen.«

»Woher kannten Sie diese Julia Seemann überhaupt?« Reinmann hatte recht. Wenn die Frau ihn erkannt hatte, würde die Kripo relativ schnell sein Haus durchsuchen wollen. Was aber, wenn sie ihn nicht richtig erkannt hatte? Dann konnte Lara hier warten, bis sie schwarz wurde.

»Sie war bei mir in der Beratung. Aber das ist schon lange her. Also rufen wir deinen Freund jetzt an?« Reinmann war wieder zum »du« übergangen. Das hieß wahrscheinlich, dass die Plauderstunde jetzt endgültig vorbei war.

»Nein.«

»Wie nein? Du glaubst wohl, dass du eine Wahl hast? Ich brauche jemanden für *ira*, das habe ich doch schon erklärt. Und ich kann nicht gehen, solange du hier –«, er machte eine kleine Pause, »zu Gast bist. Außerdem würde mich das zu viel Zeit kosten.«

»Was soll ich ihm denn sagen?«

»Was würde ihn denn herlocken?« Reinmann hatte Laras Mobiltelefon in die Hand genommen und drückte auf den Tasten herum. »Du könntest sagen, dass du bei mir bist. Und dass wir gemeinsam etwas entdeckt haben, was die Fälle aufklären könnte.«

»Ich weiß gar nicht, ob sie ihn nicht im Krankenhaus behalten wollen.«

»Das werden wir ja gleich herausfinden. Sollte das der Fall sein, entschuldigst du dich für heute Abend und kündigst deinen Besuch für morgen an. Damit habe ich ausreichend Zeit, mir etwas anderes zu überlegen.«

»Was, wenn ich es nicht tue?« Lara dachte fieberhaft darüber nach, was sie Jo sagen sollte. Der Anruf schien ihre einzige Chance zu sein, dem Mörder ein Schnippchen zu schlagen.

»Denk gar nicht über so etwas nach!« Stefan Reinmann versetzte ihr einen festen Tritt in die Seite. »Ich müsste dir wehtun. Möchtest du das?« Er griff in die Reisetasche. Seine Hand kam mit einem Klappmesser mit Holzgriff heraus. »Ein gutes altes Rasiermesser. Außerordentlich scharf. Warte, ich zeige es dir.« Noch ehe sie protestieren konnte, hatte er es aufgeklappt, war mit drei schnellen Schritten auf sie zugegangen und ließ die Klinge über ihren Brustansatz gleiten. Verblüfft schaute Lara auf ihren Ausschnitt. In der weißen Haut erschien ein dunkelroter Strich, der sich schnell vergrößerte. Warmes Blut sickerte hervor und lief nach unten. Sie spürte nichts.

»Siehst du? Ziemlich scharf was?« Er klappte das Messer zusammen und setzte hinzu. »Das war nur eine Demonstration, eine oberflächliche Wunde. Die Schmerzen werden sich an dieser Stelle in Grenzen halten. Ich könnte jedoch auch ganz woanders schneiden, du verstehst? Wo es richtig wehtut.« Das Rasiermesser verschwand in der rechten Hosentasche.

»Rufen wir jetzt deinen Freund an?«

Sie nickte schnell.

»Fein. Was wirst du ihm sagen?«

»Zuerst frage ich ihn, ob er OK ist. Dann sage ich, dass ich bei Ihnen bin und dass wir etwas entdeckt haben.«

»Im Fall der Todsünden-Morde. Dann bittest du ihn, dass er herkommt. Er soll sich das selbst anschauen.«

»In Ordnung.« Noch immer ratterten die Rädchen in Laras Kopf.

»Ich wähle.« Stefan Reinmann zog das Handy wieder aus ihrer Reichweite. »Unter welchem Namen hast du ihn gespeichert? Und lüg mich nicht an!«

»Unter Jo.« Sie beobachtete, wie der Zeigefinger die Tasten niederdrückte.

»So. Gleich geht es los. Ich warne dich noch einmal eindringlich.« Das Handy in der Linken, zog der Sektenbeauftragte das Rasiermesser wieder hervor, klappte es auf, hockte sich hinter Lara auf den Boden und hielt die Klinge unter ihrem Ohr an die rechte Halsseite. Sie konnte den kühlen Stahl an der Haut fühlen. »Sag nichts Falsches, ich höre mit.« Aus den Augenwinkeln sah sie, wie er die »Wählen«-Taste drückte. Dann hielt er ihr das Telefon ans linke Ohr.

»Lara? Wo bleibst du denn?« Jo klang aufgeräumt. Lara spürte, wie heiße Tränen nach oben wollten, und schluckte. Die Klinge drückte ein wenig fester. »Ich warte hier seit einer Stunde!«

»Ist … ist alles in Ordnung mit dir?«

»Es ist nur eine Platzwunde. Das Gehirn ist unversehrt.« Er lachte dröhnend. »Höchste Zeit, nach Hause zu fahren. Ich hoffe, du bist bald hier, sonst …«

Lara unterbrach ihn hastig. »Jo, ich bin bei Stefan Reinmann. Wir haben etwas Brisantes entdeckt.« Neben ihrem Kopf nickte der Sektenbeauftragte beifällig, und Lara redete schnell weiter. »Im Fall des Todsünden-Mörders. Ich glaube, wir wissen jetzt, wer es ist.« Reinmann atmete scharf ein, und Lara setzte hinzu: »Kannst du gleich mit deinem Auto herkommen? Und bring auch deine Fotoausrüstung mit.«

»Aber …« Jo stockte kurz und fing sich dann sofort wieder. »Aber klar doch. Ich mache mich sofort auf den Weg.«

»Bis gleich!« Sie hatte den Satz noch gar nicht ganz beendet, da drückte Stefan Reinmann schon auf »Auflegen«.

»So, meine Liebe. Du bleibst jetzt fein hier unten. Ich werde oben auf deinen Freund warten. Hoffen wir, dass er sich nicht allzu viel Zeit lässt. *Invidia* und *ira*. Das Werk harrt seiner Vollendung.« Er schaltete das Handy aus. Noch ehe Lara ihre Fluchtgedanken zu Ende gedacht hatte, fiel sie auch schon auf die Seite. Reinmann hatte ihr einen heftigen Stoß verpasst und sich aufgerichtet, das aufgeklappte Rasiermesser noch immer in der Rechten. »Damit du nicht auf dumme Gedanken kommst, werde ich dich zusätzlich knebeln..«

»Das werden Sie nicht!« Lara katapultierte sich nach oben, stolperte, taumelte einen Schritt nach vorn und stürzte auf den Sektenbeauftragten. Das scharfe Messer, das ihr dabei in die Seite fuhr, bemerkte sie nicht. Stefan Reinmann, der halb auf ihr zu liegen kam, ließ das Rasiermesser fallen, packte die Tätowiermaschine und hämmerte blindlings auf Lara ein. Sie fühlte noch den explodierenden Schmerz an ihrer Schläfe, dann wurde es finster.

*

Jo sah dem Taxi nach und richtete den Blick dann auf die Jugendstilvilla. Würde die Kripo jemanden vorbeischicken? Schließlich hatten er und Lara der Polizei erst kürzlich einen anderen Verdächtigen präsentiert. Der Beamte war ein wenig schnippisch gewesen. Schon wieder ein neuer Verdächtiger, Herr Selbig? Zur Sicherheit hatte er gleich darauf noch Mark informiert. Der hatte ihm *befohlen*, sich von Stefan Reinmann fernzuhalten und auf die Kripo zu warten. Mark war furchtbar vernünftig. Was aber, wenn Lara dringend Hilfe brauchte? Wenn es auf Minuten ankam? Würde der Psychologe dann brav auf der Straße auf die Kripo warten? Jo senkte den Zeigefinger auf den Klingelknopf.

Die Eingangstür schwang lautlos nach innen. »Der Herr Fotograf! Kommen Sie doch herein.« Der Sektenbeauftragte lächelte jovial und ergriff Jos ausgestreckte Hand. »Ihre Kollegin ist unten. Sie werden staunen!«

Unten? »Was haben Sie entdeckt?« Jo hatte beschlossen, das Spiel mitzuspielen. Er musste herausfinden, wo Lara war und ob es ihr gut ging. Danach konnte er Reinmann immer noch die Faust ins Gesicht rammen.

»Es ist sehr brisant. Kommen Sie.« Stefan Reinmann drehte sich um und musterte Jo. »Wo haben Sie denn Ihre Fotoausrüstung?«

»Im Auto. Ich kann sie holen, wenn wir sie brauchen.« Eine Lüge war so gut wie die andere.

»Nicht nötig. Ich dachte nur …« Der Sektenbeauftragte zeigte auf eine schwere Holztür. »Vielleicht später. Hier entlang, bitte.«

»Lara sagte, Sie wüssten jetzt, wer der Serienmörder in den Todsünde-Morden ist.« Jo stieg die Treppen hinab, Reinmanns schwere Schritte folgten. In seinem Nacken stellten sich feine Härchen auf.

»Davon können Sie ausgehen. Einen Moment noch, dann weihen wir Sie ein.«

Obwohl er das Gesicht des Mannes nicht sehen konnte, wusste Jo, dass der beim letzten Satz gelächelt hatte.

»Dort drin. Machen Sie die Tür auf.« Er spürte Stefan Reinmanns Handfläche, die ihn sanft nach vorn drängte, im Rücken und öffnete die massive Tür. Die Lampe knisterte kurz und beleuchtete die Szenerie dann mit gelbem Licht. Ein krakeliges Muster aus purpurfarbenen Rinnsalen überzog den Boden. Lara lag halb auf der Seite und bewegte sich nicht. Über ihrer Brust klaffte ein roter Spalt, aus dem ein feiner roter Bach sickerte. Und auch unter ihrer Hüfte rann Blut hervor.

44

»Das hat dich stutzig gemacht?« Mark betrachtete den Himmel. Die Sonne stand schon tief und tönte das gegenüberliegende Haus rosa. Hinter dem Zaun neben dem Fußweg streckten erste Schneeglöckchen vorwitzige Blattspitzen aus der braunen Erde.

»Nun, mein Auto stand schließlich noch in der Seitenstraße in Markkleeberg, und die Fotoausrüstung hatte Holländer mir abgenommen. Bevor ich mit ins Krankenhaus gefahren bin, hatte ich Lara gebeten, die Sachen an sich zu nehmen.« Jo rückte den Gurt seiner Tasche zurecht. Ihn fröstelte.

»Verstehe. Lara wusste also, dass du weder über deinen Honda noch über den Fotoapparat verfügst. Trotzdem hat sie verlangt, dass du mit *deinem* Auto kommst und die Fotoausrüstung mitbringst.«

»Ich wusste gleich, dass etwas nicht stimmt.«

»Und dann hast du die Polizei informiert.« Mark lief schneller.

»Das war der schwierige Teil. Ich glaube, die hatten vorher schon die Nase ganz schön voll von unseren Aktivitäten. Erst präsentieren wir Frieder Wörth, dann schicken wir sie zur Villa von diesem Romain Holländer. Sie waren nicht sehr begeistert davon, dass Lara die ganze Zeit heimlich ermittelt hat.«

»Das kann ich mir lebhaft vorstellen. Was war eigentlich mit diesem Wörth los? Lara hatte mich ein paar Tage vorher darum gebeten, ihm einen Kindertherapeuten zu empfehlen.«

»Er war es, der am Mittwochnachmittag diesen Holländer niedergeschlagen hat. Eine Frau aus der Sekte hatte nämlich herausgefunden, dass Holländer sich ihrem Sohn Konrad unsittlich genähert hat. Und Wörths Sohn Marcel war der Altardiener *vor*

Konrad. Als Konrads Mutter Frieder Wörth auf der Arbeit anrief, muss der Mann eins und eins zusammengezählt haben und ist ausgetickt.«

»Und dann ist er verschwunden.«

»Verschwunden kann man nicht direkt sagen. Er hat seinen Sohn zur Großmutter in Schwerin gefahren. Noch in der gleichen Nacht ist er zurückgekommen, um nachzusehen, was aus Holländer geworden ist.« Jo schaute kurz zu Mark. Der presste die Lippen aufeinander, ehe er sprach. »Wieso seid ihr eigentlich darauf gekommen, dass ausgerechnet dieser Wörth der Täter sein könnte?«

»Er hat sich seltsam verhalten. Er selbst hat Lara erzählt, dass er vom Sektenchef beschattet wird. Im Nachhinein hat sich herausgestellt, dass er eine Liaison mit einer Kollegin aus dem Autohaus hatte, wegen der er sich schuldig und sündhaft fühlte. Damit sein Sohn nichts davon mitbekommt, ist er nachts heimlich zu ihr geschlichen.«

»Verstehe. Er wirkte schuldbewusst.«

»Ganz im Gegensatz zu Romain Holländer.«

»Das findet man gar nicht so selten. Dieser Holländer hat die Sekte benutzt, um leichter an Kinder ranzukommen. Die Mitglieder haben ihm in allen Belangen vertraut. Romain Holländer ist auch gar nicht sein richtiger Name. Er kommt aus Frankreich und war schon zweimal wegen Kindesmissbrauchs angeklagt. Das mit der Sekte muss ihm im Knast eingefallen sein – so kam er leicht an seine Opfer heran. Dazu kommt außerdem, dass er Männer aus der Sekte dazu gebracht hat, Mädchen zu vergewaltigen. Es gibt Videomaterial davon. Wörth und die anderen werden sich dafür verantworten müssen.«

»Was für Strafen drohen ihnen?«

»Das kann ich nicht sagen. Vielleicht hält man ihnen mildernde Umstände zugute, weil Holländer sie vorher mit Rauschmitteln vollgepumpt hat.«

»Was geschieht jetzt mit dem Sektenchef?« Jo zog die Schultern hoch.

»Man wird ihn anklagen. Das ist gar nicht so einfach, weil der Mann schweigt. Um ihm seine Schandtaten nachzuweisen, muss man die Opfer befragen. Vieles, was er den Jungen angetan hat, geschah unter Hypnose. Sie erinnern sich nicht oder nur schwach an den Missbrauch.«

»Widerlich. Da haben sie es bei Stefan Reinmann leichter, was?« Jo schlug dem Freund die Handfläche auf die Schulter.

Mark nickte und schob die Hände in die Jackentasche. Kaum war die Sonne weg, wurde es kalt. »Es gibt Spuren und Material, genügend Beweise, die Reinmanns Täterschaft belegen. Bis zum Prozess wird es allerdings noch ein paar Monate dauern. Im Moment liegt der Gute ja im Haftkrankenhaus. Du hast ihn ganz schön verunstaltet.«

»Ich konnte nicht anders. Als wir unten angekommen waren und ich Lara da liegen sah – überall Blut, diese klaffenden Wunden, da bin ich ausgerastet und ihm an die Gurgel gegangen. Muss das Adrenalin gewesen sein. Ich glaube, er hatte auch nicht damit gerechnet, dass ich gewarnt war, sonst hätte er sich vielleicht mehr in Acht genommen. Es tut mir fast ein bisschen leid, dass die Polizei so schnell eingetroffen ist.«

»Vielleicht war das besser so. Wer weiß, womöglich hättest du ihn nicht nur bis zur Bewusstlosigkeit gewürgt …«

»Ich habe kein schlechtes Gewissen deswegen.« Jo schielte auf seine Armbanduhr. Sie würden sich verspäten. »Kann man Tätowierungen eigentlich entfernen?«

»Denkst du an die Frau, die Reinmann entkommen ist?«

Jo nickte kurz, und Mark fuhr fort. »Es ist zwar langwierig und auch ein bisschen schmerzhaft, aber es geht. Mit einem Laser werden die Farbmoleküle in der Haut zerschossen. Da sind wir.« Mark klingelte, und als der Türsummer ertönte, stiegen sie nach oben. Die Tür öffnete sich schon, noch ehe sie angekommen waren.

»Meine beiden Lieblingsmänner. Kommt rein. Der Kaffee ist schon fertig.« Lara betastete die halb verheilte Fleischwunde an ihrer rechten Hüfte und verzog kurz das Gesicht, dann strahlte sie wieder. »Gerade hat mich Frank Schweizer angerufen. Der geht nach Berlin.«

»Du willst seinen Job?«

»Vielleicht. Bei der *Tagespresse* brauche ich ja nun nicht mehr anzukommen, seit ich Tom wegen der Praktikantinnen-Sache angezinkt habe.«

»Aber nicht du hast etwas Unrechtes getan, sondern er.« Mark richtete die Kuchengabeln neben den Tellern symmetrisch aus.

»Trotzdem sind die Kollegen sauer auf mich. Ich habe das Nest beschmutzt, wie es so schön heißt. Außerdem habe ich ja gekündigt.«

»Kann man das nicht rückgängig machen?« Jo lehnte sich zurück und verschränkte die Arme vor der Brust.

»Wenn ich es wollte – vielleicht. Aber ich will nicht.« Lara strich sich die Haare aus der Stirn und griff nach der Kanne. »Genug über Vergangenes geredet.« Ihr Blick glitt von Mark zu Jo und wieder zurück. Dann lächelte sie.